台灣の讀者の皆さんへのコメント

海を越えて旅したことのない私の書いた小説が、
海を越えて多くの讀者の皆樣のもとに屆いていることを、
心から嬉しく思っています。
この作品も、どうぞお樂しみいただけますように！

致親愛的台灣讀者

從未出國旅行的我，
這次很高興自己寫的小說能跨海與許多讀者見面，
希望這部作品能帶給您無上的閱讀樂趣。

宮部みゆき

ソロモンの偽証

第Ⅱ部 決心

宮部美幸

王華懋——譯

唯有勇敢的人也擁有智慧，有智慧的人亦具備勇氣，我們才能感受到人類的進步——儘管我們過去一直錯把其他事情當成人類的進步。

——埃里希・凱斯特納（Erich Kästner）

《飛行教室》（*Das fliegende Klassenzimmer*）

第Ⅱ部　決心

校內法庭相關人物關係圖

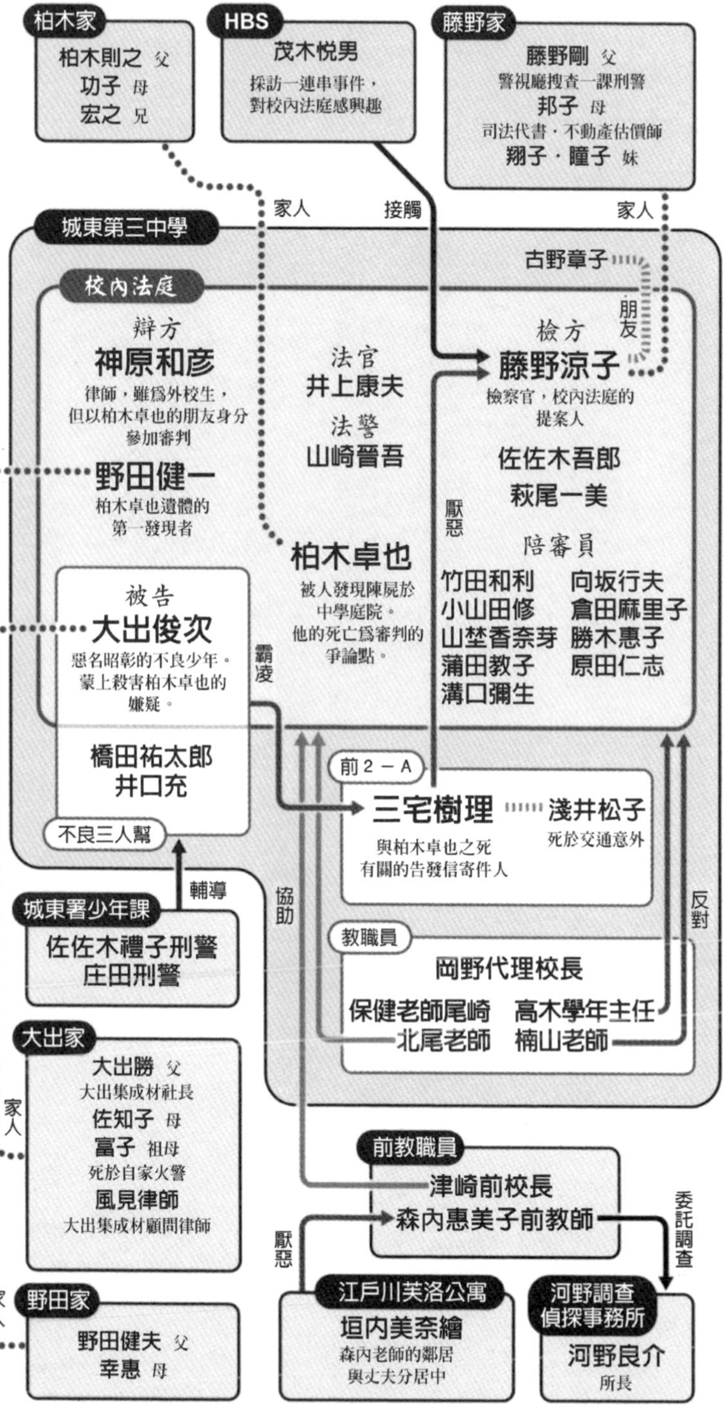

柏木家
柏木則之 父
功子 母
宏之 兄
HBS
茂木悅男
採訪一連串事件，
對校內法庭感興趣
藤野家
藤野剛 父
警視廳搜查一課刑警
邦子 母
司法代書．不動產估價師
翔子．瞳子 妹
家人
接觸
家人
城東第三中學
古野章子
朋友
校內法庭
辯方
神原和彥
律師，雖爲外校生，
但以柏木卓也的朋友身分
參加審判
法官
井上康夫
法警
山崎晉吾
檢方
藤野涼子
檢察官，校內法庭的
提案人
佐佐木吾郎
萩尾一美
野田健一
柏木卓也遺體的
第一發現者
厭惡
陪審員
柏木卓也
被人發現陳屍於
中學庭院。
他的死亡爲審判的
爭論點。
竹田和利
小山田修
山埜香奈芽
蒲田教子
溝口彌生
向坂行夫
倉田麻里子
勝木惠子
原田仁志
被告
大出俊次
惡名昭彰的不良少年。
蒙上殺害柏木卓也的
嫌疑。
霸凌
橋田祐太郎
井口充
不良三人幫
前2－A
三宅樹理
與柏木卓也之死
有關的告發信寄件人
淺井松子
死於交通意外
輔導
協助
反對
城東署少年課
佐佐木禮子刑警
庄田刑警
教職員
岡野代理校長
保健老師尾崎
北尾老師
高木學年主任
楠山老師
大出家
大出勝 父
大出集成材社長
佐知子 母
富子 祖母
死於自家火警
風見律師
大出集成材顧問律師
家人
前教職員
津崎前校長
森內惠美子前教師
委託調查
厭惡
家人
野田家
野田健夫 父
幸惠 母
江戶川芙洛公寓
垣內美奈繪
森內老師的鄰居
與丈夫分居中
河野調查
偵探事務所
河野良介
所長

ソロモンの偽証

第Ⅱ部 決心

1

一九九一年七月二十日。

暑假在即，城東第三中學的三年級生全數集合在體育館，依二年級時的編班，在地上各自圍圈而坐。

依照慣例，每年一到這個時期，三年級生都會像這樣，在體育館討論畢業成果的內容。「畢業成果」是例年來的傳統活動，不過自從十年前的三年級生要求依二年級時的分班執行以後，便發展成現今在暑假前的放學時間，全員集合在體育館討論主題的形式。

學生們不是在想「要做什麼」，而是在「討論主題」，因爲他們都知道，畢業成果想都不必想，一定是製作「班刊」。現在大家都忙著準備考高中，才沒空去搞什麼大費周章的玩意。主題也幾乎不脫窠臼，不是「國中的回憶」就是「將來的夢想」，只求四個班級不要撞題就好了。學生也都了解老師抱著相同的打算。

因此，這場集會毫無緊張感。雖然二年級時的班導會在場監督，但畢業成果就是要尊重學生的自主性才有意義，所以老師不會插嘴干涉。學生一邊意興闌珊地討論著，一邊跟升上三年級後被拆散的前同班同學聊天，或談論現在班上的八卦，享受著偷閒的一刻。體育館沒有空調，悶熱無比，所以也有學生打起盹來了。

討論才剛開始。每個班級的圈子都只有班長站著，說明這場集會的主旨和目的，並環顧其他同學，詢問：「有沒有什麼意見？」無人舉手。取而代之的是哈欠聲此起彼落，完全就是一副悠閒而無趣的景象。

唯獨一個班級——前二年A班例外。

前二年A班在升上三年級的過程中，少了三名學生。柏木卓也和淺井松子過世，三宅樹理依舊不肯上學，再加上前導師森內惠美子也離職了，所以是由當時的學年主任高木老師來監督前A班。

A班的圈子角落，班長藤野涼子站著。她的表情無比嚴肅，好像有點怯場，嘴角發僵。

班上同學第一次看到藤野涼子露出這種表情。這件事首先令眾人緊張起來，也引發了一些困惑。

涼子以主持人身分說明這場集會的主旨後，並沒有像其他的班長那樣催促眾人「好了，請大家踴躍提出意見」，而是說「我有一個提議」。

「大家都記得井口同學和橋田同學打架，井口同學受重傷那一天的事吧？」

她環顧抱膝而坐的同學們這麼說，語尾有些顫抖。這對藤野涼子來說也是第一次。

「那天放學途中，我們前A班的同學不約而同地聚在一起，聊了許多事。」

對吧？──涼子望向幾名學生，像在求證。有的人點頭，有的人歪頭，有的人佯裝不知情。這些不同的反應，引來身邊學生不同的竊竊私語。這是在說什麼？咦，有那種事喔？

「當然，不是所有的前A班同學都在場，不在場的人比較多，可是當時談過以後，我發現前A班的同學裡面，有人想法和我一樣，覺得安心多了。」

有兩個女生不停地在咬耳朵，涼子瞥了她們一眼，兩人便倏地分開來。

「至於這代表了什麼……」

高木老師就站在涼子的對面，中間隔著前A班的學生。這名女老師平日表情就十分嚴肅，此刻更是訝異地蹙緊了眉頭。高木老師居然會用那種眼神看模範生小涼，真不敢相信──倉田麻里子注意到老師的表情，驚訝得直眨眼。麻里子就坐在涼子的腳邊。

從涼子的位置，也可一清二楚地看見高木老師的表情。她已有這位老師不會給她好臉色的心理準備，可是那雙眉毛未免吊得太高了吧？

得在被阻撓以前，趕快把要說的話說完才行。涼子迅速地吸了一口氣，接下去說：

「至於這代表什麼，就是我們受夠這些紛擾了。什麼是真的？誰在撒謊？是不是有所隱瞞？沒有一件事是清楚的，我們聽到的全是流言與臆測，班上的朋友死掉了、受傷了，我們眞的覺得**夠了**。」

不出所料，高木老師厲聲開口，像要掩蓋掉涼子的語尾：

「藤野同學，妳是主持人，不是來演講的。不詢問大家的意見，要怎麼討論？」

看吧。涼子的心臟冷不防一跳。她是個不習慣挨罵的模範生，然而高木老師的斥責反倒激起了涼子的反感。那股反感之強烈，以及隨之湧起的憤怒，令涼子比任何人都要驚訝。

我才不會輸！

「身爲主持人的我應該也有表達意見的權利。」

涼子反駁。聲音果然發抖了，已不完全是緊張的緣故。

「妳是主持人，有意見最後再說。」

高木老師冷冷地否決了，接著俯視圍坐在腳下的學生說：

「你們不要都丟給藤野同學，趕快提出自己的意見。這是你們自己的畢業成果吧。」

前A班的同學都縮起了脖子。有人看向涼子，有人觀察高木老師的臉色。有人低頭怪笑不止，或用手肘推撞旁邊的同學。有人忽然在室內鞋鞋底發現罕見的花紋般觀察起來，也有人默默將膝蓋抱攏起來。

涼子環顧自己的伙伴們。她不打算求救，她想要的是共鳴。喂，你們不生氣嗎？高木老師那種不分青紅皂白的口氣，你們聽了不覺得火大嗎？口口聲聲「你們、你們」，如果她是眞心爲我們著想，不是該聆聽一下我們的心聲嗎？

「小涼。」

麻里子扯扯涼子的裙子，看不出來是在忠告不要這樣，還是在爲她加油。

「我是主持人沒錯，不過我可以繼續說完我的意見嗎？」

涼子問伙伴們。這次眾人的頭就像被風掃過的麥田般，同時低垂下去。原來我們只是碰巧同班，並不是伙伴啊。

高木老師立刻趁勝追擊：

「再拖拖拉拉下去，別班都要討論完了。」

其他三班的圈子不時有笑聲傳出，擔任主持人的班長們看起來也十分輕鬆，表情悠哉，彷彿只想著「啊，好悶熱，教人發懶」。

涼子的心臟又猛地一跳。挫敗感泉湧而上，淹過腳底。

「有人有意見嗎？」

高木老師鞭策眾人似地說。垂著頭的學生有幾個板起了臉，有人（十分小心不被老師聽見地）嘖了一聲。

前A班的圈子裡有人舉手了。

高木老師微微瞠目，一臉意外。老師還沒有指名，舉手的學生就自己站了起來——正確地說，是正要站起來。但因爲受到眾人矚目，那名學生又一下子腿軟，變成彎腰駝背的怪姿勢。

即使如此，野田健一還是開口了。他彎著腰，垮著右肩，膝蓋半彎，姿勢難看，所以聲音也軟綿無力。

「藤野同學，請繼續說下去。」

涼子看向他。四目相接，感覺野田健一正用眼神向她示意點頭。

「呃，剛才藤野同學說的，放學路上大家聚在一起，那時候我也在場。」

語氣一點都稱不上凜然，眼神也飄忽不定，但他還是說下去。結結巴巴地，堅持說下去：

「然後，我跟藤野同學有一樣的感覺。我受夠這些事了。當時大家談到我們受夠了，想要知道眞相到底是如何。井口同學弄傷橋田同學——」

「喂，你說反了。」近處的男生大聲插嘴，「是橋田把井口從窗戶推下去啦。」

眾人哄堂大笑。野田健一頓時滿臉通紅，鼻頭冒汗。

「可是我懂啦，我知道你的意思。」

這次換別的女生開口。她和坐在兩旁的同學嘻笑著，感覺不是在陳述意見，只是在跟朋友聊天。

「然後，呃……」野田健一滿頭大汗地再次開口，「對於今後會變得怎樣，我感到很不安。我擔心如果橋田同學和井口同學的事又被媒體報導，我們學校的風評會愈來愈差，城東三中有可能會被貼上壞學校的標籤。」

「我們學校已經夠差啦。」

一道尖細的女生嗓音插嘴，眾人又笑成一團。野田健一的腰往下墜，幾乎就要坐了回去。

「那個時候我也在場。」

是向坂行夫。他慢慢地起身，跟野田健一一樣半蹲著。

「眞的就是那樣。跟阿健——野田同學說的一樣，那個時候我們相當熱烈地討論這件事，所以藤野同學說的並沒有錯。」

「嗯。」倉田麻里子出聲，手仍揪著涼子的裙襬。「小涼，說出妳的意見吧。」

聽到麻里子的話，幾名女生幾乎是反射性地露出「這女生煩死了」的表情。只知道盲從藤野涼子的倉田麻里子，老樣子了。

沒錯，或許吧。涼子心想。那妳們呢？只會露出一臉煩躁的妳們，當時不是也在圖書館外面討論嗎？明明在場，這時候卻擺出一副事不關己的模樣。因爲妳們怕高木老師，因爲妳們嫌麻煩。比起妳們，麻里實在了不起。

「關於畢業成果的主題……」

涼子調整呼吸後出聲：

「柏木同學過世以後，一直到現在發生的一連串事情，我們在當中體驗到什麼？有什麼想法？我想以此作爲畢業成果的主題。當然，被電視節目報導的事——之前也有人接受過採訪，對吧？這些都可以毫不保留地全部寫下來。大家當時怎麼想？現在又有什麼感覺？我覺得我們可以寫這些。大家一起製作這樣一本班刊如何？」

眾人又沉默了。野田健一在向坂行夫的催促下坐了下來，直到剛才還在嬉鬧的女生臉上的笑容消失了。

「我不認爲這適合拿來當成畢業成果。」高木老師說。

老師徹底不高興了，眼底燃燒著熊熊怒火，瞪著涼子。那不是斥責做出荒唐發言的學生的教師眼神，而是在責備共犯變節的眼神，涼子心想。

妳這種學生怎麼會說出這種話？只要裝成什麼事也沒有，置身事外當個乖寶寶，就能順順利利進入志願學校的妳。對學校來說應該比任何學生都好利用的妳，應該與校方利害一致的妳。

妳這個叛徒！

「是嗎？」涼子毅然反問，「我們班上死了兩個同學，柏木同學和淺井同學。我們本來可以一起畢業，他們兩個卻過世了。然而，校方卻要我們裝成什麼事也沒發生，在班刊裡寫什麼『我們的國中生活既充實又開心』，就算像這樣謊話連篇，我也不覺得有意義。」

這公然的反擊令高木老師一瞬間退縮了，前A班的同學也都嚇傻了。**那個**藤野涼子，居然向**那個**高木老師頂嘴！

「的、的確，爲過世的同學哀悼的心意也很重要……」

高木老師皮笑肉不笑地說，像是要躲開涼子的攻擊，但涼子決絕地打斷她的話：

「我不是只爲了悼念才想要選這個主題。我想柏木同學和淺井同學也不期望我們哀悼。」

「每一條生命都很寶貴，是無可取代……」

「**所以說**，那種漂亮話我們聽夠了，老師。」

漂亮話。高木老師瞪大了眼睛，同學全都僵住了。

涼子氣喘吁吁。淚水就快淹上眼角，她拚命克制下來。

「死了兩個人耶。」

她只能繼續說了。不是對高木老師，而是對前A班的同學說：

「他們爲什麼死掉了？一直到現在，我們都還是不明白確切的理由。是自殺，還是意外？」

下一句話，得再一次從心底鼓起勇氣才說得出口，涼子緊張得發抖。

「或者是被誰殺掉的？」

「適可而止，藤野同學！」

高木老師慘叫般的斥責甚至撞擊到體育館天花板。

其他班級的學生，還有負責監督的導師們都驚訝地看向A班。涼子緊抿嘴唇，直視著高木老師。她已徹底下定決心，完全不準備退讓。

她和父母好好談過了。自己想要做什麼？是爲了什麼而做？因爲希望父母都能理解，涼子拚命說明自己的心情。父母非常吃驚，然後表示反對。生活不規則又忙碌的父親剛，爲了這件事甚至特地挪出時間回家來。起初兩人都在對涼子說教，試圖勸她回心轉意。

涼子先是說服了父母。她不想要無視柏木卓也和淺井松子的死，就這樣畢業。以卓也的死爲出發點，以松子的死爲中繼點，籠罩城東三中三年級生的種種疑雲，此刻依舊持續蔓延，沒有人知道事情究竟會如何收場。無所謂、我沒興趣、跟我無關——涼子沒辦法這樣說。不管我們在電視新聞上被報成什麼德行、有人揭發爆料什麼，反正我什麼也沒做，所以不關我的事——她不想這麼說。

因爲，我怎麼可能**不在乎**？

涼子的熱情終於打動了父母，後來父母便開始與她討論這件事。

「我們一直懸在半空中，處在曖昧不明的狀況下。只因爲電視台採訪，就被捲進風波裡，卻又無法得知任何一點事實，大家都不覺得不滿嗎？我就覺得討厭死了！」

爲了不輸給高木老師，涼子一樣扯開嗓子大叫。整棟體育館變得鴉雀無聲，出聲的只有藤野涼子一個人。

「雖然很討厭，但如果說了什麼，被捲進麻煩裡，就更討厭了，所以我一直忍氣吞聲。我覺得我還是個國中生，只要交給父母和學校處理就好了，也覺得這是唯一的方法。可是，結果怎麼了？告發信的事沒有解決，淺井同學死掉了，井口同學和橋田同學也變成那樣，而且還沒有完！大出同學家失火的事，大家都知道了吧？那場火災可能是縱火呢！聽說火災前有人打電話去大出家，威脅要殺害他們全家。是大出同學的父親在電視上說的，大家也都看到了吧？」

那段訪談正是昨晚HBS傍晚的新聞節目中的內容。不是新聞之一，而是以「特輯」處理，也大致說明了這次「縱火」事件前的來龍去脈。

報導立場和《前鋒新聞》一百八十度相反，大出俊次被當成一個遭到不當懷疑、被逼到無法上學的國中三年級生，然後父親大出勝在發言時不斷將恐嚇電話與自宅火災連結在一起，提到不幸葬身火窟的母親時都哽咽了。

「圍繞著城東第三中學的疑雲愈來愈深，眞相仍在一片迷霧之中。」

雖然配上假惺惺的旁白，但內容完全是在爲大出家說話。涼子的父親剛看著，說HBS眞是豁出去了。其他電視台的新聞沒提到這場火災，各家報紙也只在社會版以小篇幅報導〈城東區住宅火警　一人燒死〉而已。別說縱火了，甚至沒有提到起火原因不明，只有一家報紙添上一句「城東消防署正在調查起火原因」。

——恐嚇電話尚未得到證實，火災原因也還不明，卻讓大出先生說到那種地步，以新聞報導來說太超過了。不過，他們應該是明知故犯吧。

——明知故犯？

——也就是說，這是在為《前鋒新聞》中茂木記者過火的報導道歉。站在HBS的立場，這下子就等於是平衡報導了兩造的說詞。

——是大出同學的父親這樣要求電視台的嗎？

——不清楚，不過有這個可能性。

——那茂木記者怎麼會來找我採訪呢？

——可是，他也說被高層阻止了吧？

——對耶。

——雙方相互對立吧，茂木記者應該不打算乖乖聽話。

沒錯，茂木記者並未死心。即使HBS讓大出勝在其他節目暢所欲言，取得平衡，並準備趁機從這件事抽身，茂木記者也絲毫不打算罷休。

正因如此——涼子加重語氣繼續說：

「是誰在大出同學家縱火？不曉得哪來的縱火狂嗎？恐嚇電話只是單純的惡作劇嗎？還是，大出同學的父親在撒謊？大出同學被懷疑殺死了柏木同學，淺井同學的死也被賴在他頭上，這次的火災跟這些事完全無關嗎？只是不幸的巧合嗎？大家怎麼想？」

學生們聆聽涼子熱烈的演說，彷彿深受吸引。高木老師無聲無息地繞過學生圈子的外側，不知不覺間逼近了涼子。她伸手環住涼子的肩膀，把她摟過去。

「藤野同學，冷靜一點，妳不曉得自己在說什麼。」

涼子扭動身體掙脫老師的手臂。

「我很冷靜，我知道自己在說什麼。」

高木老師的眼中又浮現「妳這個叛徒」的責備之色。涼子也看出高木老師企圖隱瞞那種眼神，就算嘴上說著甜言蜜語也沒用。

「我知道妳身爲班長，感到很自責。」

實在太荒謬，涼子忍不住笑了出來。

「自責？我爲什麼要自責？」

「因爲妳沒辦法讓班上團結一心。」

「咦！那是我的錯嗎？柏木同學和淺井同學會死掉，是我害的嗎？」

高木老師退縮，接著意氣用事起來，想把涼子摟過去。「沒有人怪妳，總之妳先冷靜下來。」

涼子推開老師纏繞上來的手，轉向前A班的同學說：

「大出同學家的火災發生沒多久，《前鋒新聞》一個叫茂木的記者就跑來找我，說想要採訪我。」

驚訝的浪濤還來不及擴散到所有的學生，高木老師已搶先一步擋到涼子和眾人之間。這次她雙手抓住涼子的肩膀，一邊搖晃一邊吶喊似地逼問：

「那妳說了什麼？妳說了什麼？快說，妳跟那個記者說了什麼？」

口水噴到涼子的臉上，涼子踏緊雙腳站穩。

「如果我說了什麼，會對妳造成困擾嗎，老師？」

涼子一字一句，咀嚼再吐出似地問。

藤野同學——一個男生開口。一片啞然的學生圈子中，副班長井上康夫站了起來。A班因爲有涼子，副班長常被人開玩笑說存在感薄弱，實際上他也對班上事務興趣缺缺。至今爲止的一連串騷動中，他都是一副隔岸觀火的態度。

但其實井上康夫是個頭腦聰明、邏輯分明的人。

「妳說的是眞的嗎？」井上康夫問。他的頭一動，銀框眼鏡就冰冷地反光。

「是的。」

涼子推開高木老師走上前去，高木老師踉蹌後退。

井上康夫問眾人：「火災之後，有沒有人也被採訪了？」

沒有任何人反應。

「那個記者打算繼續追查下去。」涼子接著說：「事情還沒有結束，今後我們學校——不……」

她用力搖了一下頭。

「我們還會被詢問許多事、被寫成各種樣子、別人會對我們有各種揣測與想像——在我們完全無法得知任何事實的情況下。只因爲大人說我們不必知道。」

高木老師想要開口，但發現前A班的學生只注意著涼子，於是別開了視線。

「我受夠這種事了，我眞的覺得好生氣。」

雖然想要說得更強而有力，口氣卻變得好似在嘆息。明明這麼亢奮，爲什麼我的膝蓋抖個不停？

「藤野同學，妳想要怎麼做？」

井上康夫問，口氣很嚴肅。同時，他似乎也察覺了答案，才會問得如此認眞。妳是眞心這麼計畫嗎？妳眞的打算這麼做嗎？

「從妳的話聽來，不是只想把我們A班的體驗寫進班刊而已，對吧？」

對，你說的沒錯。

涼子下定決心，縱身一跳。

「我們一起來找出眞相吧！」

一陣頭暈目眩，眾人嘴巴半開的臉搖晃了一下。

「我們一起調查吧！」

退潮似的，所有人都倒抽了一口氣。

真的假的？——有人低語。

「小、小、小、小涼。」

麻里子重新抓好涼子的裙襬，僵硬地起身說：

「那、那不可能的啦。怎麼可能嘛？」

依然站著的井上康夫輕輕點頭。

「倉田同學說的沒錯，我們沒辦法抓到縱火犯，這件事交給警察和消防署就行了。」

涼子吐氣，然後吸氣，露出微笑：「不是的，我不是說要調查火災。」

「那是要調查什麼？」

「一切的根源，柏木同學的事。」

他為什麼過世？

「柏木同學自殺了。一開始——還沒有那封告發信的時候，連柏木同學的父母都這麼想，警方調查後也這麼判斷。因為沒有可疑之處，警方的調查就是這樣的結果吧。」

眾人總算有反應了。同學們面面相覷。

「可是，接下來卻怪事連連，一步錯、步步錯，變成現在這種狀態。一切的原點是柏木同學的死。他為什麼會過世？如果是自殺，理由是什麼？」

井上康夫接下去說：「如果是他殺，又是誰殺的？告發信是真的嗎？內容可信嗎？」

涼子繼續道：「如果告發信是假的，它是怎麼冒出來的？各位同學，有件事我得向大家道歉，我一直沒有告訴大家，其實我也收到了一封告發信。我家也收到一封了。我想大概是因爲我的父親是警察。」

由於動搖、困惑和驚愕，所有同學一片嘈雜，而倉田麻里子說了牛頭不對馬嘴的話：「不是的，是因爲小涼是班長啦。」

會這樣搞錯焦點，確實很像麻里子的作風。可是這句話深深地沁入了涼子的心胸，或許眞的就像她說的。

所以，現在、這次，我必須像個班長，好好面對。

井上康夫杵在原地，交抱起雙臂。他裝傻似地朝著空中說：

「意思是要追本溯源嗎？」

然後，他掃視眾人一圈說：

「那麼，各位意下如何？這是我們班班長的提議，要舉手表決贊成還是反對嗎？」

等一下！——一道倒了嗓的叫聲響起。

是高木老師。她面色蒼白，眼角吊得老高，冷不防抓住涼子的手臂，用力往後一扯。由於猝不及防，涼子差點摔倒了。

「老師！」

「妳給我過來。」

高木老師拖著涼子，就要走向體育館出口。

「我不要！我們正在討論事情啊，老師！」

涼子壓低身子抵抗，老師也全力對抗。高木老師不是抓涼子的手臂，而是揪住了她的衣領。

「這根本不是什麼討論，妳到底在想什麼？」

「我好好想過了，就是因爲想過了，才會想要跟大家……」

高木老師完全氣壞了。

「妳給我閉嘴！」

一個巴掌摑了上來。

一瞬間，時間好似靜止了。被甩了耳光的涼子固然難以置信，但甩人耳光的高木老師好像也無法相信自己做了什麼。她啞然失聲地盯著涼子，然後看向自己的手，彷彿上頭留下了什麼痕跡。

女生的哭聲劃破了寂靜與緊繃，「老師打人！」

以此爲信號，眾人全都行動起來。所有同學團團圍住涼子，而高木老師卯起來試圖把涼子從人牆中拖出去。涼子用全身抵抗，麻里子撲上來幫她。幾個人想要插進扭打的涼子和高木老師之間，老師倒了嗓地吼叫：

「你們做什麼！給我坐下！」

她想要把學生推回去，卻被反推回來而站不穩。

「老師，放開藤野同學！」

「老師太奇怪了！怎麼可以動粗！」

「你們在幹什麼！」

楠山老師衝了過來，動手把爭奪涼子的高木老師和學生們分開。其他班的學生也都坐不住了，有一半的人站了起來，還有人氣勢洶洶地在一旁吆喝助陣。打架啦！打架啦！

涼子甩開高木老師的手。在極近的距離下，她清楚看見老師不只是臉，連眼底都變得一片慘白，似乎也聽見老師的血液竄升至腦門的聲響。

高木老師再次抬手要打涼子，但那隻手被身後的井上副班長抓住了。不只是抓住而已，爲了阻止老師的勁頭，他還把那隻手反扭了過來。

「老師，妳在做什麼？」

語氣和他的眼神一樣冷酷。

「老師不覺得可恥嗎？」

楠山老師壓制著扭打成一團的學生，也嚇呆了似地張著嘴巴。

高木老師的臉皺成一團，彷彿隨時都要哭出來。井上康夫放手，老師的手無力地垂下。

「這是暴力。」

藤野涼子顫抖著對眾人說。她大聲宣告——一面感受著在口中擴散的血腥味。

「我遭到高木老師體罰，我要對此提出嚴正的抗議。」

藤野涼子坐在校長室裡，用濕毛巾捂著被高木老師摑掌的臉頰。

涼子的對面坐著代理校長岡野和保健老師尾崎。尾崎老師檢查涼子的傷勢——簡而言之，就是看看被打得怎麼樣——很快就恢復平時溫和的態度了。岡野代理校長乍看之下很平靜，但眉頭緊繃得都發白了。

「令堂很快就會過來，然後我們一起說明剛才發生的事吧。」

領帶筆挺、頭髮梳理得一絲不亂的岡野代理校長，拉近椅子，微微朝涼子探出身體說：

「不管原因是什麼，高木老師動手打了妳，眞的很令人遺憾。」

「高木老師爲什麼不在這裡？她是當事人吧？」

一臉鎭定地提問的是涼子旁邊的井上康夫。語氣不是頂撞，也不是氣憤，只是有點冷漠而已。即使如此，還是比剛才好多了。

井上康夫的口氣似乎讓岡野代理校長有點不太高興。

「她去冷靜一下……」

聽到那低聲下氣的回答，井上康夫又滿不在乎地說：「說的也是，她看起來非常需要冷靜。」尾崎老師垂下頭竊笑。

——依高木老師的個性，搞不好她現在比妳更驚嚇呢。

是妳贏了——涼子彷彿可以聽見尾崎老師惡作劇般的心聲。

「這次眞的很抱歉。不論理由是什麼，教師都絕對不能體罰學生……」

「我個人倒是無法贊同『不論理由是什麼』這個前提。」

井上康夫開口打斷。面對代理校長，他居然囂張地雙手抱胸，但他並不是故作神氣，只是爲了避免跟坐在旁邊的涼子手臂相觸而已。

「我認爲在緊急而且沒有其他替代方案的情況下，體罰——也就是行使暴力，應該可視爲教育者對學生的一種指導方式。比方，當學生有可能危害到自身或是其他學生的生命安全時，體罰可視爲制止行爲之一。或是，老師自身的生命安全遭到威脅的情況，體罰也可視爲自衛行爲。」

井上康夫侃侃而談，岡野代理校長睜大了眼睛，尾崎老師終於忍俊不禁。

「可是，高木老師剛才的行爲，不符合這類情況。藤野同學並沒有要傷害包括她自己在內的任何學生，也沒有要傷害高木老師。藤野同學雖然情緒有些激動，但她只是在陳述意見而已。不管她的意見令高木老師感到多麼不愉快，都不應該動用暴力來制止。」

斬釘截鐵。

「倒是校長，剛才我判斷激動的高木老師準備再度毆打藤野同學，情急之下抓住老師的手腕，相當強硬地制止了她。我的行爲可能會導致高木老師的肩膀或是手腕受傷，但這樣的制止行動，對我來說也是緊急而且別無替代方案的情況下所做出的行爲。可以請校長如此理解嗎？」

岡野代理校長還沒有回話，敲門聲就響起，緊接著藤野邦子探頭進來。兩名老師站了起來。涼子發現岡野代理校長一瞬間露出鬆了一口氣的表情。比起和遭到體罰的涼子的家長見面，得以擺脫眼前的井上康夫，或許更令他開心。

「井上同學，」涼子小聲問：「你就是爲了確定這件事，才特地跟我一起來的嗎？」

井上康夫滿不在乎地說：「對我來說，這是很重要的事。而且身爲副班長，我有責任在事後好好地向前A班的同學報告後續發展。」

誰曉得哪邊對他來說才重要。可是，井上康夫就是這樣的人，凡事都要符合道理，否則他就會看不順眼。他討厭感情用事，講求責任，但也有很強烈的義務感。如果認爲對方錯了，或是對方的理論有瑕疵，他絕對不會沉默，即使對方是代理校長也一樣。

「我是藤野涼子的母親。」

邦子在門旁恭敬地行禮。大概是從事務所急忙趕來的吧，臉上都冒汗了。

「請進、請進。」

岡野代理校長催促，但邦子制止了他，說道：

「不好意思，校長，可以先讓我跟小女談談嗎？」

「不，可是……」

「只要五分鐘——不，三分鐘就行，站在走廊談一下就好。拜託校長了。」

邦子就像做伸展操那樣——她每天早上一起床就在洗手間做伸展操——深深行禮，頭幾乎都要貼到膝蓋了。岡野代理校長交互看了看邦子和涼子，小聲應道：「呃，請吧。」

涼子快步走近邦子。一看到母親的臉，胸口頓時苦得讓她差點就要掉眼淚，可是她咬緊嘴唇，絕不讓自己哭出來。

邦子把涼子帶出走廊，一關上門便問：「妳行動了？」

「嗯。」

「那大家的反應怎麼樣？贊成妳嗎？」

不知道。涼子搖搖頭，緊咬的嘴唇發顫。

「我還沒有問大家的意見，高木老師就生氣了……」

她說明被掌摑的事，邦子的眼底泛出寒光。

「這樣啊，哪邊的臉被打了？」

「這邊。」涼子亮出臉頰，母親伸手輕撫。「嘴巴裡面好像破掉了。」

「媽媽看看……啊，眞的。」

居然敢動我女兒──邦子從牙縫間擠出聲音似地說：

「妳照著跟爸媽說好的步驟做了嗎？」

「嗯。」

「妳說了什麼冒犯高木老師的話嗎？」

「才沒有。老師不分青紅皀白就要我閉嘴，我好生氣。」

「妳該不會對老師動手了吧？」

「我才沒有。」

涼子筆直地看著母親。

「她用力拉我，我差點跌倒，所以我把她推回去而已。」

「有沒有其他受傷的地方？」

涼子亮出膝蓋。膝蓋擦傷，尾崎老師幫她消毒過了。

「是在推擠的時候受的傷吧？」

「對。」

邦子從鼻子噴出一團灼熱的氣，接著問：「然後呢？」

「什麼然後？」

「妳要怎麼做？還想繼續嗎？」

涼子屏住了呼吸。

今天的事，她和父母討論過許多次，也模擬過好幾次了。她不是臨時起意，衝動行事。她已做好心理準備，所以現在也不需要冗長的說明。

「我要做。我的決心還是一樣。」

這樣啊——邦子又像恐龍般從鼻子噴出一團氣。

「媽媽懂了，既然如此……」

邦子作勢把細長的手指扳得吱咯作響。雖然沒有扳出聲音，不過這是爲了拿出幹勁。

「接下來就交給媽媽吧。」

2

「所以……」

倉田麻里子環顧在場四人，吐了吐舌頭後，開口：

「小涼，妳要怎麼做？」

這裡是第一學期的休業式結束後、人去樓空的三年A班教室。

明天開始就是暑假了。天空萬里無雲，四散在操場上的運動社團學生早已曬得全身黑黝黝。

整然並列的課桌桌面反射著強烈的陽光，背窗而坐的野田健一的身影完全成了一道剪影，連表情都看不清楚。

可是，就算看不見也一樣。因爲每個人的表情都一樣，好似尷尬，又像害臊或不安。

涼子、麻里子、向坂行夫和健一。

回應涼子的呼籲，集合在這裡的，就只有這三個人而已。總計四個人，只有四個人。

二十日討論的時候，涼子不甘示弱，過於性急了。大概是從那天晚上起，涼子總算能夠認清現實，冷靜地清點了一下人頭，著手製作名單，列出感覺可以期待的朋友、願意參加這場活動的成員。

她第一個列出的是古野章子和井上康夫。章子是她的手帕交，井上康夫則是前A班的副班長，在涼子與高木老師發生衝突的時候，他表現得可靠極了。從當時的言行來看，他應該是站在涼子這邊的，一定會願意加入。

還有其他班的班長和副班長、學生會長和副會長。劍道部的伙伴裡面也有些人相當關注柏木卓也的事件，只要向他們提起，他們應該會願意考慮吧。

所以，涼子除了貼出手寫海報，召募同志參加這場調查活動以外（她周到地先得到了各班導師的許可），也同時展開個別交涉。

然而——

涼子的名單上列的同學，沒有一個人感興趣。

讓她打擊最大的是遭到章子拒絕。

「我很明白小涼的心情，我也覺得校方的做法不可原諒。」

儘管這麼說，章子的聲音卻透著嚴絲合縫、拒人於千里之外的頑固。

「可是，光憑我們的力量，我覺得還是不可能調查的。我不認爲我們能夠勝任。」

盡我們最大的能力，好好做就行了啊——涼子如此傾訴，但章子搖頭說：

「我不懂這種情況，怎樣才叫『好好做』？小涼，妳懂嗎？」

涼子也還在摸索，但她就是覺得摸索有意義——

「太不確實了吧？我不想被扯進這種事。坦白說，我也沒有那麼多時間。而且我本來就有其他想投入的事，卻爲了準備考試而忍耐著不去碰。」

寫劇本，是嗎？

「小涼，妳打消這個念頭吧。我不希望妳這麼做。我以好朋友的身分拜託妳，能不能就聽我這一次？還是，事到如今，沒有台階下了？」

涼子說不是這種問題，章子露出受傷的表情。

「對不起。」兩人對彼此說。

「柏木同學的事我眞的覺得很遺憾，我不會忘記他的。」

批評高年級生亂改一通的契訶夫的戲碼「無聊」，看穿章子也有相同的感覺，向她攀談……

「可是，這是兩碼子事。我呢，總有一天會把柏木同學的事寫下來。」

作爲戲中的登場人物。

章子一手按在胸前說：「我是立志成爲創作者的人，所以我認爲用這種方式去面對心中的疙瘩是最好的。」

也就是妳不願意面對現實嘍——話都來到嘴邊了，涼子嚥了回去。

「可是，小涼，我跟妳還是好朋友吧？」

必須這麼確認，因爲兩人再也不是這種關係了。聰明的章子明白這一點，於是用這句話來代替「再見」

吧。再見了，藤野涼子同學。我沒辦法追隨現在的妳。好朋友要離開了，眞簡單。

下一個是井上康夫，他的回答很清楚。

「我沒空。」

也沒興趣，他說。

「可是，發生那場騷動的時候，你不是幫了我嗎？」

涼子忍不住追問，井上康夫的銀框眼鏡閃了一下。

「我不是幫忙藤野同學，只是高木老師失控了，所以我制止了她一下而已。」

「可是……」

「藤野同學，妳申請了推甄入學，對吧？」

他在說高中入學考。

「我們都知道彼此的成績，就不必假謙虛了。坦白說，我和妳可以輕易靠推甄上高中。可是，像我們這種有可能靠一般入學考進入更好的學校的學生，其實校方不太想要把推甄名額給我們，所以妳最好不要太指望推甄。」

「我也不是說就不準備考試了啊。」

「就現實面來看，準備考試和調查是不可能兩全的。」

「只有暑假期間進行調查而已。」

拖拖拉拉的也不好，設個期限吧，再長也得在暑假前結束。涼子已這麼決定。

「暑假是考生寶貴的備考時間。」

「我知道。」

「我不認爲妳能在期限內收手。」

「我一定會，然後我會做出成果。」

藤野同學——井上康夫鄭重其事地叫喚她的名字，摘下銀框眼鏡。奇妙的是，不戴眼鏡的他，容貌看起來更要冷酷許多。

「妳爲什麼要這麼堅持？這一點都不像妳。不好意思，我無法奉陪。不過，我會負責處理畢業成果的班刊，其他的隨便妳愛怎麼做吧。」

談判破裂了。

剩下的人選也爭相效法，每個人的回答都大同小異：沒那種空閒，準備考試都來不及了，藤野同學也打消念頭吧，小心後悔莫及。

結果第一次的集會，到場的只有這幾張熟悉的面孔而已。

麻里子、行夫和健一雖然沒有說出口，但應該都了解涼子的失望，以及憑他們三個實在不夠可靠，所以士氣才會如此低迷。

實際上，涼子比他們想像的還要失望。

涼子不說他們三個沒有能力——其實她有點想要這麼說——可是，若問他們是否擁有足以和涼子相抗衡的**堅強**，答案是否定的。麻里子不管涼子說什麼都會贊成，行夫應該也是。

而野田健一應該是因爲野田家發生（差一點發生）的事，對涼子感到虧欠，所以想要報恩而已。因此，這三人都只是像長條旗般被風吹向涼子，跟著她走罷了，這樣根本不能算是戰力。

古野章子說的沒錯，這果然是有勇無謀。在腦袋裡盤算，跟實際付諸行動，根本完全不同。一個人擬定計畫的時候，涼子興奮得彷彿自己成了正義使者，她眞爲當時的自己感到悲哀。

妳不願意面對現實就是了——這麼在內心輕蔑章子的涼子，或許其實比章子還要幼稚，只是不曉得現實的殘酷而已。

「打起精神來，小涼。」麻里子拍拍涼子的背，「我們是站在妳這一邊的，我們會跟妳一起努力。」

應該要回答一些什麼的，涼子卻一句話都說不出來。行夫垂著頭保持沉默，野田健一的剪影一動也不動。

「小涼……」

麻里子活力十足的聲音也不得不消沉地收尾。

就在這個時候——

教室的拉門被大聲地打開，一道格格不入的洪亮嗓音傳來：

「噢，大家都在這裡啊。」

是北尾老師。他是三年D班的班導，也是籃球隊的顧問。可能現在仍是練習時間，他穿著運動服和運動鞋，脖子上掛著黃色的哨子。

「藤野，妳的調查活動還來得及報名嗎？」

北尾老師那張曬黑的臉笑著，朗聲問道。然後，他從門口退開一步，把躲在他身後的一名學生拉了出來。

「我帶了一個志願者。」

「咦——」麻里子溫吞地吃驚著。

一個女生被北尾老師推出來，扭扭捏捏地登場，是勝木惠子。

勝木惠子和涼子她們同年級，是鼎鼎大名的不良少女。遲到曠課次數多不勝數，化妝上學或是染髮挨罵，不然就是深夜在鬧區遊蕩遭到警方輔導，有著滿坑滿谷的知名事跡。

她的裙子長到幾乎拖地，上衣短到差點露出肚臍，衣領釦子開了兩顆，底下露出一串銀項鍊。兩腳交叉站著，臉故意撇向一邊，嘔氣似地杵在那裡。

「喂，勝木，站有站相一點。」
囉嗦——惠子甩開老師的手，裙子真的掃過了地板。
「勝木同學……是嗎？」
涼子站起來，北尾老師對她微笑說：
「對，她想要參加。我知道她會礙事，可是能不能請大家體諒一下她的心情呢？」
「誰說要參加了！」
惠子扯開嗓門吼道，一副隨時要撲上北尾老師的樣子。老師笑著輕鬆閃開。
「別害羞，妳不是那樣熱烈地向老師傾訴嗎？那時候的志氣跑哪去啦？」
北尾老師連口氣都變得粗魯隨便。
「這些人臉上明明就寫著嫌我礙事。」
惠子一副不耐煩的樣子，朝涼子等人猛一甩手。麻里子就像被打到似地縮起身體，兩個男生依然一臉啞然，僵在原地。
「沒錯，妳很礙事。藤野，這種人說要參加，你們也不願意，對吧？」
北尾老師表現得非常寬宏大量。涼子無從回答。
「可是啊，勝木，反正妳過去不是也一直給大家惹麻煩嗎？妳是知道才惹麻煩的吧？那麼，事到如今，只是被藤野嫌礙事，又算得了什麼？」
被礙事的一方可沒辦法這麼想。
北尾老師用力攬過抗拒的勝木惠子的肩膀。
「藤野，這傢伙算是前二年D班的代表。」
啊——涼子一驚。惠子以前的確是二年D班的學生，二年級的時候北尾老師是D班的班導……

然後，二年D班也是大出俊次的班級。

「勝木惠子跟大出本來是一對啦。」

北尾老師繼續大聲說：

「她說身爲女朋友，對於大出的遭遇，她有說不完的意見。所以我才罵她，叫她少龜縮在一邊，嗆呼個沒完，堂堂正正去幫忙藤野。勝木，對吧？」

不是調侃。語氣雖然爽朗，但北尾老師非常嚴肅。

「怎麼樣，可以讓勝木加入你們嗎？老師替她拜託大家。」

北尾老師立正站好，朝涼子行了個禮。涼子更加困窘了，她彷彿聽見腦袋空轉的聲音。

「請問……是勝木同學一個人嗎？」

有人口齒清晰地問，是向坂行夫。他從桌旁站了起來。

「嗯，是啊。」

「勝木同學那一伙——不是，勝木同學的朋友沒關係嗎？呃，就是……」

她們不會來攪和的啦——北尾老師故意鄙夷地說：「升上三年級以後，勝木就被她本來混的那伙人排擠了。」

「才不是！」惠子尖聲抗議：「我才沒有被排擠！」

北尾老師笑了，「是啦，抱歉抱歉，是這傢伙跟不良同伙絕交了。如今她是孤高的存在。」

北尾老師是這種人嗎？——麻里子在涼子耳邊低語：

「感覺跟平常不太一樣耶。」

涼子心想，面對勝木惠子這種問題多端的學生時，老師或許會表現出不同的一面，可是北尾老師看起來樂在其中。

「這個嘛，一方面是因爲出路不同啦，大出的事也是原因之一。大出那件事，讓這傢伙想了很多。所以，現在這個勝木呢，跟藤野還有倉田以前知道的，應該會覺得受不了、瞧不起的勝木有點不一樣了。」

事實上，被人當面說得這麼不堪，勝木惠子當然會覺得嘔氣、不爽，但她沒有逃走或是鬼叫抗議，而是靜靜待著，確實令人驚訝。

「怎麼樣？可以讓她幫忙打雜嗎？萬一這傢伙一點用處也沒有，只會扯後腿，再來跟老師說吧。我隨時都會負起責任把她回收。」

惠子脹紅了臉叫道：「我又不是垃圾！」

「怎麼，妳不就是個垃圾嗎？」

北尾老師——野田健一上前一步說。

「嗯？哦，是你啊。」

北尾老師望向健一的雙眼微微睜大。

「是的，是我發現柏木同學的。」

是呢——老師抿緊了嘴巴。

「一定很難受吧。這樣啊，所以你才會幫忙藤野。」

健一點了一下頭，「可是老師，坦白說，我們還不清楚是不是會跟藤野同學組成團隊。呃，因爲光靠我們，可能無法組成一支讓藤野同學滿意的隊伍。」

涼子內心一涼，幾乎快冒出冷汗。何必選在這種節骨眼說這種話？簡直是個傻瓜，憨直過頭了。

「哦？」北尾老師看向涼子。自從當學生以來，涼子第一次別開視線，逃離了老師的注視。

「所以呢？」老師催促健一說下去。

「所以，雖然不清楚會不會請勝木同學加入，但如果她對大出同學有什麼想法，在這裡說出來也是好的。因爲這也算是調查的一環。藤野同學，對吧？」

涼子定定地注視野田健一，想要生氣，又想要感謝。

「是、是啊。」

涼子自己倒是發出了傻瓜般的應聲。

「這樣啊，那我先把她交給你們吧。老師會在操場。」

北尾老師把惠子推進教室，又發出吵雜的聲響關上門，消失不見了。

一段怔愣般的空白。

惠子和涼子等人的姿勢和距離都沒有變化。該如何開口打破眼前的僵局？涼子完全沒有頭緒。

每一所學校應該都是如此，被稱爲不良少年的學生們，無論如何就是會成群結黨。雖然成群結黨，卻不團結。在涼子的年級裡，雖然大出等人在做壞事方面是數一數二出名，但也還有別的素行不良的男生集團。

女生也一樣。她們群「雌」割據，在校內爲所欲爲。不過，相對於不良少年集團動輒招搖地在校內惹出事端，城東三中的不良少女集團似乎都將焦點放在校外。

邦子說過，這是因爲土地的關係。老街的女生很早熟，很容易被年紀大她們許多的男性吸引。她們的脫軌行爲大多是深夜遊蕩、短期離家出走、不純男女交往——其中應該包括了援助交際與近似賣春的行爲。

涼子的年級中，女生之間陰險的霸凌、排擠行爲，反倒是零星發生在並未脫離學校體制的「一般」學生之間。一年級有段時期，麻里子也曾是被霸凌的對象。因此，後者對涼子而言，並非與她完全無關的問題。所幸霸凌從來沒有發展爲嚴重的狀況，不過任誰都無法逃離這樣的環境。

唯一的例外是，早早就不再是「一般女學生」的勝木惠子她們。

眞的很諷刺，但事實就是如此。所以對涼子來說，惠子之前待的那種所謂有著張狂的偏差行爲的女生集團，無論何時都是與她無緣的眾生。就像魚的種類不同，棲息的大陸棚也不同。

雖然北尾老師說惠子給她們「添麻煩」，但從這個意義來說，也可以說涼子從來沒有因惠子那群人而遭受過任何麻煩。她們可以畫清界線，將那群人當成與自己不同世界的人。雖然要是那群人做得太過火，也會影響到校譽，而且在教室裡散播濃濃的化妝品香味，也教人心煩。

「藤野。」勝木惠子叫道，雙腳依然交叉著，右肩邋遢地垮著。然後，她說：

「居然只來了這幾個，妳意外地沒什麼人緣嘛。」

涼子感覺惠子雖然態度吊兒郎當，但她並沒有壞心眼地抿嘴笑，也沒有露出鄙夷的眼神，只是感到不可思議而已。

以前涼子看過惠子「女力全開」的化妝模樣，她現在應該幾乎是素顏吧。搞不好是被北尾老師罵，叫她去把臉洗乾淨再過來。

她沒有眉毛是因爲剃掉了。眼睛很小，單眼皮，鼻梁高挺，嘴唇很薄，輪廓消瘦，是麻里子憧憬的「小臉」。乍看之下是率性的短髮，但髮梢應該燙過。髮梢沿著臉頰和脖子飛翹出時髦的弧度，理所當然地脫了色。

麻里子抓住涼子的手臂。涼子輕碰那隻手，抬頭看著惠子說：

「是啊，連我自己都嚇到了。」

這麼回答的自己也令涼子驚訝不已。

惠子怪笑了一下，大步上前三步，隨手拖出附近的椅子，撈起長裙坐下來。她理所當然似地蹺起二郎腿，可以看到室內鞋的後腳跟被踏得扁扁的。

「聽北尾說，妳不會把高木的事告上教育委員會，條件是校方讓妳進行這場『調查』，是嗎？」

如此談判的是藤野邦子，不過大致上就是這樣沒錯。涼子看著惠子的眼睛，點點頭說：「是啊。」

惠子立刻回道：「夠狠。」

嘴上這麼說，但聽起來不像在罵人。

「高木那一巴掌，代價可真高。」

「我也被打得很痛，互不相欠。」

惠子目不轉睛地打量涼子，接著露出有點吃不消的表情。

「我會在這裡，都是北尾搞的鬼。居然給我隨便亂講，長舌公最遜了。」

這絕對不是學生批評老師的話，儘管無禮至極，卻沒有刺人的惡意或敵意，就像酒店小姐半開玩笑地埋怨常客。涼子只想得到這樣的比喻，也覺得這個比喻非常貼切。

「妳擔心大出同學嗎？」

野田健一認真地問。他已坐回去，雙手規矩地擺在膝上，彷彿在面試。不過，不是健一擔任面試官，惠子是面試者，而是相反。不管態度再怎麼粗俗，惠子的威嚴都更勝一籌。

真好笑——涼子暗自微笑。

「你叫野田？」

「是的。」健一畢恭畢敬地回答。

惠子頂出下巴問：「聽說你發現柏木的屍體，嚇到尿褲子，是真的嗎？」

原本就一片平坦的健一的臉上，連「一本正經」的表情都消失無蹤了。

惠子笑得臉皺成一團，「大家都在傳呢，還說保健室的尾崎特地跑去『萊布拉』幫你買內褲。」

「不要這樣！」麻里子憤然插嘴，「妳欺負野田同學做什麼？」

「我哪有欺負他？我只是問他而已啊。到底是尿了還是沒尿？」

麻里子作勢要站起來，涼子按住她的手，同時健一回答：

「我嚇到幾乎要尿褲子，可是我沒有。」

他直勾勾地盯著惠子，後者的笑容就這樣僵住了。

「我怕得要命。因爲柏木同學雙眼圓睜……我覺得他在瞪我。」

一片寂靜。

健一慢慢地接下去說：「只是看一眼，不會覺得他死掉了，可是他的眼睛凍結了。眼皮凍結，所以眼睛閉不起來。我怕得要命。生平頭一次看到那麼可怕的景象。」

在驚訝守望的涼子等人面前，他繼續道：

「可是，現在我不會再想起來了。」

涼子瞬間擔心起來，健一是不是想要這麼說？因爲後來我碰上更可怕的事。因爲我差點幹出可怕的事。因爲那件事要可怕太多了。

但這只是杞人憂天。健一輕輕點頭，只說：

「就算想起來，也覺得……沒那麼可怕了。」

涼子看向惠子。後者的視線落在裙襬附近，頭髮垂落前方，只看得到鼻頭。

她低聲說：「不是俊次幹的，他不會幹這種事。」

「你們眞的在交往？」

麻里子率直地問。惠子抬頭，正視著麻里子，點點頭。

「去年，不過聖誕節前分手了。」

「爲什麼分手？你們吵架了嗎？」

行夫輕戳麻里子的背，彷彿在責怪「怎麼這麼說？」，但麻里子甚至沒有回頭。

「大出同學是那種會認眞跟女生交往的男生嗎？我覺得看起來不像耶。」

惠子用力勾起右邊的嘴角笑了。不是每個人做這種動作都好看，尤其是國三生，可是惠子笑得十分老練。

「妳又知道多少種男生了？」

「我當然知道。」

麻里子天眞無邪地回答。不是打馬虎眼或是逞強，她是眞的這麼認爲。

「學校裡不是有各種男生嗎？」她說。

不是那種意思，好嗎？——惠子低喃。行夫不知爲何輕笑出聲，這次麻里子也有了反應，回頭看他。

「向坂同學笑什麼？」

「對不起、對不起。」

涼子也笑了，只有健一表情依然僵硬。

「噯，無所謂。我跟俊次在一起還是分手了，都和這件事無關。」

「有關啦。」麻里子堅持道：「勝木同學會想要參加我們的活動，是因爲妳還喜歡著大出同學吧？」

惠子有點傻住了，然後大笑出聲。跟先前的笑不同，是整張臉、全身都在笑。她開心地坐著伸直了腿，室內鞋在地上踢打個不停。

「啊啊，受不了，倉田怎會這麼搞笑啦。」

「會嗎？」麻里子納悶地歪頭。

「是因爲北尾老師拜託妳嗎？」涼子下定決心問，「老師剛才的說法，讓我這麼感覺。可以請妳告訴我們眞正的理由嗎？」

惠子帶著笑，重新靠到椅背上，望向涼子。

「藤野，妳眞的覺得北尾會做那種事？」

「我覺得有可能。」

「北尾誰不好挑，幹麼偏挑我這種放牛班的學生，幫忙妳這種風雲人物的模範生？」

「本來是模範生的我，現在股價也一落千丈了嘛。」

涼子輕輕攤開雙手。

「勝木同學剛才不就說了嗎？沒有人要參加。大家都反對我想做的事，所以沒有人要幫我。」

圍繞著涼子的三個人全都像洩了氣的皮球。

惠子回道：「應該不是反對吧？雖然贊成，可是不能參加，因爲太麻煩了。」

咦？——健一輕叫。

「人都是自私的，是不想被學校盯上吧。」

惠子乾脆地說，撩起頭髮。耳垂上的耳環反射光線。

「告訴你們，我也是有我的理由的，然後北尾向我提出交換條件。」

那傢伙再怎麼說都是我的導師嘛。

「我呢，畢業以後不上高中了。」

「妳不升學嗎？」行夫錯愕地驚叫，「那畢業以後要怎麼辦？」

「找工作。當美髮師還是什麼的吧，或者是美甲師之類的。」

惠子甩動著手指甲說：

「可是我那腦袋有問題的老媽聽了大發雷霆，說至少要高中畢業，不然以後會變成沒用的廢柴。我本來就覺得她夠沒腦了，沒想到居然蠢到那種地步。」

我現在就夠廢的了——惠子說這話的口氣，就像在談論天氣。

「我這種人又能上什麼像樣的高中？就算進了那種高中，也只會變得更沒腦而已。反正也不可能畢得了業。」

眞實際——行夫佩服地說。

「可是，勝木同學的朋友呢？大家都要上高中吧？」

麻里子問，惠子表情歪曲，像被戳到了痛處。

「所以說，這也很煩啊。」

涼子隱約察覺了。惠子原本隸屬的不良集團的其他女生，應該都打算進入惠子評爲「不像樣」的高中吧。即使脫離學校正軌，但只要是國中生，就一定會繼續升高中——涼子這麼以爲。即使清楚很快就會輟學，還是會進高中。都是這樣的。不知道爲什麼，就是這樣的。

因爲——世間都是這樣的嗎？涼子只能想到這個答案。

「那勝木同學是因爲這樣，才跟朋友處不好嗎？」

行夫繼續追問，被惠子惡狠狠地一瞪，縮了起來。

「對不起。」

惠子瞪了行夫一會，哼了一聲，撇過頭去。

「唔，就是這樣啦。」

「啊，所以才**被排擠了**。」

麻里子不小心脫口而出，但惠子還來不及反應，她就接著說：「明明勝木同學一點都沒有錯。」

「既然覺得升高中沒用，就不必勉強進去嘛。因爲我也想過，不要繼續升學或許也沒關係。」

「眞的嗎？」行夫驚訝地說：「我都不曉得。」

「我只跟家裡的人說過。我的成績很糟，想念到國中就好，畢業以後就去外面找工作。我爸媽說這樣也好，可是爺爺奶奶都哭了，說那樣太丟臉。」

怒意從惠子的臉上消失了。不曉得是不是被勾起興趣，她微微探出身子問：

「結果妳還是決定要進高中嗎？」

「嗯。」麻里子點點頭，她本來一直躲在涼子後面坐著，這下卻移動到前面，靠近惠子。

「我大概能擠進公立學校，所以覺得那就念吧。如果只能進私立學校，或許已打消念頭了。」到時如果沒有考上公立學校，我就不上高中了，麻里子說道。她的口氣就像在述說什麼既定事項，絲毫聽不出猶豫或迷惘。

「倉田，如果不上高中，妳要怎麼辦？」

「怎麼辦？」

「將來啊，不去高中以外的學校嗎？」

麻里子笑了，「不曉得耶，可能會暫時在我爸媽工作的地方打工吧。」

那邊在徵白天班的打工人員——麻里子對涼子說明。她的父母工作的地方是便當工廠。

惠子訝異地瞇起眼睛，「可是，打工的話，就算現在還好，以後要怎麼辦？」

「說的也是……」

「得找份正職的工作才行呀。」

涼子注意到行夫吃驚得翻白眼了，而她自己大概也是這種表情吧。

「我家那無腦的老媽，一直都是做酒店生意。」惠子說，「而且她真的有夠沒用，被男人騙了一堆錢。都幾歲的人了，實在有夠難看的。」

口氣像在罵人，但涼子聽出了惠子的意志：我已下定決心，絕對不要步上母親的後塵。

「那種靠客人吃飯的生意，好的時候就好。雖然也要看人啦，但像我家那個無腦老媽，只有年輕的時候過得去。等到變成歐巴桑，就沒人要理她了，只有本人看不清楚現實。」

媽會這麼辛苦，就是希望妳能出人頭地，所以妳應該上高中，媽還希望妳能上大學——惠子說，她的母親如此哭訴、怒罵，然後又是哭訴。
「看到我那種成績，還認眞講那種話，她簡直是蠢到沒藥醫了。」
「所以北尾老師……」
健一把愈偏愈遠的話題拉回來。
「噢，所以北尾也知道我的想法啦。他說與其去念四五流的高中然後退學，變得比現在更糟，倒不如去找份工作，還是去上專門學校，對我可能還比較有幫助。」
惠子伸手把帥氣的短髮撓抓得亂七八糟。
「他說會幫忙說服我那個無腦老媽——條件是我要聽他的話。」
總算看出頭緒來了。「交換條件就是幫忙藤野同學？」
「是啦。」惠子用鼻子哼了一聲，逼眞地模仿北尾老師的口氣說：「『國中三年，妳至少做件像樣的事吧』。」
我要做的事，算得上是像樣的事嗎？涼子忽然感到決心動搖了。
「……而且我覺得這樣下去，俊次很可憐。」
涼子抬眼，注意到她一直叫大出「俊次」。對勝木同學來說，只有這種稱呼吧。
「勝木同學眞了不起。」麻里子用力地說：「我覺得妳很偉大。」
一陣怔住般的空白後，惠子突然大笑起來，連涼子、行夫和健一都笑了。麻里子覺得莫名其妙，只有她一個人東張西望。
「怎麼了？爲什麼大家要笑？我說了什麼奇怪的話嗎？」
「沒有、沒有。」行夫安撫麻里子，「麻里子也很了不起。」
「那就不要笑嘛。」

即使如此，笑聲還是好半晌沒有停歇。

「勝木同學，妳原本的伙伴會不會對妳做出什麼不好的事？」

最先恢復正經的健一，提出了極爲現實的問題。

「如果妳加入模範生藤野同學的圈子，不會被當成叛徒嗎？」

惠子聳了聳骨感的肩膀，「應該不會怎樣吧？我想她們早就不在乎我了。」

「而且有北尾老師跟著。」麻里子說。

「老師是指望不得的。我說倉田啊，妳最好別對老師心存那類期待。校方在最後關頭，想到的都不是我們。」

涼子的胸口彷彿被刺了一下，臉上的笑容倏然消失。

「不過，以前跟我混一起的那些人好像想繼續升學，所以也不想鬧出什麼事吧。那些人很膽小，何況三中的風評爛到家了，不是嗎？還被條子盯上。」

「爲什麼就那麼想上高中呢？」麻里子仍拘泥於這一點，「如果勝木同學的朋友，也跟我或勝木同學一樣想就好了。」

「倉田，妳眞的很笨耶。」

惠子口氣粗魯，但不是在罵人，她的眼角泛著笑意。

「告訴妳，在一般世人的眼中，女高中生可寶貴嘍，還可以免錢到處玩。所以，那些人不管怎樣都想變成女高中生啦。」

當女高中生可爽的了——她噘起嘴唇辛辣地說。

涼子知道，也明白在她們的世代，**那類事情**相當普遍，可是總覺得與自己無關，然而那些「爽」事，在惠子口中卻像是理所當然。

「所以，先別管我了。」

惠子不耐煩地匆匆說道：

「問題是你們要怎麼做吧？我可以幫上什麼忙嗎？」

涼子無法立刻回答。

「先跟你們說，俊次根本不在乎柏木那種人。」

根本沒看在眼裡——惠子說：

「自然科教具室，是嗎？他們不是在那邊吵過架嗎？」

「嗯，後來柏木同學就再也沒來學校了。」行夫應道。

「後來俊次根本沒再提起那件事，只說那傢伙莫名其妙，是他主動找碴的。」

原來在大出俊次眼中，柏木卓也是個「莫名其妙的傢伙」。

「我也不曉得柏木這個人，他不是俊次他們底下跑腿的，這一點可以確定。如果是的話，我不可能不知道。」

「你們這麼要好啊。」

野田健一忽然怯懦地這麼說。這話可能觸怒了惠子，她對健一投以凌厲的視線。

「是啊，不行嗎？」

健一手足無措，麻里子替他說：

「那你們怎麼會分手了？」

真是有夠天真無邪。惠子露出一副真的受不了她的表情說：

「倉田，妳是狗仔啊？」

麻里子笑了，「對不起。」

「妳跟向坂兩個啊，我們都叫你們肥仔夫妻。」

這次的話裡就有惡意了。似乎就連麻里子也感受到了，她的表情變得消沉。

「我們從小就認識了。」行夫說。不是說明，像是辯解。

「俊次跟別的女人勾搭上了，我說我討厭那樣。就這樣。」

涼子等人花了幾秒鐘才意識到，惠子是在陳述她跟大出俊次分手的理由。

即使理解了，也無從應答。每個人都沉默了。

「我說藤野，」惠子說，「妳應該很聰明吧，可是這未免太奇怪了。」

涼子忍不住防備起來，「哪裡奇怪？」

「說什麼要調查，妳有那個資格嗎？」

「我身為學生之一……」

「那我也是學生啊，不是只有妳一個人有特權吧？」

涼子尋思該怎麼反駁，卻想不到。她作夢都沒想過居然會辯輸勝木惠子。

「小涼是……」

「倉田，妳閉嘴。」

被狠狠地駁回，麻里子也沉默了。

「這話我也跟北尾說過，結果北尾那傢伙叫我直接跟妳說。」

惠子坐在椅子上，就這樣掙動起身子，彷彿要打破看不見的殼。她像要吐出什麼硬梆梆的東西，話卡在喉嚨裡出不來。

「就是要求調查這次的爛攤子……這種『調查的資格』？類似資格的東西？」

不知為何，惠子對著行夫問，行夫點了點頭。

「有資格把這種東西交給誰的，不就只有俊次一個人而已嗎？」大出俊次，唯有他一個人。

「從來沒有人肯聽俊次怎麼說，大家都一口咬定就是他不對，全是他不好。那傢伙的確很壞，是個廢物，就跟我一樣，可是他才沒有殺柏木卓也。」

惠子愈說愈起勁，那種粗魯的口氣，跟北尾老師故作粗鄙的口吻有點像。

「藤野，如果要調查這次的事，第一個應該要去找俊次，聽聽他怎麼說才對吧？如果撇下他，假裝沒有他這個人，就算說什麼我們在調查事實，那也都是假的。如果那傢伙沒有要求誰調查，誰也沒有那種權力，不是嗎？」

我們又不是警察──惠子使出殺手鐧似地這麼說完，閉上了嘴。她氣喘吁吁的。

「可是，不管藤野同學說什麼，大出同學也不會好好聽她說吧。」

健一喃喃自語。涼子垂著頭，無法回頭看他。

「不試試看誰曉得啊？不過，可以確定的是，就算撇下俊次，自己在那裡搞些有的沒的，也沒有意義吧？」

惠子說的沒錯。衝撞現實，意味著衝撞大出俊次。

「我不認為必須得到大出同學的許可。」

涼子抬頭對惠子說：

「可是，確實有必要跟大出同學談談，也有必要聽聽大出同學的說詞。」

這本來應該是第一件要做的事，涼子缺少了這樣的觀點。

「看妳嚇的。」惠子笑了，「妳怕他嗎？」

「怕啊。他有種有理說不清的感覺。」

「他不敢對妳怎樣啦，妳爸是警察吧？」

「如果要去，我們也一起去。」

行夫如此宣言，但惠子一笑置之：「不行，絕對不行。你們這些膽小鬼跟去，反而會搞到更沒辦法說。」

「那勝木同學願意陪我一起去嗎？」

聽到涼子的問題，惠子筆直回視涼子問：

「藤野，妳真的要跟我這種人走在一起？」

涼子接受挑戰，「如果妳不在意，我也不在意。」

惠子輕輕眨眼，又哼了一聲。

「那我也要去。」麻里子說：「可是，小涼，只有女生去……」

「沒事的。」

惠子是對的。要是看到健一還是行夫，大出俊次當場就不會理他們了吧。

麻里子再次語出驚人地說：

「那我們僱個保鑣吧。」

啥？涼子和惠子同聲怪叫。

「妳在想什麼啊？」

「妳們想想，就算大出同學不要緊，他爸爸不是脾氣很壞嗎？連電視台的人都挨打了。」

所以才要僱保鑣，她說：

「請保鑣看著，如果有什麼危險，就出面幫忙。如果什麼事也沒有，就什麼事也不用做。這樣不就好了嗎？」

「倉田，妳認識什麼保鏢嗎？」

惠子這個問題有一半以上是在開玩笑，是爲了調侃麻里子吧。但麻里子非常認眞，只見她點點頭，眼睛閃閃發亮。

「嗯，我認識。」

3

藤野涼子與勝木惠子並肩走在中午的馬路上，倉田麻里子落後兩人一步跟著。

大出俊次與他的父母在火災中失去住家後，暫時寄身在車站後面的週租公寓。北尾老師幫忙問到了地址和電話。

放暑假後，即使是平日，車站前也熱鬧得不得了。有一家老小、年輕情侶、學生族群。特種行業的員工在路上舉著看板，個人信貸的女員工分發面紙。三名國中女生穿過雜沓的人潮，走在路上。

「他眞的願意見我們？」

麻里子笨拙地閃避著差點撞上的行人，朝惠子的背影問道。

「妳很囉嗦耶，沒問題啦。」

惠子冷漠地回答：

「不過，他嚇了一跳，問我們找他幹麼。」

三個人都穿著夏季制服。惠子堅持要穿便服，但涼子努力說服她說這是「公務」，必須穿制服。同時，她要求惠子至少把邋裡邋遢的制服裙襬縮短一些。

惠子埋怨了老半天，但今天在會合的地點一看，她眞的把裙子拉高了十公分——不，八公分左右吧。

「講電話看不到表情嘛。」

麻里子一臉憂心。

「搞不好大出同學不是嚇一跳，而是在生氣。」

「見面就知道啦。」

惠子說著，回頭瞄了一眼。她不是在看麻里子，而是望向更後面的地方。

「就算俊次生氣也不會怎樣吧？怕什麼，有妳帶來的『保鏢』啊。」

惠子望向那名「保鏢」說。

「保鏢」不即不離地跟在涼子一行人身後。他不是穿制服，而是白T恤搭配綿褲。腳上的運動鞋鞋底很厚，看起來很沉重。

個子並不魁梧，只比涼子高一點而已，乍看之下也不像武功高強。五官平凡，沒什麼特徵。如果在校內擦身而過，因爲他理平頭，肌肉發達，又曬得很黑，頂多只會覺得「啊，是運動社團的吧」，應該不會多加留意。事實上，至今爲止，一直都是如此。

他二年級的時候是C班，三年級也是C班，所以成績約莫是中等或中下。從這方面來看，也不是個引人注意的學生。

然而，在麻里子說「我認識保鏢」後，實際見到本尊，才發現原來是涼子和惠子都知道的人。

不，她們並沒有交情，只是聽說過他的傳聞。因爲是同年級，當然看過本人，不過沒有親近的機會。幾乎所有同年級生都是如此吧。麻里子委託的「保鏢」，在校內幾乎形同透明人。因爲他待在學校的時間，只有學校規定的最低時數而已。

可是，她們從一年級的時候就都知道，他——山崎晉吾，是個特別的學生。

他是一個空手家。

國中三年級已是初段，稱他為空手「家」並不為過。山崎家代代經營空手道場，祖父是大師範，父親是師範，而哥哥是代理師範。

城東三中沒有空手道社，所以山崎晉吾沒有參加社團活動，學校課程一結束，他就直接打道回府，然後努力修行。

山崎晉吾沉默寡言的程度，與橋田祐太郎不相上下。由於他過度專心投入空手道之路，學校生活真的只是「奉陪一下」，似乎沒有特別要好的朋友。可是，他並未被討厭或是受到排擠，男生都對他另眼相看，聽說有一部分女生是他的狂熱粉絲。

——因為他是真正的武鬥家嘛。

麻里子神氣地說，就像在誇自己。

——他超強的。

順帶一提，山崎晉吾的綽號叫「終結者」，涼子和惠子也都知道這個綽號。

「妳怎會認識那個終結者？」

惠子驚訝極了，涼子也有點遭到背叛的感覺。麻里子從未對涼子提過山崎晉吾的事。如果是麻里子一拜託，他就願意來當保鏢的關係，表示他們的交情應該很好。

「妳居然瞞著我。」

涼子忍不住語帶怨懟，麻里子卻笑著說：

「不是啦，跟妳們說，其實我和山崎同學也沒那麼要好。」

「聽妳在胡扯，要是不好，妳怎麼敢跟人家拜託那種事？」

「山崎同學就是那種人嘛。」

「所、以、說！妳怎麼知道山崎是那種人？」

麻里子解釋，晉吾的姊姊是麻里子父母任職的便當工廠職員。

「她是去年入職的，然後工廠每年秋天都會辦運動會，也會邀請員工家屬參加。」

麻里子和父母一起參加，就是在那個時候碰到晉吾。

「山崎也去參加運動會？」

「不是，他只是去幫他姊姊加油。」

然後，麻里子從母親還有晉吾的姊姊那裡聽到了驚人的事。山崎同學呀，只要姊姊加班或是應酬晚歸，一定會來接她回家，說女生一個人走夜路很危險，眞是個好弟弟。

——我弟看起來很酷，所以學校的同學都怕他，對吧？希望妳可以趁這個機會，當他的朋友。

麻里子並沒有說「沒錯，妳弟弟在學校的綽號叫『終結者』」，可是姊姊主動笑著說「晉吾從小學就被人家叫成『終結者』」。她看起來非常開心，非常以弟弟爲榮。

明明是在談論他，一旁的山崎晉吾卻默默無語。不過他的眼睛洩漏了情緒，看起來有點像在笑，也有點像在害羞。

——倉田同學，如果妳在學校被人欺負、作弄，或是在路上碰到色狼，總之不管碰到任何困擾，就立刻找我弟商量吧。他絕對會拔刀相助。

據說，如果有人碰到困難向晉吾求救，他卻置之不理，就會被父親——也就是師範痛揍一頓。

——見義勇爲，是我們家的家訓。

「我說妳啊……」

惠子啞口無言，不曉得該怎麼說。涼子雖然知道該說什麼，卻也因爲太可笑而說不出口，但兩人心裡想的都一樣。

麻里子，那種話叫社交辭令。山崎的姊姊並不是認眞的，妳怎麼能當眞呢？

然而事實是，把它當眞的麻里子是對的。一通電話，就把山崎晉吾請來了。

在會合地點靦腆無比地打招呼時，涼子實在無法不問晉吾：山崎同學，謝謝你來，可是說眞的，你對幫忙我們沒有疑問嗎？如果你反對我們要做的事，請不要勉強。

晉吾沒有答話。他依序望向涼子、惠子、麻里子，然後默默搖頭。

「意思是，不用介意嗎？」

麻里子問，這次晉吾點了點頭。

「你是啞巴嗎？」惠子挑釁地說。晉吾文風不動，但他總算開口：

「不用擔心大出。」

聲音意外地溫柔。

「可是他的父親令人擔心。他還打了校長。」

就是啊，所以我們怕死了——麻里子毫不掩飾地全身發抖，「山崎同學願意一起來，我們眞的覺得安心極了。」

「萬一你打了大出他老爸，搞不好會被關進感化院喔。」惠子歪纏說。

晉吾完全不爲所動。

「我不會先動手。」

對啊、對啊——麻里子放心地微笑，「不會有問題的，勝木同學。」

「看到山崎同學，大出同學會不會起戒心啊？」

涼子這現實的擔憂，也被晉吾的一句話擋了回去。

「如果沒事，我不會露面。」

「你會看著我們，對吧？」麻里子替他說，「所以沒問題的啦，小涼。好了，走吧、走吧。」

如此這般，四個人現在像這樣一起走著。

眾人前往的週租公寓是一棟十層樓的建築物，外觀相當氣派，位在各種小吃店看板林立的住商大樓旁。對面是遊藝場，周圍的店鋪不是酒店就是特種行業。

「怎會住到這麼亂的地方來？」惠子說，「又不是沒錢，怎麼不去別處租棟大房子住？」

穿過自動門，來到門廳。有管理室，但不見管理員的蹤影。窗口內側擺了一塊牌子，寫著聯絡方法。只有一台的電梯旁，稱爲大廳是誇張了，不過有個供訪客休息的空間，擺了觀葉植物的盆缽、沙發和高腳菸灰缸。

恰好還設了公共電話，惠子從那裡打電話給大出俊次。

「他說要下來了。」

簡短的對話之後，惠子掛回話筒。不知爲何她怒氣沖沖，兩邊嘴角都垮下來了。

電梯門打開，大出俊次走了出來。

鮮紅色襯衫配上印花短褲，腳上趿著海灘鞋。既然是大出的東西，應該不是便宜貨，但這副扮相十足是個地痞流氓。

「幹麼，你們還眞的來了？」

是一如往常的猙獰怪笑。涼子注意到他的襯衫衣領下露出一條金項鍊。什麼品味啊？國中生耶？是大出自己買的嗎？還是父母買給他的？

「惠子跟我講了什麼有的沒的，說妳們在學校搞些什麼有的沒的喔？」

大出俊次靠在電梯旁的牆壁上，不可一世地交抱雙臂。

「藤野，聽說妳被高木呼巴掌？」

涼子嚇了一跳，「你怎麼知道？」

俊次只是傻笑，沒有回答。

「然後咧？找我有事？」

站在這種地方談很奇怪，可是別無他法，涼子只好開始說明。才說沒幾句，不曉得哪家店的廣告宣傳車擴音器就播放著刺耳的音樂經過，還不安好心地來來回回，益發營造出荒謬的感覺。

「吵死了。」

俊次誇張地皺眉，露出那種歪斜不正的眼神看著涼子和惠子。至於麻里子，他完全忽視。

「看妳還要講很久，算了，來我家吧。」

惠子發出慵懶的聲音說：「哦，可以嗎？不會被你爸還是你媽罵嗎？」

瞬間，俊次那張端正的臉上浮現怒意。但可能是因爲涼子也在場，發揮了制止效果，怒意很快就消失了。

「我爸和我媽都出去了。」

有很多事要辦啦——他說：

「房子燒光了，啥都沒了，要辦保險什麼的，還得去見律師才行。」

口氣跟惠子一樣懶散。他沒有提到祖母燒死的事，是故意的嗎？還是眞的不在乎？——涼子正在尋思，結果俊次盯著她說：

「藤野，妳上來。」

他顯然在挑釁，眼底有著看好戲的神色。

「就妳一個。如果是妳，或許我可以考慮聽妳說。」

他調侃似地擠出假惺惺的聲音。

「俊次，我們是……」

惠子想要責備，但俊次只是下巴一抬，就把她嚇得噤了聲。

「如果就我跟藤野兩個，要我說啥都行。」

就**我們兩個**。別有深意地加重強調，讓人忍不住想要反駁，不必那樣也懂他的意思。他的口氣像是在玩弄人。麻里子撫著涼子的手，惠子的臉僵住了。

「喂，你少得寸進尺。」

惠子責怪，俊次冷哼道：

「怎樣？我哪裡得寸進尺？不是妳說的嗎？說藤野在擔心我，還爲了我跟老師作對，搞些有的沒的。那我們兩個談不是很好嗎？我們是當事人嘛。」

惠子變了臉色，「我沒有那樣說！」

沒關係——涼子搖搖頭說：

「說是當事人，有點不一樣，不過事情的確是我發起的。」

「不是！是我說非找俊次談不可的！」

「妳閉嘴閃一邊去！」

一句話就讓好強的惠子退縮了，涼子驚訝地望著這一幕。麻里子的推測或許是對的，不管嘴上怎麼說，惠子是不是都還喜歡著大出俊次？

「妳來管什麼閒事啊？我不是說不想再看到妳了嗎？」

俊次伸手推開惠子，居然厚臉皮地抓住涼子的手臂。麻里子只知道驚慌失措，惠子踉蹌地撞到觀葉植物。

「等一下，不要拉……」

涼子掙扎著想要甩開被抓住的手。俊次色瞇瞇地笑著，按下電梯按鈕，就要把蹲下身子的涼子拽進電梯裡。涼子不甘心又害怕，身體一下子熱一下子冷。

「別裝啦，妳不是很擔心我嗎？」

就在這個時候，俊次的動作停止了。惠子回頭，麻里子也回頭。涼子一手被俊次抓著，一手撐在牆上轉過頭去。

只見山崎晉吾站在大門入口。他的雙手自然地垂在身體兩側，並沒有特別擺出架勢，表情也很沉穩，和涼子她們說話的時候一樣。他雙腳微開，姿勢端正地站著。

他是在哪裡看到情況不對的？是什麼時候進來的？連自動門開關的聲音都沒聽見。

幹麼？俊次低吼。他只會說「幹麼？」，總是這樣。

「這傢伙是誰啊？」

「山崎同學！」麻里子叫道，或者她是在介紹？

趁著俊次分心，涼子用力把手臂抽回來，遠離了他。剛剛被抓住的地方一片汗濕，噁心極了。俊次的手濕濕黏黏的。

「需要見證人。」

晉吾簡單明瞭地說，用那淡淡的、溫柔的嗓音。

即使沒說「所以我也要一起去」，也能清楚看出他打算跟著涼子一起去。他望向電梯。

「什麼見證人？」

「需要見證人。」

晉吾不理會俊次纏人的抗議。

「藤野同學，要去嗎？」他問涼子。是的，涼子應道。場面如此危急，卻彷彿有一陣清風吹過，清爽無比，然而胸口又怦怦跳個不停。

晉吾走上前，手掠過一臉落空的俊次鼻頭，再次按下電梯按鈕。門發出刺耳的聲音，打開了。

「幾樓？」晉吾問俊次。

「算了啦。」

俊次的困惑與氣憤彷彿震動著空氣傳了過來，他的脖子微微脹紅。

「喂，叫山崎的。」

就像膽小的狗叫得特別大聲，俊次的聲音也高亢起來。晉吾默默望向俊次。

「一年級的時候跟楠山單挑打贏的就是你嗎？」

聽到這話，涼子和惠子都大吃一驚。只有麻里子噗哧一笑。

「那不是打架啦，是楠山老師說要試試山崎同學有多強，跟他對打過一次，對吧？我聽山崎姊姊說過。」

「然後呢？」惠子純粹感興趣似地追問。

「山崎同學贏了，對吧？」

晉吾只向麻里子微微揚起嘴角。涼子忍不住開心起來。麻里，了不起！妳的確找來一個超級厲害的保鏢。

「你怎麼不順便幹掉楠山那肥豬算了？」

大出俊次噘起嘴說，用力撇開臉。

「算了，是怎樣啦？莫名其妙。」

大出俊次把海灘鞋踩得啪噠啪噠響，朝會客區走去，拋出身子似地隨便坐下，雙腳擱到桌子上，一副「眞是掃興」的表情。

「他嚇到了。」麻里子掩嘴小聲說。

涼子在俊次的斜對面坐下，惠子坐在中間，麻里子坐在惠子旁邊。可靠的保鏢在椅子後方稍遠處，背對涼子等人站著。

可是，大出俊次不再看晉吾了。這次是雙手在腰後交握的稍息姿勢，肩膀很自然地放鬆，依然沒有防備的架勢。在涼子說明的期間，他一次也沒有看。因爲那裡有可怕的東西，是不管再怎麼逞強裝酷，也絕對無法匹敵的東西。

不過，一方面也是因爲他聽到一半就被吸引了，無暇分神顧及。

「惠子，妳少自作主張。」

涼子說到惠子提出意見，如果要調查，就應該第一個找大出談的時候，俊次猛地直起身子，對著惠子罵道：

「誰拜託妳這樣做了？誰要妳當我的律師了？」

他頂出下巴，噴出口水。惠子勉強維持住表情，露出好強的眼神，但身體往後縮了。

「我不是那個意思……」

「不是那個意思，是哪個意思？我在問妳話啊！」

「不要這樣！」涼子插嘴，像要保護惠子似的，非常自然地擋到她的身前。

「勝木同學只是說出自己的意見而已，並沒有替你陳述意見。你好好聽。」

「我的意見？」

俊次用食指指著自己的鼻頭，放聲大笑。

「那種話跟妳們說有什麼屁用？」

反正妳們根本不會信——他啐道。

「不要那樣一口咬定嘛。」麻里子說：「我們不是老師，也不是警察，我們是大出同學的同學啊。」

俊次臉上浮現喜色，「哎喲，是嗎？不過妳是誰啊？我不記得認識妳這種小母豬。」
欺凌弱者的喜悅，戳人痛處的樂趣，俊次的神情因爲這些而變得明亮。大出俊次無視涼子的憤怒，得意地繼續唾罵。要妳們多管閒事，白痴、死豬、八婆，妳們這伙人根本沒啥屁用。
「麻里、勝木同學，不用理他。」
任由俊次暢所欲言了一陣子，涼子趁他換氣的時候毅然決然地說：「我懂了，大出同學，我們完全看走了眼。」
可能是總算發現涼子眞心動怒了，俊次微微眨眼，重新凝目望著她。
「怎樣啦，藤野。」
「我們一廂情願地以爲大出同學也受了傷，看來不是呢。既然這樣，不管我們要怎麼調查，你都無所謂，是吧？」
俊次抬眼瞪著涼子，她也不甘示弱地瞪回去。
「大出同學怎麼想，不關我們的事。」
涼子不屑地說。這是回敬。
「大出同學要不要協助我們調查都無所謂，因爲我們應該面對的只有事實。既然是事實，就算沒有大出同學也一樣可以調查。」
父親剛不是說過嗎？無論嫌犯對自己的嫌疑是肯定還是否定，都不能盡信。必須根據嫌犯的供詞，進行查證。如果對嫌犯的話囫圇吞棗，遲早會嘗到苦頭。因爲嫌犯是會翻供的。
「我們只是來打聲招呼——不對，只是來盡個禮數。我們已仁至義盡。好了，我們回去吧。」
涼子倏地站起，麻里子也照做。惠子仰望兩人，抓住椅子扶手，慢呑呑地起身。
「打擾了。」

涼子刻意恭敬地行禮，推著惠子的後背走出去。保鏢瞥了一眼，退開一步，準備殿後。

這時俊次慢條斯理地把腳從桌上放了下來。海灘鞋鞋底砸在地板上，發出突兀的響亮聲音。

「查什麼查，不是從一開始就有結論了嗎？」

涼子扶著垂頭喪氣的惠子和脖子緊繃的麻里子的背，回過頭去。

「你說什麼？」

「就是妳們調查的結論啊！」

俊次脹紅臉，小小的黑眼珠第一次充滿生氣。

「不管查什麼、怎麼查都一樣吧？結果都是我不對啦。妳們打算宣告就是我殺了柏木，對吧？難道不是嗎？」

「你腦袋到底長在哪裡啊？」涼子也扯開嗓門：「你壓根沒聽到我們剛才說的話嗎？」

「不就是這樣嗎！」俊次站了起來。涼子以爲他要撲上來，全身緊繃，但山崎晉吾沒有動靜，默默注視著他。

「現在的三中，有誰會站在我這邊？有人嗎？我說藤野啊，要是妳高舉旗子嚷嚷著要調查，本來怕我怕得蒙在被子裡不敢吭聲的傢伙，肯定都會迫不及待地跳出來說我的壞話嘛。哪會有人替我說話？」

「不試試怎麼知道……」

「證明真的是那樣嗎？然後再拿我當茶餘飯後的話題嗎？妳有那種權力嗎？藤野，妳什麼時候變得那麼了不起啦？」

所以我——惠子小聲說：「就是想這麼說。」

俊次氣勢洶洶，涼子伸手想要撩起頭髮，發現自己的手在發抖。她握緊拳頭，不想被俊次發現。

「我並不覺得自己了不起。」

「噢，是嗎？模範生大人總是謙虛的嘛。」

一股怒意油然而生。不全是對大出俊次的怒意，大半是對自己的憤恨。

「那你說要怎麼辦？你想怎麼做？」

俊次彷彿聽到什麼出其不意的話，修整得漂漂亮亮的一雙眉毛揚起。這傢伙連這種地方都講究。

「我才不在乎。」

這個回答牛頭不對馬嘴。

「事到如今，不管妳們怎麼做，我的立場也不可能改變嘛。我早就是犯罪者、是謀殺案的凶手了。無中生有的謀殺案哪。結論早就定下來了，我就是嫌犯啦。不對，是被、被、被……」

話卡在一半，俊次皺起眉頭。

「被告？」麻里子問。

「是啦！要妳囉嗦。」

「這是誰說的？你父親僱的律師嗎？」

「干妳屁事啊？」

「大出同學不是被告，沒有人在審判你。」

「不就是有嗎！」

這次的怒吼甚至反彈到天花板上。惠子不禁瑟縮，麻里子跳了起來。涼子眨了眨眼，全身僵硬。完全沒有反應的，還是只有保鏢。

「妳們不就在審判我嗎？明明早就宣判了。大家聯手，在我不知道的時候，隨便把我當成被告，判我有罪！」

是眼花了嗎？還是心理作用？或者是希望蒙蔽了涼子的眼睛？頭一次吐露出最眞誠的心情——名符其實

地盛大告白的大出俊次，眼角似乎泛起微亮的水光。

任意舉行審判，被告缺席的審判，被告有罪。俊次說的沒錯。流言、臆測、傳聞，無論何時，它們指示的方向都只有一個。不管校方舉行多少次家長會議，或是ＨＢＳ播出對大出俊次有利的節目、大出家接到恐嚇電話、住家眞的遭人縱火、他的祖母葬身火窟。

涼子的腦中閃過一道天啓。

她抬起頭，笑容浮上臉頰。她堅定地張大雙眼，注視著大出俊次歪曲的臉孔。

「既然如此，我們就眞的來辦一場審判吧。」

咦？錯愕的聲音響起。是惠子還是麻里子？搞不好是大出俊次。保鑣山崎晉吾也驚訝地看向涼子。

「我們這次眞的來好好辦一場審判。不是把大出同學除外、不是我們私下進行，而是靠著三中三年級生的力量，舉辦一場公平公正的校內審判！」

連俊次也不禁猶豫了，眼神飄忽不定。

「然後又要把我抓來當被告嗎？」

「你早就是被告了吧？那不是正好嗎？事到如今，沒什麼好怕的吧？」

涼子露出豪邁的笑容。

「然後，這次好好地幫大出同學找一個律師，在大家都聽得到的地方，讓大出同學說出自己的意見，讓你證明自己的無辜。」

證明自己的無辜？俊次喃喃道，疑惑地歪著頭。

「證明你的清白啦。」

惠子親切地爲他解釋，輕聲加了句「眞笨」。

「妳白痴啊，藤野？」

涼子被罵多少次「白痴」了？

「這次又怎麼了？」

「有誰要當我的律師啊？三中才沒有人肯幫我說話。」

涼子把手擺在自己的胸口，是心臟的正上方。

「我來。」

藤野涼子要擔任大出俊次的律師。

「由大出同學最討厭的、最不信任的我，來當你的律師。由我這個感覺會第一個指控大出同學是凶手、棄你於不顧的模範生大人來當你的律師。再也沒有比這效果更好的做法了吧？」

「想當檢察官的人應該多到數不清吧。」

惠子呢喃，被俊次狠狠地瞪了，但惠子也稍微振作起來了。她揚起嘴角一笑：

「我不會去當檢察官的，放心。」

「妳這種白痴才當不了檢察官。」

「是啦，是、是、是。」

麻里子幾乎是掛在涼子的短袖襯衫上了，她雙手抓住涼子的袖口。

「小涼，這樣說好嗎？真的行嗎？我們是國中生耶。」

「如果覺得國中生什麼都做不了，根本什麼事都不能做了。」

「需要人手。」

這簡短的發言是保鏢說的。涼子回望晉吾，點點頭。

「是啊，只有檢察官和律師沒辦法進行審判，還需要法官。」

突然間，大出失控般狂笑。「讚！反正一定是老師來當法官，對吧？那判決結果根本不用想也知道嘛！」

涼子很冷靜，「我們不會讓大人加入。採用陪審制吧。」

「陪審？」麻里子怪叫。

「就是找來一般人，聆聽兩邊的說法，然後決定有罪無罪啦。」

很正確的說明。「勝木同學，妳好像對審判過程很熟悉？」

惠子慌了，「我不曉得啦，我又沒有被抓上法庭過。」

涼子笑道：「不是啦，我不是那個意思。『法庭』這個字眼也是，還有妳剛才不是提到要不要擔任檢察官嗎？」

「電視劇不是都會演嗎？」惠子小聲辯解：「電影也有。我媽常看，我也一起看而已啦。」

「那我也得來看看才行。」

麻里子一本正經地說。大出立刻伸手指著麻里子說：

「要讓這種腦袋空空的傢伙來審判我？哪可能行得通啊？」

「我也是腦袋空空啊。」惠子回嘴，「可是，只要檢察官和律師能夠說服我跟倉田就行了吧？沒錯吧？陪審制就是這樣的吧？」

惠子說的沒錯，涼子用力向她點點頭。

「妳們是玩真的？」

大出俊次終於被逼到只能說出這種話。沒有冒出他的口頭禪「白痴啊？」或許就夠好的了，這是一種進步。

「百分之百玩真的。接下來得建立起體制，也得重新召集人手。」

「陪審團有幾個人？」麻里子問。

「十二個。」惠子回答，「向坂和野田呢？他們沒有當檢察官的毅力和腦袋，是腦袋空空組，只能跟我們一起當陪審團。」

「向坂？野田？」大出的臉皺成一團，「那誰啊？」

「看到臉就會想起來了吧。」

「是啊，是你以前欺負的那些人。不然就是不想被你欺負，躲躲藏藏過日子的人。」

「不敢相信！」

大出仰望天花板。他應該是想要仰天長嘆，不巧的是，頭頂上只有污漬斑駁的天花板。

「要讓那些人決定我有罪還是無罪？這哪有公平可言嘛。惠子，妳也是壓根就想投我有罪一票吧？」

「隨便你怎麼想。」

惠子完全振作起來了。因爲形式確定，她找到自己的立足點。涼子愈來愈興奮。看見道路了，我們大家一起看著那條路。

「陪審團必須屏除成見。」涼子對大出俊次說，「只要這麼規定，大家都會遵守。大出同學，相信我們三中生一次吧，絕對不可能變得比現在更糟了。」

「可是……」

「受傷的不只有你一個而已，大家都一樣。大家都想擺脫現在這種狀況。」

大出俊次沉默了。不是被涼子駁倒，而是在聆聽涼子的話。

「當然，我不認爲那麼容易找到人……」

「什麼？喂，藤野，拜託欸。」

「我知道，我不會打退堂鼓的。」

「這次……」晉吾出聲，他一開口就會引來眾人矚目。「跟上次有些不同。」

「是嗎？哪裡不同？」

「上次藤野同學呼籲的時候，大家都很怕。」

如果參加這種調查，不曉得會被大出俊次整得多慘。這是因爲每個人都有著與大出相同的成見，認爲結果不言可喻。

「可是，這次有大出同學本人參與。就像藤野同學說的，有不少學生厭惡現在的狀況，所以我想會有很多人參加。」

麻里子仔細端詳晉吾。

「原來山崎同學只要想說，也是可以說很多話的啊。」

晉吾眼角泛起笑意，對涼子說：「不只是陪審團而已。」

「咦？」

「法庭還需要其他人。」

「法官？」惠子說：「就算是陪審制，法官還是高高在上地坐在那裡啊，藤野。像主持人還是司儀那樣，有時候會罵罵律師。」

「嗯，法官也是。」晉吾向惠子點點頭，「得找人擔任法官。」

「是啊……」

「啊，我知道了！」麻里子跳起來，「山崎同學想說的是，凶手鬧場的時候負責制止的人，對吧？」

「什麼凶手！」

大出俊次吼道，卻少了那麼一分魄力。

「對不起，呃，被告，是嗎？」

涼子總算想到了。不一定是爲了制伏被告，爲了維持法庭的秩序，確實需要類似警衛的存在。那叫什麼……？

「法警。」晉吾說出答案。

「對！說的沒錯。」

「那不是早就有了嗎？」

惠子輕鬆地說，晃了晃肩膀。麻里子也開心地點點頭。

「你願意嗎？」

晉吾看著大出俊次，而不是提問的涼子。

「幹麼？」俊次退縮了，自以為是在嚇唬人。

「嗯。」

山崎晉吾笑咪咪地答應了。

4

涼子等人立刻展開宣傳。他們向所有三年級生通知這次「校內法庭」的活動，召募參加者。因為時值暑假，而且只靠電話說明，擔心不夠完整，涼子決定採用寄信的方式。為了節省經費，使用明信片，內容由涼子擬定，然後由向坂行夫和麻里子像印刷賀年卡那樣印出來。明信片和墨水錢，由大家拿零用錢分攤。

幸好三年級生會在七月三十一日返校。返校日當天，學校將會對報名者說明八月的加強班課程、升學考諮詢會的日程，以及開放教室自習的時間表等等。明信片上寫著，想參加活動的人，請在返校日放學後到三年A班的教室集合。即使不想參加審判，如果有興趣，也希望可以來看看。沒錯，審判都是有旁聽人的。

與此同時，也必須和校方交涉才行。原本涼子打算一個人直接找岡野代理校長談判，但被勝木惠子阻止了。

「我也一起去。」

「唔，勝木同學陪我，我是會覺得比較有信心……」

「少騙人了。我跟北尾說了審判的事，結果他說要幫我們。岡野校長不可能有好臉色，所以需要掩護射擊啦。」

也就是把北尾老師一起拉下水。

「藤野，妳被高木打的時候，有沒有去驗傷？」

不是那麼嚴重的傷。

「白痴，管它嚴不嚴重，有診斷書才有意義啊。妳想跟老師周旋，道行還不夠啦。」

涼子笑了出來，「嗯。可是沒問題，我母親會幫我。」

藤野邦子完全進入戰鬥模式，說會全面支援涼子等人。

「你們是『七武士』（註）呢，要好好加油。」邦子說。

「什麼意思？」

「我幫妳租錄影帶，晚點妳自己看吧。」

北尾老師建議她們在去找岡野代理校長之前，先寫下詳細的計畫書。必須在事前明確訂出審判的日程與爭論點才行。

「日程……應該要多久才好？」

「怎麼這麼不牢靠？如果一開始就這副德行，就算搞上一整個暑假，也什麼事都辦不成嘍。準備期間就兩星期，八月一日到十四日。八月十五日開庭，花五天審理，然後八月二十日宣判結果，這樣應該差不多吧？」

滿隨便的，但北尾老師泰然自若地說：

「這種事靠的是氣魄啦。又不是專家在打官司，我也什麼都不懂啊。先決定，其他的之後再說。」

北尾老師說最重要的是爭論點。

「也就是檢方打算用什麼罪名起訴大出俊次。」

「這還用說嗎？」惠子噘起嘴，「就是把柏木卓也……」

「殺人罪嫌，是吧？」

涼子、惠子和北尾老師在體育館的角落商量。因爲老師是運動社團的總部長，整個暑假期間，即使自己擔任顧問的社團沒有練習，他也一定會到校。今天的體育館是羽毛球隊在努力練習。談話期間，穿插著運動鞋在地板磨擦的啾啾聲，還有殺球的剽悍吆喝聲。健康的汗味瀰漫著，悶熱得就像三溫暖。

「沒錯，罪嫌是謀殺。」

鄭重其事地說出口後，這句話的分量讓涼子心跳加速。她覺得北尾老師就是爲了讓她確定這種感覺，才故意叮囑她。

我們正要處理一宗殺人命案。

「被告只要大出一個就夠了吧？」

「是的，我們沒辦法連橋田同學和井口同學的事都處理。」

註：一九五四年上映的電影，由黑澤明執導，敘述一個窮村子爲了對抗前來打劫的野武士，僱來七名俠義心腸的浪人武士。七武士與村人共同備戰，最後與野武士對決，付出重大犧牲，保衛了村子。

「反正主犯就是俊次，有什麼關係？」惠子故意粗魯地說：「這叫分離審理啦，眞的審判也會有這種情形。」

北尾老師打了一下惠子的頭，「少說得一副很懂的樣子。不過有一點我要稱讚妳。就像妳說的，這不是眞的審判，是假的。如果想要徹頭徹尾都做得跟眞的一樣，就搞錯重點嘍。」

這一點涼子也隱約感覺到了，但她不清楚具體上該怎麼做才好。

「哪些地方跟眞的不一樣才好？」

這個問題讓惠子沉默了，電視播放的懸疑劇沒有這個難題的解答吧。

「可以談的就用談的解決。」北尾老師說：「如果只知道學眞實法庭那樣，分成檢方和辯方針鋒相對，只會沒完沒了。畢竟妳們還只是國中生嘛。」

「意思是，要彼此合作嘍？」

「是啊，就像挖隧道一樣，從左右兩邊同時開挖，然後在中間碰頭。」

眞相就在中間——北尾老師低聲說，目光追趕著在空中飛舞的羽毛球。

「橋田和井口會是重要證人。」

如果他們願意出面就好了——北尾老師低喃：

「橋田願意出面的可能性很高，他應該也想證明自己的清白，但井口就難了。而且他還在住院……」

乾脆叫他們的父母當證人算了。聽到老師輕鬆地這麼說，涼子和惠子齊聲驚叫：「咦咦？」

「他們的父母？叫大人嗎？」

北尾老師睜大了眼睛，「事到如今，怕什麼啊？妳們是未成年人，背後都有監護人。這場審判沒有監護人參與才不自然吧？」

「那也要叫俊次的老爸來嗎？」

「他總不至於在法庭上發飆吧。就算他發飆，反正有山崎在。」

惠子斜眼看老師，「北尾，你煽動我們有什麼企圖？」

「怎麼可以直呼老師的名字？」北尾老師又拍了一下惠子的頭，「如果需要，就算把我們老師拉上法庭也行。如果有老師不理會妳們的出庭要求，我幫妳們遊說。」

即使這樣還是不肯出庭，就把不願意出庭這件事當成證據吧。雖然只有一點點，但憤怒的波浪在北尾老師的臉上湧現又消失。

然後，他總算轉向涼子問：

「關於辯護方針，妳打算怎麼辦？」

涼子立刻回答：「我要證明大出同學不在場。」

幸好柏木卓也的死亡推定時間很清楚，是去年十二月二十五日凌晨零點到兩點之間。只要證明那段時間大出俊次人在三中屋頂以外的地方就行了。

涼子已跟俊次談好。她拜託俊次盡可能仔細回想去年聖誕夜，從早上醒來到晚上入睡之間的一切行動，用條列式的就行了，把它寫下來。俊次說那一整天他不是隨意外出就是回家，窩在自己的房間發懶。

即使如此，或許有俊次家人以外的目擊者看到他。

雖然是臨陣磨槍，但涼子拚命蒐集有關陪審制度的書籍閱讀。在圖書館找資料的時候，野田健一也來幫忙。他說會把審判體制和陪審員應有的態度製作成概要分發給大家。

「不在場證明啊。嗯，這是最簡單的方法。」北尾老師點點頭。

無論如何，得快點決定檢方的成員才行。

「憑這份計畫書就可以拿到教室的使用許可。即使岡野校長不願意，我也會設法讓他點頭。只要場地有了，就可以舉行審判。我會主張這是課外活動，交給我吧。」

北尾老師一副胸有成竹的模樣，其實也有憂心之處。

「我擔心的是檢察官，誰會願意接下這個職務呢？山崎的話也有道理，採取這種做法，應該會有不少人願意當陪審團和旁聽，可是檢察官就……那等於是要在大家面前，站在跟大出完全對立的立場。就算大出本人答應……」

他不禁嘆息，搖了兩、三下頭。

「大出那傢伙啊，腦袋沒成熟到能夠理解什麼立場、形式、角色這些事情。對那傢伙來說，別人就只有敵人和自己人兩種。」

「不是啦，是只有可以不用理的人，跟可以抓來使喚的人兩種。」惠子糾正道。北尾老師瞄了她一眼。

「敗給妳了，就是說啊。」老師又嘆息。

「我才不會任他使喚。」涼子說。

「嗯，藤野應該足以勝任檢察官吧。」

北尾老師戲謔地想要說什麼，卻被惠子急忙打斷了。

「我不是在慫恿藤野，不過藤野的爸爸是刑警嘛，還不是一般警察署的警察，而是警視廳的人，對吧？是專管殺人強盜的部門吧？」

「他倒是對教師這種權威無動於衷哪。俊次對那種的很沒轍。那叫權力嗎？還是權威？」

「那是老師們太沒用了。」

惠子大刺刺地說，北尾老師對她苦笑。妳說的沒錯——他的目光又追著羽毛球，小聲地加上一句。

經過連續兩天只睡兩小時的大奮戰之後，涼子總算完成審判的說明書和計畫書。炎熱和睡意讓她腦袋發昏，但她還是在七月二十八日到學校，在北尾老師的陪同下，前往校長室見了岡野代理校長。惠子被除外，嘔得不得了。要是妳跟來，本來辦得成的事都辦不成啦——北尾老師這麼說。

北尾老師事前聯絡了岡野代理校長，所以代理校長已在等涼子了。會不會在場，機率各半吧——北尾如此猜測，但高木老師不在場，相反地，不知為何楠山老師出現在那裡。他露骨地表現出不悅，不過並沒有劈頭就痛罵涼子，因為有北尾老師陪同。

「無論如何妳都想做嗎？」

意外冷靜的岡野代理校長，看著涼子的眼睛問。這個人也不是平白當了這麼久的老師——涼子如此感覺，那眼神像要把人射穿一樣。

同時，那看起來也有點像在憐憫涼子。啊啊，明明是個優秀的好學生，居然誤入歧途。

如果是校方希望好學生走上的道路，涼子確實是偏離了。可是……

「是的。」

簡潔更勝於雄辯。涼子在眼神中注入力量，仰望個子頎長的代理校長。

「拜託校長。」北尾老師低頭行禮。

「請校長體諒學生們的心情。如果發生什麼事，給學校添了麻煩，我會負起全責。」

北尾老師難得規規矩矩地穿著西裝過來。他從懷裡掏出一封信，看到信封上的字，涼子倒抽了一口氣。

上面寫著「辭呈」。

「這封辭呈就交給代理校長保管。」

北尾老師輕輕把辭呈放到桌上，再次深深行禮。

岡野代理校長看了辭呈一會，開口：「那就由我保管。只到八月二十日喔。」

他回看涼子，向她點頭。

「我對審判不熟悉，但陪審制的話，應該也有裁決不成立的情況。萬一是這樣的結果，也不允許重來。

機會只有一次。這是我的條件，可以嗎？」

「我懂了。」涼子回答，下一句話自然地湧上喉嚨，「謝謝校長。」

岡野代理校長不再看涼子。他注視著桌上北尾老師的辭呈。

離開校長室前，始終默默無語、一臉不滿的楠山老師出聲：

「藤野，我對妳眞是失望透頂。」

涼子停步。走在前面的北尾老師假裝沒聽見。

涼子回頭，楠山老師的表情變了。不是氣憤，而是責備。

「妳這種做法太卑鄙了。妳利用高木老師打妳的事，抓住老師的把柄，爲所欲爲，難道不是嗎？妳捫心自問看看。」

楠山是個沒有架子、可以溝通的老師，雖然有些急性子，但性格豪爽，很受學生歡迎。可是也有學生說楠山老師很可怕，討厭楠山老師。這些學生對楠山老師的評價恰恰相反，認爲他蠻橫無理，還說他凡事都不分青紅皀白，總是一口咬定。

大概兩邊都是對的。楠山老師對於符合自己標準的事情非常明理，然而對於跳脫他的尺度的事，完全無法接受。

「很抱歉讓老師失望了。」

涼子不爲所動。她絲毫不以爲意，這點程度的逆風她早有心理準備。父母已仔細叮囑過她。

「可是老師，我還是要做。」

然後，她關上校長室的門。

兩人在走廊上前進，北尾老師說著「啊啊，好熱」，脫掉外套，連領帶都抽了下來。

「老師，那不是夏季的西裝吧？」

「只有畢業典禮才會穿，要那麼多套幹麼？」

「謝謝老師……」

「謝什麼？」

約莫是在害羞吧，北尾老師大步往前走。

「就那樣把辭呈遞出去，好嗎？」

嘿嘿——老師哼笑了幾聲：

「藤野，妳覺得老師幾歲了？」

五十四歲——北尾老師說道，把涼子嚇了一跳。她以為應該更年輕。

「我不是那種當得上校長或副校長的料。即使裝作沒事，默默做到退休，能夠爬到的職位也可想而知。既然如此，自然會想要在教職生涯的最後有點帥氣的表現，對吧？」

老師說，生活總有辦法過下去。

「坦白說，我好驚訝。沒想到老師居然肯為我們付出這麼多。」

北尾老師放慢了腳步，「我是中途參賽的嘛。」

「是。」

不如說也有種場外亂鬥的感覺。

「我有個兒子。是獨生子，今年念大學二年級。」

在學什麼經濟——老師接著說：

「兒子跟我處不好很久了。老師的兒子很難教啊，還是該承認老師特別不會帶孩子？」

涼子默默聆聽。北尾老師逕自說著，也像在自言自語。

「可是，有一次我碰巧跟老婆提起妳想做的事，可能是被兒子聽到了吧，吃早飯的時候，他突然逼問我：爸打算怎麼做？」

什麼也不做——身爲父親的北尾回答：

「因爲那時我在擔心勝木。勝木那傢伙一直陷在大出的事裡，感覺都要影響到她的將來了。所以，我只想好好處理勝木的事，不打算來蹚渾水。」

結果北尾老師的獨生子說：我就是看不慣爸這樣。

——爸總是站在不良學生那邊，一副道貌岸然的樣子。擺出「我才是了不起的教育者」、「我不會放棄不良學生」的嘴臉，然而眞正遇上關鍵時刻，只會躲起來，袖手旁觀。

你從來就沒有全力衝撞過學校這個體制，只會撿人家剩下的，自詡爲英雄。這就是爸的自我認同，對吧？笑死人了。

「我半句話都說不出來。」

北尾兀自笑了出來。

「我老婆都嚇慌了。」

「老師的兒子一定是個模範生吧？」

「嗯，做父親的這樣說有點厚臉皮，不過他很優秀，一點都不像我生的。」

涼子也笑了。

「所以，我想就這麼一次，聽從我兒子的意見好了。或許他才是對的。」

「請幫我向老師的兒子致謝。」

「沒問題。倒是藤野……」老師停下腳步，看向涼子。「告發信的事妳要怎麼辦？」

涼子點了一下頭。她知道遲早會被問到這個問題，也知道要怎麼處理是個難題。

「身爲律師，我不會把告發信帶到這場審判上。只要證明大出同學沒有殺害柏木同學就夠了。」

老師沒有說話。涼子下定決心，進一步問：
「傳聞告發信是三宅同學和淺井同學寫的，老師們對這件事有什麼想法？」
「妳呢？妳怎麼想？」
涼子說出淺井松子不幸發生車禍後，她在保健室裡的遭遇。
「妳一定很害怕吧。」北尾老師接著說：「包括我在內，老師們都認爲事實應該如同傳聞，包括淺井的事在內。」
那口氣與其說是苦澀，更像是痛苦。
「這只是我個人的感覺，不過我覺得津崎前校長掌握了某些證據。」
涼子大吃一驚，「咦？」
「他甚至進行了那種諮詢調查，卻堅稱不知道寄件人是誰，反而讓人覺得事有蹊蹺。可是……就算查到寄件人，接下來要怎麼做又是個棘手的問題。就算召開教職員會議，眾人吵上半天也沒用，所以我認爲校長應該是有他自己的想法，決定假裝什麼都不知情。」
那樣的話，小狸子是決心包庇三宅同學和淺井同學到底，才會辭職嗎？有個東西沉沉地掉進涼子的心底。
身爲大出俊次的律師，涼子是不是也想藉由不去觸碰告發信的事，來保護三宅樹理？說到底，證明告發信的內容根本是胡扯一通，才是最有效的辯護方式。
不，涼子才不是想要保護三宅樹理，她只是不想跟樹理扯上關係，不想跟對方有任何瓜葛。
北尾老師嘆了一口氣，繼續說：「當然，事到如今，我們不打算公開承認任何事，也不打算繼續調查。岡野校長在記者會上說過了吧？那封所謂的告發信是黑函。就這樣了結。」
涼子點點頭。

「淺井已死，不管做什麼，她都不會回來了。從那之後三宅就不來學校，她不能說話是眞的。雖然有人說是裝的，可是尾崎老師定期去探望她，也跟她的醫師談過，錯不了。」

「那她現在怎麼樣了？」

北尾老師像是在忍耐痛楚似地聳了聳肩。

「沒怎麼樣吧，也不曉得要不要繼續升學。聽說她完全不肯離開家門一步，父母都擔心得憔悴了。」

兩人來到走廊盡頭，一道飽含熱氣的夏風拂過。

「我沒有把通知這場校內法庭的明信片寄給三宅同學。」

「這樣啊……」

「我自認盡可能明確地寫下爭論點了，可是如果看到內容，三宅同學的心情還是會大受影響吧。」

是啊——北尾老師點頭同意：

「三宅那邊，就請尾崎老師通知吧。我來拜託她。」

好的——涼子應聲。

「妳想要知道眞相，挺身而出。」北尾老師低喃：「可是不希望因爲找到的眞相，又讓另一個人成爲眾矢之的。那種左右爲難的心情，我很明白。」

涼子沉默。不是的，老師。不是那樣的，我才沒有那麼了不起的想法。

「可是我……也許只是空指望，但我有著跟妳不太一樣的期待。」

涼子抬眼看著老師的側臉。北尾老師沒有看涼子，而是望著遠方。

「對三宅來說，這場審判或許是一個機會，讓她好好思考一下自身的處境，還有怎麼會變成這樣。」

在她的內心。

「如果那封告發信的內容是眞的——」

北尾老師的語氣變得強硬，彷彿相信這種可能性。

「無論寄件人是誰，都不可能忽視這場審判吧。因爲妳們想要親手揭開眞相。如果告發信是眞的，不管是以什麼形式，寄件人都一定會再次提出相同的主張。畢竟對方身爲**目擊者**，所以……」

如果沒有任何行動，表示告發信果然是假的。

「寄件人必須面對自己的謊言。」

也必須面對自己非如此撒謊不可的迫切理由。

「然後，再次跨出去。這絕不是什麼壞事。」

「可是，老師……」

「怎麼了？一副沒出息的樣子。」

「如果沒辦法證明大出同學不在場，該怎麼辦？」

北尾老師用他的大手拍了一下涼子的背。

「振作點啊，藤野大律師。」

七月三十一日。

又是在悶熱得教人發昏的體育館舉行的高中入學考說明會，涼子整個人心不在焉，充耳不聞。她觀察其他伙伴的模樣，連麻里子也顯得心神不寧。惠子拿了磨指甲刀，老師在說話的時候，她一直修著指甲。

說明會在上午十一點結束。散會以後，涼子和惠子、麻里子、向坂行夫及野田健一聚在一起，關鍵人物大出俊次沒來學校。明明昨晚在電話裡那樣再三叮嚀他絕對要來，涼子氣壞了。什麼不良少年，根本是孬種。

或者，這表示我還無法跟被告建立起信賴關係嗎？明明這陣子俊次都肯好好聽涼子說話了。

「等個三十分鐘吧。」健一說：「我們慢慢走去教室。」

「大家會不會跑回家去吃午飯了啊？」

麻里子擔心地問，行夫困窘地笑了：「真像麻里子會說的話。」

北尾老師在遠處看著五人，和涼子的視線對上，他便揚起一邊的眉毛，踱出了體育館。

「藤野同學。」

聽到叫聲，回頭一看，尾崎老師走了過來。大家一起向老師行禮。

「終於要開始了，老師也好緊張。」

尾崎老師的表情真的很僵硬。

「我聽北尾老師說了。」

涼子心臟一跳，「什麼？」

「昨天我去說了。」

其他四個人都一臉茫然，不過應該也察覺是重要的事，沒有人插嘴。

「不用擔心，她好好理解了。」

涼子的膝蓋稍微脫力了。

「這樣啊……」

「她的心情應該還是受到了影響，可是我說服她相信老師，她聽話了。我告訴她，老師一定會保護她。現在她願意稍微敞開心房的對象，好像只有我一個。」

「她？」麻里子呢喃，行夫在旁邊戳她，微微搖頭制止。

「我懂了，謝謝老師。」

「那老師先走嘍。」

尾崎老師留下溫和的笑容，快步離開體育館。

麻里子按捺不住地問：「小涼，這是在說什麼？」

「三宅同學，對吧？」

野田健一說。眞敏銳，涼子點點頭。

「我們要在校內舉行審判，還有審判中不會提到告發信。我請尾崎老師幫忙向三宅同學轉達這兩件事。」

「可是，檢方一定會搬出告發信。況且還有實物，是物證呢。」

「現在沒人手上有那封信。」

「不能向條子借嗎？藤野，妳不是也收到了嗎？」

「我交給學校了。總之，我決定不去碰告發信了。對於檢方，只要反駁說那種連寄件人是誰都不曉得的黑函沒有證據能力就行了。」

這不是廢話嘛——惠子的表情歪曲了。

「那當然是一派胡言的黑函啦。可是，那樣的話，亂寫一通陷害俊次的三宅就沒事嘍？憑什麼？這樣不是太不公平了嗎？」

「那算是另一件案子了。」健一安撫惠子，「一場審判不能同時處理兩件案子。」

健一在製作資料的期間，也學到了很多。

「可是三宅……」

「沒有人能證明告發信是三宅同學寫的，我們不打算在審判中證明這件事。」

惠子的臉頰脹紅了，「你這傢伙，還挺會說的嘛？」

健一瞬間退縮了，但很快重新振作起來。「我們是伙伴，想說什麼我就會說。」

這次輪到惠子愣住，一瞬間語塞，然後她朝著健一大笑。

「伙伴？伙——伴？你跟我？你是認真的嗎？」

「難道不是嗎？」健一也脹紅了臉。

涼子宣言：「沒錯，我們全是伙伴，是一起努力走到這一步的伙伴。」

健一從口袋取出手帕擦臉。惠子還想笑，卻發現自己笑不出來，尷尬地轉過身。

「好了，我們去看看有沒有其他伙伴現身吧。」

涼子邁出腳步。

三年A班的教室裡聚集了約二十名學生。

這個人數很微妙，教人不知道該高興來了這麼多人，還是失望來了這麼少人。除了量，還有質的問題。整間教室飄蕩著一股尷尬的氛圍也令人介意。雖然也不是期待能受到熱烈的掌聲歡迎……

「山崎同學在哪裡呢？」麻里子東張西望。

「又躲在不顯眼的地方守著吧。」

涼子站上講台，做了個深呼吸，慢慢地開口。

「感謝大家過來。」

她本來想說「各位伙伴」，卻臨時改口。這些人還不是「伙伴」。

男生和女生各占一半吧。有認識的臉孔，也有陌生的臉孔。她注意到其中也有**完全不認識**的臉孔。不過，這「陌生」的意思是只知道是同年級生，但不清楚名字和為人。至於「完全不認識」，則是根本沒見過。會不會不是三中的學生？

「首先，我來說明日程。日程已寫在交給校長的文件裡，以便取得教室使用許可，所以今後也不會更改。」

聽到說明，各處傳出低語：「原來不是要用掉整個八月。」

「需要的人數有檢察官一名，檢察官助手一名或兩名。」

講台底下，把裙子墊在屁股下坐著的惠子在涼子腳邊嘀咕著什麼。涼子問她怎麼了？

「檢察事務官。」

「檢察事務官。」涼子複誦。所有女生看到惠子與涼子對話，都睜圓了眼睛。因爲這簡直就像水和油混合在一起。

「陪審員總共需要十二名，不過目前已決定在場的向坂同學、野田同學、倉田同學、勝木同學四個人是陪審員了，所以還有八個名額。」

站在涼子旁邊的健一等人行了個禮。只有惠子一個人仍坐著，臉撇向一邊。

在後方聚成一團坐著的三個女生噗哧一笑，彼此互戳。感覺她們的手指隨時都會指向惠子：勝木惠子耶？她當陪審員？

涼子惡狠狠地瞪著她們，一直瞪到她們收住笑爲止。前排的學生都回望後方。

「我們五個人計畫了這次的審判，是五個人分工合作。」

強調之後，她接著說：

「雖然大出同學不在這裡，但他明白我們的目的，選擇了我擔任他的律師。」

聽到這話，場中傳出驚叫聲。明明早就寫在明信片上了。

「藤野同學，這是眞的嗎？」

在前排這麼問的是佐佐木吾郎。他是二年C班的班長，因爲一起參加過學生會活動，涼子十分了解他。佐佐木吾郎很勤快，性格開朗，是個容易親近的男生，成績也不差。

「是的，所以我希望能有一、兩個人來協助我，不過我不勉強大家。有沒有人自告奮勇？」

涼子掃視教室，一片死寂，只有剛才的三個女生又垂頭想笑。

沒有人吭聲，也不肯和涼子對望。

佐佐木吾郎嘆一口氣，站了起來。

「藤野同學，我們剛才談了一下。」

嗯——涼子點頭。惠子總算抬頭，用一副「這傢伙是誰啊？」的表情看著吾郎。

「感覺大家都是來看看情況的，因為感興趣。」

「謝謝。」

「可是，大家都在猶豫要不要參加。怎麼說，呃……」

這不可能做到吧？——吾郎對涼子笑道：

「靠我們自己舉辦審判，這種事……」

「是法庭家家酒。」

響起一道尖銳的聲音。是誰？惠子站了起來，涼子搜尋室內。

前排的學生當中有人站起，是井上康夫。

「是家家酒。其實藤野同學也這麼想吧？因為不小心說出口，找不到台階下，只好硬著頭皮幹了，對吧？」

曾寄望這種人的自己真是個大白痴，涼子挺直了背。

「不是這樣的。」

「大出同學真的想要舉行什麼審判嗎？」

「沒錯，我們好好談過了。」

「聽說他要轉學。」

「就算要轉學，如果無法擺脫在三中的壞名聲，也沒有意義吧？」

涼子再次望向「伙伴們」。那三個可惡的女生還在賊笑。

「我也想過了。我一直在想，所以才會想到要舉行審判。可是和大出同學談過以後，我才發現自己想得一點都不夠周全。」

你們知道他被傷得有多深嗎？你們想過嗎？

「大出同學一次都無法好好地說出自己的意見。警察認爲沒必要，因爲柏木同學是自殺的，可能是有科學調查還是鑑識之類的證據吧。可是，光是那樣，沒有辦法洗清大出同學蒙上的嫌疑。」

惠子仰望涼子。佐佐木吾郎仍站著，注視著涼子。

「以爲有電視台要出面追查眞相，結果呢？劈頭就把大出同學當成殺人犯。雖然沒有指名道姓，但大出同學在全國電視網上被指控成殺人犯，然而校方和警方依然袖手旁觀，說什麼因爲這根本不是命案。」

「大出同學不是僱了律師嗎？」

坐在教室中間一帶的女生把玩著頭髮說：

「那個律師不是說要告學校誹謗嗎？」

「這樣就行了嗎？」涼子反駁，「如果律師眞的提告，變成只要談論過大出同學是殺害柏木同學的凶手的三中學生全部都有責任，會怎麼樣？難道我們要說『是啊，是我們不對』，然後道歉賠錢嗎？你們以爲事情這樣就能了結嗎？」

「人家又沒有跟著八卦。」

那個女生扯著頭髮說，別開臉去。

「丟下大出同學，置之不理，是我們三中每一個人的恥辱。我覺得很可恥，大家不覺得嗎？你們一點感覺都沒有嗎？」

「妳的意思是，看到有人被踏到腳，難道不覺得痛？——是嗎？」

井上康夫淡淡插嘴：

「我知道妳義憤填膺，可是，藤野同學，大出同學的情況，是自作自受啊。」

「你的意思是，就算他被冤枉也是活該嗎？那邊那個！」

涼子指著賊笑三人組中間的女生，對方眞的差點跳起來。

「妳們想過如果是自己碰上一樣的事，會有什麼感覺嗎？如果妳們是來笑的，就去別的地方笑！」

眾人都望向她們，這次她們笑不出來了，偷偷摸摸地縮起身子。

惠子站起來，走到教室後面拉開門說：

「出口在這邊。」

這時，一個又高又細的人影閃現。對方慌張地跑進來。

「咦，開始了嗎？決定好了嗎？」

是籃球隊的前鋒竹田和利。他才國三，身高已有一百八十公分，因爲籃球水準遠超過國中生，剛入學就備受矚目，一年級就成爲正規球員。他是三中運動社團的明星人物，也非常受女生觀迎。

竹田和利舉起長長的胳臂，揮動著手掌說：

「我是籃球隊的代表，我要當那個……叫陪審員，是嗎？」

涼子愣住了。野田健一戰戰兢兢地上前半步說：

「呃，我們並沒有要求各社團推派代表。」

「不行嗎？」

「並、並沒有不行。」

「我們跟將棋社商量過了，那些人什麼事都愛講道理，應該很適合吧？」

竹田和利總算注意到周圍一片啞然。

「咦，大家不知道嗎？」

「不知道什麼？」涼子問。她忍不住走下講台。

「你們不曉得高木老師和楠山老師打電話到學生家嗎？好像還進行家庭訪問，叫大家不要參加這場審判。」

哇——行夫怪叫，「居然做到這種地步嗎？」

「我們都被楠山老師威脅，說什麼要是敢參加審判，就要我們好看。聽到這些話，校友會的人氣炸了。」

校友會把小森森奉爲女神嘛——高個子的竹田同學率性地笑著說，惠子也笑了出來。

「學長們都說，小森森會辭職，楠山老師就是元凶。我是不曉得怎麼一回事啦。」

非常老實。涼子的臉上也漾出笑意，她抿緊嘴唇，以免像惠子那樣笑出來。

「然後啊，大家就說籃球隊一定要推派一個代表，絕對不能屈服於楠山的打壓！」

竹田和利在好高的位置搔著頭說：

「然後我啊……唔，因爲是真的，也不用瞞啦，我確定以籃球保送生的資格進高中了嘛。雖然要是受傷就不妙了，不過參加審判不會受傷吧？」

不會、不會——佐佐木吾郎回答。他的眼睛睜大到都忘了眨了。

「所以，我暑假很閒啦。於是學長就命令我：竹田，你去參加！」

啊啊，不行了，涼子再也忍俊不禁。

「謝謝你，眞的謝謝你。」

涼子走到竹田和利旁邊，抓起他的手一握。

「你要參加陪審團，對吧？」
「嗯，學長說這個職務很重要。」
「沒錯，非常重要。來，請前面這邊坐。」
和利被涼子拉著手，空著的另一手又繼續搔頭。
「然後，將棋社的顧問不是高木老師嗎？大家被她訓得受不了，都氣得爆炸了。而且，大家都看到藤野挨打了。」
由於那個巴掌，高木老師要付出的代價還眞不小。
「小山田說要來，結果還沒來嗎？」
和利正在疑惑，這次換教室前門打開，說曹操曹操到，將棋社主將小山田修登場。他個子矮，體型又微胖，走起路來總是風風火火的。
「我搞錯教室了。咦，藤野同學？妳怎麼跟阿竹手牽手？」
涼子想起來了，這兩個人是從小就認識的哥兒們。
「你好慢！」
「有什麼辦法？我好不容易才脫身。」
倉田麻里子總是對這種事十分敏感，「從哪裡脫身？」
「高木老師啊。」主將回答，「老師說不幫我寫報考用的推薦函了。」
「那個死老太婆！」惠子咒罵，「她在哪裡？我去幫你巴她一掌！」
「不要這樣啦，勝木同學。」
「反正老娘不需要推薦函！」
「我們家也是，我爸媽很生氣，說高木老師居然拿推薦函威脅，是濫用職權，還說要告到教育委員會去，被我阻止了。那樣反而麻煩，對吧？」

這話是在問涼子，她急忙點頭同意：「嗯，最好不要打草驚蛇。」

「我會跟爸媽這麼說的。然後，我想擔任陪審員，可以嗎？暑假我得參加集訓，不能花太多時間。」

他說是校外的將棋社團強化集訓。

「如果是當陪審員，只要審判期間人在就行了吧？其他時間要做什麼都可以吧？」

「忘掉審判的事就行了。」

「啊，那沒問題。我每天都在對奕。」

小心考不上志願學校——竹田和利如此吐槽。無所謂，小山田滿不在乎地回嘴。

「反正上哪一間高中都一樣，我的目標是將棋聯盟。」

「我知道啦，只是說說而已。」

籃球隊和將棋社的高矮拍檔走到窗邊坐下，這下陪審員就有六個人了。

「我們也要當陪審員。」

佐佐木吾郎身後有兩個女生舉手。她們對望之後點點頭，手舉得直挺挺的。

「妳們是……」

「我們以前是D班的，蒲田教子和溝口彌生。」

我是蒲田——兩人之中的長髮女生自我介紹：

「藤野同學應該不認識我們。彌生二年級有一段時間沒來上學，而我是二年級第二學期才轉來的，所以跟藤野同學沒有交集。」

「教子轉來以後，我才又開始上學了。」溝口彌生小聲地說。她一看就是個嬌弱無比、氣質像小白兔的女生。現在她的雙眼通紅，看起來更像小兔子了。

「彌生在哭，可是不用在意。她一激動就會掉眼淚。」

本人也揉著眼睛點點頭。

「兩位都要當陪審員？」

「嗯，我會勸彌生振作一點，不能什麼事都附和我。」

後面一句話是對彌生說的。溝口彌生點點頭看涼子。

「柏木同學的事，我感同身受。」

這下就八個人了，還少四個人。

「藤野同學……」佐佐木吾郎重新轉向涼子。「我跟妳認識很久了。」

的確，兩人從一年級的時候就一起參與學生會事務。

「咦，怎樣怎樣？你要當什麼？」

從旁邊扯他袖子的是萩尾一美。涼子跟她一、二年級都同班，知道她是怎樣的人。一美是個有著浪漫情懷的女生，很注重男生的外表，腦袋裡成天想著帥氣的男生。一開始發現她也在場的時候，涼子就在猜她看上了誰，原來是佐佐木同學嗎？

「如果這時候不奉陪一下，我會寢食難安。」

「少在那裡像個老頭子似地嘮嘮叨叨！」惠子喝道，「要幹還是不幹？」

「第九名陪審員——抱歉，我不是想報名這邊。」佐佐木吾郎微笑，「我要擔任藤野同學的助手。」

「啊，那我也要！」一美爭著舉手，「我也要當助手！」

「可以嗎？」

雖然很開心……可是有個拖油瓶。

吾郎指著一美說：「我不會讓這傢伙礙事的。」

了。

「怎麼說人家礙事嘛！」

「別吵、別吵。」

一美哇哇叫的時候，最後排有人舉手了，是個女生。

「我是音樂社的山埜香奈芽。」

是鋼琴彈得很棒的女生。古野章子對她的琴藝讚不絕口，說她在淺井松子的追悼演奏會上的演奏精采極了。

「我也要當陪審員。」

她把椅子推出聲音站起來。山埜香奈芽的臉蛋小巧可愛，馬尾在腦後搖晃著。

「我想淺井同學……小松如果也在，她一定也會參加。或許我派不上什麼用場，不過請讓我加入。」

這是我們的榮幸——涼子說。

「隸屬音樂社的妳不會有成見嗎？」

又是那道金屬般冷硬的聲音，是井上康夫。

「我會留意不讓個人感情介入。」山埜香奈芽有點羞赧，楚楚可憐地回答。

康夫的銀框眼鏡反射著光線。以爲他又有什麼意見，沒想到他說：

「淺井同學的事，眞的很令人遺憾。」

「嗯，我們說好要連同小松的份好好地投入音樂。」

「嗯。」

「這樣陪審員就有九個了。」涼子揚聲，拍了拍手。「還有三個名額，有沒有人願意參加？」

「用不著勉強湊成十二個吧？」康夫說：「九個人的話是奇數，可避免裁決不成立，我覺得是可以妥協的人數。」

「在那裡指指點點的你自己咧？」

惠子不服輸地發出金屬磨擦般的尖銳嗓音。這不是她原本的音質，因爲咬牙切齒，才會變成這種聲音。

「你要坐在一旁看好戲，是吧？不愧是會念書的，想法跟別人不一樣。」

康夫用一種溫度降到冰點以下的眼神看著惠子。惠子的眼睛瞪到發白，幾乎快噴火了。

「會念書的我是在向會念書的藤野同學提出建議，而不是在對不會念書的勝木同學提出意見。」

「你說什麼！」

惠子飛撲上去，佐佐木吾郎一把揪住她的後衣領，還不忘順便向涼子邀功：「我是助手。」

「你有何指教？」涼子問井上康夫。

「妳忘了一個重要的角色。」

惠子被揪著後領「啊」地一叫，「對啊，藤野！我不是說過嗎？」

對了，涼子也想起來。

「法官。」

「法官啊！」

不期然地，康夫與惠子同聲二重唱了。惠子氣得差點沒噴火。

「好了、好了，乖——乖——」佐佐木吾郎又連忙安撫她。

「也不是法官，是這場法庭家家酒的主持人。」

康夫從椅子上站起來，環抱起雙臂。

「如果不小心掌舵，船一下子就會沉了，會落得讓高木老師和楠山老師稱心如意的結果。」

「啊，井上也接到電話了？」

「是家庭訪問吧？直擊，對吧？直接談判，對吧？」

高矮拍檔我行我素地問。井上康夫嘆了口氣說：

「那些老師真是愚昧，愚昧至極。」

也就是說，真的上門警告了，而這對井上康夫造成反效果。

「所以你是要怎樣啦！」惠子吼道。

「你要當法官，對吧？」涼子問。她開心得胸口都快脹破了，幾乎陷入呼吸困難。

康夫哼了一聲，轉開鼻尖。

「沒辦法，我想不到比我更適合的人選。」

「請多指教。」

涼子伸出手，但康夫還是不肯放開交抱的手臂。

「檢察官還沒有決定之前，法官不能跟律師握手。法官是不偏不倚的。」

「啊——是、是、是。」

就在涼子這麼笑的時候，教室的側門發出巨大的聲響。

大出俊次幾乎是破門而入。看到那張臉，涼子本來應該要說出口的話，全飛到九霄雲外了。

大出俊次整張臉浮腫，一塊青一塊紫。

俊次——勝木惠子擠出喘息般的聲音，揪著她後衣領的佐佐木吾郎忍不住放手，結果惠子幾乎是往前栽地衝到大出俊次的旁邊。

「你怎麼了？這傷是怎麼搞的！」

又是你爸——惠子脫口道。大出俊次默默地、飛快而不留情地一揮手，把她推開了。惠子害怕地站在原處。

眼眶有著鮮明的瘀血。嘴角破裂，傷口凝結成痂，下巴因紅腫而輪廓扭曲。剛才那揮手的動作，似乎也扯痛了他的腰還是腳。

教室裡一片鴉雀無聲。光是「主角」的唐突登場就夠教人驚訝了，再加上這張臉——眾人都倒抽了一口氣。

涼子垮下雙肩，輕輕嘆息。「總之，先坐吧。」

惠子急忙爲俊次拉開附近的椅子，但俊次甚至沒有看一眼，只是瞪著地上。

「被誰打的？」

涼子問，俊次像要撲上去似地猛一抬頭，口沫橫飛地罵道：「我才沒有被打！」

「那你那張臉是怎麼了？」

山崎晉吾穿過開著的側門，無聲無息地走進來，靜靜把門帶上。涼子捕捉到他的視線，問：「這是被打傷的吧？」

晉吾點點頭。

「我再問一次，是誰讓大出同學受了這種傷？」

俊次不回話，拱著肩，依序瞪視集合在教室裡的所有學生。

萩尾一美躲到吾郎背後，蒲田教子和溝口彌生挨著肩縮成一團。山埜香奈芽睜大了眼睛回看俊次，隨著他的視線望遍室內。籃球隊和將棋社的高矮拍檔、野田健一，還有向坂行夫和麻里子這一對，全都嘴巴半張。

這時高個子的竹田和利以一貫的飄逸口吻說：「最好冰敷一下。」

眾人看著他。和利向大家點點頭，視線轉回俊次身上，勸道：

「冰敷一下吧。那樣好得比較快，之後也不會痛得那麼厲害。」

與剛才不同意義的沉默降臨。然後，像要打亂這片寂靜，那三個大嘴巴的女生又咯咯笑了起來。竹田同學好搞笑！

大出俊次的臉上頓時沒了血色。惠子的臉頰一僵。

「妳們覺得那麼好玩嗎？」俊次朝那三個女生恐嚇道。

那憤怒的低吼，就像從咬緊的牙關之間吹出來的熱氣。三個女生凍結在原地。

「不好意思，如果妳們不想參加，可以離開教室嗎？」涼子說：「妳們會激怒大出同學。」

用不著三催四請，三人先後站起來，連滾帶爬地逃出教室。

門「砰」地關上，只留下沉默。

「……這些人要幹麼？」

俊次再次掃視剩下的學生們，帶著憤怒的殘響吼道：「聚在這裡做什麼？」

「你在問誰？問我嗎？」涼子指著自己的鼻頭說：「如果是問我，就好好看著我發問。」

「妳臭屁個什麼勁啊？」

涼子不小心微笑了。她覺得好似在應付一個比自己年幼許多的調皮小鬼。

「看起來好痛。你去看醫生了嗎？」

俊次垂下視線。坐啦，惠子拉扯他的手臂。這次俊次乖乖聽從，往椅子坐下。他的腳果然扭傷了。

「大家都是對這次的審判感興趣才來的。陪審員已決定九名，人家也有兩個助手了。」

涼子一直努力以「我」來自稱，她還在內心以「本人」這樣的第一人稱稱呼自己。她的心境就是如此嚴肅。然而，大出俊次一現身，她的措詞頓時就變得幼稚了。自稱「老子」的被告，自稱「人家」的律師。

無聊——俊次不屑地說：

「事到如今，還說那什麼話？這次的事，妳也是想要湊熱鬧才搞出來的吧？」

惠子蹲在俊次的身邊，有些淚眼盈眶，抓著他的長褲膝頭處。

涼子想起了格格不入的事。是她在書上讀到的一段文字。忘記是德川將軍家的第幾代——涼子的日本史不是很好——某個應該要繼承將軍之位的武將，由於生病和人際關係上的磨擦，精神失常，不斷對家臣和領民做出暴虐無道之舉，終於被將軍命令蟄居。當時負責說服他的奶媽，就是一邊執著他的手，一邊扶住他的膝頭，潸然淚下，諄諄勸說。

是誰打的，不必問也知道，除了他的父親大出勝以外還會有誰？當時母親大出佐知子在哪裡？做了什麼？她會抓住痛揍獨生子的丈夫的手，淚流滿面地勸阻——

不，不會吧。所以，俊次才會被揍成這樣。

「你爸爸不中意這次的校內法庭活動，所以生氣地打你嗎？」

是因爲涼子的聲音很溫柔嗎？還是因爲她沒有叫「俊次同學」，而是直呼「你」？惠子驚訝地仰望涼子。

「我是你的律師，我會幫你。我想要幫你。所以不要不說話，告訴我吧。」

俊次在嘴裡咕噥著什麼，聽不見。

「我們暫時迴避吧。」井上康夫對眾人說：「最好讓被告和律師單獨談談。」

井上康夫就要率先離開，但俊次自暴自棄的話讓他停下了腳步。

「所以我才說可笑……」

「什麼事情可笑？」

「妳當我的律師啦！」

俊次破了嗓，聲音在天花板反彈。嘴角的痂被扯破，鮮血滲了出來。

「少耍人了，想騙我沒那麼容易。」

「你說誰要騙誰？」

涼子瞇起眼睛。井上康夫站在原地，交抱起雙臂。不經意地一看，他銀框眼鏡底下的眼睛也瞇了起來。

俊次總算看向涼子，是遭人痛打一頓的野狗般的眼神。驚懼不已，而且悲傷，眼底還燃燒著熊熊怒火。

「妳是模範生、是老師中意的乖寶寶，而且妳爸還是刑警，是條子。」

他憤憤地說出「條子」兩個字時，口水又噴了出去。

「這樣的妳怎麼可能當我的律師？妳是想要陷害我，對吧？」

這還用說嗎？——俊次對在場的眾人揚聲說：

「主動說什麼要當我的律師，再從我這裡問出想問的事，最後還是要判我有罪，對吧？這是條子給妳出的主意。就是這樣的圈套，對吧？」

這話就連涼子也萬萬想不到。她一時不知該如何反駁，俊次居然疑神疑鬼到這種地步……

「藤野同學不必提，我們也沒鬧到那種地步。」

井上康夫冷靜地反駁：

「警方從一開始就說這件事沒有犯罪成分，所以大出同學從來沒有遭到警方騷擾，對吧？況且，藤野同學的父親跟柏木同學的事無關。只要冷靜想想就知道了。」

囉嗦啦！閉嘴，你這個只知道念書的臭眼鏡仔！——俊次撇開臉嚷嚷道。從剛才就一直躲在吾郎背後的一美悄悄探出頭，望向被罵成「只知道念書的臭眼鏡仔」的康夫，發出「欸嘿嘿」的笑。

「他好會說。」她小聲對吾郎說。吾郎緊盯著大出俊次，沒有理會一美。

「原來如此。」涼子說：「這是你爸爸的意見，是吧？」

「跟我爸沒關係啦！」

「然後，他一邊罵著『你是被陷害了』、『大混帳，快點清醒過來』，一邊把你打成這樣，對吧？」

俊次沉默了。一下子暴怒嚷嚷，一下子又沉默不語，令人眼花繚亂地切換開關。他前後微微搖晃著身體。

「你是什麼時候挨打的？昨天嗎？今天你是怎麼出來的？」

涼子走上前，彎膝蹲了下來。眼前就是俊次低垂的頭。她不打算再靠近，也不想像惠子那樣伸手碰他，爲了表示沒有更進一步侵犯的意圖，她蹲著抱起了雙臂說：

「可是，謝謝你來了。」

麻里子吁了一口氣，行夫瞄了她一眼，嘴角露出笑意。

井上康夫鬆開雙手，坐回原位。

「那麼，你想怎麼做？你不想舉行什麼審判了嗎？」

涼子對著俊次的鼻頭問，一面用交抱的雙手壓抑跳個不停的心臟。

大出俊次應該想要舉行這場審判。

他不會說「不想了」。絕對不會，絕對。

那一天，在週租公寓裝潢廉價的會客區，俊次捉弄涼子、粗魯地對待惠子，被登場的山崎晉吾嚇到，看起來跟平常並無不同。可是，只有那個時候不一樣，就是吶喊「我早就是被告了」的時候。妳們每一個都擅自把我當成被告，做出有罪判決，不是嗎？

能夠撤銷那種判決的唯一機會，只有這次的校內法庭。俊次怎麼可能主動放棄？

因爲是不良少年、因爲是眾所公認的壞胚子、因爲本性惡劣到無可救藥，被眾人嫌惡、被白眼相待，然後本人看起來也不痛不癢，所以他一點都沒有受傷——並非如此。因爲這樣，所以他就不渴望眞相、所以被冤枉也不以爲意——絕非如此。

「你不想舉行審判了嗎？」

涼子再次沉穩地問。

俊次沒有回答。垂下來的長長劉海之間，只露出脹得通紅的鼻頭，身體依然晃個不停。

惠子更用力地抓住他的手臂。

每個人都忍不住嚥下口水，連呼吸聲都收斂起來。

「你不想放棄，對吧？」涼子說：「你不可能說想放棄吧？」

「可是，」麻里子挨近行夫小聲地說：「大出同學怕他爸爸吧？他又會挨揍。萬一被打得更慘，可不得了。」

涼子伸直膝蓋站起來，對麻里子笑著說：「既然如此，就從大出勝先生怒罵這場審判**亂七八糟**的地方開始改變就行了吧？」

眾人彷彿一個哆嗦，脫離了沉默。

「就是他說審判不能相信、是陷阱的部分。」野田健一出聲確定似地呢喃。

「對，沒錯。」

「就是藤野同學擔任律師這一點。」井上康夫一針見血地說：「問題集中在這一點。」

「沒錯，井上同學果然是法官的最佳人選，你把論點漂亮地整理出來了。」

「所以一開始我就說，除了我之外，沒有其他適合的人選。」

康夫用手指推起銀框眼鏡，轉向俊次。「大出同學，這樣如何？換人來當你的律師，挑一個不會被大出勝先生懷疑的學生擔任律師……」

「那我必然就會是檢察官了。」涼子嘆息，「那樣的話，大出同學的爸爸也會滿意吧。」

眾人的視線集中到涼子身上。沒錯，如果要實現這場審判，只能這麼做，沒有其他選擇的餘地。

「咦，那我們會變成檢察官的助手嗎？」

萩尾一美大舌頭地埋怨，鼓起腮幫子。佐佐木吾郎冷淡地說：

「那妳不要勉強，檢察官助手我來當。」

「是檢察事務官啦。」

「是啊，很帥。」

「那沒關係，我要跟佐佐木同學一起。」

一美還在「咦——咦——」地吵個不停。她坐著踢動雙腳，簡直像個幼稚園小朋友。

吾郎沒在聽，涼子也不在意一美的狀況。

「俊次，」惠子喚道，「藤野說她要當檢察官耶。」

惠子的聲音在發抖，雖然沒有哭，但彷彿隨時都會哭出來。

「不可以讓你爸這樣對你啦。」

就這樣讓他打，你不氣嗎？說到這裡，她細長的眼睛滲出淚水。

俊次沒有吭聲。不管是「囉嗦」、「妳閉嘴」，或是「跟妳無關」都沒有。

「從以前就是這樣嗎？」康夫問：「大出同學家一直是這樣的親子關係嗎？如果妳知道就告訴我們吧，勝木同學。」

惠子沒有像平常那樣頂撞或是嘲笑他。

「這不是我該說的事……」

淚水滴落下來，她急忙以手背抹掉。那動作之女性化讓涼子赫然一驚，正確地說，那是「嫵媚」。事到如今，涼子才體認到傳聞是真的，勝木惠子不是少女，而是女人了。雖然也不是因此就怎麼樣，但原來真是如此。

對象是誰都不重要，不過大出俊次肯定是頭號候補。是這件事在惠子愛戀他的心情中投下了陰影嗎？

「女人」就是這樣的嗎？雖然就像老掉牙的演歌歌詞，但「女人」對「男人」就是會變得如此，和本能一樣，是不可抗拒的嗎？

「要不要我來當你的律師？」

惠子察言觀色似地仰望俊次說。井上康夫掩住雙眼，涼子也忍不住在內心這麼做。恐怕在場所有人——除了麻里子以外——全是一樣的心情。

「好嗎？我會努力。如果是我當你的律師，你爸就不會囉嗦了吧？」

各位——康夫掃視室內說：

「回到正題，不管誰來擔任律師，如果隨時都有可能遭受大出同學的父親上門威脅，那就太危險了。必須想想辦法才行。」

「如果是我，不會有事的。」惠子焦急地站起來，像要庇護俊次般挨著他，摟著他的肩。

「勝木同學不行。」

「爲什麼啦！」

「妳沒辦法跟藤野同學平等交手。任誰來看，都是高下立見。而且光憑勝木同學，沒辦法讓大出同學的父親同意。」

惠子正想回嘴，俊次肩膀一掙，甩開了她的手。他抽了抽鼻子抬起頭來。

「俊次……」

「我爸沒人制止得了。井上，你要是敢就試試，絕對會被宰掉的。」

他說的內容很恐怖，語氣卻相當漠然，飽含著疲倦與認命。

意外的是，只會念書的模範生法官並未退縮，反倒興致勃勃地微微探出身子。

「你這樣就好了嗎？」

涼子和康夫都語氣親暱。對大出俊次而言，簡直是天地變異了。

「剛才勝木同學也問過你，就這樣一直挨打好嗎？你不生氣嗎？」

「囉嗦啦。」

他的唾罵缺少霸氣，但逐漸恢復平常的狀態。

「跟你無關。」

「沒錯，與我無關。」康夫揚起一邊的嘴角笑道：「與我個人無關，但我還有身爲法官的立場，所以才會問你。屈服於你父親的壓力、放棄接受這場審判的權利，眞的好嗎？」

「我有律師了。」俊次輕聲反駁。

康夫問涼子：「是那位姓風見的律師吧？」

「我想是。」

「聽說，他向HBS和我們學校的老師提出告訴。這個傳聞是眞的嗎？」

俊次微微點了幾下頭，視線愈來愈低，又垂下頭。

「那邊的訴訟，嗯，是職業律師在打，應該可以得到某些結果吧。可是，你應該也明白，我們想要做的——你所期望的審判，跟那不一樣，對吧？」

然而，就這樣放棄，眞的好嗎？井上康夫語帶威脅，步步進逼，質問大出俊次。面對這幕不可能發生的情景，眾人都看呆了。

「如果……透過那位風見律師，請他說服大出同學的爸爸呢？」

聽到這甜美而新鮮的聲音，佐佐木吾郎第一個有了反應。發言者是山埜香奈芽。

「小香，這個點子好！」

佐佐木吾郎大大地攤開雙手，一副奉承的動作。一美斜睨著香奈芽，什麼小香！

「這確實是個好點子，寫封信給律師吧。」
康夫說這種情況用正式書信比較有效。
「好，我來寫吧。」
「藤野同學不行，妳是檢察官。沒辦法，這個任務由我來吧。」
法官怎會這麼忙？康夫擺出苦瓜臉說道。
「那種方法對俊次他爸沒用！你們根本不懂！」
惠子絞著雙手叫道，但聲音愈來愈小。因爲她發現眾人只看著大出俊次，只注意著他。
「俊次，怎麼辦？」
惠子的眼神變得像在求助。
大出俊次抬眼看涼子。
「誰要當律師？」
剛才被扯開的痂所滲出的血液乾掉了，凝固在他的下巴前端。
「如果妳當檢察官，誰來當律師？沒人要當。」
我來──野田健一說。他的表情悲壯無比，拱緊了雙肩，彷彿要把腳下的地基掀翻，明知不可能卻硬要去做。
「我、我來當律師。」
「阿健是陪審員啊。」
行夫話聲剛落，井上康夫接著他的語尾說：「駁回。野田同學也不行。」
「爲什麼？」
「別那麼生氣。」康夫笑道：「你是柏木同學的遺體發現者，大出同學的父親會像質疑藤野同學那樣去質疑你，說這果然是陷阱，是要陷害大出同學的圈套。」
健一頓時洩氣。
「以這個意義來說，你也不應該擔任陪審員。因爲你是令人同情的遺體第一發現者，可能對被告懷有偏見。或者，就算律師認爲你這名陪審員可能心存成見或偏見，要求把你從陪審團剔除也沒辦法。」
可怕的井上康夫，涼子暗暗咋舌。
「可是，」井上康夫辯才無礙地繼續說：「另一方面，陪審團裡有勝木同學。這名陪審員打一開始就明顯在迴護、支持被告，本來是檢方應該會要求剔除的陪審員。所以正負相抵，你們兩個都繼續擔任陪審員吧。」
況且人手也不夠嘛——康夫推了推眼鏡說。
「感覺好正式。」
「井上果然聰明。」
高矮拍檔同聲說。發言時機一致，內容卻不同，確實很像這對搭檔的風格。
教室角落，有人揮舞雙手。那個，喂，哈囉。
「請說。」涼子點名。是看過的男生，是哪一班的呢？
男生弄響椅子站起來，向眾人行禮。
「呃，我是D班的久野。啊，二年級的時候是D班，三年級是B班。」
大家好——他匆匆行禮。
涼子注意到他旁邊的男生，沉靜地注視著大出俊次。久野開始說話以後，那男生便抬頭仰望，久野也頻頻俯視他。
「噢，我不是要志願當律師，先聲明一下，不好意思。」

知道了、知道了——高矮拍檔應和。

「我是想說，大出同學的律師，就像剛才——井上同學，是嗎？就像那位戴眼鏡的同學說的，最好是沒有成見或偏見的人來當比較好，對吧？」

沒錯，康夫應話。居然有人不認識全學年第一名的我？他看起來有點不太服氣。

「那樣的話，讓不是三中的學生來當律師，會不會……怎麼說，應該比較好吧？」

他說著，又望向旁邊的男生，結果對方轉向涼子。

仔細一看，涼子吃了一驚。不管是對這個提議，還是發現那名男生的制服不是三中的。因爲是夏季制服，乍看都差不多，但襯衫的衣領形狀不同。

「唔……或許吧。」

連井上法官也困惑了。

「可是，有那麼愛湊熱鬧的外校生嗎？」

久野迫不及待地指向旁邊的男生說：

「有的、有的，就在這邊。就是這傢伙。欸，站起來嘛。」

那名男生被拉扯袖子，站了起來。個子很矮，給人的感覺跟野田健一有點像。

被拿來比較的健一本人表情有了變化，是一種「咦？」的反應。

「他是我小學五、六年級的同學，柏木也是。上國中以後，我們上同一家補習班，柏木也是。可是柏木一下子就不來了，所以我們跟他沒有交情。該怎麼說呢，就是對柏木沒有什麼特別的感情。」

所以不是正好嗎？久野說。

涼子剛要開口，卻猶豫了。她還在介意野田健一的表情，他在驚訝什麼？

「你們一開始就打算要參加嗎？」

康夫問，久野「嗯」地點點頭之後，突然又搖起頭來。

「到底是哪邊？」

「就是說呢，他跑來跟我說有興趣，我只是陪他來。因爲如果只有外校生一個人，沒辦法進來。」

你說點什麼嘛，快點——久野不停戳著旁邊的男生。被戳的人有點躊躇地上前。

眼神明亮，五官端正，是一美會爲之瘋狂的類型，還是她可能會嫌個子不夠高？體格纖瘦。皮膚白皙，好似女生，眞的很像野田同學——不，臉長得不像，但氣質幾乎一模一樣。

「我姓神原。」他自我介紹，行了個禮。「就讀東都大學附中三年級。」

一美不禁嬌喊：「東都大附中！好厲害！菁英學校！」

確實，那是私立的名門學校。

「神原……請問名字是？」

康夫蹙起眉頭。這麼說來，康夫曾報考東都大附中，卻名落孫山。據說是當時他不巧得了流感，無法徹底發揮實力。

「我叫神原和彥。」

久野坐回椅子上，一副任務達成的模樣，傻笑著向幾個女陪審員宣傳：「他人很好喔。」

野田同學——涼子悄聲喚道，「你怎麼了？」

因爲健一臉上的訝異消失，目不轉睛地盯著神原和彥。聽到涼子的聲音，他總算回過神。

「咦？」

「你怎麼了？」

健一的眼神中閃現回答的意志，涼子確實看見了。然而，從他口中說出來的卻是「沒事」兩個字。

「眞令人驚訝。」健一說。

「是啊……」涼子應道。

井上康夫眉間的皺紋，深到感覺額頭隨時會整個裂開。

「由外校學生擔任律師的提案不錯。」

「是吧？」久野很開心。

「可是，不好意思，我不認爲神原同學有資格擔任律師。他認識柏木同學吧？就算你們宣稱沒有交情，我也不認爲大出勝先生會接受。」

這等於是又讓被害者的朋友擔任被告的律師。

沒有人反駁，久野也只是東張西望。可是——他原本想要說什麼，但察覺現場的氛圍，很快就住口。

「關於這一點……」

神原和彥開口。他直視康夫，然後望向大出俊次。茫然自失的俊次被他一看，抖了一下。

「我想應該由大出同學決定才對。」

佐佐木吾郎低低地吹了聲口哨。嗯——山崎晉吾點頭表示同意。

「如果大出同學不願意，我就打消念頭。可是，如果大出同學同意，是不是由我來擔任也行？」

俊次的眼神游移。這突如其來的發展，讓他不管是理智還是感情都跟不上。

「我、我……」

「你可以接受嗎？」

康夫催逼似地問，言外之意似乎是「快說你無法接受」。康夫腦袋聰明，而且冷靜又具備判斷力，然而青春期的自尊心一旦受到刺激，就會亂了陣腳。畢竟他還只是個國中三年級的孩子。

康夫丟下猶豫不決地保持沉默的俊次，把矛頭轉回神原和彥。

「你怎會想來參加這種麻煩的課外活動？我非常無法理解。依常識來看，實在難以想像。」

「喏，他是附中的嘛。」久野笑著拍拍和彥的屁股，「不用準備高中考試啊。可以直升高中部。這算是暑假打發時間……」

「這不是該用那種心態參加的活動。」

井上法官的自尊心受到刺激，這下完全毛髮倒豎起來了。麻里子聳聳渾圓的肩膀，向坂行夫似乎正微微地忍住笑意。

「不行嗎？」

久野用一種請求支援的眼神看涼子。涼子的目光則追趕著俊次不知所措地飄移的眼神。以這種形式被交付某種決定權，大概是俊次生平第一次吧。

「我也希望由大出同學決定。」

話還沒說完，惠子就極力反駁：「怎麼連藤野都在胡說八道！」

「這話有那麼奇怪嗎？」

「這傢伙是外人，什麼都不曉得耶！怎麼能把俊次交給這種人！」

即使被激動的惠子指著亂罵，神原和彥也滿不在乎。雖然看得出他有些緊張，但並沒有卯足了勁的樣子，也並不激動。

只是，雖然不太明顯，但他看起來有些悲傷。是……同情嗎？對大出俊次的同情？

「我和柏木同學往來的時間並不長。」

和彥開口，久野在旁邊起勁地應和：「對、對、對。」

「可是，我認爲他並不是那種會任人欺侮的類型。他不是會被人強制使喚做什麼、幫人跑腿，或是爲這種事煩惱的個性。」

是啊——有人小聲應和。那聲音聽起來非常溫順，涼子一時聽不出是誰，結果是佐佐木吾郎。

「其實，我從一開始就這麼覺得。」吾郎說。

是呢——教子和彌生搭檔也喃喃道。

「怎麼說，柏木同學感覺更超然，而且難以親近。」

「嗯，我懂。」向坂行夫點點頭。他彷彿深有所感，一次又一次對自己點頭。「我不了解柏木同學，可是我明白那種感覺。」

涼子想起古野章子的話。柏木卓也對契訶夫戲劇被亂改一通的反應。

「怎麼說……就像個大人？」

山埜香奈芽歪著頭說。眾人一望向她，她便眨了眨眼睛。

「還是該說很成熟？有時候會有這樣的同學，不是嗎？」

「小香也很成熟呀，果然是受到古典音樂薰陶的緣故嗎？」

吾郎怪笑著說，感覺一美又要哇哇亂叫了。可能是擔心同樣的事，井上康夫立刻插嘴：

「也可能是他成熟超然的個性弄巧成拙，被不成熟也不超然的壞小子盯上，覺得這傢伙礙眼，想要教訓他。」

啊，這不是法官立場的發言——康夫挖苦地提醒自己。聽到這話，大出俊次身體裡那個平常的俊次終於回來了。他隨即反駁：

「要說礙眼，你這傢伙最礙眼。」

「多謝誇獎，」康夫假惺惺地行禮，「不勝榮幸。可是，既然有精力和霸氣擺出那種表情，不如快點做決定吧。你願意委託神原同學辯護嗎？還是不願意？」

一端出現實問題，俊次又退縮了。惠子，怎麼辦？藤野，妳怎麼想？正當涼子以為他會求助於人的時候——

「我認爲大出同學並沒有殺害柏木同學。」神原和彥開口，「所以大出同學是冤枉的。我想要當他律師的理由，這樣還不足夠嗎？」

我很同情大出同學——他淡淡補充道。

「看吧？只有外校的學生才會這樣想。」久野解釋，或者是試圖緩和氣氛。「如果是我們學校，絕對不會有人同情大出同學。」

眾人露出一種難以回答的表情，逃避了這段發言。

「只是認爲還不夠。」井上康夫很頑固，「這樣根據太少了。」

「那樣的話，我也……」

涼子剛要反駁，神原和彥用眼神制止她開口，平靜地問：

「妳是藤野同學，對吧？」

涼子一驚，「啊，是。」

「我聽到的傳聞是，大出同學與他的伙伴，在聖誕夜把柏木同學叫到這所學校的屋頂，推了下去。是這樣沒錯吧？」

涼子的心臟跳得更厲害了，爲什麼？

「沒錯，大概就是這樣。」

我在怯場，涼子暗想。

「這很不自然。」和彥對井上康夫說：「我認識的柏木同學，不會因爲有人找他，就乖乖在三更半夜出門。如果是遭到威脅，更不會屈從。」

嗯——行夫又點頭。野田健一總算放鬆了注視和彥的目光，但仍繼續觀察他。

「如果柏木同學有什麼把柄落在被告等人手中呢？即使違反他的個性或理念，他也不得不屈從吧？」

聽到康夫銳利的質疑，和彥首次露出微笑。

「這些不正是應該在法庭上爭論的問題嗎？」

涼子在內心拍膝叫好，高矮拍檔眞的做出了這個動作。兩人站在一起，同時拍打高度相差許多的膝頭，同聲叫道：

「高招！」

這可不是在搞笑。

「唔……也是。」

這一瞬間，井上法官讓步了。康夫轉向大出俊次，這次是爲了將決定權眞正交給他。

「好吧，既然如此，接下來就看大出同學的選擇了。」

俊次露出涼子從來沒有看過——恐怕連惠子都沒有看過的表情。那副表情就像是努力試著理解，卻目睹完全無法理解的東西一樣。

大出俊次伸出了天線——那是不論面對老師的說教，還是接受輔導時刑警的訓話，都絕對不會伸出的天線——試圖去捕捉神原和彥這名闖入者的電波。

「你啊……」

「嗯。」和彥點點頭。

「一直在這裡聽著吧？」

「嗯。」

「你也聽到我爸的事了吧？」

和彥沒有回答，而是說「看起來很痛」。

「……你不怕嗎？」俊次按住嘴邊結的痂，撇開臉問。

「我們會請眞正的律師居中協調吧？不要緊的。」
「我爸才沒那麼好搞定，可能連風見律師也不能拿他怎麼樣。」
「那樣的話，大出同學又要挨揍嗎？這樣就行了嗎？」
被如此自然地反問，俊次頓時啞然。要怎麼回答？該怎麼回答才好？
「得讓你不再挨打才行，必須讓你父親理解你的心情。」
一起努力吧——神原和彥說：
「大出同學是清白的。爲了證明這一點，你參加了這次的審判。我們好好向你父親說明這件事吧。」
沒有人出聲。能夠回應這席話的，只有大出俊次一個人。
「不敢相信……」
結果冒出來的又是一如往常的「大出風格」。
「你是白痴啊？」
「如果是白痴就糟糕了。我是你的律師啊。」
令人窒息的數秒沉默後，俊次說：「不，我的律師是全世界最白痴的白痴。我眞是太倒楣了，世上還有比我更倒楣的人嗎？」
神原和彥笑了。不知爲何，涼子從他的笑容中看見了安心，因爲他成功攻下了大出俊次這座城寨的一角嗎？
明明眞正困難的是接下來的事情。
我也不敢相信——惠子呢喃。
「有什麼辦法？沒有其他人要當啊。」
總比妳強吧——即使被俊次這麼罵，惠子仍害羞地微笑，回望神原和彥。

「交給你嘍。你絕對絕對要讓俊次無罪啊，不然我饒不了你。」

「好，就這麼決定！」

久野鼓掌。彷彿被他傳染，同學們一個接著一個鼓掌，連山崎晉吾都客氣地拍著那雙千錘百鍊的粗厚手掌。然而，涼子無法加入其中。她完全虛脫了。檢察官？——連律師都還沒有完全進入狀況，居然又得從完全相反的立場重新出發？究竟該從哪裡開始才好？

「肅靜！肅靜！」

井上康夫拍了幾下桌子，痛得皺眉。

「那麼，請各自著手負責的職務。」

「各自的職務？」

麻里子問，康夫的回答很冷漠：「陪審員什麼都不必做。」

「等、等一下。」野田健一舉手。在場眾人，尤其是井上法官狐疑地回頭，健一不禁縮起脖子。

「還有什麼事嗎？」

「神、神原律師沒有助手。」

啊，對了……

「是啊，我都有兩個事務官了。」

「不過，實質上只有一個人。」吾郎說。什麼意思嘛——一美不滿地叫道。

「這才是沒有人要當的職位。畢竟連陪審團人數都不夠了。如果神原同學無所謂，一個人也可以吧？」

「我無所謂。」和彥回答，但健一堅持不退讓。

「我要當律師助手。」

井上康夫瞪著健一，「你說什麼？」

「剛才井上同學不也說了嗎？我是柏木同學的遺體發現者，本來是不適合擔任陪審員的。那樣的話，我換到替大出同學辯護的一方是不是比較好？這樣大出同學的父親也比較容易接受吧？」

「如果少了你，陪審員的數目會變成偶數，裁決不成立的風險會增加，而且這樣就無法跟偏袒大出同學的勝木同學取得平衡了。」

野田健一沒有退縮，「那完全是勝木同學心情上的問題。既然擔任陪審員，只要她認清自己的立場就行了。而且擔心什麼裁決不成立……我覺得不能從一開始就這樣畏首畏尾。」

這番話把井上康夫駁倒了。

「神原同學需要一個了解三中狀況的助手，絕對需要。」

健一如此主張，井上康夫不得不屈服。

「你要請野田同學當助手嗎？」

他把決定權交給神原和彥，後者平靜地仰望健一。

「既然如此，我沒有理由拒絕。」

藤野涼子驚訝極了。野田同學是怎麼了？神原和彥登場之後，野田健一的言行舉止總有些不自然。話雖如此，也不能去反對什麼。

「那麼，就這樣決定了。」涼子說道。「請多指教。」神原和彥簡短地向野田健一打招呼，健一拘謹地點頭回應。

「就以這種體制出發吧。」

無論如何都會忙起來了——井上康夫半帶嘆息地說：

「倒是有誰知道，哪裡有賣法官在法庭上用的木槌？」

5

眾人離開後，三年A班教室只留下三個人，大出俊次、神原和彥，還有野田健一。被告、律師，以及律師助手。

神原和彥要求和俊次談談的時候，法官——井上康夫表示想在場，但健一勸阻了。

「被告跟律師商量，有法官在場太奇怪了。」

「可是，一開始就祕密協商不好吧？」

和彥平靜地看著兩人爭論，有些客氣地開口：「我只是想向大出同學更詳細地自我介紹而已……」

俊次哼了一聲，故意看也不看和彥地說：「井上是怕我突然揍你，還是恐嚇你啦。」

「不是的。要是那樣，我就找山崎同學過來了。」康夫苦著一張臉說：「倒是大出同學，你怎會說那種話？你不是答應讓神原同學擔任你的律師了嗎？」

大出俊次還在埋怨不休，井上康夫拿道理訓斥他。健一聽著他們說話，緊張得捏緊出汗的掌心。

野田健一見過神原和彥。

他忘也忘不了。他們是在這所學校的側門遇到的。四月十三日星期六，《前鋒新聞》第一次報導柏木卓也之死的那一天。

那個時候他當然不知道對方的名字，也不認得那張臉。他只知道對方不是三中的學生。

可是，他們聊了一下。如果是看到電視，憶起卓也，想到他的遺體被人發現的地點看看，那一定是卓也的朋友吧。或許是小學時要好的朋友，所以健一記得曾告訴對方他是遺體發現者。他也記得因為對方神情沮喪，他說了一些類似安慰的話。

自己說了些什麼？我這麼不機靈，是不是說了什麼格格不入、文不對題的安慰？然後，對方是怎麼回應的？健一暗想。

大出俊次賭氣似地靠在椅子上，和彥稍微離開他，就像女生常在放學後聊天那樣，直接坐在桌子上。他的身高跟健一差不多，所以擺出那樣的姿勢，小腿就會懸在半空中。高個子的俊次坐在國中生尺寸的椅子上，看起來則是腳長得沒處擱。

仔細想想，俊次的言行、所作所爲，總是超越了國中生的尺寸。所以要處理與他相關的各種事項，就需要像這次校內法庭之類的、超越國中生尺寸的裝置吧。

因爲是藤野涼子才辦得到。在與俊次完全相反的意義上，她也超越了一般國中生的尺寸。可是，她的情況應該不是用尺寸，而是該用水準來形容更爲正確。

「野田同學。」

被這麼一叫，健一「咻」地倒抽一口氣，積在嘴巴的口水發出滑稽的聲音。俊次耳尖地聽見，露出一種看到髒東西的眼神。

「我們以前見過一次，對吧？」

健一心頭一驚，他居然主動承認。健一以爲他會想要隱瞞，因爲如果換成自己，絕對會隱瞞。雖然他無法具體地好好說明爲何非隱瞞不可。

「在你發現柏木同學的側門那裡。你還記得嗎？」

大出俊次的臉頓時扭曲了，宛如被壓扁的黏土人像。

「眞的假的？」

他低吼，翻起白眼瞪著兩人，一副隨時都要從椅子上跳起來毆打他們的樣子。

「原來你們認識，是吧？你們果然有陰謀！」

被這麼一吼，健一內在卑微的野田健一就縮成了一團。然而，和彥完全不爲所動，語氣也依然平靜。

「只是碰巧遇見而已，並不是從以前就認識，對吧？」

健一連聲音都發不出來，不是對問話的和彥，而是對瞪著他的俊次，只能僵硬地再三點頭。

「是電視上播報柏木同學的事的時候。我想起了他，於是來這所學校看看，結果碰到了野田同學。」

俊次依舊眼神凶惡，狠狠瞪著他倆，但沒有要從椅子上起身的樣子。

神原和彥爲什麼會提起這件事？他彷彿洞悉了健一的心情。健一想要摸清楚和彥的「底細」。在發現柏木卓也的遺體現場遇見的少年，自告奮勇擔任大出俊次的律師。他是毫無關係的外校生，卻主動這麼要求，一定是有什麼想法、有什麼企圖。必須盡快看透他的意圖，通知藤野涼子才行。和彥想要破壞這場審判——

或許是，或許不是，健一完全無法看透神原和彥的內心活動。只因他是個怪人、只是出於好奇、只是消遣，但以這些理由而言，賭注不會太大了嗎？或者，和彥根本瞧不起大出俊次？如果他覺得大出俊次是個好好說便能溝通的對象，就大錯特錯了。

在那種情況下，純粹的正義感將會造就一齣悲劇，還是悲喜劇？

「那個時候我們聊了一下。雖然記不太清楚了，可是有件事我得向你道歉。」

和彥說自己撒了謊。

「那個時候你問我是哪一所學校的學生，我說是英明的學生。」

是這樣嗎？交談的細節健一已忘記，唯獨記得他的……他的……

「明明沒必要撒謊，可是不曉得爲什麼，那個時候我就是不想坦白承認讀哪一所學校。對不起。」

第一次見面的時候，和彥是不是也說了「對不起」？

「其實我也報考了英明，可惜落榜了。」

英明是比東都大附中水準更高的私立學校。和彥害臊地笑道：

「不只是撒謊，情急之下還撒了個虛榮的謊。」

沒關係啦，聲音聽起來遙遠得不像是自己的。是我的聲音，我可以出聲了——健一心想。

「你們在那種地方幹麼？」

大出俊次不停地疑神疑鬼，露出刺探般的眼神。只要按下開關，他就會當場爆炸，破壞一切。

「什麼也沒有啦，眞的。」

和彥又溫和地笑了。被如此恐怖的眼神瞪視，他怎麼能無動於衷？

「我只是想起柏木同學而已。野田同學也是吧？」

俊次撐起身體，扭頭瞪著健一，就像在說：「你們沒對老子扯謊吧？」

「野田同學當時說：柏木同學到底是不是自殺？亂成一團，都搞不清楚了。可是不管怎麼樣，有些事情是只有柏木同學自己才能了解的。」

或許自己是說了這樣的話。這什麼話，遜斃了——健一心想。

「野田同學沒有說你的壞話。如果你是擔心這件事，我可以保證。」

和彥眞的笑了出來，同時愉快地晃動穿著運動鞋的腳這麼說。這句話的殘響還沒有消失，俊次就放聲大吼：

「少在那裡鬼扯，就算被這種人說壞話，老子也不痛不癢！」

「野田同學是律師助手，如果他對你有成見，豈不是很糟糕嗎？」

和彥的語氣就像在勸說。

「倒是大出同學，你得好好感謝野田同學啊。如同剛才說的，我們見過一次，所以野田同學在懷疑我自告奮勇擔任律師的動機。也就是說，他是在擔心你，才會志願擔任助手。」

俊次的眼神依然凶狠，但有些困惑地眨了眨。野田健一在擔心大出俊次？莫名其妙。

健一自己也很驚訝。和彥簡直看透了一切，他的解釋眞是無微不至。

和彥記得健一，然後察覺健一似乎也記得他，或許接下來的推測就不難了。可是能夠輕輕鬆鬆地說出口，這不是尋常人的神經辦得到的。

「我只是希望審判好好舉行。」

這次自己的聲音聽起來比剛才近了，不能淨是驚慌失措。健一告訴自己。

「既然決定要做，我想要盡可能舉行一場公平的審判。只是這樣而已。」

和彥點了一下頭，「是啊，對不起。」

又是「對不起」。

「大出同學。」

和彥在桌上挪動屁股，轉向俊次。俊次就像條件反射，目光變得凶險。幹麼？他吼道。和彥正視著他的那雙眼睛。

「這場審判，眞的可以放手去做嗎？」

健一看見俊次露出意外的表情。事實上，這個問題讓人覺得怎麼會多此一問？

「你——因爲你想幹，所以才會答應當律師吧？」

俊次的聲音都走調了。

「你剛才不是說了一堆有的沒的嗎？要我爸理解我的心情什麼的。」

「當然，我是眞心這麼想的。」

「那……」健一插嘴，隨即被俊次吼：「囉嗦啦！你閉嘴。」

「不過，我認爲這場審判是有危險的。」

「你是說我爸，是吧？」
「不是。」和彥搖搖頭，「是完全不同的危險。你不懂嗎？」
俊次傻住，但健一想到了。
「大出同學家的火災，對吧？」
「沒錯，你祖母不是在火災中過世了嗎？」和彥依然注視著俊次，點點頭說：「那邊的案子怎麼樣了？調查有進展嗎？我只在報紙上看過一次，報導中斷定是縱火，可是沒有後續報導，所以我想知道警方是怎麼說的。」
這是很重要的事——和彥強調。
「放火就是放火啊，我家被不曉得哪來的混帳東西放火燒了。」
彷彿被和彥強硬的語氣影響，俊次的聲音也變得嚴肅。
「又不是我爸幹的，所以跟我那蠢老爸會不會發飆沒關係啊。」
健一忍不住想要伸手掩面。俊次不懂，完全不懂。健一完全沒考慮到可能又會被吼，走近俊次，在他旁邊的椅子坐下來。
「縱火的事跟大出同學的父親沒有關係，重點在於那是什麼人幹的、目的是什麼。」
對吧？健一仰望和彥。在近處仔細觀察，可以發現和彥長得跟自己不像。他比我帥多了，健一心想。剛才他第一次指名藤野涼子說話時，涼子那緊張的模樣掠過腦中。
「警方的調查有進展嗎？」
「嫌犯找到了嗎？」
被左右圍攻投以問題，俊次雖然眼中帶著怒意，卻不知所措地交互看著和彥與健一。我們是長得不怎麼像的，《愛麗絲夢遊仙境》裡的雙胞胎特老大和特老二，健一這麼覺得。他們甚至不是雙胞胎，但還是特老大和特老二，爲什麼呢？
結果俊次微微垂下目光回答：
「條子是在查些有的沒的吧，來過我家幾次，我爸有段時間也被問了很多事情……」
接下來是一連串咒罵。串連在一起，改變一下順序，整理主旨，就是「關於具體的調查狀況，沒有任何人告訴我」。
這樣啊——和彥眨了幾下眼睛，繼續追問：「聽說火災前你們家接到恐嚇電話，是眞的嗎？」
「連你也懷疑我騙人嗎？」
「不是，只是確定一下而已。」
俊次憤憤不平地說眞的有恐嚇電話，表情由於新的怒意而扭曲了。
「聽那些條子的口氣，他們從一開始就認定我爸跟我在撒謊，同樣的事一直問一直問。」
不巧的是，接到電話的時間和日期，大出父子的記憶似乎曖昧不清。
「誰會記得？惡作劇電話耶，兩三下就忘記了啦，因爲……」
俊次又咒罵與痛罵參半，彷彿想一吐爲快，說了起來。根據他說的內容，由於茂木記者在《前鋒新聞》中偏頗的報導，節目播出以後，有段時期大出家接到相當多近似恐嚇的電話和信件，被那麼一騷擾，他們的感覺似乎變得麻木了。他說如果全放心上，根本沒辦法正常生活。
「可是在被縱火之前，那類騷擾的攻勢已平息下來？」
「唔，是啦。」
「那麼，兩邊還是應該分開來看比較好。」
和彥的表情變得凝重。
「縱火前的恐嚇電話有幾通？」

「兩通吧。不，三通。」

大出勝接到兩通，俊次自己接到一通。

「會是同一個人嗎……」

和彥呢喃。看起來並不像是在要求回答，俊次卻一口咬定：「是橋田打的吧。」

「橋田？」

和彥提出疑問，健一向他說明。由於必須避免「大出同學的狐群狗黨」、「他的跟班」這類形容，健一費了一番工夫才能簡潔地說明。

「是少年還是年輕男人的聲音嗎？」

「不曉得，聲音很奇怪。我爸也這麼說。」

和彥問了幾次，才問出打電話的人似乎是使用變聲器。

即使如此，健一還是暗自佩服不已。見面不到兩小時，和彥卻已確實地從俊次那裡問出狀況。

——我認爲大出同學並沒有殺害柏木同學，所以大出同學是冤枉的。

和彥在眾人面前清楚明白地這麼宣言。是這番宣言奏效了嗎？現在的俊次居然能夠好好面對別人，對健一來說，這是難以想像的事。連老師也無法讓俊次拿出如此認眞的態度，輔導過他的警察肯定也沒辦法。

反過來說，這是不是表示俊次就是如此渴望「你是被冤枉的」這種肯定？他一直在等待有人這麼說。儘管徒勞，儘管沒指望、不斷地失望，他還是等待著。雖然他等待的態度既頑固又暴力，難以得到周圍的理解，是他的過錯，但俊次無疑在等待著。

等待有人站起來對他說，你並沒有殺人。

「我覺得不是橋田同學。」

「爲什麼！」

所以你不要動不動就吼人啦，神原和彥是站在你這邊的啊。

「如果他是縱火犯，警方早就查到他，採取行動了。因爲從前後的脈絡來看，他應該有理由受到懷疑。」

對啊，那傢伙恨死我了——俊次直率地露出怨恨的眼神。

「他是個叛徒。」

不是背叛，只是分道揚鑣，健一在內心呢喃。

「可是，警方問過你許多橋田同學的事吧？然後才判斷他跟縱火案無關……」

哪有？根本沒有。聽到這個回答，和彥的表情初次有了重大的變化，他睜圓眼睛。

「完全沒有？一點都沒問？」

「所以才說條子都是白痴。」

「等、等一下。」

和彥從桌上跳下來，環抱起雙臂。

「那麼，警方問過橋田同學以外的學生嗎？可能跟這次的騷動有關的學生。」

俊次說，一樣幾乎什麼都沒被問到。警方唯一向俊次問到與三中的混亂，還有柏木卓也的死亡有關的內容是：

「不管是開玩笑還是惡作劇，知不知道哪個學生可能會在那時候打電話到我家，恐嚇說要殺我們全家，只有這樣而已。」

所以俊次才說了橋田祐太郎的名字，大出勝也如法炮製。換句話說，「橋田犯人說」是大出家提出的。

「對於這件事，警方幾乎毫無反應？」

「沒錯，有夠白痴，對吧？」

凡事都用「白痴」一句話帶過，是一種壞毛病。健一差點就要這麼勸諫，急忙把話吞回去。他還沒有這麼大的勇氣，於是轉而向和彥詢問想到的事。

「你的意思是，恐嚇電話和縱火，可能是不同的人幹的嗎？」

和彥思考了一下，搖搖頭。「如果是不同人幹的，電話和縱火的時機太接近了。火災前的恐嚇電話，與之前暴風雨般集中式的騷擾電話應該不同。」

不過，這樣就能釐清一件重要的事——和彥宣言似地說：

「大出家遭到縱火的事，或許跟三中的紛擾完全無關。」

咦？——健一怪叫，俊次也一樣，兩人變得像在合唱。

「你白痴啊？搞什麼，振作一點好不好？怎麼可能會是那樣？」

「就是這樣。」和彥輕描淡寫地回答，「難道不會是警方已查清楚，才會完全不問大出同學有關柏木同學死亡的事嗎？」

俊次不知道是不是思考跟不上，只是不斷重複「白痴啊」。

「為什麼？」健一問，「警方怎麼會知道？」

「我猜是手法。」和彥斷言，「那不是國中生能做到的縱火手法。」

消防署和警方會進行現場勘驗。如果他們透過勘驗掌握到了事實，判斷那不是手法單純的縱火案，不可能是小孩子單憑惡意（雖然是相當離譜的惡意）就能犯下的……

「這樣啊……」

認知一眨眼就被顛覆了，健一從來沒有想過這種可能性。

「是的。」和彥向健一點點頭，但搞不清楚狀況的俊次似乎還無法理解內容。

「那恐嚇電話咧？那人威脅我，說下一個就輪到我了。電話是我接的，我記得很清楚，不可能聽錯。」

「下一個」之前，有柏木卓也的死，還有井口充的重傷。如果以前者的動機來想，那麼大出家的縱火就是對殺害卓也的俊次的懲罰。如果解釋成後者，就是橋田祐太郎的復仇。然後，大出勝與俊次主張——或者說認定，就是後者。

「也可能是毫無關係的第三者，想要利用大出同學在三中的紛擾中被當成凶手的事。」

和彥一語道破：

「也就是說，恐嚇電話是一個幌子，只是企圖將縱火偽裝成跟三中的事件有關。」

「或是搭順風車。」

健一說，和彥立刻應道：「沒錯。」結果健一超乎預期地開心不已。

俊次露出可說是空前絕後的表情。他大受衝擊。

「原來目標不是我嗎？」

「從警方目前的應對來看，這樣的可能性很高。」

「那是誰？是我們家的誰被盯上了？」

老太婆嗎？他瞪大眼睛，「那種痴呆老太婆有誰要害啊？」

直到這時，健一才想起那場縱火案中有一名犧牲者。大出勝的母親、大出俊次的祖母，葬身火窟。這是一起縱火殺人案。

現實中發生殺人案的不是城東三中，而是大出家。

想起這件事的同時，他也發現大出俊次對於祖母遇害一事並沒有太強烈的感情。或許是健一誤會了，或許俊次其實非常悲傷，可是……

——老太婆嗎？

他覺得那口氣裡沒有傷痛也沒有哀悼。

「不曉得。」和彥安撫似地柔聲說：「這也不是我們應該擅加揣測的事。」

但俊次停不下來。他呢喃著，是老爸嗎？視線在空中游移，眼底滲出微微的怯意。

「我爸很有錢嘛。他賺很多。」

也有很多敵人——他的聲音變得消沉。

「有一堆生意上的敵手。所以條子也是，明明我們家是被害者……卻一直死纏爛打地查我爸的事。」

「大出集成材」趁著這波好景氣大撈一筆的事，健一稍有耳聞。正因如此，今天俊次才會穿著看起來很高檔的衣服吧。滲出汗水的襯衫後衣襟透出標籤，不是隨處可見的超市或量販店賣的襯衫。

商場上的成功者會招惹的、健一他們還無從得知的、盤踞在大人世界的漆黑情感。聳立在對國中生而言過分昂貴的名牌襯衫背後的濃濃黑暗。或許有人在嫉妒、怨恨著大出勝的成功。

健一忽然感到心痛，開口問：

「如果去請教風見律師，他會不會願意告訴我們什麼？」

俊次沒有暴怒。他搖搖頭，只是很平淡地說：「律師跟那邊的事無關。」或許他的注意力都集中在盤踞腦海的疑問和困惑，沒有注意到剛才的問題是野田健一斗膽僭越提出的。

「大出同學，」和彥拉開椅子，在俊次旁邊坐下。「我一開始會問你『真的可以進行這場審判嗎？』，就是因爲有這些事。」

健一漸漸明白和彥究竟在擔心些什麼了。

如果進行審判，俊次身處的狀況會被再次提出來。

「如果不舉辦什麼審判，或許大出同學不願意，但這件事應該會**一點一滴**地被世人遺忘。即使無法完全洗刷大出同學的冤屈，但這件事應該不會被媒體再拿來炒作，或爲此舉行家長會議。」

但如果校內法庭**盛大**召開，事態將一百八十度改觀。

如果縱火犯是想要讓俊次得到教訓的學生（也可能是監護人），是爲了這個目的而採取錯誤手段的人。

「對方可能會因大出同學主張自己受到冤枉而憤怒，再次做出什麼舉動。」

俊次眼睛眨也不眨地注視著旁邊座位的和彥，和彥慢慢地點了兩下頭。

「即使縱火犯只是搭三中混亂的順風車，其實另有目的……」

還是有可能再次動手。因爲原本即將平息的狀況再掀波瀾，等於是「再搭一次順風車」的機會又來了。

「這種情況下，得看縱火犯的目的是什麼，不過……」

如果對方的目的已達成，不管機會再怎麼好，也不會再次下手吧。但若非如此，狀況就不同了。

「意思是，我爸可能再次被盯上嗎？」

俊次僵硬地掀動嘴唇，視線又在空中不安地飄移，彷彿在前方尋找大出勝的身影。怎麼辦？老爸，我該怎麼辦？

「這樣片面斷定是有危險的。」

不過有這個可能性。意思是，如果不加以考慮，會更危險。

「我們完全沒有想到這些。」

雖然窗戶全開，但沒有空調的教室裡悶熱極了，然而健一的雙臂卻爬滿了雞皮疙瘩。

「藤野同學和井上同學，就連北尾老師也沒想得這麼深。完全沒發現這一點。」

俊次好似被這話喚回了神，重新望向和彥。「對啊，你怎麼會想到這種事？」

和彥微微歪頭，「大概是因爲我一直從局外人的角度看著吧。」

「眞的很不妙嗎？有多不妙？」

「我說過很多次了，我不清楚，也可能只是我多慮了。」

「不，沒那回事。」健一立刻反駁，「事實上，大出同學的祖母不幸過世了。死了一個人，而且是被害死的，我們都忘了這件事。」

沒有忘記——和彥說，「至少藤野同學應該沒有忘記。大出同學家遭人縱火，應該是促使藤野同學籌畫校內法庭的重大契機。」

因爲我們都沉默不語，視而不見，才會讓大出家有人過世了，涼子約莫是這麼想的。

那樣的話，涼子又做對了。健一腦袋亂成一團，淨是冒汗。

「藤野同學的父親在警視廳工作。」

這是從健一混亂的心裡忽然湧出口的話，但和彥有了強烈的反應。他猛地抬起頭。

「眞的嗎？」

「呃，嗯。」

應該是搜查一課的刑警——健一解釋：

「藤野同學說她跟父親針對這次的事情討論了很多。她詢問父親的意見，也說明自己的意見。」

這次輪到和彥視線游移了，看起來他也感到有些混亂。

「這……有什麼問題嗎？」

明明是自己提出的事，健一卻抓不到脈絡。俊次不耐煩了。怎樣啦？你們在說啥？

「那樣的話，我們剛才說的事，藤野同學的父親應該早就想到了吧？」

爲什麼他沒有給女兒忠告？爸明白妳的心情，可是如果舉行審判，舊事重提，可能會招來意想不到的嚴重後果啊。

「因爲他也是白痴啦。」俊次又吐出最拿手的台詞，「他沒想到，不然就是覺得管我們去死吧。」

如果不管大家的死活，應該會連涼子說要舉行審判，證明大出同學清白的提案都否決掉吧。

「不管怎麼樣，這番意見等於是對好不容易熱絡起來的場面澆冷水，所以大家都在場的時候，我沒辦法說出口。」

和彥彷彿要重振精神，用手抹抹額頭上的汗水說。他的白襯衫也滲出汗水，許多地方變成了半透明。

「可是，只有大出同學我不能瞞。」

俊次應道：「所以……你才會從剛才就一直叫我做決定嗎？」

和彥點點頭，俊次也點頭回應。是律師和委託人——健一心想。

這一瞬間，兩人的關係成立了。

熱風從窗外吹進來，貼在教室布告欄上的紙張嘩啦啦地作響。校內還有別人嗎？應該有，但都睡著了嗎？還是全都死光了？

「我……」

俊次用一種缺乏抑揚頓挫的古怪音調，望著布告欄上的紙張說：

「不是我幹的。我沒有殺柏木。」

隔了一個呼吸的空白，和彥應聲：「我知道了。」

「我跟那傢伙根本不熟。」

「嗯。」

「只是……」他蹙起眉頭，「我覺得那傢伙怪恐怖的。」

這個感想過於意外，健一無從反應。**怪恐怖的**？

「他那個人很古怪嘛。」俊次簡短地補充說明。對他來說，這樣似乎就足夠了，沒必要繼續深究。怪恐怖的，就是這樣而已。

「可是，我沒有殺他。」

口氣不再像之前那樣粗魯。

「雖然沒有人信，可是我沒有殺他。」
俊次的臉皺成一團，像被一口氣抽掉空氣的氣球。
「要證明這件事有那麼難嗎？什麼我家可能還會有人被殺，哪有這樣的？」
他的語尾發顫，變成嘆息般的細聲。
「可是，你想要洗刷嫌疑吧？」
和彥的口氣與其說是確認，更接近逼迫般地尖銳。
「那就應該參加審判。」
「都是你、都是你說了那些有的沒的……」
俊次語帶哭腔，原來大出俊次也有哭的時候。
「所以，我們一起說服你爸媽吧。先說服你爸爸……」
「屁啦，絕對不可能！你是白痴啊？」
「只要做就辦得到，只要你有覺悟。」
健一總算理解了。覺悟——沒錯，這才是關鍵。
和彥不是為了澆校內法庭的冷水，才說出先前那番話。他是在質問大出俊次的覺悟。為了讓他明白參加這場審判需要覺悟，才告訴他這些。
如果想要從根本改變現況，必須承受遠比就這樣默默隱忍、等待眾人遺忘一切，更大的痛苦煎熬。而且還有危險。但若欠缺「即使這樣還是要做」的覺悟，沒辦法坐上校內法庭的「被告」席——和彥是在這麼說。
難以置信，多麼滴水不漏啊。簡直像老早就為這一天、這個場面做好所有準備一樣。
「又會被老爸揍了。」

「就是要讓你不會挨揍。」

「少說得那麼輕鬆！」俊次久違地又大聲吼叫，「你不曉得我爸有多恐怖，才敢那樣講！」

這時發生了令人意外到極點的事。和彥退後重新坐好，居然笑了。

「我不認識大出同學的父親，但我認識自己的父母，所以我不怕。」

俊次眨著因淚水而變得通紅的眼睛。一瞬間，健一甚至忘了呼吸。這傢伙突然說起什麼啊？

「我是養子，現在的父母不是我眞的父母——雖然我很不喜歡這樣的說法。」

俊次的嘴巴不爭氣地半張。健一發現自己也是一樣，急忙抿緊嘴唇。

「我的親生父母已不在，兩個都死掉了。是我父親殺死了我母親。」

因爲發酒瘋——和彥沒有結巴，也沒有支支吾吾，接著說：

「現在想想，他也是很可憐的。如果可以讓他接受治療之類的，或許會有一點不同吧。可是，我母親沒有餘裕想到那些。」

因爲她老是被打，老是被踢。

「沒有喝酒的時候，我父親是個很普通的人。」

和彥說那是他七歲冬天的事。父親就像平常那樣酒後亂性，把自己的妻子活活打死了。

「附近的人幫我們叫了救護車跟報警，不過……」

太遲了——他靜靜地說：

「我父親也受了傷，被警察送去醫院。我後來聽說他的手指骨頭斷了好幾根。」

在醫院接受治療和偵訊，父親漸漸清醒了。

「可能是想到自己犯下滔天大罪，心生害怕。他在醫院的廁所，拿工具室的抹布綁成布條，掛在空調管上……」

上吊自殺了。

「當時我還小，可是記得滿多事的。」

而且，我常跟母親一起挨揍。

「雖然理由各有不同，但我很清楚有些人會揍老婆和小孩。我也知道被打就會怕。說習慣了也很奇怪，不過大概是因爲這樣，我才能不像其他學生那麼怕。而且，大出同學的父親應該沒有我父親那麼無可救藥，還是我想得太天眞了？」

俊次失了魂似地癱坐著，陷入沉默。這種問題究竟有誰能夠回答？

事到如今，健一又歷歷在目地回想起來。第一次遇到和彥的時候，浮現在心底的感情。與他四目相接時，瞬間感覺到的事。

——那是看過彼岸的眼神。

原來那不是誤會。神原和彥是眞正看過彼岸，然後折返的少年。

「這麼嚇人的自我介紹，眞不好意思。」

他有些靦腆地說：

「你願意讓我當你的律師嗎？」

你做好覺悟要坐上被告席了嗎？

準備好要面對現實了嗎？

俊次吸起鼻涕。汗臭味。健一也一身汗臭，和彥的額頭淌下一條汗水。

「你眞是有夠白痴的。」

那是半哭半笑的表情。

同一時刻，別間空教室裡，藤野涼子、佐佐木吾郎、萩尾一美，檢方三人正在聚首商議。
「對不起。」
涼子劈頭就向兩人道歉。
一美愣住了，「幹麼道歉？」
「你們舉手說要幫我的時候，我是大出同學的律師。可是，我現在變成檢察官了。」
「沒辦法啊。」吾郎說。
涼子點點頭，「嗯，沒辦法。事到如今，身爲提案人的我無法退出這場審判，也沒辦法擔任陪審員。剩下的位置就只有檢察官了。」
「妳很適合。」吾郎又說，涼子正面注視著他率眞親和的臉孔。
「你錯了，我並不適合。我比任何人都清楚這一點。」
這回佐佐木和萩尾兩個人都愣住了。
「其實，我已擬好爲大出同學辯護的策略。」
證明事發當晚，去年十二月二十四日深夜，柏木卓也的死亡推定時刻的午夜零點到凌晨兩點之間，大出俊次並不在場。
「我覺得這是最爲確實，也最具說服力的手段。即使排除掉其他所有棘手的要素，光是這樣就能證明大出同學的清白。」
大出的不在場證明從來沒有好好地被調查過，連本人的說法都曖昧不清，一定有什麼遺漏之處。因此，她認爲只要能夠找出來，應該就能證明大出俊次不在場。
「可是，站到起訴大出同學的這一邊，狀況就完全不同了。」
「哪裡不同？」

一美單純地反問，吾郎輕拍了一下她的頭。「妳看不出來嗎？說的也是，妳不可能看得出來嘛。」

「爲什麼啦？」

佐佐木吾郎制止想要胡纏上來的一美，一臉嚴肅地轉向涼子。「妳是指告發信，對吧？」

涼子默默點頭。

「如果是爲大出辯護，可以不用去碰觸告發信的事。」

「嗯……」

「然而身爲檢察官，就沒辦法了。因爲立場反過來了，即使覺得難受也沒辦法。那封告發信是起訴大出最重要的根據，我們不能放過。」

吾郎確認似地慢慢說道。聽到第三者的提醒，涼子再次感受到這個事實有多沉重。

「那會有什麼問題嗎？」一美問：「身爲檢方，我們要相信告發信的內容，起訴大出，對吧？這樣不就好了嗎？」

「哎，原來妳也有腦袋嘛。」

「好壞！你幹麼一直把人家當傻瓜啦？」

涼子問兩人：「你們相信那封告發信嗎？」

吾郎和一美對望。

「妳是說《前鋒新聞》四月播放的最初的節目，對吧？我不打算對節目中提出的主張照單全收。」吾郎回答，「不過，既然我們是檢方，必須以那是事實爲前提來行動。而且，我也懷疑大出他們與柏木之間或許有過什麼。」

一美點點頭。

「不曉得辯方會怎麼出招。那個叫神原的，是打算跟藤野同學一樣主攻不在場證明，或是準備證明告發信的內容都是胡說八道？還是，因爲才剛開始，其實神原自己也不確定該怎麼做？」
「是啊……」
「不管怎麼樣，我們都得橫下心來，把告發信當成最大的根據，主張我們的看法。到這裡我是可以理解。」
那問題出在哪裡？——吾郎問。雖然跟一美剛才的問題一樣，意圖卻完全不同。
涼子嘆了一口氣，「我無法相信那封告發信的內容。不是單純的直覺，而是有明確的根據。」
兩人驚訝不已，涼子向他們說明在保健室發生的事，以及聽到三宅樹理低沉的笑聲時，籠罩在胸口的可怕疑念。
「當然，因爲淺井同學那樣死掉了，大家都在猜告發信可能是她寫的。也有人認爲那不是淺井同學一個人寫的，三宅同學也有份。」
「反了啦，是三宅同學寫了告發信，淺井同學是被逼著幫忙的。」
一美斬釘截鐵的口氣讓涼子嚇著了。
「我周圍的女生都這樣想呀。」
「妳們女生都討厭三宅嘛。」
「不是喜不喜歡的問題，是冷靜的判斷，好嗎？因爲她們兩個根本不是平起平坐的朋友，三宅同學都把淺井同學當成奴婢使喚。」
涼子點頭同意，「是啊。可是，我不是聽信傳聞，也不是光憑感覺，而是如此確信。所以，當時三宅同學才會那樣笑。我清楚地親耳聽到她那種笑聲。」
涼子的話聲結束後，是一陣沉默。
「我告訴我父母這件事了，因爲我實在沒辦法一個人承受，可是我沒有告訴校方。不過，當初我打算要當律師的時候，北尾老師問我準備在審判中怎麼處理那封告發信，我說不會碰告發信……那個時候我也把這件事告訴老師了。」

涼子向兩人說明她與北尾老師的對話。

吾郎發出低吼般的聲音：「原來小狸子掌握到什麼了嗎……？」

「完全只是北尾老師這麼猜想。」

「可是小狸子瞞著大家。」一美說。

「是爲了保護學生啊。」

「是嗎？我倒覺得小狸子只是不想讓事情繼續鬧大。三宅同學超麻煩的，小狸子也不想去招惹她吧？其他老師也都半斤八兩吧？」

萩尾一美有著會挑明說出這些事的一面。

沒錯，三宅樹理是個燙手山芋，所以不想招惹她。這不是在說津崎校長，而是涼子自己。是直到剛才都還想擔任大出俊次的律師的涼子，所以她逃避了，決定不碰告發信，直接封殺。

沒辦法再逃避了，涼子清楚地察覺這一點。如果是爲了實現校內法庭，好，檢察官就由我來當，只有這條路可走了——明明已下定決心，但其實只是在自欺欺人。

涼子無法正視兩人，垂下視線。

「必須在這種狀況下，懷著這樣的心情，高高舉起那封告發信，主張大出同學有罪。坦白說，我很害怕。」

說出內心的恐懼後，涼子一陣發冷。

「站在這樣的檢察官這邊，你們不後悔嗎？」

她無法向這兩個人隱瞞眞實的心情。那不公平。涼子不光是在心底想想，而是這麼說服自己、鞭策自己。

「如果你們覺得跟本來說好的不一樣，可以退出沒關係。」

萩尾一美扭扭捏捏地偷看佐佐木吾郎的側臉，吾郎則是搔著頭。然後，他向涼子咧嘴一笑，說出意想不到的話：

「藤野同學，人會笑是有許多原因的。」

這過於意外的發言讓涼子不禁睜大雙眼。

「或許三宅同學會在保健室裡笑，並不是妳所猜想的那種理由。畢竟三宅同學這個人滿與眾不同的嘛。不管兩人是什麼關係，她最要好的朋友淺井同學出了車禍，受到瀕死的重傷，她有可能受到太大的打擊，一時失常了。」

「是有這個可能……」

「藤野同學下定決心發起校內法庭，就是想要查明亂成一團、被棄之不顧的眞相吧？如果目的是追查眞相，不管是檢察官還是律師，要做的事不都一樣嗎？」

吾郎刻意傻笑，「所以沒問題啦。」

然後，他收起笑容，朝著涼子說：

「我有點驚訝，原來藤野同學也會有混亂的時候。女生之間的關係好像眞的很複雜。」

我陷入混亂？涼子暗想。

「一美也錯了。」

吾郎瞪了一美一眼，接著說：

「誰怎麼想、怎麼推測、該怎麼想，這些都不是『事實』吧？妳不是『知道』，只是『這麼覺得』而已。就算這麼推測的是老師，說到底仍只是推測吧？」

欸——他傾身向前：

「我們就把這些推測或是『感覺』，暫時回歸原點吧。的確有告發信，藤野同學自己就收到了一封。我們認為內容值得採信，那並不是什麼黑函。就從這種立場、從原點重新出發吧。」

暫時忘掉三宅樹理的事。

「這麼一來，我們首先該做的事情之一，就是找出寫告發信的人。因為那個人是命案的目擊者。」

「就說不用找了，那個人就是三宅同學啦。」

一美鬧彆扭地這麼說，吾郎對她做出膜拜的動作。

「拜託，妳還是別幹了。別幹了，回去吧。求求妳回去吧。」

「你幹麼這麼壞？」

由於驚訝，涼子依然圓睜著眼睛。這時，她總算能夠眨眼，活動身體，感覺到僵固在心底深處的某種巨大事物也動了起來，逐漸融化。

回歸原點，重新出發。

「要怎麼找？」

「我想還是用寫信的，請寄件人出面是最好的。妳覺得呢？」

「只寄給三年級生就行了嗎？」

「應該吧，不過我想不必限定為女生。」

「萬一還是找不到怎麼辦？」

以萩尾一美而言，這個問題非常正常。吾郎笑了。

「那我們的立場就相當不利了。」

「那不就會輸了嗎？」

「輸了也沒關係吧？因檢方落敗而找到眞相，這樣不是也很棒嗎？」

藤野涼子一直太小看佐佐木吾郎了。吾郎並不只是個機靈圓滑、長袖善舞的男生而已。

——也可以透過落敗來找到眞相。沒錯，如同吾郎說的，我追求的是眞相，而不是輸贏。

「如果告發信的內容是眞的，寄件人絕對不會沉默，一定會設法接觸我們。老師們不是把告發信貶成黑函，不當一回事嗎？可是我們不會這麼做。只要把這樣的意圖傳達出去，對方肯定會露面。」

吾郎說，那或許不是三宅同學。

「也許是完全沒有人留意到的其他人。說三宅同學是寄件人，只是大家一廂情願的揣測罷了。」

「就說是三宅同學啦。」

一美再次吐槽，吾郎無視她。

「而且，即使眞的就是三宅同學，會有什麼困擾嗎？」

涼子又感到一陣寒意，是和剛才完全不同意義的寒意，她打了哆嗦。

「我明白藤野同學對三宅同學有無法排遣的心結，可是對檢察官來說，這並不是什麼阻礙。只要讓三宅同學暢所欲言就行了。」

這時，一道輕微的敲門聲響起，三人回過頭。

「請進。」涼子應聲。

怯生生地探頭進來的，是音樂社的山埜香奈芽。

「我可以進去嗎？」

三人同時「嗯」了一聲。

香奈芽輕巧地走進教室，迅速地反手關上門。她站在原地，匆促而小聲地說：

「是北尾老師告訴我大家在這裡的。」

她有點猶豫，眼神搖擺不定。

「其實，或許我不該來跟藤野同學說這種話，因爲我決定要當陪審員了。這麼一想，剛才就更難以說出口，結果一直拖到現在……」

可是——她凜然抬頭說：

「小松的媽媽拜託我來轉告。」

涼子坐直了身體，「淺井同學的母親說了什麼嗎？」

山埜香奈芽也挺直背，注視涼子的雙眼。「昨天我去了小松家。因爲我想先告訴小松的媽媽，我志願當陪審員。」

很像山埜香奈芽的作風。

「原本以爲阿姨會罵我，叫我不要再牽扯進這種事……」

嗯、嗯——吾郎點頭附和。

「而且小松的爸媽拒絕所有的報紙和電視媒體的採訪，說他們無法忍受女兒被指指點點……」

「這樣啊……」

「沒想到，我反而被鼓勵了。小松的媽媽說，如果小松以前的朋友、我們這些學生，要在學校裡努力找出眞相，她會爲我們加油，還說隨時都願意當證人。」

佐佐木吾郎開心地「哇塞！」了一聲。

涼子內心又有一塊大疙瘩融化了。

「山埜同學，謝謝妳。可以請妳把這件事也轉達給野田同學他們嗎？他們應該還在剛才的教室裡。」

山埜香奈芽似乎很驚訝，「可以嗎？」

「我覺得應該由山埜同學轉達。」

「可是，我是陪審員……」

「妳是淺井同學的朋友，也是準備和我們一起完成這場審判的伙伴，眞的非常謝謝妳。」

香奈芽的臉上浮現安心的微笑。

「我懂了。那我失陪了。」

她舉手道別，又微微偏頭問：

「我可以對大家說聲『加油』嗎？」

「當然。」

香奈芽笑容滿面地離開。涼子回頭一看，吾郎和一美也都笑了。

「看吧？」

吾郎得意極了。

「藤野同學挺身而出是對的。」

可是，小香眞是可愛——吾郎說，一美用室內鞋的鞋尖輕踢了他一腳。

「來決定明天以後的行程吧。」涼子拿出筆記本，「我先擬定呼籲告發信寄件人出面的草稿。」

「那就交給妳了。首先要問話的對象有哪些？」

「警方，還有關係者的家屬。」

第一組是柏木卓也的父母。

「還有柏木同學的哥哥。」一美說：「他也上了電視。哥哥跟他長得不像，帥多了。」

「妳的眼睛只對那種事特別敏銳。」

「人家是女生嘛——」

涼子也笑了，一直卡在胸口的苦悶消失了。

從今天這一刻開始，我就是檢察官藤野涼子。

6

八月一日

小狸子津崎正男在JR新橋車站的剪票口，正用白色大手帕擦拭著額頭上的汗水。距離約定的下午兩點，已不到十分鐘。

不僅悶熱，而且陽光毫不留情地傾瀉而下，反射在水泥路及周圍林立的大樓外牆上。即使如此，車站前的人潮依然絡繹不絕，每個人都行色匆匆。多是些穿西裝打領帶的男人，新橋是上班族之城。

每個人都在工作，津崎想著這理所當然的事。辭職以後，他鎮日關在家裡，所以這樣目睹都心的喧鬧，幾乎是他第一次有機會深刻感受到自己「天天星期日」的立場。

他不是沒有考慮過謀求事業第二春。而且考量到現實狀況，如果不工作，經濟上將難以維持。雖然暫時不勞而食也沒關係，但如果現在就開始吃老本，等到十年、十五年後，眞正進入晚年了，日子應該會很難過吧。

但身爲教育者的道路已完全封閉，津崎本身也無意重返杏壇。他害得兩名學生過世了。即使沒有教育委員會盯著他，他也沒有自信再次站上講台。

世人都不畏暑熱地工作。季節更迭，時光流逝，犯下不可挽回過錯的我，今後還能做什麼？

「津崎老師。」

聽到叫喚聲，他回過神來。森內惠美子穿著清涼的白色洋裝，跑了過來。雖然還很瘦削，但似乎恢復不少元氣。

「今天要麻煩老師了。」

森內惠美子行禮，露出微笑。

「好懷念啊。」

津崎愣了一下，惠美子笑意更深了。

「老師在夏天都穿開襟襯衫呢。我一直很納悶這年頭去哪裡才買得到那樣的衣服。」

「岡野老師常常提醒我應該打領帶。」

一開口就提岡野，聽起來或許像是在記恨被他**踹下來**的事——津崎還沒來得及多想，話已脫口而出。

「我就喜歡開襟襯衫。那麼，我們走吧。」

他們要前往的事務所，就位在馬路對面的住商大樓三樓。好的，森內惠美子應道。津崎看見她的嘴唇微微發顫，這才發現她緊張萬分。或許她昨晚回想起城東三中發生的一連串事件，一夜無法成眠，眼角似乎也充血了。

搭乘狹小的電梯上了三樓，直到按下要找的辦公室門鈴，兩人都不發一語。老舊的不鏽鋼門上沒有掛招牌，也沒有類似門牌的東西，只在對講機按鈕上貼了一條黃色膠帶，上面用標籤機印著「河野調查偵探事務所」。

雖然爲時已晚，但津崎擔心起這樣的地方沒問題嗎？

森內惠美子委託這間事務所進行某項調查，說是母親的朋友推薦這裡，誇他們辦事牢靠。

今天是來聽調查的結果。由於惠美子要求陪同，津崎才一起過來。

對講機傳來人聲應答：「請進。」是男人的聲音。

「你好。」惠美子用有些沙啞的聲音打招呼。

室內是非常普通的事務所景象，算是相當整齊，有三張辦公桌，周圍是成排的檔案櫃。沙發設置在牆邊，爲了遮擋陽光，窗戶的百葉窗拉了下來。

從其中一張辦公桌前起身走過來的，是一名年約四十後半到五十前半的高個子男子，額頭的髮際摻雜了不少白髮。他穿著白色短袖襯衫配黑色系長褲，沒有打領帶，但中規中矩地穿著皮鞋。

惠美子先介紹津崎，對方遞出名片，上面印著「所長　河野良介」。

「津崎校長，對吧？我聽森內老師提過您。」

我不是校長了——津崎更正完，和惠美子一起在會客區的長椅並坐下來。河野所長走到事務所角落的茶水區，從老舊的冰箱取出裝麥茶的瓶子，倒進杯中，不疾不徐地端了過來。

「我希望津崎老師可以一起聽調查結果。」

待河野在對面坐下，惠美子開口。河野向津崎輕輕頷首，把擱在中央桌上的大型文件袋拖了過來。上面用漂亮的手寫字，寫著標題「森內惠美子小姐委託調查檔案」。

年紀與冰箱不相上下的舊型空調呻吟著，不過室內溫度適中，十分舒適。

「那麼，我想現在就開始報告。倒是森內小姐，妳還好嗎？」

「是的，我沒問題。勝俣先生今天不在嗎？」

「他去鄉下出差。」

河野所長回答惠美子後，轉向津崎解釋：「那是我們的調查員，負責森內小姐的案子。」

惠子大力點頭，「勝俣先生對我眞的很好，只是向他傾吐，我就覺得輕鬆許多。更重要的是，他從一開始就清楚地告訴我，郵件的事絕對不是我的被害妄想。」

被害妄想，津崎再次領略到這個詞意味著什麼。

是指那封被撕破的告發信。森內惠美子一直思考為什麼會發生那種事，而她想到的是——是不是告發信確實送到了我的信箱，但在我拿到拆閱之前，就被人偷走了？

是誰、為了什麼這麼做？只是單純的惡作劇，所以才撕破丟掉，然後被別人撿到，寄給ＨＢＳ。還是，偷信的人一開始就懷著明確的惡意，故意把信撕破再寄到ＨＢＳ？

第一次聽到這個推論，津崎吃驚之餘，更擔心起不得不幻想出這種離譜情節的森內惠美子，走投無路的心境。

——如果是惡作劇就另當別論，若是有人對妳做出如此充滿惡意的騷擾，妳知道什麼人可能這麼做嗎？

——不知道，可是我也不曉得，有沒有人對我懷恨在心。我不可能知道別人怎麼看我，這次的事讓我刻骨銘心地學到教訓了。

確實，津崎能夠理解那種心情。

——即使在其他老師面前說出這種推測，也只會被當成妄想，不屑一顧吧。或是認為我都到了這步田地，還想編出這種謊話，試圖推卸責任，更加輕蔑我。可是，我沒有收到那封告發信，也沒有撕破。對我來說，這才是獨一無二的事實。所以，不管是什麼狀況，我都想調查看看，證明自己的清白。

惠美子和城東警察署的佐佐木刑警商量這件事，結果佐佐木刑警說警方不太可能針對這種事進行調查，建議她委託徵信社之類的地方。

既然是這樣的話——津崎信服了。津崎還想相信她，雖然那番推測有些離譜，但他覺得有查證的價值。

河野所長打開文件袋，津崎身旁的惠美子倒吞了一口氣。

河野所長取出所有透明檔案夾和文件夾，擺到桌上後，從中取出幾張照片。是五乘七吋的彩色照片。

「請過目。」

惠美子接過照片的手在發抖。她求援似地望向津崎，結果河野所長對她輕輕微笑。

「放心，照片不會咬人。」

惠美子不禁苦笑。一張照片從她的手中滑落，飄然落在桌上。好像是裝設在信箱裡的相機拍到的，照片中拍到掀蓋被掀起，疑似細長筷狀的東西伸進內部的情形。

津崎忍不住拿起那張照片。

「這個人！」

惠美子驚叫，雙手緊緊地抓住照片，津崎望向她的手。

地點應該是公寓的入口大廳。人影背對著一排齊整的信箱。那個人微微扭頭，一副在窺探周圍有沒有人的表情，腳往左側跨出去。因爲這樣，照片有些失焦。

是女人，穿著無袖襯衫，底下是及膝五分褲。由於是夏季服裝，看得出是最近才拍的。那名女性留著長髮，在腦後綁成一束，連貼在脖子上的凌亂髮絲都拍得一清二楚。

她的手中拿著幾封信件，還有類似筷子的東西。津崎跟自己手中的照片交互比對。

「妳認識這個人嗎？」河野所長問。惠美子一次又一次地點頭，緊盯著照片。

「是在我們公寓，住我隔壁的人！」

「江戶川芙洛公寓？」

「是的。」

「森內小姐住在四〇三號室，對吧？這位女性……」

「她住四〇二。」像是要確認記憶，惠美子微微蹙起眉思考後回答：「對，沒錯，她是四〇二的住戶。」

「妳知道她叫什麼名字嗎？」

惠美子眉間的皺紋更深了，「名字……」

垣……垣田？還是垣內？

「妳跟她沒有往來嗎？」津崎問：「妳們是鄰居吧？」

「我沒跟鄰居打交道。我是租屋，不是定居在那裡，而且我本來就不喜歡那類煩瑣的人際關係……」

「妳知道她的全名嗎？」所長問，這次惠美子沒有想太久就投降了。

「我不知道，連她家有沒有掛名牌都……」

「信箱上有。」河野所長微笑，「她名叫垣內美奈繪，三十一歲，無業。比妳更早搬進那棟公寓。」

森內惠美子的眼神微亮。

「這麼說來，剛搬去的時候我打過招呼。」

「印象如何？」

「印象……也沒什麼……沒什麼特別的印象。只記得當時知道住隔壁的是女性，我鬆了一口氣。」

「妳跟垣內女士說過什麼，有沒有互借物品，或她曾抱怨什麼事嗎？」

森內惠美子望向手中的照片。總共有三張，她依序翻看。名叫垣內美奈繪的女性正把垃圾拿去垃圾場、站在疑似公寓共用走廊的地方、打開自家門走出來。津崎很驚訝，要把攝影機架設在什麼地方，才能拍到這樣的照片？

「記得是去年暑假吧……」

因爲跟學校有關，津崎傾身向前聆聽。

「我們班上的學生，大概七、八個吧，來我住的地方玩。」

我可以請學生來住的地方玩嗎？惠美子望向津崎，彷彿在徵求爲時已晚的同意。津崎點了點頭，這是很好的事啊。

「我記得當時滿吵的，送他們去車站回來的時候，正好碰到她，所以我應該曾向她道歉，說不好意思吵到她了。」

惠美子總算放下照片，按著額頭沉思。這麼用力才想得起來，證明她與這位姓垣內的鄰人並不相熟。

「確定是她沒錯嗎？」

「百分之百沒錯。」

所長的回答很清楚明瞭。

「江戶川芙洛的管理員目擊過垣內女士翻妳的信箱，不只一、兩次了。」

管理員說，第一次目擊是在今年年初，最近也發生過相同的情形。勝俣調查員著手調查後，管理員就主動向他說「其實……」，坦白了一切。

惠美子啞然失聲，津崎代替她問：

「那管理員沒有採取適當的行動嗎？」

「應該是視而不見，多一事不如少一事吧。」河野所長回答，「站在管理員的立場，恐怕不希望與住戶發生不必要的糾紛。」

「可是，這不是不必要的糾紛，我的隱私受到侵犯。而且，這是竊盜行爲吧？」

惠美子像個女學生似地噘起嘴，所長對她露出安撫的笑容。

「妳說的沒錯。只是，站在管理員的立場，即使逮到現行犯，提出警告，也不能更進一步處置。如果垣內女士否定，他也無計可施。對管理公司來說，住戶就是客戶。」

而客戶就是神明，是嗎？

「嗳，不過也因爲一下子就發現管理員有這樣的疏失，我們的工作變得容易許多。多虧管理員私下協助我們，我們才能到處裝設攝影機。」

原來如此，所以相片的角度才會這麼豐富。

「實在難以置信。」

惠美子茫然自失，額頭又逐漸冒出汗水。

「偷了那封告發信，任意拆開閱讀再撕破，附上投書寄給電視台的，也是垣內女士嗎？」

河野所長回答：「百分之百沒錯，就是她。」

爲什麼？惠美子呢喃。不是詢問，而是困惑地嘆息。

「這樣說或許有些刺耳，不過妳心底有沒有數呢？」

「才沒有！」

河野所長打開從文件袋中取出的檔案資料。

「垣內美奈繪這名女性確實懷著惡意騷擾森內小姐，管理員的目擊證詞也證實了這一點。」

垣內美奈繪從來沒有翻過惠美子以外的住戶的信箱，她對其他信箱不屑一顧。

「不只是這樣。管理員還目擊過垣內女士趁妳不在的時候，試圖撬開妳住處的門。雖然只有一次而已。」

據說是今年三月中旬，或是下旬左右，當時惠美子還是城東三中的老師。

「她好像是拿著鐵絲之類的東西，模仿撬鎖的手法。妳沒有發現門鎖一帶出現許多刮痕嗎？」

惠美子的臉都刷白了，她只是一逕搖頭。

「對門外漢來說，撬鎖是相當困難的。她應該是白費工夫。」

「妳的住處有沒有被人翻過，或是家具的位置無故移動？」

津崎按捺不住地問。惠美子嚇壞了似地瞠目結舌，又兩次、三次地搖搖頭。

「那室內應該是平安無事。」

「要是這樣就好了……」

惠美子看起來整個人縮小了一圈。

「森內小姐不知爲何招人怨恨，是嗎？」

河野所長確認似地問，津崎不小心陪著惠美子一起點頭了。

「應該就是這樣吧。我想也是，森內小姐這邊並沒有任何招惹問題的因素。」

所長如此斷定。津崎與惠美子對望。

「那麼，是對方無端生恨嗎？」

唔——所長沉吟道：

「這也很難說。這個案例實在很難形容。」

所長翻開檔案資料遞給惠美子，繼續道：「勝俣對垣內美奈繪進行了身家調查，這是調查結果。」

就這樣，津崎得知了以前的下屬森內惠美子的鄰居——名叫垣內美奈繪的女性過去的一部分。結婚、丈夫外遇、離婚爭執、看不到出口的糾紛。

惠美子看著報告書，所長在各處加入適當的說明。津崎好歹是名教育者，聽著聽著，他漸漸看出垣內美奈繪這名女性的輪廓了。至少他認爲自己可以想像出她是怎樣的人。

遭到否定的自我、受到傷害的自尊、無處容身的現狀。

而在這樣的垣內美奈繪隔壁，住著一個年輕貌美、被來訪的一群學生仰慕地喊著「老師」的女性。看起來得意、幸福，歌頌著人生的女性。

「森內老師等於是受到遷怒了。」

津崎純粹的感想脫口而出，河野所長沒有笑。

「我想心理上的變化就是這樣吧。」

可是，垣內美奈繪只選擇攻擊森內惠美子，明明江戸川芙洛公寓裡還住著其他單身女性。

「選擇森內小姐爲目標，垣內美奈繪應該有自己說得通的理由吧？所以，她應該不是隨便遷怒才對。」
「可是，我眞的不曉得爲什麼。」
惠美子帶著哭腔說。
「眞的完全不曉得嗎？請仔細回想，任何一點小事都行。垣內美奈繪跟妳之間，沒有任何關聯嗎？」
河野所長丟下問題後，靜靜離席。惠美子抱頭苦思，津崎只能在一旁看著。
傳來杯盤碰撞聲。不一會，所長端來新的杯子。這次是冰咖啡，杯子的尺寸不一。
「這位姓垣內的女性……」
等所長放好杯子並落坐之後，津崎開口問：
「是因自身的煩惱而導致精神失衡，對嗎？」
我是這麼認爲——所長回答。
「那麼，她會盯上森內老師，即使本人自認合情合理，在旁人眼中，是不是也有可能荒唐無稽？」
有這個可能——所長又答。
「那樣的話，就算旁人試圖揣測，是不是也想不出個所以然？」
就在津崎這麼說的時候，惠美子忽然抬頭。表情像剛挨了打似地扭曲著。
「那個時候……那個時候我不知道垣內女士結婚了，當然也不知道他們是在爲了離婚的事情爭吵……」
津崎和河野所長都盯著她。
大概是去年九月還是十月的事——惠美子喃喃說著：
「垣內女士跟一個年紀和她差不多的男人在家門口爭吵。男人要回去，她拉住對方，不讓他走。她看起來完全失去了理智，非常激動。」
最後男人甩掉她離開了。垣內美奈繪癱坐在走廊上大哭，甚至連鞋子也沒有穿。

「當時我爲了什麼事情走出去——不，不對。」惠美子激烈地搖頭，「我是聽到隔壁有人吵架的聲音，覺得奇怪才開門的，不料撞見那樣的場面。」

惠美子覺得很尷尬，也覺得隔壁的女人很可憐。同樣身爲女人，跟男友吵架的經驗，惠美子也不是沒有。

「我問她：妳還好嗎？」

「垣內女士有何反應？」所長迅速追問。

「她立刻逃進住處。我沒有再做什麼。畢竟那不是可以促進鄰居感情的事情。」

「後來妳曾再遇到垣內女士嗎？」

「或許有，但我不記得了，也沒有留意。」

津崎問：「垣內女士有沒有對妳說『前些日子讓妳見笑了，不好意思』之類的話？」

「沒有。」惠美子驚訝地看著津崎，「只是住在隔壁而已，又不是多親的人，要是那樣做，不是很奇怪嗎？」

我倒不這麼覺得——津崎把話吞了回去。因爲河野所長故意似地用力翻動檔案夾，發出聲響。

「那件事很有可能就是契機。」

「爲什麼？」津崎無法理解，「森內老師是在關心垣內女士啊？」

「對方並不這麼想吧。難堪的場面遭人目睹，她的顏面掃地，覺得被森內小姐嘲笑了。當然，森內小姐並沒有眞的嘲笑她，但垣內美奈繪就是這麼感覺、這麼解釋。因爲不想面對丟人的事實，她把過錯推到別人的身上。」

開什麼玩笑——惠美子低喃。

「我們也詢問過垣內美奈繪的丈夫垣內典史先生了，這是他的說詞。」

惠美子睜大了眼睛接過那疊紙，迫不及待地看了起來。

「調查得眞周到。」

調查公司都是這樣的嗎？津崎驚訝極了，但河野所長一笑也不笑。

「這也是管理員提供的消息。他說垣內女士的事，去問和她離婚的丈夫最清楚，不過『離婚的丈夫』是錯誤的訊息。」

「管理員知道她丈夫的事？」

「管理員本來不清楚這些事，甚至沒有發現他們夫妻分居了。所以，他原本只是考慮要不要私下跟垣內先生提醒一下他太太的事而已。」

連負責公寓管理業務的人，對於住在建築物裡的居民，也只有這點程度的關心嗎？從來沒有住過公寓的津崎實在難以接受。

「管理員的記憶十分模糊，大概是四月初，垣內先生聯絡管理員，詢問四〇二號室的垣內美奈繪最近有沒有什麼不對勁的地方。」

一開始是打電話，幾天之後特地來訪——一副躲避美奈繪的耳目、戰戰兢兢的模樣。

「他對管理員坦承已搬離這裡，打算跟妻子離婚。但談判觸礁，妻子有點神經衰弱，他很擔心。」

津崎望向沉浸於閱讀文件的惠美子，她甚至眼睛眨也不眨。

「我們向垣內先生本人確認過這一點。據說，當時美奈繪女士持續在深夜或清晨等離譜的時間打電話給他，威脅說要自殺。」

「她說要自殺？」

「對。垣內先生覺得她只是嘴上說說，不可能付諸實行，但電話騷擾實在太頻繁，他漸漸擔心起來。如果美奈繪女士衝動自殺……唔，如果只有她一個人死掉也就算了，萬一開瓦斯自殺，引發爆炸之類的就糟糕了。有可能會給同一棟公寓的住戶造成麻煩，所以他才會去找管理員。」

津崎再次望向照片上站在公寓大廳的垣內美奈繪，那又瘦又單薄的肩膀和背部。

——如果只有她一個人死掉也就算了。

他不知道垣內典史實際上是怎麼說，但這話實在太令人心酸、太殘酷了。

「他只擔心會給旁人添麻煩嗎？」

津崎忍不住低語。

「唔，是啊。」河野所長苦笑，「勝俣調查員也在報告中提到，垣內先生已和別的女性同居，而且女方懷孕了。他單方面地貶損妻子，但在我們的眼中，他是五十步笑百步。垣內先生顯然也有過錯。即使如此，他們的婚姻似乎確實陷入了不可能修復的狀況，最好趕緊離婚，各自重新踏上新的人生。」

惠美子橫眉豎目地質問：「居然這麼護著她，河野先生到底站在哪邊？」

所長笑了，「剛才說的是我個人的感想，我們的委託人是森內小姐啊。」

津崎雖然一臉嚴肅，但也和所長一樣暗自苦笑，同時感到一絲懷念。沒錯，森內惠美子就是有著這樣孩子氣的一面。

「那麼，關於今後，森內小姐打算怎麼處理？」

「怎麼處理……？」

「經調查發現，森內小姐的住所隔壁住著一位棘手的女性，她由於與森內小姐幾乎無關的事，單方面對森內小姐生氣。她的行爲造成森內小姐極大的損失。森內小姐無端遭受抨擊，甚至被迫辭去教職。」

他故意再三強調「森內小姐」。妳不是惠美子也不是小森森，而是個獨當一面的大人了吧？言外之意，是在如此勸諫。

「我想要證明自己的清白。」

轉眼之間，森內惠美子熱淚盈眶。淚水很快地滿溢而出，滾下臉頰。

「蒙上不白之冤，妳一定很委屈。那眞的是一場大災難，可是我覺得妳非常堅強。」

惠美子急忙從皮包掏出手帕，按住臉頰，然後眞的放聲大哭起來，前屈的雙肩上下顫抖著。

「這位垣內女士現在是什麼狀態？」津崎問，「她仍在繼續竊取郵件呢。河野先生認爲她還會再攻擊森內老師嗎？」

「很難說。」河野所長坦率地回答，「幸好爲垣內夫婦居中協調的金永律師是一個好人，他規勸自私的垣內先生，對美奈繪女士也抱持同情的態度，正朝和平協議離婚努力。他說美奈繪女士十分頑固，進展困難，但只要這部分的狀況改善，她的情緒或許會穩定下來。」

也就是只能依靠外力了。

「不過，恐怕會相當曠日廢時，而且就算離婚成立，美奈繪女士的沮喪和挫折感並不會消失，有可能變得更嚴重。若是這樣，她對森內小姐的遷怒不僅不會停止，反倒會變本加厲。」

對森內惠美子來說，這完全是天來橫禍，但也不能就此認命接受。

「站在我的立場，我會建議森內小姐先搬離江戶川芙洛公寓。」

「搬家嗎？」

「不過，這有可能讓事態益發嚴重。因爲只是單純的搬家，無法保證垣內美奈繪不會繼續糾纏。」

咦？哭成淚人兒的惠美子聽到這話，驚呼道。

「你的意思是，她會追過來嗎？」

「不無可能。」

「這、這簡直是太荒唐了。我明明什麼也沒做，爲何會被怨恨到這種地步？」

「很沒道理，對吧？可是，碰上這種事，拿道理來對抗只是白費工夫。」

我們處理過類似的案子——所長繼續說：

「無論哪一個案子，在物理、心理上與對方拉開距離，等待對方平靜下來，是最好的方法。必須徹底防備，不留下任何激怒對方的材料。」

河野所長建議惠美子先回老家，「江戶川芙洛公寓的租屋維持原狀。房租雖然有點可惜，不過再長也是三個月吧。」

在老家冷靜下來以後，再尋找新的住處。要離開四〇三號室的事，不必告訴管理員。勝俣會勤快地去收取郵件。如果沒有通知任何人，即使是住在隔壁的美奈繪，也無法判別惠美子是離開了，或只是單純地經常外出不在。

「要回去拿東西，或是有必要返回四〇三號室時，不要單獨前去。可以請令堂跟妳一起，或是找我們的勝俣一起。」

決定新住處，準備搬家的時候，行動必須迅雷不及掩耳。

「爲了避免垣內女士發現妳搬家，搬家日期由我們這邊決定。」

「要趁她外出不在的時候搬家嗎？」

惠美子終於收住了淚水。

「可是，她不是沒有工作嗎？她會外出那麼久嗎？」

所長微笑，「我們會調查，或者，也許可以請垣內先生協助。」

「像是請他告訴我們離婚調停的日子，配合那個時機搬家嗎？」津崎問，「那不是在家事法庭進行的嗎？」

「垣內夫婦的情況，還沒有正式進入那個階段，只是請律師陪同協商的階段而已。」

如果要正式調停，垣內典史這方必須有所退讓，也不得不承認自己的過錯，但他就是不想認錯。他似乎希望金永律師能談妥一切。

「他也是很任性的人。對於美奈繪女士，他的做法非常殘酷不講理。不過，他並不是毫無常識的人，很擔心會給第三者添麻煩。或者說，他的眞心話是希望美奈繪女士不要在離婚成立前犯下刑事案件，牽連到他吧。」

津崎忽然同情起垣內美奈繪這個女人了。這位女性有任何朋友嗎？有人陪在她身邊，溫言安慰她嗎？有誰陪在她身邊？這個想法忽然連結到其他方向，稍微打亂了津崎的思考。另一名無疑也是孤立無援、深陷在孤獨中的少女臉孔，在眼底浮現又消失。

「因爲就像趁夜潛逃，或許森內小姐會有些憤憤不平，」河野所長接著說：「但我們必須趁垣內女士察覺前搬家，這是第一道課題。我會介紹熟悉這類事務的搬家業者，不必擔心。只要交給他們，他們會處理好一切。當然，我也會在場監督。」

麻煩你了——惠美子用鼻音說。

「問題是今後。森內小姐，妳打算怎麼做？」

妳想證明自己的清白吧？

「垣內女士害妳蒙上不白之冤，甚至透過媒體大肆宣揚。如果只是投書給城東第三中學，還可以原諒，然而她捏造並且灌輸錯誤情節的對象，卻是電視台的新聞節目。而電視台方面也疏於查證，認定妳就是個怠惰而且不負責任的老師，大加撻伐。」

好了，妳要怎麼做？河野所長的指頭輕敲檔案夾，望向惠美子。津崎覺得那副態度十分挑釁。

「證據都齊全了。如果妳想反擊，要怎麼反擊都成。妳也可以同樣利用媒體，我們有門路。」

聽起來不像是空口說白話。

森內惠美子抿著嘴巴，緊捏著手帕，陷入沉默。

「可是，那樣的話……」

儘管明白操之過急，津崎還是忍不住插嘴。

「城東三中的事件會被重新挖出來，學生又會受到傷害。」

河野所長前所未見的強烈視線貫穿了津崎，連語氣都變了。

「那麼，森內老師就活該一直受傷下去嗎？若說遭到不當的傷害，森內惠美子小姐也一樣是被害者。她遭受到的損害，可說比三中的學生更具體。」

「話是沒錯，可是……」

「津崎老師是教育者吧？這樣息事寧人，敷衍過去，你覺得對嗎？如果維持現狀，總有一天——什麼時候都行，不管是十年後還是二十年後，你能夠抬頭挺胸，對你的學生說，森內老師的事情眞相其實是如何如何嗎？那個時候學生會怎麼想？他們會感謝森內老師爲了不擾亂大家的心情，吞下難忍的冤屈嗎？」

森內惠美子垂下頭。這個質問，津崎首當其衝。

「……寫下告發信的學生，幾乎已確定是誰了。」

津崎向兩人說明。那個學生就是前二年A班的女生三宅樹理。森內惠美子驚訝得說不出話來。河野所長感到驚訝的同時，表情變得興致勃勃。

「津崎校長，爲什麼你不肯告訴我……？」

與其說是責備，更像鬧彆扭，森內惠美子小聲說。

「對不起，那個時候我認爲最好不要告訴妳。」

然後，津崎轉向河野所長，問道：

「那名女學生跟垣內女士會不會有什麼關聯？」

其實，津崎也只是把牽強的聯想說出口而已。總不可能湊巧到這種地步吧。

然而，河野所長並沒有笑，也沒有目瞪口呆的樣子。他一臉嚴肅，斬釘截鐵地說：「不可能。」

「告發信內容的眞假，與捏造森內老師撕毀丟棄的事，是完全不同的兩個問題。所以，跟三宅同學毫無關係。」

津崎聽著空調的呻吟聲，陷入沉思。

森內惠美子是清白的。她沒有丟掉告發信。她的無辜已得到證明。向學生說明這件事——橫豎都是得說的事，在這裡說出來也無妨吧。

津崎抬起頭來，開口：「三中的三年級生將舉行一場審判，審理柏木卓也同學的事件。」

河野所長與森內惠美子都瞪大了眼睛。

「聽說昨天正式決定了。法官、檢察官、律師，連陪審團都決定好了，學生們正在爲審判做準備。」

「審、審判？」

「被告是大出同學。」

森內惠美子更加啞然了，「可是，他們還只是國中生，什麼審判……」

「岡野校長聯絡我，我也是昨晚才得知，還不清楚詳細程序，不過好像不是要弄得和眞正的審判一模一樣。而且就算做出有罪判決，學生也無法懲罰大出同學。」

河野所長睜大了眼睛，點點頭。

「那些孩子說，他們只是想要知道眞相。我們老師、媒體，沒有一個人肯告訴他們眞相。他們覺得受夠了，打算自己親手查個水落石出。」

這太亂來了——森內惠美子呢喃。

「其實呢，森內老師。」津崎重新轉向她，「岡野校長會聯絡我，不是單純通知我這件事而已，因爲他沒有義務這麼做。」

「噢，」河野所長開口：「我猜猜，現任校長是打電話來要求津崎老師不要協助學生的審判，對吧？」

猜對了，津崎微微縮起身體。

「沒錯，他要求我和森內老師都不要插手。」

「我就說吧。」

「我還不清楚學生打算用什麼形式進行審判。可是，我是事件發生當時的校長，森內老師曾是柏木同學的導師。不管是以什麼形式，學生都很有可能會來找我們問話，或是要求我們作證。」

岡野代理校長也是這麼判斷，才會搶先一步拉起防線。

津崎說：「如果學生要求，我打算答應協助他們。」

森內惠美子只是一逕茫然。

「我有這個義務。」

「津崎老師……」

「我不要求妳同進退，所以我想拜託妳，請妳協助學生的審判。」

不過，狀況改變了。在校內舉行的審判，對森內惠美子來說會不會也是個千載難逢的好機會？

「這眞是太好了。」

河野所長發出幾乎是格格不入的開朗聲音，感嘆道：

「再也沒有比這更好的場子了。森內小姐，就像津崎校長說的，妳到法庭上作證如何？」

他噘起嘴，「咻」地吹了聲口哨，率眞、愉快地笑著。

「這些學生太勇敢了，厲害！他們眞有一手，我也想拔刀相助了。有沒有什麼我幫得上忙的地方？」

津崎與惠美子面面相覷。

藤野涼子與佐佐木吾郎拜訪了城東警察署。

兩人都不是會跟少年課有關係的學生，有點被這個地方嚇到了，也相當緊張。

「藤野同學的父親在警視廳工作，我以爲妳對警察署很熟悉。」

「怎麼可能？那是兩碼子事啦。」

刑警辦公室裡沒什麼人，他們要找的佐佐木刑警也不在，招呼他們的是一位姓庄田的男刑警。庄田看起來很溫和，與其說是警察，更像校園劇裡登場的「了解學生，但不太可靠的老師」角色，年紀大約三十出頭吧。

對庄田刑警來說，涼子和吾郎應該也是難得一見的學生類型。聽到兩人來訪，他到櫃檯去迎接，但從那個時候開始，他一邊的眉毛就狀似驚訝地挑高。

「我打了佐佐木刑警的呼叫器，她很快就回來。」

他說佐佐木刑警並沒有離得很遠。

「她習慣一有空就去當地的遊藝場或超商看看。」

「臨時拜訪，眞對不起。」

涼子和吾郎一起行禮後，在庄田刑警勸坐的椅子坐下。

「那麼，兩位今天來有什麼事？」

涼子悄悄瞄了吾郎一眼，然後開口：

「這次暑假，我們準備舉行一項課外活動，希望警方能協助。」

涼子開始說明後，庄田刑警一邊的眉毛挑得更高了。只有一邊而已，但愈來愈高。

「等、等一下。」

他伸手制止涼子，不停眨眼，然後眉毛總算回到正常的位置。

「你們要舉行審判？」

「是的。」

「你們要制裁大出同學？」

「我們不是要給大出同學安上罪名。」吾郎立刻解釋：「只是想要透過審判的形式，追查出柏木同學事件的眞相。」

等一下、等一下——庄田刑警舉著手，再三說：

「如果是這種事，還是等佐佐木刑警回來比較好。先來喝點涼的好了。你們想喝什麼？」

如此這般，他們喝著庄田刑警端來的冰可樂，閒聊了一下。庄田刑警已婚，是三歲女娃的爸爸。涼子感覺他一邊談論自己，一邊細心觀察著她和吾郎。

「啊，讓你們久等了。」

佐佐木刑警跑進刑警辦公室，臉上大汗淋漓，大側背包邊緣露出成疊的傳單。

「藤野涼子同學，還有……呃，你是……？」

「我姓佐佐木。」

「佐佐木吾郎同學。欸，我想想，你是學生會的委員，對吧？」

佐佐木刑警匆匆說著，一邊從背包裡抓出運動毛巾擦汗。手帕好像不夠擦。

這個刑警知道我們所有人的全名，涼子嚇了一跳，有點佩服，接著感到有點不愉快。原來佐佐木刑警比我們想像的更深地介入三中。

「然後呢？這麼大熱天的特地過來，是爲了什麼事？放暑假了吧？」

聽到佐佐木刑警平易近人的問話，庄田刑警別有深意地笑了，「噯，別急，先喝點涼的吧。保證妳聽了會大吃一驚。」

涼子重新說明。聽著涼子的話，庄田的眉毛（這次是左右均等）又挑高，佐佐木禮子則是眼睛愈睜愈大。

汗應該老早就停了，佐佐木禮子卻抓起脖子上的毛巾擦臉。

「難以置信。」

「實在不敢相信。你們是認眞的？」

涼子和吾郎齊聲答道：「對。」

「大出同學居然答應。」

「爲了讓他答應，我們費了很多苦心。」

不，苦的還在後頭。俊次的父親大出勝不知會如何出招。

「可是，既然已開始，我想堅持到最後。」

我想查出眞相——涼子堅定地說。

佐佐木禮子的眼神一瞬間變得像在憐憫涼子，接著視線從涼子身上挪開，瞥了庄田一眼。

「我說藤野同學。」

「是。」

「你們要起訴大出同學——應該可以這樣說吧？」

「是的。」

「起訴的根據，是那封告發信吧？」

「不只是這樣而已。」

「那麼我訂正，主要的根據是那封告發信吧？」

這回涼子不得不同意：「是的，就是如此。」

「如果發現告發信的內容不足採信，你們要怎麼辦？」
涼子沉默，吾郎也抿嘴不語。
「其實，我——我們知道。那封告發信的內容是胡謅的啊，我們也知道寄件人是誰。」佐佐木禮子說。
涼子打斷她，「如果是這件事，我們也知道了。」
「可是，你們聽到的只是流言吧？」
「要這麼說的話，你們也一樣吧？內容的眞假，還有寄件人是誰，都只是推測出來的吧？」
佐佐木禮子驚訝得嘴巴半張，相對地，庄田興致勃勃地傾身向前。
「確實如此，我們並沒有向本人確認過。」
「喂，庄田。」
「噯，有什麼關係？那麼，對於這個『推測』，你們怎麼想？」
「我們認爲應該回歸原點。」本人就在眼前，實在令人害羞，但吾郎昨天說的話涼子馬上拿來現學現賣。
「所以，我們決定先找出告發信的寄件人。」
「我們寄信給所有的三年級生了。」吾郎補充道。爲了這件事，昨晚他們熬夜，今天又起了個大早，老實說三人都睡眠不足。萩尾一美埋怨著膚況會變糟，現在應該去了郵局。
「是呼籲寄件人出面的信。」
佐佐木禮子闔上嘴巴，動作僵硬到關節幾乎要磨出聲，然後她就這麼僵住了。
庄田問：「你們認爲寄件人會回應嗎？」
「我們只能這麼祈禱。」
「說的也是。如果沒有人理會，要怎麼辦？你們等於是失去了起訴大出同學的根據啊。」

涼子下定決心，看著庄田的眼睛回答。

「可是，告發信並不是就這樣消失，不存在了，它仍是一種狀況證據。我們會設法鞏固這個證據。」

「審判還是會進行。」吾郎附和。

庄田的目光一亮，點了點頭：「這樣啊。這樣不錯，嗯。」

「喂，庄田！太不負責任了。」

佐佐木禮子露出憤怒的表情，庄田笑道：「有什麼關係？我支持這場審判。」

「這怎麼可能成功！」

「不做怎會知道？」

「他們還是國中生啊！」

「我說啊，如果是驚訝『國中生怎麼做得出這種事』，我們不是經歷過太多次了嗎？雖然這次驚訝的方向完全不同。」

佐佐木禮子抓起脖子上的毛巾，用雙手搓揉成一團。

「藤野同學……」

她的語氣帶有一絲恫嚇的味道。

「是。」

「如果要正式採用那封告發信，妳不認爲會有人因此受傷嗎？」

看吧，來了。涼子早有覺悟一定會被這麼問，所以她已準備好答案。

「我們早就遍體鱗傷了。」

「可是……」

「我們受夠就這樣被扔下，等待傷口自然被掩埋，直到看不見。」

不是痊癒，而是等待傷口**看不見**。

「如果——萬一告發信的寄件人眞的出面，你們保護得了對方嗎？你們能夠好好保護對方嗎？」

「我們會以自己的方式去保護。」

接著，涼子加重語氣說：

「不過，比起保護告發信的寄件人，我認爲有更應該去做的事。」

佐佐木禮子困惑地問：「還有什麼事？」

「老師和警察都一直保護著告發信的寄件人。你們保護、守著寄件人，對吧？可是，你們好好聽過本人的說法了嗎？」

佐佐木禮子像是被撼動般退縮了一下，庄田臉上的笑容消失了。

「我覺得告發信的寄件人眞正想要的，並不是一味地受到包庇或保護。寄件人是要求大家相信自己，所以我們想要相信他。」

四周的嘈雜和電話鈴聲圍繞著四人。涼子堅定地看著佐佐木禮子的眼睛，沒有移開視線。

「請協助我們的審判。」

拜託——涼子和吾郎一起低頭行禮。

「……那我們該做些什麼才好？」

庄田問，佐佐木禮子責備似地看著他，但沒有開口。涼子與吾郎對望，忍不住微笑。

「希望警方將柏木同學過世時調查到的事情告訴我們。當然，我們不要求提供第一手資料。如果是第一手資料，我們應該也沒有能力正確解讀。」

「是啊，我們不能提供官方文件給你們。不過應該可以把內容整理一下，做成類似報告書的資料，也就是採取回答你們問題的形式。」

這樣可以吧？——庄田回望佐佐木禮子，女刑警頹喪地點點頭。

「……你們想知道什麼？」她問。

「柏木同學的推定死亡時刻、死因、遺體的情況、現場有無遺留物品。還有，事發當晚附近住戶的證詞。警方應該進行了查問吧？」

「這些事情我們在家長說明會上都發表過了。」

「我們也從老師和父母那裡聽到片段的資訊，可是我們想要正式確認這些事。另外……」

涼子稍微繃緊了身體，「佐佐木刑警如果詢問過大出同學當天晚上的行蹤，希望可以告訴我們。」

佐佐木禮子咬住下唇，「當時城東警察署並沒有確認大出同學他們的不在場證明，因爲沒有必要。至於我個人是不是問過他什麼……至少目前無可奉告。」

「我懂了。」

瞇著眼睛正在思考什麼的庄田問：「你們會去找老師詢問嗎？」

「是的。」

「那津崎老師和森內老師……」

「我們也準備去請教他們。」

「會請他們擔任證人嗎？」

「或許會。」

「那麼，姑且不論我，佐佐木刑警也有可能作爲證人被傳喚嘍？」

佐佐木禮子立刻反應：「我不能偏袒任何一邊！」

「我們也不打算拉攏任何人。這場審判的目的不是爭輸贏，我們只是想要查出眞相。」

啊，所以——涼子伸出手指說：

「希望也提供一份我剛才要求的報告給辯方。因爲雙方必須公平掌握基本的相關事實。可以嗎？」

庄田刑警笑了起來，一副完全舉白旗投降的模樣。他以手肘輕推佐佐木禮子說：

「有什麼關係？佐佐木刑警，就幫忙他們吧。」

女刑警猶豫不決，涼子緊盯著她不放。涼子費了好一番工夫，才把湧到嘴邊的話吞回去：我知道妳在擔心三宅同學，可是妳那叫雞婆。

「好吧。」女刑警嘆息，「我來寫那份報告。」

「謝謝妳！」

一直默默看著眾人對話的佐佐木吾郎大聲說，聲音甚至反彈到天花板。

「要怎麼聯絡大出同學？他的律師是誰？」

「是外校的學生。」

涼子說明神原和彥和野田健一的事，困惑的神色又回到佐佐木禮子臉上。

「是別校的學生嗎？而且是柏木同學的朋友……」

「我們本來也有疑慮，可是看昨天的情形，應該是沒問題。何況，還有野田同學跟著。」

「野田同學嗎？我不覺得他適合這個職務。他太乖了，怎麼說，有點懦弱膽小。」

至今爲止的對話中，不知爲何，這一瞬間最教涼子火大。連她自己都覺得不可思議，她不想聽到別人那樣說野田健一。

霎時掠過腦海的是，野田健一在圖書館爲她趕走色狼時的身影。那是只有在特定的時間及場所才會施展出來的魔法，但確實存在過。那是野田健一的某一面，這次或許是那一面又顯現了。

從一開始，野田健一就支持涼子。他先是自願加入陪審團，甚至自告奮勇擔任律師助手，積極參與這場審判。這不是因他與父母的問題而對涼子感到虧欠，也不是內疚。健一有自己的意志，他也想要實現這場審判，一定是的。

或許這只是涼子的願望。站在前途未卜的起跑線上，什麼都好，她只能依靠看似可以相信的事物。不過，就算是這樣也好。

「野田同學一點都不懦弱。」

涼子的語氣嚴峻，連吾郎都嚇到了。佐佐木禮子赫然瞠目。

「是啊。我不該那樣說，對不起。」

女刑警僵硬地笑了，把皺成一團的毛巾隨手扔到附近桌上。

「那麼，我會立刻著手處理。」

藤野涼子和佐佐木吾郎離開城東警察署後，直接前往學校。他們必須向北尾老師報告已取得佐佐木刑警的同意，也得轉達給辯方才行。

北尾老師不在職員室，但在涼子他們準備離開時回來了。他說：

「藤野，聽到妳妹妹替我傳的話了嗎？」

「我沒有回家耶。」

「怎麼，這樣啊。因爲有急事，我請相關者來學校集合。」

原來他們來得正巧。

「大家都在圖書室，快點過來。」

圖書室附設的閱覽室裡，除了被告與陪審員以外，全員都在。萩尾一美看見兩人，揮了揮手。

「太好了，我一個人好不安。」

「放妳一個人，我們也很不安。」

吾郎說著，一屁股坐下。

辯方的兩人在閱覽室的桌上攤開筆記本和活頁本，好像正在忙什麼。紙上寫得密密麻麻，涼子一望過去，野田健一隨即闔上本子。

「幹麼提防成那樣嘛。」

「我、我沒有那個意思。」

涼子笑了，她回頭望向北尾老師。「我有事情要報告，可以先說嗎？」

「快說吧。」回話的是井上康夫。他一看就是疲憊萬分的模樣。

「你是夏季感冒嗎？」

「少胡說了，我是爲了寫〈校內法庭說明書〉，熬了一整晚。」

「要比睡眠不足，我們也不遑多讓啊。」

涼子簡潔地說明，檢方已寄出呼籲告發信寄件人出面的信，還有佐佐木禮子刑警的事。

「我認爲雙方應該都要掌握基本事實，所以拜託佐佐木刑警提供兩邊資料，可以嗎？」

當然——神原和彥回答。野田健一流了很多汗，制服襯衫的衣襟也鬆了開來，律師卻一副氣定神閒的模樣。

「太好了，光是把至今爲止發生的事依時序整理，我們就忙不過來了。」

筆記本中的內容就是那些嗎？

「——你們要找出寄件人嗎？」

野田健一這麼問，眼神像在懷疑涼子的神智正常嗎？

「藤野同學，妳不會是認眞……期待那個人會出面吧？」

涼子滿不在乎。

「三宅同學才沒有那麼老實。」

「停！」涼子嚴厲地打斷他，「這是檢方方針的問題，不需要辯方的意見。」

健一顯而易見地慌了手腳，求助般看向律師。這表示健一已對神原和彥說明了與三宅樹理相關的一連串紛擾吧。

「我也認為這是正確的步驟。」神原和彥說：「不過，我先確認一個問題。」

「什麼？」

「如果查出寄件人是誰，可以告訴我們嗎？」

涼子一時答不出話，她還沒有想到這一點。

「這也是雙方應該分享的資訊。」

回答的又是井上康夫。

「或者說，身為法官的我這麼裁定。」

「可是，寄件人是我們重要的證人。」

「沒錯，是我們的王牌。」

吾郎立刻支援。結果原本一臉倦怠的井上法官一下子變得精神抖擻，用指頭推起銀框眼鏡。

「什麼王牌？別搞錯了，這不是真的審判，沒必要拘泥輸贏到那種地步。我們的最終目的是查出真相，藤野，難道不是嗎？」

涼子抿緊了嘴。就任法官以後，井上康夫頓時變得不可一世，開始「藤野、藤野」地直呼她的名字。

「……好吧。但若寄件人無論如何都不願意透露身分，我就不會說。要看情況。」

「有保留條款，是嗎？辯方可以接受嗎？」

「可以。」

野田健一緩緩搖著頭，彷彿在說：不管怎麼樣都沒辦法的啦，藤野同學，沒辦法的。雖然健一不可能知道，但我剛才還幫你說話呢，搞什麼——涼子心裡氣憤極了。

在窗邊交抱雙臂的北尾老師「咯咯」笑了出來。

「看你們幹勁十足的。」

簡直就像玩真的——他說：

「藤野報告完了嗎？那我也有些事情要通知一聲。第一點，柏木的父母願意見你們。後天，這裡的所有人一起去見他們。如果是**正經**的審判，沒必要向柏木的父母報備，但你們要做的不是正經審判，還是得好好打聲招呼，盡個禮數。」

什麼不是正經的審判，太過分了。

「第二點，津崎老師和森內老師說只要你們開口，他們願意出庭作證。」

井上康夫板起臉孔，「我們什麼都還沒說，會不會動作太快了？」

「校方有校方的苦衷啊。」

涼子很快就想到，是岡野校長聯絡他們了。不是「學生們正如此這般準備舉行審判，請多關照」的聯絡，而是相反。應該是警告津崎老師和森內老師，不要來蹚渾水吧。

「如同井上說的，這不是決定輸贏的爭吵。要以什麼形式、請他們當哪一邊的證人，由你們商量決定吧。不過……」

北尾老師吊胃口似地掃視眾人。

「其實，森內老師那邊有新的發展。我是快一個小時前聽津崎老師在電話裡說的，是非常令人驚訝的新事實。」

森內老師真的沒有收到告發信。北尾老師說明事情原委，眾人聽著聽著，臉上都浮現驚訝之色。

「……眞的有這種事？」萩尾一美錯愕驚叫，「什麼恐怖女鄰居的騷擾，簡直就像懸疑劇！」

「一美，吵死了。」

「可是實在難以置信嘛。」

涼子也有同感，這情節簡直太離奇了。

而且涼子無法理解，爲什麼《前鋒新聞》沒有發現這樣的幕後糾紛？茂木記者在節目中把森內惠美子指控成一個不負責任的不合格教師。他完全不理會森內老師的說詞，所以是從一開始就不打算調查嗎？

涼子覺得媒體太可怕了。報導中沒有提到、沒被發現的事，即使是如此重大，也會變得形同不存在。

「事到如今，才總算了解背後的緣由。」神原和彥說。

「森內老師委託的調查所似乎是個外表寒酸，但非常厲害的地方。」

北尾老師說著，怪笑了一下。

「那間調查所的所長聽到你們要舉行審判，好像非常感動。他稱讚你們這些學生非常勇敢。」

他甚至主動表示願意幫忙，讓津崎校長嚇了一跳。

「與其說是勇敢，根本是蠻勇。」井上康夫忍著哈欠說。神原和彥輕笑一聲，涼子瞪了他一眼。

爲什麼呢？花了一天，她應該已整理好心情。自己要擔任檢察官。如果能夠查清楚眞相，這樣就行了。明明這麼決定了，但看見一臉淡然地坐在那裡的神原和彥，胸口深處彷彿冒出無數條紙做的蛇，反感油然而生，忍不住覺得：那裡明明應該是我的位置。

「所以，如果要請森內老師當證人，我覺得不妨請她順便說明這件事。」北尾老師說：「森內老師的騷動跟告發信的眞假並無直接關係，但森內老師也無端蒙受冤屈，飽受折磨。如果可以在學生和家長面前證明自己的清白，或許她會得到一點安慰。何況，森內老師也還年輕。」

她還有將來——北尾老師補上這麼一句。

「好的，我們會考慮。」

涼子尚未開口，神原和彥已回答北尾老師。這也讓人覺得傲慢。

「可是，老師，」一美望向北尾老師，「就算沒有撕毀告發信丟掉，發生柏木同學的事之後，小森森一樣很沒用啊。」

「妳幹麼這麼嚴苛？」

「這是眞的嘛。感覺小森森對柏木同學那種學生沒興趣。她什麼都不知道。」

是啊——涼子點點頭，「我們必須詢問森內老師許多問題，得請她做好覺悟才行。」

好可怕——北尾老師戲謔地縮起脖子。

這天夜裡。

三宅樹理關在雙親稱爲「雜務房」的房間裡。媽媽都在這裡燙衣服、縫東西。爸爸拿這裡當畫具保管室和書房，媽媽也會在這裡製作才藝教室講義之類的文件，所以有小書桌和文書處理機。樹理正坐在文書處理機前。

她一開始想再次用手寫，同樣以尺來掩飾筆跡。可是，這次想寫的內容分量比告發信多上太多，又需要複雜的表現，用尺寫實在太累人了。所以，她決定偷偷借用媽媽的文書處理機。

信件開頭的稱呼就令她猶豫了。

「前鋒新聞製作部　茂木先生」。

或許不是製作部，而是寫「採訪記者」比較好。不過，她只玩票性質地碰過文書處理機，並沒有好好學習過使用方法，光是要摸熟漢字變換，就折騰了老半天。

爸爸說有公司的應酬今天會晚歸，媽媽吃完晚飯，就說最近有活動，黏在電話機旁和才藝教室的同學聯絡。今晚媽媽應該不會再到「雜務房」來了吧。
即使如此，她還是上了鎖。樹理放心地背對門口，埋首於文書處理機的畫面。
「我很期待這次的校內法庭。」
慢慢地輸入假名，變換成漢字。她已投入這項作業足足兩個小時，眼睛漸漸地累了。
「總算有人願意把我的告發信當一回事……」
這樣寫會不會太孩子氣？還是改成「我的告發信總算可望獲得正視」？
她要向《前鋒新聞》的茂木記者通知藤野涼子他們舉行校內法庭的事。他一定會歡天喜地跑來採訪，然後大出俊次又會在全國電視網上被當成犯罪者，受到炮轟。
實在大快人心。
樹理無法忍受事件就這樣被人遺忘。可是松子死掉的時候，她一想到松子的死肯定會引發眾人的議論和揣測，就覺得自己可能會成為千夫所指的俎上肉，連夜裡都無法闔眼，實在無法主動採取任何行動。
但現在狀況大不相同了。岡野校長不知道告發信是誰寄的，而且他還明確宣布校方沒有方法可以查出寄件人是誰，對樹理正好。如此一來，樹理又能躲在安全的煙幕後方了。
勤於來訪的尾崎老師總是對樹理很好。她毫不猶豫地肯定樹理是被害者，這應該也是三中的官方見解。在這次的騷動中，樹理學到了，學校這種地方對被害者完全沒轍。面對有辦法主張自己是被害者的被害者，學校會無條件讓步。
不光是學校如此，或許整個世界就是依循這樣的道理運作。
「我，希望茂木先生，務必要，報導三中的校內法庭。請你，把三中發生的事，向全國大眾報導。」
也為了過世的柏木卓也……
「樹理！」

身後傳來母親的聲音。
樹理跳了起來。回頭一看，媽媽瞪大雙眼，臉頰緊繃，僵立在原地。
「那是什麼？妳在寫什麼？」
媽媽緊盯著文書處理機的畫面，瞳孔移動，讀著讀著，臉上血色漸失。
「這是什麼？妳做了什麼？妳在寫什麼？樹理！」
她是怎麼開門的？我明明上鎖了！
樹理張口結舌，拚命想要吸氣。胸口好苦悶，血液倒流了。
媽媽尖叫起來，「妳為什麼鎖門？這種鎖，從外面一轉就打開了，可是妳居然鎖門……」
媽媽嚇了一跳，擔心妳在裡面做什麼。
媽媽伸手抓住樹理。
「妳把媽媽關在外面，偷偷摸摸在做什麼？這是什麼？這到底是什麼？」
回答我，樹理。樹理！樹理！樹理！

7

八月二日

井上康夫綁起頭巾奮鬥了一整晚，完成〈校內法庭說明書〉，趁著昨天就送到風見律師的事務所了。拜此之賜，在對大出俊次而言是早到不可置信的清晨時間——暑假期間的早上九點，他被律師的電話叫了起來。

「俊次，你眞的想參加這場審判嗎？」

是不是被周圍的人逼迫，騎虎難下而已……

俊次睏得要命，而且熱得要命。拿來當睡衣的T恤汗濕，整個黏在身上。暫住的週租公寓的空調機型老舊，溫度無法微調，不是冷得像南極，就是根本不涼。爲了不被凍死而關掉電源，醒來的時候卻渾身大汗。

「律師覺得咧？」

腦袋裡被濕氣和熱氣搞到失常，一片迷茫。他勉強擠出睡迷糊的聲音反問。

律師爽朗地笑了，「我是在問你的心情啊。還是，我叫你別參加，你就不參加了，只有這點程度的決心而已？」

俊次從枕頭底下摸出空調遙控器，按開電源。冷氣直擊面頰。

「擔任法官的井上同學好像幹勁十足，那份說明書應該費了他很大的工夫。」

「律師被拜託什麼？」

「如果你爸媽反對，希望我幫忙說服。」

俊次沐浴著冷氣，依序回想起來。井上康夫的模範生眼鏡臉。明明老是畏畏縮縮，但一提到審判，就變得莫名精明幹練的野田健一。

說著「我來爲你辯護」，挺身而出的藤野涼子。那傢伙現在是檢察官了，超可惜的。其實我比較想要藤野。那傢伙自己沒注意到嗎？她那兩條腿超讚的，最近胸部也愈來愈挺了。如果她老爸不是刑警，我早就把她占爲己有了。

看到佐佐木黏在藤野旁邊，我就氣得想揍人。

還有律師神原和彥。

最大的謎團，搞不懂在想什麼的傢伙。可是他說的話，比在學校遇到的任何一個老師講的都更讓人聽得進去。

被發酒瘋的老爸打，那個老爸打死老媽，然後自殺，他變成孤兒，又變成養子，所以特別不一樣嗎？那傢伙不怕我，可是……

「律師，」俊次說：「啊，我不是說風見律師你。」

我知道——風見律師輕笑。

「那個律師很奇怪。」

「神原和彥同學。」

「井上連這種事都寫了嗎？」

「除了說明書以外，還附了一封信。」

那就好說了。

「我……不曉得他能不能信。」

「你想相信他嗎？」

俊次沉默了。他抬起快被冷風凍僵的身體，轉移陣地。雖然又破又舊，住起來有許多不便，但老家自己的房間那種熟悉的感覺令他懷念。不過，那個家已從世上完全消失了。

「就算跟我說話，神原也不會怕。」

「這樣啊。」

「可是怎麼說，感覺他對我另眼相看。」

這次換風見律師沉默了一下，然後以充滿磁性的聲音問：「反過來說，就是你對神原同學另眼相看嘍？」

俊次不知所措，就說不是那樣了。

「那種人我才……」

「不管怎麼樣，得通知你的父母這件事才行，把神原同學帶過來吧。我們在你父親的事務所會合。」

「律師要來嗎？」

「我對你的律師很感興趣。」

被單方面地指定時間、掛了電話，俊次不爽極了。他把話筒扔到床上，沒有固定的電話機受到拉扯，發出巨大的聲響，從邊桌摔到地上。

俊次不管，跑去沖了個澡。回來以後，他一邊用浴巾擦頭，一邊瞪著跌在地上的電話機好半晌。

然後，他撿起來，打電話到神原家。

兩人約在公寓大廳碰頭，神原和彥穿著白色短袖襯衫和黑色長褲現身了。怎麼那麼像制服？俊次說，結果和彥回道：這是制服啊。

「對學生來說，正式服裝就是制服。」

俊次穿著用色大膽的無袖背心，配上寬褲管的五分褲。上下都是義大利的紳士服名牌，乍看之下休閒，但要是聽到價錢，肯定會嚇到眼珠子掉出來。父親大出勝老說這才叫真正的奢侈。平常就要穿高級貨，連居家服**也是**，懂嗎？所以老爸的衣服，連睡衣價格都是五位數。

「大出同學穿得好有夏天氣息。」和彥說：「那我們走吧。」

俊次本來以為會有更勇壯的吆喝，期待落空，於是板著臉跟和彥一起走出大廳。不一會，他想到自己居然會想吆喝，好像怕到不敢去見老爸一樣，實在太遜了，很慶幸剛剛什麼都沒說。

想到一件事，還沒有說出口之前，又回心轉意——這是以前大出俊次的行動原理中不存在的模式，是最近才開發出來的系統，他還無法適應。

「剛才我打電話的時候啊……」

「嗯。」

「一開始接的是你媽？」

是個聲音有點模糊，像歐巴桑的女人聲音。

「是啊。」

「她叫你『和彥君』？」

和彥有點害臊地點點頭，「被你聽到了。」

「裝模作樣，又不是有錢人家。」

說完之後，俊次才想到搞不好神原家很有錢。俊次並不曉得神原家的經濟狀況。這是新系統出錯了，說出口後又回頭反思，但以前甚至連這種模式都沒有。

不過，怎麼可能？那種窮酸歐巴桑的聲音才不可能是有錢人。

「我爸媽好像喜歡那樣叫。」

「因為你不是他們眞的小孩吧。」

「是這樣嗎？我沒有特別介意。」

我下次問問看——和彥說，並沒有生氣的樣子。後來兩人默默地一直走，俊次漸漸覺得尷尬。剛才那樣說，搞不好不是很妥當。

這樣的想法變成了下一句話：「是怎樣的？」

正好碰上紅燈，所以和彥停下來仰望俊次。兩人身高差了十公分以上。

「什麼東西怎樣？」

「就是那個養子啊，你等於是住在別人家吧？」

怎麼講都不太對，俊次心想。我又不是在找這傢伙的碴。如果要找碴，多的是手段。論找碴的**伎倆**，我可是冠軍級別。現在不是要找碴。但我說的話，聽起來是不是就像在找碴？

夏季的熾熱陽光把鼻頭曬出了汗水，和彥卻神情清爽地回答：「就算沒有血緣關係，也不一定就是陌生人啊。」

「我不是問這個啦。」

「是嘛。」和彥稍微笑了，「應該吧。我知道大出同學想問什麼。」

聽到這話，本人反倒是一頭霧水。

「你跟柏木同學像這樣聊過嗎？」

俊次差點滑了一跤。不要突然丟出話題啦，要配合你這種矮冬瓜走路就夠累的了。

「像這樣是怎樣？」

「聊家裡的事之類的，閒聊。」

「怎麼可能？我跟他又沒交情。」

「那你們怎麼會在自然科教具室裡吵起來？」

俊次反射性地一陣火大。老子要跟誰幹架是老子的自由，關你屁事……

新系統啓動了。這傢伙是我的律師，俊次握拳擦擦鼻子下面。

和彥沒有催促俊次回答，淡淡地走在他的一步之前。剛才只說明過一次路線，和彥卻沒有猶豫的樣子。

去年十一月，是哪一天？我的確跟柏木卓也吵架了。不只我一個，橋田和井口也在。我們吵得那麼厲害嗎？大概吧。井口鬼吼鬼叫，我踢了桌子，柏木流鼻血了。

我們到底是怎麼吵起來的？應該有什麼原因。可是，吵架需要什麼理由嗎？看不順眼的傢伙就是看不順眼，就是看了有氣才會動氣。

理由——沒有理由。

即使如此，俊次還是試著回溯記憶。回過神的時候，和彥正停步看著他，似乎他是不知不覺間停下來了。

「不曉得。」俊次簡短地說：「忘記了。」

「這樣啊。」和彥說。俊次一瞬間覺得有什麼掠過了他的表情，是自己多心了吧。

大出集成材股份有限公司那裡，在相鄰的大出家燒得一乾二淨以後，原本的地點被用來當成搬運木材與資材的卡車停車場。由於是暫時使用，並沒有鋪上水泥，而是裸露的泥土地，不過放上了紅色交通錐與擋車用的磚頭。公司建築物只被灑了水，很快就恢復原狀，所以看上去很普通。

因此，和彥一開始不停東張西望，是好奇哪裡是火災現場吧。

俊次向他說明，和彥似乎吃了一驚。

「燒得那麼徹底？」

這傢伙偶爾也會說蠢話。

「不是燒得一乾二淨啦。燒剩的地方拆掉，地面弄平，才會變成這樣。全燒的意思不是燒得一乾二淨，不能住人了就叫全燒啦。」

「你好清楚。」和彥又露出驚訝的表情。俊次覺得很爽快，差點就要繼續說下去，但慌忙作罷。

——因爲我爸和我媽幾乎每天都在跟賣保險的傢伙吵架啊。

住家的火災保險和家財保險的錢還沒有下來。不是單純的遲付，而是手續中止了。不曉得原因是什麼，但賣保險的傢伙好像對大出家有什麼不滿，害得老爸血壓直飆，老媽也成天罵個不停——這種話，在老爸或許就在裡面的事務所門口附近、在老爸隨時都有可能探頭出來的窗戶旁，他可不敢說。

結果那扇窗戶忽然打開，風見律師露臉了。由於時機太巧，俊次嚇得內心一涼。

「站在那種地方，會曬到中暑的。快點進來。」

和彥行了個禮。風見律師催著「快進來、快進來」，向他們招手，順便繞到事務所的門口去爲他們開門。

「你父親在廠房那邊。」

俊次還沒問，律師就先告訴他了，「有客人來。」

進門之前，和彥細細端詳掛在門口的「（股份有限）大出集成材」招牌。那是泛著琥珀色澤的一整塊古木，以鎌倉雕法（註）刻上文字，塗上黑墨，非常誇張氣派。

說是事務所，這裡還只是入口。約五坪大的空間，侷促地擺著客用沙發，是對外用的玄關。雖然設置大出勝專用的豪華桌子，但俊次知道，日常業務中他會坐在這裡的時間，一天不到一個小時，眞正的事務所是在屋內樓梯上去後的二樓。裡邊是通往廠房的通道，有時會堆滿暫時保管的資材，其實是違反〈消防法〉的。

風見律師熟練地打開簡易廚房的冰箱，拿出麥茶倒給兩人。桌上早已擺好自己的份。嗳，那邊坐，好熱，要不要把空調再開強一點？

和彥自我介紹。風見律師拿出名片。冒白髮凸肚子的歐吉桑和穿制服的國中生，兩邊都是律師。

風見律師體型寬闊，跟和彥不同，不能說是嬌小，感覺只是「壓扁了」。俊次不知道風見律師眞實的年齡，他沒有問過，也根本沒有想過。俊次連這個律師是從什麼時候開始擔任「大出集成材」的顧問律師都不曉得。事到如今，他才發現自己對風見律師一無所知。

註：神奈川縣鎌倉市特產的雕刻漆器製法，是在木頭上雕刻後直接塗上黑漆，再塗以其他顏色的漆而成。

老爸跟捲鋪蓋走路的小狸子槓上而引起騷動時，這個律師到底扮演什麼角色，俊次沒有被知會，也沒有興趣。他只想到應該會以損害賠償之類的名目撈一筆錢，小狸子眞是活該。

起先他不小心坐到風見律師的正對面，覺得實在討厭。他移到和彥旁邊，這才安頓下來。

「謝謝你過來。」

風見律師心情非常好。在俊次知道的範圍內，風見律師是個總笑臉迎人的歐吉桑，但今天那副笑容加上了眞心。

可能是因爲狀況如此，俊次想起被小狸子叫去校長室的場面。由於不只一、兩次，他無法具體想起細節，僅有腦中浮現情景而已，可是很像。不同的只有旁邊坐著的不是橋田和井口，而是神原和彥。

「我讀了說明書，那位井上同學的成績應該非常優秀吧。」

「好像是的，但我不是很清楚。」

「對了，你們不同校嘛。」

「是的，我念東都大附中。」

「這樣啊，跟我同期的朋友，也有從附中念到東都大法律系的。他後來當了法官，現在跑去哪裡了呢？可能是札幌吧。」

律師和律師在閒話家常。俊次冒出額頭的汗水這才淌了下來，滲入眼睛，他不停眨眼。

他又找到一個和被叫去校長室的情況的不同之處了，是風見律師的聲音。小狸子也是個成天笑咪咪，一臉痴呆的歐吉桑，兩人這點很像，可是聲音不一樣。小狸子總是笑笑的，連罵他們的時候，也只能發出笑笑般沒力的聲音。然而，風見律師可以帶著笑臉發出利箭般凌厲的聲音。連眞的在笑的時候，聲音也是凌厲的。

「我先問一下，你們覺得大出社長會生氣嗎？」

律師用那凌厲的聲音，不當一回事地問：

「在學校開庭？搞屁啊！什麼被告，開什麼玩笑！俊次，你腦袋裝什麼屎——就是預期到這樣的反應，你們才會露出那種表情嗎？」

嘴裡說著這種話，你開心個什麼勁啊，死大叔。什麼叫那種表情？俊次暗想著，感覺內在有什麼瞬間萎靡蜷縮起來了。居然一副不關己事的樣子，還算是正牌律師嗎？

「俊次同學的父親不會答應嗎？」和彥非常嚴肅地問。

「這應該不是什麼需要徵求許可的事吧？」律師更滿不在乎地說：「這是俊次的問題，當成參加校內社團活動就行了吧？」

「意思是，背著大出同學的父母參加沒關係？」

和彥也吃了一驚。

「沒關係吧？因爲這跟父母無關啊……還是，你打算傳喚社長當俊次的品格證人？」

和彥納悶地歪頭。不，我還沒想到這裡——他困窘地說。風見律師壓低聲音，彷彿在講什麼祕密。

「神原同學，你看過電視上播的《前鋒新聞》了嗎？」

「看了……」

「在俊次同學面前我不好啓齒，可是大出社長這人呢，就像節目中那樣，有點缺乏常識。」

不好啓齒？看你說得滿不在乎——俊次心想。

「他不適合當品格證人。要是找他，只會造成反效果。而且實際上俊次同學素行不良，被輔導過好幾次，所以光是本人，法官和陪審員對他的心證就夠差的了，犯不著再火上加油吧？」

俊次再也受不了，他站了起來。「律師，你居然把我講得那麼難聽！」

風見律師不爲所動，「這些都是事實啊。」

「老爸去學校罵人的時候，你不是也一起跟去了嗎？你是共犯吧！」
「我並沒有同行啊，我是後來才被叫去收拾爛攤子的。」
風見律師花白的長眉底下，雙眼非常沉著地定定看著俊次。
「你明明就是我們家的顧問律師！」
「關於校內法庭，你的律師是這位神原同學。我要不要去旁聽呢？」
法庭開放旁聽嗎？他問和彥。和彥被杵在一旁滿腔怒意的俊次與視若無睹的律師包夾。
這時，廠房傳來短暫的怒罵聲，俊次的眉頭登時皺了起來。因爲那聲音聽著眞的很痛。
和彥探詢地看向俊次，風見律師開口解釋：「社長火冒三丈，不過應該是爲了別的事吧。」
俊次忽然疲憊不堪似地一屁股坐下，「是誰來了啊？」
「銀行的人。」
又傳來兩三道怒吼。俊次努力撐住不縮起脖子，這次不痛了，只覺得丟臉。
「律師去排解一下吧。」
「融資談判不是我的工作。」
他的口氣過於輕描淡寫，幾近冷漠。俊次忍不住看向律師，旁邊的和彥也一樣。風見本人啜飲著麥茶。
逼問的話與怒意揉合在一起，卡在俊次的喉嚨裡。說出口前先思考的新系統這下子也無法發揮功能了，
因爲他不曉得該說什麼才好。
但他還是氣不過，所以說了跟剛才一樣的話：「你是我們家的顧問律師耶！」
風見律師頂了回去：「律師可不是打雜的。」
雖然非常輕微，但那語氣就像在哄嬰兒。俊次僵住了。他氣得胃緊繃如石頭般硬，就快爆炸了。
「一切都看俊次自己。」

風見律師不是對著俊次，而是注視著和彥的眼睛接下去說：「如果俊次想要參加校內法庭，就對他父親說他想參加，所以要參加。如果他父親生氣不准，就說即使不准也要去，爲了洗刷殺人的污名，他想要參加審判，這樣就行了。」

挺身面對大出勝。

「我也可以向社長說明，憑我的力量，沒辦法以俊次希望的形式證明他的清白。這點掩護射擊我還能夠幫忙。」

和彥望著桌子，點了一下頭。「事實上，即使讓前任校長辭職，大出同學的污名還是無法洗刷。」

「沒錯。嗳，雖然不是大出社長和我聯手趕走了津崎校長，但我向教育委員會告狀是事實。」

俊次十分驚訝，「我完全沒聽說！」

「社長沒告訴你呢。」

「律師，你告了什麼狀？」

「那位津崎校長顯然犯了許多過錯，使得一名學生不幸的自殺餘波盪漾，製造出莫須有的命案幻影，結果又造成另一名女學生不幸喪生。津崎校長在經營學校這點上失敗了。在媒體的應對上，更是一錯再錯。我身爲相關者的監護人代理人，對此提出抗議。當然，我也通知他們，我方已準備好控告城東三中，要求損害賠償，以恢復你的名譽。」

教育委員會——如果以俊次的詞彙來形容——嚇到幾乎挫屎。

「我並沒有找麻煩。校長確實有疏失，所以我要求校方負起責任，如此而已。一切合情合理。」

如果你想這麼做的話——風見律師稍微挑了挑眉毛說：

「我也可以查出是哪個學生散播你殺害柏木同學的流言，或是誰寫下那封告發信，向對方提出相同的要求，甚至控告全校學生也行。你想要這麼做嗎？」

「我爸……」

「要是這樣做，你父親應該比較容易答應。可是，你呢？」

俊次看向和彥，和彥搖了搖頭。

「沒用的。」他說：「或許告得贏，但我覺得即使那樣做，大出同學心裡也不會暢快。」

俊次心裡冷不防颳起一道龍捲風。什麼我暢快不暢快、我怎麼想，你們少在那裡擅自胡說八道！老子不爽啦！你們每一個看了都不爽啦！

臉熱了起來，汗水滑過太陽穴，龍捲風幾乎快把胸口撐爆。在爆發之前大吼發洩出來吧——就在俊次準備一吐為快的時候，事務所裡面的門「砰」的一聲打開了。

大出勝登場。短袖馬球衫配長褲，粗厚的皮帶上，金色的扣環閃閃發光，而且渾身是汗。

「怎麼，律師來了啊？」

粗壯的脖子，理得短短的頭髮，細眼和鼻翼寬厚的鼻子，看起來活生生就是個流氓範本的俊次老爸。

大出勝頻頻眨眼，這才注意到似地說：「俊次怎麼也在？」

舌頭縮了起來，大出俊次說不出話。

「是為了剛才說的那件事。」

風見律師仍坐著，用那張依然故我的笑臉和利箭般凌厲的聲音說：

「就是校內法庭，俊次同學的律師來向社長打聲招呼。」

和彥站起來向大出勝行禮說：「我叫神原和彥。」俊次一動也不能動，只是不停冒汗。

「什麼？」

大出勝在自己的旋轉椅子坐下，拉出抽屜，開始翻找。他好像是來找東西的。

他看也不看這邊，即使如此，俊次仍宛如被蛇瞪住的青蛙。

「他們要在校內舉行審判，請社長晚點看看學生們寫的說明書吧。」
大出社長總算停手，粗壯的手捏起什麼東西，是印章。他把印章拿到眼前端詳著。
「律師，不是不跟學校打官司了嗎？校長都被開除了啊。」
大出社長痛快地訕笑著：
「沒見過世面，也不曉得賺錢有多辛苦，只知道在那裡囂張，總算吃到苦頭了吧？老師啊，全都是那種貨色啦。」
俊次止不住汗水。這次是帶著羞恥的汗。讓他感到羞恥的，是他老爸滿嘴對老師的唾罵。
「這次的官司是我要打的……」
俊次不敢相信自己的行動。剛才那是我的聲音嗎？是我說的話嗎？
大出社長本來要關上抽屜，聽到這話總算抬頭看兒子。「啥？」
「這次的官司，是我要打的。」
大出社長交互看著風見律師和俊次，豪邁地笑了出來，「怎麼，你想僱律師？僱律師要幹麼？你要告誰？」
不是告誰，話在胸口響著，卻說不出來。俊次的膝蓋顫抖，身體顫抖，顫抖甚至蔓延到腦袋來了。再過幾秒鐘，牙根可能就要打起顫。
「之前你說的那個叫藤野什麼的八婆嗎？說她到處講你壞話。」
「不是啦！」
俊次爆炸般地怒吼。在場的全員包括俊次本人，瞬間都屏住呼吸。不，不對，風見律師倒是滿不在乎。
「你說什麼？」大出社長眉頭一皺，從桌子另一邊向俊次探出身子。「什麼不是？」
「說我壞話的不是藤野。」

簡直就像從一座大山撿起一塊石頭，說「這個不對」，丟到一邊去。明明整座山都不對。

「不是她，要不然是誰？嗳，隨便誰都行啦，別再計較那種小事。都是些蠢蛋講的白痴話，是窮人看我們眼紅啦。」

大出社長推桌挪動椅子，抓著印章站了起來。

「律師，銀行的人離開前先不要走啊，你要幫我打電話給保險公司吧？」

那件事晚點再說——風見律師輕輕帶過。大出社長大搖大擺地往事務所門口走去，打開門，又忽然改變心意似地回頭說：

「你是考生，稍微念點書吧。風見律師很忙的。我可是每小時付錢，請忙碌的律師先生特地過來。」

他刻意強調「特地過來」這幾個字。

「不是免錢的啊，不要讓律師陪你浪費時間。」

門關上了。

和彥發出口哨般的聲音，嘆了一口氣。風見律師笑道：

「喏，就是那種感覺。」

不是苦笑也不是失笑，他似乎是真心覺得有趣。

「井上同學白忙一場了，看來不需要說明書。不必報備，參加就是了。知道了吧？」

俊次總算擺脫束縛，又流了滿身大汗。裸露的雙臂被汗水濡濕，閃閃發亮。

「嗳，罷了，至少俊次同學也說了句話。如果事後社長生氣，可以辯白那個時候明明跟他說過了。」

開什麼玩笑，會挨揍的人是我耶？

「而且，今後社長有得忙了。」

像是聽到俊次內心的抗辯，風見律師說：

「社長插手管這件事，罵你或揍你的可能性非常低，放心吧。」

他的口吻十分神祕，至少聽在俊次耳中是如此。

「律師，『有得忙』是什麼意思？」

律師用那凌厲的聲音流暢地回答：「要跟保險公司交涉，房子也得重新蓋或重新買，而且社長自己有工作啊。」

還有你祖母的七七法事嘛。

「你母親今天是爲了法事的事去寺院吧。」

俊次一早就沒看到母親。老樣子了，他根本沒放在心上。不管有沒有事，大出佐知子這個主婦就是愛往外頭跑，她討厭待在家裡吧。俊次也一樣，所以不管俊次在任何時間不吭一聲地跑出門，她都不曾認眞責罵。

「總之，全看俊次自己。」

律師拍了一下大腿，不是自己站起來，而是催促兩名國中生站起來。

「神原律師，好好加油，免得被開除啦。」說完後，他發出俊次聽過最響亮的笑聲。

「如果想要辭職，隨時都可以來找我商量。」

兩人來到豔陽下的道路，覺得好像被丟出來了。

「是杞人憂天呢。」

和彥從口袋取出白色手帕擦汗，說道。手帕熨出筆挺的摺痕。

俊次不曉得該笑還是該生氣。某種感情凝結在心底，但連他自己都無法判別那是什麼感情，好悶。

「我可以問個奇怪的問題嗎？」

俊次俯視和彥，還有什麼更奇怪的問題可以問？

「風見律師總是那樣嗎？」

「什麼那樣？」

和彥在半空中塗鴉似地隨意動著手，「我也不太會說……很直爽還是……」

「跟我爸談生意的時候，我也不曉得。」

「啊，說的也是……」

「可是在對付小狸子的時候，他是站在我這邊的。」

聽到自己說出口的話，俊次發現今天風見律師沒有那種感覺。就是……不是站在父親那邊，也不是站在俊次這邊……眞要說的話，算是比較偏向俊次這邊嗎？

不，他是站在「校內法庭」這邊。

「總覺得風見律師在慫恿我們辦這場審判。」

和彥也說了一樣的話。這傢伙常常這樣，把我心裡想的事講出來。

「我也有一點這種感覺。」

「果然！」

和彥邊走邊跳說：

「我以爲會被制止，說不可以用好玩的心態搞什麼審判。」

「又不是爲了好玩。」

和彥沒有應聲。他看著前方，瞇起眼睛。

「我覺得哪裡怪怪的。」

哪裡怪了？——俊次問。什麼叫「怪怪的」？

和彥剛要開口，隨即打消念頭，搖了搖頭。

「不清楚，隨便亂猜也沒用。」

然後，他又說了差點讓俊次滑一跤的話：

「現在我想去找橋田同學，大出同學呢？」

今天也很熱。抵達會合地點時，野田健一已滿身大汗。神原和彥在「萊布拉大街」購物中心裡的麥當勞窗邊座位看到他，向他揮手。看到和彥清爽的制服模樣，健一覺得丟臉極了。

令人驚訝的是，和彥不是一個人。大出俊次仍跟他在一起。俊次邋遢地坐在椅子上，滋滋吸著奶昔。健一靠過去，俊次轉動眼珠子給了他一瞥。

「吃午飯了嗎？」和彥問。

「嗯。」健一在兩人中間坐下。桌上的托盤裡丟著揉著一團的漢堡包裝紙。

「要去……橋田同學家，對吧？」

健一問和彥，俊次迅速反應。

「是啦，我在不行嗎？」

「我們邊吃午飯邊討論。」和彥說：「因爲也不好在午餐時間打擾橋田同學家。」

和彥跟俊次在一起，一點都不顯得不自然。健一覺得很不可思議。如果沒有任何事——一般狀況下，兩人應該如同水與油。就像棲息場所與攝食行爲完全不同的動物。雙方不幸遭遇的時候，俊次會是獵捕者，而和彥會是獵物吧。姑且不論是霸凌還是勒索這些手段。

或者，即使變成普通的同班同學，大出俊次也不會對神原和彥動手？因爲無機可趁，因爲會確實遭到反擊。

現在……兩人看起來意氣投合，或是看起來像律師與被告。

「我不會去找橋田啦，見了也沒意義。」

看起來也像是去恐嚇他——加上這麼一句後，俊次捏扁空掉的奶昔紙杯，扔到托盤上。

健一問和彥：「風見律師那邊怎麼樣？」

和彥瞄了俊次一眼，笑道：「他說如果我想辭掉大出同學的律師職務，隨時都可以去找他商量。」

健一也忍不住笑了，俊次露骨地擺出嘔氣的表情。

「那沒事了吧？我要回去了。」

俊次幾乎要弄翻椅子般粗魯地站起來，往店門口走去。

「剛才拜託你的事要記得喔。」和彥追上去說。

知道啦，很煩耶——俊次頭也不回地丟下這句話。

「不在場證明的事，對吧？」健一問。

「嗯，他得想起更多細節才行。」

大出俊次是不是不明白，證明自己不在場有多重要？健一非常擔憂。

和彥說明與風見律師碰面時的情況。其實健一也想一起去，但俊次不願意（他說不要像金魚大便的兩個人都跟來），而且還有昨天沒做完的事，所以決定晚點再會合。

「那個律師感覺人很好，他認爲這場審判對大出同學有幫助。」

健一鬆了一口氣，「太好了。」

「大出同學的父親，比電視上看到的更有魄力。」和彥覺得好笑似地說：「可是，這不是什麼好笑的事呢。看那情形，大出同學完全沒辦法反抗他父親。」

健一的腦海忽然掠過一個念頭。爲了轉移注意力，他收拾起俊次丟在托盤上的垃圾。

——神原同學家也是這樣嗎？

你也無法反抗發酒瘋的父親嗎？當時你才七歲，比現在的大出俊次更害怕吧。

健一難以想像家庭暴力。他從來沒有被父母打過，最近甚至連責罵都沒有。烙印在健一心裡的野田家的家庭暴力，不是健一所承受的，而是健一差點就要行使的——透過比拳頭和巴掌更隱晦陰險的形態。

健一用力揉起紙屑說：「大出同學是不是不想讓我看到他的那一面？所以才叫我不要跟嗎？」

「大概是吧。」和彥坦率地點點頭，「我想漸漸地他會沒辦法繼續在乎那種事，不過現在還是會想要顧面子吧。」

健一也覺得無可奈何。畢竟在大出俊次眼中，他就形同垃圾。

「所以，剛才我問了他一些感覺非得是你不在的時候，他才會回答的問題。」

原來如此，眞是周到。

「我問大出同學每天都在做什麼，他說什麼也沒做。」

他幾乎都關在暫住的週租公寓裡。

「他會在家打電動，可是不會去遊藝場。」

「一個人應該很無聊。」

橋田和井口都不在他的身邊了。

「可是，四中那裡有偶爾會跟他混在一起的人。聽說他也跟畢業的學長有往來。」

當然，健一也只是聽說而已。

「那他是和這些人也斷絕往來了嗎？」

「好像是。不管怎樣，《前鋒新聞》的影響力還是很大吧。」

最早的節目是四月十三日播出，已過了三個月以上，但看到節目的人仍印象深刻。大出家發生火災後，又播了一集排除茂木記者、類似訂正版的報導節目，但那個時候大家都疲倦又混亂，搞不清楚什麼是眞、什麼是假、什麼是純粹的推測，所以效果不彰吧。

「大家……連這場審判的相關者都沒怎麼想到，但自己住的家被燒個精光，一切都形影不留，祖母也過世了，這些對大出同學來說，應該是很深刻的打擊才對。他會鬱悶懊喪也十分合理啊。」

健一也沒想到。大出俊次陷入憂鬱？怎麼可能。

連這麼理所當然的事，沒有神原和彥這個局外人現身提點，他們甚至連想都不會想到。

「然後……」和彥把頭湊了上來，健一也照著做。「就像這樣，現在大出同學與周圍隔絕開來了，所以藤野同學他們在尋找告發信寄件人的事，暫時先瞞著他吧。」

「好。」

「如果開始有進展，即使不願意還是得告訴他……」

「寄件人不會出面的。」健一說：「藤野同學是白指望了。」

「昨天你也這麼說呢，你怎能如此確定？」

「因爲我認識三宅同學。」

和彥眨著眼睛，「剛才我問大出同學：坦白說，你覺得那封告發信怎麼樣？是誰寫的？結果……」

「他怎麼說？」

「跟你一樣，他劈頭就咬定是三宅同學寫的，把她罵得難聽極了。」

說得相當不堪——和彥回答。健一可以輕易想像。

「壞話也就罷了，但他說寄件人是三宅同學，我認爲這是正確的看法。」

和彥注視著健一的眼睛，「別嫌我煩，不過那並沒有切確的根據吧？」

「根據……是傳聞還有感覺啦……」

還是，只能解釋爲「因爲認識三宅樹理」。

「如果你是我們三中的學生，肯定會有一樣的感覺。」

健一自己也覺得這話聽起來像在辯解。

「大出同學是聽到流言，才認定三宅同學是寄件人嗎？還是，他曾對三宅同學做了什麼壞事，作賊心虛，才會覺得是她？」

「本人怎麼說？」

和彥苦笑，「我沒辦法問出條理分明的內容，他只是一直罵醜八怪、白痴、肥豬什麼的。」

「啊，肥豬是在說淺井同學。」

不管怎麼樣，的確很像大出俊次的作風，包括把自己幹的壞事忘得一乾二淨這部分。

「三宅同學和淺井同學都被大出他們欺負過。兩人經常被他們糾纏，尤其三宅同學特別慘，我也看過好幾次疑似霸凌的場面。」

說出口之後，健一內心一涼，擔心和彥會不會問「你沒有當場制止嗎？」，但和彥只露出催促的眼神。

「三宅同學有點古怪，我也不喜歡她。」

「這樣啊。」

「她沒什麼朋友，幾乎只有淺井同學跟她在一起。就連淺井同學，三宅同學也是把她當成奴婢使喚。」

一說起來就停不住了。

「淺井同學有自己的朋友。她過世以後我才曉得，她跟音樂社的社員感情眞的很好。她不是那種在學校裡無處容身的人。胖歸胖，可是她並沒有因此被人討厭。她性格很好，是個好女生，才會願意跟三宅同學在一起吧。因爲除了她以外，三宅同學沒有半個朋友。這種事就算是旁人也看得一清二楚。我也是那種在學校裡無處容身的人，所以很了解。」

健一以爲和彥會對最後那幾句話說什麼。他期待對方說出「你才不是那樣」之類的話。
但這是健一的一廂情願，和彥只是靜靜沉思。
不久後，和彥看著腳下呢喃：
「過世之後才曉得……」
「咦？」
「淺井同學是個好女生，你剛剛這麼說吧？」
健一被和彥的氣勢壓倒，無法回話。
「你不覺得人都死了，周圍的人不管知道什麼都沒有意義了嗎？」
和彥在要求回答，健一感覺無法默默帶過。
「總比永遠不了解要來得好……」
「爲了旁人的自我滿足，是吧？」
和彥的語氣平靜，但聽起來像是在責怪健一。
「活著的時候，周圍沒有一個人了解也沒關係，是吧？只要本人自己知道就好了。就連本人也是，不知道自己知道也無所謂，是吧？」
他責怪的對象似乎不是我——健一逐漸察覺。可是和彥的確在生氣，對著麥當勞的地板。
他究竟是在對誰、爲了什麼而生氣？
「淺井同學白死了，她眞的太倒楣了。如果更早……更早設法的話，她根本可以不用死的。」
聽起來像是在指控整個三中害死了淺井松子。和彥是在對這件事生氣嗎？
「……你要去找三宅同學嗎？」
聽到健一的問題，和彥總算眨了眨眼，抬起頭來。

「現在這個階段，去見她也沒用啊。」

也是。健一還是想做點什麼，手指無意義地推著桌上的托盤。

和彥板著臉，湊了過來，低聲問：「三宅同學真的那麼醜嗎？」

健一愣住了。和彥的口氣實在太古怪，他差點笑出來。

「她的青春痘很嚴重。」

和彥鬆開眉頭，「啊」了一聲。「原來是那種的。」

「不是一般青春期的青春痘那種程度，嚴重到讓人都覺得可憐了。」

「不是『覺得』，是真的很可憐吧？那又不是她的錯。」

「唔……話雖如此，但她的個性也很差，怎麼說……自我意識過剩？對藤野同學又有種莫名其妙的對抗意識。」

「女生不是常會這樣嗎？」

話是沒錯，可是——健一暗自噘起嘴，居然拿藤野涼子當對手，未免太不知天高地厚了，就是這種地方惹大家討厭。

「那麼，」和彥忽然換了副輕鬆的態度靠到椅子上，「讓三宅同學開口，對我們比較有利嘍？」

他的語氣變得十分悠哉。健一重新審視和彥。

——這傢伙意外地很冷酷？

父親會發酒瘋，對妻兒拳腳相向。最後父親殺了母親，接著自殺了。世間罕見的淒慘遭遇，從和彥那張端正的相貌背後悄悄探出頭。

健一想要甩開它，再次強調：「三宅同學絕對不會承認的。」

「會。」和彥立刻反駁，「只要我們設法。」

「你不了解三宅同學。她不是那種女生。她彆扭得要命，極度自卑，而且恨大出他們恨得要死。」

「因爲大出同學做了讓她怨恨的事吧？那麼，她會怨恨也是理所當然的。」

和彥毫無迷惘、毫不猶豫地如此斷定。

「什麼理所當然……你不是要幫大出同學辯護嗎？」

「我是要替他洗刷殺害柏木同學的冤情，沒必要連其他霸凌行爲都一起包庇。只要把這些事情全部說開來，三宅同學會願意開口的。」

說開來？難道他是指在法庭上嗎？湧上心頭的幻想場景令健一大爲震撼。三宅樹理站在證人席，回答辯方的問題。沒錯，告發信是我寫的，大出同學他們三個人殘忍地霸凌我，我恨死他們了，所以我覺得那是最好的復仇機會。

三宅樹理淚如雨下，明確地出聲回答問題。她能說話了。因爲她不必害怕說話了。

接著，神原律師請被告站上證人席。大出同學，你霸凌過三宅樹理同學嗎？大出俊次不肯正面回答。他不可能回答。

神原律師緊咬不放。三宅同學寫下假的告發信，嫁禍給你，你覺得是爲什麼？你的心底有沒有數？

怎麼可能？是那個大騙子醜女胡說八道！

那麼，你覺得三宅同學爲什麼要寫告發信誣陷你？

誰曉得啊？我是被害者耶？

對於三宅樹理同學，你不是加害者嗎？

健一又開始流汗，「大出同學才不會承認。」

「不承認，就沒辦法洗刷殺人的冤屈。」

他果然很冷酷，居然拿這種選擇逼迫人。

即使如此，若是要按部就班地證明寄件人捏造告發信的原由——三宅樹理的動機，這仍是最正確的方法。因爲辯護與包庇是不同的兩回事。

一條汗水從健一的太陽穴滑落到下巴。

「你會被大出同學海扁的。」

「我會小心不被他揍。」

「搞不好還沒開口，三宅同學就先自殺了。我覺得就是擔心她會這樣，老師才都不敢動她。」

「如果會自殺，她早就自殺了。」

以前連名字都不曉得，在側門碰到和彥時的情景，在健一的腦中復甦。**那是看過彼岸的眼神**。沒錯，這傢伙眞的知道彼岸。

「好了。」和彥端起托盤站起來，「差不多該走了。」

橋田祐太郎和母親及妹妹三個人住在一起，母親光子在當地經營一家串燒店「梓」。狹小老舊的木造雙層房屋，一樓是店面，二樓是家人的住處。

野田健一得知這些內情，是橋田與井口充打架，最後橋田把井口從校舍三樓窗戶推下去，事情鬧得沸沸揚揚的期間。在那之前，他對橋田一無所知，也毫無興趣。發生那場騷動時，他也冷眼旁觀，覺得只是大出俊次的兩個跟班在自相殘殺而已。

不過，當時橋田乖乖上學這件事異樣地成爲話題，讓健一有點訝異。仔細回想，告發信的風波發生、《前鋒新聞》播送以後，大出俊次完全不來學校（本人宣稱是罷工），井口也跟著不上學，但橋田不同於兩人，每天都到學校，還參加籃球隊的練習。

事發當天，井口充純粹是爲了向橋田找碴才來學校的。然後，他受了重傷，落得長期休學的下場。

健一在路上向和彥說明這些事。他沒有去過「梓」，但回家途中曾經過，所以知道地點，無需找路。那裡距離「萊布拉大街」和其他小型商店街都有段距離，是一家孤伶伶的店，健一很訝異這家店居然撐得下來。

「現在才問這個問題好像很奇怪，可是橋田同學會在家嗎？」

聊著聊著，健一想到，橋田會不會進了感化院之類的地方？

「不用擔心，我問過北尾老師，他在家幫忙他母親。」

健一單純地感到驚訝，和彥準備得眞是周全。

「井口同學姑且不論，橋田同學想跟大出同學保持距離的事，我也聽說了。」

「確實有這樣的傳聞……」

「所以你的訝異，其實是沒興趣的訝異吧。你覺得就算他一個人來上學也沒有什麼意義。」

和彥不是責備也不是厭惡，而是輕描淡寫地如此確認，所以健一老實承認了。

「對於他們那種人……我當然會怕，但不只是怕，我無法理解。」

「我懂。」

「眞的嗎？」他忍不住看著和彥。「可是東都大附中沒有那種人吧？每個人都很會念書。」

在附中的話，成績優秀不是什麼會引人注目的壞事。如果我也念附中還是英明，或許可以當一個更自由的國中生。

「也不是完全沒有。」和彥輕笑，「只是沒有壞得那麼簡單明瞭。因爲萬一被發現，不是停學就是退學。不過，並不是每個人都品行端正、成績優秀。」

即使網羅了在其他學校會是全學年前十名的學生，當中還是會形成高低序列。有些學生即使努力成績也無法進步，於是自暴自棄。

「也有霸凌的情況。」

「有嗎？」

「陰險的那種，也有人喜歡仗著父母的經濟能力和社經地位搞上下關係。」

在這部分我是最底層的——和彥說著又笑了，「畢竟我爸媽做的是手工業嘛。」

和彥還沒有提過他的父母——養父母，健一有些緊張。

「你爸媽是做什麼的？」

「和裁。」

和彥的回答很簡潔，健一一時無法意會。盒才？

「縫製和服的啦。」

「哦，和裁啊。」應聲之後，健一想要給點什麼機智的回饋，不禁急了起來。

「是傳統工藝呢。」

「沒那麼了不起，只是百貨公司的下游包商而已。」

「那是在家裡工作嗎？」

「大部分的時候。不過我爸一年有幾次會被師傅叫去京都幫忙，縫能劇（註）的舞台服裝之類的。」

那不就是傳統工藝嗎？好厲害，我第一次交到這種朋友！健一更興奮了。

「我覺得這種工作最帥了。比起在銀行、證券公司之類的上班更厲害。傳統的傳承不是很重要嗎？」

「可是賺不了錢啊，窮得要命。」

即使如此，和彥的養父母還是讓他念附中。

註：日本傳統藝術，為佩戴面具演出的歌舞劇。

「因爲我有『非比尋常』的過去嘛。」

和彥更加淡然地接著說：

「我爸媽很不安。姓氏跟原本的父母不一樣了，不必擔心會被人聯想到，但萬一有人發現，傳了開來，他們擔心我會被欺負。」

這種情況，他們認爲附中或私立的升學中學應該會處理得比較好。

「你們在家裡會談這些？」

「會啊。」和彥還是一樣乾脆直爽，「因爲我記得一清二楚，事到如今隱瞞也沒用。」

想得很開。當然，實際上應該沒有嘴上說的那樣豁達吧。可是那是想不開也改變不了的過去，只能努力這麼做。

健一心癢難耐，嘴巴就要動了起來。他覺得只有自己有所隱瞞，是一件非常幼稚而且卑鄙的事。他猛烈地想要傾吐一切。其實，我曾覺得受夠我爸媽，想要把他們兩個都殺了。雖然事到如今，我也不清楚自己到底是不是眞心的……

等一下、等一下，和彥的情況，是他七歲的時候父母引發的事件，而健一這邊則是最近他出於自身的意志差點犯下的事件。如果輕率地拿來相比，說什麼「雖然有陰暗的過去，但我們都克服了」，等於是又犯下不可挽回的過錯。

健一想要說點別的來消除脫口而出的衝動，兀自大汗不止的時候，和彥停下腳步。

「是那個招牌的店嗎？」

前方約三十公尺處，一座紅色塑膠遮雨棚上掛著一塊用油漆寫上「梓」的招牌。道路平緩地往左彎，所以即使遠遠地也能看到。

「招牌的字都快掉光了。」

「對吧？虧它能撐到現在都還沒倒。」

和彥觀察路邊的建築物。城東三中的學區範圍幾乎都是如此，這一帶也是工商混雜，單純的住宅區必須走到距離車站相當遠的地方。這塊土地原本就是這樣的風格。

「有很多倉庫和物流中心呢。」

老舊的木造住宅、嶄新卻像鉛筆般尖細不牢靠的大樓、個人營業的店鋪兼住家，這樣的街景中，處處混雜著沒什麼窗戶的大型建築物，打造出雜亂無章的景色。就連這條路也是，只有勉強可容兩輛轎車交會的寬度，卻常有大卡車駛過，就是因爲有這類施設混雜其中。

「這裡是北側幹道的捷徑，以前有大型化工廠和電線工廠，現在都變成倉庫之類的建築了。」

健一就像個當地小孩般解說，和彥一臉稀罕地東張西望。

對學生而言，比起自家，學校所在的地方才是生活圈。如果從中小學就遠距離通學，即使住在同一小鎮，與就讀當地學校的孩子之間，看到的日常景色也會有所不同。健一覺得一定是這樣的，忽然羨慕起和彥來。他知道比我更寬闊的世界，他知道比這裡更外面的地方。

「應該是在那類倉庫工作的人下班後去喝一杯吧，所以會有一些常客。或許這個地點沒那麼差。」

隨著逐漸靠近「梓」，兩人不由自主地變得躡手躡腳，也停止了對話。那是家門面狹窄的店，拉門緊閉，掛著「準備中」的牌子。仰頭一看，二樓的曬衣桿上，衣物隨風掀動著。T恤、浴巾、圍裙、短褲，還有疑似女生的內褲，健一急忙別開視線。

「家裡的入口是……」

後面嗎？和彥探頭看店旁的小巷。那裡凌亂地放著垃圾桶和自行車，但要繞到後面，只有這條路了。

健一扯扯和彥的袖子，問：

「有沒有聽到水聲？」

兩人豎起耳朵，確實聽得到嘩嘩流水聲。

「有人在嗎？」

和彥朝巷內呼喚。沒有回應，只有水聲持續著。

房屋側牆上的橫板條到處都有破損，醜陋地釘著鐵皮波浪板。和彥側過身子，往巷內鑽。

「有人在嗎——」

和彥呼喊的語調很悠哉。健一看見有蟑螂從毀損的鐵皮底下爬出來，嚇了一大跳。

「有人在——」

水聲停住了。小巷盡頭的細長空間探出一顆頭。由於背光，看不到臉，頭部的位置高得異常。

「橋田同學？」和彥問，高個子的頭部沒有回話。

「你是城東三中的橋田祐太郎同學吧？」

健一沒有勇氣踏進小巷，在遠處揚聲說：

「我是野田，野田健一，城東三中的學生。」

高個子的頭沒有動。和彥背貼在牆上，宛如在監獄圍牆旁被探照燈逮到的逃獄囚犯。

「你們……」

是橋田的聲音，高個子的影子總算顯露出全身。

「在那種地方做什麼？」

「梓」的側門得從後方的其他小巷進去，而不是從大馬路進去。

那裡是「梓」的廚房，打開的拉門旁邊就是骯髒的瓦斯爐和凹凸不平的鋁製流理台，還有串燒用的烤網，好像不是炭烤式的。

橋田正在洗菜。青蔥、洋蔥、青菜、紅蘿蔔堆滿竹籃，所以才會有水聲。水龍頭不曉得是不是關不緊，還在滴水。

這裡也是通往橋田家住處的出入口。陡到幾乎要貼鼻的階梯就在門旁，通往樓上，甚至沒有脫鞋的空間，所以二樓應該是要穿鞋上去吧。

這肯定是違章建築，顯然也不符合消防法規。如果底下的烤網或瓦斯爐失火，樓上的住戶沒辦法用這道樓梯逃生。而且樓梯旁邊堆滿舊報紙和垃圾袋。階梯的寬度看上去只能勉強讓一個人踏上去。

因爲是這樣的房子，即使橋田說「上來吧」，健一也不會說「好」吧。和彥雖然看起來滿不在乎，但想法似乎和他一樣，很快就在門外的啤酒箱上坐了下來。他拍了拍襯衫肩頭和長褲，拂掉沾在上面的蜘蛛網。

屋後的窄巷應該是私人道路，寬度約一公尺多，沒有鋪水泥或柏油。對面是朝向另一側的並排房屋背面，顏色各異，外牆的建材也新舊混雜，戶外熱水器、各種空調室外機交織成馬賽克花紋，每一戶人家的間隔只有不到三十公分。

如果在這裡烤串燒，後面人家不會被薰得受不了嗎？當中也有看起來很時髦的全新三層住宅，漂亮的外牆用不了多久就會被薰得漆黑——不，現在就已被薰黑。健一依常識推測，「梓」跟鄰居應該也有某些糾紛。

「哦，就是……」

由於橋田祐太郎實在太面無表情，連和彥也不曉得該如何開口，他求助似地向健一使眼色。

「剛才自我介紹過，我是野田。」

橋田混濁的雙眸看著健一。濕答答的T恤，剪到膝蓋的牛仔褲，腳下趿著塑膠拖鞋，汗味濃重。

「你可能不認識我，不過我跟你同年級。」

居然變得像在辯解，眞沒出息。只見橋田的頭慢吞吞地挪動，把視線移到和彥身上。我知道你，可是這傢伙我不認識——應該可以這麼解釋吧？

「他是神原和彥同學。這次的校內法庭，他要爲大出同學辯護。他不是三中的學生，可是大家認爲這樣比較能公平辯護，北尾老師也贊成。」

健一的個子嬌小，和彥跟他不相上下，而且現在又坐著。在籃球隊也顯得鶴立雞群的高個子橋田，板著臉從高處俯視著兩人。

不只是體格的緣故，健一感覺雙方在整體上有著大人與小孩般的差距。橋田……該怎麼說——老了。不是成熟，這個形容詞少了疲憊不堪、倦怠沉重的味道。他背駝得這麼嚴重嗎？雖然他就算駝背還是比健一高。

「你知道校內法庭的事嗎？你應該會收到信才對。」

和彥像小鳥般天眞無邪地眨著眼睛問。

水龍頭不停滴水。橋田直到剛才都完全忽視，卻突然扭身朝流理台伸出長長的手臂，用力擰緊水龍頭。水龍頭敬畏似地沉默了。

「我媽……」他維持關水龍頭的姿勢，低聲呢喃：「在別處聽到。」

聲音很模糊，健一無法聽清楚，但和彥露出明朗的表情。

「這樣啊，那就好說了。」

健一用手掌拭汗。這條小巷太悶熱了，我實在沒辦法生活在這種地方，絕對絕對沒辦法。世上怎會有這種生活？這地方怎會亂成這樣？而且有股好濃的怪味道，店裡也髒得要命，眞的會有客人來這種地方嗎？住處一定更糟糕吧，就像垃圾堆一樣。

「你們……」橋田慢慢挪動雙腳，改變位置，把腰靠上流理台邊緣，發出依然模糊的話聲。「來幹麼？」

和彥的眼神很明亮，「我們希望你擔任辯方的證人。」
橋田祐太郎的眼角抽動了一下。臉孔經太陽灼燒變得黝黑，眼白的部分特別醒目。
「我們想要證明，大出同學沒有殺害柏木卓也同學。希望總是和大出同學一起行動的你幫忙作證，去年的聖誕夜，大出同學並沒有去三中的屋頂。」
橋田別過臉，望向店裡。有人來了嗎？健一心頭一驚。
「呃，橋田同學的媽、媽媽呢？」
沒有回答，店裡好像也沒有人。
「你有……有妹妹，對吧？」
一樣沒有回答。橋田把視線轉回來，但沒看向健一他們，而是盯著磨損的塑膠拖鞋鞋尖。
「那……」橋田張口。
和彥稍微探出身體。
「跟我無關。」
這是百分之一百二十早已預測到的回答。
「你是說跟事件無關，還是跟校內法庭無關？」
和彥的表情和態度都沒有改變。
「事件。」
「柏木同學死掉的事？」
橋田的眼角又抽動了。在他全身的動作當中，那是反應最快的一個。
「那是自殺吧？」他說。
「是的。可是大出同學殺了他的流言，直到現在都還沒有消失，電視媒體也在炒作，這些你也很清楚吧？我想透過這次的審判來洗刷大出同學的嫌疑。」

洗刷**冤情**——和彥改口：

「橋田同學以前是大出同學的伙伴，你也蒙受了相同的冤屈。你不覺得生氣嗎？」

健一屏息以待，結果橋田的頭忽然伸過來，健一嚇得腳步踉蹌。

「那你在幹麼？」

「呃，我，我嗎？」

和彥不理會，彷彿在叫健一自己回答。

「我是神原同學的助手，律師助手。」

橋田的頭又倏地縮了回去，垂視著塑膠拖鞋說：

「白痴啊。」

健一看向和彥，和彥微微一笑，仍盯著橋田。

「爲什麼？」

他十足天眞無邪地反問。

「說什麼眞相……」

「嗯？」

「我早就知道了。我們才沒殺柏木。」

「我也這麼相信。」

橋田不耐煩地用拳頭抹掉人中和下巴的汗水，總算望向和彥。

「……爲什麼？」

「我覺得流言不可能是眞的，太荒唐了。」

「那不就好了？」

健一插嘴：「橋田同學，你沒有寫那種告發信吧？」

宛若沉睡的蛇抬頭，橋田瞬間直起身子，幾乎要撲咬上去似地回望健一。他的雙眼帶著怒意，眼角高速抽動著。

「你沒有寫，對吧？」和彥平靜地說：「到底是誰起頭說那是你寫的？你知道可能是誰嗎？」

橋田又變回沉睡的蛇。他懶懶地蜷起背，放低身子靠在流理台上。他的手肘幾乎要撞到盛裝洗好的蔬菜竹籃邊緣了。

「誰曉得。」

「我認為是大出同學。」

健一嚇得心臟快跳出嘴巴了，幹麼講得那麼明白？但這次什麼事都沒有發生。橋田祐太郎睏倦地半瞇著眼睛，保持沉默。健一把心臟重新嚥回去，收納在胸口深處。

「大出同學知道自己沒有殺柏木同學，所以那封告發信讓他氣得要命。他想要找出是誰寫了那種東西，把對方揪出來揍個半死……」

「就在這個時候——」

健一接過和彥的話，這次壓抑著即將變得急促的語氣，冷靜地把手擱在心臟上說。他突然無法維持沉默，嘴巴擅自動了起來。

「就在這個時候，有人提出會不會是大出同學的同伙寫的——好像是家長會議上有人提出的——大出同學不曉得從誰那裡聽到這件事，開始懷疑橋田同學。或者說，依大出同學的個性，他一定是當場火冒三丈，認定就是如此，然後支使井口同學去教訓橋田同學，對吧？那場爭吵是不是就是這麼回事？」

這是健一一直在思考的假設——不，這並不是縝密的思考或推測，他剛剛才想起。可是這個想法一直存在於他的心底，等待著登場的時機。

橋田看著健一的眼神，彷彿看見什麼飛到眼前的稀罕蟲子。

「不曉得。」

一句話就不再搭理。

「反正我也不去三中了。」

「……你要轉學？」

橋田沒有回答。國中是義務教育，不可能退學。無論以什麼形式，都非畢業不可。

和彥用相同的語氣、相同的天真無邪問：「井口同學的傷勢怎麼樣了？」

這比在極近距離目擊到蟑螂更令健一驚嚇。

可是橋田祐太郎沒有反應，只沉重地眨了幾下眼睛。

「他也不會回三中了。」

「這樣啊，我們可以去醫院探望他嗎？」

「他出院了。」

「哦，在家休養。」

「復健。」

對話成立，對話成立了！健一屏息守望著。

「告訴你們……」

橋田開口，和彥仰視他的眼睛。

「井口也不會協助什麼審判。」

「因爲身體情況還很糟？」

橋田剛要回答，卻又住口，只是一逕搖頭。他一個轉身，轉向流理台。竹籃終於被他的手肘撞到，滾到水龍頭下面。橋田嘖了一聲。

「如果你想到什麼……」

和彥從啤酒箱上站起來，自襯衫胸前口袋取出一張小便條，放在流理台邊緣。

「這是我家的電話。」

橋田看也不看，一把抓起蔬菜扔進籃子裡。

「再見。抱歉，打擾你工作了。」

直到最後和彥的語氣都很開朗。他催促健一，兩人走出窄巷——

這時健一又一陣衝動，心臟與話語一起湧上喉頭。有一點表現吧，說一點好話吧，現在不說，什麼時候說？

「太好了，呃，橋田同學可以回到家裡來。」

橋田把裝蔬菜的竹籃擺到水龍頭旁，停止了動作。

「那不是什麼傷害事件，是吵架。是井口同學先挑釁的，會變成那樣只是不巧。不光是我，大家都這麼想，我知道的。因爲大家都看到了。」

走吧，和彥用力拉扯健一的袖子。

「七百萬圓。」

橋田低喃。

「咦？」

別問了——和彥抓住健一的手臂。

橋田祐太郎回頭，直瞪著健一。

「要付七百萬圓，這樣你還要說好嗎？」

健一膝蓋以下一陣癱軟。他被和彥拉扯著手臂，差點一屁股跌坐下去。

「對不起。再見。」

和彥說著，毫不猶豫地走了出去。健一像個醉鬼般，東倒西歪地被律師拖走了。

既然出來了，兩人就順便去了趟學校。到職員室一看，正在講電話的北尾老師揮手叫他們上前。健一與和彥向其他有些冷漠的老師輕輕點頭致意，走進辦公室。

北尾老師講完電話，從桌腳旁拿起一本全新的檔案夾遞給兩人。

「是城東警察署少年課的佐佐木刑警送來的。」

是昨天藤野涼子提到的報告書。

「整理好了嗎？」

「她說因爲是基本的相關事實，你們應該會想早點確認，所以用一個晚上幫你們寫好了。」

要好好謝謝人家啊——北尾老師說：

「佐佐木刑警很想見你們，尤其是神原，她完全不認識。」

和彥只簡短地應了聲：「我知道了。」

「所以，你們要常到學校露面啊。我不是要監視你們，只是要一一聯絡太麻煩了。」

今天也穿著運動服的北尾老師，一臉打趣地交互看著和彥與健一。

「小矮子搭檔，怎麼樣？合作愉快嗎？」

小矮子搭檔。健一覺得很過分，但確實形容得很巧妙，令人心情複雜。

和彥輕笑，答道：「是的，沒問題。」

「野田也就罷了，你這人古怪也要有個限度啊。什麼不必擔心高中入學考，國三的暑假有那麼閒嗎？」

明明這麼問，卻好像根本不期待回答，北尾老師很快又接著說：

「等一下萩尾要過來拿檢方的資料。聽說藤野和佐佐木去見津崎老師與森內老師了。怎麼樣？你們要等萩尾過來，確認一下兩邊的檔案內容是不是完全相同嗎？」

「不必了。」

聽到和彥的回答，北尾老師的眉毛稍微動了一下。是在奚落，還是滿足？

「還有，今後要影印買郵票什麼的，會有不少花用吧。記得全部記下來，老師幫你們出。如果需要大筆花費，事先跟我說一聲。」

據說檢方的郵資也是老師付的。

「這是課外活動，讓你們出錢就不對了。」

「好的，謝謝老師。」

和彥行禮之後說：「我們剛才去見了橋田同學。」

曬得跟橋田祐太郎差不多黑，但看起來比橋田健康十倍的北尾老師，表情有點僵。

「是嗎？他怎麼樣？」

「今天只是碰個面而已。」

這樣啊——北尾老師又問：「你們也打算去見井口嗎？」

「我們是想，可是會不會很困難？聽說他出院回家了。」

「橋田說的嗎？」

「是的。」

北尾老師的眉間擠出皺紋，「井口不行。我覺得不行。把他扯進來太殘忍了。」
「有那麼糟糕嗎？」
「他應該會直接休學……」北尾老師呻吟似地嘆息，「明年春天從三年級重新念起吧，至於會不會回來三中就不一定了。本人不願意。」
健一覺得這是理所當然的。這樣一來，他就跟以前恐嚇欺侮的低年級生變成同學了，而且老大大出俊次已不在。
「橋田同學也說不回三中了。」
「是嗎？他對我說，如果井口得回三中重新念，他也要這麼做。」
健一回想起高個子卻駝背的身影。
「轉學的事情還不清楚。而且如果從第二學期開始上學，橋田還來得及畢業。」
「他不會受到嚴厲的處分吧？」
「畢竟先動手的是井口。有好幾個目擊者，這一點很清楚。弄個不好，受重傷的也有可能是橋田。」
都是那些蠢蛋要打什麼無聊的架——北尾老師突然語帶責備。
——要付七百萬圓。
橋田低沉的話聲掠過健一的耳底。
「不好意思，老師。」和彥晃了晃手中的檔案夾，「我想早點確認內容。」
北尾老師不耐煩似地揮手趕兩人。
「好啦，快走吧。我這邊的事交代完了。」
「我們可以再去圖書室嗎？」
「不要被其他學生看到內容啊。」

健一與和彥急忙前往圖書室，但似乎有什麼活動，圖書委員都聚在裡面。他們只好走進附近的空教室。

檔案夾裡，除了用文書處理機打出來的報告以外，還附上幾張照片影本和屋頂的簡圖，分量頗多。

「很有幫助呢。」

兩人分頭大略瀏覽內容。一時之間，空教室裡只聽得見翻紙的沙沙聲。

不久後，和彥念誦似地說：

「推定死亡時刻是十二月二十五日午夜零點到凌晨兩點之間。」

「兩小時啊，原來可以鎖定到這麼小的範圍。」

遺體都凍結了，柏木卓也凍睜的眼睛從記憶深處回視著健一。

「那麼，只要能證明這兩小時之間的不在場證明就行了。」

「……從高處墜落，全身遭受強烈撞擊，直接的死因爲腦挫傷。遺體各處有骨折及碰撞傷，據推測全是在柏木同學從屋頂墜落，撞到後院水泥地時所造成的。」

和彥的抑揚頓挫有些奇怪，健一抬眼看他。

他的眼睛四周失去血色，緊繃得泛白。而且右眼皮很奇怪地不停痙攣著，但本人似乎沒發現。

「墜落死亡的情況，會同時造成許多外傷，即使能夠查出死因，要驗出外傷中所謂的……『活體反應』？推理小說裡常出現——要驗出有沒有活體反應就很困難了。」

和彥用平板的語調繼續念下去。

「不過，柏木同學的情況，遺體是仰躺，所以傷口和撞擊全都發生在靠地面的一側。頭頂和前方、臉部沒有外傷。如果柏木同學在墜落之前遭人施暴，試圖保護自己，遺體的手和胳臂應該會留下痕跡——據說這叫『防禦性傷口』——但沒有這類傷口，衣物也沒有明顯凌亂。」

「神原同學。」

「手指甲也沒有異常，所以柏木同學身上的外傷，全都是墜落時所造成……」

「神原律師！」

「咦？」

和彥總算看向健一，但不光是眼睛四周，他整張臉都十分蒼白。

「你還好嗎？」

「什麼？」

本人甚至不懂健一在擔心什麼。

「你的臉都白了。」

聽到健一的話，和彥回神似地伸手抹抹臉頰。

「是嗎？」

即使是同班同學，野田健一與柏木卓也只把彼此當成教室的設備之一，相較之下，神原和彥與柏木卓也的交情更親密一些吧。他們是在補習班這種小空間結識的朋友。

健一後悔了：關於遺體的說明，應該由我先看才對。

「我沒事。」

和彥甩了甩手。然後，他望向自己的手，撇下嘴角。

「你那邊應該有照片。」

「怎樣的照片？」

「柏木同學遺體雙手的照片。」

健一翻找裝訂起來的照片影本。有了，左右手掌各拍了一張。遺體（即使只有部分）的照片只有這兩張。

「手指這邊，」和彥指著手指第一關節的部分，「報告中寫著有類似細鐵絲的壓迫痕跡，左右手都有。」

用不著深思，健一也明白這意味著什麼。

「是屋頂護欄的鐵絲網。」

柏木卓也攀爬護欄時，鐵絲網的痕跡印在手指上了。

然後直到墜落之前，他都抓著鐵絲網——不，緊攀著不放，所以手指上才會留下痕跡。卓也就這樣死去，遺體凍結，使得痕跡在死後也一清二楚地保留下來了。

神原和彥的眼皮一直跳，健一看不下去了。

「光憑這個痕跡不能說什麼呢。因爲不論是自己爬上去，或是被人逼著爬上去，都會留下一樣的痕跡。」

健一匆匆說完，又說：「倒是這個，你看看。」

他把另一張照片影本滑過去。

「是屋頂門上的掛鎖。」

鎖被打開，懸掛在鉤子上。

「據說，這個掛鎖的鑰匙保管在工友室的鑰匙箱裡。這件事在家長說明會上也提到過。」

所以，大家都自然地揣想事發當晚上去屋頂的人，應該是從工友室偷走鑰匙，可是……

「並不是那樣的。」

那個掛鎖的鑰匙，在發現柏木卓也的遺體之後，立刻被確認仍在工友室的鑰匙箱裡。

「工友室的鑰匙並沒有被拿走。這不用說嘛，不管是柏木同學還是誰，當時那種狀況，都不可能背著工友偷拿鑰匙，用完再偷偷還回去。」

無論是柏木卓也或大出俊次，應該都沒有必要把鑰匙還回去。

和彥的鼻子擠出了皺紋，「確實如此。那掛鎖究竟是怎麼打開的？」

「沒有人知道，成了懸案。」

因爲遺體發現不久後，是自殺的可能性變高，沒必要繼續深究了吧。

「好隨便。」

和彥臉孔失去血色，不愉快地嘆道。

「可是，這種鎖是便宜貨，只要去大賣場，兩百圓就買得到。」

照片上看起來也是個簡陋的鎖。

「而且聽說已用了很久，工友岩崎先生這麼承認。」

「意思是很舊，不牢固了？」

「是啊。所以，只要有心想打開，總有辦法。這種推測也不算太離譜。」

和彥交抱起雙臂，「用某種工具撬開嗎？那不會留下痕跡嗎？」

健一指著佐佐木刑警報告中的一段說：「沒有那種痕跡。掛鎖並未遭到破壞，試著扣上，就鎖回去了。」

「那是用備份鑰匙開的嗎？」

律師的表情很凝重，助手忍不住笑了。

「怎麼了？」

「對不起，我覺得不用想到備份鑰匙那麼誇張。」

如果是這類量產品的鎖，而且是老舊不牢固的鎖的話——

「即使是其他現成掛鎖的鑰匙，只要尺寸吻合，有時候轉一轉就開了。」

「真的嗎？」

「是啊，我們家之前發生過一樣的事。你不曉得嗎？就算是自行車的鎖，如果構造單純，其實很輕易就能打開，所以有時候就算上了鎖，車子還是會被偷。」

和彥沉思起來，他的臉上逐漸恢復血色。

「……野田同學，你沒發現你這段話非常重要嗎？」

「咦？」

「有誰知道通往屋頂的門鎖是這種狀態？只要想打開，隨便都能打開。」

「只要是三中的學生，大家都知道……」

說到一半，健一反應過來：「原來如此。屋頂禁止進入，所以只要是學生，每個人都知道通往屋頂的門上了鎖，但一般不會連鎖的狀態都知道。」

「沒錯，除非懷著某些意圖或目的想要上去屋頂，而實際去確認鎖的狀態，否則不會知道。」

「然後，那個人得找到大概可用的鑰匙，試試看能不能打開。」

不，有個問題。

「柏木同學死前有一個月以上沒來學校。」

「或許在那之前就試過了。」

「這……會是這樣嗎？」

這段期間門鎖有可能換成新的，而且這樣似乎與柏木卓也的心理變化不太吻合。

「那麼，柏木同學或許在拒絕上學到死前的這段期間來過學校。」

爲了確認能不能上去屋頂。爲了知道要上去屋頂，需要哪些工具。他應該來過學校不只一次。

「我們來尋找目擊者吧。如果能找到的話，就占盡優勢了。」

「如果眞的有目擊者，那個人應該早就說出來了吧？」

「或許那個人不覺得這是什麼重要的事。柏木同學並不是校內的風雲人物吧？」

也是，如果是別班學生，就算不知道他沒有來上學也不奇怪。如果不知道，即使在校內看到他，也不會覺得不對勁吧。

健一急忙筆記起來。和彥翻開檔案夾的其他頁尋找著什麼。

「柏木同學的遺體發現時，遺留的物品……寫在這裡。」

健一湊上前，先念了出來：「外套口袋有一包面紙。」

其他什麼都沒有。

「用來開鎖的工具或許丟掉了。」

因爲應該是小東西，只要丟出護欄外，絕對不可能找到。就算現在要找也很困難，不過……

「金屬探測器要多少錢才租得到啊？」

健一是認眞的，和彥卻笑了出來：「不用做到那種地步。光是向陪審員說明這個事實與推測就很有效果了。畢竟大出同學是那種不管做什麼都不會事先勘察的人嘛。」

然後，他忽然像演戲般說：

「喂，屋頂的門居然他媽的上了鎖，搞屁啊？看了就有氣，乾脆弄壞吧。井口，去美勞教室拿鐵槌過來……」

學得好像，健一笑了。「眞是明察秋毫。」

和彥的臉色逐漸恢復紅潤，太好了。

「話說回來……柏木同學那天晚上甚至沒帶家裡的鑰匙出門。這能不能視爲他不打算回家的證據呢？」

這種情況叫狀況證據嗎？還是「佐證」？

「是啊。」

和彥沒有多加理會，繼續埋首研究報告。不知是不是介意眼皮的痙攣，他眨了好幾下眼睛，然後說：

「這部分只有本人才知道。那邊的報告有沒有提到，那天晚上他進入校內的路線？」

「哦，有。」健一翻開相關的那一頁，「這個呢，一點都不意外。上面只提到『遲到窗』的事。」

「遲到窗？」

健一說明：「一樓北邊的男生廁所的窗戶壞掉了。我們學校的校舍很破舊，到處都有故障的地方。」

「遲到窗」是其中一處，由於窗框歪斜，勾鎖無法扣上。雖然可以轉動，但是無法扣住，乍看鎖好了，其實是開著的。因此，只要知道地點，不管是從室內還是室外，隨時都能自由進出。

「這是三中學生都知道的捷徑，也是學長姊會傳授給學弟妹的技巧。每個人都知道。」

萬一遲到，或是想要蹺課溜出學校，就走「遲到窗」。

「老師們當然也都知道，所以警告過好幾次，也調整過窗鎖，可是沒用。除非把整個窗框換掉，否則沒辦法解決問題。」

和彥壓低聲音：「你用過那扇窗嗎？」

「沒有，不過行夫──向坂同學有時候會遲到，好像常用。」

「向坂同學體格滿好的吧？那扇窗戶的尺寸可以讓他穿過？」

「是啊，不過需要一點技巧。」

「柏木同學也知道這件事嗎？」

「應該吧。」

健一點了一下頭，下定決心補充一句：「連我都知道這件事了，柏木同學應該也知道才對。」

神原律師微微睜大眼睛，「你跟柏木同學不一樣吧？柏木同學沒有向坂同學那樣的朋友吧？」

這算哪門子肯定？

情急之下，健一反問：「那柏木同學在補習班呢？是不是跟在學校不一樣，他在那裡有朋友？」

實際上，神原同學就在這裡——健一這麼想。

「還好啦。」和彥淡淡地回答，「我是指在三中的朋友。」

這個問題被躲開了。

「那樣的話，入侵路線是對檢方比較有利的材料。因爲大出同學應該是『遲到窗』的老手。」

「唔，是啊。」

健一悶熱得起身開窗。風帶著操場的泥沙吹進教室，翻打著報告的紙頁。和彥伸手按住，繼續研究內容。

——感覺好像眞的。

健一這麼想。眞的什麼？檢視辦案資料的律師，或是埋首於暑假課外活動的國中生。

將近一個小時後，兩人離開教室。重點已記在各自的腦袋裡。重要事項由健一詳細寫下。是今後應該會反覆確認、最基本的各種事實。

離開學校大門，走了一會後，和彥停下腳步。

「野田同學。」

他打開皮包取出一枚薄薄的信封，遞給健一。

「你可以看看這個嗎？」

健一一頭霧水地接過信封，正要打開，卻被制止。

「回家再看吧。」

和彥似乎難以啓齒。

「是我父母的案子的剪報，還有證明我是神原家養子的資料。」

咦——健一僵住了。

「我也交給大出同學了。」

和彥說是希望兩人相信他。

「如果你們懷疑我爸媽的事情是編出來的不太好。就是，呃……為了嚇唬大出同學才虛張聲勢，騙他說我父親也有暴力傾向。」

健一連百分之一秒都沒有這樣懷疑過，因為——

看到你的眼睛我就知道了。

「如果我不收下，你無法接受？」

「我希望你可以看看。」

好——健一把信封塞進書包。

「大出同學也帶回家了？」

「他嗎？」神原和彥露出難得的神情，像幼稚園小朋友般噘起嘴巴。

「他瞄了一下，就說不用了，塞了回來。」

健一愣了一下，然後笑了。因為他很開心。

「這是好笑的事嗎？」

「對不起，可是真的很像大出同學會做的事。」

這表示他已如此信賴你。不過，這件事心領神會就好，所以健一沒有刻意再提。

反過來說，大出俊次真的豁出去了，畢竟他沒有其他人可以依靠。

「那我回家列張證人名單。如果有想追加的人選，再打電話給我。」

「了解。我會再重新看一次《前鋒新聞》。報紙和雜誌的剪貼我整理弄好了。家長說明會的紀錄，北尾老師說會設法弄到。」

兩人在前面的十字路口道別。

健一回家後，猶豫了相當久。他把和彥給的信封擺在房間的桌上，走來走去。

最後，他還是打開看了。

除了報紙以外，還有疑似八卦雜誌的報導。剪報是社會版的一小角，沒有殺害妻子的男人照片，也沒有慘遭殺害的妻子照片。雜誌的內容比較詳細，不過，與其說是深入報導案情，其實是把重點放在酒精中毒的可怕之處，以及最新的治療方法上。

雜誌上刊登了和彥親生父母的照片。

和彥在成爲養子之前是姓「高橋」。父親高橋博，母親高橋朝子，兩人同齡，過世的時候是三十五歲。

才三十五歲——健一暗想。

——我們的律師長得像母親哪。

高橋朝子是名美女。高橋博就和他那感覺每所學校都會有一、兩個的平凡名字一樣，是個隨處可見的普通人，職業欄也只寫著「上班族」。

健一瀏覽了一下戶籍謄本，確認收養的事實。既然都打開信封了，他覺得應該好好確認到最後。接著，他把內容物按原樣收回信封，用膠帶封好，收進書包。明天碰到和彥再還給他吧。

然後，健一著手製作證人名單。

8

八月三日

拜訪柏木家的成員，檢方有藤野涼子與佐佐木吾郎，辯方有神原和彥與野田健一，由北尾老師率領。

「老師只是去打聲招呼而已。如果我介入你們的工作，這場校內審判就沒有意義了。」

上午九點在三中正門集合的時候，北尾老師一開始就這麼聲明。

「你們要用自己的話，好好說明清楚怎麼會想要做這種事。」

今天全都穿著制服的四個人同時乖巧地點點頭。

「好了，走吧。快走、快走，半路還要去一下花店。」

啊，對了——涼子跟在老師身後，嘖了一聲。老師是要買鮮花供在柏木卓也的靈前。

「不小心忘記了。」

「噯，就讓老師出錢吧。」

藤野與佐佐木搭檔已合作無間。

公寓大門對講機傳來的是女性的聲音，但打開柏木家門的是男性。是卓也的父親柏木則之。

「我們正在等你們。」

他說著，像看到什麼刺眼的東西似地瞇起眼睛，逐一掃過健一等人，然後又像從刺眼的東西上別開視線，請眾人入內。

五人被帶到客廳。客廳裡坐著卓也的母親柏木功子，還有一個約大學生年紀的青年。健一立刻就看出他是誰，是《前鋒新聞》第二次報導事件時接受採訪的人。

我是卓也的哥哥——青年從窗邊的椅子上站起來，率先向健一等人行禮。四名國中生在狹窄的客廳入口相互推擠似地回禮。

「眞的很謝謝你們撥冗見我們。」

這麼開口的北尾老師，氛圍與面對學生時一百八十度大不相同。平時粗魯的口氣消失，聽起來既恭敬又誠實，甚至感覺溫文儒雅。

柏木功子的眼睛一下子就湧出淚水來，而父親垮著肩膀。即使如此，兩人似乎還是無法從健一等人身上轉開目光，直盯著他們。柏木夫妻的視線在四人臉上移動著。

不過，卓也的哥哥一開始那麼明確地注視著眾人，現在卻坐回椅子上，用一種頑固的態度瞪著地板。

「我們把這件事告訴宏之，他說也想要在場。」

柏木則之對北尾老師說完，又掃視健一等四人，問：「他今年就讀大學一年級，不過比起我們，還是跟你們年紀比較近，所以……可以讓他一起聽嗎？」

「當然。」

藤野涼子回答。語氣從容，沒有緊張的樣子。然後，她深深一鞠躬，吾郎也學她行禮。

「不好意思。」

柏木功子擦拭著眼角，逃也似地站起來，「我去弄點涼的。」

「謝謝，可以先讓我們祭拜一下卓也同學嗎？」北尾老師上前說。

遺照被鮮花圍繞著，安置在客廳窗邊明亮的地方。牌位也在那裡。眾人輪流上香合掌，健一不經意地想，這個家沒有佛壇呢。

客廳收拾得整整齊齊，裝潢時尚，猶如樣品屋。沒有多餘的雜物，比方塞滿雜誌的雜誌架、不曉得裝些什麼堆得高高的收納箱、捲起來的衣物等等。是一絲不苟、愛乾淨而且講究品味的家。說得難聽點，在這當中，只有擺著卓也遺照的小桌子，**格格不入**破壞了裝潢擺設的協調。

在健一的眼裡，那是遠比一切——遠比遺照或牌位，更強烈的卓也死亡陰影，是破壞了柏木家均衡的，唐突的死亡傷痕。

卓也活著的時候，那裡應該擺著觀葉植物之類的東西，也或許是空無一物的空間。父母和哥哥都絲毫沒有預料到，居然會發生必須以這種形式擺上什麼的狀況吧。家中的一員居然會變成一張照片，被花朵圍繞著**坐**在那裡。

「等一下你們去卓也的房間看看吧。他的房間還保持原狀。」

聽到功子的話，四人又同時行禮。健一覺得心跳亂了。他不想看柏木卓也的房間。如果保持著原狀，他覺得更不應該看了。有這種蠢念頭的，只有我一個嗎？握緊拳頭隱藏手心冒汗的，只有我一個嗎？——健一心想。

客廳的桌子是擦拭得光可鑑人的成塊木頭，上面擺著看起來十分冰涼的麥茶茶杯。柏木功子拿著方形托盤，在通往廚房的通道旁的高腳椅坐下。她一個人遠離客廳的中心，彷彿無法承受待在健一等人身邊。

北尾老師催促健一等人，他們自我介紹，說明在校內法庭中的職位，然後行禮。

「實在是……」柏木功子聲音哽咽，「大家跟卓也同歲，卻得這麼辛苦，真是對不起。」

不——涼子搖搖頭，但功子哭了起來，所以她沒有再說下去。

要由誰、怎麼說下去？健一垂著頭，抬起眼，掙扎著想要偷看涼子與和彥的表情。

藤野涼子坐在嚴肅閉著嘴巴的北尾老師旁邊，下定決心似地抬頭。但她要說話之前，柏木宏之先開口了。

「爸和媽眞的可以嗎？」

他沉靜地呼喚父母後，迅速轉向老師和四名國中生。

「我們家已得知這次校內法庭的主旨。」

很冷靜，但他的表情依舊固執。

「是哪位通知府上的嗎？」老師也平靜地反問。

「雖然跟卓也不認識，不過這棟公寓還有其他跟卓也同年級的三中學生，是那位學生的母親告訴家母的。」

後來，爲了確認更進一步的細節，宏之親自去見了岡野代理校長。

「岡野校長拚命向我道歉……」

宏之微微地笑了。那僵固的臉頰總算浮現類似「跟你們年紀比較近」的年輕人的羞赧與緊張。

「明明我不是去抗議的。」

北尾老師依舊正襟危坐，表情很嚴肅。「不，岡野校長會賠罪，是因爲卓也同學的同學想要像是進行解謎遊戲般處理令弟過世的悲劇。」

宏之正視著老師，狀似意外地眨眼。

「咦……好意外，眞的有人這樣說嗎？」

健一他們是第一次聽到這樣的說法。仔細一看，涼子和吾郎都瞪大了眼睛。

「部分家長有這樣的反應。」

「那就怪了，明明這是只有我們死者的家屬才有的權利吧？」

「意思是，在教育上會有不良影響，不成體統吧。」柏木則之開口，聲音比宏之小了許多。

北尾老師深深點頭，「是的，即使柏木先生會有同樣的感覺也不奇怪。」

「不必擔這種心。」宏之迅速地、斬釘截鐵地說。

「不必擔心是指……」

「就是字面上的意思，老師。我和家父家母都不認爲你們是出於好玩的心態，拿卓也的死來玩法庭家家酒。我們都充分理解你們的意圖。」

後半是對著健一等人說的，尤其是涼子。柏木宏之注視著「檢察官」藤野涼子。

涼子也正面迎向他的注視。

「大家都是考生，這個暑假非常重要，對吧？我是過來人，我懂的。根本沒空玩耍吧？你們是認眞的。如果不解決這件事，你們無法克服許多事，才會刻意正面挑戰。」

所以身爲家屬，我們不會不允許你們這麼做，也不會叫你們住手。柏木宏之一字一句，用力對眾人說。

這是全面的支持，也是鼓勵，然而爲何一點都不覺得鬆了一口氣？反倒是覺得挨罵了。因爲卓也的哥哥眼睛一點笑意都沒有嗎？因爲他的眼中沒有光芒嗎？

對了——健一心想，這個人在生氣，他的表情和態度，跟上《前鋒新聞》的節目時一樣。

「所以我們不會阻止你們，我們會提供協助。」宏之露出笑容，但眼神依然冰凍著。「不過，如果可以，希望你們不要打擾我父母。」

細微的囁嚅聲響起，是涼子。連她都緊張到臉色發白，沒辦法順利出聲。

「什麼事？」宏之平靜地反問。

「對不起。」涼子重新坐正，「謝謝你們理解我們的心情。」

她有點喘氣。

「我們是爲了知道事實究竟爲何，才會發起這次的校內法庭。」

「這我懂。」

「可是，這依然是我們自私自利的說法，或許跟柏木同學的父母和哥哥所期望的不一樣。」

敬語的部分舌頭打結了。

「我也想要知道眞相啊。」

柏木宏之臉上的笑容消失了，眼睛眨也不眨地直視著涼子。

「我就直截了當地說了，藤野同學。我父母累了。卓也的死深深地打擊了他們，家長會議上又發生爭吵，傳出奇怪的流言，還有莫名其妙的告發信。以爲總算平靜下來了，那個叫茂木的HBS記者又跑出來到處亂挖。」

柏木功子躲在托盤後面似地低垂著頭。柏木則之對於熱烈演說的長男，狀似依賴卻又有些恐懼，縮著身子看著他。

「比起眞相，我父母更希望平靜地安葬卓也。他們希望就這樣靜靜地過日子，不要再有人打擾。可是我的意見不同，所以……」

「我也不是……」柏木則之再度小聲開口，但還是被宏之聽見，他緊抿雙唇回望父親。

「我跟你媽也不是說眞相如何都無所謂。」

「我知道。」

「只是我們覺得，卓也是自己尋死的……」

「不是你們覺不覺得，我想知道的是眞相究竟爲何、眞相在哪裡。這些同學也是。爸，你根本不懂。」

則之與其說是被說服，更像是被擊垮，陷入沉默。

「只要是我能做的事，什麼忙我都願意幫。我也想要透過你們找到眞相。」

麻煩你們了——柏木宏之雙手放在膝上，低頭行禮。

「呃，那個……」

是佐佐木吾郎。僵住的涼子身邊，好搭檔出面支援了。
「柏木哥哥怎麼想呢？」
「我的心情剛才不是說過了嗎？」
「啊，不是的，我的意思是在現階段，柏木哥哥依然覺得大出同學是凶手嗎？」
宏之好像聽到了什麼玩笑，短促地笑了一聲。「我不曉得啊。我完全無法判斷，所以才會指望你們。」
哦——吾郎罷休了，包裹在他粗壯肩頭上的襯衫被汗水浸成半透明。
「倒是老師，HBS還會來採訪嗎？」
聽到這個問題，北尾老師瞇起眼睛，反問：「記者聯絡了府上嗎？」
「不，目前還沒有，可是我覺得就算這消息傳進他們耳中，也沒有什麼好奇怪的。畢竟每個人都是大嘴巴嘛。而且這對茂木記者來說，會是再好不過的後續報導題材，他肯定會緊咬上來。如果他跑來採訪，校方打算怎麼處理？」
「我們不打算讓學生的活動變成媒體的獵物。」北尾老師回答。
「那麼，校方準備嚴正拒絕採訪，是吧？好的，我也會這麼做。」
他點頭的動作，看起來幾乎是興奮的顫抖。
這個人……怎麼搞的？在健一內心，這個單純的疑問愈來愈大。標籤上寫著「疑問」，裡頭裝的卻是「反感」。柏木卓也的哥哥是不是哪裡怪怪的？
「那麼，各位今天要怎麼做？有什麼關於卓也的問題要問吧？」
宏之問涼子，但她似乎有些恍惚，沒有發現。跟健一一樣。涼子驚訝、目瞪口呆，無法處理，因爲這狀況太不尋常了。
「首先，我們想要知道柏木同學過世當天的行動。」

神原和彥以和平常一模一樣的語氣回答。柏木宏之看向和彥，一副這才注意到有他這個人的樣子。就像先前和彥只是「眾人之一」，沒有把焦點放在他的身上。

「不好意思。」和彥向卓也的父母行了個禮，然後望向宏之。

「就是去年十二月二十四日柏木同學的行動。目前這個階段，唯一不可動搖的事實是，柏木同學在二十四日午夜以前人在三中。他是一個人去的，還是跟別人一起去的？是被誰叫去的，還是自己主動去的？詳細情形，必須從現在開始調查，而且也不確定是否能夠查清一切。」

「畢竟連警方都查不出來嘛。」宏之說：「雖然也可能是根本沒有好好調查。」

「是的。」和彥依然維持著自己的步調，「所以，只要家人記得的範圍就行了。如果可以告訴我們柏木同學當天幾點鐘人在哪裡，應該可以成為一個起點。」

柏木宏之看著和彥，眼神彷彿在問：這傢伙是什麼人？

「這是檢方和辯方雙方都需要知道的基本事項，對吧？」

聽起來不像在談論弟弟的死，也不像需要拚命壓抑什麼感情，才能用這樣的語氣陳述。

這傢伙也是，他是什麼人？——健一心想。

「那麼，我用寫的好了。明天交給你們可以嗎？」

「好的。」

「明天以後，你們算是要在法庭上對立的關係，最好分頭過來吧。」宏之笑道。那是至今看過最為放鬆的笑容。「你們一起過來，我也不曉得該怎麼應對，可以嗎？暑假期間我都有空，如果先打電話給我，我可以配合你們的時間。」

「好的。」

涼子與和彥的聲音不期然地變成了齊唱。兩人對望，涼子隨即垂下頭去。

「謝謝。」

和彥依序向柏木則之、功子、宏之行禮。涼子、吾郎和健一連忙照做。如果是眞的審判，檢察官和律師才不會像這樣到處跟人哈腰低頭吧。

一群人吵吵鬧鬧地進去太失禮了，改天再來吧——北尾老師巧妙地推辭，他們逃過了一起參觀卓也房間的折磨。

眾人離開公寓，看看手表，才過了一個半小時，感覺上至少過了兩倍的時間。

「嗚嗚嗚，怎麼說……」

佐佐木吾郎發出古怪的聲音，嘆息道。

「等一下、等一下，還不要說，先走吧。」

北尾老師催促四人。彎過一個街角，經過兩個十字路口，直到看不見柏木家的公寓，老師才終於受不了似的大嘆一口氣。

「嚇死人啦。」

這是歸還的第一句話？而且他還是老師耶？不過，這正是所謂的形容得當吧。

「我坐到一半就不太舒服了。」

吾郎用大手帕擦臉。手帕有點皺，但很新。

「小涼，妳還好嗎？」

「我沒事。」

涼子虛脫地說。她也一樣，脖子以上都被汗水濡濕了。今天她把長髮綁成兩束辮子，後面的頭髮貼在後頸上。如果不是這種狀況，應該是在近處看到會心想「賺到了！」的景象才對。

「那個哥哥在鬥氣。」吾郎接著說，一副無法克制不說的樣子。「就是在鬥氣，對吧？可是總覺得有點討厭。不是那種『一起找出眞相吧！』的感覺……」

「你以爲在演青春連續劇啊。」

這麼說的北尾老師也汗流浹背。跟吾郎不同，老師好像沒有手帕，不停用手抹著額頭跟下巴。

「神原同學。」

涼子面朝前方慢慢地走著，突然出聲叫道。和彥走在她的三步之後。

「你沒有騙我們吧？」

這是在說什麼？老師、吾郎和健一都停下腳步。涼子停步回頭，和彥前進兩步靠近她。

「騙你們？」

涼子大大的黑色瞳眸在盛夏的豔陽底下泛著光。健一心頭一凜。和北尾老師剛所說的嚇死意義不同，但這邊也一樣嚇人。

「久野同學說過，你跟他還有柏木同學，小學五、六年級同班，國中的時候也上同一家補習班。」

「久野說補習班那邊，柏木一下子就不去了啊。」吾郎支援。不曉得是爲了涼子還是和彥，總之先支援再說，這就是佐佐木吾郎。

涼子的視線緊盯在和彥臉上。

「可是，柏木同學的母親好像完全不認識你。會有這種事嗎？如果是從小學就認識的朋友，母親應該至少認得長相才對吧？」

這麼說來，確實如此。健一驚訝極了。當時藤野同學居然觀察得如此深入嗎？

涼子的表情和口氣完全是「找碴」，和彥卻好似完全不在乎。

「我媽媽知道柏木同學，也認得他，因爲他來我家玩過。」

「哦，這樣啊。」吾郎故意脫力似地彎下膝蓋，附和道。

「嗯，雖然只來過兩、三次。」

「感覺好新鮮。原來柏木會去別人家玩啊。」

「小學生嘛。」和彥笑了，「可是他說不太喜歡去別人家玩，還說成天膩在一起很遜。」

眞是一點都不像小學生的想法。

「那神原你也去柏木家玩過吧？」

沒有——和彥搖搖頭。

「一次也沒有？」

「沒有，我想應該沒有人去過吧。他說他母親不喜歡小孩子的朋友來家裡吵吵鬧鬧。」

「有其母必有其子哪。」

交抱雙臂沉默不語的北尾老師邊流汗邊點頭，「他們家漂亮得就像電視劇裡的布景，感覺可以理解。」

健一也深深同意。

「柏木同學身體不好，應該也是原因之一。」

「也對。」

「所以，剛才是我第一次見到柏木同學的母親。就算聽到『神原』這個姓氏，伯母也不會知道是我吧。

我本來是打算，如果她問起我就說。」

可是她沒有問，只好默默離開。

「柏木這人眞是祕密主義呢。」吾郎說。

或許吧——和彥又笑了，然後對涼子說：「我沒有騙大家，妳能接受這個解釋嗎？」

「我懂了。」涼子簡短地應道，「隨便指責你，對不起。」

馬路另一頭有座小型兒童公園，由於正值盛夏，沒有多少孩童在玩耍，草叢旁邊的長椅空著。

「到那邊的樹蔭休息一下吧。」

北尾老師留意左右路況，過了馬路，邊走邊摸索褲袋。

「老師，那邊沒有斑馬線。」

「少囉嗦。佐佐木，你幫忙跑腿一下。」

去那邊的自動販賣機。

「老師請大家喝飲料。我要可樂，快熱昏了。」

健一本來要說「我早就熱到神智不清了」，最後還是沒說。不可以忘了分寸。

不過，助手對律師耳語一下應該不要緊吧。

「那個哥哥感覺怪怪的。」

和彥沒有回答，而是說：「總比生氣或是不肯配合要來得好吧？」

話雖沒錯……可是很奇怪啊。

然後，健一發現了。他迅速別開視線，免得和彥注意到他發現了。

——你又露出看到彼岸的眼神嘍，神原律師。雖然只有一瞬間，但我看得一清二楚。到底是什麼、是誰、怎樣的瞬間，讓神原律師露出這種眼神？

涼子渾身是汗，想要先換個衣服。她對忠誠地護送她回家的佐佐木吾郎（他說：反正我順路）說「那三十分鐘後在城東圖書館集合——」，卻忽然閉上嘴巴。

玄關大門打開，藤野剛走了出來，然後就叉開雙腿站在原地。

「啊，」吾郎倒抽一口氣，「是令尊？」

「涼子，妳回來了。」

藤野剛用站在路旁的兩人足以聽得一清二楚的音量喚道。

「午安，你是……？」

「我、我叫佐佐木。」

剛瞥著不斷行禮的吾郎，問涼子：「妳的事務官佐佐木同學，是嗎？」

「……嗯。」

不知爲何，剛粗聲粗氣地嘆了一口氣。

「那一起進來吧，我有話跟你們說。」

兩人正在猶豫，剛招手催促他們，自己很快就折回門裡了。

「抱歉，你還好吧？」

「我不曉得妳是在問哪方面還好。」

吾郎的臉頰僵硬。

「妳爸爸好可怕。」

「你沒必要聽我爸的話，你回去吧。」

不愧是魔鬼刑警——他想開個玩笑，但這一點都不好笑。簡直是大魔神——又失敗了。

涼子有點生氣。老爸那什麼態度嘛！跩個什麼勁！

「不，身爲事務官，檢察官要去哪裡，我都赴湯蹈火在所不辭。」

打擾了！吾郎大聲說著，往藤野家的玄關走去。涼子沒辦法，也只好回家了。

母親邦子在走廊笑吟吟地迎接兩人，而涼子吵鬧的兩個妹妹黏在邦子身上。從服裝來看，應該是正要出門買東西。

「歡迎光臨，你就是佐佐木同學啊，涼子受你照顧了。」

「沒有的事！我才是受到藤野同學多方關照！」

瞳子和翔子躲在母親背後咯咯竊笑。姊，是男朋友——？翔子這麼碎嘴。

「她們兩個太吵了。」邦子摸了摸女兒們的頭，「我帶她們出去。冰箱裡有冰咖啡和冰茶。涼子，看佐佐木同學想喝什麼就弄給他，也有冰淇淋喔。」

佐佐木同學，慢慢坐啊。母親禮貌地說，拖著又吵又煩又囉嗦又可惡的妹妹們出門去了，涼子不太高興地目送她們。玄關大門關上的時候，翔子還把頭伸進來，丟下一句「姊，加油唷——」。小心我掐死妳！

「居然落跑……」

「妳說妳媽？」

「對啊，太卑鄙了。」

「藤野同學，妳長得和妳媽好像。」

吾郎似乎很感動。涼子連對他都火大起來了。現在是說那種話的時候嗎？

剛在客廳等著，依然是那副凶悍的表情，咖啡桌上擺了兩個裝麥茶的杯子，等於是指示他們坐在杯子的位置。爸爸兩個杯子都拿了客人用的茶杯，原來他不記得我的茶杯是哪個——涼子心想。

「嗳，坐吧。」

吾郎走得像個機器人，僵硬地坐下來。「打擾了！」

「天氣這麼熱，眞辛苦哪。」

剛劈頭就是帶著怒意的挖苦。

「爸，你幹麼那麼不高興？因爲我變成檢察官嗎？」

遭到先制攻擊，剛的眉毛挑了一下。

「妳有自知之明，是吧？」

「不可能有別的原因嘛。」

「妳不是志願當律師嗎？所以爸才不反對。校內法庭這種……」

「我知道啦。我知道，可是沒辦法啊，反正就變成這樣了。」

「什麼叫『就變成這樣』？眞是不負責任。」

「才沒有不負責任，我也是好好想過的！」

佐佐木吾郎正襟危坐，茫然張口。

「妳爲什麼不早點告訴爸？」

「沒那個時間啊。」

「明明就有。妳不是一直在寄信、去找朋友商量，還是打電話幹麼的嗎？妳可以趁做這些事的空檔跟爸報告一聲吧？」

報告？別說惱火了，涼子火冒三丈起來，血壓飆高。

「爲什麼學校的事我非得一一向父親大人稟報不可？」

藤野剛像魔鬼般的臉，這下子眞的變成魔鬼了。就在這一瞬間，佐佐木吾郎活過來了。總之得快點支援，這是我的存在意義。

「請、請等一下，藤野同學。」插嘴之後，他又想了一秒，補上一句：「還有藤野同學的爸爸。」

藤野父女同時一臉怒容地瞪向他。我佐佐木吾郎豈是浪得虛名，會被這點小事嚇到腿軟？

「呃，藤野同學會從律師變成檢察官，有許多苦衷。藤野同學的爸爸不曉得中間的經過嗎？」

「我大概聽說了。」

「大概是多少？」涼子立刻回嘴，「是媽跟你說的嗎？那是二手說明吧？怎麼不直接問我？」

噯噯噯——吾郎安撫涼子，「口氣別這麼衝，好嗎？」

佐佐木吾郎開始說明校內法庭從最早的企劃立案（他這麼形容！）演變成今天的情況的來龍去脈。爲了避免被中途打斷，說明得相當倉促，但要言不煩。事實上，涼子要不是氣成那樣，肯定會佩服不已。

聽著說明，藤野剛的表情從健康的魔鬼，漸漸變成胃潰瘍的魔鬼。不過，他無疑正專注地聆聽佐佐木吾郎的解釋。

可能是掌控了局面，吾郎得到自信，接著說明剛才他們進行了什麼活動。這部分也一樣言簡意賅。

「你們去見了柏木同學的父母？」

因爲驚訝，剛的臉從魔鬼變回凡人——一張不開心的父親的臉。

「是的，柏木同學的父母憔悴不堪，而柏木同學的哥哥……這樣說不太好，但有點在鬥氣的感覺。」

後面的說明不只是吾郎一個人的感想，大家都有一樣的想法，懷著難以理解的不愉快心情回家了。

不過，藤野剛對這一點似乎沒有特別在意。他喃喃地說：「對方居然肯見你們。」

「你們得感謝人家啊。」

「是的。」

吾郎乖巧地點點頭。什麼嘛，臭老爸，又一副高高在上的樣子——涼子反感地脫口而出：

「佐佐木同學，你沒必要對我爸卑躬屈膝。他跟這件事沒關係。」

「怎會沒關係？」

「不就沒關係嗎？你不是一直擺出不關你的事的態度嗎？」

「誰擺出不關我的事的態度了？爸一直都在擔心妳……」

「是嗎？我怎麼一點都不曉得？」

雙方的聲音愈來愈刺耳。吾郎稍微睜大了眼睛，不能在這時候落敗。

「兩位請等一下，稍微冷靜下來好嗎？藤野同學、藤野叔叔，可以嗎？」

他呼喚藤野家的父女檔。

「原來如此，藤野同學。」

吾郎先是對涼子說：

「其實妳一直很想找令尊商量。說的也是，我居然沒有注意到，眞是太對不起了。」

「商量……？我不是那個意思……」

「哎呀，我也有跟藤野同學一樣的想法。可是，確實忙得分身乏術。」

就是這樣啊，藤野叔叔——這回吾郎轉向藤野剛說：

「事情像現在這樣決定下來以前，怎麼說呢，感覺彷彿被急流沖著走，與其說是我們決定方針，更像是被大局決定。藤野同學根本不想當檢察官，但她也是無可奈何。大出被他那個暴力父親揍得鼻青臉腫地出現的時候，我們都覺得這下子不用玩了嘛。」

藤野剛總算從激動中冷靜下來。與其說是吾郎的說服奏效，更是因爲他注意到自己處於被國中生勸說這種立場顛倒的狀況。

「那個神原同學是什麼人？」

吾郎迅速看了涼子一眼，判斷她還不是可以回話的狀態，便說：

「我們也不是很清楚。我覺得他不是什麼怪傢伙，感覺相當聰明。」

「他自稱是柏木同學的朋友，這是眞的嗎？」

「小涼——藤野同學剛才針對這一點稍微提出了質疑，我覺得她好厲害。」

吾郎說明涼子與和彥剛才的對話——柏木功子不認識神原和彥，還有和彥對這件事的辯駁。

「唔，雖然不是不可能，但這種情況確實滿少見的。」剛的聲音和表情都完全冷靜下來了。

涼子還在生氣，連父親比她先冷靜下來也教她生氣。這樣豈不是只有我一個人像傻瓜嗎？

「我開動了！」

吾郎突然坐直身體大聲宣告，拿起裝著麥茶的杯子一口氣喝光。

「哇——好喝！」

被他這麼一搞，涼子也不是冷靜下來，而是像膝蓋被人從後面一頂，怒意一下子**歪倒**了。總之，她就是覺得蠢透了。至於哪裡蠢，我們每一個都蠢。

不蠢的只有死掉的柏木卓也一個人。這個念頭就像從隙縫鑽進來的風，由右至左穿過心中，是一道冷得令人渾身一凜的陰風。

「爸。」

涼子還不想正視父親，就這麼垂著視線問。

「我不是當律師而是當檢察官，爲什麼讓你這麼不高興？」

她聽見吾郎的喉嚨咕嚕一響。

藤野剛毫不遲疑地清楚回答：「還有爲什麼？妳不是想要替大出同學洗雪冤情嗎？妳就是爲了這個目的而發起校內法庭，主動擔任律師。這是妳的動機，也是目的吧？」

「沒錯。」

「那麼，妳現在當檢察官不是很奇怪嗎？根本不合理啊。」

「不，合情合理。」

繼城東警察署之後，這是第二次了。藤野涼子再次面對質疑。她回望旁邊的佐佐木吾郎——爲她趕走內心種種雜念，幹練的檢察事務官。她用力看了一下他的眼睛，點點頭，接著仰望父親。

「校內法庭的目的只有一個，就是查出眞相。不論我是擔任檢察官或律師，這個目的都不會變。」

藤野剛睜大了眼，「少說漂亮話了。」

「這不是漂亮話。」

「可是妳懷疑三宅同學……」

「我們要全部重新來過。」涼子強硬地斷言，「關於告發信，現在我的腦中還有心中，是一片空白的狀態。我們正在呼籲告發信的寄件人出面。」

「就是啊，藤野叔叔。」吾郎開口支援。

藤野剛交互看著兩人，好幾次欲言又止，每次吾郎都屏住呼吸，而涼子忍住想要眨眼的衝動。

「如果寄件人不出面怎麼辦？如果找不到寄件人怎麼辦？」

「即使如此，告發信本身還是存在。」

藤野剛細細端詳涼子的神情，問：「也就是說，妳要相信告發信的內容？」

「因爲我是檢察官。」

「檢察官光是自己相信還不夠。檢察官必須站在法庭上，向法官和陪審員證明告發信的內容足以採信。」

涼子明白，她也是明白的。但再一次，而且是由父親粗厚的嗓音如此宣告，那種沉重快把她的心壓垮了。

「妳證明得了嗎？」

不管是語氣還是表情，藤野剛與其說是詢問，更像是在**欺負**人。

「涼子，那種事妳辦得到嗎？妳捫心自問。如果做不到也沒關係。如果不想做，放棄就是了。老師們也會鬆一口氣吧。」

涼子想起高木老師賞她的那記耳光有多痛。她想起楠山老師和高木老師怎麼警告學生，叫他們不要協助校內法庭。

誰要讓他們鬆一口氣！

就算在法庭上落敗也無所謂，這世上也有透過落敗來得知眞相的途徑。吾郎說的對。

可是，她不想在這種地方認輸。

涼子揚起下巴，正面迎向父親嚴肅的臉，發出宣言：「我會證明告發信的內容是眞的。」

吾郎吐出一口漏了氣似的嘆息。

「是嗎？」藤野剛說：「這樣啊。」

然後，他忽然垮下肩膀。爸是大失所望嗎？還是放下心來？

「那樣的話，我就給抽到壞籤的兩位一個忠告吧。」

藤野剛的口氣像在開玩笑，但目光銳利地閃爍著，然後他說：

「不要把大出家的火災扯進這場審判。」

絶對不許去碰。

與其說是忠告，更像是嚴令禁止。

「如果我問爲什麼，爸會告訴我理由嗎？」

「因爲那件事跟柏木卓也的死無關。」

「那可能是有人聽信《前鋒新聞》的報導而做出來的惡意行動吧？」

「不過，還是跟這件事無關吧？」

「叔叔知道什麼，對吧？」

吾郎十分驚訝，甚至沒注意到自己不小心親暱地喊了「叔叔」。

「爸在調查那件事嗎？」涼子也問。

「不是我負責的，但會聽到一些風聲。」

所以我才會提醒你們——藤野剛稍微放軟了語氣，說服似地繼續道：「有人在這場火災中喪生，警方視爲一起大案子，這不是你們處理得了的，懂嗎？」

涼子的內心不安地騷動著。父親說會聽到的「一些」風聲，是怎樣的風聲？

「反過來說，如果告發信的寄件人提到那場火災，你們最好懷疑一下。這可是重大線索。賠本大放送啊。」

本人可能自以爲在說笑，表情卻凝重到扭曲了。

「我知道了。」藤野涼子果決地回答，「可是——」

「什麼？」

「如果有請爸當證人的必要，到時候你要在法庭上從實招來喔。」

嗚哇！吾郎不禁縮起了身體。

神原和彥與野田健一在大出家暫住的週租公寓的大廳，與大出俊次面對面坐著。

「有兩項方針。」

和彥彎起第一根手指。

「第一，證明大出同學當天不在場。」

接著，他彎起第二根手指。「第二，證明大出同學沒有殺害柏木同學的動機。」

「那有啥好證明的！」大出俊次的老毛病又犯了。

「我跟那種人一點屁關係也沒有，我甚至沒跟他講過話！」

「可是，你們十一月在自然科教具室吵過架，對吧？」健一不是反駁，是爲了輔佐而反問。「不能算是沒說過話。」

「噯、噯，別衝得那麼快。」

和彥擋在瞪著健一的俊次，還有努力裝出被瞪也不在乎的健一中間。

「先從不在場證明開始。去年十二月二十四日，大出同學到底在哪裡、做了些什麼？昨天我拜託你回想並寫下來，你寫了嗎？」

那種東西——俊次又開始支吾其詞，原來是沒寫。明明是自己的事，太不認眞了。

健一在準備好的筆記本上做紀錄。一九九〇年十二月二十四日，被告的行動。

「我問個問題。」和彥盯著俊次嘔氣的臉。和彥的長相就像女孩子一樣漂亮，被如此貼近看著，可能連俊次都覺得難爲情吧，他急忙後退。

「幹、幹麼啦？」

「你可以不要生氣也不要笑，認眞回答嗎？對大出同學來說，聖誕夜是個什麼日子？」

問了以後，和彥自己先笑了。「沒有啦，在我們家，我爸會買蛋糕之類的回來，我媽也會做烤雞。」

噁！俊次誇張地做出嘔吐的動作，「你們全家腦袋都有問題啊？」

「會嗎？這很奇怪嗎？」

「還用說嗎？你幾歲啦？是小學生喔？」

「噢，這樣啊。那野田同學呢？」

健一不曉得該擺出什麼表情，因爲神原家的聖誕夜讓他羨慕得要命。

「我家因爲我媽身體不好……」

聖誕夜別說奢想大餐了，就連平日，母親也幾乎不會開伙。早上父親用電鍋煮飯，味噌湯是即溶湯包。晚餐再吃早上煮的飯，配菜是外面買的現成熟食。父親很晚才會回家，所以健一通常是一個人吃晚飯。母親……有時候吃有時候沒吃。她都什麼時候吃飯？

即使發生那種事（雖然是未遂），野田家的狀況稍有改善，但飲食生活依然如故。

「我爸的公司會辦聖誕晚會。」

哇，那也有夠噁！俊次吵吵鬧鬧的。

「小學的時候我爸常帶我去。」

但上了國中以後，健一主動拒絕了，因爲他覺得黏著父親去公司很幼稚。

「所以我們家跟平常差不多吧。」

「這樣啊，我們家果然很奇怪嗎？」

和彥露出驚訝的表情。對啦，很奇怪，噁心、異常、變態！俊次得寸進尺。

「都國二了，還跟爸媽一起吃什麼蛋糕，噁心！」

健一說：「藤野同學家會烤聖誕節蛋糕喔，她說她妹妹都很期待。」

「藤野他們家應該是吧。」

人家是乖寶寶嘛——俊次罵道。

「我覺得會全家一起吃蛋糕的人比較多，畢竟我們還是國中生嘛。我們**還是**國中生喔，大出同學。」

俊次的眼中浮現怒意，「你突然跩什麼跩啊？別以爲你當了助手就可以在那邊囂張！」

和彥問：「那前年的聖誕夜，大出同學你在做什麼？」

俊次愣了一下。

「『大出集成材』不會全公司一起辦活動嗎？」

「誰會搞那種東西啊？」

「那你父母會在家過嘍？就算不吃蛋糕，也會吃晚飯吧？是什麼感覺？」

什麼感覺——俊次噘起嘴沉思，那張臉沒一會就歪皺成一團，「我被我爸揍了。」

「什麼時候？去年？」
「白痴，前年啦。不是你自己問的嗎？」
俊次被認識的學長找去，混進高中生的聖誕晚會，喝了一肚子酒回家，在玄關嘔吐了，結果——
「被狠狠地揍飛了。那時候我爸剛好回來，都三更半夜了，還大聲叫罵。」
國一學生在聖誕夜混到三更半夜才回家，而且還喝酒，挨罵是理所當然的，但……
「因為我吐在我爸脫下來的鞋子裡。」
俊次愉快地笑著說。也就是前面說的都不是重點，只有吐在鞋子裡才是問題，而且本人還一副得意洋洋的樣子。
「去年你沒參加那學長的晚會嗎？學長沒有再邀你嗎？」
俊次說沒去。聽到這個問題，他似乎才第一次想起，從來沒有人提到這件事。
「因為有前年的事，被禁止了，對吧？」
「不是啦，是因為什麼？我好像不能出去。」
所以是為什麼啊？——健一想要追問，被和彥以眼神制止。
俊次邋遢地靠在椅子上，似乎正努力回想，眼珠子像在尋找記憶似地轉動著。
「我爸……」
叫我不許出去。
「嗯，我記得是這樣。」
「你父親為什麼叫你不可以出門呢？你記得嗎？」
俊次毛毛躁躁地扯著耳朵，「不曉得，因為有前年的事吧？」
「你母親說了什麼嗎？」

「我媽出去了。去飯店還是哪裡，不是有那個什麼嗎？那種的，聖誕節還是過年都會有啊。」

俊次支支吾吾，回想了老半天，在和彥的協助之下，總算想起來。「叫晚餐秀，是嗎？她去看那個。每年都去，打扮得超誇張的出門。」

「那家裡只有你父親和你兩個人嘍？」

健一說，和彥插嘴：「還有奶奶。」

啊，對了。俊次的祖母是叫富子嗎？

「痴呆老太婆也在啦，她哪裡都去不了嘛。」

「有人幫忙照顧她嗎？看護之類的。」

「有嗎？還是聖誕節休息？女傭休假嘛。」

「公司的員工呢？」

「那天補假，都沒來。」

「這樣啊。你記得你母親去看晚餐秀，幾點回來嗎？」

俊次的眼珠子轉向天花板，是在思考，還是假裝思考？

「不記得了。」

「你父親一直在家嗎？還是出門了？」

「好像有應酬吧？傍晚他換了西裝。」

健一漸漸明白了。不是俊次的記憶力不可靠，而是大出家就是這樣一個家庭。家庭成員什麼時候、在哪裡、做些什麼，彼此都不在意。夫妻之間或許會交換一點訊息，但對俊次則是完全「放任」。在不同的意義上，俊次跟我一樣是遭到遺棄的。這麼一想，感到一陣新鮮的驚奇。

和彥稍微改變問題：「大出同學中午出門過吧？跟橋田同學和井口同學。」

「一下子而已。」

「去了哪裡？」

「遊藝場還是超商啊。」

「是中午幾點左右？」

仔細詢問之後，發現他們似乎並非三個人一起混了很久，理由也釐清了。

「橋田他媽不是賣串燒的嗎？」

「嗯。」

「碰到聖誕節之類的生意就很好啊，所以橋田會被抓去幫忙。」

井口充家是「萊布拉大街」裡的雜貨店，在人們會去購物中心採買禮物的聖誕夜，生意特別好。

「那麼，井口同學也……」

「他說要是在外面亂晃，過年就沒紅包了，有夠現實的。」

俊次臉上浮現明顯的侮蔑神情，可是健一發現其中摻雜了一絲別的感情。

是無聊、寂寞，這樣的神色。

可以頤指氣使的手下、唯命是從的嘍囉。對俊次而言，橋田和井口確實是這樣的存在。可是，他們都是商家的孩子，在聖誕節這樣的繁忙時期，多少會受到「家業」束縛。即使不是完全受到束縛、即使不是情願幫忙，但他們處在至少能感受到「爸媽很煩」的立場，而這樣的立場，是比身爲俊次的手下的立場更優先的。

對大出俊次而言，聖誕夜是這種特別的日子。無聊，連手下都不肯像平常那樣陪他打混——

健一注意到的時候，俊次正瞇著眼睛看他。健一嚇了一跳，以爲想法被看透了。

「雖然無關，不過那天我也去了『萊布拉』。」

陪向坂行夫去幫他妹妹買聖誕節禮物。

「人超多的，生意的確會很好。」

話題扯開了吧？我的臉色正常吧？健一暗想。

「幾點的時候？」和彥問。

「下午四點半左右吧。」

「該不會碰到大出同學了吧？」

和彥笑著問，健一也準備笑著回答「沒有、沒有」——

結果他想起來了。

「我看到柏木了。」

咦？——和彥揚聲問：

「在哪裡？」

怎會忘了？不，雖然就算想起來也沒有特別的意義。

「麥當勞，『萊布拉』裡的。」

「我們昨天去的那家？」

「對。『萊布拉』還有另一家麥當勞，不過就是昨天那家。」

「幾點？」和彥認真地又問了一次。「再好好想一下。」

買完東西，回家前打算跟行夫兩個人去麥當勞坐坐，所以——

「大概是五點左右。」

所以跟事件無關。

「柏木同學和誰在一起嗎？」

「沒有，就他一個人，坐在窗邊一個人吃東西。」

對——記憶復甦了。那與其說是吃東西，更像是在單純的進食，看起來一點都不津津有味，也不享受。

「得向柏木家確定一下才行，原來當天卓也同學外出了。」

「如果是一個人臨時起意出門……」

「或許他是去跟誰碰面。」

「原來他不是一直關在家裡？」

俊次似乎很驚訝。

「老師還說那傢伙一步也沒有離開家門，騙人嘛。」

「那是指他不去上學以後嗎？」

「要不然咧？」

「你是聽哪個老師說的？」

「是楠山嗎……？」

俊次那慵懶拖長的語氣忽然變了，彷彿是想起什麼而生氣或激動。

「對，就是楠山！那個王八蛋，血口噴人，說什麼都是我害柏木不敢去學校。」

和彥沒有理他。健一寫下大出家成員的名字。

「我們想跟大出同學祖母的看護談談，可以替我們拜託看看嗎？」

俊次張口結舌，「我嗎？」

「嗯。風見律師會幫忙居中協調，沒問題的。這是爲了大出同學嘛。」

眞沒辦法——俊次喃喃說道。明明是他自己的事。

「橋田同學和井口同學家，或者說店那邊，我們過去瞧瞧吧。」和彥對健一說：「或許他們記得曾見到大出同學，或是接到他的電話。」

「電話……？」

「你沒有打電話嗎？一般都會打吧？約說一起去哪裡幹麼之類的。」

和彥很冷靜，完全沒有放鬆攻勢。

「他們兩個在家幫忙——被抓去幫忙，所以不可能是他們邀你出去玩吧？是你去找他們的吧？不是打電話，就是晃過去找他們。」

或許吧——俊次不甘願地承認：

「可是，不管怎樣，我們幾點碰面都不重要吧？柏木跳樓是三更半夜的事耶，那個時候我在家啊。」

「得按部就班一一查證才行，按部就班。」健一出聲支援。

「是啊。」和彥點點頭，「至於三中，第一個應該要見的是工友先生。」

「工友先生當天在現場嘛。」

俊次氣悶地撇開頭。他光著腳，把鞋跟踩扁的運動鞋踢得遠遠的。運動鞋撞到牆壁，滾落下來，露出鞋底的商標。尺寸很大，而且健一視力很好，看出那是義大利的名牌貨。

「啊！」俊次挪動屁股回頭，「我爸說有客人要來。」

和彥微微睜眼，「你說聖誕夜？」

「對。他說有客人要來，叫我晚上要待在家裡之類的。」

「這也要確定一下。」健一立刻記下來，「所以，大出同學那天晚上確實在家。」

「沒錯，我在家。」俊次蹺起二郎腿，晃著雙腳。「誰會三更半夜去學校？而且外面還下雪哩。」

「那個客人來了嗎？」

晃動的腳停下，俊次的嘴巴噘了起來，額頭擠出皺紋。

「沒來？」

「不曉得。既然說要來，應該是來了吧，反正是我爸的客人。」

「既然你父親叫你待在家裡，表示他打算把你介紹給客人，或是要你去打聲招呼吧？」

健一忍不住插嘴，俊次又粗聲粗氣起來：

「我哪曉得我爸在想什麼？誰會管那麼多啦！」

「不記得跟客人打過招呼嗎？」和彥確認似地問。嗯——俊次點點頭。

「了解，確定這一點就好。」

俊次朝健一「哼」地噴了一口氣。什麼助手，誰鳥你啊。

健一故意誇張地嘆息，慢吞吞地說：「啊——啊，眞可惜，如果當晚碰到那個客人，或許就能請家人以外的人證明你不在場。」

「煩啦，少在那邊囉嗦！」

「我是助手，是站在大出同學這一邊的。」

「又沒人拜託你這種人。」

還吐舌頭，好髒的舌頭，這傢伙會抽菸。

「即使只是確認不在場證明，也需要腳踏實地進行查證。所以我才會幫忙神原律師，並不是因大出同學拜託而做的。」

你說什麼——就在俊次要發飆的時候，神原律師唐突地開口：「你們爲什麼吵架？」

俊次搖晃身體，傻呵呵地笑了起來。

「我們又沒在吵，野田，對吧？」

「不是說現在，是去年十一月。」

俊次停下動作。他轉頭回望。神原律師筆直地注視著大出俊次，神情沉穩，但眼睛眨也不眨。

「你在自然科教具室，跟柏木同學說了些什麼，才會發生爭吵？你得一五一十、毫不隱瞞地告訴我才行。」

9

八月四日

幸運的是，很快就聯絡上以前照顧大出富子的看護櫻井伸江了。要俊次調查家中的電話聯絡簿後，發現上面有她家的電話號碼。由於富子的健康狀況不穩定，大出家——尤其是大出佐知子，即使是夜裡或是假日，都會有臨時需要伸江過來照顧的情況吧。

伸江主動表示「我也是城東三中的畢業生」，然後爽快地答應他們希望詢問一些事的禮貌請求。不僅如此，她還說：

「那你們到我家來吧。我住的公寓雖然很小，空調也不涼，但可以慢慢聊。」

神原律師與助手野田健一二話不說，開心地接受了對方的好意。伸江說上午比較方便，所以他們約在十點見面。

大出家除了伸江以外，還有一個包辦所有家事的女傭，年紀比伸江更大，是名叫佐藤順子的資深女傭。關於她，只能先打電話到家事服務仲介公司的代表號詢問，但對方完全不予理會。家事服務員不能把顧客的家庭隱私告訴第三者，你們是學生嗎？我說你們啊，別以爲自己是學生，只要開口拜託，別人都會聽你們的，你們實在太天眞了，社會有社會的規矩——他們的電話被疑似職員的男性接起，對方嚴厲教訓了他們一頓。

伸江的公寓在距離大出家地下鐵三站的地方，但律師和助手決定騎自行車前往。應該會騎得滿身大汗，所以兩人的背包裡，除了帶上必要的採訪工具外，還放進替換的衣物。不是T恤，而是有領子的白襯衫。和彥主張這樣看起來才正式，還有，不可以穿牛仔褲。

在野田家，健一與母親幸惠之間的不干涉條約依然發揮功效。雖然難以判斷是否友好，但暫且是「和平」的狀態。幸惠對於健一的生活還有交友完全不插嘴，似乎也不像以前那樣，會爲了一點小事耿耿於懷、杞人憂天或鑽牛角尖了。幸惠的身體還是一樣不好，所以母子倆碰面的時間非常少。

關於校內法庭的事，健一好好地向父親健夫報告過了。健夫一開始對健一積極參與的態度感到驚訝，似乎也感到不安。父親抽象地詢問，神原同學這個人沒問題嗎？健一回答沒問題。

「大概跟藤野涼子同學一樣沒問題。」

「你怎麼知道？不一定上好學校的都是好孩子啊。」

「我就是知道。」

結果健夫沉默了。父親因爲虧欠我——其實是我虧欠父親，但父親認爲原因出在他的身上——所以不管是什麼事，他現在都不可能大力反對。而健一對健夫心存藐視，才能坦率地跟父親交談。雖然有時候他覺得這樣的自己實在討厭。

可是，這一天他和父親兩個人一起吃早飯，提到今天的預定時，父親突然這麼說，把他嚇了一跳。

「你這陣子看起來神采奕奕。」

健一把吐司塞進嘴裡，睜圓了眼睛。

「這種模仿法庭的活動能有什麼意義，坦白說，爸很懷疑。不過，對你來說，應該是一件好事。」

雖然被說成是「模仿法庭的活動」，但健一並沒有生氣。健夫的語氣也很平靜。

健一吞下吐司，問：「爸不會擔心我的高中入學考嗎？」

「會啊。可是，如果這件事沒有好好解決，你也無心念書吧？」

「……嗯。」

「要好好在期限內完成。否則不只是爸，跟這件事有關的學生家長都不會不吭聲。」

「我知道。」

「那就好。」健夫說著，拿起空盤子站起來。「路上小心。去別人家的時候，小心不要失禮。」

健一忽然覺得沉積在心底的泥土彷彿被胡攪一通，想問父親的問題一口氣湧了上來。爸，你覺得現在的野田家這個樣子就行了嗎？爸脫離上班族的夢想怎麼了？因爲我那樣抓狂，所以爸罷手了，可是放棄好嗎？媽到底知道多少，對現在的我又怎麼想？

覺得我「神采奕奕」的只有爸而已嗎？你跟媽談過嗎？什麼校內法庭，如果是以前的我，絕對不會牽扯進什麼「勝負遊戲」。對於會引人注意、可能會在大家面前出洋相的事，我絕對不會去碰，因爲這是我的理念。

仔細想想，現在的我一點都不像野田健一，對吧？

可是，脫口而出的問題卻完全不同：「爸，你覺得拜訪家事服務員，應該帶什麼去才好？」

野田健夫把洗好的盤子放到瀝水籃，回過頭來。「要帶什麼去？」

「禮物。是不是應該帶個點心之類的？」

父親這次眞的笑了出來，「國中生不必想那麼多。那樣太奇怪了。」

健一跟著笑了，說的也是。

在會合地點碰面時，健一把這件事告訴和彥，和彥也笑了。然後，他很自然地說：「你跟你爸很要好呢。」

這時，和彥正在打開自行車的鎖，沒看健一。他應該沒注意到健一的表情僵住了。

「我們才不好。」

「是嗎？」和彥跨上自行車，回頭說：「你們好像很常聊天。」

「你們家不聊天嗎？」

「會啊，只是應該沒有你們家那麼頻繁。我也沒有說審判的事。」

健一十分意外。

「完全沒說？」

「嗯。因爲這是我的朋友的事，沒必要一一報備。」

這跟健一的看法相差甚遠，聽起來也跟他從和彥這些日子以來的行動推測出來，和彥的「城東第三中學校內法庭觀」互相牴觸。

「我爸媽是在家工作，整天都會碰面，反而不太會聊天。」

「可是他們不會擔心嗎？」

七月三十一日開始，和彥就沉浸在其他學校的活動裡，跟其他學校的學生同進同出。他的父母不會覺得奇怪嗎？

「我又沒做什麼要人擔心的事。」

「你今天是用什麼理由出門的？」

「去圖書館。」

和彥一臉不在乎。那不是撒謊嗎？——健一吞下話。這種程度的小謊言或許沒關係吧，還算是在容許範圍內。

我跟父親感情好？完全相反，我曾想殺死父母呢。

沒錯，我們家不正常。差點崩壞的過去讓彼此心虛，所以父子才會交談，宛如中間夾著一條停戰線的兩國外交官。如果是一般家庭，根本沒有這個必要。對於一點小謊言，也根本不會在意。

健一沒辦法這麼說。會有能夠說出口的時候嗎？還是會有即使不想說也非說不可的時候？

唯一不可能的，就是不必說也沒關係的情形——健一在盛夏的陽光下踩著自行車時，如此想道。

公寓確實很小，但整潔得像剛落成的建築物。外牆板是雙色組合，扶手和窗戶的設計也很時髦，是適合獨身女性居住的公寓。

雖然大出俊次劈頭就不感興趣地形容「那個照顧老太婆的**歐巴桑**」（實際上他連人家的名字都不記得），但以健一的基準來看，櫻井伸江是位相當漂亮的女性。年紀約三十出頭，人很沉穩，看起來很溫柔，格紋襯衫加牛仔褲的搭配讓她顯得青春洋溢，笑起來就像個少女。健一不禁有些怦然心動，在玄關脫鞋的時候花了點工夫，兀自覺得丟臉極了。

「我知道校內法庭的事，你們真了不起。」

在鋪著紅白格紋塑膠桌布的廚房餐桌面對面坐下後，伸江劈頭就這麼說。

「妳怎會知道法庭的事？」

「我負責的家庭裡，也有一些三中的學生。」

不過不是三年級的，她說：

「成了熱門話題嘍。」

和彥以帶笑的眼神瞄了健一一眼，問：「是稱讚還是批評呢？」

「唔，一半一半……不對。」伸江跟著笑了，「六比四吧。」

「稱讚是六？」

「很遺憾，批評是六。大部分的人都在擔心，說都快考高中了，怎麼還有空去搞那種活動？」

健一拿手帕擦汗。幸好出門的時候沒有忘記帶，而且是新的。

「我不知道在一、二年級之間也成了話題。」

「有些人是兄弟姊妹都念三中，也會透過社團活動傳開來吧。那件事本來就相當轟動，所以大家都很感興趣。」

雖然順序反了，但兩人向伸江自我介紹。聽到神原和彥是東都大附中的三年級生，伸江瞪大眼睛，再次端詳著他。

「原來你是別校的學生？哎呀，我又嚇了一跳。」

「神原同學肯幫忙我們，眞的幫助很大。因爲沒人願意擔任律師。」

不小心說出口後，健一內心一涼。剛才的發言，等於是在侮辱櫻井小姐的僱主大出家吧？

但伸江用力點了兩下頭，苦笑著說「這也難怪」。

「說得明白點，俊次同學就是個小混混嘛。因爲是義務教育，他才沒被學校趕出來，這要是高中，他老早就被退學了。」

說得眞白。健一捏緊手帕。和彥不當一回事。

「如果他能趁這個機會重新回到正軌就好了。俊次同學有沒有多少感謝一下你們的友情跟義氣？」

一點點——和彥應道，然後笑了。「發起校內法庭的是一個女生。感覺俊次同學對那個女生從一開始就另眼相待。」

「是姓藤野的女生，對吧？模範生，長得很漂亮。」

好清楚。

「妳知道得眞詳細。」

「藤野同學要擔任檢察官，對吧？這件事好像讓俊次同學很沮喪。」

律師與助手對望。沮喪？那個大出俊次？

「最初是藤野同學要擔任律師，對吧？俊次同學本來眞的很開心。」

健一覺得俊次看起來並不開心，也沒聽過這樣的事。

「可是中間出了很多事……」

「他父親插嘴，搞砸了這件事嘛。俊次同學眞可憐。」

看來，對伸江不需要事前說明。健一打開筆記本，拿好鉛筆，把接下來的對話交給和彥進行。因爲他自覺可能會一時失控，講出不該講的話。

「大出同學家失火後，櫻井小姐還繼續去幫忙嗎？」

「我一星期會去三次。直到上個星期五……所以是二日吧，到那天就結束了。」

「另一位佐藤女士也是嗎？」

「不，佐藤嫂火災後馬上辭職了。」

開朗的笑從伸江臉上消失，眼神變得認眞。

「你們是爲了證明俊次同學的清白，才擔任律師的吧？」

和彥和健一完美地異口同聲說「是」，一起點頭。

「所以你們想從我這裡問出什麼呢？」

「首先是確認俊次同學去年十二月二十四日的不在場證明。」

伸江閉起眼睛，搖了兩、三下頭。「那找我沒用。那天我休假，不在大出家。」

「一整天都不在？」

「對，完全不在。」

落空。怎會這樣？好不容易碰上這麼積極配合的人。

「那佐藤女士呢？」

「那天是補假日吧？她一樣休息。」

我呢——伸江伸出一手，按在胸前說：

「如果需要，有時候也會在假日上班或加班，但佐藤嫂絕對不會。」

「那是因為佐藤女士是負責家事，而櫻井小姐是負責看護俊次同學的祖母嗎？」

「你們調查得很清楚呢。是俊次同學說的嗎？那孩子記得佐藤嫂和我的名字嗎？」

不只是熟知內情，而且敏銳。

「好像不太記得……」

伸江也沒有生氣的樣子，又少女似地微笑道：「我想也是。因為他根本不把女傭當成人看嘛。」

他父母就是這樣——她補上一句，頭一次語氣帶刺。這樣一句話，道盡了櫻井伸江對大出夫婦的觀感。

「佐藤嫂是很能幹的女傭，動作快又細心，廚藝也是一把罩。可是她總是在埋怨，說想要快點結束大出家的契約，受不了被他們整天當成奴隸使喚。」

所以佐藤順子盡量不跟大出家的人有瓜葛，也不關心或聞問家人的內情。

「我第一次看到資深老手那麼討厭特定的僱主。我比較幸運，富子女士照顧起來輕鬆多了。」

「那麼，即使我們去見佐藤女士，也不會有什麼收穫嘍？」

「她應該不會見你們。你們聯絡過了嗎？」

他們說雖然打過公司的電話，但被冷冷地拒絕了，伸江露出「這也難怪」的表情。

「你們有正牌律師的覺悟嗎？」

她的身子微微前傾，依序看了看和彥與健一。

「我們自認有。」和彥回答。

「你們可以保守祕密嗎？不會把大出家的事到處亂說嗎？」

「絕對不會。」

律師做出拉上嘴巴拉鍊的動作，健一也跟著做。

「那好。」伸江靠到椅背上，「告訴你們，其實一開始佐藤嫂遭到警方懷疑。」

健一急忙開始寫筆記。

「那是指……縱火的事嗎？」

「還有別的事嗎？當然是縱火。」

大出家與佐藤順子之間，所有僱主和女傭之間能發生的問題全發生了，其中最嚴重的就是金錢糾紛。

「大出太太每個月都會刁難一些有的沒的小事，設法苛扣規定的薪水，總是在跟我們公司吵架。」

如果接到簽約客戶的抗議，公司方面就必須調查事實才行，而每一次佐藤順子都會遭受不愉快的質疑。

「佐藤女士和櫻井小姐是同一家派遣公司吧？」

「沒錯，可是我們簽的約不一樣。我是鐘點制，基本上是算時薪。佐藤嫂是算日薪，是長期契約。」

所以立場不同——伸江說明：

「說起來，長期契約類似正職員工，而我是計時人員。所以我比較能通融，也能配合客人的要求在清晨或半夜去上班。不過，正常時間外的時薪是要加成的，這你們懂嗎？」

健一急忙筆記，一邊點頭。

「那麼，因爲無法配合，大出家又一直表現出那種態度，佐藤女士感到相當不滿，是嗎？」

「沒錯，她眞的很想辭職。」

「積怨太深，終於再也無法忍受，憤而縱火……是嗎？」

「不是警方這麼推理，是太太跟警方打小報告。」還到處跟左鄰右舍這麼說。

「然後啊……佐藤嫂眞的很可憐。」

「她的嫌疑洗清了嗎？」

一下子就洗清了──仲江說，「警方判斷縱火手法是職業級的，不是對僱主不滿的女傭衝動之下可以辦到的。」

可是，太太不接受這個結論──仲江擠出下唇，一臉苦澀。

「她到現在都還到處跟別人說女傭很可疑。搬到週租公寓以後，我聽她抱怨好多次。」

仲江的語氣愈來愈自在，也愈說愈起勁。

「火警是發生在晚上吧？或者說半夜。」和彥問。

「我記得是一點左右吧？」仲江應道。

「這樣大出同學的母親還懷疑佐藤女士嗎？」

「所以太太宣稱她是爲了放火才三更半夜特地跑來。佐藤嫂家在杉並區的井草耶，從那種地方三更半夜是要怎麼……」

說到這裡，仲江的眼珠子轉了一圈。

「啊，對了、對了，佐藤嫂有不在場證明。她和家人睡在一起。」

「那櫻井小姐呢？」

仲江指著地板，「我在這裡睡覺，不過我只有一個人。我沒有不在場證明，但總之縱火手法是職業級的，跟我們完全沒關係。」

健一飛快地在筆記本上凌亂地抄寫著，感覺頭快昏了。這番話跟原本的來意朝完全不同的方向發展，但我們是不是打聽到什麼可怕的事情？大出家的火災毫無疑問是縱火，而且是職業級的手法，是警方立刻就能判斷出來的精湛嫻熟犯行。

——那大出和他父親接到的是什麼恐嚇電話？

三中的學生或家長中不可能有縱火專家。不，還是有可能？若只論可能性的話，有嗎？

「總之，因爲這樣……」

伸江伸手拿起眼前裝麥茶的玻璃杯，手指滑過流著汗的杯身。

「佐藤嫂眞的吃了很多苦頭，我想她應該不會協助你們，也沒有能提供協助的地方。如果是大出家的壞話，應該能打聽到一籮筐，但沒辦法用來幫俊次同學辯護嘛。」

仔細一看，和彥正用左手食指按著鼻頭，這讓他的臉變得很好笑，但本人陷入沉思，沒有發現。

「聽說失火前大出家接到恐嚇電話，對吧？」

和彥維持著這樣的怪表情，盯著桌子，蹙著眉頭問：

「當時妳聽過大出家的人提起電話的事嗎？」

「我是聽過……」

伸江向健一使了個眼色，眼角泛笑。

「是什麼時候？」

「什麼時候啊，日期就……屋子失火後，動不動就會提到這個話題呢。」

伸江終於忍不住笑了出來。

「律師先生，要是一直壓鼻子，小心變成塌鼻子。可惜了你那張英俊的臉蛋。」

和彥眨眨眼，回神似地放開手。「啊，抱歉。」

「你那是習慣嗎？」

「好像吧，我在家也常被念。」

「換個帥氣點的習慣吧。」

伸江看似好笑地說。和彥表面上陪著笑，其實心不在焉，健一看得出來。櫻井小姐的話哪裡讓他如此介意？

「失火前接到恐嚇電話的事——聽過不只一次，對吧？——當時沒有成爲大出家的話題嗎？」

有嗎？——伸江還在笑。

「要是發生那種怪事，一般家人都會提起吧？比方『今天我接到奇怪的電話，對方說了一些可怕的話威脅我』之類的。」

「上了新聞節目以後，大出家有段時間接到很多惡作劇電話，所以不會一一放在心上吧？」

然後，伸江又毫不在意地說：「而且那個家根本不正常。」

常識在那裡行不通，她用勸說般的語氣對眼神嚴肅的和彥說。

「那麼，櫻井小姐沒有接過恐嚇電話嘍？」

「沒有、沒有，我想佐藤嫂也沒接過。」

「確定嗎？」

「如果接過，她應該會告訴我，而且大出家規定女傭不可以接電話。」

說是會侵犯到家人的隱私。

和彥緊抿嘴唇，手指又移到鼻頭。「能不能設法見到佐藤女士呢？」

「沒辦法，只會浪費時間，她什麼都不會說的，何況還有公司的規定。」

健一忍不住抬頭，「那爲什麼櫻井小姐願意告訴我們？」

「因爲我辭職了。」

她說不只是結束與大出家的契約，也辭掉了女傭的工作。

「富子女士那樣過世，我沮喪極了。如果我跟在她的身邊，她就不會那樣死掉了。」

宛如拉下了百葉窗，伸江的臉罩上陰影。她每次眨眼，百葉窗就兩層、三層地罩上去。雖然說得輕巧，但健一感覺她的心痛是真的。

「太太——大出同學的母親，說火災發生的那天晚上，她一直以為富子女士有我陪著。」

據說，大出俊次的母親在火災現場叫著「櫻井在做什麼」。

「深入別人家庭的工作讓我累壞了，我要找別的工作。」

這年頭這樣的大人並不稀奇，一般是稱為打工族嗎？

「關於縱火的事，」和彥窮追不捨，「警方曾詢問櫻井小姐什麼問題嗎？」

「警方問我幾點回家、晚上在哪裡。」

「其他呢？比方，知不知道什麼人跟大出家有仇之類的……」

伸江誇張地睜大雙眼，「你是不是推理劇看太多啦？」

「或許吧。可是，怎麼樣？有嗎？」

伸江交抱起雙臂，「警方有這麼問嗎？我只能回答學校那邊似乎出了很多事，只知道那邊好像有問題而已。富子女士也確實不是個會跟人結仇的老奶奶。」

「聽說她有點失智，是真的嗎？」

「畢竟年紀大了嘛，但並非總是神智不清。」伸江恢復正經的表情回答。

「跟我在一起的時候，她只是個高齡重聽、牙齒不好、腰腿無力的普通老奶奶。說什麼在附近遊蕩、尖聲怪叫，全是發生在我不在的時候。而且，事後仔細詢問，會發現那些都是被大出社長怒罵，或是被太太簡慢地對待，老奶奶在混亂之下才做出的行動。」

「俊次同學跟他奶奶的關係怎麼樣？」

「沒怎麼樣。假如我一整天都待在富子女士的房間，那我一整天都不會看到俊次同學。」

「即使住在同一個家裡？」

「舊歸舊，大出家非常大。」

健抄著筆記，漸漸擔心起來。問出有關縱火的新事實是很好，可是那跟校內法庭無關。這樣下去，豈不是完全脫軌了嗎？

「關於縱火的事……」

然而，和彥卻執意繼續追問：

「還有沒有被問到什麼？警方說是職業手法，有沒有提到更具體的細節？」

「你說警方嗎？」

「不管是警方或大出家的人提到的都行。」

伸江想了一下，很快就搖搖頭說：

「這跟俊次同學的不在場證明無關吧？」

「也是。那麼，我請教一下別的問題，俊次同學……」

伸江瞇起眼睛，「你是說四中學生的強盜傷害事件？」

和彥似乎有別的問題，但被伸江的氣勢壓倒，於是改變了方向。「《前鋒新聞》也報導了這件事。那是事實嗎？」

「真的有這件事，不過社長砸錢解決了，所以沒有鬧開來，律師也出面調解了。跟你們不一樣，是正牌的律師。」

「風見律師，對吧？」

原來你們知道啊？眞有一手——伸江的臉上閃過這樣的神色。

「可是，最後還是鬧開了啊，被電視節目報導了。」

「所以啦，」伸江加強語氣，「社長氣呼呼地說要告HBS。他說那不是什麼傷害，是小孩子打鬧，他已好好付給人家治療費了。」

我個人是覺得小孩子打鬧和強盜傷害事件，差別有馬鈴薯和隕石那麼大——伸江說：

「聽那個來採訪的茂木記者說，在HBS方面看來，那起傷害事件是個關鍵。」

「關鍵？」

「他說兒子鬧出那種事，父親卻拿錢掩蓋下來，太可惡了。還說如果是那種父子，兒子也有可能幹出殺害柏木同學的事。」

加強了HBS（茂木記者）對告發信眞實性的心證——健一在筆記本上這麼註記。

「俊次同學平常在家是什麼樣子？」

「什麼樣子……」

伸江雖然欲言又止，卻毫不留情：

「很邋遢，眞的是邋遢到極點。」

伸江加強語氣斷言，然後她轉向健一，說：

「你應該知道吧？他老是遲到，對吧？」

「啊，是的。」

「他沒辦法守規矩啊，他沒有受過這樣的教育。」

「的確有這種感覺。」

「就是吧？對你們雖然很不好意思，可是我覺得那孩子應該好好嘗一次苦頭。」

「論苦頭，他嘗得夠多了。」

和彥的語氣實在太平靜，讓仲江的勁頭有點受挫。斷線般的沉默降臨。

一會後——

「是嗎？我倒不覺得。」

仲江不滿地接著說，眨了眨眼。

「俊次同學和柏木卓也同學有朋友之間的往來嗎？」

不清楚——仲江又交抱起胳臂，冷笑道：「他的同伙是兩個同年級的。」

「橋田同學和井口同學。」

「沒錯。他都跟那兩個人，還有學長往來。」

「學長？」

「國中的，所以現在應該是高中生吧？完全就是一群流氓混混般的傢伙。俊次被那伙人拉進去以後，變得愈來愈壞。」

我不是直接知情啦——仲江再三強調。是社長跟太太在講，然後太太跟來家庭訪問的導師講。我不是偷聽，只是不小心聽到而已。

「不良少年也有不良少年的上下關係，對吧？俊次同學怕他學長。要是他們來找，他不敢拒絕，好像也被捲走了不少錢。」

和彥和健一都沒有聽大出俊次提過這樣的事，俊次也絕對不會提起吧，因爲事關他的面子。

「在學長的面前，俊次同學只是個小嘍囉嗎？」

「沒錯，就是這樣。」

「可是，橋田同學和井口同學是俊次同學的小嘍囉。」

「應該是吧？我不清楚他們的事，他們沒有來過大出家。」

「沒來過？」和彥的語調微微提高，「手下們不是應該鞠躬哈腰地上大出家問安嗎？」

伸江露出「如果辦得到，眞想一掌拍向和彥肩口」的表情說：「你眞是不懂哪。」

「家裡有那個可怕的社長啊，他們怎麼敢去？」

據說，三人組幾乎都泡在井口充家。伸江強調這也「不是偷聽，而是不小心聽到的」。

「因爲太太經常開罵，說俊次又泡在井口家。他們家是在做什麼生意的？」

「在『萊布拉大街』開雜貨店。」健一回答。

「所以父母管不到啊。」

大出家也一樣——伸江不屑地說：「小孩子幾點出門、幾點回家，父母完全不知道。連人是不是在房間裡都不曉得，也無所謂。早上沒看到人起來，才知道在外頭過夜了。」

「那去年的十二月二十四日也……」

和彥迅速追問，伸江點點頭。「是啊，幾點在哪裡、做些什麼，只有本人才知道吧。剩下的兩個手下不曉得會不會開口。」

感覺非常困難。

「也不用指望社長和太太了，他們什麼都不知道。即使知道，見苗頭不對，就會包庇兒子。」

健一漸漸弄不清楚這個人是敵人還是自己人了。

「不管是任何形式，如果俊次同學和柏木卓也同學有往來，櫻井小姐會知道嗎？」

伸江剛要回答，卻又閉上了嘴，然後陷入目前爲止最長的一次沉思。

「往來——可是，柏木同學並不是不良少年吧？」

「是的。」健一回答。

「那就是遭到俊次同學欺侮、勒索或使喚的關係嘍？」
「應該是。」這次是和彥回答。
「井口同學，是嗎？去問問他們常待的那一家的父母如何？我是不曉得，佐藤嫂也是。」
也就是說——她匆匆補充道：
「就算他們在霸凌什麼人，我們也不會曉得是誰。而**俊次的父母**跟我們一樣，**不曉得**。這一點可以確定。」
因爲大出家不是霸凌或勒索的現場，這些事總是發生在外界。
「不管是兒子、媳婦或孫子，沒有一個跟富子女士親近。」
伸江低聲呢喃。和彥沒有反應，所以健一也保持沉默。
「然後又是那種死法……我非常同情她。我好自責。雖然沒有這個必要，因爲那一天我早就預定要休假了。」
話題繞了一圈又兜回來，似乎都說完了——如同健一察覺的，和彥說了聲「謝謝」，作結似地行禮。
「我幫上什麼忙了嗎？白跑一趟了吧？」
「沒有的事。這下我們明白，總之本人才是關鍵。」
然後，和彥用一種共犯般的親暱態度，對伸江笑著說：「而且大出同學的父母也不可能那麼容易見到嘛。」
「原來我是熱身操嗎？」伸江也笑了，「可是說眞的，就算去見那對父母也是白費工夫。相信我吧。」
健一收拾筆記本站起來。離開前穿鞋的時候，他已不再恍恍惚惚。
「如果還有什麼我幫得上忙的地方，隨時打電話給我。」
「好的，麻煩妳了。」

「辯護團，加油！」

辯護團走出門外，尋找稀少的日蔭處，推著自行車走了一會。和彥始終沉默不語，卻又不肯跨上自行車。

健一終於受不了地開口：「爲什麼呢？總覺得餘味好差。」

和彥一手按著自行車，回過頭，只見他的食指按著鼻頭。

「有味道。」

健一笑了，「你才沒那種習慣，對吧？」

「沒有，因爲有股討厭的味道。」

櫻井伸江是勤奮照顧大出富子的女傭，意外地是個美女，對我們也很親切，所以她應該是好人，可是——

——不知爲何，有股味道。

是大出家的內情散發出來的味道，談論它的櫻井伸江的話中也有味道。

健一正要開口這麼說，傳來伸江的呼喚聲。喂，你們兩個！她穿越人行道追過來，健一嚇得心臟都快從嘴巴跳出來了。

「啊啊，太好了，追上你們了。」

伸江用手搧著臉，氣喘如牛。

「我想到一件事。」

是關於縱火的事，縱火的手法。

「警方和消防署的那個……嗯，檢查還是勘驗之類的人員在談話，我聽到了一些。」

——這是煙火師幹的。

「煙火？是那個『咻』地飛上天的煙火？」

連和彥也不禁愣住。健一決定把想到的先說出來：「煙火師是製作煙火，或是放煙火的師傅，是吧？」

「應該吧？不過，只是我覺得聽起來像在說煙火師而已啦。」

櫻井伸江雙手插腰，大大喘了一口氣。

*

一早她就有不好的預感，這絕對不是所謂的「事後諸葛」，而是有種差不多就要發生這種事的預兆。也有種如果發生了，應該逃不掉的預感。

門鈴響了，藤野涼子去到玄關，繫著門鏈打開門一看，結果——

「妳好。」

來人是ＨＢＳ《前鋒新聞》的茂木記者。

「雖然我不奢望妳會請我進家裡……」

茂木跟在快步走向長椅的涼子身後，窩囊地說：

「可是咖啡廳不行嗎？我們去有空調的地方吧。」

涼子在兒童公園的長椅坐下。有兩張長椅並列，她坐在右邊的長椅正中央。茂木坐左邊的長椅就行了。八月的大晴天，氣溫來到三十度。上午十一點半的公園裡不見小孩子蹤影，也沒有散步的人，亦不見打槌球的老爺爺和老奶奶。直到太陽西傾，天氣稍微涼爽之前，這裡大概會一直這樣一片空蕩。

「成天吹冷氣，小心得關節炎。」涼子說。

茂木怨恨地看著圍繞公園的樹木形成短小的樹蔭，假惺惺地大嘆一口氣，在左邊的長椅坐下。他穿著時髦的麻料外套，眼鏡跟上次見到時不一樣。現在戴的或許是盛夏款式，鏡片是淡綠色的。
「正好是中午，我本來想請妳吃午飯。」
開什麼玩笑。涼子回道：「還不到中午。」
「我早餐吃得早，肚子餓扁了，可以陪我……」
茂木瞄了涼子一眼。
「看來是不行。」
他總算死了心，脫下外套，背部朝內對摺，疊好袖子後，身子一扭，掛到椅背上。重新轉向涼子時，他像變魔術般拿著一張影印紙。
雖然摺成三摺，但不看內容涼子也知道那是什麼。
「這是妳寄給全校三年級生的信。」
果然沒錯。
「這是呼籲告發信的寄件人出面的那封。最早的那封，召募大家參加校內法庭的信我也有。」
涼子維持面無表情。
「妳不問我是怎麼弄到的嗎？」
「你在我們學校有線民，對吧？這點事我還猜得出來。」
「這樣啊。那妳不好奇是誰嗎？」
這種吊人胃口的語氣是在暗示什麼？涼子轉頭，直視記者。鏡片反光，看不到茂木的眼睛。
「學生和家長之中，好像有人被**你**的《前鋒新聞》打動了，所以……」
「妳說的沒錯，不過那是另一回事，這次的消息來源不一樣。」
記者賣關子似地停頓了一下。

「那麼，你們蒐集到有關告發信的線索了嗎？」

目前半點成果都沒有，但信才寄出去三天而已，沒辦法。

「我覺得應該很困難。大家都是考生，還有考生的家長嘛。」

「然後呢？你找我有什麼事？我得在妹妹們從游泳教室回來之前返家。」

這是騙人的。

「蒐集不到什麼情報，對吧？」

明明才第二次見面，茂木記者的態度卻異常親暱，就像和朋友相處一樣。

「我昨天掌握到新消息了，而且是超級重大的驚人消息。有個自稱告發信寄件人的人打電話給我。」

涼子的表情不由得產生變化，她好不容易才吞下「怎麼可能」的反駁。

「是女人的聲音。」記者接著說：「不是女孩，是大人。」

「大人？」

「對。聲音壓得很低，我覺得應該是用手帕或其他東西掩住嘴巴。我是聽人說話的專家，絕對沒錯。」

涼子的心一下子翻轉過來。那麼，告發信的寄件人不是三宅樹理嘍？大人？怎樣的大人？

心再次翻轉，回正了。「是惡作劇電話吧？不是有很多人會打電話或投書去電視台，爆料一些誇大其詞的事嗎？」

「是嗎？」茂木收起笑容，變得一臉嚴肅。

「那個人對茂木先生說了什麼？」

「她叫我採訪你們的校內法庭，在《前鋒新聞》播出。」

茂木記者說，對方要求他監視校內法庭，使審判公平進行。

涼子頓時氣得七竅生煙。監視？居然說監視？他有什麼權力？

「我們校內的活動，輪不到完全無關的茂木先生來監視。」

記者絲毫不爲所動，「不管面對任何對象，媒體總是無關的陌生人，是第三者，所以才能公平地報導，不是嗎？」

「你想要報導？」

「站在《前鋒新聞》的立場，這應該會成爲三中發生的一連串事件，饒富興味的後續報導。」

茂木的額頭被汗水濡濕了，因爲天氣太熱。涼子也感覺到汗水從太陽穴淌下，一樣是因爲熱，而不是因爲她心生不安。

「我們謝絕採訪。」

「你們沒有拒絕的權力。至今爲止死了一個人，或者該算是兩個人，這無疑是社會事件。」

「我覺得老師們不會允許。」

「咦？」記者推起眼鏡，只有嘴巴笑著。「藤野同學不是無視校方的反對，義無反顧地舉辦校內法庭嗎？然而，一碰到不湊巧的事，立刻就躲到學校背後？怎麼這麼沒原則呢？」

藤野涼子還只是個十五歲的少女，茂木的說法實在幼稚至極。雖然令人氣憤，但他說的沒錯，涼子咬牙切齒。茂木記者遊刃有餘地笑著，注視著涼子。

「打電話給我的女性，」茂木記者連語氣也變得有些悠哉，「非常擔心。如果舉行不公正、不完整的校內法庭，會有學生遭受不當的傷害。可能會遭到誣陷、受到重創，再也無法振作起來。她絕對不允許這種事發生。」

而且，眞相也會被永遠封殺吧——

「你確定嗎？她眞的這樣說？」

「是啊，我抄下來了。」

「如果是自稱寫下告發信的人這樣說，那個人口中的『眞相』，指的就是告發信的內容吧？」

「是啊。」茂木點點頭，「所以那名女性從頭到尾都在主張，說她目擊柏木卓也同學遭到大出俊次、橋田祐太郎、井口充三個人殺害的現場。」

涼子恢復冷靜。必須振作，必須動腦。

「這太奇怪了，她爲什麼不聯絡我們檢方呢？你手上的信不是寫得明明白白嗎？在這次的校內法庭中，大出俊次已是被告。」

「妳眞的不知道理由？」茂木加重語氣問：「因爲**檢方無法信任**啊。當初說要爲大出俊次同學辯護的學生，現在卻是檢察官，不管怎麼看都是一場偏頗的審判，從一開始就知道結果了。大出同學會無罪開釋，你們會敗訴。失敗萬萬歲。」

然後，對城東三中來說，這個結果也是值得歡迎的——

「柏木卓也同學是自殺的，他有只有自己才了解的煩惱。告發信是譁眾取寵的惡作劇。雖然是一起不幸事故，但三中的體制並沒有重大的問題。各位，連同柏木同學的份一起好好活下去吧。好了，回去好好念書，準備考試——事情就這樣落幕。」

原本只是在自己的腦袋與內心胡亂摸索的涼子，總算找到出口。她應該尋找的不是答案，而是問題。

涼子直盯著茂木。

「茂木先生，我想請教你。」

記者輕輕揚起雙眉。

「你本身追求的是什麼？你透過採訪想要得到什麼？」

怎麼，原來是這種問題？——茂木哼笑了一聲：

「所以說，我想要報導眞相啊。」

「那麼，你認爲那封告發信上寫的是事實嗎？」
「我怎會知道？採訪還不夠充分嘛。」
「可是，你不是在節目裡把大出同學報導成和殺人犯一樣嗎！」
記者舉起一手制止涼子，「請等一下，那是誤會，也是魯莽的觀點。那個時候我告發的並不是大出同學，而是儘管出現種種流言蜚語，卻不加以追查或調查，只知道一味保身，試圖隱瞞事實的城東三中這個學校體制。」
找到的出口沒有錯，涼子總算摸索到正確的解釋。這麼說來，這個人剛才也提到「體制」——
「所以，我站在校內法庭這邊。」
茂木在長椅上挪動身體，湊近涼子。「你們沒有被學校蒙騙，試圖自力查出眞相，展開行動，實在太値讚許了！我向你們鼓掌致敬。所以，我想要支持你們。」
涼子的目光在空中游移了一下，蟬刺耳地鳴叫著。
「茂木先生討厭學校，對吧？」
「咦？」
猶如腳下冷不防被一掃，茂木的姿勢亂了。
「你討厭學校。因爲你對學校沒有好的回憶，是嗎？」
「這不是我個人的問題，妳那種說法是在轉移焦點。」
是嗎？不好意思。我還是個小孩子，沒辦法。
「所謂的學校，是社會的必要之惡。然而，現在——若是置之不理，將來也一樣——『必要』將會不見，學校淪爲單純的『惡』，成爲社會之惡。」
「所以攻擊學校也沒關係嗎？」

「我不是攻擊，只是想要矯正錯誤。這次的事也是，可以透過校內審判，擠出三中積存已久的膿。」
「你怎能那麼自信滿滿地說我們學校的壞話？」
「事實上，不就演變成這種狀況了嗎？」
「我們的事會自己解決，不需要無關的陌生人支持。」
雖然只有一瞬間，但茂木的臉上浮現怒意，這是第一次。雖然不是開心的時候，但涼子還是感到痛快極了。
「妳不知道學校這種體制有多難纏、老師有多狡猾，爲了保住自己的地位，可以多滿不在乎地撒謊。」
「那茂木先生知道嗎？」
「因爲我處理過好幾宗這樣的案子。」
「然後戰無不勝？消滅好幾所邪惡的學校？」
涼子高亢的聲音，讓蟬聲同時止住了。不只是茂木與涼子，整座公園陷入沉默。
好熱，彷彿人在平底鍋上煎著。
「妳不想要情報嗎？」
茂木似乎改變了策略。
「我跟告發信的寄件人通過電話。」
「那個人不一定是正牌貨。」
「唔，是啊。可是……」
記者的表情恢復從容。
「她很激動，說得很快。我做了什麼、我怎麼想、我想要怎樣——她一頭熱地說個不停，連我都沒辦法插嘴。結果她說得太快，說溜嘴了。」

妳猜，她說了什麼？

「應該說『我』的地方，她說成『我們家的樹理』。」

蟬聲復活了。

「那是一直被揣測爲告發信寄件人的女生，對吧？」

汗濕的襯衫貼在涼子的背上，好不舒服。

「她的全名叫三宅樹理，是嗎？」

打電話給茂木的，是三宅樹理的母親嗎？涼子一陣頭昏眼花，她怎會做出這麼愚蠢的事？

「只要去見她，聽到她的聲音，就可以確定。我錄音了。只要聽了錄音，對方應該也不得不承認吧。」

「你要去採訪？」

「當然。」

明明已汗流浹背，茂木記者卻怡然自得，幾乎要哼起歌似地說：

「這就是記者的工作。」

說得好聽。

「所以我會繼續採訪下去，不管是對大出同學或三宅同學。」

雖然不甘心，但涼子無法制止。話雖如此——

她也不是完全沒有對抗的手段。

「請給我名片。」

涼子伸出一手，記者吃了一驚似地眨眨眼。

「我想知道茂木先生的聯絡方法。」

茂木從掛在椅背上的外套內袋取出名片，遞給涼子。

快想、快想，專注思考。涼子看著名片，鼓舞自己。現在是關鍵時刻，快想啊。

無法阻止茂木悅男進行採訪。沒辦法阻止。那麼、那麼、那麼，該怎麼做——

反過來利用他。

涼子看著記者，看著淡綠色鏡片後面的那對眼睛。

「盡快查出眞相，擠出城東三中內部蓄積的膿血，撫平相關人士的傷痕，讓眾人重新振作。你的目的，跟我們的目的一樣。」

沒事，我很冷靜。

「既然目標一致，你可以協助我們嗎？」

茂木記者瞪大了眼睛，「協助？」

「請你擔任我們檢方的證人。」

「證人？」茂木第一次退縮了，「要我作證什麼？」

「這還用說嗎？」

就是你當初寫下的劇情——涼子差點這麼說，硬生生地換了個說法：

「請你在法庭上，再次闡述你在四月的節目中提出的推測。告發信的內容是事實，柏木同學是遭到大出同學三人所殺害。柏木同學與大出同學之間，存在著外人難以窺見，但隱密複雜的糾葛。這就是殺人的動機。」

這正是檢方接下來準備要證明的事。

「你是這類事件的專家，對吧？如果是你，可以證明柏木同學與大出同學之間扭曲的關係吧？」

所以，拜託你——涼子說著，向茂木行禮。

「藤野同學……」

茂木語帶困惑。

「怎麼了？」

涼子裝出眞摯無邪的表情，範本就是——沒錯，神原和彥。他主動說要擔任律師，眾人提出異議，他一一反駁時的那副表情、那種語氣。

——這些不正是應該在法庭上爭論的問題嗎？

沒錯。如果無法將茂木悅男從校內法庭中排除，就把他拖上法庭吧。

「妳眞的明白拜託我這種事的意義嗎？」

「什麼意義？」

「這等於是宣告妳全面相信告發信的內容。」

涼子裝出驚訝的樣子，「那是當然的，我怎會不相信？所以我才會從律師**跳槽**到當檢察官啊。」

嗅覺敏銳的茂木悅男，應該聽得出言外之意。

「妳說什麼？」

眞老實，他的鼻翼抽動了。

「妳掌握到什麼了嗎？妳得到什麼證據，所以才會改當檢察官嗎？」

好，很好，上鉤了。因爲茂木並不知道涼子從律師變成檢察官的詳細經過。

「這部分就交給茂木先生自行想像。」涼子嚴肅無比地說：「可是，我剛才眞的嚇到了。原來茂木先生並不是在製作四月的節目時，就相信告發信的內容是事實啊。你剛才說採訪不充分，對吧？」

是啊，我們也一樣嘛。

「那個時候還處於五里霧中。」

但現在狀況不同了——涼子如此暗示。

仔細一看，茂木記者的唇角浮現冷笑。
「就算妳想哄騙大人也是沒用的。」
「怎麼會！我沒有那個意思。」
「我無法查到的內情，憑你們國中生不可能掌握得到。」
「當然，茂木先生是職業記者，我們國中生是外行人嘛。可是，我們是當事人。」
涼子把手按在胸口說：
「我們是內部的人，可以掌握到只有內部的人才能知曉的消息。只是這樣而已。」
涼子的大眼睛與茂木悅男的小眼睛對上了。
「我不相信。」記者說。
涼子裝出笑容，「那我就提供一個證據好了，不過是另一件事的。」
「另一件事？」
「茂木先生剛才告訴我，三宅同學的母親失去冷靜，如果置之不理，可能會演變成嚴重的狀況，就當是回報你提供這個情報吧。」
涼子故意停頓了一下，然後說：「森內老師眞的沒有收到告發信。應該寄給老師的告發信，在途中被人偷走了。」
涼子頭一次看到茂木悅男如此驚訝的反應，多麼大快人心啊。
「茂木先生在節目裡非常嚴厲地指責森內老師，對吧？說她居然丟掉那麼重要的告發信，不負責任，無能至極。原來那並不是查證過的發言啊。那樣不是很糟糕嗎？萬一森內老師向你提告……」
「那是眞的嗎？」
茂木悅男完全緊咬上來了，他在流汗。

「妳怎會知道這種事？」

「我不是說過了嗎？因爲我是內部的人。」

你是不是最好快點確認，採取對策？——涼子對他說。

「這……好，我也會調查。」

請便——涼子微笑道：

「等你確定是否屬實之後，再決定要不要站在我們這邊也行。可以請茂木先生聯絡我嗎？」

茂木不愉快地點了點頭，汗水沿著太陽穴流下。

「可是，茂木先生，如果要採訪校內法庭，我覺得站在我們這邊才是上策。」

「上策？」

口氣像是在說「別逗我笑了」。沒關係，你就趁現在儘管笑吧。

「難道不是嗎？老師們決定嚴防媒體採訪，辯方也不會那麼輕易開口。更重要的是，大出同學有他那個父親在背後撐腰。這回或許不是被揍一拳就可以了事的。不過，如果茂木先生那麼希望英勇負傷，我不會阻止。」

不能得意忘形，涼子慢慢地呼吸。

「與其從旁插手，不如讓我們好好地進行審判，然後詳實採訪，等眞相大白再來報導，這樣不是能做出更好的成果嗎？如果是我，應該就會這麼做。」

茂木又發出惹人厭的冷笑，「意思是，妳願意走漏消息給我？」

涼子故意露出深受冒犯的模樣，「怎麼這樣說！才不是那樣！身爲檢察官的我走漏消息，豈不是會毀了審判嗎？」

然後，她咧嘴一笑。「可是，如果是對證人茂木先生，或許我可以談談案情。」

兩人的視線又對上了，這次變成互相瞪視。可能是感覺到殺氣騰騰的波動，刺耳的蟬鳴聲停止了。

「……好吧。」

茂木悅男輕輕舉起雙手，點了幾下頭。

「我知道了。好吧，我接受藤野檢察官的要求。」

太好了！涼子在內心歡呼。

「不過，如果森內老師的事是假的……」

「不是假的。」

得快點聯絡，拜託小森森一定要諒解，加入我的作戰計畫。

「那麼，契約成立。」

涼子倏地起身，伸出右手，茂木悅男慢了一拍也這麼做。兩人短暫地握手，是一次濕答答的握手。

「就這樣說定嘍。在校內法庭完全結束之前，請不要任意干涉，毀了審判。」

「我知道。」

「也請你不要接近三宅同學。她是我們重要的王牌。萬一她被嚇跑，我們就束手無策了。」

「知道啦，要我說幾次妳才滿意？藤野同學意外地囉嗦呢。」

「請說這是小心謹慎。」

茂木露出意外燦爛的表情，笑道：

「你們的審判會開放旁聽嗎？」

「我們有這個計畫。」

「記者席……不可能有呢。」

「如果想要完整旁聽，請自行設法。」

「我有門路，不勞費心。」

最後，茂木悅男留下「哼」的一聲，斜眼留下一個微笑，轉身離開公園。涼子緊盯著他，直到他的背影從視野中消失。

剩下涼子一個人了。

下一瞬間，她完全腿軟了。膝蓋抖個不停，站不起來，頭暈腦脹。

「小涼！」

傳來呼喚聲，有人跑了過來。萩尾一美細瘦的手扶起涼子，佐佐木吾郎也探出頭看著她。

「妳還好嗎？」

「咦？咦？咦？」

冷汗猛地冒出，滲入涼子的眼中。

「你們兩個在這裡做什麼？」

「還能做什麼！」

吾郎和一美合力扶著涼子，讓她在長椅坐下。穿白色洋裝的一美用熨過的蕾絲手帕為她搧臉。

「我們去小涼家，瞳子跟我們說姊姊和不認識的叔叔前往公園，所以……」

「我們急忙追上來。」

今天本來預定要三個人一起研究，佐佐木刑警提供的報告內容。

「可是妳好像跟那個記者在吵什麼，所以我們躲在那邊的樹叢後面觀望情況。如果那傢伙敢對妳做什麼，我們就跳出來揍他。」

「我說最好去找山崎同學。」一美說。

這樣啊，涼子無力地笑。笑著笑著，她眞的覺得好笑起來了。

「你們聽到哪些內容?」

兩名檢察事務官互讓似地對望。

「我們是覺得不應該偷聽啦。」

「沒關係、沒關係。」

「我們是從小涼叫他當檢方的證人那裡開始聽。」

涼子借了一美的手帕擦臉，大大嘆了一口氣。「你們覺得呢?」

佐佐木吾郎立刻回答:「太妙了!這是鉗制那個記者最好的方法。聽著聽著，我都激動起來了!」

毫不保留的讚賞。這樣啊，我做了正確的事嗎?

「我也這麼覺得。」一美附和，接著有些不安地補充:「如果小涼覺得好，吾郎也贊成的話。」

咦，一美也叫我「小涼」了。

塗了唇膏，頭髮別了好幾根閃亮亮髮夾的一美，與其說是要去執行檢察事務官的工作，更像是要去看電影。眞的很有一美的風格，很有暑假的味道，對現在的涼子而言，值得感激。因爲一美的模樣實在太平常了。

「小涼，妳是從什麼時候就在想那種點子的?」

「臨時想到的，隨機應變。」

好厲害!吾郎驚嘆。

「謝謝。可是不能光是開心，得快點通知森內老師才行。」

「小森森沒問題的，她會懂的。」

「如果不懂，讓她懂就是了。」

「那妳懂喔，一美?」

「就算我不懂，只要小森森懂就行了吧？」

涼子總算能打從心裡笑了，我的事務官眞是一對好搭檔。

「倒是你們聽我說，三宅同學的母親——」

涼子迅速向兩人說明狀況，吾郎的臉色變了。

「眞是不妙……」

「嗯，不能再悠哉地說什麼等寄件人聯絡了，我們去見三宅同學吧。」

果然還是變成這樣了——吾郎呢喃：

「果然是三宅同學。可是，她的母親居然不打自招……」

「我不就一直說是她了嗎？沒關係，直搗黃龍吧。」

不行，一美不可以。「萩尾同學，佐佐木刑警的報告就麻煩妳好了。請妳仔細看過，依照時序重新列表。辯方也做了一樣的整理。」

「咦——只有我一個人留守嗎？昨天也丟下我一個人。」

昨天涼子和吾郎去拜訪柏木家的時候，拜託一美處理一些文書工作。或者說那是藉口，他們只是不想把滿口「柏木同學的哥哥好帥」的一美帶去。

今天更不想帶她去。因爲他們得向三宅樹理說明一切，說服她擔任檢方的證人。如果從一開始就對樹理抱持極大反感的一美也在場，只會有負面影響。

「三宅同學的媽媽怎會打電話給茂木？」

「不知道，應該有什麼讓她驚慌到這種地步的理由吧。」

三宅樹理與母親之間或許沒有確實的溝通，樹理也有可能不知道母親打電話給茂木記者。

「好了，走吧。我沒事了。」

藤野涼子率領兩名檢察事務官，站了起來。

辯方的兩人離開櫻井伸江的公寓後，繞到城東三中。

「如果可以馬上找到岩崎先生就好了。工友先生很忙的。」

「就算是暑假也很忙嗎？」

「暑假老師還是會來，也有社團活動啊。」

而且不曉得岩崎願不願意協助校內法庭，他也有可能已被老師警告不許多話。

「工友先生會怎麼說？站在現行體制那邊比較自然吧。」

神原律師複誦「現行體制」幾個字笑了，「嗳，總之先見到人再說吧。」

然而，這個計畫無法實現了。因爲岩崎工友已辭掉三中的工作，工友制度廢除了。明明是自己學校的事，健一卻完全不知情，只能啞然。

「改跟保全公司簽了巡邏警衛的約。」

楠山老師整個人曬得黝黑，好像剛從夏威夷還是關島度假回來——雖然想這麼形容，但由於他那副體格和長相，比起度假回來，更讓人想問：老師，你是暑假跑去當工頭打零工了嗎？當然，兩種想法健一都沒有說出口。

楠山老師曬黑的原因，是現下也在操場和體育館努力練習的一、二年級生。對運動社團來說，暑假是可以大撈一筆的好時機。這樣形容很奇怪，不過也只能這麼形容了。

就是爲了避免這種狀況，和彥和健一才會繞過正門，從側門進入西側走廊。如果北尾老師在就好了，不然可能會有點麻煩，所以他們打算直接前往工友室。可是才一關上側門，就被楠山老師從背後叫住了。他穿著運動服，脖子上掛著毛巾，正從職員室走出來。這叫迎頭碰上，還是遭遇埋伏？

你是野田吧？你來學校幹麼？噢，來搞那什麼法庭家家酒嗎？你也是其中之一嘛。

「你們過來。」

原本以為會被叫去職員室，沒想到楠山老師打開就在旁邊的辦公室的門。裡面沒有人，擺著辦公桌和檔案櫃，老師拉過旋轉椅坐下，讓健一與和彥站在前面。雙方的立場已是教訓人的老師和挨訓的學生了。

「我沒看過你，那麼你就是律師嘍？」

楠山老師這麼說，看著和彥的眼裡帶著凶光。

「我姓神原。」

「聽說你是東都大附中的？我知道。你幹麼沒事跑來蹚其他學校的渾水？適可而止吧。而且你哪有空搞這些啊？」

說好聽叫直爽，說難聽就是粗暴。看好的一面是可靠，若是看不好的一面，就是凡事都太強硬了。儘管知道楠山就是這樣一個老師，健一還是退縮了。他劈頭幾乎就是恫嚇。

辦公室牆上設有老舊的空調，但沒有打開，窗戶也全都關著，所以室內熱得像三溫暖。和彥雖然冒著汗，卻是一副清爽的表情。

「今天我們是來進行辯護上需要的調查。我們原本預定去職員室徵詢老師的許可，現在拜託可以嗎？」

楠山老師笑也不笑，依然瞪著和彥。「調查什麼？」

「調查內容不能告訴老師，但我們是來找工友岩崎先生的。」

楠山老師突然高聲大笑，告訴他們岩崎已辭職。城東三中廢除僱用專任工友的制度，改為委託保全公司進行夜間巡邏。

「是代理校長向教育委員會提議的。區內有一所學校是跟保全公司簽約，算是有前例可循。可是沒有預算，學校得自掏腰包，所以從今以後，城東三中要過著窮日子了。最倒楣的是運動社團的設備用品，淨會給人惹麻煩。」

不過，跟你這種運動白痴無關哪——楠山老師用侮蔑的口氣對健一說。

與其說是害怕或生氣，健一更覺得無言。這是什麼態度？這不是老師該對學生說的話。

「那麼，原本岩崎先生負責的工作，會轉由職員負責嗎？」

和彥筆直地站著，淡淡地詢問。楠山老師又回以幾乎要咬上去的視線說：

「這跟外校的人無關。」

「這次校內法庭的課外活動，我也是成員之一。」

「什麼課外活動？是誰、又是什麼時候同意那種事了？」

楠山老師怒氣沖沖地大罵。

「外校生和放牛班的混在一起，搞什麼法庭家家酒，聽了笑死人！野田，等到你高中落榜再來跟老師哭，也不會有人理你了。那邊的小子也是——」

「我叫神原。」和彥冷靜地回答，「神原和彥。」

「我會通報你們學校，說你們老師對學生督導不力。而且你爸媽是在幹麼啊？放任小孩子在外頭亂搞……」

健一注意到楠山老師這麼說的時候，和彥的臉頰掠過一絲緊張的神色。

「我爸媽是很好的人。」

雖然只有一點點，但和彥的語氣變強硬了。

敲門聲響起，還沒有人應聲，拉門就打開。北尾老師現身了。

耐人尋味的瞬間表演。短短的一秒之間，北尾老師震怒，楠山老師嫌惡，然後下一瞬間，兩人臉上的表情都消失無蹤，變成笑容。

「我聽到交談聲。不好意思，楠山老師，他們是我負責的學生。」

「課外活動是吧。好的、好的。」

楠山老師假惺惺地故作開朗，站了起來。眼神依舊透著嫌惡，投在健一身上的視線和剛才一樣帶著侮蔑。

「他們說是要一起來偵訊岩崎先生。」

「偵訊」兩個字帶著執拗的挖苦。

「別校的學生姑且不論，但野田居然不曉得岩崎先生辭職了，我眞是吃驚。你啊，受工友照顧那麼多，卻瞧不起岩崎先生，根本沒把人家放在心上，對吧？所以人不見了，你也沒發現。」

被戳到痛處了。健一不想這麼做，卻還是忍不住垂下視線。

「岩崎先生是暑假才辭職的。」北尾老師無視楠山老師的挖苦，說道：「這件事也沒有在家長會上提及，知道的頂多只有PTA（註）的幹部，不過……」

北尾老師對楠山老師笑了一下。北尾老師的膚色也曬得像皮革一樣，一笑眼角就擠出粗深的皺紋。

「第二學期開學後，或許大家可以寫封信給長年照顧我們的岩崎先生，怎麼樣？」

啊，這點子不錯——楠山老師輕蔑地回答。北尾老師乘勝追擊：

「運動社團受工友照顧最多，大家應該都很惋惜，想必可以寫出相當感人的信吧。」

「我會考慮。那麼，這裡就交給北尾老師嘍。」

爲了主張這不是單純的撤退，而是戰略性且帶著攻擊性的撤退，最後楠山老師不忘加上一句：「野田，要好好念書啊，不要忘了學生的本分。」

註：PTA全名是Parent-Teacher Association，是日本各所學校由家長與教師組成的教育團體。

空隙。

健一沒有回話。楠山老師反手關上辦公室的門。關得太大力，拉門撞到門框後反彈，留下大約十公分的空隙。

北尾老師伸手關好拉門，然後苦笑。

「居然被逮到，你們也太遜了吧？」

「對不起，可是一下子就被抓了。」和彥笑了出來。健一也想笑，但顫抖更快地襲來。連自己都覺得窩囊，但我就是沒辦法應付這種事。我太膽小了——健一心想。

「楠山老師就是想要突襲到學校的法庭成員。他一直盯著，準備一有人來，就抓起來恐嚇一頓。」就像剛才那樣——北尾老師看著健一，咧嘴笑了。「別那麼沮喪啦，我知道你很怕楠山老師，我也不喜歡他。」

這裡怎麼搞的？熱死人了——北尾老師呻吟道，往辦公桌上摸索，抓起遙控器打開空調。嗶的一聲，帶著焦臭味的風吹了出來。

「隨便坐吧。」

北尾老師往楠山老師剛才坐的椅子一屁股坐下。和彥沒有坐，所以健一也站著，但由於緊張解除，還是感到輕鬆許多。

「我叮囑過陪審團的成員了，開庭之前，除了返校日以外都不要靠近學校。無論如何都要來的話，先打電話給我。」

北尾老師說在審判順利結束之前，他每天都會待在學校。

「藤野同學他們呢？」

「上次道別後還沒有出現。可是藤野他們不要緊，他們有王牌，楠山老師不敢隨便動他們。」

「王牌？」和彥看向健一，反問。

「啊，神原不曉得。」北尾老師笑了，「之前，藤野吃了學年主任一記耳光。因爲是體罰，她母親跑到學校來興師問罪。所以，我們學校的老師都不敢動藤野半根汗毛了。」

「對啊。」健一點點頭，「所以，那是校內法庭實施的……」

「免死金牌，對吧？」和彥愉快地笑了，「眞的是王牌呢。藤野同學實在厲害。」

「與其說是她本人，倒不如說是她母親厲害。藤野的母親難纏得很，我也十分敬畏，甘拜下風。」

和彥咯咯竊笑。「或許我們今後也該隨身攜帶錄音機。剛才那些話太過分了。」

最好不要放在心上——他安慰健一，「別說沒有老師樣了，連個大人樣也沒有，用不著認眞當一回事。」

健一勉強默默微笑。

「可是，神原同學，如果楠山老師眞的向你們學校打小報告，你不會爲難嗎？」

「怎麼，楠山老師說了那種話嗎？」

是的——兩人回答，北尾老師板起臉來。受不了，簡直無可救藥。

「不要緊，我又不是在做壞事。」

「我想楠山老師不是認眞的，萬一發生那種事，我來出面解決。」北尾老師明確地宣告，「愼重起見，告訴我你的級任導師叫什麼名字，還有你記得學校辦公室的電話嗎？」

「是國中部學務管理課。」

老師與和彥交談之際，飄散著焦臭味的空調總算開始發揮效果。汗水逐漸退去。

「老師，可以告訴我們岩崎先生的住址嗎？」

聽到和彥的問題，正在抄便條的北尾老師停下手。「你們還是要去見他？」

「是的，當天他在現場。」

「無論如何都得見他嗎？」

健一看著和彥，他的眼神非常眞摯。和彥回答：「有必要見他。」

北尾老師喃喃說著：「眞是沒轍。」

「如果可能，希望你們別把他拖下水。能不能看在老師的面子上，放他一馬？」

岩崎先生什麼都不知道——他接著說：

「這次的處置，等於是要他負起責任。」

沒有注意到柏木卓也深夜入侵校園，也沒有注意到他從屋頂跳下來，甚至連側門旁邊有遺體都沒發現。——直到被我發現。

我運氣不好，但岩崎先生也夠倒楣了。全是那場大雪害的，健一暗想。大雪掩蓋了一切。

但和彥的反應出乎健一的意料，「這樣看來，處分下得很晚。」

「神原，你怎麼老是這麼一針見血？」北尾老師目瞪口呆地說。

「如果要他引咎辭職，不是早該這麼做了嗎？」

北尾老師搔了搔理得短短的頭髮，「一開始就有人這麼要求，說工友是幹什麼的、巡邏是巡好看的嗎？」

可是，津崎前校長爲岩崎先生說話。

「津崎老師說工友沒有受過警衛訓練，而且當天又是那種天氣，如果是有人在校內打群架也就罷了，但偷偷溜進來，偷偷跑上屋頂，就算沒發現也是當然的。」

職員和ＰＴＡ中有人贊同當時的津崎校長，同情岩崎工友，最後決定不予處分，但……

「岡野老師的想法就不同了。他說既然都要津崎老師切腹謝罪了，不能平白放過岩崎先生。」發生過很多事啦——聽起來像在發牢騷。

「ＰＴＡ中也有人本來就看岩崎先生不順眼。先前騷動不斷，沒空去管這些的時候，他們沒吭聲，但到了最近，又舊事重提。」

「而且有人認爲岩崎先生不在可以省掉許多麻煩，對吧？比如，不要讓岩崎先生參與我們的校內法庭比較好。」

和彥輕描淡寫地說，北尾老師睜大了眼睛。「喂喂喂，我希望你們放過他，不是這個意思。岩崎先生年紀大了……」

「我知道。老師不會這樣想，可是校長和ＰＴＡ的人就不一定了。」

北尾老師眨著眼睛，發出聽起來像「嗯」也像「姆」的聲音。

「所以，我想讓他們認清這種做法是行不通的。即使無法從岩崎先生那裡問到什麼重要的證詞，只是請岩崎先生上法庭，也有意義。」

「藤野怎麼說？」

「我們沒有談過這件事，但她應該會抱持相同意見。」

健一忍不住插嘴：「會嗎？對檢方來說，如果岩崎先生作證那天晚上沒有發現任何異狀、校內很安靜，只會不利檢方啊。如果是大出同學他們把柏木同學叫出來——或是硬把他帶出來，拖到屋頂推下去，應該會有一些聲響，或是爭執才對。」

「沒錯。」和彥點點頭，「野田同學說的沒錯。但我覺得藤野同學還是不希望讓那些試圖隔離岩崎先生的人稱心如意。而且不仔細詢問，也不曉得能從岩崎先生那裡問到什麼證詞。」

「之前都沒有問出來的事，不可能現在才突然冒出來啦。」

「要看是怎麼詢問，也是可能有收穫的。」

「你是說誘導問話？那樣不行啦，太奇怪了。」

健一感覺到一道視線，望向北尾老師。老師仔細觀察著健一，兩人目光一對上，他的嘴角便泛起笑意。
「怎、怎麼了？」
「原來你很能幹嘛。」
老師突然在說什麼？
「哦，沒有啦，我對你也不是那麼了解，可是，其實我們老師之間滿常交換資訊的，比你們學生想像的更要頻繁。」
關於學生的個性、成績、能力、特質、擅長與不擅長的事。
「森內老師這麼說，自然科的高橋老師也說了類似的話。他們說，野田同學是不是假裝成乖乖牌、有氣無力、什麼都不會？雖然不曉得他爲什麼要假裝，但那會不會是假面具？」
健一心頭一驚，幾乎如同字面形容的整個人僵住了。
「現在的你帥呆嘍，這才是本來的野田健一，對吧？你一直隱藏起來吧？」
我不問你爲什麼——老師笑了。
「因爲學校是必須奮力求生的地方，絕對不是天堂也不是樂園。你有你自己的處世之道吧，但你絕對不是個沒用的學生。」
「更不是放牛班的。」和彥接著說：「我也覺得剛才那個老師完全不了解野田同學。」
「楠山老師說你是放牛班的？眞蠢，簡直是有眼無珠。」
「可是我的成績……」健一笨拙地呢喃。
「所以，那也是假面具吧？不只是你一個而已。這不稀罕啦，因爲如果成了模範生，就更難混下去了。那種人啊，要等到高中還是大學才會出道啦。」
「我覺得『出道』不是這樣用的。」和彥一本正經地說：「可是，我懂。」

兩人都笑了，雖然低調又膽戰心驚，但健一也悄悄跟著笑了。

沒錯，那是假面具，一切都是假面具。可是律師，我也有眞正的祕密。我的那一面並不是假面具，那才是我的本性——

「那柏木同學呢？」

和彥並不特別熱切，而是靜靜地問。

「老師覺得柏木同學怎麼樣？」

北尾老師握起拳頭抵在鼻頭上，想了一下——本來以爲他在思考，結果打了個大噴嚏。

「太冷了。」他關掉空調，「神原，你認識的柏木是個怎樣的人？」

「老師怎麼用問題回答問題呢？」

「好老師都是這樣的。如何？我是認眞地想知道你的想法。爲了柏木，特地跑來三中蹚這灘渾水的你的想法。」

和彥搖頭，「我不是爲了柏木同學而參加的。」

「這樣嗎？眞的嗎？」北尾老師當場反問，「在我看來，倒像是爲了柏木。再怎麼樣也不可能是爲了大出俊次。」

然後，他調侃似地加了句：「也不是爲了藤野涼子吧？」

這是難得一見的情景，和彥在思考該如何回答。在健一的眼中，他像是在盤算如何才能閃躲這個問題。一股沒來由的不安從健一心底升起。是沒有根據也沒有實體，像幽靈般的不安。沒有實質內容卻感到不安，令他十分焦急。

不對勁——該這麼形容嗎？出紕漏了——還是該這樣說才對？不管怎樣，和彥的哪裡、什麼地方，會有萌生出這種東西的空隙？不可能。絕對不可能，可是——

「因為對事件感興趣——這個理由不行嗎？」
「少扯謊了，你哪有那麼愛湊熱鬧。」
「想要解決事件的野心，或是壯志？」
和彥自己說著，納悶地歪起頭。北尾老師傻笑著說：
「你有這種東西嗎？然後呢？」
「想要出鋒頭？」
「出鋒頭給誰看？果然是藤野嗎？」
「可是，藤野同學眞的很可愛啊。」
北尾老師笑了出來，「沒誠意，居然說得出那麼言不由衷的話。」
對此健一有異議，「難道老師認為藤野同學是醜八怪嗎？」
「我不是那個意思啦。藤野很漂亮，長大之後應該會變成一個大美女。可是，她一點都不可愛，不惹人疼，不是那種小鳥依人的女生。」
噢，我懂——和彥同意，搞得健一抬起的拳頭沒處放。我覺得藤野同學明明就很可愛，很溫柔，很惹人疼。
而且她很勇敢，鼓起勇氣的藤野同學看起來可愛極了。
「如果我……」
和彥換了個語氣，慢慢地，確認似地說：
「如果我怎麼樣都活不下去，選擇走上絕路……」
「嗯？」北尾老師不知不覺間恢復了正經的態度，「假設你自殺了？」
「如果被留下來的人，為了我自殺的原因吵鬧不休，我會覺得很討厭。更別提被說成殺人命案，有人因此蒙上不白之冤，我更是無法忍受。」
老師沒有說話，健一也默默注視著和彥。他的表情沒有變化。不管在談論什麼，神原和彥總是這副表情。溫和，目光清澈，從容冷靜。
「我想……柏木同學應該也一樣。」
「你知道的柏木卓也嗎？」
和彥點頭，「柏木同學個性不親人……」
「嗯，這我同意。」
「甚至感覺他討厭人……」
「噢，我懂、我懂。」
「可是，他並沒有冷酷到會對冤罪視而不見。」
「不過，如果他知道蒙上嫌疑的是大出俊次，狀況或許又會不同。」
北尾老師揚起一邊眉毛說：
「我一直覺得柏木是個大人小孩。」
就是身體是小孩，只有腦袋成了大人──
「然後，大出是小孩大人。身體和做出來的事是大人，腦袋卻是小孩，完全相反。」
大人小孩與小孩大人水火不容。大人小孩明白這一點，小孩大人卻不懂。
「我覺得柏木應該是瞧不起大出他們的。怎麼說呢？感覺不把他們當成人類，像是看待昆蟲一樣。」
不只是大出他們，對那種類型的傢伙都是如此。
「無法抗拒眼前的誘惑，對暴力麻木不仁，好吃懶做。從來沒有認眞思考過任何事，做事全憑感覺，只有喜歡、討厭跟好不好玩。這種人在柏木的定義裡，算不上『人類』。」

這太過直白的形容，讓健一忍不住哆嗦。可能是注意到了，北尾老師誇張地壓低聲音說：

「別說出去喔。當老師的啊，是不能吐出眞心話的。」

然後，北尾老師感到沒趣似地哼笑出聲：

「學校裡偶爾會有柏木那種大人小孩，不只他一個而已。對老師來說，大人小孩是很難教的一種學生，因爲他們連老師都瞧不起。因爲他們認爲老師就只是老師罷了，沒什麼了不起，其實也跟昆蟲沒什麼兩樣——一旦被他們這麼認定就完了。」

「意思是，只有自己最了不起嗎？」

健一忍不住提問。北尾老師交抱雙臂，低吟起來：

「雖然也是——不過並不是只有自己了不起吧。不是山大王，山大王反倒是大出那種類型的。」

和彥背誦般說：「現在的環境裡，沒有一樣事物是對自己有價值的。世界的某處，除了這裡以外的某個地方，存在著具有美好價值的事物，然而現在圍繞著自己的全是垃圾。究竟要等到什麼時候、要怎麼做，才能逃離這個垃圾堆？」

北尾老師站起來，點點頭。「沒錯！就是這樣，這就是柏木。」

「可是，我們還是國中生……」健一呢喃。

「所以，我想柏木是無法接受自己是國中生的事實。爲什麼自己不是大人？能不能快點變成大人？要等那麼久才能變成大人，太難熬了。」

直到周圍的人認同他是大人。

「是太聰明了嗎？」

健一喃喃自語，北尾老師立刻回答：

「眞正聰明的人，是可以跟時間妥協的，可以理解自己是孩子的意義。即使不必向別人傾吐或是寫在日記裡，他們也是懂的。就是因為懂，可以忘記自己是個孩子。」
然而柏木不同。
「那傢伙大概一天二十四小時就是會不由自主地煩惱這件事。這和腦袋好壞無關。他當然不是傻瓜。他不是傻瓜，但這是他的不幸。」
大人小孩的不幸。
「然後，那種人一旦觀察起昆蟲……」
北尾老師壓低語調接著說：
「即使不是滿懷興趣地刻意去看，但因為近在身邊，自然會看到。這麼一來，就會興起想要去逗弄一下的念頭。好奇戳了會怎麼樣？翻過來會有什麼反應？」
自然科教具室的爭吵，就是這樣發生的。
「之後柏木不來學校，並不是害怕大出他們，而是因為戳了昆蟲，還眞的只是昆蟲的反應。這件事無所謂，但當時鬧了開來，周圍的人也目擊到現場，對吧？柏木可能是討厭那樣。不是會有這種情形嗎？有時候我們會突然想幹些蠢事，但要是被人看見，就會覺得尷尬死了。」
老師說完，窗外運動社團學生的吆喝聲便格外清楚地傳了進來。
「呃，我們問過大出同學關於自然科教具室的事。當時他們是怎麼吵起來的……」
北尾老師興致勃勃地重新坐好，但和彥迅速制止健一說下去。
「這是辯方的情報，連老師都不能透露。」
咦，是這樣嗎？健一全身發涼。我這樣豈不是不夠資格當一個助手嗎？
北尾老師微微瞠目，接著很快苦笑起來。
「好吧、好吧。那個時候我也被學生找去，趕到現場。我料定是大出先動手的，狠狠地追究了一番，結果大出脹紅了臉說柏木亂罵他們。可是，我問柏木罵了什麼，他也答不出個所以然。大出的詞彙很貧乏嘛，聽得我都要可憐起他來了。」

兩個跟班也是半斤八兩，而柏木則宛如石像般面無表情，一聲不吭，頑固地不肯說明爭吵的理由。

「所以，我很好奇。我到現在都還是很想知道原因，不過，既然律師都這麼說了，也沒辦法。」

「對不起，以後我會注意。」

健一縮起身子，和彥什麼也沒說，只是輕笑一下，搖搖頭。

「我的見解大概就是這樣。」

北尾老師把椅子壓出聲音站起來。

「柏木的事，可以問問森內老師。還有，你們或許會覺得意外。」他看著健一說：「教美術的丹野老師說他跟柏木聊過幾次。」

丹野老師是個約三十五歲的男老師，學生們給他起了個綽號叫「幽魂」。他的臉色蒼白，又瘦又高還駝背，總是把頭垂得低低的，講話非常小聲，上課幾乎聽不到，所以學生不是做其他老師分派的作業，就是打瞌睡，再不然就是聊天。丹野老師不會生氣，也不會罵人。即使罵人，也沒人會理他。

「我也是最近才聽說的。丹野老師就是那樣，膽子大概只有針頭大吧。他應該是不敢告訴任何人，一直悶在心裡。然後，聽到是我帶領校內法庭活動，他才提心吊膽地跑來跟我說。」

——是不是應該跟參加校內法庭的學生說一下比較好？

「既然他都這麼說了，去問他的話，他應該會告訴你們。可是，不要欺負他欺負得太凶啊。」

他會哭出來的——北尾老師說完，豪邁地大笑，就像要把不知不覺間變得沉重的空氣一掃而空。

「要不是發生這種事，我大概一輩子都不會去找三宅同學說話吧。」

豔陽下的馬路上，藤野涼子與佐佐木吾郎正快步趕往三宅家。
涼子也是。直到查看名冊確認前，她甚至不知道三宅樹理住在哪裡。
涼子對三宅樹理一無所知，對她只有印象和成見。涼子從來沒有與她親密交談過，當然也完全無法想像她的母親會是怎樣的人。
然而，現在他們卻要去向三宅母女扔下炸彈。
——是不是該請尾崎老師陪同？
涼子搖頭，甩掉湧上心頭的膽小念頭。要是尾崎老師在場，我們反而會退縮。我不想讓那位溫柔的老師看到我們要做的事。不管是對樹理還是對涼子來說都一樣，這件事愈少人知道愈好。
「——佐佐木同學，我感覺沒那麼容易開口。」
「啊？噢，聽說自從淺井同學去世以後，三宅同學一直出不了聲。」
「不是，我不是那個意思。」
理由姑且不論，但三宅樹理的母親知道樹理是告發信的寄件人，或是如此相信。所以，她昨天才會打那種電話給HBS的茂木記者。都刻意匿名了，卻一時驚慌，不小心說溜嘴，洩漏女兒的名字。
「可是，三宅同學本人不一定知道這件事。」
或許是母親想要包庇女兒，擅自打了電話。
盛夏的陽光下，吾郎睜大了眼睛。「怎、怎麼可能？」
雖然反射性地這麼說，但吾郎腦筋也轉得很快。「以可能性來判斷，是有可能嗎？」
「只要一下子就行了，可以設法分開三宅同學和她母親，讓我跟三宅同學單獨交談嗎？我想恐怕很難，不過我會設法製造機會，拜託你。」
「呃，好。雖然不曉得能不能成功，不過我會試試。」

這才叫支援大師吾郎。

三宅家是白色外牆的雙層建築。從金屬圓盤與鐵工花邊的精緻門牌，可以看到樹理的父親名叫達也，母親名叫未來，發音應該是「MIKI」吧。除了家人的名字以外，還有「工房 MIYAKE」的店名。或許樹理的父母從事設計相關行業。

然而，回應對講機開門的三宅未來，打扮卻粗俗極了。她的腰上繫著褪色的圍裙，拖鞋上沾著棉絮。約三張榻榻米大的玄關門廳是難得的天井挑高設計，卻雜亂地掛滿裱框的油畫及素描，還有堆積如山、不曉得是裝了垃圾或備用品的塑膠袋，顯得狹小侷促。

涼子會觀察這些細節，是因爲三宅未來一現身，就單方面滔滔不絕地訓斥涼子和吾郎。明明他們才剛報上名字而已。

「你們曉不曉得樹理現在是什麼狀況？沒聽尾崎老師說過嗎？你們有先獲得老師的許可嗎？應該沒有吧。你們難道不覺得這樣隨便亂來很缺德嗎？」

她站在高一階的地方俯視著涼子與吾郎，語氣急促而尖厲，像機關槍般說個不停。你們實在是太沒神經了，連學校的規定都不知道要好好遵守。樹理會不去學校，都是你們害的，卻連句道歉也沒有。事到如今再上門來也太遲了。樹理才不會理你們這些人——

抓到三宅未來在咒罵之間喘息的一點空檔，涼子開口：

「三宅媽媽。」

三宅未來的眼角吊高了，「媽媽？媽媽是妳可以亂叫的？誰準妳叫了！厚臉皮！」

雖然被罵得很難聽，但涼子充耳不聞。

「三宅阿姨——」

涼子口齒清晰地緩緩說道：

「昨天妳打電話給HBS的記者茂木悅男，對吧？妳說那封告發信是妳寫的。」

三宅未來的表情僵住了。

「妳說如果舉行校內法庭這種不公正的活動，告發信裡所寫的眞相就會被封殺。然後，妳還說那樣一來，『我們家的樹理就無法心安了』。」

三宅未來的神情變了。

「妳……妳說什麼？」

直到剛才三宅未來都一臉憤怒，但一眨眼就摻雜了慌亂。

「妳在說什麼？」

涼子語氣不變，俐落地繼續說：「HBS的茂木先生說他已錄音，所以那通電話中的對話留下來了。」

不只是表情，三宅未來連臉色都變了。從眼睛四周開始失去血色，眼神不安地飄移。

她是在回溯記憶吧，氣急敗壞地回想昨天的對話。

「咦？我、我說到樹理……？」

看著她自問自答，涼子十分難受。她對此感同身受。這個人完全沒有察覺自己不小心說出女兒的名字，她就是如此激動。

「我們掌握到這個消息，才會來拜訪。茂木記者說他接到三宅阿姨的電話，要開始採訪，所以我們很擔心……」

「少胡說八道了！」

與其說是怒吼，更接近慘叫。

「你們擔什麼心？這跟你們有什麼關係？」

房子並不大，這段對話是不是也傳進樹理耳中了？即使聽不到對話內容，應該也會注意到動靜吧。

快出來，三宅同學。求求妳，讓我看看妳的臉。

「我才沒有打電話去什麼電視台，少在那裡胡言亂語！」

回去！——三宅未來穿著室內拖鞋走下玄關，推著涼子，伸手就要開門。

就在這個時候，從玄關延伸而出的短廊右邊，一扇霧面玻璃門拉開了。

三宅樹理探出頭。

太好了！與剛才在兒童公園不同的另一種興奮，讓涼子雙膝發顫。

「三宅同學，妳好。」

涼子冷靜地打招呼。她無法克制地握住拳頭，藏到背後。

「不好意思，突然跑來。」

涼子行了個禮，吾郎也照做。

「沒關係，樹理，妳不用出來。媽媽幫妳把他們趕走。」

雖然是玄關，但因爲陽光照射不到，比外頭涼爽許多，然而三宅未來卻汗如雨下。

樹理來到走廊了。她穿著白色長版T恤和短褲，光著腳，一步又一步，朝他們靠近。

「樹理，妳不用出來。」

母親伸手想把她推回去，樹理輕易閃開了。她一直盯著涼子，涼子承受著她的視線。

——她瘦了。

樹理本來就偏瘦，現在更是瘦得像蚱蜢。會那麼蒼白，約莫是都沒有曬太陽的關係吧。

可是皮膚變漂亮了，原本是三宅樹理的負面標記般嚴重的青春痘大半都消失了，眼睛底下和臉頰一帶幾乎都是光滑的。就像這段期間涼子有了變化一樣，樹理也有了變化。

「我是藤野涼子，在這次的校內法庭中擔任檢察官。今天登門拜訪，是想和三宅同學談談，方便借用一點時間嗎？」

下一瞬間，好似七月二十日燠熱的體育館發生的事重演，三宅未來高高舉起手，準備朝涼子的臉甩下去。

但這次沒有人抓住那隻手加以阻止。三宅未來的理性，或是身爲母親的尊嚴，讓她在千鈞一髮之際住了手。

三宅未來彷彿被自己的動作嚇到似地放下手，回頭望向女兒。此時，站在玄關的樹理以質問、責怪、戳刺般的銳利目光，望著母親。

——她聽見了。

三宅未來打電話給茂木悅男，居然在電話中洩漏了樹理的名字。

三宅未來的表情扭曲了。啊啊，這也是重演高木老師打我時的狀況，她當時露出了完全一樣的表情——涼子心想。

「樹理……」

感覺三宅未來隨時都會哭著說「對不起」。

「三宅阿姨。」吾郎表情緊繃，但語氣一如往常：「我想最好請尾崎老師過來。可以請妳打電話嗎？至於發生了什麼事，我來向老師說明。」

三宅未來戰慄似地渾身發抖，從玄關脫鞋處折回走廊。她的唇角發顫，逃也似地默默返回霧面玻璃門裡面的房間。

吾郎向涼子點點頭，說了聲「打擾了」，脫鞋跟上去。

剩下涼子和樹理兩個人了。涼子注視著樹理，樹理別開視線。

「妳聽到了？」

臉頰蒼白，下巴又瘦又尖，樹理的頭髮變長了，身上的長版T恤顯得鬆垮。

「所以我們才會來訪。我剛剛聽到茂木先生親口說的，他直接找上我家。」

樹理的眼神游移。不是因爲氣憤，而是萌生恐懼。

「我不知道妳跟妳母親之間出了什麼事，也不知道妳母親爲什麼、出於什麼想法打電話給茂木先生。可是從茂木先生的話聽來，妳母親認爲告發信是妳寫的。我覺得從對話內容來看，也只能這麼推測。」

涼子隔了一拍呼吸，開口問：

「這是事實嗎？告發信是妳寫的嗎？」

三宅樹理沒有回答，臉色益發慘白，睫毛微微顫抖。

「如果是的話，三宅同學就成了我最重要的證人。」

那麼，我會保護妳，我有這個責任。

「身爲檢察官，我會保護妳。我不會讓茂木動妳一根汗毛，當然也不會讓大出同學或任何人傷害妳。不會讓他們妨礙妳。我會保護妳到底，在校內審判的法庭上證明妳所控訴的事實。」

我向妳保證——涼子說：

「所以，請妳參加這場審判，請妳當我們檢方的證人。拜託妳。」

這不是什麼炸彈，涼子心想。根本不會爆炸。

這是重得要命的鉛球，我扔給三宅同學了。至於樹理會不會接下並投回來，只能賭了。

藤野涼子留下寫有自家地址和電話的便條，告訴樹理隨時都可以聯絡。「只要妳找我，我就會趕來。」

三宅母女在飯廳的餐桌面對面坐著。母親一天的時間大半都在這裡和旁邊的客廳度過，但樹理很少會待在這裡。她幾乎都關在自己的房間，今天是碰巧。沒錯，碰巧。因爲發生了那種意外，樹理有必要觀察母親。

——怎會這麼傻？

居然打電話到ＨＢＳ，居然把我的名字洩漏給茂木記者。

以母親的個性來看，一定是說著說著，氣糊塗了。現在也是，她有沒有發覺自己幹了多蠢的事情，都很難說。母親露出討好的笑容看著樹理。

——可是，更傻的是我。

居然迷迷糊糊地寫了那種信，居然用了「雜務房」的文書處理機，居然被媽媽當場逮到。

好想一巴掌打下去，一爪子抓上去，一拳揍過去。

對誰？對媽媽？還是對我自己？

眼前一片黑暗，樹理甚至連發抖的力氣都沒有了，使不出力。

好想死掉算了。

「樹理，尾崎老師說她馬上就會過來。」

媽媽好聲好氣地諂媚，挨了過來。

「等老師來了，把藤野同學他們的事告訴老師，叫老師去罵罵他們。只要尾崎老師告訴岡野校長，那些壞學生馬上就會被狠狠教訓一頓。」

不懂，媽媽不懂，她沒想到事情有多嚴重。

尾崎老師仔細說明過校內法庭的事了。老師幾乎每天打電話來，不然就是抽空來家庭訪問，所以當初應該爲大出俊次辯護的藤野涼子怎會變成檢察官，樹理也很清楚。

話雖如此，她什麼都不打算做。她毫無參與的意思，尾崎老師也肯定她的想法。

——靜觀其變吧，畢竟這跟三宅同學沒有關係。

尾崎老師總是很溫柔，只有尾崎老師站在樹理這一邊。她一再地說跟我沒有關係，跟三宅樹理沒有關係。

但漸漸地，她甚至不明白尾崎老師究竟是不是眞的這麼想了。

她覺得校內法庭是一齣很棒的鬧劇。聽到藤野涼子要當律師時她笑了，聽到藤野涼子跳槽當檢察官時，她更是大笑不止。什麼跟什麼啊？哪一邊都行，說穿了，這不就是「法庭家家酒」而已嗎？

——話雖如此……

這麼說來，尾崎老師好像提過，藤野涼子爲了找出告發信的寄件人，寄信給全校的三年級生。我們家也收到那封信了嗎？反正一定是被媽媽看到，揉成一團後扔掉了，可是應該看一看的。那樣一來，就能稍微料想到今天發生的事——

料想不到，不可能料得到。因爲我萬萬沒想到，媽媽居然蠢到那種地步。

當初聽聞校內法庭的事，樹理的爸媽大發雷霆。他們口口聲聲說要向學校抗議，停止這種活動。當時也是尾崎老師安撫他們的。這件事跟三宅同學無關，只要她不參與就行了。

就是啊，媽媽，爲什麼不能閉上妳的大嘴巴？

居然要求樹理當檢方的證人。藤野涼子那裝模作樣的嘴臉，不管什麼時候看、看上多少次，都一樣教人作嘔。

「不用理那種人，樹理。」

媽媽發出肉麻的聲音。

「妳只要想著報考志願學校的事就行了，把三中忘了吧。只要上了好高中，就能交到與妳水準相當的好朋友。三中那些同學不重要。」

藤野涼子不重要，校內法庭不重要，不用理會也行。可是媽媽，事情走到這一步，裝死這招已行不通。

難道妳不懂嗎？

樹理雙手托著腮幫子，光滑的臉頰觸感令人開心。

樹理關在家裡足不出戶以後，媽媽就徹底改變飲食內容了。過去樹理不管要求多少次都不肯理會的事，媽媽全都照做了。想要的保養品都買給她，還帶她去看皮膚科的青春痘門診。原本那樣難纏的青春痘，近乎滑稽地逐漸消失。

藤野涼子剛才注意到了嗎？注意到樹理變漂亮了。只要痘痘消失，擺脫無法修飾體型的難看制服，樹理就是能夠與涼子分庭抗禮的漂亮女生。

好不容易變漂亮了——

這樣下去，又會被茂木記者抓去公審，會被狗仔隊偷偷摸摸地探聽、調查、追究。對方錄到媽媽的聲音，他握有證據。之前只有樹理是告發信寄件人的流言而已。光憑流言，就算是茂木也無可奈何，但現在不一樣了。

下一個在新聞節目中遭到抨擊的不是大出俊次，而是三宅樹理，寫下告發信的三宅樹理。

樹理垂下頭，躲避媽媽探詢的眼神。

茂木記者在四月播出的節目中，匆促地將大出俊次報導成命案的嫌犯，似乎搞砸了自己的立場。他沒有出現在後續報導的節目中，而後續報導的方向也有一百八十度的轉變，這是受到大出家在火災中燒毀的影響吧。

茂木悅男可以把四月的節目方向錯誤的責任，全部歸咎到樹理的身上。他可以說告發信是假的，他是被信裡的胡說八道給騙了。

可以把罪責全部推到樹理一個人頭上。

更糟糕的狀況也是有可能的。淺井松子的死，或許也會被當成是樹理的責任。

不要，不要不要不要，我無法承受那種事。

想避免那種局面，只能擔任檢方的證人。只能拿藤野涼子當擋箭牌，躲在她的背後。

既然她說要保護我，就讓她保護吧。

可是，藤野涼子真的保護得了樹理嗎？她真的有自信嗎？會不會只是想要假裝成好寶寶而已？

樹理回想起來：松子還在鬼門關徘徊的那一天，我在保健室的白色圍簾裡不小心笑了。藤野涼子嚇得要命，一副快尿褲子的表情。

沒辦法當成沒有那件事，涼子也不可能忘記，然而她卻說要保護樹理？她還要說樹理是重要的證人嗎？

如果把她的話當真，到時候不會遭到背叛嗎？這會不會是精心布置的陷阱？

縱然再怎麼迷惘，樹理已沒有選擇的餘地。這一切的一切，全是愚蠢、愛出鋒頭又大嘴巴的媽媽害的。

妳懂嗎？懂就向我道歉啊。說妳做了不可挽回的事，說對不起啊。

「好熱呢。樹理，要不要吃冰淇淋？」

媽媽開關冰箱，擺上玻璃餐具。啊啊，這個人真的是蠢到無可救藥。

三宅樹理在絕望中發覺一件事，內心一驚，忍不住抬起頭。

——三宅同學是最重要的證人。

——我會保護妳，不會讓茂木動妳一根汗毛。

可是，藤野涼子沒有說。她沒說相信告發信的內容。**她沒說相信樹理**。

原來是假的，明明是假的。

樹理卻只能抓住這根稻草。

媽媽把湯匙連同盛了冰淇淋的碗，放到樹理的面前。

「樹理，媽媽不在意那種事。」

她辯解似地說了起來。

「妳會寫那種東西，只是爲了解悶，媽媽懂的。」

妳只想要就這樣蒙混過去，是吧？從現實、從自己捅下的婁子別開視線。

樹理依然無法出聲。現在她覺得幸好自己發不出聲，不必忍耐想要吼叫的衝動。

得快點想出方法才行。快點動腦，有沒有、有沒有什麼方法？必須自己想才行，沒有任何人可以依賴了。應該有什麼能夠保護自己，多少改善自身處境的方法才對。

這時，淺井松子的臉浮現在眼前。

樂天的松子，老好人的松子。

我還有松子。松子雖然死掉了，她還是我的伙伴，我可以拉松子當伙伴。

樹理感覺到鋪天蓋地而來的黑暗中，射進一束光明。

我辦得到。

沒錯，不是還有那一招嗎？在躲到藤野涼子背後之前，先躲到淺井松子背後就行了。

樹理掃視桌上，媽媽立刻遞出筆談用的小白板。無法出聲以後，她都用這塊白板表達想法。

「樹理，什麼事？」

樹理拿起筆，望向白板。這樣好嗎？這樣就好了嗎？一旦開始，就沒辦法回頭了。

「快吃吧，要融化了。」

樹理迅速在白板上寫字，轉過來給母親看。

〈我要幫藤野涼子他們　我要把之前不能說的眞話說出來〉

母親手中的湯匙掉了。

晚上八點——

藤野家已用完晚餐，涼子幫忙邦子收拾碗筷，拿到流理台。今天相當難得，父親睽違許久，終於趕上晚飯時間。

「爸，你晚上要睡在我們家嗎？」

瞳子天眞無邪地問，引來眾人苦笑。要啊，剛回答。

父親現在整天守在某起命案的搜查本部。那是一起由於親屬之間的糾紛，造成兩人死亡，三人重傷的悲慘事件。原因是與遺產繼承有關的土地房屋買賣糾紛，凶手是被害者一家的男性親戚，目前依然在逃，而且似乎還有好幾名共犯。

前所未見的景氣繁榮，使得並非資產家也不是大地主的一般上班族，一旦賣掉家庭生活的土地，也能夠獲得驚人的收入，這樣的情況導致這類案件增加了。父親苦澀地說，金錢會使人瘋狂。母親說吃飯的時候不要聊這種討厭的話題，但土地房屋的交易與繼承是她的業務之一，聊起來有許多相通之處，所以父親忍不住想提。

「那些共犯是花錢僱來的嗎？」母親問。

「應該吧。是一些小混混、小流氓，都是那些炒作土地的不動產商一伙的。」

「都知道那麼多了，還是抓不到嗎？」

「一直沒辦法向被害者問話啊，他們的傷勢相當嚴重。而且跟沒被捲入事件的其他親戚之間也有糾紛，狀況混亂得很。」

電話響了。遠離正在深談的父母，坐在電視機前的翔子起身接聽。喂，藤野家。

雙手沾滿泡沫、搓著海綿的涼子，看到妹妹臉上意味深長的笑意逐漸擴散著，萌生一股不祥的預感。

「姊——」

翔子把話筒按在胸前，蹦跳了一下。
「找我的？」
「對。」
涼子急忙擦手，翔子一臉賊笑。
「是、男、生、喲——！」
父母同時看向涼子。一定是佐佐木同學啦——涼子說。
「不是吾郎同學，不是喔。」翔子又蹦又跳，故意把話筒拿離涼子伸出來的手。
「姊，神原是誰？」
咦？涼子也很驚訝，是什麼事？
「『我叫神原和彥，可以請涼子同學聽電話嗎——？』」
涼子按捺住想要一巴掌打過去的衝動，搶過話筒。翔子！邦子斥責。
「涼子同學——」
「翔子吵死了！」
眞想一腳踢過去。
「喂，我是藤野。」
隔了一拍，話筒傳來一句：「我是神原。剛才那是妳妹妹？」
對方好像笑了一下，涼子覺得臉頰變得滾燙。
「不好意思，我去我房間聽。」
涼子按下保留鍵，放下話筒後，說了聲「是法庭的事」，急忙出去走廊。翔子還在吵鬧，瞳子也加入。
兩個笨蛋。

她回房關上門，先深呼吸，安撫跳個不停的心臟。

「久等了。不好意思，吵吵鬧鬧的。」

「我才不好意思，這麼晚打電話。我本來想，或許明天再說也行。」

可是，還是很介意。和彥的話語簡短，口氣從容。即使隔著電話，他的聲音也沒有多大的變化。

「出了什麼事嗎？」涼子問。

「有個情報，我覺得應該與檢方分享。」

涼子也有，不過前提是三宅樹理願意行動。

「藤野同學的父親是警視廳的刑警吧？」

「是啊。」

「會處理殺人、強盜或縱火案件嗎？」

「縱火有專門的調查班，不過強盜殺人案件是我父親負責的。」

回答問題之後，她壓低聲音：「是什麼事？」

「原來縱火不是啊……」和彥的聲音也變低了。

「到底怎麼了？」

嗯──和彥說：「這是來自某人的消息。」

「消息來源不能透露？」

「對，不過是很可靠的消息。」

「好，是什麼事？」

「大出家的火災確實是遭到縱火，而且不是一般人幹的，是職業手法。警方正朝這個方向偵辦。」

涼子默默催促下文。

「本來這件事跟我們的審判無關，對吧？」和彥說。

「……是啊。」

「所以妳留個印象就行了。」

是煙火師幹的——和彥說。

「咦，煙火師？」

和彥解釋，有人聽到警察與消防官在交談中提及。

「從事情脈絡來看，我覺得是在說縱火的手法。『煙火師』可能是黑話或行話，也有可能是俗稱。」

「是啊，我也這麼覺得。」

涼子的心跳速度危險地升高。職業手法，「煙火師」。藤野剛不分青紅皀白地警告涼子與吾郎「不許插手大出家的火災」時那可怕的表情。原來是因爲有這樣的內情嗎？

「所以……我想藤野同學的父親或許會曉得這個詞的意思，可是，原來縱火案不屬於令尊管轄的範圍。」

涼子說：「爲了滿足你的好奇心，我可以問問看。」

「眞的嗎？」和彥稍微提高音調，又急忙補充：「那也可以順便告訴我，妳提到這件事時，妳父親是什麼反應嗎？」

涼子的心跳明顯加快。

「爲什麼？」

「也沒有什麼理由。」

「我覺得這不會是無緣無故就引起好奇的事。」

和彥微微地笑了，「是啊。」

然後他的語氣變得愼重——

「如果，藤野同學的父親知道『煙火師』的意義，應該會警告我們不要把縱火案牽扯到審判裡。」

涼子重新握好話筒，嘆了一口氣。雖然不甘心，但這是讚賞的嘆息。

「你是千里眼還是什麼嗎？」

「咦？」

「你猜中了。我父親叮嚀過，不要去碰大出同學家的火災事件。」

而且是用超級嚴厲的口氣警告——涼子接著說：「他的表情像魔鬼一樣。我本來單純解釋爲縱火案跟柏木同學的事無關，所以叫我們不要混爲一談，看來不僅僅如此。」

「……這樣啊。」

「我會聽從我父親的忠告，你們最好也這麼做。」

「了解。謝謝，不好意思打擾了。」

涼子掛斷電話，回到客廳一看，眾人都在等她。就是這樣才討厭。

「你們在講什麼？」

翔子還在興奮。涼子無視妹妹，逕自走到父母身邊，拉開母親旁邊、父親對面的椅子。

「爸。」

什麼？——反問的剛拿著茶杯，一臉逗弄的笑。

「你知道有種縱火的手法叫『煙火師』嗎？聽起來很像是黑話。」

剛僵住了。他倏然放下手，把茶杯擱到桌上。

「**什麼**？妳剛才說什麼？」

涼子直眨眼，這種反應是怎麼回事？

「煙火師。」
「妳從哪裡聽到的？」
「不是我聽到的，是律師不曉得從哪裡問來的，說爸可能會知道意思。」
是大出同學家的事——涼子解釋，然後把接下來的話吞了回去。父親變得一臉嚴峻。
「眞教人驚訝。」父親呢喃著，看向母親。「嚇壞我了。律師——神原同學，是嗎？他的消息怎麼這麼靈通？」
「値得這麼驚訝嗎？」
「妳問過他是從哪裡聽來的嗎？」
「他說消息來源不能透露。」
剛拿起茶杯，出聲啜飲茶水後，再次重複「眞令人驚訝」。
「那確實是指縱火的手法，或者說，是利用那種特徵十足的手法縱火的職業罪犯。」
非常招搖，剛說：
「就像放煙火那樣，是可以很快就發現失火的縱火手法。」
「眞奇怪。」邦子插嘴，「啊，是爲了好玩而放火嗎？」
「不是那種爲了取樂的犯罪。我不是說是職業罪犯了嗎？也就是……」
剛略微沉思，似乎是在分辨可以告訴涼子，以及最好保密的事。
「故意招搖地放火，以避免人員傷亡。」
「爲了讓縱火的建築物裡面的人可以快點逃生？」
「沒錯。」
「尊重人命的縱火專家。」

涼子打趣似地低語，邦子聞言笑了，只有剛仍一臉嚴肅。

「你們絕對不能插手大出同學家的縱火案。」

父親認真地說：

「這不是你們可以插手的事。我昨天也說過了吧？轉告神原同學，叫他忘了煙火師這件事。」

「我還沒提出忠告，神原同學就說爸應該會這樣警告。」

我幹麼這麼老實？看見父親的眼神變得更加嚴肅，涼子後悔了。

「真可怕。」藤野剛說：「妳的敵手是個非常不得了的律師哪。」

「我也這麼覺得。」

涼子話聲未落，玄關門鈴就響了。邦子制止要去應門的翔子和瞳子，親自出去。很快地，她露出一種吞下不曉得是什麼怪東西的表情折返。

「涼子。」

是誰？剛問。

「三宅樹理同學，」邦子吸了一口氣，「跟她父母一起來了。」

10

八月五日

岩崎工友——正確來說是前工友，他的全名是岩崎義弘。

工友室外面應該掛著他的名牌吧。可是健一不記得自己看過，也沒有留意過。不只是健一，三中的學生應該都是如此。弄個不好，連「工友先生」的稱呼或姓氏都跳過，就直接稱他「大叔」。

北尾老師抄給他們的住址同樣在城東區內，健一與和彥都很樂觀，認為只要聯絡，馬上就能見到人。然而，響了三聲後接通的電話另一頭，傳來合成人聲的訊息。

——本電話號碼已變更。

新的號碼是東京都以外的市外區碼開頭，好像也不是千葉、神奈川或埼玉一帶。

「搬走了。」

健一按下電話機掛鉤，很快地重新撥打剛才聽到的新號碼。

健一與和彥正在野田家的健一房間裡，這裡可以自由使用電話子機。健一的母親幸惠不管在不在家都一樣安靜，而且今天她要去醫院，和彥來訪前她就出門了。

鈴聲響起。健一坐在書桌前，和彥坐在健一從廚房搬上來的高腳椅，手肘靠在窗台上。

「喂喂，我是岩崎。」

有人接聽了。健一向和彥點點頭，開口：「我是城東第三中學三年級的野田健一。」和彥靠過來，把耳朵湊上去。

「呃，請問是以前在三中擔任工友的岩崎先生嗎？」

對方可能嚇了一跳吧，停頓了一下才回答：

「是，我是。」

明明事先跟和彥演練過了，健一還是忍不住結巴。說明他們是校內法庭的辯方時，不小心摻雜了許多「對」、「就是」、「對不起」。

「岩崎先生知道我們舉行校內法庭的事嗎？」
這次是一段沉思般的停頓。
「沒有聽哪位老師提起嗎？」
或許北尾老師事前聯絡了——健一有過這樣天真的期待，但若是那樣，老師應該會告訴他們岩崎先生搬家的事才對。
「你叫野田，是吧？」
岩崎先生的聲音非常粗啞，小說中有時會看到「破鑼嗓」的形容，就是指這樣的聲音嗎？
「這是長途電話喔。這邊是青森，青森市內。」
難怪區號那麼陌生。
「你是從家裡打來的嗎？會被爸媽罵的。告訴我你那邊的電話，我打過去。」
他的「我」發音曖昧不清。
「可是，那樣不好意思……」
「沒關係啦。」
健一照著吩咐放下話筒，和彥把長腳椅拖過來，在旁邊坐下。
「他人眞好。」
搞不好他打算重新打來，好好向他們說教。
電話響了，健一迅速接起，岩崎先生的破鑼嗓再度傳來。
「野田同學，你是一個人當律師嗎？」
既然會這麼問，表示他知道法庭的事。
「不，不只我一個人。」

「有沒有大人跟著？」

「這場審判全部都由三年級的志願學生來進行，不過名目上是暑期課外活動，所以有北尾老師擔任顧問。」

噢，是北尾老師……恍然大悟般的呢喃聲傳來。

「岩崎先生的聯絡方式，也是北尾老師告訴我們的。」

「這樣啊。」

雖然不像在生氣，但——

「我說野田同學啊……」

從那沙啞的聲音很難聽出主人的感情。

「那我想你也知道了，我已辭掉城東三中的工作。現在學校是由警衛看守吧？」

「聽北尾老師說，是從暑假開始變成這樣。」

「所以，我跟你們的活動沒關係了。」

他是在生氣嗎？因為那與其說是辭職，或許更接近被解僱。

「離職前我聽岡野校長提過審判的事，所以知道。你們居然會想做這種事，我滿驚訝的。」

「哦……」

「你們找我做什麼呢？想問去年十二月的事嗎？」

「聖誕夜的……」

「那孩子死掉那天晚上的事，對吧？那個柏木同學。」

是的——健一應答的聲音縮了起來。

「我跟這件事沒關係了，我已負起責任。」

岩崎先生果然不是單純的辭職。出於警備的必要性而廢除工友制度只是藉口，其實岩崎先生是被迫負起無法阻止柏木卓也死亡的責任。

「所以我什麼都不能說了，你懂嗎？」

健一沉默了。岩崎先生也沉默了，聽得見他的鼻息聲。

「我什麼都不能說啊，你懂嗎？」

和彥打手勢表示「電話給我」。健一要遞出因汗水而濕滑的話筒時，岩崎先生繼續說下去：

「岡野校長交代我不可以跟媒體記者說話，其實我也……」

和彥把耳朵按上話筒，岩崎先生還在說：

「……受了很多罪。有學生死掉，我也很難過。」

「是。」和彥應道。由於只應一聲，岩崎先生好像沒發現電話另一邊換人了。

「所以我希望你們別再來煩我了，我也很難受。我會拜託北尾老師，就算你們再打電話來，我也不能怎麼樣。」

「是的。」和彥再次應道。

「那我要掛電話嘍。」

電話掛斷了。和彥微微噘起嘴，慢慢放回話筒說：

「被封口了。」

幾乎就在同時，健一也說：

「被炒魷魚了。」

兩人對望，露出無精打采的笑容。

「岩崎先生實在倒楣。」

「可是，這確實是責任問題。因爲他沒發現有學生闖進校園，明明是那麼安靜的雪夜。」

「對了，關於這件事。」和彥拍了一下桌子，「關於那天晚上的天氣，是不是再確認一下比較好？那眞的是個安靜的雪夜嗎？」

和彥說在他的記憶裡，北風應該颳得很強勁。

「雖然不到暴風雪，但我記得偶爾會聽到風的呼嘯聲，尤其是半夜。或許雪夜都很安靜只是一種錯覺。」

要調查過去的天氣很簡單，打電話去氣象廳的窗口詢問就行了。這是連忘記寫暑假日記的小學生都知道的方法。

可是……

「要查是沒關係，可是辯方需要這些資料嗎？」

健一反問，和彥愣了一下。

「因爲那天晚上很安靜，對我們才有利呀。如果大出同學他們把柏木同學帶上屋頂，應該會製造出一定程度的聲響。那樣的話，我們就可以主張待在校內的岩崎工友，應當會聽到人聲或腳步聲。」

和彥的困惑很快就消失了，「所以才該確定一下。萬一我們主張『很安靜』，檢方卻拿出完全相反的氣象資料，不就糟了嗎？」

啊，說的也是。如果只計較有利不利，會掉進陷阱。審判時追求的不是「感覺」和「印象」，而是「事實」。

「好，我來調查。」

健一急忙在筆記本上寫下來。

「岩崎先生那邊實在沒辦法。」

只能放棄了——神原律師說：
「用城東警察署的佐佐木刑警給我們的報告，來彌補岩崎先生的證詞部分吧。」
「是啊……」
那份報告眞的非常管用。要在短短一個晚上整理出來，想必非常辛苦吧。
一想到城東警察署，健一就不由得感到胸悶。因爲他會回想起來，回想起如果再往前一步，自己應該就會受到城東警察署關照的那天晚上的事。
每當想起，他就覺得遠去的波浪又打了回來。健一在千鈞一髮之際，被向坂行夫、藤野涼子拯救了。兩人守住健一的祕密，保護了健一。
然而，我卻投效藤野同學的敵營，她會怎麼看待我？不管以什麼形式，健一想要透過參與審判，盡一份心力，這樣的想法傳達給藤野涼子了嗎？
「放輕鬆點吧。」
這是課外活動嘛——和彥說，好像在安慰他。
「別露出那麼苦惱的表情。」
「我、我又沒有在苦惱。」
我現在看起來一定是不曉得該擺出什麼表情才好吧。健一的掌心又開始冒汗。
「事情沒那麼容易呢，抱歉。」
「幹、幹麼道歉？」
「一不小心就會忘記啊。你是柏木同學遺體的第一發現者。」
和彥眞的很歉疚的樣子。
健一內心漸漸激動起來。不是的，我會害怕，是出於完全不同的理由。我自己也有個非常難以啓齒的祕密，跟這個事件完全不同，可是也有相關的地方，藤野同學就是有關的人，所以我——說出來吧。說出來比較輕鬆，告白的話語都湧到喉頭了。

這時，電話響了。

健一整個人跳了起來。比起電話鈴聲，和彥反倒是被健一驚訝的模樣嚇到了。他把手伸到一時動彈不得的健一前面，拿起話筒。

「野田同學嗎？」

是岩崎先生——和彥只動嘴唇不出聲地說明，健一急忙把耳朵貼上來。

「是的，我是野田。」

和彥應道。可能是因爲對話不連續，岩崎先生這次也沒有發現講電話的人是和彥。健一把耳朵湊近。

「就是……所以啊……」

感覺像是急得說不出話來。

「怎麼說……」

他似乎難以啓齒。

「所以啊，我沒有惡意，可是我有我的立場。我也受夠被三中的老師和ＰＴＡ的人沒完沒了地責罵了。」

好不容易回到這邊生活——他嘆了口氣：

「我不會去東京了。我年紀也到了，工友這麼累的工作，做不來嘍。」

和彥默默聆聽著岩崎先生傳來的呼吸聲。

「我說野田同學啊，那孩子是自殺。我跟老師們說了好幾次，現在也還是這麼想。」

健一與和彥對望。

「我不曉得你們辦那個校內法庭會得到什麼結果，但柏木同學是自殺。他是個有點古怪的孩子，他爸媽也這麼說。我看過好幾次那孩子一個人孤伶伶的樣子，他應該沒有朋友吧。」

和彥小聲附和著「是」或「嗯」。

「學校裡偶爾會有那樣的孩子。我當工友很久了，在許多學校看過許多學生。那類孩子長大以後，大部分都會變得開朗。國中一、二年級左右是最難的年齡，只要熬過那段時間就沒事了。柏木同學眞的很可惜。」

一個人孤伶伶的柏木卓也。

「如果我是校長，就會跟大家說事情過去了，快點忘掉吧。要是一直爲這件事吵鬧不休，死掉的孩子是最可憐的。野田同學，你們也這麼覺得吧？」

岩崎先生不需要附和，逕自說下去：「雖然我的意見一點用也沒有，但我只是想說這些而已。我也不是不感到心痛啊。」

他的口吻變得像在生氣。是對逼得大人不得不回電如此辯解的國中生感到生氣嗎？還是，對不得不回電向國中生解釋立場的自己感到生氣？

「謝謝你。」和彥說。

電話中一陣沉默。沒有掛斷，感覺對方還在。

「如果是我那天晚上的行動，我都告訴老師了，警察也知道。我都報告了。」

「是的。」

「還有……唔……怎麼說……」

對方又沉默了。健一把不經意地拿在手中的自動鉛筆，同樣不經意地重新握緊了。

「我知道有人那天傍晚看到疑似柏木同學的人。聽說他看起來非常萎靡，無精打采。」

健一弄掉了自動鉛筆。

「所以，你們或許可以去找那個人。你們是幫大出同學他們辯護的吧？那麼應該能當成參考。」

「是的，謝謝你！」

和彥清楚地用自己的聲音回應。岩崎先生不曉得是不是太興奮，並沒有發現不同。

「事件發生很久以後，我偶然聽到的，沒有告訴老師們。因爲那時候就算說了也沒用。」

「對我們來說是寶貴的線索。請問是誰看到柏木同學呢？」

「是『萊布拉』再過去的小林電器行，你知道嗎？是電器行兼香菸鋪的店，當地小孩應該知道。」

健一一時想不起是哪裡，但和彥回答「我知道」。他緊緊握著話筒。

「我有時候會去那邊買延長線、熱水瓶之類的小東西。我是聽認識的老闆說的。他說那天傍晚，還是晚上？總之是吃晚飯的時間，有個大概國中生年紀的男生在店門口的電話亭打電話。那個男生看起來很沮喪，怎麼說，讓人很擔心。小林先生記得他，說他一定就是自殺的男生。你們去問問他吧。」

因爲太急了，健一折斷自動鉛筆的筆芯兩次，記下這則訊息。

「我能跟你們說的只有這些。喏，都告訴你們了，別再來煩我。你們也快點忘掉這件事，讓柏木同學安心上天堂吧。這才是對死者最好的安慰。」

說完後，不曉得是意猶未盡還是抓不到掛電話的時機，岩崎先生乾咳幾下，才傳來「喀嚓」的聲響。

嘟、嘟、嘟……

健一寫好筆記了。和彥仍抓著話筒，按在耳邊。

「神原同學？」

和彥僵在原地。

「神原律師？」

「嗯？」

好像不是被呼叫而是被戳了一下似地，和彥嚇了一跳。健一不禁有些開心，這消息讓神原律師也被驚嚇到了！

「好驚訝。這是沒有人掌握到的消息，是我們親手挖掘出來的！」

健一拿著自動筆的手在發抖。

「嗯。」

和彥慢慢放回話筒。他的手沒有發抖，但眼神搖晃著。

「要現在過去嗎？小林電器行。」

「不，不用急，電器行不會跑掉。倒是……」

和彥把視線從話機上移開，似乎總算恢復冷靜。

「總之，今天也先去拜訪一下大出同學吧。如果我們不沒完沒了地催著他，他可能會溜掉。」

和彥模仿岩崎先生剛才說「沒完沒了」的口氣，然後笑了。

大出俊次雖然沒有溜掉，卻是會溜掉也不奇怪的模樣。

臨時住處的週租公寓，又是在大廳的會客區。三個人面對面，好半晌默默無語。

律師開口：「又挨揍了呢。」

俊次正在嘔氣。注重外表的他，很難得的今天是一身皺巴巴的運動服，睡醒後亂翹的頭髮也沒有整理。健一察覺他一直睡到剛剛才醒。是負氣睡覺嗎？

「是提起不在場證明的事，你父親生氣了嗎？」

俊次的嘴巴左側腫了起來。眼睛很紅是剛睡醒的緣故吧，總不可能是被打到眼底出血。

「他說『你是白痴啊？』」

俊次的罵聲意外地沒勁。即使外傷不重，內心打擊似乎也很大。

「我爸說什麼不在場證明，為什麼那種東西得自己查？」

——你什麼都沒做，正大光明的過日子就好，別被那些白痴朋友耍了。

健一忍不住嘆氣，只能說這番意見的確很像大出勝會說的話。

「你父親還是無法理解這對你有多重要。」

聽到和彥的話，俊次只是沉默地垂著頭。

健一受不了沉默，開口：「風間律師應該好好向你父親說明過了吧？」

俊次沒有回答。他想要噘嘴，但放棄了，一定是很痛吧。然後，他盡量不動嘴唇地說：

「他說不在場證明……」

「不在場證明？」和彥催促。

「當然有了。」

「有嗎？」

「就是……」俊次閉上眼睛，一隻手撓抓著頭髮，「我爸說那天晚上我一直在家，他說我在就是在！」

這也很像是大出勝的見解。

「那麼，如果請你父親擔任辯方的證人出庭，他願意為我們作證嘍？」

「少胡扯了！所以我爸氣說都一清二楚的事，幹麼現在又囉哩囉嗦地吵個沒完！」

「……果然變成這樣了。」

以健一來說，這是極盡同情的發言，俊次卻恨恨瞪著他。

「你根本不曉得我爸是怎樣的人。」

眼神超可怕的，可是健一有點放下心來。大出俊次不這樣就不像他了。挨父親打就萎靡不振的話，反而讓健一不曉得該怎麼面對他。

「你父親記得那天的客人嗎？」

對了，去年聖誕夜大出勝交代俊次「今天有客人，你待在家裡」。

「你問過了嗎？」

俊次一副厭煩的樣子，啐道：「就是問了才會變成這樣，不是嗎！」

「因爲你問了客人的事？」

「不是啦！我爸說囉哩囉嗦的煩死了啦！」

健一到現在依然無法想像這樣的親子關係。他無法具體地理解，導火線極短的父親、動不動就會飛上來的鐵拳。

大出俊次在家庭外行使暴力，在家庭內承受暴力。不，順序反了。就是因爲暴露在家中毫無道理的暴力下，他才無法不向外界發洩累積的鬱憤嗎？

這眞是令人作嘔的校園輔導式的想法，這才是對現狀一點幫助都沒有的廢話。沒空悠閒地等到大出家的家庭狀況改善之後再進行審判。

「客人是第三者。」和彥平靜地繼續說：「如果那天對方見過大出同學，我們當然希望對方能出庭作證。」

「對方是客人，或許不到半夜就離開。要是一下就回去了，也就不用指望。」

「不過，還是可以請對方作證，說大出同學那天並沒有和同伴聚在一起，計畫如何叫出同學、加以殺害的樣子。」

總比什麼都沒有要來得強——和彥補充道。此時，俊次突然抬頭直直望向律師。

「你啊，太天眞了。」

「哪裡天眞？」和彥也直直望回去。

「你畢竟不是三中的學生，你不認識我。我只要想到什麼，就會馬上去做。我一向都是這樣的。野田，對吧？」

突然被這樣問，健一慌了，但俊次並不是眞心要求幫腔。他就像忘了傷痛，擺出誇張的表情，探出身體逼問和彥：

「剛才還在跟我爸還是我媽吃飯，然後臨時起意出門，不到三十分鐘就在路上揍人，撈點零用錢花，這就是我。我不像你，每件事都要想上老半天、研究個老半天，所以才會落得現在這種下場，你懂不懂啊？」

一陣緊張的沉默襲來，健一屛息以待。

和彥忽然笑了出來。他愉快至極地咯咯笑著說：

「大出同學滿了解自己的嘛。」

健一因爲停止呼吸太久，幾乎快昏過去了。不妙啦，律師，這樣不妙啦。被告都翻白眼了，你會挨揍的——

神原律師一眨眼就收起笑容，「可是你沒有殺柏木同學，你是清白的。所以，即使對你來說是事實，也不要說出任何會對你不利的事。不勞你操心，你那種衝動的個性，檢方也會替你證明得淋漓盡致。」

大出俊次的臉色變了，血色盡失。

「你這傢伙……」

拳頭就要掄起來了。怎麼辦？就算要撲上去也得制止，可是健一的身體動彈不得。

「你怎能那麼冷靜？你是眞心相信我的清白嗎？如果你眞的相信，那是爲什麼？你怎能相信？我是這種人，我爸又是那副德行耶？不是你應付得了的人耶？」

或許吧，一定是的。我也無法完全信服，爲何神原和彥能夠相信大出俊次是被冤枉的？健一用昏沉的腦袋思考著。

「因爲你說你沒做那種事。」和彥回答。

「我是個騙子耶，怎麼可能說眞話？」

「是嗎？依我剛才聽到的內容，我並不這麼認爲。可是，不要再爭論這種問題了。」

和彥搖頭，露出疲憊至極的表情。

「這只是在浪費時間，淨是原地踏步，完全沒有進展，不是嗎？」

「我不要！」俊次撇過臉，後腦壓得亂七八糟的頭髮看得一清二楚。「我不幹了！」

律師不管他，問：「你母親在家嗎？」

明明說不幹了，俊次卻又動搖了。「你問我媽幹麼？」

「我要去問你母親不在場證明的事，還有客人的事。」

俊次站起來大吼，幾乎要把會客區的桌子掀翻：

「住手！不要把我媽扯進來！」

不是怒吼，而是慘叫。那殘響還在健一的耳底尖銳地鳴響。

和彥仰望叉開雙腿擋在眼前的俊次，依舊溫和地問：「因爲你母親也會挨揍，對嗎？」

俊次沒有回答，只是垮下雙肩。

「我看得出來。我說過，我也是過來人。」

家庭暴力的——就像突然念誦起教科書，和彥一個字一個字清楚地說。

俊次的情緒彷彿超越臨界點，臉突然皺成了一團。他搖晃身體，發出吼叫：

「就算我問，我媽也不會說！因爲我媽也怕死我爸了啦……！」

和彥迅速地向健一使眼色，是在叫他不要說話。我知道，而且我什麼都說不出來，舌頭縮起來了——健一心想。眼前的大出俊次像個幼稚園小朋友似地鬧著脾氣。

全部吼完之後，俊次就這樣停住了，沒有捶牆壁或踹桌子。他氣喘吁吁，睡亂的頭髮搖晃著。

等到俊次呼吸平順下來，和彥靜靜地嘆了一口氣，問：

「那你就好好回想，還有沒有其他人？知道去年十二月二十四日客人是誰的人。女傭不行，那邊我們問過，撲了個空。」

「歐巴桑她們那天休假。」

健一吃了一驚。俊次的聲音恢復了，面色雖然一片慘白，但表情放鬆了。

俊次一屁股坐下，用運動衣的袖子粗魯地擦拭眼鼻，臉依然低垂著。這樣才好，健一也不想正視現在的俊次。太尷尬——不，不對。

太慘了，也不對。太**可憐**了。

「我爸怪怪的。」

「怎樣奇怪？」

「最近他的心情一天比一天差，所以我很小心，會先看臉色再說話。可是我才問了一下那個客人的事，他突然就像拔掉手榴彈上面那一根一樣，馬上爆炸了。」

手榴彈就算拔掉安全栓也不會立刻爆炸，這種情況應該比喻爲踩到地雷才對吧。不過健一沒有抬槓，爲幾秒內就想到這些的自己感到驚訝。

「這表示那個客人非常重要嗎……？」俊次說。

「十二月二十四日的客人。」

「明明一天到晚都有客人來。不只是公司，家裡也是。」

「是有深交的對象？」

「神轎？」

「交情很深的客戶。」

俊次嚴肅地沉思半晌後，回答：

「很多都是來打麻將的，我家有個房間擺著全自動麻將桌。」

「那樣的話，可以談些不好在外面談的事。」

俊次沉思著點點頭，「所以那種時候，別說我了，我媽也不會被叫去。」

健一忍不住插嘴：

「那麼，十二月二十四日的客人也有可能是去打麻將！那樣就有可能待到超過半夜了！」

律師和被告都沒有反應，健一興奮的聲音在大廳天花板空虛地反彈。

俊次板著臉，望著桌上，問和彥：

「……你覺得我爸心情怎會那麼差？」

話題切換得很唐突，最重要的是，立場不是反了嗎？健一心想。和彥不可能知道答案。

「以前……也是有很恐怖的時候，可是也有心情好的時候。但這陣子不曉得是怎樣……一直在生氣……」

「房子被縱火燒光，母親又過世了，我想大出先生的壓力也很大吧。」

和彥第一次稱呼大出勝為「大出先生」。

「也對……可是，是為了奶奶的事嗎？他會那麼介意嗎？」

「警方的調查有進展嗎？」

俊次眨了眨眼睛，突然撐起身子。

「我爸又被叫去了。」

是因爲這樣，所以不高興嗎？——接著，他恍然大悟似地繃緊了表情。

「被警方叫去？去接受偵訊？」

和彥確認。嗯——俊次點點頭。

「你聽風見律師提過什麼嗎？」

「不曉得，他應該和我爸見過面吧。」

和彥想了一下，說：

「那回到正題吧。風見律師有沒有可能知道那個客人是誰？他是顧問律師。不然，請律師偷偷問你母親怎麼樣？」

「我媽什麼都不曉得啦。」俊次突然變得消極，像在庇護母親。「如果是重要的生意客人，我爸不會跟我媽講的。都是這樣的。」

「可是，那天你父親交代說有客人要來，叫你待在家裡，對吧？那麼，他應該也對你母親交代了一樣的事。」

健一這次的發言得到了反應。和彥看著健一，輕輕點了點頭。

「總之，我去問問風見律師。現在知道由大出同學直接去問不太妙了。」

「萬一律師什麼都不知道呢？」

「走一步算一步，到時候再說吧。」

電梯的聲音響起，有人下樓了。眞稀罕。明明這裡總是像一座無人的大樓，不見其他人影。

電梯門打開，一個穿圍裙的大嬸走出來，伸長脖子似地看向這裡。

「啊，少爺。」

是大出家新僱的女傭嗎？俊次居然被稱爲「少爺」。
「有電話，不過我想與其請人家等，回電過去比較好。」
大嬸忽然閉嘴了。仔細一看，俊次又露出凶神惡煞的表情。
「誰叫妳擅自決定的！」
大嬸還不習慣大出家。比起害怕，她更顯得不高興。
「不是打給少爺的，是打給少爺的朋友的。」然後她望向和彥與健一，「你們是野田同學和神原同學嗎？有個叫佐佐木同學的打電話找你們。」
健一不在家，所以打到這邊來吧。那樣的話，肯定有什麼急事。
「謝謝妳。」
和彥行禮道謝，大嬸的表情緩和下來。哎呀，原來這戶人家的死小孩也有像樣的朋友啊。
大廳的門口旁邊有一台公共電話。和彥去打電話，很快就回來了。
「四點在圖書室集合，好像有新消息。」
他說法官也會在場。
「好突然。」
而且感覺是什麼大事。
「我們不能再拖拖拉拉下去了。」
神原律師似乎察覺了什麼。他望向俊次，緊抿了一下嘴唇，作結似地說：
「往前走吧，好嗎？」
俊次低著臉，只點了點頭。

你們是幸運的少年——風見律師說：

「今天下午一點半到兩點半之間的一個小時我有空，如果你們來得及趕到虎之門的事務所，我可以跟你們面談。」

我們會過去——辯護團立刻回答。

「那你們兩個過來就好。」

律師說不要帶俊次去，俊次應該也不會想來吧？他今天最好乖乖待在家裡。

「風見律師的直覺眞靈。」

「不是直覺靈，是他知道大出家的現況。」和彥說。

風見律師的事務所位在小巧的住商大樓裡面，入口的霧面玻璃上除了律師以外，還列著其他兩名律師的名字。

一個小時的空檔，其實就是律師的午餐時間。他們一到，馬上被帶往隔壁大樓的一家食堂。不曉得是不是律師的祕書，一個年紀跟森內老師差不多的女員工也一起來了。

律師，歡迎光臨——他們被帶到窗邊的包廂。三份定食——律師開口點餐。

「我先跟她討論五分鐘。」

律師飛快地下達指示，祕書偶爾提出問題確認，一邊筆記。這是正牌助手的工作現場，健一興奮不已。花了七分鐘討論結束。祕書收起筆記，站了起來。風見律師笑著指向健一跟和彥，對她說：「很可愛吧？」祕書也露出笑容，然後才說：「你們好。」

「將來搞不好會來我們這裡當律師，到時候可要好好地磨鍊磨鍊。」

是啊——祕書笑著，走到櫃檯，領了一個大塑膠袋離開了。

「是員工便當。」風見律師說，「平常我大多會在事務所一起吃，不過今天在事務所就不好談了吧？」

平常的午餐時間，也是員工會議時間吧。

「不好意思。」

兩人才剛道歉，三份定食就送來了。

「快吃、快吃，你們是無償辯護吧？」

風見律師立刻拿起筷子，對面的和彥與健一都惶恐不已。

「俊次的傷痕還沒消嗎？」

風見律師用拿筷子的手比比嘴角。

「是的。」

「律師果然知道。」

風見律師啜飲味噌湯。

「趁熱快吃。不過這是適合中年人的菜色，你們可能會覺得量太少。」

恭敬不如從命，兩人開始動筷。健一的肚子從剛才就一直在叫。

「那是大出家的病，名爲暴力的病。」

因爲看不見律師的眼睛，不曉得他是在生氣還是嘆息。

「我也拜託過社長，說校內法庭對俊次很重要，希望他好好重視，聽聽俊次的說法。可是……」

白費工夫——他的臉上浮現苦笑。

和彥轉述俊次告訴兩人的內容，說明他們的處境。

「你們的立場也很爲難哪。」

風見律師的嗓音今天也有那種獨特的凌厲，但眼睛周圍看起來有些沉鬱。

「關於俊次的不在場證明，我想只要有他母親作證就夠了。大出社長應該沒辦法，還有那不清楚到底存不存在的客人也放棄吧。」

「可是……」

「**放棄吧**。」

風見律師直視和彥，簡短但強硬地說：

「這不是建議，是忠告。你們不是職業的法律專家，不能插手多餘的事。」

和彥不肯退讓，「希望親人以外的第三者上法庭作證，是多餘的事嗎？」

「你憑什麼說親人的不在場證明不能當成證據採用？你查到這樣的判例了嗎？」

和彥詞窮了。

「只要是充分具體、符合人類自然的行動或感情的言行，就算是親人的證詞，現在的法官也不會不予採信。況且，在你們的審判裡，傾訴的對象是陪審團吧？」

只要能說服陪審團就夠了。

「請俊次同學的母親宣誓作證就行了。要她簽下切結書，作爲證據呈上法庭。這樣一來，他母親心理上的負擔也會減輕許多。」

沒有母親是不愛自己的孩子的——律師說：

「只要好好地說明拜託，她應該會配合吧。由我插嘴，反倒有可能壞事。因爲看起來會像是有大人在背後指使。」

宣誓作證——和彥呢喃：

「要對什麼宣誓才好？」

健一也想到，應該沒有人思考到這個問題。

「對眞相吧？」風見律師說：「事到如今，還有什麼好迷惘的？」

然後，他忽然想起似地催促：「快吃。」三個人默默用餐了一陣子。

盤子空了以後，店員來收拾，一邊向風見律師親熱地打招呼，一邊放上三只冰咖啡的杯子後離去。

「我呢，本來的專業是不動產的交易糾紛。」

律師在咖啡裡加入奶精，接著說：「律師也是有各種專門領域的。」

「我跟大出社長是在三年前，在他作爲股東參與經營的不動產金融公司的案子中認識的。」

「金融公司嗎？」

「嗯。俊次——我想大出太太應該也不知道，不過，除了自己的公司以外，大出社長還以各種形式參與其他好幾家公司的經營。」

出錢也出意見——律師淺白地說明。

「所以，您擔任『大出集成材』的顧問律師，並不是很久以前的事嘍？」

和彥問。健一在膝上打開便條本準備，需要的時候可以隨時記下來。

「是啊，跟俊次說的不一樣嗎？」

「不，我沒有聽他具體提起，但感覺他認爲律師跟他父親有很久的交情。」

「哦，那是俊次誤會了。」

如果我們公司也有個顧問律師就方便多了——剛認識沒多久，大出社長就這麼拜託。那個時候——

「社長說，他計畫重建住家和工廠，擔心會因爲土地的邊界問題之類的跟周圍鄰居起糾紛，希望到時候可以拜託律師。」

雖然律師說明，即使沒有簽定顧問契約，遇上這類糾紛時還是可以商量，但——

「大出先生似乎無論如何都想要一個顧問律師。」

風見律師用濕毛巾擦擦嘴。

「想要爲公司貼金……之類的？」和彥問。

「是嗎？」風見律師只有眼角泛笑，「大出先生的住家和工廠重建的計畫並不具體，『大出集成材』的業務也沒有需要律師介入的糾紛，頂多確認契約書的內容而已。」

律師說，比較費心力的工作，總是處理俊次惹出來的麻煩。

「等我醒悟到，原來我是被僱來做這種事的時候，已太遲了。」

負責幫有錢人家的紈褲子弟擦屁股的角色——健在一試著安上一個極盡侮蔑的形容。

「爲什麼說太遲了？」

風見律師含笑看了看和彥與健一，微微探出身體。

「我是律師，你們也是律師。」

「是律師與他的助手。」健一一板一眼地訂正。

「都是一樣的。所以你們要答應我——不，對天發誓，絕對不能把透過辯護行爲得知的情報，以辯護行爲以外的目的，洩漏給第三者。」

意思是叫他們遵守保密義務。和彥與健一同時回答：「好的。」

「第一點是，大出社長付給我的顧問費很高。第二點是，我漸漸擔心起俊次來了。」

律師眼睛四周的暗影變得更深濃了。

「你們知道了吧？大出家就像由大出勝這個家長透過暴力統治的極權國家，太太和俊次同學都是毫無抵抗能力的人民。」

公司那邊還好——律師接著說：

「大出社長在公司雖然是獨裁經營，但總是暴露在外人的眼光之中，難以做出無視員工人權的行爲。而且身爲經營者，大出社長是個善於抓住機會、見機行事的人。公司持續成長，只要事業成功，公司內部也能建立起一定的信賴關係。」

不過——他頓了一下，才說：

「行政職，尤其是年輕員工往往待不下去。雖然也是因爲現在景氣這麼好，不愁找不到工作，大家都沒有後顧之憂，想走就走。但主要是，那種除非服從大出社長的絕對權威，否則幹不下去的環境，會惹來年輕人的反感。」

員工還能逃掉。

「可是俊次逃不掉，他是獨生子。」

處在相同暴政下的母親無法保護他。大出佐知子不願正視家中的狀況，向外界尋求發洩。

「在俊次祖母身體健朗的時候，狀況似乎還好。不過，當時的情形我也不是很清楚。」

每當俊次在學校和社區惹出問題，或是與老師起衝突、受到城東警察署少年課關切，風見律師就得努力滅火。

「同時，我自認一直在推廣防火運動。因爲在那個家裡，能夠教導俊次一般社會常識的，大概只有我而已。」

這是份困難的差事——律師說：

「首先，俊次不肯聽人說話。他對我的態度是『只不過是老爸用錢僱來的律師，少在那裡說大話』，根本不把我放在眼裡。」

即使如此，好不容易感覺說教和談話漸漸起了效果的時候——

「立刻又會惡化。最大的原因還是父親的暴力。不論是以什麼形式，只要俊次開始擁有一點自己的想法，那個叫勝的傢伙就會像發現獵物的眼鏡蛇一樣，瞬間把頭高高抬起。」

然後撲咬上來，俊次便又中毒了。名爲恐怖的毒，名爲無助的毒。

「另一方面，就算現在是個有錢淹腳目的富裕時代，像俊次同學那樣在經濟上豪奢地成長的國中生，也難得一見吧。而且不是普通的豪奢，是毫無界限、毫無分寸的豪奢。」

那也是一種毒——風見律師說：

「大出社長是不是根本不想讓獨生子長成一個正常人？他是不是故意把自己的孩子養成這樣？我好幾次都忍不住這麼懷疑。」

「原來不是嗎？」和彥問。

「當然不是了。社長認爲那種做法才是正確的教育。要變強，變得像他一樣強。世人全是蠢貨，只要照著他的話去做就不會錯。」

大出社長是想要把俊次變成自己的影子。不管去到哪裡，一定會匍匐在陽光底下的社長腳邊的影子。

「由於狀況如此，對我而言，那是一段宛如在賽河原堆石頭般（註）徒勞無功的歲月——你們懂這個比喻嗎？」

我懂——和彥應道，健一也點點頭。

「我是律師，不是教師，漸漸疲於一再重複相同的事。我開始考慮，等到俊次升高中的事有了眉目，或是他放棄繼續升高中，我就要趁這個機會結束顧問契約，可是……」

就在這個時候，發生了一起事件。

「今年春天，是二月吧，他對四中的一年級學生犯下強盜傷害事件，這你們知道吧？」

註：日本民間信仰中，比父母早逝的孩子靈魂會來到賽河原，在此堆石頭成塔，來爲父母祈福，然而塔未堆成，即會被惡鬼破壞，永無完成之日，因此「賽河原」在日語中有「徒勞」之意，類似希臘神話中不斷將巨石推上山頂的薛西弗斯。

健一與和彥都點點頭。

「我們在《前鋒新聞》看到大致的經過了。」

「我記得當時整個學校都在傳，說大出同學他們這次逃不掉，得進感化院了。」

「收拾那起事件，讓俊次他們免於被關進感化院的就是我。我應該被當成一個無良律師了，對吧？」風見律師笑道，「可是，我也是經過深思熟慮才那麼做的。」

「抹消事件……」

「沒有的事，一切都合情合理。」

健一微微縮起脖子。

「我讓大出家與被害者和解了。當然，賠償金和醫藥費有確實支付，我也狠狠教訓了俊次一頓，跟他說沒有第二次了，還要他寫悔過書給被害少年。我本來想叫他去醫院探望，但這個提議被對方拒絕了。」

「對方是因爲害怕才撤銷控告吧？」

「這個看法是不對的。強盜和傷害都不是告訴乃論罪，沒有提不提告的問題。我們請他們撤銷的是報案。」

健一感覺像被那尺一般筆直的聲音，狠狠地打了一下。

「我主張這件事是相互認識的國中生之間的爭吵，並不是強盜傷害事件，**根本沒有那種事件**。我想這樣做，對被害少年也是比較妥當的解決方法。」

當然，過錯全在俊次他們身上——律師加重語氣：

「即使如此，萬一俊次最後還是得進感化院，大出社長絕不會善罷甘休吧。不管客觀上來看是多麼沒用的掙扎，他還是會對被害少年與他的父母採取報復的行動。他一定會嚷嚷著是冤枉、是無中生有的毀謗，也會提出告訴吧。由於這樣的狀況可想而知，我才會去說服對方。」

而且就算被丟進感化院，我也不認爲俊次會有什麼改變——律師說：

「不，他會變吧，變得更壞。」

風見律師的眼神變得冷峻。

「對於現行的少年審判方式，我完全不贊同，也不信任。」

和彥與健一沉默不語，風見律師忽然靦腆起來：

「不，這是跟正題無關的個人私見。」

他頻頻用濕毛巾擦拭額頭。

「那個時候，我自認嘔心瀝血地對俊次和他那兩個伙伴好好地說教了一頓。因爲我希望那個事件可以讓他們學到教訓，多少改過自新。我也告訴他：除非你改掉這樣的生活態度，否則我會立刻抽手，任你自生自滅。」

還說，如果我離開，就再也沒有人會幫你了。

「因爲當時還沒有你們。」

沒有你們這個義工律師團——風見律師笑道。

「可是，後來發生《前鋒新聞》和告發信風波的時候，律師還是一直爲大出同學……」

風見律師忽然像個老爺子般嘆了口氣。

「那種情況下，我怎麼可能丟下俊次？」

原本冷淡的眼神恢復如常。

「而且發生告發信的風波時，城東三中顯然進退失據，我認爲那位津崎校長應該好好負起責任才對。所以，我只是採取了必要的對策而已。」

雖然大出社長那老毛病的暴力惡習教人沒轍。

「他在校長室發飆的時候，我真心動怒，吼了他。我正在有條有理地提出主張時，他這樣動粗亂搞，辦得成的事也會被他搞砸。」

和彥接下來的問題，把健一嚇得差點沒把冰咖啡噴出來。

「大出社長沒有對律師動過粗嗎？」

敢問這種問題，你膽子眞大——風見律師又苦笑：

「他倒是不敢對我怎麼樣。」

「是嘛，失禮了。」

風見律師依序看了看和彥和健一，然後說：

「萬一大出社長對你們動粗，立刻通知我。即使只是恐嚇要打你們也一樣，馬上通知我，完全不需要客氣，知道嗎？」

「好的，謝謝律師。」

「對不起。」

和彥毫無畏懼地應話。一旁的健一擦了擦人中處的汗水說：

健一的聲音似乎比自己想像中頹喪，風見律師與和彥都愣住了。

「我一直誤會律師了。我一直以爲你是個不分青紅皀白，凡事護著大出同學的律師。」

風見律師拍了拍突出的大肚腩，大笑：「站在野田同學的立場來看，這是當然的。」

「明明如果仔細看，應該就可以了解。」

「不不不，看不出來的。連大部分的老師都不了解吧。」

而且野田同學——風見律師伸出一根手指，指著健一說：

「像這樣輕易相信我的一面之詞太危險了。我剛才說的是我的供詞，在查證屬實之前，只是一份口供而已。事實上，俊次對我的觀點不就完全不同嗎？」

感覺的確如此——和彥也微微地笑了：

「可是，二月發生強盜傷害事件的時候，律師罵了大出同學他們，我認爲絕對不是白費工夫。」

律師揚起花白的眉毛問：「爲什麼？」

「橋田同學振作起來了。不，他開始努力振作。他一直乖乖去上學，也參加了社團活動。對於橋田同學，律師的說教應該發揮了效用吧。」

原來如此，一直卡在腦袋一隅的疑問冰釋了，健一驚訝地睜大雙眼。

「就是啊，那個時候大家都很納悶，怎會只有橋田同學一個人乖乖來上學？他不當大出同學的跟班了嗎？還是出了什麼事？」

風見律師的眉毛一直抬高著。

「可以這麼樂觀嗎？就是因爲他繼續上學，才會與井口同學發生爭吵。」

「那當然是一件憾事，但那是結果論吧？如果橋田同學繼續拒絕上學，或許會以別種形式，鬧出更嚴重的問題。」

和彥說的沒錯。就算沒有化成問題浮上檯面，至少橋田祐太郎的人生肯定會往更狹隘的方向傾斜。

「我想橋田同學比什麼都更討厭自己吧。」律師說：「如果我沒有介入，那不折不扣就是一起強盜傷害事件，他們應該心知肚明。橋田同學雖然也是個問題多端的少年，但並沒有那麼積極——他並不想墮落到那種地步。闖下大禍之後，他應該醒悟了吧。」

邋遢懶散，蹺課不上學，反抗老師，不斷勒索和順手牽羊。就是從這樣的偏差行爲再跨出去一步，才會發生三人結夥襲擊四中學生的事件。在跨出去的時候，那是稀鬆平常、沒什麼的一步，但回頭一看，他們卻是跨過了駭人的一線。

而橋田祐太郎看到那條線了，所以他決定回頭。如果不在這裡回頭，就再也回不去了。可是一起越界的大出俊次和井口充，別說是線了，連前進的方向都看不見。

「橋田同學有可能作證嗎？」

「還不清楚。我們見過他一次，那個時候感覺希望渺茫。」

「我想也是。」

「我們會堅持看看。如果可能，我們希望他不只是作證，而是以證人的身分出庭。」

「單憑他的證詞，無法爭論告發信的內容眞假。即使橋田同學有不在場證明，也只能證明橋田同學並沒有參與告發信中提到的犯罪而已。」

「可是，告發信的寄件人認定明明不在場的橋田同學在場，我們可以主張目擊內容不可信任吧？」

風見律師笑得臉皺成了一團。

「看你精明的。」

明明稱讚的不是自己，健一卻感到開心，臉頰熱了起來。然而，被稱讚的和彥幾乎表情不變，只微微垂下視線。這是神原和彥風格的靦腆表現嗎？

「話說回來……」

風見律師納悶地歪頭說：

「提到檢察官起訴大出同學的材料，只有那封告發信吧？至少那會是主要證據。」

「是的，我是這麼認爲。」

「審判會在不知道寄件人是誰的情況下進行嗎？」

「檢方正在尋找寄件人。他們寄信給全部的三年級生，呼籲寄件人出面擔任證人。」

原來如此——風見律師點點頭，「以做法而言非常妥當，可是會有結果嗎？」

健一立刻回答：「不可能有結果，寄件人不會出面的。」

和彥微微斜眼瞪他，「不可以這樣一口咬定。」

「可是……」

「傳聞寄件人是個女學生吧？」

「是的，律師也知道嗎？」

「我從俊次和大出社長那裡都聽到煩了。津崎校長堅決不肯承認，而我也認爲若是對俊次的同學採取任何行動，只會讓狀況更加複雜，所以最後我僅止於追究校方的管理責任而已。」

風見律師看起來很擔心，「那個學生現在怎麼了？」

「一直沒有來上學。」

「她還好嗎……？她不會變成別的不安要素嗎？」

和彥沉默著，於是健一開口：「沒問題的，檢察官藤野同學非常能幹。」

「跟你們一樣能幹嗎？」

「不，我想她比我們更厲害。」和彥說：「所以才難對付，而且支持她的人比我們更多。」

或許是這樣沒錯，可是——健一在內心反駁：可是三宅樹理不會當藤野同學的證人，也不會支持她。他想起三宅樹理那乖僻又世故老成的眼神。

「寄件人是個怎樣的女生、有什麼意圖——唔，雖然這是推測，而且也不能只憑推測就輕易斷定……」

風見律師像面對易碎物似地放低音量說：

「如果這場校內審判也能爲那孩子提供一個合適的機會就好了。」

什麼機會？承認撒謊、向大家道歉的機會嗎？

「那個寫告發信的女生……」

像是自言自語、像是要說服自己，風見律師望向窗玻璃說：「或許也非常需要有人聆聽她的說法、相信她、擁護她、與她共同奮戰的經驗，如同你們現在為俊次做的這樣。」

時間快接近兩點半了。

「最後我再提醒一次。」

風見律師直盯著神原律師的眼睛，拿起帳單說：

「你們的審判爭論點非常明確。你們並不是要打同情牌，說俊次犯了罪，但他情有可原、無可厚非之類的，所以……」

不要牽涉大出家的內情，也不可以在法庭上提起。

「因為沒有必要，遠離這件事。」

「遠離……？」

「社長的暴力傾向也不能在法庭上提起。因為以戰略來說會是失敗的。不僅沒有意義，看起來還會像是俊次在博取眾人的同情。今天說的事情都不可以外傳，懂嗎？」

風見律師的語氣過於尖銳，甚至令健一感受到壓迫，他忍不住眨了眨眼。風見律師站了起來，和彥彷彿要追上去似地問：

「律師……」

「東西別忘了拿啊。」

「律師，你知道什麼，是嗎？」

風見律師停了下來。

「先前在『大出集成材』見面的時候我就很介意，律師知道我們不知道的事——」

「我當然知道許多事。」風見律師露出笑容，「我是大出家與『大出集成材』的律師，是正牌律師。大出家的事，還有與這次的審判無關的事，我知道的可多了。不過，那些事無關緊要吧？」

「爲什麼不能打聽十二月二十四日的客人的事？」

是風見律師當下叫他們放棄的那件事。

「愈是被禁止，就愈是好奇。這是我的個性，不好意思。」

風見律師直盯著和彥，噴出一口氣，又坐了回去。

「我說啊，那是跟大出先生的生意上有關的事，所以我才叫你們不可以插手。因爲那是大人之間的事。」

「眞的只是這樣而已嗎？」

「其他還能有什麼？」

律師笑著，臉頰卻因和彥接下來的話而抽搐了一下。

「比方說，大出家的火災。」

健一倒抽了一口氣，望向身邊的和彥。和彥的身上散發出一股氣息。這就是所謂的令人毛骨悚然的氣魄嗎？

「比方說，大出社長頻繁地被警方找去，心情一天比一天糟，遷怒家人的情況也增加了。」

和彥的眼神之冰冷，是健一前所未見，那雙眼睛攫住了風見律師。律師雖然沒有被懾住，但相當驚訝。而且是異於先前的驚訝。他很驚訝，並且心生警戒。

「社長在火災中失去了自宅這樣的資產，還失去了母親。他會忙得焦頭爛額，情緒不穩，也是沒辦法的事吧。」

和彥繼續追問：「那場火災是遭人縱火，對吧？」

風見律師沒有回答。

「律師知道『煙火師』這個詞嗎？」

風見律師牙痛似地扶著下巴，停頓了一會後，像是刻意慢慢回答：「煙火師？放煙火的專家嗎？」

「一般是這個意思。」

「還有別的意思嗎？」

「我認爲律師應該知道。」

風見律師瞇起眼睛，「你是聽誰說的？」

「消息來源不能透露，不過……」

「不過？」

「我拜託藤野同學請教她的父親，她的父親告訴她這個名詞的意思，並且要我們別插手。」

風見律師深深地點頭，「如果是我，就會判斷連意思都沒必要告訴你們。」

「藤野同學的父親是警視廳搜查一課的刑警。」

風見律師的臉頰又繃住了，這次花了很久的時間才開口：

「那麼，這樣告訴你們與校內法庭無關的訊息，更是輕率之舉。」

「他會不會是覺得如果不告訴我們，我們會妄加探查，反倒不好？」

「既然你們得到答案了，就把聽到的忘掉吧。」

沒有必要把心力放在**那邊**。

「你們還是國中生啊，是有極限的。了解自己的極限在哪裡，也是當一個好律師的祕訣。」

況且——律師說到一半，眨動著眼睛猶豫了。

「這個謎團，也不是會被棄置不理的神祕謎團。既然警方繼續偵辦，即使不願意，遲早都會眞相大白。可以請你們暫時接受這樣的回答嗎？」

和彥停頓了與風見律師差不多的時間，總算應道：「好的。」

「我懂了，我不會再問了。」

健一急忙呼吸，他快喘不過氣了。

風見律師拿著帳單，忽然皺起眉頭，似乎仍有所猶豫。

「請你們……」他說：「請你們支持俊次。他需要有人相信他、陪他一起奮鬥的經驗。比起任何懲罰或是教育，他更需要這樣的經驗。對他來說，這應該是最大也是最後一次的機會。」

拜託你們了——說完，風見律師的表情緩和下來。

「辛苦了。好了，快去忙吧。」

距離與檢方的會議，還有一段不上不下的時間。健一提議去拜訪小林電器行，但神原律師看上去沒什麼幹勁。

「你累了？」

「有點。」

「面對職業律師，你眞是放手一搏了。」

健一故意調侃，但和彥認眞地問：

「我說得太過火了嗎？」

「也不是啦。」

兩人在地下鐵車站裡，得拉大嗓門才能對話。車廂內很空，對面坐了一個西裝男子，嘴巴半張著打瞌睡。

「爲什麼要極力隱瞞呢？感覺不太舒服。客人來了就來了，爲什麼不能幫忙作證？」

明明那樣或許就能釐清被告的不在場證明了——和彥說：

「大出社長不說還可以理解，但連風見律師都一起瞞，實在很怪。」

眞的是來談跟生意有關的事嗎……

「可是……不然你覺得還有什麼？」

和彥說不知道。他把拳頭按在人中處，用力推擠，彷彿這麼做可以抹去討厭的氣味之類的。

健一把想到的說出口：「還是他們在賭麻將？賭得太大會觸法，對吧？有藝人還是職棒選手因此被抓，不是嗎？」

聽到這話的和彥一臉茫然，健一忽然覺得十分丟臉。

「啊，我只是說說而已，開玩笑的啦。」

神原律師笑了出來，「賭麻將嗎？或許有這個可能。嗯，作爲一種猜測，或許眞的是這樣。」

眞的嗎？

明明車廂內空蕩蕩，和彥卻密談似地把頭湊過來。

「說眞的，『大出集成材』的經營狀況怎麼樣？」

「生意應該不錯吧？他們家那麼有錢。」

風見律師也說大出社長作爲一個老闆，相當有才幹。

「可是，上次第一次跟風見律師碰面的時候——」

和彥被俊次帶去拜訪「大出集成材」。

「我和律師談到一半，大出社長現身了。有銀行的人來，社長過來找印章，看起來超級不高興。」

這件事健一也聽說了。幸好他不在場，否則一定會嚇到尿褲子。

「我也聽到他在吼銀行的人。風見律師說是在談融資的事。」

和彥瞇起眼睛。

「如果生意好，怎會吼銀行的人？」

健一只想得到單純的答案：「因爲他動不動就愛吼人吧？」

「或許吧。」和彥搔搔頭，重新坐好。「太鑽牛角尖也不好。」

「你一定是累了，在圖書室休息一下比較好。」

忠實的助手如此建議。

抵達城東三中時，就快三點半了，兩人暫時在校門口道別。和彥前往圖書室，健一則去大廳用公共電話打到氣象廳的諮詢台，詢問去年十二月二十四日的天氣狀況。

暑假才過三分之一，他以爲很快就能問到，意外地等了很久。有很多小學生想要趁現在趕快寫好七月份日記的天氣嗎？

電話總算接通，應對的職員很親切，不只告訴他數據資料，還加上簡單明瞭的說明。

職員說，一九九〇年十二月二十四日晚上十點到午夜零時之間，東京二十三區雪勢呈現暫時歇止的狀態。因爲上空的低氣壓間隙正好通過。直到凌晨一點過後，才下起大雪。

風速爲二・二公尺，最大不到四公尺。風向爲北北西。健一說記得好像聽到風在呼嘯，職員告訴他應該是風在建築物上反彈的聲音。

「在都會地區，一下雪交通量就會大幅減少，所以會聽見平時不會注意到的聲音。呼嘯聲有時是風吹到窗框造成的，空調的換氣孔有時也會發出呼嘯聲。有時不同的風向會讓換氣扇的管線形成風洞般的效果，室內的人聽起來會感覺風聲異樣地大。」

和彥聽到的也是那種聲音嗎？

「那麼，這天可以形容爲寂靜的雪夜嗎？」

「依一般人的感覺，可以這麼形容，至少不能說是個風勢強勁的夜晚。而雪花紛飛的形容，也必須等到凌晨一點過後才適用。」

你在寫什麼報告呢？職員問。

「我希望能讓人具體地想像出那個雪夜。」

他沒有說因爲必須向陪審員說明。

確實筆記下來以後，走樓梯到圖書室時，健一在轉角平台碰到井上康夫，他正要下樓。

「咦，會議呢？」

「還有十分鐘。」

康夫推起銀框眼鏡，觀察健一。「襯衫皺巴巴的。」

「有汗臭味嗎？」健一聞了聞袖子。

「看來你們很勤奮地四處查案。」

「看得出來？」

「渾身無力地倒在圖書室窗邊的是神原吧？」

幾乎是死人了——康夫說。

「我想他是在冷靜腦袋。」

井上法官的眼鏡反光，「最好先冷靜一下，檢察官帶了顆炸彈過來。」

健一繃緊了身體，「法官聽到什麼消息嗎？」

「唔，再過十分鐘——」他看看手表，「再八分鐘就知道了。」

健一走進圖書室，神原律師雖然無力地靠坐在窗邊椅子上，但眼睛是睜開的。

今天的圖書室幾乎沒有其他學生，也不見圖書委員的身影，或許是檢方拜託北尾老師特別爲他們開放的。

「你被法官誤認為死人了。」

「我知道。」和彥回答，就像剛才健一做的那樣，把鼻子湊到自己的襯衫袖子上聞了聞。

「好臭。」他皺眉說。

「待在戶外就不會發現呢。明天在腰上夾條手巾吧，學《事件》裡的菊地律師那樣。」

和彥似乎聽不懂這個哏。

「很老很老的電視劇啦，以前ＮＨＫ播過。」

和彥曖昧地眨眼，「我好像看過小說。」

「大岡昇平寫的，也拍過電影。我家有錄影帶，因為我爸很喜歡。」

聊著聊著，圖書室的門打開，由井上法官領頭，檢方三人走了進來。

「不好意思，突然把大家找來。」

藤野涼子輕輕行禮。眾人圍在桌旁，分成檢方與辯方兩邊，井上法官坐在中間。

「如果只是要通知內容，打電話也行，可是……」

「我們覺得當面報告比較好。」佐佐木吾郎接過話。

還是老樣子，只有萩尾一美我行我素，今天也打扮得美美的，秀氣地坐在吾郎旁邊——才正這麼以為，她突然表情一歪，捏住鼻子。

你們臭死了！——她用眼神這麼責備，但健一裝作沒發現。

沒有空調的圖書室，即使窗戶全開，依然悶熱無比。可是，剛剛從藤野涼子太陽穴淌下的一條汗水，應該不是暑熱的關係。

藤野同學緊張到在發抖，健一不禁心生防備。

「我們找到可以查出那封告發信寄件人的必要證人了。」

語氣俐落凜然，然而不知為何，涼子不肯看著辯方。

「對方說願意全面協助我們。目前我們正在製作陳述書。」

一旦完成，就會提交給法官──她接著說。

「大概什麼時候可以完成？」法官問。

「這兩、三天之內。」

「滿久的呢。」

涼子調整呼吸，望向和彥與健一。

「證人是三宅樹理。我想野田同學應該知道，她還沒辦法出聲。」

健一僵在原地。神原律師直盯著涼子，姿勢依然有些懶散。

「所以陳述書製作起來很花時間，沒辦法一次問太久。」

「三宅同學的健康狀況怎麼樣？」法官追問。

「不太好，所以這也是保健室的尾崎老師的要求。」

涼子再次調整呼吸。她好緊張，健一第一次看到她這個樣子。連被高木老師甩耳光時，她也比現在平靜許多。

「身為檢察官，我想要保護這名證人。至於這是什麼意思……」

和彥迅速插嘴：「希望我們開庭前都不要接觸證人，是嗎？」

他的語氣很平淡，不像是責備。

涼子纖細的喉嚨動了一下，「就是這麼回事。」

「太獨斷獨行了。」

法官說，一樣不是責備的口氣。

「我覺得很抱歉，但除非答應這個條件，否則三宅同學不肯點頭。她的父母也是。」

法官剛要開口，涼子制止似地加重了語氣說「所以」，然後又轉向神原律師，繼續道：

「我想在陳述書完成之前，大略說明一下她的證詞內容。這樣的話，辯方也不會有不利之處了吧？可以在開庭前調查證詞的眞假。」

怎麼樣？──井上法官問和彥，和彥立刻回答：

「這是該由法官裁定的事項吧。辯方聽從法官的裁示。」

法官推起眼鏡，「這麼乾脆？那可是重要證人。」

「沒關係。」

和彥露出一貫的無邪笑容，對法官說：

「藤野同學剛才說的是，爲了查出告發信寄件人的必要證人，而不是**告發信寄件人**。」

涼子的太陽穴又流下一行汗水。

「那麼，三宅同學查到的告發信寄件人是誰？」和彥問涼子：「那名寄件人才是我們最重要的證人。」

藤野涼子微微仰起下巴，形狀漂亮的鼻頭朝向天花板。

銀框眼鏡底下，井上法官的眼睛慢慢地眨了兩下。

「淺井同學目擊到現場，想要告發，但無法一個人承受這個祕密，找三宅同學商量，然後她們兩個寫下告發信。就是這麼回事。」

「淺井松子同學。」

主導權在淺井松子手中，三宅樹理只是幫忙──是這樣的主張。

「藤野同學！」

不知不覺間，健一喊了出來，好像是嘴巴擅自動了。

「妳眞的相信那種話？」

「野田，別這樣。」法官制止，「你的說法不公平。」

健一無法罷休，「妳眞的相信她的胡扯嗎？居然全部推到淺井同學頭上，妳不覺得太過分了嗎？妳應該不是那種人啊！」

健一覺得脖子被勒住了，原來是和彥扯住他的襯衫袖子。健一不知不覺間站了起來。

「坐下吧。」和彥平靜地說。

涼子原本堅持不肯看健一的眼睛，但這時她下定決心似地斂起下巴，望向他。

「我相信三宅同學。」

健一原本一副就算衣袖被扯掉也要繼續站著的氣勢，聽到這句話，膝蓋忽然一軟。頹坐下去的時候，長褲內側的汗水讓他渾身一涼。

「死人沒有嘴巴……」

愛怎麼說都行——健一低喃，眼淚都要掉出來了。藤野涼子居然會說這種話，藤野涼子居然會做這種事。

「那麼，今後就是全面對決了。」

井上法官事不關己地從容說道：「沒辦法再手牽著手，和樂融融地一起尋找眞相了。」

沒有人應聲。

「噯，這是審判。這才是一般的狀況吧。」

法官說著，撩起額頭上的頭髮。

「檢方還有一項要求。」

涼子用堅毅的、幾乎是倔強的聲音，明確地說：「請不要讓被告接近三宅同學，她害怕遭到大出同學報復。我們會保護她，但希望辯方好好控制住大出同學。」

「有、有山崎在，」佐佐木吾郎結結巴巴地插嘴：「我想是不要緊，可是，爲了愼重起見……」

「嗯。」和彥應道，「我知道了，我們會嚴格約束他。這也是爲了大出同學本人好。」

健一垂著頭克制淚水，額頭滴下汗水。

「對不起。」

涼子的聲音從死角傳來。

「可是，這是我們找到的眞相。」

我們找到的**眞相**。

風見律師的聲音在健一腦袋深處響起。那個寫了告發信的女生，或許也非常需要有人聆聽她的說法、相信她、擁護她、與她共同奮戰的經驗。

所以，藤野同學扛下了這個角色嗎？

那麼，三宅樹理爲什麼不承認？爲什麼不主張告發信就是她寫的？爲什麼不說就是她告發大出俊次、就是她目擊殺人現場？

同樣是謊言，如果她這麼說，健一還能理解。

可是，他不懂現在這種說法。甚至把死者拖出來當擋箭牌，三宅樹理究竟想要得到什麼？

我們找到的眞相。

「那麼……」

和彥半帶嘆息地低喃，拉開椅子站起來。

「我們會全力粉碎你們的眞相。」

並不熱切，也不是鬥氣，只是沒有迷惘。

可是，看起來總有一點痛。

「走吧。」

神原律師輕拍健一的背，快步離開圖書室。健一差點踢到椅腳，手忙腳亂地追上去。

圖書室裡一片沉默。操場帶泥沙的悶熱的風吹了進來。

只有萩尾一美不顧沉重地僵在原地的三個人，眼珠咕溜一轉，望向門口。

「剛才他說的話，搞不好有點帥。」

他說粉碎耶！她小聲呢喃，然後誇張地揑起鼻子說：

「可是他們眞的臭死了！」

11

八月六日

藤野涼子與佐佐木吾郎，坐在被鮮花圍繞的淺井松子的遺照和骨灰罈前。

是松子的母親敏江出來迎接他們進去淺井家。豐滿的體格與溫柔的面容，都和松子十分相似，她們母女看起來就像一對年紀相差頗多的姊妹。

應該把三宅樹理的證詞內容向松子的父母報告，是涼子這麼提議的。她說這是對淺井同學的父母應盡的禮數。

吾郎一開始裹足不前，最後還是同意涼子的主張。另一方面，萩尾一美戳到涼子的痛處：

「如果淺井同學的父母表示那都是胡說八道，絕對不認同，我們要放棄嗎？」

「不，我們不會放棄。」

「那何必特地去見淺井同學的父母呢？感覺只像是在找藉口耶？」

一美有這樣的特質。乍看之下她什麼也沒在想，事實上也的確有許多思慮淺薄之處，但偶爾會發揮獨特的直覺，看破虛僞，精準得令人驚訝。

在過去的學校生活中，一美的這一面一直遭到埋沒，連老師們也不曉得吧。吾郎說那是女人的第六感，但涼子的看法有些不同。一美或許並不是所謂的聰明的女生，但她總是能做出明智的判斷，而她也厭惡虛僞。

「就算看起來像是在找藉口也沒關係，被那樣責備也無所謂，我就是想見見淺井同學的父母。」涼子說：「不然我於心不安。」

「那就好，照小涼的想法去做吧。不過我就不奉陪了，還有一大堆文件等著要處理。」

「好。」

一美打字正確又迅速，也很擅長整理文章。她不是所謂作文很棒的學生，但對於將聽打內容整理成重點之類需要效率的作業非常拿手。這也是在一般的國文課中很難被發掘的能力吧。她家裡有文書處理機（不過是她母親的），所以文書工作現在完全交給她。

然後，此刻涼子膝上放著一美爲他們整理的筆記，與淺井敏江面對面坐著。

「這樣啊……」

淺井敏江看著女兒的遺照呢喃。她的眼睛是乾的，彷彿淚水都哭乾了。

「樹理這麼說嗎？」

到了這個地步，她依然稱三宅樹理爲「樹理」，是因女兒都這麼叫吧。

難以承受——吾郎在遺照前垂下頭，彷彿正在這麼說。

「樹理說告發信是松子提議的，她只是幫忙，是嗎？」

與其說是在確認，更像是對著眼前女兒的笑容翻譯。把涼子的話，翻譯成只有母女之間才聽得懂的特殊語言。

「樹理可以說話了嗎？」

「不，還沒辦法，所以我們是用筆談。」

透過白板溝通雖然慢得令人焦急，但相對地也幫了涼子一把。

「如果照樹理的說法……看到殺害柏木同學現場的，就是松子了。」

敏江不看涼子她們，視線一直對著松子笑容滿面的遺照。

「是的。」

「松子不會一個人三更半夜跑去學校。」

敏江淡淡地笑了，彷彿在說「這太荒唐了」。

「而且，她才不會背著父母三更半夜偷偷外出。」

「可是，如果她臨時起意，是可以不被父母發現，離開家門的吧？」

來訪之前，涼子已整理好該說的話、該問的問題。她全身緊繃，免得離題，或是流於情緒化。

「也不是不行，而且她有鑰匙……」

淺井家是雙層的獨門獨棟建築。

「松子同學的房間在……」

「樓上，最前面的西式房間。」

敏江說現在也維持原狀。

「是去年的聖誕夜，對吧？我們全家三個人一起吃晚餐，一起看電視。松子喜歡的連續劇播了特別版。看完電視她去洗澡，十二點以前就上床睡覺了。因爲是聖誕夜，睡得比平常晚。松子不是個夜貓子。」

「叔叔和阿姨也是嗎？」

「嗯，我們得早起。她爸爸和我都是很好睡的人。」

敏江一手按住額頭，視線總算從女兒的遺照上移開。

「藤野同學，妳家怎麼樣？如果妳三更半夜偷溜出去，妳爸媽一定會發現嗎？」

「我想也有可能不會發現。」

「佐佐木同學呢？」

被敏江一看，吾郎的肩膀僵住了。

「和檢察官一樣。」

敏江又淡淡地笑了，接著用平板的聲音問：「樹理怎麼說？」

「就是——」

「她說松子爲什麼要在那麼晚的時間，又是出門去做什麼？」

去散步——涼子回答，因爲三宅樹理就是這麼作證的。

「她說雪景很漂亮，淺井同學忽然想要出去走走。」

「樹理說是松子這麼告訴她的，是嗎？」

「是的。」

「然後呢？」敏江催促，「她說松子爲什麼去學校，爲什麼上了屋頂？」

涼子記得三宅樹理的證詞內容，根本不必再次確認。但爲了尋求某種支援，她用力把手掌按在膝上的筆記本上。

「淺井同學本來打算走一趟上學的路線，很快就回家。可是她在三中的側門……」

偶然看到大出俊次、橋田祐太郎和井口充三個人，以及柏木卓也。

「她看到他們三個把柏木同學拖進學校裡面。」

由於情況非比尋常，淺井松子追上四人，小心翼翼地跟上去。

「井口同學翻過側門，從裡面開門。接著，他從一樓某處進入校內，打開小門，大家從那裡進去。這段期間，大出同學和橋田同學爲了防止柏木同學逃走，一直抓著他。」

淺井敏江默默點頭，催促涼子說下去。

涼子接著說：「淺井同學擔心起來，而且他們沒有把門閂上或是鎖上，於是她跟著他們進入學校，一路跟上了屋頂。」

爲了避免被發現，松子在走廊和樓梯上都與他們拉開很遠的距離，所以當她抵達屋頂的門，出去外面時，一時之間不曉得他們四個跑去哪裡。三中的屋頂相當廣闊。

「沒辦法，她只好躲在屋頂的塔屋後面，結果聽到人聲，她往那裡一看，只見柏木同學正跨過屋頂的護欄……」

搖搖欲墜地試圖翻過去。

「他很快就翻到護欄另一邊，下來的時候，被那三個人隔著護欄推落。」

三個人聯手，一邊鼓譟著。

「怎樣推落？」

這尖銳的逼問把涼子嚇了一跳。

「他們三個人鼓譟著什麼？那是個寂靜的夜晚，又沒有其他人，應該聽得一清二楚吧？」

涼子依據樹理的證詞忠實地回答：「他們說著『幹掉他』、『快點跳下去』之類的。不過三宅同學說，淺井同學驚嚇得太厲害，記不清楚。」

看到柏木卓也從屋頂掉下去以後，淺井松子便頭也不回地逃走。她目不斜視地衝回家，所以不知道大出他們後來怎麼了。

「藤野同學。」

「是的。」

敏江呼喚涼子，佐佐木吾郎也一起抬頭。

「那是編出來的。」

空調低低地呻吟。

「你們也明白吧？樹理是在編故事。」

涼子默然。不是束手無策的沉默，而是選擇性的沉默。

「如果我們家的松子眞的看到那麼可怕的場面，一回家就會立刻告訴我們。她絕對不可能沉默。她一定會把我和爸爸叫起來，叫我們報警，跟她一起去學校。」

涼子繼續沉默，跪坐著的吾郎難受地挪動膝蓋。

「更別說要是眞的發生過那種事，她不可能滿不在乎地過日子。」

「三宅同學說，淺井同學以爲凶手馬上就會被抓到。」

可是，實際上凶手沒有落網，柏木卓也的死被當成自殺結案。因此，松子苦惱不已，向樹理坦白，然後決定寄出告發信。

「瞞著父母嗎？」

「三宅同學說，淺井同學不想讓父母擔心。」

敏江的身體忽然頹倒下來。不是堅硬的東西應聲折斷，而是像沙塔被水沖毀。

「沒錯，松子就是那麼貼心的孩子。」

敏江沒有哭。聲音很低，很無力，但沒有失去自制力。

「所以，更不可能有這種事。爲了不讓我們父母擔心，隱瞞她目擊同學遭人殺害，這怎麼可能呢？」

她揉揉乾燥的眼睛，轉向涼子和吾郎。

「松子過年的時候穿了和服。我們幫她新買的。她眞的好開心。」

要不要看照片？

「目擊柏木同學遭人殺害，卻能在幾天後穿上新的和服過年、去神社拜拜，還笑著拍照，松子不是這樣的女孩。三宅樹理在撒謊。」

一直低著頭、垂下視線的涼子，突然被敏江抓住手腕，嚇了一跳。吾郎也嚇得差點跳起來。

敏江的手很溫暖。她不是抓住涼子的手腕，而是緊握住涼子的手。

「對不起啊。」

她看著涼子的眼睛，聲音沙啞。

「藤野同學，其實妳根本不信那種胡說八道吧？」

妳不相信，對吧？淺井敏江重新握住涼子的手，搖晃著說：

「妳不相信吧？妳的臉上這麼寫著。不可能相信嘛。可是，妳是站在告發大出同學的那一邊，既然是這樣的立場，就非相信樹理的話不可，對吧？」

涼子的聲音從好遠的地方傳來，一點都不像是自己發出來的。

「我們本來不該來府上打擾，可是我實在過意不去。」

對不起——道歉差點脫口而出，涼子吞了下去。

「我想阿姨今後最好和辯方談談。如果阿姨和叔叔願意參加審判，可以請你們聯絡辯方嗎？」

即使接到聯絡，辯方會怎麼行動，涼子也無從預測。或許神原和彥會採用「松子不是會做那種事的女孩」這樣的母親意見，而不是「松子沒做那種事」的事實。但也有可能為淺井敏江的心情著想，不請他們上法庭作證，讓他們平靜地生活，不再打擾。

涼子忍不住祈禱辯方能這麼做。

「好。」

敏江回望遺照上笑著的松子。

「律師是誰呢？是松子認識的人嗎？」

「阿姨知道野田健一同學嗎？」

「不太清楚耶……」

「野田同學是助手，律師是外校的學生，叫神原同學。」

「如果是藤野同學就好了。」

這話句比其他任何一句話都教涼子心痛。沒錯，我也這麼想。

「你們會輸的。」

敏江的語氣沒有半點訓話的感覺，摻雜了大人的苦澀忠告。

「那種謊言是胡說八道，不可能有人相信。就算這樣，你們還是要打這場仗嗎？算了吧，好嗎？放棄吧。這樣藤野同學太可憐了。」

被握住的手好痛。

「松子常常提到妳，說妳長得漂亮又聰明，是個很棒的人，連女生都崇拜不已。松子不會希望妳吃這種苦的。」

「事情是我起頭的。」

敏江睜大了跟松子一模一樣的小眼睛，然後用力閉緊，別開臉。

「你們還小啊，可以拋下一切逃走的。」

涼子尋找著各種說詞。光靠事前準備的實在不夠，她只能全力搜尋。可是她說出口的，卻是最簡單的一句話：

「謝謝阿姨。」

這次涼子用力回握敏江就要鬆開的手，然後放開。

「不管結果如何，我們都不會讓稱讚過我的淺井同學失望。」

太好了，這樣說就對了，這最接近我現在的心情。

所以，好好地傳達出去了。

敏江看著涼子的眼睛說：「不管事情變得怎麼樣，松子的爸爸跟我，都不會對妳和佐佐木同學生氣。絕對不會。」

「我們本來以爲絕對會挨罵的。」

吾郎鬆了一口氣似地低喃。

「傻孩子。」敏江紅著眼睛笑了，「如果我罵你們，你們會覺得輕鬆一點，那就罵罵你們好了。」

不不不——吾郎縮起脖子。他實在太老實了，不過我也一樣——涼子心想。

「那我們告辭了。」

敏江送他們到玄關。她直到最後都沒有落淚。大概要等到與女兒兩個人獨處之後才會哭吧，也才會生氣吧。

離開屋子，等到離淺井家夠遠了以後，涼子面朝前方說：

「我實在太幸福了。」

走在旁邊的吾郎問：「什麼意思？」

「因爲我受到信賴啊。你不覺得嗎？」

前進約十步以後，涼子的事務官回答：「是的，檢察官。」

「聲音太小了。」

「是的，檢察官！」

「很好。」

涼子吸氣，大大地甩動肩膀，在跨出去的腳上使力。

「好了，走吧！今天也有很多事要忙。」

大型信封上，用中規中矩的粗字寫著野田家的住址。野田健一同學收。

寄件人是柏木卓也的哥哥宏之。他向父母問出卓也事發當天的行動，以及事發前的生活作息，整理成文件寄過來了。信封與附上的短籤是手寫的，但大約三張A4紙張的內文是用文書處理機打出來的。

信上提到，他把同樣的文件也寄了一份給藤野涼子，並且向NTT的當地分局申請調閱去年十二月二十四日的柏木家電話通聯紀錄。據說連電話申請人本人也無法調閱通聯紀錄，所以是透過城東警察署的佐佐木禮子刑警辦理手續。

此外，他還附上卓也的大頭照，說或許派得上用場，非常周到。那是用來當遺照的照片。

此時，律師與助手在成爲他們基地的健一自家。今天預定跟美術老師丹野見面，約在上午十點。他們本來要在三中碰頭，但因爲一早收到這份文件，便請和彥先過來一趟。

「……沒有新發現。」

這是第三次了嗎？和彥看過列印出來的文件後，才放回健一的書桌上。

「自從不去上學以後，柏木同學白天就一直關在房間裡。到了晚上，他有時會去書店或超商，但幾乎都是一下子就回來了。」

他用手指敲敲文件說。

如果在平日白天外出，有可能被巡邏的警察詢問怎麼沒去上學。即使是假日，也有可能碰上同學，卓也是想要避免這類麻煩吧。

事發當天也是如此，柏木夫妻確實看到卓也本人的時間，只有中午一點過後一起用午飯的時候，還有傍晚（時間不確定）問他聖誕夜晚餐想吃什麼？媽媽要出門採買，有沒有什麼希望順便幫忙買的東西？這時不只是聽到回應，也看到了卓也本人。

卓也的回答是他不吃晚餐，不需要買東西。順帶一提，卓也的三餐是中午吃、晚上不吃，或是一整天什麼都不吃，等到宵夜才吃，相當不規則。

「可是，你跟向坂同學看到柏木同學在麥當勞，是傍晚五點左右，對吧？」

「應該沒錯。」

行夫在四點左右打電話來，他們兩個一起去了「萊布拉大街」，買下行夫要送給妹妹的禮物後，經過麥當勞，所以差不多是五點左右吧。

「那麼，柏木同學的母親問他的時間應該更早嘍？或許正確地說並不是傍晚。」

白晝短暫的冬天，「傍晚」的定義很微妙。

「柏木同學的父母也沒逐一確認他何時出入家裡。唔，每個家庭都差不多吧。」

「你們家也是嗎？」健一問：「你爸媽不是在家工作嗎？」

「就是因爲忙著工作，才不會注意到。有時我也會顧慮到他們在忙，刻意不吵他們。」

這樣啊。

「你們家呢？」問了以後，和彥忽然想起似地蹙眉。「我幾乎每天都跑來，可是一次都沒有跟你母親打過招呼……」

「沒關係啦，我們家就是這樣的。」

是喔？——和彥沒有繼續深究，健一鬆了一口氣。

「如果哪天碰到我爸，再跟他打聲招呼吧。我爸很高興我交到好朋友。」

「好朋友？」

和彥的反應像是聽到「我交到女朋友了」。那是好的反應，還是感到意外的反應？來不及下判斷，健一就說溜了嘴：

「他還說我變得神采奕奕。」

「北尾老師也說過，現在的你才是眞正的野田健一。」

「別當眞啦。倒是信上提到的通聯紀錄……」

律師，你幹麼怪笑？

「有什麼關係？」和彥依然怪笑著說。

「什麼東西沒關係？」

「不必繃得那麼緊嘛。就像老師說的，眞正的野田同學很優秀。」

「你才不曉得。」

「是說……」和彥把一邊手肘撐在桌上，「野田同學對藤野同學有意思，對吧？」

單純的臉紅，和發現自己臉紅而更加臉紅，意義大不相同。健一主要是爲了後者的理由焦急。

「你、你在胡說些什麼啊？」

和彥把雙手放在口邊圍成喇叭狀，又說：「我在問野田同學是不是對藤野同學有興趣！」

「這、這種非常時期，你……」

「偶爾也需要透透氣嘛。」

「不要拿這麼重要的事來透氣！」

和彥吹了一下口哨，「原來這是重要的事啊。原來如此，我懂了。」

「我、我、我只是……」

「你說通聯紀錄怎麼了？」

被自家將領耍著玩的我，立場何在？健一暗想。

「我、我是說既然要調通聯紀錄，怎麼不連前幾個月的也一起調啦！」

和彥一下子恢復嚴肅，「為什麼？」

他怎能切換得這麼快？

「我們不是不曉得柏木同學和大出同學他們之間有沒有關聯嗎？像是會不會互相通電話之類的。」

嗯——和彥乾脆地同意，「可是，我覺得最好不要抱太大的期待。」

為什麼？——這次輪到健一反問，臉上的火熱總算逐漸消退。

「如果有那種電話聯絡，柏木同學的母親不可能沒發現。我覺得他母親絕對會注意到這種事。」

健一回想在《前鋒新聞》中看到的柏木功子，還有眾人一同訪問柏木家時，柏木功子那張心力交瘁、蒼白的臉孔。

「柏木同學的葬禮上，他父親雖然沒有斷定兒子是自殺的，卻用了大家都聽得出的說法，這件事最好也不要看得太簡單。」

一定是因為柏木同學有什麼異狀——和彥接著說：

「柏木同學的父母發現異狀，感到擔心。他們有不得不擔心的理由。可是，理由中並沒有大出同學的不良少年三人組。」

「也有可能是柏木同學隱瞞啊。」

很多孩子會避免讓父母發現他們在學校遭到霸凌、恐嚇或勒索。光是健一看過的新聞就有好幾宗實例。這麼說來，其中之一就是茂木記者以前在《前鋒新聞》中報導的。

「如果站在相同的立場，我想我也會這麼做。」

「野田同學，你忘記你是哪一國的了嗎？」

被打趣似地一問，健一忍不住在內心大叫，都是你在那裡亂插嘴，我才會混亂，難道不是嗎！

都是你，我居然說得這麼親密。

——好朋友？

「柏木同學隱瞞的或許是別的事，或許是其他的對話。」

和彥不理會一個人慌得團團轉的健一，繼續道：「不管怎樣，如果柏木同學要講什麼不想被聽見的話，應該不會隨便使用家裡的電話。」

「那他要用什麼？」

「公共電話，柏木同學家附近有個位置剛好的公共電話亭。」

眞清楚，是上次去訪問的時候確認的嗎？

「位置在比馬路更裡面一點的地方，應該滿方便使用的。不是有很多這種例子嗎？像女生都喜歡泡在電話亭裡。」

嗯——要打電話的時候是很方便吧。

「那個哥哥看不出來跟柏木同學的感情如何。」

和彥看著信封上一板一眼的字體說：「只有哥哥跟家人分開住，這也令人有些在意。是跟父母處不好嗎？」

確實——看到柏木宏之推開憔悴不堪的父母，挺身而出，意氣用事的樣子，那種不舒服的感覺，健一也難以忘懷。

「他確實很憤怒，但究竟是公憤、私憤或是義憤，就不清楚了。」

不太對勁——健一有這種感覺。不是認爲，而是感覺，有味道。

和彥眞的不曉得而說不知道的時候，跟明明曉得卻假裝不知道的時候，語氣有微妙的不同。健一感覺剛才的語氣屬於後者。

這太奇怪了，和彥怎會知道柏木宏之的事？

而野田健一似乎是那種一感覺到什麼，就會立刻表現在臉上的個性。和彥瞥了健一一眼，立刻把視線轉到牆上的鐘。

「得去三中了，丹野老師在等我們。」

健一感覺和彥又閃躲了問題。

這是健一第一次在上課以外的時間見到丹野老師，感覺很新鮮。

而且還是在以某種意義來說，算是異常的局面下談話，印象會有所不同，或許是沒辦法的事。不過話說回來，健一驚訝極了。

不太像「幽魂」。戰戰兢兢、毫無存在感、被學生瞧不起、又瘦又蒼白又不可靠——這些部分還是一樣，但今天的丹野老師……

——看起來很能幹。

看起來像個老師。

「你是神原同學吧?你好。」

健一大吃一驚,老師居然主動要求握手。

「你接下不得了的大任務呢。」

然後,下一句話又變回平常的幽靈,「你不怕大出同學嗎?」

這哪裡是老師對學生的提問?從表情、聲音以及問法來看,言外之意明顯就是「我很怕」。

和彥回握老師的手,笑吟吟地回答:「雖然費了一番工夫才讓他理解,我們是來幫他的,但他暫時沒有對我們動粗,不要緊的。」

美術室裡充滿揮發油與顏料的氣味。即使窗戶全開,滲入牆壁和地板的氣味成分還是無法完全消散吧。

三人在成排的桌子之間拉出適當的距離,呈三角形坐下。這種相關位置不是老師對學生,而是學生與學生聊天時的坐法。

「聽北尾老師說,野田同學也非常努力。」

感覺是順便誇的,所以健一沉默不語。

「我想這就開始向老師請教。聽說丹野老師和柏木同學很要好,是嗎?」

丹野老師聞言,像個女孩子似地雙手在面前揮舞著,「我們並不要好,我們一點都不要好。」

短袖襯衫的袖口搖晃著,讓細瘦的手臂更醒目了。健一也一樣,對此非常自卑,所以他討厭夏季制服。

「一年級第二學期,大概是十月吧,輪到他打掃美術室,然後我們偶然談到繪畫。」

「當時還有其他學生吧?」

「只有兩個女生,男生全都跑掉了。」

把打掃工作推給柏木卓也溜走了。

健一也碰過幾乎完全相同的遭遇，所以他懂。一部分男生會物色好欺負的人、不敢告狀也不敢埋怨的人，把打掃工作推到那個人身上，溜之大吉。一般教室的打掃值日不容易溜掉，但美術室、音樂教室、自然科教室就很容易這麼做。如果事後挨罵，只要堅持說忘記值日就好了。

健一的情況，每次被硬塞打掃工作的時候，向坂行夫都是一起，所以免於落單。

可是，柏木卓也只有一個人。就算有幾個女生，但這種情況是不算數的。

注意到的時候，丹野老師正在看健一。老師也記得健一的遭遇——不，察覺了吧。因爲他並不是在輪到打掃美術室的時候被塞工作的。

「柏木同學沒有蹺掉，而是乖乖打掃。」

「嗯，他乖乖打掃了。」

跟你和向坂同學一樣，健一聽到老師的心聲。

「唔……對於野田同學，應該不用再解釋什麼了，」丹野老師戰戰兢兢又靦腆地說：「我不擅長跟學生溝通，我本來就不適合當老師。」

和彥微微轉動眼珠，看向健一。他是這種老師嗎？健一也用眼神回應：對，沒錯。可是，健一沒想到丹野老師居然一下子就對外校生棄械投降。

「東都大附中也有像我這樣的老師嗎？」

「不清楚耶。」和彥一臉嚴肅地思考——假裝的，「可是，我不是很喜歡那種自稱適合當老師的老師。」

「這樣啊。」

丹野老師很開心。健一心想，投降得這麼徹底，反而不會受到攻擊。

「因爲在課堂上不好說，我覺得是個好機會，便在那時候告訴柏木同學了。」

你很有繪畫天分，你畫得很好。

「我一直這麼覺得。我都讓一年級學生素描，柏木同學是所有學生裡畫得最好的一個。」

丹野老師一邊說一邊搔頭，撫弄著有很多少年白的頭髮。那種毫無防備的動作，讓他看起來不像個年過三十的人。

「柏木同學總是用乾淨的線條畫出正確的素描。該怎麼說？從手到眼睛之間沒有猶豫。這樣的孩子很少見。即使一樣看起來畫得很棒，但有不少學生是運用畫漫畫的技巧，才會看起來畫得好。」

總之暫時先讓他說，和彥用眼神示意。不開槍、不捕捉、不誘導。

「我問他是不是在哪裡學過素描，他說沒有，不過他常看畫冊。」

然後，兩人聊到喜歡的繪畫作品和畫家。

「那兩個女生呢？」

「一打掃完就離開了，所以聊起來容易多了。」

幽魂與幽魂物以類聚——或許她們頂多這麼想。因爲柏木卓也在教室裡也像個幽魂。

不能說別人，我也是這樣，健一悄悄垂下視線。

「圖書室幾乎沒有畫冊，但美術教具室有，包括我自己的藏書在內。所以我告訴他，喜歡什麼時候來看都可以。」

結果柏木眞的去了，丹野老師很吃驚。

「他都挑只有我一個人的時候來，這樣我也比較輕鬆。不，就是……」

又靦腆了。

「其實這樣的肯定應該要在課堂上公開給予，我很明白。可是如果我隨便發言，我擔心會害柏木同學惹上麻煩。要是被嘲笑是幽魂的愛徒，就太可憐了。」

老師果然是老師，他也是懂的——想到這裡，健一立刻轉念。

不，這是丹野老師的眞實感受。不是身爲教師的感受，而是來自以前當學生時的丹野同學的體驗。丹野同學也被塞了值日工作，拿著掃把畚箕孤單地打掃，是他們的同路人。

「老師和柏木同學感情很好呢。」

聽到和彥的話，丹野老師這次眞的害臊了。「不不不，我們沒那麼要好。他像這樣臨時起意過來，前前後後也只有四、五次而已。」

不來上學以前的一年多之間，與那個柏木卓也單獨面談了四到五次，算是很驚人的成果了。

「他看畫冊，有時候會提問，我說出我的意見，再聽聽他的意見，大概就像這樣……他總是待不到一個小時。」

必須重申，對柏木卓也而言，這應該是相當罕見的放學後時光。

「他提出了什麼問題？」

丹野老師露出「還有什麼問題」的表情，眨了眨小眼睛。「關於繪畫的問題。」

沒有「老師的學生時代是什麼感覺？」、「老師是怎麼克服過來的？」、「三中待起來怎麼樣？」這類的問題。

也沒有「我恨透上學了，該怎麼辦才好？」之類的問題。

「再怎麼說，柏木同學也稱不上是個表情豐富的學生。」老師眨著眼睛繼續說：「不過，起碼他在這裡的時候，看起來是放鬆的。」

但他總是非常注意，老師說。

「注意什麼？」

「避免被其他老師和學生發現他在這裡和我一起看畫冊。」

這樣啊——和彥說。這反應再怎麼說也太輕了，但老師沒有放在心上。

「他格格不入，對吧？」丹野老師問健一，「他沒有朋友吧？」

「……我不是他的朋友。」

「他跟野田同學這種類型的學生，應該更難變成朋友吧。」

這個說法令人介意，和彥似乎也發現了。

「那什麼樣的學生容易跟柏木同學成為朋友呢？」他問。

「強悍活潑的女生之類的。」

「哦……？」

「有個女生，柏木同學提過的女生。」

古野同學——老師說：「是戲劇社的女生。你們認識嗎？」

健一愣了一下，「是跟藤野同學很要好的女生。」

「對對對，她也參加了這次的審判嗎？」

「不，沒有。」和彥回答。

「這樣啊。我還以為感情很好的姊妹淘，不管做什麼事都是一起的。」

也不是那麼單純的事吧？或許就是因為感情好，涼子才不想把古野章子捲進來。

「柏木同學怎會提到古野同學？」

「他問我古野同學是不是也畫得很好，我說她的天分不錯。」

——舞台美術也是美術的一種嘛。

據說柏木卓也這麼應道。

「原來他知道古野同學是戲劇社的……」

「他好像對古野同學有興趣。他也提過國文課時，古野同學寫的心得報告很有意思，雖然老師給她的評語不怎麼樣。」

——所以石野根本是個白痴。

柏木同學直呼當時的現代國文導師名字，這麼批評。

「他還提過其他的同學嗎？」

丹野老師又搔頭，露出歉疚的表情。「很遺憾，他一次也沒有提過大出同學他們。」

只是柏木卓也沒有提到，並不能證明他與大出他們沒有關聯。但沒有提到，自有它的意義吧。

「他提到的學生，唔……真的只有古野同學一個人吧。」

丹野老師交抱起細瘦的手臂思索。

「不過……」

他露出更加抱歉的表情，望向和彥。

「你是神原同學，對吧？」

「是的。」事到如今，還需要確認嗎？

「你跟柏木同學才是朋友吧？」

和彥聳了聳肩，「只有小學的時候。後來只有在補習班的一小段時期而已。」

「可是，你們是朋友，不然你不會跑來當律師，對吧？」

不會牽扯進這種麻煩事——老師說。

「確實是麻煩事，但我不全是爲了柏木同學。」

丹野老師單純地感到驚訝，「那是爲了誰？」

「……爲了大出同學吧。」

「你這種類型的學生，怎會對大出同學感興趣？」

和彥反問：「那老師呢？有學生蒙上殺人嫌疑，老師不在乎嗎？」

丹野老師撓抓頭髮，「如果是我，就不會當律師。」

健一心想，這不是丹野老師的回答，而是丹野同學的回答。和彥一定也這麼想，所以他沒有刻意反問，只說：「這樣啊。」

「神原同學，我可以問你一個難以啓齒的問題嗎？」

和彥或許有些困惑，他看了健一一眼。

「如果是跟柏木同學有關的問題的話。」待在旁邊的健一說。

「有關係。嗯，有關係。」

大概吧——眞不可靠。可是，丹野老師緊盯著和彥不放。

「除了古野同學以外，柏木同學還提過一個朋友。只是，他沒有說出那個朋友的名字，我也沒有問。不太好問。」

那個朋友的家庭狀況有點——不，非常特殊——

健一知道接下來的內容了，和彥也知道了吧。他的表情僵住了。

「柏木同學說了什麼？」

雖然和彥努力佯裝若無其事，但健一看得出他十分緊張。

「那個朋友的父母……」

丹野老師慢吞吞地開口，健一的掌心不禁冒汗。

「殺了人，然後自殺了。」

果然是那件事。

和彥開口，卻卡住了。丹野老師得到反應，壓低聲音繼續說：「在我聽來，那像是在說父親殺害了母親，難道那……」

是在說你嗎……？

健一按捺不住，從椅子上站了起來。「爲什麼老師會覺得是神原同學？」

「咦？噢，就是柏木同學對那個朋友非常在意——所以我覺得他們感情一定很好——可是，我聽出那並不是三中的學生……」

如果有這種家庭環境的學生，我們老師也會得到訊息——老師匆匆地補充說明：

「所以，聽到神原同學毛遂自薦當律師時，我立刻就想到了。啊，那孩子就是柏木同學常提到的朋友吧。特地從別的學校跑來參與這件事，他肯定是摯——」

丹野老師本來要說「摯友」，看到和彥僵住的表情，便住口了。

「老師說那傢伙很在意那個朋友，是怎樣在意？」

和彥抬起頭問，不是稱呼柏木同學，而是叫「那傢伙」。「具體上，他提過什麼話題？」

「具體上就是……」

丹野老師整個人慌了，撓抓起頭髮。「就是，呃，也就是……」

說他一定活得很辛苦吧——他用勉強才能聽見的音量說：

「因爲父母變成那樣……」

「也就是說，他在爲朋友擔心嗎？」

狼狽的沙漏翻倒過來，丹野老師愈是驚慌，和彥愈是恢復如常。嘩啦啦，嘩啦啦。

「嗯，是啊，**他是在擔心**。」

好似找到對的形容詞而獲救，丹野老師飛撲上去。

「他非常擔心。他說如果換成是自己，一定會無法承受，會一輩子活在陰影當中，呃……」
沙漏的底好像要破洞了。
「……他說被那樣拋下，那孩子能夠珍惜自己的生命嗎？能夠找到活下去的意義嗎？類似這些……」
我是不是不該說出來？——老師露出這種表情，看向健一。是丹野同學在找他商量。答案很簡單。這是不可以說的話啊，老師。這種話怎能拿來問本人？
可是，先問的是我們。柏木同學跟老師說了哪些事？
「那不是在說我。」
嘩啦啦，嘩啦啦。漏得一乾二淨。僵硬和緊張完全解除，不知不覺間，和彥面露微笑。
「老師猜錯了，我的身世並不需要柏木同學那麼擔心。那是在說別人。」
「這、這樣啊……」
如果分析現在濡濕了丹野老師臉上的汗，想必是安心與失望摻雜在一起吧，剛好一半一半。
「而且，如果是想爲柏木同學報仇的**摯友**，不會當什麼律師，而是會擔任檢察官才對。」
「是、是嗎？」
「就是啊。」
「可是有必要報仇嗎？」
這位丹野同學眞是的，事到如今，何必那樣一針見血地指出正確的事呢？
「聽到柏木同學自殺的時候，我雖然覺得很遺憾，但也覺得如果是柏木同學的話——從他纖細的心理來看，確實有自殺的危險性。可是我完全沒有想過，他會是遭到大出同學他們欺侮而尋死。」
老師說，只要是了解柏木同學的人，自然都會這樣想。
「神原同學，你也是吧？所以你才會擔任律師吧？」

老師——健一插嘴：「得知柏木同學自殺的時候，老師覺得很遺憾，是嗎？」

健一的氣勢讓丹野老師有點退縮，「呃，嗯。」

「沒有其他的想法了嗎？」

「其他想法是指什麼想法？」

「比如老師是不是能夠做什麼來阻止他自殺。」

你們不是一起看過畫冊嗎？不是一起談論喜歡的畫家和作品嗎？老師覺得他很纖細，不是嗎？老師或許是這所三中裡跟柏木卓也最親近的人。那或許只是柏木卓也的一部分，但老師確實親近過他。

然而，老師卻一點都不感到後悔嗎？

丹野老師非常頹喪，徹底地頹喪。

「所以我才不適合當老師啊。」

浪費時間，太蠢了，早知道就不來了——健一嘴裡罵著，快步經過走廊。其實他想用跑的，但和彥居然慢吞吞地說什麼：

「有收穫啊。」

「才沒有！」

「有啊，我們得到寶貴的證詞——」

確實，或許是如此，可是……

「等、等我一下。」

和彥突然停下來，發出喉嚨卡住般的聲音，然後就不見了。旁邊是男廁。

健一為自己的沒神經僵住了，臉色發白。他想要追進廁所，腳卻動彈不得。

他等了五分鐘以上，或許更久。和彥從廁所出來的時候劉海都濕了，下巴也是濕的。

「啊，嚇我一跳。」

和彥聲音顫抖，大大地喘了一口氣。面色土黃，但還算好的。他剛才衝進廁所的時候，整張臉慘白。

「還是撐不住，被說中了。」

該說什麼才好？

「──你還好嗎？」

我的想法怎會這麼平庸？我的心怎會這麼貧瘠？

「柏木他……」

健一深深咀嚼著自我嫌惡，直呼柏木的名字，說道：

「怎會知道你父母的事？你知道爲什麼嗎？」

和彥只是搖頭。

「就算是碰巧得知，那也不是可以隨便告訴別人的事。居然背著你跟別人提起……」

「好了，可以了。」

「一點都不好！」

「我只是對柏木同學擔心我這件事嚇了一跳而已。」

爲什麼要那樣逞強？

走吧──健一拉扯和彥的襯衫衣袖。總之，離開這裡吧。不想待在這裡，去呼吸外面的空氣吧。

健一拚命拖著和彥，走下一樓樓梯，從正面玄關來到操場，盛夏的陽光迎面射向健一的眼睛。

他朝校門走去，背後被猛力拍了一掌。是和彥。

「不要這樣。」

他低頭笑著——這次幾乎是勉強擠出來的笑——然後說：

「沒什麼好哭的。」

我在哭嗎？還以爲眼睛疼疼的是陽光太刺眼，健一心想。

聲音在腦袋裡迴響，赤裸裸的殘酷問題的殘響。

那孩子被那樣抛下。

——能夠珍惜自己的生命嗎？

——能夠找到活下去的意義嗎？

要你多管閒事！健一咬緊牙關，用拳頭抹著眼睛，搶在和彥前面不停地走。

多管閒事。不用你這種人操心，神原和彥活得好好的。犯不著你來擔心，而且那根本不是什麼「擔心」。

——一定活得很辛苦吧。

那不是對朋友的想法。

「等、等一下。」

「什麼？又要去廁所？」

健一故意粗魯地說，腳下不停，於是和彥從背後揪住他的衣領。

「叫你等一下啦。」

健一誇張地皺眉回頭，和彥若無其事地問：

「你知道剛才提到的古野同學的聯絡方法嗎？」

野田健一經常看到古野章子，所以認得。因爲她經常跟藤野涼子在校園裡一起行動。

不過，這是他第一次跟章子說話。章子應該也是第一次好好地把焦點放在野田健一這個男生身上吧。對過去的章子來說，野田健一應該只是在校園生活這個程式中，自動被描繪出來的一部分背景而已。

和彥、健一與章子三個人，坐在區立圖書館的庭院。他們占據了兩張日蔭處的長椅，以章子為頂點，畫出等腰三角形坐著。她穿著格紋無袖上衣配白色棉褲，看起來很清爽。

健一打電話的時候，章子正要出門去圖書館。她的回答是：如果你們也要去圖書館，就自己來啊。

「然後呢？你們想問什麼？」

章子一坐下，就一字一句尖銳地說。她直視健一，目光強烈到幾乎算是瞪視了。不管是電話中的對話還是現在的口氣，印象都異於過往。健一本來以為她是個性情更溫和的女生。

「就是，呃……」

章子不理會支支吾吾的健一，強硬地逼迫上來。

「我就直說了，你們這樣我很困擾。」

健一一陣心驚，**困擾**這個字眼太強烈了。

「你們沒聽涼子說嗎？我不想跟這場審判扯上關係，我希望涼子也不要扯進去。浪費時間，而且就算蹚這灘渾水，也不會有半點好處。可是，她卻整個被捲進去了。」

「藤野同學不是被捲進去的，也不是一般的參加者，她是中心人物啊。」

健一按捺不住，出聲訂正，只見章子的眼角吊得更高了。

「野田同學也是，太奇怪了。你是會做這種事的人嗎？一點都不適合你，好像在勉強你自己。」

在**勉強**自己，健一支支吾吾得更厲害了。不適合，勉強。

你做不到的。變回單純的背景，安安分分的待著吧。

健一垂下頭。章子緊接著逼問：

「你是不是其實很不願意？你怎會當大出的律師，這太奇怪了嘛。你是不是被恐嚇、被逼著這麼做？」

不是的——和彥的聲音響起。他想要幫健一說話，但章子再次頑固地無視他。這裡沒有等腰三角形，只有古野與野田之間的直線。

「什麼律師，別幹了啦。只要你放棄，審判就沒辦法舉行了。那樣不就好了嗎？涼子其實也不想幹了，她只是拉不下臉開口而已。」

章子單方面地滔滔不絕。從閱覽室的窗戶，可以看清長椅上的情況。是章子要求坐在這裡的。她說不想被別人以為三人在偷偷摸摸談些什麼，閱覽室裡應該有跟她約好的戲劇社朋友。一想到他們一定在裡頭看好戲，健一就忍不住縮起身體。

可是——

「我是主動參加的。」

儘管窩囊地垂著頭，健一仍然開口抗辯。沒錯，我要反駁。

「我沒有被任何人威脅。對於大出同學，我也可以好好地說出辯方該說的話，提出該提出的要求。」

像是被自己說出口的聲音拉起來，健一的頭漸漸抬高，能夠面對古野章子了。視野一隅不時閃現神原律師的臉。不用確認，他知道這樣做就對了。

「我不知道藤野同學真正的心情。可是看她目前為止的參與態度，我不認為她是在敷衍了事。我也不認為這場審判是在浪費時間，沒有半點意義。」

這次換章子閉嘴了。她的唇角發顫，額頭冒汗。

「還有，我是律師助手，律師是這位神原同學。」健一轉向和彥說。

章子堅持不看和彥，打算繼續無視他。

和彥眨眼，對健一說：「我好像被討厭了。」

彷彿被這句話觸發，章子露出幾乎要撲上去的表情，猛然回望和彥，和彥嚇得微微抽身。

「什麼嘛，你搞什麼嘛！」

明明就是外人——章子啐道。健一初次目睹「咒罵」這個詞的實例。

「都是你亂插手，才會變成這樣！如果沒有你，涼子什麼都不必做就可以脫身了。裝什麼正義使者，少在那裡逞英雄！」

是塞滿無數的針與彎釘的手榴彈。

挨罵的和彥僵住不難理解，但罵人的章子也是像吐盡了氣，化成石頭，臉一下就刷白了。即使如此，她仍以近乎淒慘的凶惡眼神，怒瞪著和彥。

一陣風吹過長椅之間。

和彥眨眨眼，嚴肅得像傻子似地重新坐好，向她行禮。

「——非常抱歉。」

健一鬆了一口氣。

瞬間，古野章子雙手掩面，「哇」的一聲哭了起來。

律師與助手面面相覷。注意到的時候，閱覽室的窗邊圍滿看熱鬧的人。

不僅如此，還有幾名男生離開窗邊，朝圖書館門口猛衝，準備前來解救章子的危機。

「我、我們是不是應該快逃？」

健一毛毛躁躁地就要起身。

「我對自己的拳腳完全沒有信心，我保護不了律師。」

「彼此彼此啦。」

和彥說著，仍僵在原地。不一會，那些男生三三兩兩地跑到庭院來。古野，妳沒事吧！喂，你們對章子做了什麼！章子騎士團已進入戰鬥模式。三、四，有五個人，每一個都火冒三丈。

「真的不妙啦！」

健一從長椅上跳起來，抓住神原律師的襯衫背後。

就在這個時候，章子舉起雙手大叫：

「囉嗦啦！」

她邊叫邊從長椅上站起來，雙腳跺著地，不停地叫喊：「囉嗦啦！囉嗦啦！囉嗦啦！」眼睛緊緊閉著，雙拳在身前亂揮，簡直就像幼稚園小朋友。

「我怎麼可能有事！他們什麼都沒做啦！是我自己愛亂哭，看就知道了吧！你們白痴啊！」

古野章子站著，男孩子氣地用力以手背抹去淚水，掃視了她的騎士一圈。眾騎士迎頭受挫，愣在原處。

「對不起，我沒事。」

章子向他們行了個禮。

「我只是跟神原同學還有野田同學在談一些事情而已。我真的沒事，請你們回去吧。」

五名騎士——現在只是茫然若失的五名國中生，黯然撤離了。

閱覽室的窗邊依然擠滿了人，其中甚至有疑似圖書館職員的人。健一發現自己幾乎是攀在和彥身後，急忙離開。

「好厲害。」和彥坦率地驚嘆：「古野同學真受歡迎。」

「才不是。」

章子往長椅一屁股坐下，露出疲累的神色。

「那只是情勢使然，你明明就知道。」

她發出一陣更加疲累的笑聲。

「啊啊，等一下一定會吵起來。我明明不是那種個性的人嘛。」

「確實應該不是呢。」

「你以爲都是誰害的！」

儘管口吻像在生氣，章子卻笑了，驚魂未定的健一完全搞不清楚狀況。

「野田同學，坐吧。不用害怕。」

只有他一個人丟臉到家了。

「我、我討厭吵架。」

「嗯，我知道。」

章子的眼眶紅紅的。

「我累積了很多不滿。」她難爲情地低喃：「法庭的事冒出來以前，我跟涼子本來計畫好整個暑假要一起念書的，可是全都泡湯了。」

好寂寞，好無聊——她說：

「這些情緒突然一股腦爆發出來了，對不起。」

健一的劇烈的心跳總算平緩下來。

「可是，我眞的拜託過涼子不要搞什麼審判。」

和彥恢復一本正經，「對不起。」

「神原同學不是出於好玩的心態才參加的。」健一急忙說：「那是誤會。如果妳這麼以爲，我……」

「沒關係。」

和彥勸阻，但健一制止他，繼續對章子說：

「我當他的助手，在最接近他的地方看著，所以非常清楚。大出同學現在也非常信賴神原同學。因爲大出同學沒有其他伙伴——從來沒有任何伙伴，那樣是不好的，必須有人跟他站在同一陣線才行。」

章子恢復冷靜，聲音變得溫婉，應道：「我不這麼認爲耶。」

健一沉默了。章子微笑：

「我了解野田同學的心情，但我覺得大出同學會變成那樣是必然的。沒有人要站在他那邊，不是他自己的責任嗎？」

因爲我討厭那個人——章子接著說：

「我無法理解，也不想理解。不容分說、非得跟那種人關在同一個地方三年不可，我眞的恨透這種事。我甚至覺得早知道就去考私校了。」

這麼說來——章子把明亮的雙眸轉向和彥，「神原同學是東都大附中的，對吧？你們學校怎麼樣？」

「怎麼樣……」神原律師難得含糊其詞，「古野同學跟柏木同學談過妳剛才說的那些話嗎？」

章子微微瞠目。和彥大略說明美術老師丹野的話，只見她的眼睛瞪得更大了。

「我第一次聽說，完全不曉得。」

原來柏木同學和丹野老師很要好——

「他居然提到我，眞不敢相信。」

「柏木同學對古野同學似乎很感興趣。」

和彥微微偏頭，改口說：

「是中意妳，或是在乎妳。」

「可是，我們甚至不是朋友。」

章子像要否定和彥的話立刻說道。接著，她伸手按住嘴，「啊，可是……」

「妳想到什麼嗎？」

「我也跟涼子提過這件事。」

章子說出戲劇社前輩改編的關西腔契訶夫的戲。健一邊寫筆記，邊確定閱覽室窗邊的看熱鬧人群總算散去，悄悄地鬆了一口氣。

「後來，柏木同學也來看我們的教室公演……」

章子慢慢點了兩下頭，抬起頭來。

「所以，我們雖然不是朋友，但如果能有什麼契機，或許已成為朋友。」

「意思是，對妳來說，柏木同學是那種願意視為朋友往來的人？」

「是啊。」章子點點頭，不是單純地微笑，而是可愛地微笑。「我不曉得大家怎麼說，但柏木同學感覺人滿不錯的。」

「聽說他很難親近？」

「是啊。可是比起成天傻笑，膩在一起，我更喜歡柏木同學那種類型。」

「喜歡」這個詞也說得很重。在這一點上，古野章子與涼子是對照組。除非是眞正必要的情況，否則藤野涼子不會使用色彩明確的強烈字眼。章子自由奔放許多。

章子又滿不在乎地說出證明健一想法的話：

「我覺得問題不在於容不容易親近。因爲眞要說的話，你們兩個也不是容易親近的類型吧？你們不是那種女生容易攀談的氣質。你們有沒有被這麼說過？」

「欸？」

和彥認眞當一回事。健一假裝專心抄筆記，不予反應。

「正確來說，神原同學是難以親近的類型，而野田同學是一靠近就會溜掉的類型。」章子笑了。這也是跟涼子不同的部分，藤野同學才不會捉弄我。

健一感覺有點受傷，章子正經說道：

「野田同學很勇敢呢。」

健一停下手。

「我原本把你想得膽小許多，對不起。」

章子不是瞪著健一，只是直視著他。

健一感覺臉快噴火了。

「他不是膽小，只是害羞。」

「嗯，好像是耶。」

「別說我了啦。」健一重新握好原子筆。我才不勇敢，剛才我也是第一個想要開溜的人。

「你們離題了。」

「沒有離題啊。」章子接著說：「柏木同學和野田同學是容易被混為一談的男生。至少我以前就把你們歸為同一類，或許小涼也是。」

乖巧、不起眼、沒有特別的長處、沒人氣、沒有異性緣，健一在心裡一個個列舉。

「可是個性不一樣。這是很理所當然的事，但全部被丟進學校裡，就會忘了這件事。老師們也是這樣吧，怎麼說，會籠統地看待學生。」

章子的語氣愈來愈熱情。

「野田同學和柏木同學就算氣質很像，一定也是完全相反的人。」

「妳覺得哪裡不同？」和彥問。

章子幾乎是毫不猶豫地回答：「比方，如果立場相反，是野田同學死掉——」

啊，對不起——她慌了。

「說這麼不吉利的事。」

「沒關係啦，我不在意。」

章子像要平順呼吸似地一手按在胸上，凝目望向健一。

「如果野田同學死掉，演變成現在這樣的騷動，涼子挺身說要舉辦校內法庭來找出眞相……」

柏木同學絕對不會插手。

「他會默默旁觀，會興致盎然地觀察，然後說——」

——眞是一齣悲喜劇啊。

「而我會聽到他的呢喃。嗯，一定會。接著他會說：古野同學，妳不這麼覺得嗎？」

然後我們兩個相視點頭。沒錯，即使是在學校這種與世隔絕的地方，人生依然只是一齣悲喜劇。

「我還是會阻止涼子，和她吵架。叫她不要搞什麼審判，最好不要多管閒事。告訴她這個事件光是默默在一旁看著，就可以學習到太多事了，沒有必要成爲眾矢之的。」

章子的語氣很果決，沒有迷惘，然而健一不知爲何在其中感覺到一種逞強的味道。我秉持著這樣的信念，我不打算扭曲我的信念。

可是，這讓我有點內疚。

「古野同學，妳知道柏木同學和大出同學他們有沒有往來嗎？」

聽到和彥的問題，章子大夢初醒似地眨著眼睛。

「什麼？這是誘導問話嗎？」

「那妳知道嘍？」

「不知道。」

章子滿不在乎地乾脆回答。

「可是我**知道**他們沒有往來。」

因爲不可能。

「他們是無論如何都不可能兜在一塊的點和點嘛，次元不同。」

「柏木同學有沒有被大出同學欺負或是恐嚇過？」

「如果發生過那種事——」

章子起勁地說，又停頓片刻，眼神變得凌厲，彷彿在空中發現了什麼。然後，她繼續道：

「柏木同學就不會死了。我想他反而會設法殺掉大出同學。」

她深深點了兩三下頭，像要證實自己的話。

「——妳怎能這麼確定？」

健一不由得反問。章子傾身向前，就像在說「問得好」。

「如果是我就會這麼做，所以我覺得柏木同學也會這麼做。要是柏木同學中意我的感性，稱讚我寫的東西，那麼，我這樣的理解應該沒有錯。」

健一握著原子筆，懷疑自己眼花了。一瞬間，他確實在古野章子身上看見了柏木卓也。

「那樣的話，」和彥慢慢地問：「妳認爲柏木同學是出於什麼理由才會自殺？」

幫我問問古野同學心中的柏木卓也吧。

章子閉上眼睛，交抱起纖細的胳臂，緊緊摟住自己的胸口，垂下頭來。

「累了。」

聲音小得像在呢喃。

「厭倦了。」

「對什麼？」

「無意義地活在世上。」

聲音稍微變大，她睜開眼睛說：

「人生徹頭徹尾毫無意義。只要當下好玩、好笑就夠了，活著沒有目的。就算爲了什麼事情生氣，只會惹來嘲笑：何必生那麼大的氣？因爲一切眞的都沒有意義，想要從中尋求意義的努力全是白費，全是瞎忙。」

一切都太荒謬了，想要告別這個世界。因爲自己的生命沒有任何價値。因爲這個世上充斥著人類，氾濫著沒有意義的生命。

「可是，我想他在實行之前，會找一個人來阻止他。一個能反駁他的人。」

章子嘆了一口氣，直起身子說：「這一切看起來毫無意義，或許是因爲我們還是孩子啊，再多活一點吧？能像這樣反駁他、說服他的——欸，你怎麼了！」

聽得入迷的健一被章子的尖叫嚇得回神。章子撲了上來，不是撲向健一，而是旁邊的和彥。只見和彥坐在長椅上，身子折成一半，頭夾在雙腿之間，用力摀住嘴巴，感覺隨時都會往前栽倒。健一急忙扶住他的身體，感覺到一股痙攣般的顫抖，心頭一驚。

「他忽然倒下來，是中暑了嗎？」

章子也慌了手腳。她摩擦著和彥的肩膀，站起來說「我去叫櫃檯的人」，但和彥制止了她。

「不用了，我沒事了。」

和彥的臉色又變得一片土黃，一點都不像沒事的樣子。

他咳了一下，嚥下口水，重新坐好。健一抓住他的袖子，扶著他。

「大熱天的，太累了。」和彥對章子說：「或許是貧血。」

「是不是該叫救護車？」

「太誇張了。」

章子斂起下巴，像在檢驗什麼可疑物品，問道：
「你是不是拚過頭了？」
「夏季感冒啦。」和彥試著在僵硬的臉上擠出笑容，「從今天早上就有點不太舒服。」
不是感冒，也不是從早上開始的，健一壓抑著胸口蠢蠢欲動的感覺，保持沉默。
章子蹲在和彥的腳邊，從棉褲口袋裡掏出手帕。
「擦個臉吧。如果覺得噁心，吐一吐會比較舒服。」
「嗯，我快好了。」
章子依然一臉擔心地撫摸他的肩膀，瞥了一眼身後的窗戶。
「觀眾又圍上來了。」
眞的，聚起約七分的人牆。
「或許有人帶水，我去問問。」
章子想要離開，又被和彥挽留：「不用了，我眞的不要緊。水的話，到處都有得喝。」
「我覺得暫時不要走動比較好。深呼吸看看——對，再一次。會不會頭暈？」
健一扶在和彥背上的手，感受不到先前那樣激烈的痙攣了。
「律師要是過勞倒下就糟了，振作點啊。」
「我知道，我會妥善處理。」
聽到和彥開玩笑的口氣，章子的表情總算放鬆。
「我好矛盾。」
「爲什麼？」
「居然叫想要打敗涼子的律師振作。」

健一看向蹲著仰望和彥的章子。與涼子不同，章子與其說是美女，更是可愛小女生的類型。看熱鬧的騎士會飛奔而來，也不全是現場氣氛使然。

「我明明就覺得幫大出那種人的你們，最好被涼子打得落花流水。」

章子或許自以為說得痛恨至極，卻一點都聽不出那種味道。

「我們並不是要打敗藤野同學。」和彥說。

「可是，審判不就是爭輸贏嗎？」

「如果問題只在於輸贏，不論結果如何，都會是藤野同學獲勝，妳不必擔心。」

因爲和彥說得太若無其事，而且兩個人都還在擔心他，所以健一與章子都沒有立刻意會到其中的不對勁。隔了一拍以後，兩人同時怪叫起來：「咦？」

「什麼意思？」

「你剛才說什麼？」

「沒什麼。」

「明明就有什麼！」

「嗚嗚，可以不要那麼大聲嗎？」

和彥假惺惺地又往前屈。哎呀！章子慌了。

「你是不是在開玩笑？」

健一的心底忽然掠過一股寒氣。他被寒意攫住，停下手來。

剛才的話，大概是神原律師的程式出錯了。他是不是也發現自己不小心說出不妙的話？受到古野同學影響，一個不小心說溜嘴了。

可是，不妙是指哪裡不妙？什麼地方、怎樣不妙？

又來了。這種不安的感覺。這是第幾次？怎會有這種感覺？

追究箇中緣由的時機，會在何時到來？我會自然而然地了解嗎？

至少不是現在，神原律師本日諸事不順。

「我沒有開玩笑。我沒事了。」

和彥從長椅上站起來，穩穩地用雙腳站著。

「眞的嗎？」章子跟著站起來。本人可能沒發現，她的手一直搭在和彥的肩上。

「嗯，妳說的內容幫助很大。謝謝妳。」

「我不認爲我說的話可以成爲呈堂供證。」

章子說，似乎這才發現自己的手擺在哪裡，連忙甩了甩手，害羞地插到腰上。

「對了，提供你們一個線索。」

可能是害臊了，她說得很急。

「有沒有發現你們引起很大的矚目？」

「矚目？」

「對。居然在爲那個無可救藥的大出努力，連我的補習班老師都知道你們嘍。」

「因爲這場審判成了話題吧？」

「這也是原因之一，不過你們現在搞不好比小涼他們更有人氣。」

健一先看章子，然後看向神原律師。今天神原律師憔悴不堪，英氣比平常遜色幾分，不過——

「說是『我們』，但我只是跟班而已。」

「沒那種事，你們是搭檔。野田同學，你要有自信啊。」

章子大方開朗地笑了：

「所以不是像我這種閒聊，或許會有學生出來提供眞正有用的情報，比如不在場證明還是證據什麼的，有很多吧？」

事實上就有人在補習班教室問她，如果要爲審判的事聯絡相關人士，該怎麼做才好？

「妳怎麼回答？」

「我說不曉得，跟我無關。」章子伸了伸舌頭，「可是，今後也不能這樣了。如果有人問我，我會好好告訴他們。這樣可以嗎？」

「可以，謝謝妳。」

古野章子輕巧轉身，跑進圖書館。

「你能走嗎？」健一問律師。

「能走、能走。」

「先離開觀眾的視線吧。」

一走出去，健一就發現和彥的腳步很不穩。雙重的不安下，健一故意開玩笑：

「今天請先回家歇息吧，大律師。」

「幹麼這樣叫啊？」

「往後還久得很。如果律師在這裡倒下，誰來拯救苦牢中的被告？」

「那是哪來的台詞？誰在蹲苦牢啊？」

總算來到圖書館入口前，距離馬路還有幾步的時候，他們隱約聽見高亢的歡呼聲。

兩人懷著「不會吧」的心情回頭望去，只見三個女生貼在入口自動門旁的玻璃上，朝著他們揮手。

「加油！」

「戰鬥！」

律師和助手假裝沒看到彼此呆傻的反應，以及或許有些開心的臉，這叫寬宏大量。

「我先回去休息好了。」

「就這麼做吧，律師。」

「啊，可是……」和彥停下腳步，「岩崎先生告訴我們的那家電器行……」

小林電器行。據說老闆在去年聖誕夜的傍晚，在店門口的電話亭看到疑似柏木卓也的少年。

「從時間上來看，應該不是什麼重要線索，不過或許還是該聽聽老闆的說法比較好。」

了解，賢明的助手攬下任務。「我去問，晚點再跟你報告。」

「謝謝。」

那樣的話，等一下就得道別了，不過和彥的腳步看起來還是怪怪的。

「要我陪你一起回家嗎？」

「又不是病人，沒事啦。」

健一不覺得沒事。如果遭受你今天碰到的打擊，我一定連站都站不起來了。

可是，健一有點詫異。與古野章子對話的時候，和彥近乎唐突地身體不適，是單純的巧合嗎？長椅那裡有樹蔭，十分涼爽，待起來滿舒適的。那個時候章子說的話，聽起來也不像觸碰到他的舊傷。

或者，他只是還沒有完全從丹野老師的提問中振作起來？

不安、疑念與擔憂，在健一的心中混成一團。不是在電視劇的場景中看到的雞尾酒那麼漂亮的混合物，而是沒有徹底混合，疊成一層又一層，明明可以分別看得一清二楚，卻又看不出哪一樣是不安，哪一樣是疑念。

「如果小林電器行那邊能拜託你……」

和彥還有些搖搖晃晃地說：「我去找淺井同學的父母好了。」

他說愈快愈好。

「不行啦，你得休息一下才行。」

「我會先回家，好好休息過後再去。時間寶貴。」

「我也一起去淺井同學家。」

「不，我一個人去比較好。」

健一有點受傷。可能是察覺了，和彥露出安撫的表情。

「三宅樹理同學作證的內容，對淺井同學的父母來說是荒唐無稽，對吧？他們一定會覺得：開玩笑，胡說八道什麼。」

「——嗯。」

「這件事由我這個外人獨自轉達比較好。因爲你應該也跟淺井同學的父母一樣難受。」

健一不禁語塞。明明臉色蒼白得像是快死了，律師，你卻還設想到助手的心情嗎？

「爲了對抗三宅同學的證詞，你要請淺井同學的父母協助嗎？」

和彥想了一下，「不確定。不過，既然淺井同學本人已不在，她父母的證詞也只能是傳聞或是意見而已。」

「三宅同學的證詞不也是傳聞嗎？」健一語帶諷刺，「至少本人好像主張是聽來的。」

和彥忽然一本正經地說：「這樣說或許太嚴厲，不過趁著這個機會，我只說一次。」

克制一下你的個人情感吧——他說：

「我知道你不喜歡三宅同學。光是聽大家描述，我也知道她是個給人感覺不太好的女生。可是，因爲討厭一個人，就認定那個人不會說眞話，這樣是錯的。就是這樣的想法讓大出同學被當成殺人犯，我們不能忘記這個教訓。」

這番話讓健一連一聲也吭不出來。

「——我知道了，對不起。」

「再繼續說下去，我眞的要中暑了。那晚點見。」

健一目送律師離去的背影。

多麼堅強啊——健一暗想，這番疼痛般的感嘆，反而讓內心更加不安。健一踩著自己的影子，沉思半晌。他被湧上心頭的危險想法吞沒了。

連那麼堅強的神原和彥……

——一定活得很苦吧。

——他找得到活著的意義嗎？

——沒有活下去的目的。

望向腳下的影子，不會頭暈目眩，也沒有噁心感，野田健一站得直挺。因爲這些問題，不會對健一造成傷害。

對於不是差點被父母殺掉，而是差點弒親的野田健一，不會造成傷害。

健一有活下去的目的，那就是掌握自己的人生。健一討厭自私自利、隨心所欲地阻撓他的父母，至少那個時候他這麼覺得。

那神原和彥呢？

健一凝視著影子。總有一天必須提出來的決定性疑問，融解沉澱在那裡。所以，健一無從逃避。因爲沒人能逃離自己的影子。

只能稍微延後，爭取一點時間——

12

八月七日

在三十分鐘內，萩尾一美第三次發出誇張的嘆息。

「欸，還沒有好嗎？要烤焦了啦。」

檢方三人與北尾老師在盛夏豔陽高照的城東三中屋頂，時間剛過上午十點。

「就叫妳如果要抱怨就別來了嘛。」

佐佐木吾郎忙著拍照。他拿著即可拍相機，每移動幾步就按一下快門。這段期間，他看也不看一美地訓她。

藤野涼子與北尾老師肩並著肩，站在事發當晚疑似柏木卓也墜落的地點。

柏木卓也過世以後，圍繞著屋頂的金屬護欄依舊保持原狀。涼子伸手抓住護欄上的鐵絲網，使勁往下壓。因為是鐵絲網，手一放開，手指上便勒出清楚的痕跡。柏木卓也的手也留下相同的痕跡——

「只要想，誰都能用底下的水泥地基當墊腳石爬上去。」

北尾老師用掛在脖子上的毛巾擦了擦汗，眞的踏上水泥，「嘿咻」一聲抬起身子。

護欄外側，還有一小段屋頂的邊緣環繞著，寬度約有三十公分以上，所以可以抓住鐵絲網站在那裡。當然，應該會相當驚險。

「三宅是怎麼說的？」

北尾老師看著涼子手上列印出來的陳述書，改口道：「不對，是三宅說淺井怎麼描述？」

陳述書的內容是這樣的：「大出同學、橋田同學、井口同學三個人追趕柏木同學，逼他翻過護欄。柏木同學爬上護欄，站在屋頂邊緣，抓著鐵絲網。大出同學帶頭從鐵絲網上扳開他的手指，然後三個人從鐵絲網縫隙不斷推擠柏木同學的臉和肩膀，導致柏木同學失去平衡而墜樓。」

護欄的鐵絲網是由粗鐵絲斜向交叉構成，因此形成了無數個菱形。用軟尺測量每一個菱形，邊長為六公分。這樣的菱形框格，就算是涼子，別說拳頭了，連五根手指都塞不進去。

「那種做法有可能把拚命抓住鐵絲網不放的人推下去嗎？只是那樣──用手指頭戳啊戳的。」北尾老師的口氣變得有點像辯解，「所以當時的結論也是認為有人把柏木推下去的說法太可笑了。」

即使如此，如果是在距離地面四層樓高的地方，站在突出半空中寬三十公分的屋頂邊緣呢？──涼子心想。而且那天晚上屋頂的邊緣應該也積了雪，至少水泥地應該是潮濕凍結的，一定很滑吧。在這種狀態下，抓住鐵絲網的手指被扳開，或是被人大聲鼓譟，或是差點被刺到眼睛，即使側身逃走，也會被位於安全地帶的攻擊者輕易追上來，被逼到護欄外側的人則是無路可逃。

「不行啦，老師，你只是來監督的，不能隨便發表意見。」

吾郎拿著即可拍相機靠過來。他今天不是穿制服，而是T恤配短褲，頭上戴著黑色鴨舌帽，一副攝影師的派頭。

北尾老師「是、是、是」地應聲，拿毛巾蒙著頭閉上嘴。

「這裡也拍張特寫好了。」

吾郎把鏡頭對準鐵絲網上的菱形。

「小涼，把手指放在上面。」

然後再拍一張。正好底片用完了。ＯＫ，結束──吾郎把相機收進肩上揹的包包裡。

「大概就是這樣吧。」

「嗯。」涼子把向母親借來的陽傘放斜，環顧寬闊的屋頂一圈。

「主角不在，實在很難辦事。」

「說是主角，三宅同學也是聽來的，沒辦法向她確定具體細節。」

如果她說沒聽到，或是忘記松子說過什麼，那就沒轍了。

「可是就跟證詞描述的一樣，從塔屋後方確實能看到這裡。這是最關鍵的一點，幸好。」

只能說是「幸好」呢——涼子隱約心想。

「我倒是覺得啊……」

吾郎拉扯T恤的袖子擦汗，仰望護欄說：

「要逼著不願意的人爬上這樣的護欄，意外地滿難的吧。」

還在護欄內側、屋頂這一側的時候，就算是被害人，也可以到處逃跑吧。就算被抓住，拖到護欄邊去，也是可以蹲下來抵抗不從的。

從剛才就想著同樣問題的涼子，看向吾郎，問：「然後呢？」

「嗯。」吾郎又仰頭，「所以該怎麼說，不只是恐嚇或暴力，當時是不是還有什麼更心理性的對話呢？比如相互較勁之類的。」

涼子立刻反問：「試膽之類的嗎？」

「試膽只有朋友之間才會玩吧。」

「我就是問，是那個意思嗎？」

涼子的語氣有點尖銳，吾郎笑了出來。

「請別擺出那麼可怕的表情，檢察官。」

涼子用力眨眼，拿手帕擦擦汗。不只是汗，水泥地上的反光很強，眼淚都滲出來了。

「我想得很單純啦。大出罵柏木『你太囂張、裝模作樣，居然敢違抗我們』，像這樣逼迫他。」

裝模作樣，形容得很對。

「然後對他說『如果你有膽翻過這道護欄站在外面，我就放你一馬』之類的。當然都是胡說一通，只是在找碴。」

這樣說得通嗎？——吾郎拿下鴨舌帽，撓抓了一下汗濕的頭髮。汗滴飛濺出來。

「雖然很蠢，可是男生有時候鬧著鬧著，會演變成那種情形。藤野同學，妳還記得嗎？一年級的夏天，C班的佐久間在泳池裡溺水的事。」

涼子記得。幾個男生爲了能不能潛水來回二十五公尺而爭吵，佐久間堅持自己辦得到，結果溺水，引起了一點小騷動。

「就是那種感覺，懂嗎？」

涼子點點頭，「嗯，我漸漸明白你的意思了。」

幼稚地逼迫對方的大出俊次，以及心底嘲笑著「眞蠢」，卻還是攀上護欄的柏木卓也，是這樣嗎？不，那個時候柏木卓也或許笑不出來了。儘管努力佯裝平靜，但或許他內心驚恐不已。可是，對方是大出俊次，若是被他識破，狀況會更加惡化——

你們！——北尾老師大聲呼叫。

「一直站在那裡聊天，小心中暑啊。」

老師和一美躲在塔屋的屋簷下避難，涼子與吾郎也急忙跑到日蔭處。眾人進入樓梯間，不同於護欄，門上的鎖在事發之後換成了新的圓筒鎖，北尾老師把鎖鎖上。聽到冰冷堅硬的金屬聲，從頭到尾一直喊熱、不想待在這裡的一美，異於平常凝重地說：

「如果去年就換成這種鎖，柏木同學就不會死掉了。」

眾人默默走下樓梯。

「接下來是什麼？你們還拜託了我別的事吧？」

眾人在三樓的空教室喝著從辦公室拿來的麥茶，補充水分後，北尾老師說：

「得弄清楚柏木被發現那天的情況吧？我也要說明嗎？」

「如果可以寫成報告更好。」

「少懶惰了。」

一美滿不在乎地反駁：「可是，老師，我還得把好多證詞整理成文件。如果能省的不省下來，人家都要得腱鞘炎了。」

「太誇張了吧？」

「我們也想拜託當天趕到現場的其他老師……」

好吧、好吧——老師揮了揮手。

「還有，老師，關於剛才一美說的屋頂上的門鎖……」

涼子這陣子很自然地直呼一美的名字了。因爲一美不是叫她「藤野同學」，而是叫她「小涼」。

「佐佐木刑警的報告中提到，事發當晚，工友室的鑰匙並沒有被拿去打開掛鎖。最後的結論是，掛鎖已老舊鬆脫，不用原來的鑰匙也有辦法打開。」

北尾老師露出厭惡的表情，「唔，是啊。」

「這只是單純的推測嗎？還是，老師們用其他的鑰匙眞的打開過？」

「我跟楠山老師試過。」

體育器材室門上的掛鎖大小差不多，所以他們拿來那副鎖的鑰匙插進去試著開啓。

「可是打不開。最後是用細螺絲起子撬開，眞的是鬆了。」

眞是太不小心了——吾郎說。老師一陣消沉，「就是啊。實際上力氣夠大的人——比方說山崎……」

我們無敵的法警山崎晉吾。

「兩手一扯，搞不好也打得開。」

只是，柏木卓也並不是山崎晉吾。而大出俊次、橋田祐太郎和井口充，感覺也沒有山晉——山崎晉吾那麼大的臂力。

「如果沒有那麼大的臂力，不準備工具或備份鑰匙，就沒辦法打開掛鎖，對吧？」

那麼，開鎖的工具和備份鑰匙，是誰設法帶來又帶走的呢？

如果柏木卓也是爲了自殺，以自己的意志打開掛鎖，他應該會帶工具來，然後就這樣帶在身上。但遺體上找不到類似的物品。佐佐木刑警的報告上寫著，他身上只帶了一包面紙。

可能是用完後，卓也把工具或備份鑰匙扔去什麼地方了。但若是那種情況，就會留下爲何要刻意丟掉的心理謎團。

另一方面，如果是大出俊次他們，就簡單明快多了。他們帶來工具，事發後帶走，所以沒有遺留在現場。

「學生有可能知道掛鎖是那種狀態嗎？」

北尾老師像是要打岔，反問：「那你們知道嗎？」

「那我換個問法，大出同學三個人有可能知道嗎？」

這是在模仿偵訊嗎？北尾老師埋怨道。不是的，老師，我是在練習詰問證人。

「嗯，那伙人對於怎麼蹺課摸魚特別精嘛。」

屋頂是禁止學生進入的區域。反過來說，也等於是不容易被老師發現的地方。
「或許他們蹺課跑去屋頂抽菸啊。比你們高一年級的去年畢業的不良集團就這麼做過。」
「眞的嗎？」
「他們居然在屋頂吸膠，在三年級生之間鬧得可大了。」
涼子緩緩點頭。「遲到窗」一開始也是這樣，這類訊息很容易在需要的學生之間傳播開來，這是一則很有用的證詞。
「我知道了，這件事請寫下來，我們會去向楠山老師求證。」
如果能從楠山老師那裡問出同樣的證詞，就請楠山老師上法庭作證吧。身爲**課外活動**顧問的北尾老師，最好盡量待在外圍。
請意圖摧毀校內法庭的楠山老師擔任證人——多麼諷刺啊。可是，既然審判像這樣逐步進行準備，絕不能任由那個老師插嘴囉嗦。反正是叫他爲檢方作證，不是很好嗎？
或許是從涼子的表情感覺到別有深意的企圖，北尾老師開口：「喂，藤野，妳在打什麼主意？」
「祕密。」
「好了，一美，我們走吧。」佐佐木吾郎站了起來。
「還要去哪裡嗎？」
「這次去的地方不必擔心會曬黑。」吾郎拿拳頭輕戳一美的腦袋，「接下來妳要跟我搭檔行動。」
「眞的嗎？我們要去哪裡？」
一美滿面喜色。該說是率眞、易懂，還是單純？涼子覺得這種女生眞是占盡便宜。
「這才是祕密。」吾郎斜眼瞄向北尾老師，「是重要的調查活動。」
「小涼呢？」

「我們分頭行動。這邊也是祕密。」

「你們眼神很壞喔。」北尾老師苦笑，「嗳，好好加油吧。那我要撤退了。」

北尾老師站起來又坐回椅子，忽然想起似地說：「這不是在說笑，千萬要小心身體啊。昨天神原在圖書館倒下了。」

老師說是今早來學校的時候，聽田徑隊的學生說的。

「他們剛好在圖書館看到的，也有人吵著要叫救護車，似乎滿嚴重的。」

晚點我會聯絡他看看——老師說：

「身為課外活動的顧問，老師很擔心啊。你們不可以勉強自己喔。」

「他們去圖書館做什麼？」

一美呢喃，涼子和吾郎也懷著期待仰望北尾老師。老師默默無語，做出拉上嘴巴拉鍊的動作後離開了。

「我去向田徑隊的人打聽。」吾郎壓低聲音說：「最好掌握一下辯方的行動。」

涼子點點頭，腦中一隅閃過打電話給野田健一探問情況的念頭，隨即打消。太多餘了，我們可是要在法庭相爭的對手。

「那麼，小涼今天接下來要做什麼？妳說的祕密是什麼？」

「我要去警察署。」

「咦！」

「我還有點問題，想問那個叫佐佐木的刑警。」

那份報告裡，沒有提到佐佐木刑警對大出俊次等三人的個人感想或想法。她當然是刻意略過的吧，但這一點讓涼子十分介意。關於柏木卓也的死，對大出俊次等人的素行瞭若指掌的佐佐木刑警，是否心存疑慮？即使不到懷疑，難道沒有不安嗎？連一瞬間都沒有嗎？

還有一件事。大出三人在二月對四中的學生犯下的暴力事件，佐佐木刑警應該知道詳情。

「我覺得她不會那麼輕易告訴我，但我會試著煽動她。」

不是拜託也不是請求，涼子刻意用了這樣的說法。

「或許她會看在我們同姓的份上，對我稍微親切一點。」

我還是跟妳一起去吧——吾郎說，但涼子對他笑了一下。「今天我一個人去沒問題。這是女人之間的戰爭，不太想被人看到。」

「嗚哇……」

就在這個時候——

「小涼。」

一美下決定心似地抬頭看涼子，「我可以說嗎？現在沒有別人，說了也沒關係吧？」

她嚴肅得不像平常。什麼事？——涼子反問。

「三宅同學的……陳述書？我在用文書處理機重打的時候……」

有股奇怪的感覺——一美說。

「哪裡奇怪？」

「感覺好像在寫小說。」

這讓吾郎也窮於圓場。

「感覺超假的。」

一美非常努力，慎選措詞地說著。

看著用文書處理機整齊的鉛字打出來的三宅樹理的證詞——

「我覺得這是編造的吧？真的有這種事嗎？淺井同學真的講了這種話嗎？我覺得太可笑了，怎麼可能相信嘛。」

吾郎這次輕敲了一下一美的頭，「這件事我們三個有結論了吧？」

一美先是看了吾郎，接著看向涼子的眼睛，點了一下頭，歉疚地垂下頭。

「嗯，我知道。所以明知不能說，我還是想要說一下。」

「嗯，我聽到了。我懂妳的心情。」

我們要相信她——一美悄聲呢喃：

「因爲或許是眞的嘛。神原同學和野田同學相信大出同學說的是眞的，我們相信三宅同學說的是眞的。就是這樣的角色。我幫忙的是這樣的小涼和佐佐木同學。」

所以我不會再說了——一美學剛才的北尾老師，但用比北尾老師可愛許多的動作，做出封住嘴巴的手勢。

涼子完全沒有眨眼。

涼子也深刻地了解一美的心情。同時對於一美懷著與自己相同的憂慮一事，她感到近乎衝擊的新奇，原來一美一直將這樣的憂慮藏在心裡。

涼子對一美產生信賴感。不只是打字打得快而已，她也是我的事務官。

一旁的吾郎，表情也不同於平時看一美的那種看寵物般的眼神。四目相接時，他自己也注意到這件事，突然一陣害羞，弄響椅子站了起來。

「好了，既然一美也一吐爲快了，我們出發吧。」

「倒是我們要去哪裡？我還沒問呢。」

吾郎擠出一個深深的怪笑，回答：

「便利商店。」

涼子在城東警察署的櫃檯前等了十五分鐘，走過豔陽下的道路而冒出來的涔涔大汗完全乾透了。櫃檯的制服警官總算叫了她，卻說佐佐木刑警外出不在。涼子問她什麼時候回來。

「中午前應該就會回來。」

「那我在大廳等她。」

頭髮黑白交雜的制服警察想要說什麼，又住口了。涼子回到大廳的長椅上，避開不曉得為了什麼事在等誰，或是被吩咐在這裡等候的其他大人，在可以看到大門的自動門的地方攏膝而坐。她從沉重的包包裡取出筆記本和原子筆，在膝上攤開。

筆記本上，好幾頁都被昨晚涼子隨手寫下的文章片段埋滿了。

首先是一封告發信，勾起了可能是命案的疑惑。

告發信的寄件人（命案目擊者淺井松子與幫忙她的三宅樹理）找到了。

目擊證詞足以採信——這段文字底下，附上一句「現場勘驗後，未發現矛盾之處」。

物證——沒有。

有的只有傳聞，以及大出俊次的負面印象，還有《前鋒新聞》的報導。

動機呢？

柏木卓也不是被硬拖到三中屋頂，被逼著翻越護欄的。當時應該有過某些對話，也有卓也自己某種程度的意願在裡面。若非如此，即使三人聯手，也沒辦法跨越那道護欄的障礙，把一個人推下屋頂。而且他們甚至沒辦法在不被卓也的父母發現的情況下，把他叫出來吧。佐佐木吾郎的看法是對的。

那麼，讓卓也興起那種意願的，他與他們三人之間的關係是什麼？

卓也的哥哥宏之不知道大出他們與卓也是不是有往來。不過卓也的父母察覺卓也的精神狀態不穩定，似乎心情鬱悶。正因如此，他們才會馬上認為他是自殺。

那麼，為什麼柏木卓也會鬱悶？

當時他沒有去上學。自從去年十一月十四日，在自然科教具室與大出三人大吵一架之後——

他與三人的關聯就只有這一點，涼子大大地圈起昨晚寫下的這段文字。

是那場爭吵的餘波。因為卓也不來學校了，所以隱沒於水面下看不見了，然而三對一——不，實質上是大出俊次對柏木卓也的糾葛並未就此落幕。即使卓也覺得結束了，俊次仍不肯善罷甘休。有人在校內公然地反抗他，甚至掄起椅子，對俊次而言應該是一樁料想不到的意外。

明明那麼弱。那副裝模作樣的嘴臉也教人不爽。要是不狠狠把他教訓到屁滾尿流，老子的面子要往哪裡擺？

如果是這樣的過程，從爭吵到卓也過世之間約有四十天的時間。即使柏木夫妻和三中的老師都沒有發現兩人產生磨擦的跡象，應該也不算不自然吧。實際上，卓也不再上學以後，俊次連行動的機會都沒有了。就算直到當天十二月二十四日前，連一次醒目的對話——比方說打電話把卓也叫出來——都沒有，也並非不可能的事。

衝動的、剎那的、會臨時起意而做出難以想像之事的大出俊次。

那一天，聖誕夜。白天兩個跟班各忙各的，俊次只有一個人。他一定很悶吧。是不是覺得鬱憤難平？教訓一下那傢伙——柏木卓也吧。這個念頭是否如遷怒般掠過俊次的腦際？而且放寒假了，不容易被老師們逮到，這豈不是個絕佳的時機？

拼湊事件，畫圖，涼子想起一美剛才的話，好像在寫小說。

可是，這是必要的作業。

由於自然科教具室的衝突，被大出俊次盯上的柏木卓也。

他不肯上學的理由，是因為害怕嗎？

那場爭吵的原因是什麼？

聽到騷動趕到的老師們也不清楚詳情。一定是一如往常，大出他們向「乖巧」的柏木同學找碴，結果遭到意外的反擊，所以鬧了起來吧。至少大出他們是被這麼處理的。

那麼，柏木卓也的說詞呢？對不去上學的他進行家庭訪問的，是津崎前校長和森內老師嗎？得詢問他們的證詞才行。

當事人呢？

涼子停下筆。

大出俊次不考慮。雖然也要看辯方的行動，但就涼子來說，她只能在反詰問時巧妙地向大出俊次問出端倪了。

橋田祐太郎呢？他本來就沉默寡言。尤其是考慮到他的現狀，不管是檢方辯方，他都不願意有所瓜葛吧。

井口充。

涼子大大寫下這個名字，陷入沉思，嘴角自然地垮了下來。

井口現在對大出俊次有什麼想法？

他會碰到那種事，追根究柢也可說是俊次害的。大出俊次主張告發信的寄件人是橋田，說那傢伙是背叛者。井口充受到俊次教唆，聽從老大的命令去找橋田的碴，才會落得被推下窗戶的下場。

如果他對此懷恨在心呢？

即使是對老大不利的事，或許他會願意作證。

等一下，先等一下。涼子把原子筆的尾端按在額頭上，讓自己踩煞車。

井口充也在告發信中被指名了。如果他作證自然科教具室的爭吵，可能令他們對柏木卓也懷恨在心，不只是咬死了俊次，也等於是掐住自己的脖子。對，我們是有理由想要幹掉他沒錯。

可是，這次校內法庭的被告，只有大出俊次一個人。

井口充置身事外。至於爲什麼，是因爲他和橋田不算數。他們是跟班，只是黏在老大旁邊而已，被當成沒有自我意志的傀儡。俊次做什麼，他們就跟著做什麼。俊次命令他們做什麼，他們就做什麼。

不管怎麼看，井口充都只能是辯方的證人，好一點也是不站在任何一邊吧。

可是——

涼子的腦中一隅傳出惡魔的呢喃。

井口同學，你並沒有被起訴，知道爲什麼嗎？因爲從三宅同學的話來判斷，淺井同學說她看到命案現場的證詞，是有曖昧之處的。當時屋頂上有幾個人並不清楚。畢竟是個雪夜，又很陰暗嘛。

井口同學，那天晚上你人不在三中的屋頂。你沒有跟大出同學在一起，對吧？所以，你不曉得大出同學在哪裡、做什麼，對吧？

倘若橋田同學也是如此呢？

寫下告發信的時候，淺井同學只是把一向跟大出同學同進退的你們的名字一起寫上去而已，其實她並沒有看到你們。但她與三宅同學商量以後，覺得三個人在一起比較自然，大家比較容易相信，因爲你們總是形影不離。

可是，其實她看到的只有大出同學。我們知道這件事。所以我們會在檢方的主張中好好申明這一點，證明你們的清白。

井口同學，能不能請你爲你知道的事作證，好還原眞相？

籠絡他，設計他，哄騙他，敷衍一時的保證。可是只要井口充相信她，或許就能讓他回答這個問題：自然科教具室裡到底發生什麼事？

攤開的筆記本上投下一道影子，涼子赫然抬頭。她感覺腦中黑暗的妄想驚慌失措，逃之夭夭了。

一個小個子、鼻梁上戴著款式落伍的眼鏡的大叔，駝著背站在涼子前面。明明是俯視，眼神卻像從下往上地窺看她。

「妳是三中的學生？」

皺巴巴的襯衫領口露出汗衫。

「妳來找誰？佐佐木嗎？」

涼子被大叔渾圓的眼睛吸引過去，點了一下頭。

「妳是哪邊的？」

「什麼？」

「妳是律師嗎？」

不——涼子乾嚥了一下，「我是檢察官。」

在警察署大廳這麼自我介紹好丟臉。我是冒牌檢察官，這是檢察官家家酒。

「佐佐木出去了。」

「我等她回來。」

大叔皺巴巴地笑了，從襯衫胸袋掏出一包菸。

「叔叔是刑警嗎？」

大叔「嗯」或「哼」了一聲，同時點了一下頭，指尖把玩著沒點火的香菸。

「那麼，身為檢察官的妳，想要知道什麼？」

涼子還沒回答，大叔又繼續說：「我得告訴妳，就算問佐佐木，也問不出什麼嘍。聽說她給你們資料了？」

「啊，是的，她給了我們一份報告。」
「那麼，她不會再說更多了。她那個人不知通融嘛。」
這個人是佐佐木刑警的上司嗎？
「可是，呃，還有很重要的事情，報告上沒有提到。」
大叔停下玩香菸的動作，用圓圓的小眼睛看著涼子，令她緊張起來。
「我希望佐佐木刑警可以向辯方保密，私底下告訴檢方。」
保密啊——大叔又笑了，涼子開始冒汗。
「是三月的時候大出同學、橋田同學和井口同學三個人——呃，叔叔知道嗎？你是少年課的……」
「我是刑事課的。」大叔悠哉地應答，「不過我知道那三個人。」
是那起強盜傷害事件嗎？大叔反問。這下簡單了！涼子用力點頭。
「我想去見那起事件的被害者，我希望他作證。」
大叔叼起香菸，沒有點火。
「那件事跟柏木同學的事無關。」
「是的，我知道。可是，爲了證明大出同學他們的暴力傾向，這是必要的證詞。」
大叔又把嘴裡的菸拿回手上，濾嘴扁掉了。他細細打量著涼子說：
「設想得眞周到。」
看起來像是在佩服。
「可是佐佐木不會告訴妳的。那是別的案子。就算是眞正的審判，這種做法也不好，有時候也不會被當成證據採用。」
「我明白，但……」

涼子猶豫著該怎麼說服，大叔瞥著這樣的她，又咬住香菸濾嘴說：

「要是在這裡告訴妳，我也會於心不安。」

然後，他從後褲袋掏出記事本和削得短短的鉛筆。

「寫下妳的聯絡方式。」

涼子照著他說的，在記事本角落寫下自家電話。

「有傳眞機嗎？」

「有的，跟電話一起。」

好——大叔應道，就要離開。

「請問——」

「只有這次而已喔。看妳這麼大熱天的還特地跑來，實在了不起。」

大叔停下腳步說：

「著眼點也很不錯。不過我只能幫這一次啊，被佐佐木發現就麻煩了。」

嗳，努力加油吧——大叔留下這句話，又把鞋子踩得啪嗟響，離開了。

涼子急忙回家一看，傳眞機已吐出紙來了。城東第四中學學生，增井望，案發當時爲一年級生。住址和電話號碼。上面用細小的字寫著一些資料。

涼子拿著傳眞過來的資料心想：那個大叔是什麼人？

一會後，她想到了答案，就是所謂的消息提供者。

同一時刻——

辯方的兩人來到津崎前校長的自宅，柏木卓也的前任導師森內惠美子也在。

「天氣這麼熱，辛苦你們了。」

「小狸子」看起來遠比健一想像的更有精神，心情也很好。正值盛夏，他沒有穿背心，不過穿著白色開襟襯衫配黑色長褲，看起來也很像制服。

「你是神原和彥同學，對吧？」

津崎老師用一種校長面試般的態度對待和彥，和彥也表現得彬彬有禮。

「你們學校沒問題嗎？」

森內老師問和彥。她也一樣，比起當時以逃難之姿從三中離職的她，現在判若兩人，充滿了生氣。鮮黃色的上衣也很美。

「這不是會招來我們老師責罵的活動，沒問題。」

和彥回答。森內老師笑吟吟地點頭，「這樣啊，太好了。」

健一的記憶不容分說地湧現。森內老師對學生非常大小眼，也毫不掩飾她的好惡。她喜歡和討厭的基準不光是成績好壞，個性與外表也是重要的因素。

如果神原和彥待在去年的二年A班，肯定會成爲森內惠美子導師的頭號愛徒。小森森最喜歡和彥這種類型的學生了。不管是被其他學生怨恨偏心，還是咒罵不要臉，她都一定會成天喊著「神原同學」，諂媚地膩著他。

名爲反感的蛇毒開始在健一的全身循環。

「森內老師，妳看起來好多了。」

眞是太好了——健一加強語氣說：

「我們都很擔心，以爲老師再也沒辦法振作起來了。」

森內老師的神情僵住了。或許比起說話的內容，說這話的人是野田健一這件事更令她氣惱。無味無臭無個性，一次也沒有讓森內老師的好感雷達起反應的野田健一，居然敢用這種口氣對她說話？

「讓你們這麼擔心，眞是對不起。森內老師也得向大家好好道謝。」

小狸子打圓場似地好聲好氣說著。和彥坐在健一的旁邊，看不見他的表情，不過可能是感受到健一的心理活動，什麼也沒說。

「聽北尾老師說，撕破告發信丟掉的事，森內老師完全是受害者，是被冤枉的。」

老師也眞可憐——健一說到一半，把話吞了回去。說到這種地步，聽起來反而像在譏諷了。

結果和彥說：「那眞是難以想像的意外……從我這個外人的角度來看，寄給森內老師的告發信被送到HBS，就像是這場騷動的開端，所以或許不該輕率地用意外來形容。」

「不不不，如同你說的，完全就是一場意外，一場奇禍。」

津崎校長說道，再次爲他們說明大致上的事實。包括垣內美奈繪這名女性，還有調查出她的跟蹤狂行爲的河野調查偵探事務所。

「現在我聽從河野先生的建議，與鄰居保持距離，等待對方平靜下來。」森內老師說：「前天我才和家母一起回去江戶川芙洛公寓拿東西，不過什麼事也沒發生。」

根據河野調查偵探事務所的報告，垣內夫妻的離婚談判似乎有進展了。垣內美奈繪忙著那邊的事，停止了對森內老師的攻擊。

揭開來一看，原來是這麼一個謎底。

健一漸漸覺得有些尷尬。這確實是重要的消息，但連相關人士的名字都毫不保留地告訴我們好嗎？雖然就像和彥說的，這件事是騷動的開端，不過感覺跟我們的審判並沒有關係。

神原律師撇下困惑的健一，很快收起驚訝，切入正題：「今天我們來訪，是想要請教森內老師有關柏木同學生前的一些問題。」

也要請教一下津崎老師——和彥微微行禮。

「聽說他不去上學以後，津崎老師與森內老師一起去家庭訪問過，對吧？可以告訴我們那個時候兩位和柏木同學說了些什麼、他是什麼情況嗎？」

津崎老師歪起渾圓的腦袋，「尤其是跟大出同學他們三人的關係，是嗎？」

「這當然也是，但不管任何事都可以。首先我想請教，去年十一月，不去上學以前的柏木同學，在森內老師眼中是個什麼樣的學生？」

森內老師和津崎老師偶爾對望，相互補足意見，熱心地告訴兩人。兩人表示，柏木同學是個無色透明的學生，並不是問題兒童。至少在不去上學以前，從來沒有讓導師心煩過。他十分乖巧，或者說不太活潑，這一點令人掛心，但他從不蹺課，也不會打擾同學的學習。

是那種冷眼旁觀的類型——津崎老師說，「長年擔任教職，偶爾會碰上這類罕見的學生。他們就像未成熟的仙人，或者說哲學家。」

柏木卓也從一開始就無法在學校當中找到意義。所以他對學校不抱期待，也不排斥。雖然不是被迫從事苦行般心不甘情不願地上學，但也認定在學校被逼著念書是一件愚蠢的事，對學校死了心。

「如果認眞起來念書，一定可以拿到很棒的成績。可是，他怎麼樣就是不肯認眞念。」

是個很冰冷的孩子——森內老師這麼形容。

「那麼，當柏木同學在自然科教具室引發騷動時，老師一定很驚訝吧？」

森內老師說完全沒錯，她以爲是弄錯人了。「對於大出同學那三人，我只覺得又來了，但對象不可能是柏木同學。」

一直貫徹擔任記錄角色的健一，出於個人的興趣抬起頭來。「如果老師聽到是我，會有什麼反應？」

小森森遭到意外攻擊似地瞪大了眼睛。

「如果老師聽到野田健一掄起椅子跟大出那三人對幹，會怎麼想？也會覺得是弄錯人了嗎？」

小森森看向和彥，求救似地問「我非回答不可嗎？」，但律師視而不見。

「怎麼樣，森內老師？」津崎校長催促，「我也很感興趣。」

森內老師佯裝淡然，從健一臉上別開視線，開口：「還是會很驚訝吧。可是，我不會覺得是搞錯人——我應該會覺得，野田同學肯定是因爲大出同學他們做了什麼令他忍無可忍的事，才會爆發了。」

和彥看向健一，「這是很大的差異呢。」

健一點點頭，「我也這麼覺得。」

津崎老師看起來很滿足，「也就是說，野田同學對柏木同學的印象，與我和森內老師對柏木同學的印象，並沒有相差太遠嘍？」

安靜不起眼，在教室中、在學校這個世界裡，無聲地活著。在這一點上，野田健一和柏木卓也是同類。但野田健一姑且還是顆星星。雖然是像垃圾般、碎片般的星星，不過只要調查，還是能查出組成要素和自轉週期。

然而，柏木卓也連這點都很困難，因爲他是黑洞。爲什麼會在那裡？通往哪裡？核心有什麼？爲什麼會是黑洞？連這些都不明白。就像這種感覺嗎？

「騷動發生當時，還有不再上學以後，柏木同學是否親口解釋過，在自然科教具室爭吵的原因是什麼？」

兩名教師異口同聲地回答：

「他說被大出同學他們糾纏，覺得很煩。」

「沒錯，他說他們很吵，覺得生氣。」

「他說過到底是怎樣被糾纏嗎？」

「他沒有提到任何細節。」
「那拒絕上學的理由呢？」
森內老師難以啓齒似地垂下嘴角，津崎前校長回答：「他說累了，無法再奉陪。」
神原律師瞇起眼睛，「他是指對『學校』嗎？」
「應該吧，不是對大出同學他們。」
他們之間沒有任何形式的交流——津崎老師如此斷定：
「所以也無從發生霸凌。」
小狸子對健一笑了笑，然後說：「又拿野田同學來舉例，眞不好意思，不過如果是你，或許大出同學他們會霸凌或是恐嚇你吧。」
但柏木卓也不會成爲標的。
「爲什麼老師這麼認爲？」和彥問。
「身爲老師的直覺吧。」
津崎老師很快地回答，望向健一的眼睛。健一覺得很奸詐。
津崎老師反問：「倒是大出同學本人怎麼說？他說自然科教具室的爭吵是怎麼發生的？」
「你們問過他了嗎？」小森森也問。
「問過了，大出同學也回答了。」
兩名教師面面相覷。
「他怎麼說？」
和彥微笑，「對不起，現在不能說。」
一樣是吃驚，但津崎老師看起來有些開心，而森內老師看起來有點受傷。

「爲什麼不能說？如果聽到本人的意見，我們比較容易釐清想法啊。」
「請不要任意釐清想法，老師只要回答事實就好。思考內容並做出整理，是我們的職責。」
小森森大受打擊！對神原同學的偏愛度扣分。
「也就是說，這是法庭上的爭論點之一啊，森內老師。」
津崎老師看起來更開心了。這證明了他對這次校內法庭的功能和目的，有著遠比森內老師更確實的理解吧。
那天自然科教具室發生什麼事？大出俊次確實說出來了。被自己的律師逼著，從頭到尾徹底招出。
如果只看字面非常貧瘠，不過其中有著意料之外的事實。
——是柏木先找碴的。
——我根本不曉得他是誰。就連面對面正經說上話，那天也是第一次。
——我覺得他怪恐怖的。
健一感覺尤其是說到這點的時候，大出俊次似乎至今仍會心底發毛。都是那傢伙自己死掉，才會把我搞到今天這種地步——大出俊次當然氣憤地這樣咒罵，但就連罵人的時候，都忌諱被死者聽見似地縮著脖子。
「我在這裡正式拜託，希望津崎老師和森內老師以證人的身分上法庭作證。」
和彥提出要求，津崎老師點點頭，森內老師則驚慌失措。
「我並不知道柏木同學和大出同學的關係啊。我有辦法好好作證嗎？」
「老師只要作證說不知道就行了。」
因爲根本沒有那樣的關係，不存在的事無從知曉。
「可是……老師，可以嗎？」
小森森這次向前校長發出ＳＯＳ訊號。

「自從柏木同學不再上學以後，我們連他的臉都沒見過，對吧？只能隔著門說話，或是聽他的母親描述本人的樣子……」

「沒關係。」和彥說：「這樣的事實對我們很重要。」

「如果這樣說，不就等於主動承認我身爲一個導師，沒辦法好好處理柏木同學的問題嗎？」

現在還擔心這種事？健一不禁感到失望。森內老師似乎也察覺他的感受了。

「不，如果是告發信被偷的事，我很想作證啊。因爲這樣可以證明我的清白。我也和藤野同學商量過了，可是再多的話，跟先前說好的不一樣……」

和彥打斷她：「老師和藤野檢察官談過了嗎？」

森內老師點點頭，望向津崎老師。

「好吧，這件事也應該向他們說明。」津崎老師說。是什麼事？

其實——明明沒有必要，森內老師卻壓低聲音：

「應該是前天吧，藤野同學聯絡我。」

藤野涼子說，爲了預防HBS的茂木記者四處打探這場審判，與他做了交易。

「交易？什麼交易？」

連神原律師也不禁感到驚訝。

「我本來要控告他妨害名譽。」

四月播放的節目中，茂木記者報導森內老師撕毀了告發信並丟棄，並以此爲前提，指責森內老師不負責任、無能，並抨擊包庇這種老師的城東第三中學遇事隱匿，無可救藥。

然而，事到如今，這個主張打從根本崩潰了。森內老師等於是被茂木記者的《前鋒新聞》嚴重損毀名聲。

「森內老師不以這件事控告茂木記者，相對地，茂木記者不得妨礙校內法庭。據說是這樣的交易。」

「不是我提出的，是藤野同學擅自這麼跟他談的。」

森內老師的語氣變得像是在辯解。

「——因爲我覺得這是讓審判順利進行的必要之事，所以雖然是事後追認，但我也同意了。」

健一感嘆不已。藤野同學眞是太強了。或者說，這是她熟悉的戰法了嗎？這手法就和拿學年主任高木老師打她的事作爲盾牌，實現校內法庭一樣。

「就我個人來說，還是覺得相當不甘心，但能以這種形式讓茂木記者吃鱉，我也感到很痛快。」

「是啊。」和彥點點頭，「不過，姑且不論交易，藤野同學會不會主動在校內法庭上，提起垣內美奈繪這個人的所作所爲，就很難說了。」

小森森又大吃一驚，她無法爲神原和彥打分數了嗎？

「爲什麼？藤野同學明明知道事實。」

「因爲這並不是對檢方有利的事實。如果森內老師就像《前鋒新聞》中報導的，是個不負責任且無能的老師，對檢方來說比較方便。」

如果是這種老師，會沒有發現柏木卓也與大出俊次三人之間的問題也是難怪。

「可是，我們想要推翻這樣的情節。森內老師是個認眞能幹的老師，說老師撕破告發信丟掉，也完全是一場冤枉。所以，我們有必要請老師擔任我方的證人。光是指望藤野檢察官，或許無法讓老師沉冤昭雪。」

藤野涼子會惡毒到那種地步嗎？不會，她也沒必要做到那種程度。

健一可以理解因爲莫須有的罪名慘遭撻伐，森內老師深受重創，也能懂她會變得畏首畏尾。可是都到了這種地步，卻還裹足不前，未免太沒出息了。神原律師是爲了讓森內證人振作起來才嚇唬她的。

「被叫上法庭的證人只能回答問題，不能暢言沒有被問到的事。」

這番說明讓人搞不清楚哪一邊是老師，哪一邊是學生。

「所以，森內老師，請妳擔任辯方的證人。」和彥低頭拜託，「森內老師和津崎老師的立場和作證的目的都不同。津崎老師的證詞能夠建構出這次事件整體的基礎——說得極端點，津崎老師無論擔任哪一邊的證人都無妨，可是森內老師不一樣。」

「是這樣嗎？」

森內老師又用商量的表情看向津崎老師。

神原律師明朗地笑了，「不必那麼擔心，我會在事前製作好老師的陳述書，並在法庭上當成證據提出。證人詰問只是補充，由我們這方提出事實的話，藤野檢察官也不會刻意否認吧。」

檢方應該會主張即使沒有告發信的事，小森森也是個不夠盡責的導師，不過這有幾分是事實，沒辦法。

「趁這個機會下定決心吧，森內老師。」津崎老師附和，「證明妳的清白很重要，但查出這個事件的眞相也很重要。爲了這個目的，我們要盡一切所能。」

小森森膜拜什麼似地雙手合掌抵在唇上，深深點了一下頭。眞少女，健一心想，那才是這個老師的眞實樣貌。

「調查公司的報告書，也可以讓我們當成證據提出嗎？只要有調查報告，就能完全證明森內老師的證詞了。」

證明那不是小森森編造出來的。

森內老師不回答，所以津崎老師應道：「我想可以。」

說完後，他忽然展露笑容。「那家調查事務所的所長河野先生，對你們發起的審判非常感動。」

這件事北尾老師也提過。

「他甚至說如果有什麼需要幫忙的地方，他願意免費當義工。」

「眞的嗎？」

和彥探出身子，健一吃了一驚。那不曉得是什麼調查公司，而且以那種形式借助與事件無關的大人的力量，他覺得有點卑鄙。

「我覺得他是認眞的。」

「這樣啊。」

「你有什麼想要他幫忙調查的嗎？」

津崎老師的眼神浮現刺探般的神色。和彥微笑，搖了搖頭說：

「只是問問而已。」

和彥與健一委託兩名老師各自寫下事發當時的心情，還有校方的應對，作爲備忘，並要了河野調查偵探事務所所長河野良介的名片，告別了津崎家。

「你休息了半天，好像精神體力都恢復了。」

健一說，神原律師的回答卻是完全不相關的事：

「我們學校也有。」

那種老師，他說。

「小森森？」

「嗯。雖然因爲是男校，表現出來的形態有些不同。」

很容易懂的老師呢——他笑道：「看她個那樣子，應該也被藤野同學放棄了吧。」

健一斬釘截鐵地說：「藤野同學討厭小森森。」

「果然。」

兩人往車站走去，不知爲何，和彥手裡還捏著河野調查偵探事務所的名片，邊走邊確定似地看著。

「你想要偵探事務所幫忙調查什麼？」

和彥放慢腳步，壓低聲音說：

「我一直很在意，我想要知道正確的情況。」

健一自然而然地挨到他的旁邊，「所以是什麼事？」

「『大出集成材』的經營狀況。」

健一還沒問「爲什麼」，和彥就迅速地叮嚀：「不可以告訴大出同學。」

這也一樣，爲什麼？

「如果是多餘的事，就當白忙一場。可是，我總覺得最好知道一下。」

「風見律師不是忠告不要介入大出先生的工作嗎？」

「所以也要向律師保密。」

健一目瞪口呆。他怎會如此執著於這件事？

「你是不是在休息的時候想太多了？」

「並沒有。」

神原律師總算把名片塞進包包口袋，視線投向遙遠的前方。

「我只是再次覺得必須好好振作才行。」

然後，他像要甩開健一的注視似地笑道：

「話說回來，藤野同學眞是厲害。」

被搶先一步了——他說。

「你是指跟茂木記者的交易？」

「嗯，茂木先生那種人，要是聽到校內法庭的事，絕對不會坐視不管，所以我本來打算由我們主動提出。」

原來藤野同學也在想一樣的事嗎？

「省了道麻煩。」健一說：「你跟藤野同學很像。」

「會嗎？」

「被小森森欣賞，是小森森想要第一個拉攏的學生類型，卻滿不在乎地甩開她，這一點也一樣。」

神原律師再嚴肅不過地說：「可是我不覺得，我對森內老師有藤野同學那麼冷酷。」

「不，你們不分軒輊。」

兩人一起笑了。

增井望說隨時都能見面。

「或者說，非得是今天不可。」

不知道原本就是這種個性，還是因爲涼子大他一年級，增井望的口吻恭敬到近乎膽怯。他該不會在電話另一頭立正吧？

「今天我媽和我姊都不在家。」

「如果跟家人說，他們會不准你和我們見面嗎？」

「百分之百不可能。」

那麼得快點才行，涼子打了佐佐木吾郎的呼叫器。那本來是吾郎哥哥所有，不過在審判期間，借給吾郎作爲緊急聯絡之用，立刻就派上用場了。

增井家距離強盜傷害事件發生的相川水上公園約北邊的兩個街區，是還非常新穎的木造三層獨棟建築。涼子先到一步，在馬路對面的香菸鋪遮陽簾下等了吾郎和一美五分鐘。

兩人汗流浹背地抵達。

「東西我帶來了。」

吾郎搖了搖肩上的背包說，一美看上去就是心情不好的樣子。

「我好像聽見鼻周冒出雀斑的聲音。」

「等妳生日，我買美白化妝水送妳啦。」

去了幾家？涼子問。

「十一家。沒有新發現。其他地方果然很難吧。」

應該吧——涼子心想。畢竟是八個月以前的事，能夠發現一個就幾乎是奇蹟了。

吾郎說的「東西」，是便利超商的監視錄影帶。

事情發生在昨晚。有三中的學生打電話到佐佐木家，是一個不認識的女生。她說是看到檢方寄給三年級生的信才打電話的。「我家超商的監視錄影帶，錄到了三宅同學和淺井同學，你們有興趣嗎？」

據說是去年十二月三十一日下午四點左右的影像，是比對店方的紀錄後得知的。那個女生說「我家超商」，是因為她家裡經營便利超商。

吾郎跳了起來。從他家到那家超商騎自行車不用五分鐘。他馬上趕過去，用店內休息室的螢幕確認了影像。

這類影帶通常都會重複錄影，令人意外的是，影像拍得非常清楚。超商入口正面左側的貨架、放置文具雜貨的地方，可以清楚看見三宅樹理和淺井松子一邊說話一邊挑選東西的身影。她們物色了文具一會，然後離開了。樹理領頭，松子跟在後面。

沒有聲音，但吾郎興奮極了。

「為什麼這支帶子沒有被消掉？為什麼拍得這麼清楚？還有，為什麼現在才發現？」

聽到吾郎的問題，那女生倒帶後播放，畫面出現偶像明星主演的電視劇。吾郎記得是一月二日還是三日播的新春特別劇，他對這部戲也有印象。

「我想錄這個節目，可是手邊的錄影帶用完了，所以偷偷把休息室的拿來用。」

監視器的錄影帶是以四十八小時爲循環交換使用，而備用的錄影帶就擺在休息室裡。

「妳沒想到要拿新的商品去錄嗎？」

「如果拿商品就得付錢啊。」

我爸媽很嚴的——女生笑道。

「這支錄影帶剛換過，所以畫質很好。我是故意挑新的。」

女生是這名偶像的影迷，把錄下來的電視劇重看了好幾遍。可是每次電視劇播完後她就立刻按停，然後倒帶，所以沒有發現重錄之前的影像。今天是碰巧一直播放下去，才發現這段影像。

「這可以算是關於那封告發信的情報嗎？」

這是那個音樂社的女生嘛——女生指著影像中的淺井松子說。松子和樹理我都不熟，她說：

「這女生死掉的時候，我聽到流言說告發信是她們兩個寫的。」

關於這一點，吾郎基於自身的立場什麼也不能說，不過這是很重要的影像，非常值得感激。對了，我要買一支錄影帶，請幫我拷貝一份，明天我會過來拿。

「我想要複本，這消息可以幫我向辯方保密嗎？」

吾郎騎自行車火速回家，打電話給涼子，然後提議。或許還有別的超商錄到這種影像，他想要以三中爲中心，和一美一起繞一下半徑兩公里內的超商。畢竟時間已久，難以期待，不過還是該盡人事聽天命。因爲難保不會再次發生奇蹟——

就是這樣的原委。

「也有些店老闆出來說，你們以爲現在都幾月了，那麼久以前的影像誰還會留著？」更過分的是，有些店裡的監視器全是空殼，根本沒有錄影，一美嘔極了。

「我再也不去那種騙人的超商了。」

「我後來想到，把文具行和書店也加進了名單。」

「好主意，可是當心中暑。」

「店裡都有冷氣，沒問題的。」

涼子感覺到一股視線，赫然抬頭。增井家二樓的窗戶開了條縫，露出一名男生白皙的臉孔。涼子忍不住點頭致意，結果窗戶一下子關上，緊接著玄關門打開了。

「快進來、快進來。」增井望催促著。在電話裡沒有意識到，但他的聲音很可愛，好像還沒有變聲。或許是與外貌連結在一起，可愛的印象變得更強烈了。

「維也納少年合唱團？」

一美的形容在這種時候是恰如其分。

「我媽跟我姊回來就糟了。」

增井望急得要命。不過一開始對他的驚慌模樣感到困惑的涼子等人，聽著他描述事件發生到強制結束的來龍去脈後，也漸漸理解了。原來如此，碰到這種事，也難怪他的父母和姊姊都再也不想跟大出俊次與他的父親（以及顧問律師）有任何瓜葛。打死都不想。

可是望同學話很多，幾乎是一股腦地傾吐出來。他說得條理分明，甚至不需要涼子插嘴提問。吾郎與一美兩人聯手急忙筆記。

涼子很驚訝。

她發現了，增井同學一定是在等人來。他一直在等人來問，那個時候到底出了什麼事，你怎會撤銷告訴？爲什麼讓打你踢你的那三個人免於刑責？他一直等一直等，一邊等著，一邊在心中醞釀有人來問的時候要如何回答、如何說明。

增井望對這次的校內法庭知之甚詳。他參加的夏期講習會有幾名三中的三年級生，從他們那裡聽到許多事。

吾郎似乎有和涼子相同的感覺。

「你沒有想過要主動聯絡我們嗎？」

增井同學纖細的肩膀一僵。

「我想過，可是我怕被拒絕。」

他說不敢主動開口。

涼子重新坐好，仔細說明檢方希望增井望提供什麼協助。增井同學沒有插嘴或是打斷，嚴肅地聆聽。

然後，他說：「我給你們看照片。」

他衝上二樓又衝下來，手中拿著兩本一般照片尺寸的相簿。

「是我父親爲了留下紀錄而拍的。」

相簿一翻開，就是一排增井望躺在醫院病床上的照片。一美望過去，倒抽了一口氣。

涼子默默翻頁，吾郎和一美也默默無語。一美啃咬著指甲。

看完兩本相簿後，涼子覺得胸口作嘔。這大概是她生平第一次這樣形容。她不希望今後還會有第二次。

「好過分。」一美呢喃，臉頰抽搐著。「一定很痛吧？」

增井望用力點點頭。

「沒有什麼後遺症嗎？」

「有時候會耳鳴。」
「不管拿再多賠償金都不划算哪。」
吾郎的聲音裡，帶著岩漿滾滾作響般火紅的憤怒。
「爲什麼撤銷報案？警方沒有阻止你們嗎？」
因爲警察——增井同學垂下頭。
「警察說他們沒辦法二十四小時全天保護我們，我爸媽也這樣說。」
吾郎看向涼子，涼子注視著增井同學。
「你無法接受，對吧？」
增井同學又點了一下頭。
「所以你才會留意我們的活動。因爲我們要辦一場審判，好好教訓大出俊次。」
增井同學看著涼子的眼睛，目光不安地搖晃。「你們會教訓他吧？」
「可是，這不是你的事件。我們希望你能做的，是提供具體的材料，讓陪審團了解大出是個怎樣的傢伙，是個可能做出多危險、多過分事情的傢伙，只是這樣而已。我們沒辦法在法庭上說大出俊次對你做了多過分的事，然後制裁他。」
目光又搖晃了，但增井同學說：「不過可以在法庭上告訴大家他們對我做了什麼，對吧？」
在許多人的面前。
「如果法官允許的話。」吾郎冷靜地踩煞車，「法官可能會以你的事與本案無關爲由，不允許你發言，也不會當成證據採納。那樣一來，不管你多努力協助我們，都可能是白費工夫。」
「也可能遭到大出報復喔。」
一美似乎是眞的擔心這一點。

「那傢伙就是這種人嘛，那傢伙的父親可能又會出面插手，你不怕嗎？」

增井同學縮了起來，彷彿要把自己折起來收進內側。

「——我怕。」

就是嘛——一美嘆息。

「那些傢伙……」

增井同學連聲音都變小變遠了。他從很深的地方拖出沉重的東西，好不容易才把它變換成聲音。

「嗯？」

「把我拖進草叢裡，逃走的時候……」

聲音斷了。「嗯。」吾郎再次應和，鼓勵他說下去。

「想要對我撒尿。」

三個人哈哈大笑，一起這麼商量。

「因爲有人經過才作罷。」

「——你記得？」

吾郎的聲音卡在喉嚨。

「我記得。我也告訴警察了。」

可是一點用都沒有，他說。

一美的臉皺成一團，看起來一下子老了好幾歲。原來表情因徹底的嫌惡而扭曲的時候，連十五歲的女孩也會變成這種臉。

「或許還會再碰到這樣的事。」

「我絕對不許他們這麼做。」涼子說：「這次我絕對不會讓他們這麼做。要是讓他們這麼做，我們的這些努力就沒有意義了。」

「而且我們有山崎。」吾郎的眼神變得明亮。

「就算是山崎同學，也不可能二十四小時全天護衛啊。」

「不要澆冷水啦。重要的是骨氣，骨氣！」

吾郎拍拍胸口。一美很冷靜。

「光靠骨氣治不好耳鳴吧？」她問增井同學。

意外的是，增井同學的嘴角鬆開，只差一步就要變成笑容了。

「如果大出他們敢對你做什麼，我會在法庭上全部揭開來。」

涼子從身體深處出聲說。我在生氣。我從來沒有像這樣氣憤過。

這些照片的內容就是如此殘酷、如此邪惡，簡直是一片漆黑。

「總之，因爲不能讓你爸媽知道，我們暗地裡製作陳述書吧。暫時先把增井同學的名字保密。」

吾郎說著，望向涼子。他發現涼子頑固地凝視著照片，便轉向一美點點頭。

「檢察官怒不可遏，我們事務官也不能退縮。」

「好可怕。」一美與其說是害怕，更像嫌麻煩似地說：「一瓶美白化妝水不划算啦。」

「那我想辦法弄來保養體驗券。」

增井望頭一次露出眞正的笑容，一美回以難爲情的笑容。這個笨蛋是助手啦，我們的檢察官可靠多了——吾郎打圓場說。

「我很不甘心。」增井同學說。

只要是有心的人，任誰都嚥不下這口氣。

「所以，請你們製作陳述書吧。」

涼子看見增井同學的眼中亮起光芒。是倒映出我內心的火焰了，她心想。

「謝謝你的合作。」

涼子彎身鞠躬。

回程途中。

增井望的照片仍烙印在涼子的眼底。瘀血。冰枕和貼布。怵目驚心的瘀青。紅腫的下巴。血塊。點滴和導尿管。

那叫小孩子打架？

開什麼玩笑！

「小涼，妳走太快了！」

一美氣喘吁吁。

「一美，接下來有得忙了。」

「現在就夠忙了，不要用跑的啦。」

「檢察官正在燃燒。」吾郎小跑步追上來。

「檢察官，要忙些什麼？」

「完成增井同學的陳述書後，接下來要請你們製作另一份同樣重要的陳述書。」

兩名事務官齊聲合唱：「誰的？」

涼子停步回頭。事務官們差點撞上去，手忙腳亂。

「小涼，幹麼突然停下來啦？」

佐佐木吾郎在心裡偷偷地想「藤野同學露出這種表情，看起來就跟她爸爸一模一樣」。

「誰的陳述書呢，檢察官？」

「井口充。」涼子回答。

涼子再也不迷惘，猶豫都拋開了。那些照片把擋在她前方的平交道柵欄炸得形影不留。

她要井口也爲那些照片付出代價。

13

八月八日

上午八點一到，野田健一便迫不及待打電話到藤野家。雖然升上三年級以後就退出了，但涼子是劍道社的成員，她應該因晨練而有早起的習慣。健一覺得八點應該不至於吵到藤野家，然而意外的是，接電話的是涼子的父親——藤野剛。

「我女兒還在睡大頭覺。」

藤野剛直爽地說：

「昨天晚上好像通宵沒睡。要叫她嗎？」

「沒關係，我晚點再打。」

也不是什麼急事——健一知道自己的聲音變得沙啞了。這是自從那天晚上——感覺已是十年前往事的那一晚，健一試圖殺害父母那時候以來，他第一次跟藤野剛說話。

「那我叫涼子回電給你。」

「謝謝。」
健一逃也似地就要放下話筒。
「野田同學。」
藤野剛的聲音在電話中也威嚴十足——健一聽起來如此。
「你好像過得不錯。」
是的——健一縮得小小地回答。
「涼子抱怨你們很難纏。」
健一不知該如何應答。
「我也有同感。因爲律師神原同學想到、做出連我都感到驚訝的事。」
他是指哪件事呢？有太多事了。
「謝、謝謝你。」
不僅是因爲這樣回答最穩當，健一也只想得到這樣的回答。然後，他把多餘的想法說出口了：
「叔叔今天休假嗎？」
涼子的父親可能沒想到健一會反問吧。「嗯？」他回了一聲，然後笑了。
「我現在要去上班，畢竟昨晚在家裡**過夜**嘛。」
變成開玩笑的口氣了。一定是平日就常被女兒們開玩笑吧。爸，你今晚要在家裡過夜嗎？
「我是三中學生的家長，但也是涼子的父親，立場很微妙。」
你們加油吧——他這麼鼓勵：
「不過，千萬別迷失了眞正的方向。」
然後電話掛掉了。健一盯著電話好半晌，思索著藤野剛說的「眞正的方向」在哪裡。

辯方今天也於上午九點在野田家集合，預定要研究柏木宏之給他們的通聯紀錄，所以大出俊次也會過來。必須徹底清查紀錄中有沒有俊次認得的號碼，或是他打過的號碼。

雖然不到通宵達旦，但昨晚健一也熬夜了。他把和小林電器行的老闆小林修造見面時的紀錄整理成報告書。

從前任工友岩崎先生那裡聽到小林電器行的事時，健一非常興奮，認爲這是他們掌握到的第一項獨家消息，然而實際見面後，卻沒有什麼收穫。小林先生是個很和藹的叔叔，對他很好，十分仔細地聆聽他說明校內法庭的事，也認眞地回答他的問題。

可是，小林先生的回答卻很空洞。

十二月二十四日晚上七點半左右——當時NHK新聞剛播完，所以時間不會錯——店門口的電話亭有個男生在打電話。那個男生看起來很消沉，小林先生有些擔心，出聲攀談。他問那個男生是不是碰上什麼困難，對方回答沒事。是個很有禮貌的男孩子——

到這裡都還好，接下來就不行了。小林先生不記得那個男生的相貌和服裝，會對工友岩崎先生說「那個男生就是自殺的學生」也只是當時的印象讓他如此認定罷了，並沒有任何證據。問著問著，小林先生自己這麼承認，表情變得尷尬。

健一發現每當自己說出可能是線索的話，小林先生的記憶就會往那邊修正，便不敢再隨意發言。要挖掘別人的記憶，而且是八個月以前的記憶，原來竟是如此困難嗎？

小林先生很健談。像是店門口的電話亭發生過許多事件、這座電話亭是多愁善感年紀的孩子們一晃而過的「窗口」，所以他才會要自己緊盯著電話亭。

十二月二十四日看到的男生，有股不尋常的氛圍。因爲看到那孩子的背影，他居然想起遙遠的過去，自己疏散到後方的那一天。是戰爭的時候。你知道疏散嗎？就是躲避空襲，從都市逃到鄉下。我是去投靠親戚，但如果是集團疏散，即使是很小的小孩，也會和父母活活被拆散。

談話不斷地離題，甚至講到太平洋戰爭時的辛苦，還有戰後的糧食困難，健一大感吃不消。從途中開始，他也停止筆記了。

他白白浪費將近一個小時，才總算設法打斷離題的談話，成功讓小林先生指認六張照片。

那些是他與北尾老師商量後，請老師準備的大頭照。有柏木卓也、大出俊次、井口充、橋田祐太郎四個人，再加上兩個無關的男學生作爲幌子。然後不是一張張拿出來，而是同時擺出來讓小林先生指認。如果不這樣做，小林先生可能會從健一拿出照片時的細微動作，還有拿出照片的順序，看出他的期待。這是健一從圖書館的《作證・訊問心理學》這本書上看來，現學現賣的知識（可是要求準備照片時，他的這些說明讓北尾老師相當佩服）。

看完六張照片，小林先生全部搖頭了。儘管如此，健一覺得要是做出某些暗示，小林先生也會全部點頭。

簡而言之，就是記憶模糊。

由於狀況如此，要整理給神原律師過目的報告書時，費了他一番工夫。他把多餘的閒聊全都省略了，只保留小林先生疏散那天的回憶。總比只寫「那個男生看起來很不安的樣子」要來得具體吧。

敲門聲響起，時間離和彥他們過來還太早。

「小健。」

健一嚇了一跳，是母親。他急忙開門。

「早。」

野田幸惠不是穿睡衣，而是好好地換了衣服。臉色蒼白，脂粉未施，但頭髮梳理得很整理。

「今天你朋友還會來，對吧？」

「啊，嗯。」
「媽媽做了三明治，放在冰箱裡。冰太久會硬掉，要快點吃掉喔。」
早餐健一跟父親健夫一起吃過了，所以這是母親對健一朋友的「招待」。
「媽要去醫院了，可能要到下午才會回來。」
「我中午可能也要出門……」
「沒關係，出門時門窗記得鎖好。」
健一應了聲「嗯」，幸惠看著健一，靦腆地眨眨眼，忽然微笑說：
「我聽你爸說了，你交到很好的朋友。」
爸也跟媽說了這種事嗎？
「聽說你們很努力在做暑假的共同研究？替媽向你朋友問聲好。」
母親關門離開後，健一搔了搔頭。
母親沒有說「浪費時間做那種事，怎麼有時間念書？萬一沒考上志願學校怎麼辦？」，如果是以前，她一定會這樣說。因爲她是個積極的悲觀論者。
爸，你是怎麼對媽說我的？比起內容，他更介意父親說明時的口吻。
總覺得——好難爲情。
好久沒有這種感覺了。
和彥與俊次一直到十點快十分才總算來了。俊次一頭亂髮，好像連臉都沒有洗。眼睛閉著，一看就很睏的樣子，心情非常不好。
「我花了好久的時間才把他叫起來。」

和彥滿身大汗，把俊次帶來這裡似乎費盡千辛萬苦。而俊次本人一進健一的房間，就擅自倒在床上，然後趴在枕頭上說：

「再讓我睡一下啦。」

健一目瞪口呆，腦中一隅想著：

——我的床居然被別人睡了。

要是有潔癖的母親看到，肯定會吵翻天。而且要是知道健一的「好朋友」之一是大出俊次，她搞不好會昏倒。

想著想著，健一漸漸覺得好笑起來。

俊次一把抓過毛巾被，背對兩人蜷成一團。和彥瞥著他，戳了戳健一的側腰。他打手勢表示「耳朵借我一下」。

然後，和彥低語：「因爲大出同學賴床，我有了收穫。」

「什麼？」

「我見到他母親了。」

健一瞠目，「大出佐和子女士嗎？」

「還有誰啊？」和彥看起來很開心，「她不是我們私下想像的那種人。」

和彥說出門的時候，爲了愼重起見，他先打電話到大出家，結果是大出佐和子接的。她說俊次還在睡，所以和彥急忙趕到大出家所在的週租公寓。抵達一看，俊次依然睡得**昏天暗地**。

「他母親非常抱歉的樣子，幫我叫他，可是完全叫不醒。然後我們決定先不管他，聊了一下。」

和彥從皮包取出摺成四摺的筆記紙。

「她幫忙寫了這些。」

是去年十二月二十四日俊次的不在場證明紀錄。

健一攤開筆記紙，上面以有些獨特但娟秀的字跡條列了內容。

「關於大出同學白天何時進出家裡，他的母親不太清楚。還有，大出同學說他母親這天去看晚餐秀，是他記錯了。晚餐秀是隔天的二十五日。」

根據條列的內容，大出母子在晚上七點半左右一起用晚餐。那個時候父親大出勝外出不在，快九點才回來。

大出社長帶了客人回來，是三個穿西裝的男人。他們與社長目不斜視地直奔麻將房，大出佐知子準備酒水和下酒菜送過去。

客人是凌晨兩點多回去的，在那之前，大出佐和子兩次被叫去補充酒水和小菜。麻將桌上擺開麻將牌，室內籠罩著濃濃的香菸煙霧。

「大出同學的母親說，這些客人的事，社長很久以前就提過了。說是重要的客人，可能會介紹給家人，吩咐俊次同學的母親和他都一定要在家。」

「大出同學被叫去了嗎？」

「就大出同學的母親記得的範圍內，好像沒有被叫去。」

不過——和彥加重語氣說：

「大出同學的母親說，在大出家，社長的命令是絕對的，既然事前交代過，俊次就不可能擅自外出。」

健一不禁一陣戰慄。柏木卓也的死亡推定時刻是午夜零點到凌晨兩點之間，而大出家的客人是從晚上九點前一直待到凌晨兩點過後。

「大出同學的母親知道大出同學為校內的流言所苦。她也說身為母親，看了十分不忍心。」

和彥又招手，叫健一再靠近一點，然後把聲音壓得更低：

「客人的事，對證明大出同學的不在場證明很有幫助，對吧？」
「當然。」
「可是，柏木同學剛過世，傳出可能是大出同學他們犯案的流言時，還有因告發信而再度挑起流言，津崎校長他們詢問許多事時……」
大出勝都命令大出佐知子，絕對不能把這些客人的事告訴外人。
「他認爲就算說了，那些人也不會信。」
「也是啦……」
「可是，不只是這樣而已。」
——那是生意上重要的客人，要是讓他們被警方騷擾就糟了。
據說大出勝是這麼交代的，所以警方也不知道這件事。
健一望向和彥，緩緩點頭。
「大出同學的母親居然肯告訴我們這麼重要的線索。」
「因爲我們不是警察。我們是小孩子，而且是跟大出同學同一陣線的。」
和彥指示筆記紙最下面一行字，上面寫著：
「通用興產」。
「是客人的公司名稱嗎？」
「大出同學的母親說，雖然沒被介紹，不過在他們的對話中聽到這個名稱。」
這次兩人對望，點點頭。
「我也向大出同學的母親保證，絕對不會在法庭上提到這個公司名稱。」
他不想害大出佐知子爲此被丈夫毆打受傷。

「可是，不知道是哪裡的誰，跟知道一個特定公司名稱，證詞的說服力大不相同。至少可以明確地告訴法官。」

健一沒點頭，而是瞇眼看著和彥。「那麼，你打算繼續調查這間公司嗎？」

「要不要拜託那位大方的偵探先生呢？」

「別嫌我囉嗦，風見律師警告過我們別這麼做。」

「愈是被制止，不就愈想知道嗎？」

健一由於跟剛才不同的意義而渾身戰慄，總覺得律師的熱情有些邪惡。

他忍不住呢喃：「好差勁的興趣。」

這時，電話響了。健一嚇得跳起來，拿起話筒。

是藤野涼子，聲音聽起來非常清醒。

「對不起，我睡過頭了。」

健一對和彥說「是藤野同學」，然後重新轉向話筒。

「昨天我們去找津崎老師和森內老師了。」

連自己都覺得不可思議，但健一自然而然客氣了起來。因為對方是「檢察官」嗎？

「然後，我們決定請森內老師擔任辯方證人。我們認為要請森內老師說明告發信被撕破丟掉的事，這樣安排比較好。」

藤野檢察官簡短地說：「了解。」

「這麼一來，為了平衡起見，我跟律師商量了一下，認為由檢方傳喚津崎老師擔任證人是不是比較好……」

「沒必要介意什麼平衡吧？津崎老師當你們那邊的證人就行了。而且津崎老師本來就是支持『自殺說』

的。」

很乾脆。

「這是必須跟井上同學——法官商量決定的事，不過我覺得我們的審判，不必像眞的審判那樣嚴密地區分成『這個證人是檢方的、那個證人是辯方的』。那樣太綁手綁腳，會動彈不得，可以更自由一點。」

談到這些細節，健一一個人應付不來。他請和彥接電話。

律師聆聽檢察官的意見，「嗯、嗯」的簡短應聲。

「不過，即使只是形式上，還是得遵守『主詰問』、『反詰問』的順序才行。」

似乎就這麼說定了。健一迅速在手上的便條紙寫下「找法官商量」。

「倒是藤野同學，妳眞有一手。」

和彥有些打趣地說：

「我們聽森內老師說了，妳跟HBS的茂木記者達成交易了，對吧？」

託妳的福，省了一頓工夫——他接著說：「這應該是鉗制他最好的方法吧。」

涼子說了什麼，仔細聆聽的和彥向健一揚起兩邊眉毛。怎麼了？

「我知道了。不過，還有一件事，妳預定要拜託河野調查偵探事務所調查什麼嗎？」

涼子的聲音變大了，健一也能聽見隻字片語。她說「心情上」、「不正確」。

「我們還沒有決定，但我們的態度並不像藤野同學那麼否定。」

和彥又開始聆聽，接著說：

「這要看本人，我不反對。我請野田同學聽。」

和彥遞出話筒，「檢察官說要找你。」

健一緊張起來，「什麼事呢？」

「野田同學，可以請你在法庭上作證發現柏木同學遺體時的情況嗎？神原同學說交給你決定。」

健一吃了一驚，沒想到會接到這樣的任務。

「那樣不會不太好嗎？畢竟我是律師助手。」

「遺體的第一發現者就是你，有什麼辦法？不過，神原同學不好傳喚你作證吧。那不太像樣，所以我才說由檢方傳喚，可以吧？」

這種狀況無法拒絕，健一回答「呃，好。」

「只是陳述事實而已，什麼都不必準備沒關係。稍微回想一下就行了。」

意思是，臨機應變嗎？

「這果然是一場破天荒的審判。」

「又不是眞的審判，只能用我們辦得到的形式去做。拜託你了。」

健一以爲電話會就這樣掛斷，沒想到涼子問：

「神原同學還在那邊嗎？」

健一詫異又有什麼事，接過話筒的和彥「咦？」了一聲，「妳怎會知道？」

涼子說了什麼。

「我沒事，早就復活了，只是有點夏季感冒而已。」

涼子好像是在說前天和彥身體不適的事。健一覺得她消息眞靈通，隨即想到「一定是聽古野同學說的」，那樣就不奇怪了。

和彥又聽了一會電話，隨口應著「好、好、好」，把話筒遞過來。

「可以掛了。」

對方先掛了，傳來嘟嘟聲響。

「她說什麼？」

「既然會過勞，與其拜託什麼偵探，應該增加助手才對。」

和彥說她眞是雞婆，不過表情看起來頗爲受用。

健一心想，如果不是在這種情況下認識，藤野涼子與神原和彥一定會變成非常要好的朋友吧。他們氣味相投，腦袋的回轉速度一樣快，外貌十分匹配。即使不是普通朋友，而是一對情侶，也一點都不奇怪。

應該擔任律師助手的不是我，而是藤野同學，或是反過來也行。可是，如果他們兩個聯手，檢方只能棄械投降——正當他想到這裡的時候——

「藤野同學說要找茂木記者當證人。」

和彥說得若無其事，健一睜大了眼睛。

「這太荒唐了！」

「哪裡荒唐？如果我是檢察官，也會這麼做。事實上他們已進行交易，對檢方而言，茂木記者是很好的證人。」

這兩個人的思考回路眞的很像。

「那你有所覺悟了？」

「說覺悟也太誇張了吧。我多少預料到了。」

「可是那樣做……三宅同學不要緊嗎？如果被茂木先生問到細節，最困擾的不會是三宅同學嗎？」

「原來你在擔心三宅同學啊？」

神原律師的語氣很溫柔。

「交給藤野同學就沒事了——我這樣說會很怪嗎？畢竟你比較了解藤野同學嘛。」

健一莫名緊張起來。

大出俊次完全置身事外，在健一的床上打鼾。

「藤野同學昨晚徹夜未眠，但大出同學怎會睏成這樣？」

「他母親說他本來就是個夜貓子。」

和彥回想起來，笑道：

「她埋怨說這孩子淨是會麻煩人，讓做母親的頭痛極了。」

健一覺得被警方輔導過好幾次，應該不僅僅是「麻煩人」的程度。

「我是沒那樣想過，」和彥接著說：「不過大出同學的母親，在家長之間也被孤立了。」

「是她自己要孤立的啊。」

健一的口氣像是在替三中其他家長抗辯。

「我知道，可是看到他母親那樣對我抱怨，我很同情。她沒有其他人可以傾吐了。」

「你還想要身兼大出家的律師嗎？」

「你今天怎麼這麼咄咄逼人？你也沒睡飽嗎？」

好了——和彥搓搓雙手說：

「來看通聯紀錄吧。」

是去年十二月二十四日從柏木家打出去的電話，還有柏木家接到的電話。昨天柏木宏之聯絡他們，說總算收到NTT的資料了，直接傳眞給他們。

名單上列著七個電話號碼。一天有七通電話，以一般家庭來說算多吧。如果是元旦到處打電話拜年也就罷了，但這個國家應該還沒有在聖誕夜特地打電話祝福「聖誕快樂」的習慣。

七通電話裡，有兩通是打出去的。一通是東京都外，一通是都內，而且是附近。都外電話號碼旁，柏木宏之註明「大宮祖父母家」。「母親打電話給祖母，已確認。」

其餘六通裡，和彥先撥了打出去的號碼，卻接到健一也知道的「萊布拉大街」裡的西式糕餅店。和彥一確定就掛了電話。

「一定是去問聖誕蛋糕的。」

其餘五通接到的電話，全是都內區碼。兩通是這個區內，區碼一樣。

「剩下的三通電話，這是不是新宿區？這通是哪裡呢？赤坂一帶嗎？」

健一瞪著數字呢喃，和彥嚇了一跳：

「你光看號碼就知道是哪裡嗎？」

「二十三區的話，大概可以看出來。」

不可思議的是，他們撥打了這五通號碼，每一通都響了十聲以上，卻沒有接通。響個不停，也沒有轉到電話答錄機。

「你覺得是怎麼回事？」

「會不會是公共電話？」

除非有奇特的路人覺得吵，或是好心接起話筒，否則永遠不會接通吧。

「這份清單真不親切。不只是號碼，連對方號碼的申辦人姓名和地址都列出來不是很好嗎？」

「不，這樣就很夠了。」律師搖搖頭，「地點反而不是問題，重點是時間。」

依時間排列，會是這樣：

①　上午十點二十二分　本區內
②　下午十二點四十八分　不明
③　下午三點十四分　赤坂？

④　晚上六點五分　　新宿？
⑤　晚上七點三十六分　　本區內

「有人不停聯絡柏木同學。」
確實如此。
「間隔約兩個半小時，感覺像在定期報告之類的。」
健一回想起來，「我跟行夫在『萊布拉』裡的麥當勞看到柏木同學，是傍晚五點左右。」
這段期間，沒有電話打來。
「柏木同學是不是知道那時不會有電話打來，所以才滿不在乎地外出？」
和彥歪頭，「可以這麼斷定嗎？」
「我覺得可以。因爲你看，對柏木同學來說，這怎麼看都不是『討厭的電話』。」
如果是不想接的電話，不接就行了。如果覺得吵、嫌麻煩，或是害怕，卓也只要放任電話響個不停就行了。
「比方說，或許是接到第三通電話的時候，約好第四通要在幾點左右打來——」
健一在自己寫下的①至⑤的數字前抱起雙臂。他發現了。
本來沒抱太大希望的這份清單，會不會其實是一項雄辯滔滔的證據？
「這⑤的電話，會不會是小林電器前面的電話亭？」
時間上吻合。
「我們確定一下吧，拜託小林先生幫忙！」
健一不等和彥回答，便拿起了話筒。小林電器行那個愛話當年的叔叔一聽到健一的名字，便符合他的好人形象，二話不說答應幫忙。
「那我要打⑤的號碼嘍。」
健一手指有點發抖。
結果馬上出來了。⑤的電話號碼，被小林先生接了起來。沒錯，這是我們店門口的電話亭。
「你是野田同學，對嗎？你剛才是不是也打了這個號碼？」
「是的，我剛才打過，不好意思。」
「那時候店裡有客人，我沒辦法出來接。」
小林先生有點不甘心。
「這樣啊，不過這下子就弄明白了。謝謝叔叔！」
健一看向神原律師。不知爲何，律師有些訝異地瞇起眼睛，問道：
「所以呢？」
健一明明坐著，卻感到一陣腿軟。「你那是什麼反應？這不是很重要的線索嗎！」
那天晚上七點半過後，電器行的小林先生目擊到店門口的電話亭裡，一名少年在打電話，於是出聲叫他並說了幾句話。然後，他對工友岩崎先生說，那名少年一定就是柏木卓也。但健一拿照片去讓他指認，他卻無法指出哪一個是柏木卓也，對大出俊次三人的照片也沒有反應。小林先生的證詞，只是一場誤會。
可是，這麼一來，狀況就不同了。⑤的電話——有人像在報告似地不斷聯絡柏木卓也，其中一通是從小林電器行前面的電話亭打去的。小林先生目擊到的是打⑤的電話的少年。
然而，律師的反應很冷淡。
「事到如今，那是值得興奮的事嗎？小林先生看到的少年印象跟大出同學大相逕庭，反倒是跟柏木同學很像。光是這樣，對我們來說就是很有用的證詞了。那天被告並沒有打電話給柏木同學，至少沒有打⑤的電話——我們可以這樣向陪審員主張。」
不過——律師聳了聳肩。
「小林先生的記憶模糊，這一點很不妙。你自己不也這麼寫著嗎？」
和彥用手指敲了敲健一辛苦完成的小林先生的證詞紀錄。
「可是，這下就查出⑤的電話的地點啦。」
「沒錯，」和彥說著，語氣緩和了些。「對不起，我不是故意要潑冷水。」
兩人陷入有點尷尬的沉默。
和彥開口：「依我看來，即使不知道這五通電話是誰、從哪裡打來的、說了些什麼，也無所謂。」
「無所謂……？」
「因為如果是要把柏木同學叫出來，大出同學不可能這麼勤奮。我們的被告缺少這種計畫性。」
健一確實也這麼想。
「是啊，大出同學會採取更即時的手段。」
「我就說吧？」
這樣啊——健一嘆了一口氣。原來我是白開心一場嗎？還以為這是個大發現。
「那麼，這些電話是誰打的？」
「不曉得。」和彥苦笑，「除非去問柏木同學。」
怎麼這樣說？
「那就任由它不清不楚嗎？」
「這會有什麼問題嗎？有什麼迫切的理由，非得查到水落石出不可嗎？如果這些全是公共電話，應該得耗費相當大的工夫，即使查了，很有可能也查不出個結果。即使查到，也可能跟柏木同學的死無關。」

律師說的沒錯。對，只論可能性的話，確實如此，不過怎麼有種被唬弄過去的感覺？

「不光是這件事，我覺得所謂的事件，不管再怎麼縝密地調查，還是會留下不明不白的部分。在現實的犯罪調查和審判中也一樣。」

這五通電話或許也是如此——和彥說：

「更何況我們是外行人，想要在有限的時間裡把一切都調查清楚，是不可能的事。別嫌我囉嗦，不過小林先生的記憶很曖昧，對吧？或許他看到那個揹背包的少年的時間根本不是七點三十六分，搞不好是四十五分。」

和彥的解釋合情合理，但健一感覺到了。

——律師似乎不想深入追查這份清單。

因爲太麻煩、因爲沒什麼必要性，眞的只是這樣而已嗎？

「我知道了。可是剩下的①到④，我還是想要確定一下，究竟是不是公共電話。」

「嗯，交給你了。」

怎麼這麼淡然？和彥第一次表現出這種態度。健一的喉嚨留下古怪的感覺，像是沒把藥丸完全嚥下去。

他不想讓這件事無疾而終。

所以，他繼續追問：

「不過，你不覺得奇怪嗎？」

「什麼東西奇怪？」

「如果是神原同學你家，一天接到這麼多通電話，然後都是你接的，你爸媽不會說什麼嗎？」

像是「吵死了」、「你電話怎麼這麼多」、「是誰打來的？」。

「我們家的話，我媽不清楚，可是我爸絕對會碎念。」

「會生氣？」
「不會生氣，但至少會問一下：『怎麼了？怎麼有那麼多電話？』」
柏木家的人沒有這樣的疑問嗎？
「或許柏木同學有自己的專機號碼。」
健一吃了一驚，今天的神原律師果然怪怪的。
「律師今天也沒睡飽嗎？」
「怎麼了？」和彥反問。不是在開玩笑，他好像是真的不懂。
「這裡不是寫著，柏木同學的母親用同一支電話打到大宮去嗎？還打去蛋糕店，這怎麼可能是柏木同學的專用號碼？」
神原律師的眼睛微微睜大，然後頹喪地垂下頭。
「對不起，剛才是我太白痴。」
「你還好吧？」
「我家因為我爸媽的工作室跟家裡是不同號碼，所以搞混了。」
健一心底一陣暗潮洶湧。不過，這並不是第一次。他曾被相同種類的風一再冰冷地拂過胸口。無心的疏忽。神原和彥也是人。只是，這種錯誤實在太愚蠢——
「誰罵我白痴？」
床上的大出俊次翻過身來，與毛巾被化為一體扭動著，粗啞地吼道。他的眼睛閉著，表情卻在生氣。
「不是在說你啦。可是你差不多該起來了吧？」
「囉嗦啦。」
他又翻回去了，還把手插進T恤底下搔肚皮。該說是邋遢到底，還是放鬆到底？

「柏木同學一直關在家裡，而且他母親很擔心他，不是嗎？這種情況下，如果有這麼多電話打來，應該會覺得奇怪吧？」

和彥重新坐正，點了點頭。

「可是，對於警方和老師們的提問，柏木功子女士都回答，當天的卓也沒有特別奇怪的地方。」

發生告發信騷動以後，「卓也是不是被誰叫出去，才會三更半夜去了學校？」這個疑問成爲焦點。即使如此，柏木功子的證詞依然不變。在《前鋒新聞》中，她也完全沒有提到「電話很多」。

「他爸媽**沒發現有電話**。」健一感覺臉頰因興奮而脹紅了，「這表示柏木同學知道電話什麼時候會打來吧？」

現在的多功能電話，不會電話一打來就鈴聲大作。不管是主機或子機，都會是來電顯示燈先亮起，或是在液晶螢幕上出現來電資訊。

「只要守在電話旁邊，電話一有動靜就接起來，鈴聲就不會響。」

「可是，等電話滿麻煩的耶？」

律師怎麼就是要反對？這是在考驗我嗎？健一暗想。

「如果等上一個小時是很累人，但十分鐘呢？如果對方說會在下午三點到三點十分之間打來，只要在電話附近等，也不是多麻煩的事。要是有無線電話子機，也可以帶到廁所去。」

「知道了，那確定一下吧。」和彥狀似投降，有些不耐煩地說：「中間夾個負責公關的哥哥還是不行，直接去問柏木功子女士吧。」

「柏木同學房間的電話也要確認一下，愈快愈好，現在就——」

和彥比了比床鋪。

「擇日不如撞日，但在那之前，得先想法子處置這玩意。」

洗過臉後，總算睜開眼睛的俊次，幾乎一個人吃光了野田幸惠做的三明治。

清單上其餘的五個號碼，俊次沒有一個認得。不過他對於可能是公共電話的說法坦率表示贊同。

「不妙的電話才不會從家裡打咧。」

「大出同學也會用公共電話嗎？」

「燒掉的我家後面就有電話亭。」

幾乎是我專用的——他自豪地說：

「不只是打出去，也常有人打來。」

待在房間也聽得到，所以俊次會從陽台出去接電話。他安排好上下樓的路線，也擺了雙鞋。

「你都過著那種生活嗎？」

健一難以想像。

「你記得那個電話亭的號碼嗎？」

律師問，俊次立刻背出來，這是他使用極爲頻繁的證據。當然，不符合清單中的五個號碼。

「我從以前就覺得很不可思議，大出同學沒有呼叫器，對吧？」

和彥這麼一問，俊次忽然凶暴地翻白眼。「不行喔？」

「不是不行，只是感到奇怪。有呼叫器不是比較方便嗎？」

「以前有啦。」

俊次噘起下唇，一臉不服地說。嘴唇上沾著雞蛋三明治的餡。

「前年聖誕節我跑去跟學長他們瘋，結果……」

玩到忘了分寸，鬧出事來，大出勝發現後，他被痛罵一頓，還挨揍了。

「呼叫器被我爸順便沒收了。」

——你這個白痴就是帶著這種玩意，才會被那些壞傢伙拐去！

「就這樣沒了？怎麼可能？你偷偷買了吧？」

和彥又問，俊次翻白眼瞪著律師。

「買了啦。」他語帶嚇唬，「去年暑假買了，結果被發現，當場被沒收，又被揍了。不行嗎？」

和彥咯咯笑，「你沒有挑戰第三次呢。幸好沒有。不，還是應該再度挑戰比較好？」

如果有呼叫器，呼叫器的通聯紀錄或許可以當成辯方的證據。

「反正我才沒有打電話給柏木。」

俊次拿過三明治的手在T恤和短褲大腿上抹著，忽然發現什麼似地停下動作。他摸摸短褲後袋，發出沙沙聲響。

「我把這個拿來了。」

他掏出一張皺巴巴的筆記紙。

「你不是叫我寫下二十四日的行動嗎？」

他伸到和彥鼻頭前，然後隨手扔到桌上。

「我寫了。可是，這有用嗎？」

健一伸長脖子一起查看筆記紙，大失所望。

首先，字醜得要命。明明是橫書，字列卻上下擺盪，光是要解讀寫些什麼就花了一番工夫，而且說到的內容，更是不忍卒睹。

「睡覺」、「遊藝場」、「不知道幾點」、「超商？」、「吃飯」，諸如此類。詳細交代的只有白天到傍晚，晚上八點以後只寫著「在家」。

「你記得七點半是跟你母親一起吃晚飯嗎？」

「吃了。」俊次打了個響亮的飽嗝，「時間不記得。」

「記得是跟你母親一起吃的嗎？」

「我媽不在啦，她去看晚餐秀了。」

那是記錯了。

和彥攤開筆記紙放在桌上，並且理平。

「你記得晚上九點左右，你父親帶了客人回來嗎？來打麻將的客人。」

俊次靈巧地揚起一邊眉毛，看向和彥。「這事之前是不是講過了？」

「我想再確認一下。你記得嗎？」

俊次又打了個飽嗝，搖搖頭。

「我沒看到客人。不過我記得我爸說今晚有客人要來，叫我待在家裡。只有這樣。」

二十四日晚上，俊次果然沒被叫去麻將房嗎？

「大出同學如果關在自己的房間裡，就不曉得有沒有客人進出，或是家中其他地方的情況嗎？」

俊次擺出齜牙咧嘴的討厭表情。

「沒辦法，我家是**豪宅**嘛。」

「可惜燒得一乾二淨了。」和彥回敬一句。

俊次凶惡地瞪大三白眼，眼角開始抽搐。

「我再問一次。十二月二十四日晚上，吃完晚飯後，你確實待在家裡，對吧？直到早上，一步也沒有外出吧？」

別撒謊——和彥連珠炮似地說：

「如果撒謊，我會知道的。我查證過了。」

霎時，俊次的眼睛變得全是眼白——健一看起來如此。聽說鯊魚在咬住獵物的瞬間，會整雙眼睛翻白。

「查證過？」俊次低吼：「什麼叫查證過？你跟誰查證的？」

俊次突然站了起來。椅子遭到波及，翻倒在地。

「跟我媽嗎？啊？是我媽嗎？」

他隔著餐桌抓住和彥，揪起他的衣領。

「混帳，你把我媽給扯進來，是嗎？明明叫你不要扯上她了！我都那樣拜託過你了！」

俊次把和彥從椅子上拖起來，猛力搖晃，感覺隨時都會動手揍人。健一發不出聲音，沒有膽量插手，也沒有力量阻止俊次。情急之下，他看到桌上俊次喝到一半的麥茶，便一把抓起杯子，朝俊次的臉上潑去。

當頭一杯冷水。

俊次被潑了麥茶，不停地眨眼。造成反效果了嗎？健一的心臟彷彿凍結了。這傢伙會變得更凶暴——

俊次拱起的肩膀垂了下來，接著放開和彥的衣領，一把推開他。和彥雖然沒有踉蹌跌倒，但手按在脖子上激烈地嗆咳。剛剛被懸吊在半空中，差點不能呼吸了。

杵在原地的大出俊次恢復人類的眼神，鯊魚的眼神不知消失到何處了。

「不是我們、把她捲進來的。」

和彥痛苦地喘息，「是你母親、自願協助的。她、很擔心你。」

因爲勉強說話，和彥像是再也忍耐不住，彎身乾嘔。健一飛奔過去，撫著他的背。

「眞是……」

怎會這麼慘？——即使如此，和彥還是笑。

「下次、你再這麼做……」

「先不要說話比較好。」健一打斷他，替他向俊次說：「我們會立刻辭職。」

俊次默默抓起T恤衣襬擦臉，然後扶起椅子坐下。

「昨天我爸……」

聲音實在太細微，幾乎就要消失，不僅是健一，連還在乾嘔的和彥都抬頭看他。

「又被警察叫去了。」

一大早就被叫去，直到六點多才回來——

「然後，這次換我們家叫來稅務士，三更半夜還堆著帳冊不曉得在幹麼。而且我爸三不五時就吼人。」

稅務士回去以後，大出的父親一個人關在房間裡，打電話出去。一下子厲聲大吼，一下子又壓低嗓音，講了很久的電話。

「現在的公寓那邊，也有我爸的辦公室。」

就在俊次房間隔壁。

「所以你昨晚沒辦法睡覺。」

和彥總算恢復正常呼吸，撐起身子說。

健一也察覺了。大出俊次總是這樣。一下子動怒，一下子大聲，一下子狂暴，然後又一下子狂笑。他們以爲那就是大出俊次原本的樣子，所以疏忽了，但現在的俊次不一樣。他內心充滿不安，不是平常的精神狀態。而且不光是自己的事，他也在爲父母擔心，才更容易被激怒。

這大概是因爲——爲別人擔心，是他頭一次的經驗。

「我覺得或許可以聽見我爸在講什麼……」

俊次伸手，一把抓起剛才健一潑空的杯子，把杯底按在耳朵上。

「像這樣貼在牆上……」

偷聽。和彥笑了，又嗆咳起來，健一也忍著笑，繼續撫摸律師的背。

「你聽到什麼了嗎？」

「我爸生意上的事，我完全聽不懂。」

不過是在講錢的事，他說：

「保險金還沒有下來。」

老爸是碰到麻煩了嗎？——俊次低喃：「這陣子也不給我零用錢了。」

我怕得不敢討，他說。

和彥露出「我沒事了」的表情坐回椅子，所以健一去洗手間拿毛巾來。

「我可以在這裡搞這些嗎……」

俊次呢喃，吸了吸鼻涕。

「公司可能不太妙了，或許我該去擔心那邊的事。畢竟我以後要繼承我爸嘛……」

「你又能做什麼呢？」和彥問，語氣冷靜得令人吃驚。「如果你父親的公司遇上危機，你有什麼可以做的事嗎？」

俊次吸著鼻涕，抓起T恤用力擦抹眼鼻。看來，他不需要毛巾。

「沒有吧？」和彥說：「如果沒有，你是不是專心證明自己的清白比較好？至少這樣可以讓你母親放心。」

俊次垂著頭，噘起嘴巴，趁人不備似地低聲說：「我一直很想問一次。」

「什麼？」

「你眞的是個欠扁的王八蛋，沒有人這樣說過你嗎？」

神原律師沒有回答。

俊次抬頭瞪著他。這次並不是找碴的態度，但這樣反而更糟糕。

「你自己也知道吧？你這人爛透了。腦筋轉得快，會耍嘴皮子，心眼又黑，比我這種人惡劣多了。」

健一的喉嚨乾得要命。

「還是你自己也這樣想過？你爸殺死你媽的時候，怎麼不連你也一起殺了？不然就是你爸上吊的時候，你怎麼不一起上吊算了？那樣搞不好你的人生會比較像話，不是嗎？」

連自己都沒有意識到做了什麼，回過神時，健一已把毛巾甩到俊次身上，朝他衝過去。不是毆打或揪住那麼帥氣的動作，頂多是亂抓一通，沒辦法造成任何傷害，只是讓俊次稍微嚇了一跳而已。俊次一下子就閃開，健一獨自摔在廚房地上。

但他還是氣勢洶洶，爬起來大叫。

「不許你這樣說！」

你沒有資格說這種話！沒人有這種資格！

「道歉！你道歉！道歉、道歉、道歉！」

他還想再撲向俊次，卻被人從後面架住了。不可能有別人，是和彥。

「不要擋我，王八蛋！」

健一甩開和彥的手，口沫橫飛地對著他叫：

「你幹麼讓他說那種話！幹麼擋我！你不生氣嗎？被他說那種話，你不生氣嗎？」

和彥的體格與健一相當，也不會閃躲他。健一抓住和彥，就像剛才對俊次做的那樣，抓住他用力搖晃。和彥完全不抵抗，任憑他搖晃。健一哭了出來，漸漸停止搖晃和彥，緊緊地抓住他，但很快鬆了開來，整個人無力地癱坐在地上。

「我想過……」

頭上傳來和彥沙啞的聲音，很勉強才能聽見。
「我一直在想，爲什麼只有我一個人活下來？」
所以——他說，聲音卡住了。
健一仰望著他。神原和彥毫無血色，面無表情。即使如此，他仍筆直站著，面對大出俊次。
「可是某個時候我醒悟了。」
與他面對面的俊次也臉色蒼白。
「其實我早就死了。」
跟著父母一起死了。
「所以在這裡的是幽靈，我是幽靈。」
柏木卓也對丹野老師提出的殘酷問題，在健一的腦中復甦。那孩子能夠珍惜自己的生命嗎？他能找到活下去的意義嗎？
「你的律師是個幽靈。」
和彥的眼珠子是乾的。
「如果你不願意就開除我吧，我不會主動辭職。」
彷彿這時候才發現，大出俊次一把扯下掛在肩上的毛巾扔掉，從廚房飛奔而出。玄關的門傳來開關的聲響。
「——今天是鬧內鬨的日子呢。」
和彥居然對癱坐在地上的健一笑著說：
「總之，休息一下吧。休息個半天應該沒關係？」
健一只是滿腔悲哀，幾乎喘不過氣來。

「爲什麼？」健一問。

爲什麼要做到那種地步？爲什麼要忍耐到那種地步？

他覺得即使問，也得不到回答。可是他想傾吐出來，所以開口：

「你當那傢伙的律師，有什麼理由嗎？那對你有什麼好處嗎？到底是怎麼回事？」

健一朝著地板發牢騷似地說：

「如果有理由就告訴我啊。不然我實在忍不下去了。」

和彥在旁邊蹲下來，所以健一撐起上半身。律師的眼睛仍是乾的，徹底地乾涸。

——是沙漠。

健一這麼想。這傢伙是在沙漠中徬徨的幽靈。

「我不想告訴你。」

「咦？」

「我不想回答，不想說。」

這就代表「有」，等於是回答「有理由」。

健一淚濕雙頰，嘴巴張著，彷彿被迷惑似地看著律師的側臉。他就這樣看了多久？

「那我不問了。」

健一自然地應道。因爲哭泣，聲音都啞了。可是說出口的瞬間，他就知道這樣回答是對的。只能這樣了，即使現在性急地要求回答也沒用。如果想知道這個問題的答案，健一只能跟著神原律師走下去。跟著他，看到最後。

然後，健一想起應該要說的重要的事：「我也不會辭職。如果你不願意，就開除我。」

兩人一起坐在餐桌下，望著彼此虛脫的神情。

「謝謝你。」和彥說。

健一忽然害羞起來，爬過地板撿起俊次丟掉的毛巾，擦了擦臉，順便擤鼻涕。

「得去見柏木同學的母親才行。」

和彥說著，站了起來。

「先洗把臉再去比較好。」

藤野涼子昨晚通宵未眠，是在思考該怎麼接近井口充才好。注意到的時候，短短的夏夜已天明，打開窗戶，涼爽的晨風吹了進來。對於即使開了一整晚的冷氣仍汗流浹背的身體來說，這風真是舒爽極了。

去年十一月十四日星期三，中午十二點半左右（午休時間），城東三中二樓的自然科教具室裡，大出俊次、橋田祐太郎、井口充三個人與柏木卓也之間究竟發生什麼事？

井口對這個問題的回答，也是在撰寫起訴書上不可或缺的，這是核心。這件事讓被告大出俊次對柏木卓也萌生殺意——即使不到決定性的殺意，但無疑令他對卓也火冒三丈，甚至讓大出俊次無法不懷著某種程度的計畫性，把卓也逼上絕路。

無論如何都要井口充吐實。

昨天涼子將這個方針完整告訴兩名事務官，結果佐佐木吾郎卻有令她意外的反應。

「我是了解小涼想做的事情的意義啦……」

可是，那是事實嗎？

「認定自然科教具室的事件就是動機好嗎？」

「不是認定，這是合情合理的推論。」

「只是推論吧？拿它來拼湊事件……」

「不這麼做就無法完成我們的角色。」

「我們只想向井口問出我們想問的事，對吧？或者說，要他說出我們想要他說的話？」

「是啊。」

「這樣做……對嗎？」

忠實的事務官佐佐木吾郎頭一次表現出躊躇。

「沒有錯啊。」

「要欺騙井口——不，騙他上鉤，對吧？告訴他，他不會有罪、他不在柏木同學過世的現場，所以不會有事。」

「我們沒有說他不在現場。從三宅同學的證詞來看，能夠確定的只有大出俊次一個人。」

所以才會只有大出俊次一個人被起訴。

「可是告發信上白紙黑字寫了三個人的名字啊？」

「那是淺井同學那樣說，所以當時那樣寫而已，並不是三宅同學目擊到那三個人。是聽來的。有些地方曖昧不清是沒辦法的事，只要能讓井口同學這麼認爲就行了。」

「——小涼眞的打算這樣唬他？」

吾郎更加裹足不前。不僅是忠實的檢察事務官，更是吾郎追隨者的一美也附和。

「審判可以這樣嗎？」

「**這場審判**可以。」

涼子堅定不移。

「你們回想一下。柏木同學過世的時候，會傳出大出他們是凶手的傳聞，就是因爲三中的學生都記得自然科教具室的事，所以我們也要回歸那個原點。不過，不只是依靠來自模糊印象的傳聞，而是根據事實，重新建構事件。」

兩名事務官也不是事到如今才要反對涼子，只是茲事體大，而且需要冒險，讓他們退縮了。

「我知道了。」吾郎說：「這果然是件大事。」

今天一整天，吾郎與一美應該都會忙著製作增井望的陳述書吧。因爲必須瞞著增井同學的家人進行，只能請他到佐佐木家來，但也不能待得太晚，所以或許一天做不完。

他們那邊的工作應該開始了。早上睡過頭，我也得馬力全開努力工作——涼子心想。

涼子熬了一整晚，並不只是在思考而已。她寫了一封長信給井口家，說明主旨與請託內容。她覺得比起打電話，用寫信的更好。她現在要直接上門拜訪，親手把信交給井口充的父母。

涼子穿戴整齊了。她穿上制服，仔細地束起頭髮，信件裝進書包裡。井口家經營的雜貨店在「萊布拉大街」裡面。她作夢也沒想過，居然有機會像這樣鄭重其事地拜訪那座購物中心。

店名很簡單，就叫「井口屋」。雖然聊勝於無地陳列了一些讓人聯想到「雜貨＝時尚小物」的流行商品，但如果用傳統上的稱呼，就是什麼都找得到的雜貨店。從廚具到打掃工具、拖鞋、洗潔劑、曬衣桿、橡膠長靴，什麼都賣。

雜亂地塞滿商品的貨架深處，是擺著收銀機的櫃檯。一對中年夫婦就坐在那裡。女性長得很像井口充，應該是他的母親。

母親先注意到涼子，露出驚訝的表情。正在寫東西的父親或許單純以爲有客人來了，手也不停地說了聲「歡迎光臨」，直到被母親用手肘撞了撞，才抬起頭來。

「妳是藤野同學？」母親開口，這下父親總算露出驚訝的模樣。

原來對方認識自己，那就容易談了。涼子恭敬地行禮。

她被帶到櫃檯後方小小的辦公室兼倉庫。裡面有折疊桌椅，空調不夠力，十分悶熱。

充的父親井口直武嗓音很高的地方頗像兒子。母親玉江留在櫃檯，但狹窄的兩處中間只以簾子隔開，對話應該聽得一清二楚。

涼子原本預測，最糟糕的情況有可能剛踏進店門就被趕回去，因此有些不知所措。結果不管是校內法庭、涼子擔任檢察官，還有這場審判作爲暑期課外活動，在北尾老師的監督下進行，這些事井口夫妻都一清二楚。

「聽說是十五日開庭？」

「是的，叔叔知道得眞清楚。」

「我們家會有三中的學生和家長來買東西。」

「我本來以爲兩位根本不想知道這次法庭的事。」

井口直武語氣曖昧地避開這個問題。

雖然順序顚倒了，不過涼子詢問充的傷勢。

「他一直在復健。現在還需要坐輪椅，不過慢慢好起來了。」

「可以見他嗎？」

對於這個問題，回答就沒有半點曖昧了。

「充不見三中的學生。」

不是「不讓他見」，也不是「他不想見」，而是「不見」。

「那麼，可以麻煩叔叔幫我轉交一封信給他嗎？」

井口直武摸了摸洗得皺巴巴的馬球衫衣領後，接過涼子用雙手遞出去的信。

「裡面寫什麼？」

「叔叔讀了就知道。」

「我們可以看嗎？」
「當然。」
井口直武拿著信，又摸弄馬球衫的領子一陣子後，把信塞進後褲袋裡。
「藤野同學。」
「是的。」
涼子直視慌張眨眼的充的父親，有一種自己真的成爲檢察官的錯覺。這個人到底在怕什麼？
「檢察官，妳主張充他們殺了那個叫柏木的同學，對吧？」
「不是井口同學，這次校內法庭中被起訴的只有大出俊次同學一個人。」
「可是，充是大出同學的跟屁蟲。」
沒想到父親居然會這樣形容兒子。
「如果大出同學幹了壞事，充也會一起。或者說……」
他不停拉扯馬球衫的衣領。
「充會被大出同學慫恿去做壞事。他會搶先去做，誰教他就愛拍馬屁嘛。」
說完後，他瞥了櫃檯一眼。
「二月害四中的一年級生受傷的時候也是。」
父親可以輕率地說這種話嗎？
「只是勒索一下，一半是覺得好玩。雖然後來有點鬧過頭，變成了那樣。」
還順帶辯解。
「這場審判跟二月的事件沒有關係。」
井口直武懷疑地窺探涼子的表情。

「信上寫了什麼？」

「我們想拜託井口同學。」

「叫充幫你們？」

「是的，希望他告訴我們眞相。」

父親的嘴巴又曖昧地蠕動。不是欲言又止，也不是在挑選措詞，設法說出想說的話。

涼子的心中浮現一個想法，就像一股模糊的不安。因爲從來沒有站在這邊的角度，所以看不見——不願意看見的景色也浮現出來了。

井口直武是不是在懷疑自己的兒子，跟柏木卓也的死有關？

充會被大出同學慫恿去做壞事——他剛才明白地這麼說。面對檢察官涼子，他沒說我們家的充跟柏木同學的事無關、他什麼事也沒做。明明這應該是一般父母會先說的話才對。

自從告發信隆重登場後，剛才涼子心中湧現的疑惑，是不是就一直籠罩著這個家？充的父母懷疑充可能又黏著大出同學，眞的害死了那個叫柏木卓也的同學。

宛如充老了三十歲、疲倦又厭世的這個父親，眼底是否隱藏著這樣的疑心？

「妳也會去橋田同學那邊嗎？」

「不會。」

涼子迅速斷定，又讓井口直武的小眼睛眨個不停。

「如果去找橋田同學，對井口同學就太過意不去了。」

對叔叔阿姨也是——她補充道。

「我們——唔，那件事達成和解了。」

表情苦澀地扭曲了。就涼子記憶所及，她從來沒有在校內看到井口充露出這樣的表情。苦澀、悲傷，這些是與大出老大的跟屁蟲無緣的感情。

可是，父母很痛苦。那充呢？現在的井口充呢？

「而且聽說同學都看到了，先動手的是充。」

「但結果很嚴重，橋田同學不應該那樣做。」

此時涼子必須徹底站在井口充這一邊，然而父親似乎沒有注意到她的顧慮。

「他們淨知道做些傻事。」

只會做傻事。

「橋田同學是傻子，充也一樣是傻子。我一直很擔心遲早會發生這種事……」

視線窺望櫃檯的方向。關於這件事，夫婦之間或許意見分歧。必須更加步步為營才行，涼子提高警覺。

「井口同學——」

「警方——」

發言重疊在一起了。涼子本來想問井口充怎麼說橋田祐太郎，但連忙追問：「警方怎麼了？」

「這場審判是警方發起的吧？警方怎麼說？」

刺探的眼神。如果一美在場，搞不好會怪叫「色老頭」。可是他的眼神沒有下流的意圖，只有懷疑與恐懼。都幾歲的大人了，居然害怕模仿檢察官的兒子同學——

「有這樣的傳聞嗎？說校內法庭的背後是警方在操控？」

「怎麼可能沒有？這是審判啊。」

結果是他自己這麼以為嗎？

「警方跟這件事沒有關係，我們是出於自己的意志舉行審判的，北尾老師的監督也只是形式上而已。」

井口直武的表情不變。他不相信。

「如果大出同學被判有罪，你們要怎麼做？」

尖銳卻缺乏抑揚頓挫的聲音，發牢騷似地繼續說：

「警方會出面把他逮捕吧？他們就是爲了這個目的才利用你們，叫你們辦什麼審判的吧？」

這不是「誤會」或「以爲」的程度了，完全是虛構幻想。這人猜疑心怎麼會重成這樣？

涼子太驚訝了，差點沒笑出來。如果我眞的笑出來，說出一切，這個父親會露出什麼表情來？

大出同學才不會被判有罪，他又沒殺柏木同學。那封告發信是三宅樹理捏造出來的，這些我們早就知道了。所以我們檢方只是在演猴戲罷了。

可是，爲了解開眞相，這齣猴戲是必要的。大出俊次一干人過去究竟做了多少壞事？爲三中和他的同學帶來多少災難？被害者之一的三宅樹理受了多麼深的傷？明知這一切的一切都有關，校方卻是怎麼樣地一再袖手旁觀？

爲了把這一切全部攤在陽光下，我們檢方刻意去抽了這支壞籤。這是一場一開始就知道會失敗的仗啊，井口同學的父親。

然後說到我個人，我深刻感到自己有和所有老師一樣，背負一直坐視不見的責任，所以我決定要相信三宅樹理的謊言。我決定盡全力站在她那邊，支持她一次。

我們是爲了藉由打敗仗來得到眞相才這麼做。

總不可能據實以告。從涼子的口中流暢地冒出來的，是正確的官方宣言：

「我們的目標是讓大出同學承認自己的所作所爲。只要達成這一點，我們不會懲罰大出同學的。因爲我們並沒有那種資格。」

「可是警察……」

「審判之後，我們不清楚警方會怎麼做。我們並未接受警方的命令或指導。」

然而，涼子毅然的宣言，似乎絲毫打動不了井口直武的心。她十分焦急，差點要多嘴地說「所以井口同學也不會有事的」。

「妳知道大出同學的父親被警方調查吧？」

話鋒忽然一轉。不，在井口直武心中，兩個話題被「警察」這個關鍵字連結在一起吧。

「好像相當不妙。」

他的下巴緊貼在邋遢又鬆弛的馬球衫衣領上，低吼似地說：

「那個人幹了很多胡來的事，終於山窮水盡了吧。」

涼子一頭霧水，「這是在說大出同學嗎？」

井口直武抬眼，狀似焦急地不停眨眼。「不只是俊次同學的事，生意那邊也是。你們不曉得嗎？沒聽警察說嗎？」

就說警方跟這件事無關了。涼子忍住想要反駁的衝動，只要別插嘴，他應該會自己說下去，說出那耐人尋味的後續。

「我們只從商榮會那邊聽到片段而已。可是，就算是這樣也聽得出來，大出先生終於要被繩之以法嘍。」

太誇張了，這種事可以跟國中三年級的兒子同學說嗎？

「商榮會是這一帶的工商團體吧？」

「你們家也加入了吧？」

他完全誤會了。井口直武不曉得涼子的父親，就是他口中再三提到的「警察」。或許他把涼子跟其他同學的背景搞混了。

「我們家……我父親是上班族。」

這段對話開始後，井口直武頭一次露出落空的表情。
「哦，這樣啊。」
他重新細細打量涼子。
「你們檢察官會這麼強勢，就是因爲有警方給你們撐腰吧？畢竟俊次同學的父親很可怕嘛，不是一般人能應付的。不過就算是他，這次八成也逃不掉了，所以你們才能放心地把俊次同學抓上法庭吧。」
話題又回到法庭來了，這下涼子總算逐漸理解。
大出勝與他的「大出集成材」現在由於某些嫌疑，成爲警方的調查對象，而且被追查得相當嚴。井口直武以爲這件事在校內法庭的相關者之間是眾所周知的事實。他認爲若非大出勝被逼到這種困境，大家那麼怕他，根本不可能敢發起什麼校內法庭。
涼子重新思考，這是驚人的情報。
機會只有這一次，沒有第二次了。井口充的父親會對她毫無防備，應該就只有今天而已。很難問。必須不被閃躲、不引起防備地詢問才行。
大出勝究竟是因什麼嫌疑而遭到警方追查？
「孩子的爸。」
彷彿一聲令下，井口直武和涼子同時轉向櫃檯。不知不覺間，井口玉江滿臉怒容地把頭伸進隔簾裡。
「不要講那種事。」
寶貴的機會溜走了。井口直武苦著臉，倒了嗓說：
「我知道。」
想要用力怒喝，就會倒嗓，這一點跟充一模一樣。
涼子的心臟也像是跟著翻轉過來了。

我會把信拿給充，不過我不曉得他會不會看，大概不會看吧。

——因爲他不想再跟任何事有瓜葛了。

雖然井口的父親這麼說，但井口充一定會看信。如果父母在家談論那種事（即使是偷偷摸摸的），充應該會對大出家周圍的種種情勢感興趣，也應該很好奇涼子他們的動向。不論充現在對大出俊次是什麼情緒，借用他父親的話「井口充畢竟是個應聲蟲」，沒辦法假裝仙人，斷絕對一切的好奇。

而且他還被父母懷疑。

各種思緒在腦袋裡滾滾沸騰，對話內容不斷重播，涼子全副心神都想著這事，走在「萊布拉大街」裡，兩次都差點撞到自行車。

大出勝是因什麼嫌疑而遭到警方追查？

這個問題雖然沒能問出口，但涼子心裡並非完全沒有底。

——不要插手。

父親藤野剛嚴厲叮囑的事。

——不許碰大出同學家火災的事。

房屋燒毀，俊次的祖母葬身火窟。

神原律師詢問她的「煙火師」。

——這是煙火師幹的。

父親告訴她，那是職業罪犯的縱火手段，然後相當訝異地問，神原同學是從哪裡打聽到這個字眼的？

沒錯，那天晚上和彥打電話來提到這件事以後，緊接著三宅樹理在她的父母陪伴下來到藤野家，她答應要擔任檢方的證人。這件事令涼子既驚訝又開心，結果把「煙火師」的事拋到九霄雲外了。

不管怎樣，在涼子的認知裡，縱火一事跟校內法庭無關。如果採信大出父子的證詞，就是有傻瓜對《前鋒新聞》的報導信以爲眞，內心扭曲的正義感失控，爲了替天行道在大出家縱火。雖然這一樣是難以原諒的行爲，檢方的立場還是不會有變化。

——不要插手。

涼子本來乖乖地聽從父親的話。

但演變成這樣，狀況又不同了。

我不能一廂情願地認定，不能只靠推測往前衝。涼子不是放任想像力奔馳，而是跑回家去。

幸好父親藤野剛在警視聽。

電話是父親的部下紺野刑警接的。平常他總會開一、兩句玩笑，今天不曉得是不是被涼子的氣勢嚇到，只說：

「等、等一下，他應該在會議室。」

在等父親接電話的時候，涼子坐立難安，不停原地踏步。兩個妹妹的房間傳來熱鬧的聲音。玄關散落著涼鞋和塑膠拖鞋，應該是朋友來玩吧。

「喂？」

聽到父親聲音的瞬間，涼子就像煞車壞掉似地一口氣說了起來。剛想要插嘴，她制止道：

「先聽我說完！」

說明完畢後，她氣喘吁吁。

「然後呢？」藤野剛問。

「別那麼冷靜啊，爸！」

「妳應該冷靜下來。妳到底在興奮什麼？」

「因爲消息都傳開了呀！爸知道，對吧？爸也是掌握了『煙火師』的事，才會叫我們不要插手吧？」

城東商榮會嗎？——剛覺得很麻煩似地呢喃，「嗳，沒辦法。在那種團體裡面，因爲會員休戚與共，這類風聲傳得特別快。」

等於是承認了。

「學校老師說了什麼嗎？」

「完全沒有，所以我才會嚇一跳啊。」

「這類現實勢利的消息，很難傳進校園哪。」

「爸！」涼子用力蹬地板，「說清楚啦！到底是怎樣？大出同學的父親是因爲縱火的事情被警方調查嗎？還是爲了完全不同的事？難道就像井口同學的父親說的，他眞的快被警察抓了嗎？」

別那麼大聲——剛罵道：

「瞳子和翔子在家吧？」

「她們跟朋友在玩鬧，聽不見的。」

話筒傳來父親噴出鼻息的聲音。

「妳問這些要做什麼？這些跟審判無關啊。」

「有關。情勢會不同，我會不曉得辯方將如何行動。」

妳想太多了——父親笑道：「難不成他們會向陪審員動之以情，說被告的父親被捕，很可憐嗎？神原同學不是那種好好先生吧？」

「反正告訴我啦！」

暫時沉默。

「妳怎會覺得爸知道？那不是爸負責的案子啊。」

「可是，你不是知道『煙火師』的事嗎？」

藤野剛又沉默了。

「那是發生在我同學家的事，爸身爲家長，不可能不感興趣。就算你裝作不在乎，紺野叔叔也會擔心，然後跑去向負責這個案子的小組探聽消息來告訴爸，這還用說嗎？」

事實上就是這樣吧，藤野剛嘆了一口氣。

「是啊，就是爲了縱火的事。」

冷汗倏地滑過涼子的背。任意想像、激動陳述很輕鬆，因爲那和遊戲差不多。可是，正視現實並不是遊戲。

「那是自導自演，大出社長是自己縱火燒了自家。」

「爲了什麼目的？」

「沒有建築物，那塊土地就容易脫手。而且，那塊土地和房屋在大出社長母親的名下。」

原來是過世祖母的財產。

「那是她的老家。她從出生就住在那裡，對吧？」

「沒錯，所以社長的母親對那個家有著很深的感情。屋子非常舊了，但聽說她連改建都不願意。」

可是，兒子大出社長想要賣掉那塊土地。

「是爲了取得擴大事業的資金。他一直說服母親，但母親本來就不願意，又偶爾會痴呆，完全無法談這件事。而且雖然有時痴呆，有時神智又很清楚，大出社長沒辦法當監護人管理母親的財產。即使要申請監護，許可下來也需要時間，『大出集成材』沒辦法等那麼久。」

「是資金調度困難嗎？」

「這也是原因之一。」剛忽然換了副口吻，「涼子，妳平常會仔細看報嗎？」

「怎麼突然問這個問題?」

「如果妳會看報，就應該明白才對。」

社會的景氣動向。

「這空前的景氣繁榮就要進入尾聲了，別說萎縮，會一口氣爆炸完蛋。」

大出社長想要搶在泡沫破滅之前再賺上一筆，豪賭一把。

「如果房子燒掉，就容易說服母親了。所以，大出社長僱用從事這類暴力行爲的職業罪犯。」

就是「煙火師」。

「之前我說過，那是故意招搖放火，以免造成人員傷亡的職業縱火犯。不過，他們會讓目標建築物燒得一乾二淨。從這個意義來說，很有良心。」

「爸是在說笑嗎?」

「才不是說笑。我是說，大出社長並不是因想要土地而意圖殺害老母親。」

原來是這個意思。

「大出社長的母親會過世，完全是不幸的巧合。聽說這件事讓大出社長相當痛苦。」

大出勝的驚慌，惹來了消防調查官與當地警察的疑心。再加上縱火的手法十分不尋常。

「自從地價飛漲，甚至被形容爲寸土寸金以來，類似的案子就增加了。」

剛說「煙火師」是炒地皮業者的同伙。

「引發火災，趕走不肯遷離的公寓住戶或是租借土地的人。如果造成傷亡，調查會非常嚴格，所以——」

「所以才開發出不會死人、不會讓人受傷的縱火手法，是嗎?」

就是這麼回事——剛說：

「不管怎樣，我們是職業警察。一旦知道手法，就會展開調查。這是在打地鼠啊。」

「既然那麼早就知道了，怎麼到現在都還不逮捕他們？」
「沒必要連這個都告訴妳。」
「如果爸不全部告訴我，我就要把井口同學的父親告訴我的事散播到全校。」
「妳啊……」
藤野剛粗厚的嗓音一旦倒了嗓，也會變得跟井口直武一樣尖銳。
「妳這是在恐嚇妳爸？」
「告、訴、人、家、嘛——」
涼子保證不會告訴任何人。
「對辯方也一樣保密嗎？」
「當然。這不是應該共享的情報。」
「妳不覺得大出同學很可憐嗎？」
涼子一時語塞，「現在的我不是該這麼想的立場。」
這頑固的丫頭——藤野剛苦笑，然後把聲音放低了一階說：
「我們想要連同介紹『煙火師』給大出社長的炒地皮業者一起逮捕。」
對警視廳來說，那邊才是眞正的目標。
「是那個業界當中的地下大型業者之一。」
「叫什麼？」
「『通用興產』。」
別說溜嘴嘍——剛的口吻變得嚴峻。
「就要收網了。預定從大出社長那裡，一口氣將『通用興產』的幹部一網打盡。而且……」

「而且？」

「那伙人背後有黑道，跟你們悠哉的校內法庭是不同銀河系的存在。」

涼子忍不住站直了。

「我知道了，我絕對會守口如瓶。」

「連對妳都口不擇言、亂說一通的井口先生，應該也不知道這麼詳細的內情。他大概以為是保險金詐欺吧。」

「不是你們故意對城東商榮會洩漏保險金詐欺的假情報，動搖大出社長嗎？」

沒有回答。這種想法太像推理小說了嗎？可是，警方不是都會用這種手段嗎？

「大出同學的父親為什麼要做這麼危險的事呢？」

還是沒有回答。

「不必勉強賣土地，不是也可以抵押借錢，或是說服他母親抵押房子嗎？」

藤野剛沉默著。

「連我都知道大出先生的公司非常賺，超有錢。大出同學身上穿戴的全是名牌貨。既然這麼有錢，應該怎麼樣都有辦法弄到事業資金——」

「涼子。」

「什麼？」

「人有時候真的會變得愚不可及。」

父親的聲音很嚴肅。

「身為公務員女兒的妳或許不懂，可是開公司或商店的老闆，很多時候看起來跟真實狀況是大相逕庭的。事業規模愈大，印象與實情愈是乖離。大出社長為了在景氣消滅前賭上最後一把，無論如何都需要一筆巨款。可是，他沒辦法用其他手段籌到資金。」

不——剛停頓了一下，接著像是領悟到什麼，慢慢地說：「他是栽進死巷，認定沒有其他方法了吧。」

我懂了——涼子回答，然後好一陣子握著話筒沉默著，直到「我懂了」三個字眞正沁入心胸。

一會後，她想到一件事。

「那火災之前的恐嚇電話呢？」

「妳想想看。」

接到電話的是大出社長——還有俊次。

「是大出社長拜託別人打的，對吧？」

所以，俊次相信那是眞的恐嚇電話，直到現在仍這麼相信吧。他被騙了。

兒子在學校被傳成殺人凶手，又在電視節目中遭到公審，大出勝暴跳如雷。他的憤怒應該不是假的。

然而，另一方面，他卻也利用了兒子的冤屈。

只要不曝光、不被發現，俊次就不會受傷。萬事ＯＫ。要怎樣去利用，又有什麼關係呢？

這是站在大出社長立場的想法嗎？難道就沒有大出勝這個父親的想法嗎？第一個想到可以利用俊次的嫌疑的是誰？是「通用興產」的人嗎？那麼，當時大出社長沒有生氣嗎？沒有叫他們不要把兒子捲進來嗎？

人有的時候會變得愚不可及。

「什麼時候——會逮捕？」

「不清楚。不過就快了。」

「我們的審判會先開始嗎？」

「很難說。」

「不可能等到我們的法庭結束吧？」

「絕對不可能。」

大人的社會可沒對你們寬容到那種地步——剛說。

「我懂了，可以了。」

謝謝爸——涼子說。

「爸現在占領了會議室，在調查資料。」

原來父親是一個人。

「我只是在自言自語，所以妳不用謝。可是，如果妳不守規矩，把聽到的這些自言自語隨意告訴別人，爸——」

「我知道保密義務。我是爸的女兒啊。」

掛斷電話後，答應保守的祕密沉重地壓了上來，涼子當場蹲了下去。

辯方相當幸運，卓也的哥哥宏之去了大宮的祖父母家，只有柏木夫妻在家。現在是平日的白天，正值壯年的柏木則之卻在家裡。即使是碰巧休有薪假，未免太湊巧了——健一這小小的疑心，一見到本人就冰釋了。因爲柏木卓也的父親顯然健康出了問題。他整個人瘦了一大圈。

兩人又被帶到那間客廳。應該是生前的卓也坐的位置擺著他的遺照，一家團聚的一角。夫妻背對卓也的遺照，並坐在一起。

「抱歉突然來訪，謝謝叔叔和阿姨肯見我們。」

和彥行禮，健一也急忙跟著做。夫妻並沒有特別防備的樣子，態度很溫和。

「你們是要爲大出同學辯護？」則之平靜地問。

「是的。」

「那麼，這……」

有什麼關係？——柏木功子委婉地制止丈夫：「大家都是卓也的朋友，跟那些電視台的人又不一樣。」

提到「那些電視台的人」時，語氣有一點苦澀。

「《前鋒新聞》，我和野田同學在節目播出的時候也看了。」

彷彿只需要告知看過的事實，和彥立刻改變了話題。

「不好意思……請問叔叔是因暑熱而消瘦嗎？」

柏木則之憔悴的模樣果然令人介意。

卓也的父親苦笑，「嗯，暑熱也是原因之一，不過血壓變得有點高。」

就像某段時期的股價一樣——他說。

「可是有時候會突然下降。」功子插嘴，「那叫劇烈波動嗎？雖然做了很多檢查，但都查不出原因。」

「結果還不都說是壓力的關係。」

「是叫自律神經失調嗎？」

健一心底倏地變冷。什麼壓力？當然是兒子過世以後的一連串紛擾。

過去他一直以爲，這次事件的被害者全是與他一樣的三中學生，以爲只有孩子們受害而已。

可是，這是錯誤的認知。如果孩子受害，父母當然會跟著受傷痛苦，柏木則之也一直痛苦到現在。而他一直強忍著，身體終於瀕臨忍耐的極限，發出ＳＯＳ訊號。

「對不起，叔叔身體不舒服，我們卻跑來打擾。」

「沒關係，反正我公司那邊請假，閒得很。等到開庭後，我想要每天過去旁聽。」

是對兒子同學說話的親切口吻，再摻雜一些敬語。雖然是孩子，卻是律師。健一感覺這一點也反映出他們複雜的立場。

「我也覺得不能把審判的事全部推給宏之。他還是學生，而且我們是卓也的父母。」

接著，則之垂下視線，又說：「雖然我們也不清楚能幫上什麼忙。」質感清涼的麻料襯衫衣領中露出的胸膛幾乎沒了肉，一片平坦。

「這樣跟卓也同學的哥哥不會起磨擦嗎？」

健一忍不住問。柏木夫妻面面相覷。

「磨擦？」

「唔，哦……」

「那是我們自己家的事，你不用擔心。」

看來磨擦已夠大了——健一察覺。

「謝謝。那麼，麻煩了。」

和彥從袋子取出的是那份通聯紀錄。他把通聯紀錄拿給柏木夫妻看，加上說明，單刀直入地連兩人剛想到的假設都說給他們聽了。

「去年的十二月二十四日啊……」

柏木功子將身體遠離桌上的清單，彷彿看到什麼可怕的東西。相對地，在和彥說明的途中，則之一度拿起清單仔細端詳，偶爾點頭。

「這上面的電話號碼，兩位認得嗎？」

則之把清單拿近功子。卓也的母親雖然看著清單，手卻依然蜷縮著。

「唔……全是不認得的號碼。」

夫妻回答的口氣都很不安。

「確實，我們家的電話……在那邊。」則之指著客廳角落的電話機說：「那是叫多功能電話嗎？現在家家戶戶都有，有傳眞功能，也有答錄機。有一台子機在卓也的房間。」

他們說只要守在電話機旁邊，搶在鈴響之前接電話並不困難。

「可是，媽媽，卓也那麼常打電話和接到電話嗎？」

柏木家的夫妻似乎也用「爸爸」、「媽媽」來稱呼彼此。

「他有時候會打電話。」功子歪著頭回答，「訂郵購的東西……或是想吃披薩的時候叫披薩。」

由此可以窺見卓也生活的一角。

「我想他沒有打電話給朋友，應該也沒有朋友打來。除非他像你剛才說的那樣打電話。」

也就是說，如果卓也像這樣撥打或接聽電話，柏木夫妻是不會發現的。

「這樣簡直就像是間諜。」

柏木則之望向兒子的遺照，又露出苦笑。

「我曾調侃卓也，說『你就連在父母眼中也是個謎團，其實是某國派來的間諜吧？』」

當然是玩笑話——這回他露出不帶苦澀的笑容。

「柏木同學怎麼回答？」和彥問。

「沒有回答。」

則之的笑容消失了。在他心中復甦的記憶就像酸鹼中和，當場把笑容抹消了。

「他對這類玩笑完全不會有反應。」

「從什麼時候開始？」

「上了國中以後吧……？他也不笑了。」

「笑」的相反詞是什麼？健一尋思起來。如同愛的相反詞不是恨，他覺得「笑」的相反詞不是「悲傷」，也不是「憤怒」。健一不知道答案。他不知道的那種感情化成表情，顯現在柏木則之的臉上。

夫妻互相補充，一起述說卓也內省、內向之處，還有不容易讓人親近的地方。但他們又覺得這是一種深思熟慮的個性，還有，至少卓也還在上學的時候，他看起來並沒有什麼重大的煩惱。述說有時候變成辯解或是辯護，但不管任何情況，都是源自親情與偏愛的解釋——健一這麼感覺。

他也覺得如果柏木卓也本人就在這裡，一定會用有些冷徹的眼神看著這麼談論他的父母。

不能說別人，我們家也是像這樣沒有交集。

「即使如此，太常一個人落單還是不好，」則之說：「所以我相當擔心，也想過要帶他去看所謂的青春期門診，但卓也不願意。」

和彥說：「柏木同學是不是知道自己不需要看醫生？」

柏木夫妻同時瞪大了眼睛。則之用一種「他怎能那樣斷定」的驚訝表情看著功子。功子突然說：

「聽說神原同學和卓也很要好？」

像是在向本人確認。

「我們從小學就認識，補習班也一起。」

則之點點頭，「噢，瀧澤老師那裡嗎？」

「我是小學五年級的第一學期進去的，一直待到補習班關門。」和彥回答：「跟柏木同學的話，應該是從第二學期後半一起上課。」

「對對對。」功子用力點頭。「搬到這裡之後，卓也馬上就聽到瀧澤塾的事。大概是在學校聽說的吧。然後，他很想進去。」

「可是，不是說柏木同學很快就不補了嗎？」健一問。

神原和彥的介紹人、三年B班的久野，確實是這麼說的。健一把手中的資料翻到前面確認。

——他是我小學五、六年級的同學。上國中以後，我們去同一所補習班，柏木也是。可是，他一下子就不補了。

和彥受不了似地開口：

「你幹麼連這種事都記起來？」

「我怕忘記，事後補記的。」

「眞是敗給你了。」

很難得地，和彥的驚訝持續了很久。

「跟你說好了，那只是久野那麼認爲，並不是正確的事實。柏木同學並沒有很快就不補了。那時候我覺得這種細節沒什麼好計較的，所以沒有訂正而已。」

和彥說瀧澤塾當時位在中央區明石町的公寓一室。前年十二月底關閉以後，老闆兼講師的瀧澤老師現在搬到浦和市內居住。

「聽說老師在那裡繼續開補習班。」

「你知道？」功子問。

「我們會互寄賀年卡。」

「這樣啊。老師好嗎？」

與和彥說話的柏木功子，口吻變得懷念。

「或許他知道卓也的事……」

「當然知道吧，電視新聞報得那麼大。」

夫妻說好了似地投以探問的眼神，和彥搖搖頭：

「我沒有接到任何聯絡，叔叔和阿姨也沒有嗎？」

被這麼反問，這次換夫妻倆搖搖頭。

「我們也沒有通知老師。」
這麼說來，我忘了瀧澤老師——爲時已晚，功子露出尷尬的眼神。
「老師那麼照顧卓也……」
「沒辦法，我們這裡一片混亂，老師也……唔……」
看來，這邊也有某些隱情，唯一的局外人健一乖乖沉默著。誰會解釋給我聽呢？
「在我進補習班的時候，瀧澤老師大概是四十歲左右吧？」和彥說道。
「他本來是國中老師，但他不願意在現今的學校體制內教書，便離開學校，自己開補習班。」
既然曾經在英明中學執教，一定是個優秀的老師吧。
「基本上他把學生分成兩班，一班是覺得學校進度不夠的學生，另一班是跟不上學校進度的學生。」
「眞極端。」健一陳述感想，「那個老師能夠同時應對這兩種學生？」
「嗯，瀧澤老師很會教，上課也很有趣。」
瀧澤老師開補習班是十年以前的事了，並沒有做什麼宣傳，以接近個人指導的方式授課，所以學生人數不多。但由於學生成績確實提升，逐漸打響名號，在和彥他們進去的時候，瀧澤塾已是學生家長圈子裡有名的熱門補習班。
「可是班級人數不多，所以卓也等了兩個月左右。對，沒錯。」
功子點點頭，望向卓也的遺照。
「這是卓也第一次主動想要參加什麼，甚至願意排隊等待。」
「他在補習班裡看起來很開心。」和彥說：「當然，柏木同學是那種個性，不會跟大家一起吵鬧或是混在一起，但他完全融入班級當中。對於瀧澤老師，他應該也不討厭。」
「我也這麼感覺。不僅不討厭，卓也很喜歡瀧澤老師，甚至可說尊敬吧。」

功子說，卓也即使面對家人也沉默寡言，但從偶爾的交談中，聽得出他對老師的敬慕之情。

「不過，那孩子就是那種個性，不會明白地說出口。」

那個柏木卓也尊敬的老師，這是值得一書的新事實。健一小心地不打亂現場氣氛，悄悄做紀錄。和彥看向健一，接著說：

「瀧澤老師教國英數三科，不過只要每個月繳固定的補習費，一星期要去幾次、上哪一科的課都行。剛才說的分班，只有小學班和國中班，出入是自由的。」

「你和柏木同學是『學校進度太慢』的班吧？」

和彥猶豫了一下，回道：「嗯。」

「我也覺得柏木同學其實很聰明，只是在學校裡不會認眞表現而已。」

「很像某人喔？」

這段對話柏木夫妻就是局外人了。而且健一功課並沒有好到，在小學五年級就覺得學校進度很慢的程度。

「那爲什麼久野會覺得柏木同學一下子就不補了？」

「因爲柏木同學都避免跟久野碰面。久野是個好人，可是有點……太歡樂了。」

言外之意就是，這樣說你懂吧？

「也不是歡樂，久野是那種很親人的個性，對吧？」

「是啊，不只是久野，學生一多，就得跟覺得吵鬧、或是感覺不合的學生處在一起。柏木同學討厭那樣。因爲那就跟學校沒有兩樣了。」

功子接過話：「雖然對瀧澤老師很抱歉，但卓也就是隨性，或者說任性……」

功子說，卓也請老師在補習班上課以外的時間也指導他。

「瀧澤老師很習慣這種事了。」和彥對功子說，然後看向健一。

「補習班本來就可以自由進出，那也不算多特別的待遇。我一有空就會去，所以常碰到柏木同學。」

原來如此，健一漸漸懂了。

——可是，這樣的話……

久野說「神原和柏木沒什麼交情，所以不會有成見」，是不是微妙地偏離事實？兩人的關係是不是要再親密一點？

補習班裡有跟自己不合的學生，討厭吵鬧的氣氛，所以請老師個人指導。會選擇這樣做的人，對於普通的學生而言（比方說健一自己），才是「討厭的傢伙」。感覺不好打交道，想要敬而遠之。然而，和彥沒有這麼做，他經常與柏木卓也碰面。那會不會並非因為可以忽視，所以不在乎，而是更積極的，因為波長吻合所以待在一起？

健一沒有把這樣的疑問表現在臉上或說出口，低頭動著鉛筆。結果靜靜聆聽對話的柏木則之，忽然開口：

「你來參加過卓也的守靈式，對吧？」

他微微歪頭注視著和彥。

「我從剛才就覺得在哪裡見過你。很小的時候姑且不論，但卓也到了上補習班的年紀以後，就沒有帶朋友來過家裡，而且就算有，我也沒有機會看到，所以我一直思索是在哪裡看過你。」

「是的，我去上過香。」和彥回答，「我聽久野說的——啊，剛才一直提到的久野同學，是三中的學生。」

「這樣啊，謝謝你。」

「爸爸，你記得眞清楚。」功子也感到吃驚，「只是在守靈式上看過吧？我就不曉得神原同學呢。沒見過，也沒有聽卓也提過。」
他從來不聊他的朋友——功子又有些不甘心地呢喃。
「是啊，不過我明白爲什麼了。」
柏木則之細細地端詳和彥，微笑道：
「我不曉得這樣形容好不好，不過你跟卓也有點像。不是說臉型還是身材像，而是氣質，所以我才會記得吧。」
健一刻意垂著頭。他專注地在筆記本的角落寫下柏木則之剛才的發言，努力不想多餘的事。
「卓也沒什麼朋友，是個孤獨的孩子。」
柏木則之的語氣很平淡，不是爲這件事哀悼或傷悲。
「可是，那孩子並沒有爲這件事煩惱的樣子，所以我也沒有想得太嚴重。因爲我自己就不是個社交型的人，甚至可說是討厭人。我從小就是這樣，現在也是如此。」
對於丈夫的話，功子沒有表示任何意見。
「即使如此，那孩子不願上學的時候，我第一次慌了，完全慌了。雖然之前聽到那孩子在學校跟招搖的不良集團大打出手的時候也非常驚訝……」
「那場爭吵發生在去年十一月十四日。」和彥插嘴，「爭吵的對象是大出同學、橋田同學、井口同學三個人，地點是自然科教具室，午休時間。關於這件事，柏木同學怎麼對兩位說明？」
和彥的語氣突然變得公事公辦，柏木夫妻嚇了一跳吧。他們對望，狀似困惑。
「聽說他遭到糾纏，想要把他們趕走，結果吵起來了。」
和彥看著柏木功子眼神，像是在確定：這樣沒錯吧？
「我也只聽他這樣說。」功子回答。

「事後，津崎校長和學年主任的高木老師到家裡來說明狀況，內容也是一樣。」則之接過話。

「大出同學他們經常開那種惡劣的玩笑，或是糾纏別人，對吧？」功子問。

「兩位知道柏木同學對他們三人掄起旁邊的椅子嗎？」

「雖然聽說了……」

柏木夫妻的臉龐首次罩上陰影。

「那究竟是不是真的，我到現在都還十分懷疑。畢竟卓也不是會做那種事的個性。」則之說。

確實，指控柏木卓也掄起椅子發飆的只有那三個人，趕到的老師和學生都沒有看到現場。

「後來柏木同學就不去學校了。」和彥接著說，「所以怎麼樣都會覺得是那場爭吵導致他拒絕上學，他本人怎麼說？」

夫妻倆對望，與其說是商量，更像是互相推讓，然後功子回答了：

「老師們也問了很多次，可是卓也都說跟那件事沒有關係。」

「連契機都不是嗎？」

「他只說對於學校他感到累了，無法奉陪。這件事我也跟校長說過了。」

「津崎老師，對吧？」

「對，已辭職的老師。」

被革職的前任校長。

「卓也說會自己好好念書，也打算上高中，叫我不必擔心，他有好好考慮將來。然後我也跟老師商量，老師說與其現在勉強他上學，倒不如等一段時間，看看情況。拒絕上學的理由也一樣，就算現在不想說，總有一天他會願意吐露吧。津崎老師是這麼說的。」

柏木功子的表情短暫地沒入陰影，形成陰影的是後悔與自責，那陰影清楚到連她一半的歲數也沒有的野田健一，都看得出來。

「那個時候……如果更積極地勸他，就算卓也不願意，也硬要他說出心事，設法解決的話就好了嗎……」

健一似乎快要被拖著一起陷下去了，然而和彥不同。他維持公事公辦的態度，淡淡地說：

「告別式出棺的時候，叔叔說了一段話，聽起來像在暗示柏木同學是自殺。」

則之瘦削的肩膀垮下來。

「當時我只能這麼認爲。」

「叔叔是否察覺什麼徵兆？」

「不，沒那麼具體，怎麼說……」

憔悴的父親尋找話語，和彥眼睛眨也不眨地盯著他。看起來像是在責備，也像是在渴望答案。

「卓也本來就很沉默，感情表現不豐富，而且也不笑。可是，那時候別說笑了，感覺就連表情都漸漸消失不見了。不管什麼時候看到他，都是一臉倦怠，很睏、很無趣的樣子。」

「可是，他從來沒有遷怒我們，或是對我們動粗。」

功子匆匆地說，彷彿在辯解，拚命地希望兩名國中生理解。這景象對健一來說不僅是尷尬，更讓他心痛到幾乎想要逃走。

「世上或許有很多這樣的例子，但卓也不一樣。他對我們的態度一點都沒有變。他只是露出抑鬱沉思的樣子。」

「所以，當時你們認爲他是自殺？」

和彥直接到讓人想責備「你就不能說得客氣一點嗎？」。

「後來《前鋒新聞》的茂木記者出現，所以狀況還有兩位的想法都改變了嗎？」

他們居然沒有動怒大罵：神原同學，你客氣點！

柏木夫妻完全被壓在底下，拚命思考，努力回答。

「我們確實反省了。我們對卓也和學校的關係太無知、太馬虎了。」

「我們心想，或許在我們不知道的地方，卓也真的被捲入什麼麻煩。」

「所謂的麻煩，具體上是指那三個人的霸凌或者恐嚇，對吧？」

夫妻狀似害怕地同時垂下目光，點點頭。

「柏木同學沒有傾訴過，他受到那類迫害嗎？」

「要是有我早就想辦法了！」

柏木功子的聲音頭一次變得激昂。

「我絕對不會坐視不管。我怎麼可能坐視不管？我是他的母親啊！」

眾人一陣沉默，直到高亢的抗議吶喊的殘響消失。

「冒犯了，對不起。」

和彥低頭行禮。可能是就此決堤了，柏木功子按住眼頭。

「你……沒有聽卓也提過什麼嗎？」

柏木則之問和彥。不是反擊，不是反擊的語氣或表情。然而，和彥卻像被不偏不倚地戳中最痛的要害，然後不願被人發現似地，瞬間全身一僵。健一察覺了。

健一屏住呼吸，不讓和彥發現自己察覺了。

和彥緩慢地小聲回答：「瀧澤塾關門以後，我和柏木同學的往來也斷了，所以……」

這樣啊——則之嘆息。

可是和彥沒有說，他沒有說「我和柏木同學並不是可以商量這類心事的關係」。比起他的回答，健一覺得他沒說的部分更重要，胸口一陣難受。

是我太多心了嗎？我從剛才就感覺到了。這個身體某處的天線捕捉到了。神原律師比柏木夫妻所想像的更了解柏木卓也，以及柏木家的內情。

若非如此，他能像這樣提問嗎？如果對卓也一無所知，一定會從更外圍的地方、更迂迴地探問吧？和彥不必費那種工夫，因爲他不需要，難道不是嗎？

健一腦中浮現不到一小時前的情景。對話重現。

——我不想回答，不想說。

神原和彥懷著什麼想法、爲了什麼而身在此處？

當時健一說不會再問了。既然這麼回答，他不會再問第二次，所以只能自己思考。即便只是妄想。

「我也想過是不是有什麼能夠幫上忙的地方？現在我仍這麼想。」和彥低喃。

「謝謝你。」

「可是，我現在卻在幫大出同學辯護，眞是奇怪。」

「我們已從北尾老師那邊聽說事情的原委，你不要介意。」

柏木則之安撫和彥，鼓勵似地對他微笑。他眞是個好人，是個理解孩子的好父親。柏木卓也，有這樣的人當你的父親，你還有什麼不滿的？

「你們想要親手解開眞相，對吧？卓也並不會因此重回世上。雖然不會，可是……」

他哽咽了一下，說：

「可是我和內子都很高興。爲了卓也，大家像這樣——聚在一起。我要向你們道謝。」

和彥垂著頭不動，健一行了個禮。

「我不禁想，要是瀧澤老師在就好了。」

柏木功子語帶哭聲。她的眼睛通紅，眼角濕潤。

「那樣的話，卓也就不會一個人鑽牛角尖想不開了。」

「別這樣，事到如今說這些也沒用了。」

即使被丈夫勸阻，她的淚水還是止不住。

「瀧澤塾關了，對柏木同學一定也是個打擊。」

和彥的語氣有著某種自信，堅決到幾乎沒有必要反問爲什麼。柏木夫妻也感受到了吧，柏木功子用有些刺眼的眼神看和彥。

和彥逃避似地別開目光，「因爲我們每個人都受到很大的打擊。」

「是嗎……」

「我到現在都還是覺得很遺憾，眞的。」

身爲局外人的健一，默默聽著似乎是三人共同的想法。他內心不安地騷動著，一直以爲只是連結和彥與卓也的「地點」的補習班，一下子有了巨大的存在感。

「之前和大家一起來打擾的時候，我們也見到柏木同學的哥哥了。」

和彥重新坐好，「從那個時候的印象，還有在《前鋒新聞》的訪談上聽到的感覺，卓也同學的哥哥好像在懷疑大出同學他們。」

這次則之眞的是在要求商量似地看向功子，但功子低著頭，用面紙擦眼睛。

「是、啊……」

他的聲音扁塌，似乎難以回答。

「宏之似乎深受那個叫茂木的記者看法影響。他想得太多，反而更迷惘了。」

「叔叔和阿姨不一樣嗎？」

「嗯……」

停頓了相當長的一段時間。

「我們不曉得。」柏木則之說：「身為父母，這真的很窩囊，可是我們不曉得。我們覺得是自殺，可是如果被指出有其他原因，也覺得或許如此。我們立場搖擺，舉棋不定。」

柏木卓也在父母的眼中，是個神祕的孩子。像個間諜，有著許多祕密——

「無論原因是什麼，我們失去卓也的事實仍舊不變，還是背負著無法阻止的責任。所以，我們實在不懂——沒辦法輕易地覺得我們懂。」

「宏之他……」功子抬起淚濕的臉，面紙被揉成一團。「因為卓也身體不好，還有他上的學校的關係，沒有跟我們住在一起。他們兩個年紀相差很大，所以宏之覺得自己有責任，也感到憤怒。」

憤怒嗎？卓也哥哥會那樣鬥氣，根源是憤怒嗎？健一心想。我覺得不只是這樣，是因為身為獨生子，我不了解兄弟之間的關係嗎？

「可以請兩位在法庭上作證當時還有現在的心情和想法嗎？」

和彥問，交互看著柏木夫妻。

「當……證人嗎？」

「是的。只是重複今天我在這裡請教的問題而已，不需要特別配合我們的意向。」

「我們本來就準備要去旁聽。」功子說：「不能只去旁聽嗎？我們能說什麼？我們什麼都不知道啊。」

「那麼，只要說不知道，現在心情仍搖擺不定就行了吧。」則之說。

「可是，爸爸——」

「這是表達我們想要知道真相的大好機會啊，比上電視要來得好多了。」

則之的表情漸漸恢復了生氣。

「不過，如果答應我們的請求，兩位就成了辯方的證人。」
大出俊次三人沒有殺害柏木卓也。卓也的死是自殺或意外——是如此主張的一方的證人。
「這麼一來，卓也同學的哥哥一定會反對吧，或者是檢方有可能要求卓也同學的哥哥擔任證人。那樣的話——」
「我們家會分裂……」
「是的。」
柏木夫妻不再對望。功子壓抑眼淚，則之拱著瘦削的肩膀，沉思一會後說：
「這也是沒辦法的事。如果是解開眞相的必要程序，宏之會理解吧，我們也會坦白回答。」
相較於表情，則之的語氣非常俐落果決。
「剛才說得很曖昧，不過我和內子還有宏之之間，曾因《前鋒新聞》那個節目而意見相左。但我覺得不管怎樣，這遲早都是必須好好詳談的問題。」
「叔叔對《前鋒新聞》的哪個部分感到排斥？」
柏木則之撇下嘴角，皺起眉頭。
「那個節目透過電視這種強勢的媒體播送到全國，卻幾乎沒有一點像樣的保留空間，直接認定大出同學他們是凶手，對吧？明明沒有任何證據。」
「節目主張不對的是城東三中遇事隱瞞的態度，還有息事寧人主義。」
「就算是這樣，也等於口咬定是他們殺死卓也的。我覺得做到這種地步，令人不敢苟同。採訪的時候，我也對茂木先生這麼說過。」
則之皺著眉，微微聳了聳肩說：
「內子的訪談也是，原本是更長的對話，如果整段訪談看下來，印象不應該會是那樣吧。我們沒想到會被剪接成那樣。」

確實，在那個節目中，柏木功子看起來像在悲嘆城東三中這個「體制」殺害了自己的孩子。

「茂木先生是不是也在採訪這場審判？」

「不，這一點不用擔心。」

「眞的嗎？我們受夠媒體了。我也會向北尾老師好好拜託，畢竟這場審判是屬於你們的。」

不是別人，而是柏木卓也的父親親口說出這些話，健一記錄下來的時候，感到胸口一熱。

欸，都有這麼棒的爸爸了，你到底還有什麼不滿？

眞想趁柏木卓也還活著的時候抓住他這麼問，健一心想。

開庭前我們會把提問內容整理成書面送過來。拜託了。

直到最後和彥都維持公事公辦的態度，離開了柏木家。健一默默跟在後面。

「瀧澤老師爲什麼把補習班關了？」

健一還是忍不住想問。

「聽起來不像是資金困難之類的原因，是出了什麼事吧？」

和彥頭也不回地快步走著，反問：「爲什麼這麼覺得？」

「剛才的對話讓人感覺內幕不單純。」

「去問久野怎麼樣？他很清楚。」

健一噘起嘴走著，直到和彥回頭看他。

「沒人告訴你一直擠出那種怪表情，會變不回來嗎？」

「又不是幼稚園小朋友了，誰會被騙。」

和彥放慢腳步，和健一走在一起。

「醜聞。」他簡短地說。

「怎樣的？」

「很多。什麼在英明有門路、收高價幫忙走後門入學之類的。」

「都是假的吧？」

「用不著做那種事，瀧澤老師只要認眞起來，本來就可以讓眞心想進英明的學生考上。」

眞討厭的流言——健一咕噥。

「還有更討厭的，說老師跟學生家長外遇什麼的。」

「什麼跟什麼啊？」

「瀧澤老師很嚴格，所以那些根本不想念書，只是聽到補習班的名聲就跑來的學生，一下子就會被老師趕出去了。所以惹來一些家長懷恨在心，應該樹敵頗多吧。」

他說也有同業的敵手。

「補習班的世界因爲過度競爭，非常辛苦。而老師是一匹狼，不喜歡與人結黨，沒有同伴。或者說，他不想要同伴。所以一旦碰上那種局面，就算是無憑無據的中傷，殺傷力也很大吧。要證明莫須有的事眞的是莫須有，非常困難，最後老師不得不把補習班收掉。」

健一忍不住說：「很像呢。」

「咦？」

「柏木同學會喜歡瀧澤老師，是不是因爲他跟自己很像？」

「一匹狼，討厭成群結夥。

「神原同學一定也是。」

「我又不是一匹，眞傷心。」

健一本來想繼續嘔氣，卻忍不住笑了，可是他立刻恢復一本正經。

「瀧澤塾關掉是很重要的一件事呢，或許這跟柏木同學的自殺有關。」

和彥沒有回話。

「能不能請瀧澤老師擔任證人？就算跟他談談也好。可以聯絡上他，對吧？或許柏木同學在死前找老師商量過什麼。」

補習班關門是前年十二月底，卓也死亡是去年十二月二十四日。一年的間隔是長是短，端看各人解釋，但健一認爲不到可以斷定無關的長度。

「如果可能，我不想把瀧澤老師捲進來。」

和彥的語氣消沉到健一不敢問爲什麼。

「會讓他想起不好的回憶。」

「可是……」

「大概也沒必要。如果想問補習班的事，找久野也行。」

健一沉默了，但他在內心揮動著記錄的鉛筆。

我對神原律師說「我不會再問了」，所以我不問。

不過我可以自己調查，要是無論如何都想查的話，要是那種局面到來的話。我必須好好記住這件事。

「好熱啊。」

拜訪柏木家時，兩人都把襯衫最上面一顆釦子好好地扣起來。和彥忽然想起似地解開釦子，鬆開衣領，揮手搧風發出呻吟。

「最好注意一下。」

「注意什麼？」

「脖子那裡。破皮了。」

健一用手在脖子上畫了一圈，是被大出俊次勒住的痕跡。

「要是不小心被看到，你媽媽會擔心的。」

兩人默默走了一會。

「謝啦。」

和彥說著，重新扣好襯衫鈕釦。

下午五點多，佐佐木吾郎與萩尾一美意氣風發地來到藤野家。母親邦子也回家了，妹妹們又很吵，所以三個人在涼子的房間開會。

「來，禮物。」

一美把有可愛印花圖案的紙袋擺到桌上。

「吾郎媽媽親手做的甜甜圈，這是小涼的份。」

這令人想問「你們是去做什麼的」，但他們說成果斐然。

「望同學很聰明呢。」

「但只有一天還是沒辦法。加上製作陳述書的時間，還需要兩天。」

「完全沒問題。那份陳述書很重要。」涼子說：「剛好我可以趁這段時間跟三宅同學商量。」

吾郎微微睜大眼睛看涼子，「井口那邊怎麼樣？」

開始討論之前，涼子先確定房門鎖好了，然後向兩人招手，把椅子靠在一起。

「我想，要你們不吃驚也難。」

一旦開始述說，涼子自己要壓低聲音都很困難。兩名事務官性別、體格和長相雖然不同，卻雙胞胎似地露出一模一樣的表情，聽得入迷。

他們不禁戰慄，涼子這麼感覺。

「自導自演？」吾郎呢喃。

「煙火師？」一美的眼珠子轉了一圈。

「我爸也眞是的，既然知道這麼重要的事，怎麼不早一點告訴我嘛。」

涼子罵道，兩名事務官面面相覷。

「這、這樣不會很糟糕嗎？這等於是洩漏調查機密耶。」

就算是父女──吾郎支支吾吾起來。

「大出同學有點可憐。」一美呢喃，然後補充「只有一點點」。

「最可憐的還是他過世的奶奶。」

「這等於是自己的父親害死了自己的祖母耶，大出眞的夠可憐了。」

吾郎沒有說「殺死」，而是說「害死」，很像他的作風。

「爲了收購土地的糾紛而演變成殺人命案，還有什麼爲了趕走公寓的住戶，黑道進占，這些我在電視新聞上看過。」

但沒想到會發生在身邊。他們一直覺得那是「社會」上發生的事，跟這個小鎭無關。

「我們家和一美家都是上班族，就像小涼的父親說的，完全不清楚生意還是經營方面的事。」

無法理解動機有多迫切。

「可是，既然商榮會的人都在傳了，大出社長應該眞的快被逮捕了。就是因爲到了這個階段，小涼的父親才會告訴妳吧。」

「還是要保密喔。萬一被辯方知道就糟了。不曉得會被他們怎麼利用。」

結果一美露出天眞無邪的表情說：

「搞不好他們早就知道了。」

如果是神原同學的話，很有可能。

「他都查到『煙火師』了，不是嗎？從煙火師查起，不就只差一步了嗎？他是不是掌握到某些跟我們不同的其他消息來源啊？」

瞧妳說得多了解他──吾郎奚落道。

「吾郎不曉得嗎？辯方的兩人現在可是迅速竄紅，大受歡迎呢！」

一美用力伸展雙手說：

「尤其是女生，都好關注他們，連啦啦隊也增加了。人一多，就容易蒐集到消息，對吧？難道不是嗎？」

「那也要看那些人有沒有用吧。」吾郎很冷漠，「如果都像跟妳要好的那群人一樣，花痴一堆，就算來一百個，也比一堆跳蚤更沒用。」

「好過分！」

確實很過分，而且一美的說法也有道理。就像涼子有藤野剛，或許神原和彥也有某些提供消息的管道。

「會是大出同學的律師嗎……？」

是叫風見律師嗎？

「顧問律師熟悉大出家的內情是理所當然，也有可能和我爸忠告我的理由相同，忠告神原同學。」

不要插手縱火的事。

「他總不會……去拜託森內老師僱用的調查事務所吧？」

吾郎呢喃，涼子揮揮手說：「那不可能。他都來問過我有沒有要拜託他們查什麼了。」
「搞不好那是煙霧彈。」
神原野田搭檔有奸詐到那種地步嗎？
「欸欸欸，可是那件事真的超勁爆的。」一美插進來說：「小森森被隔壁家的女人騷擾！居然真的有那種事！超震撼的啦！」
吾郎抓起甜甜圈的袋子，塞到一美的鼻前說：「拿去吃，專心吃，妳別說話了。」
「好啦、好啦。」涼子安撫兩人，說明森內老師要擔任辯方證人的事。
「小森森要在法庭上證明自己的清白呢。」
「嗯。雖然由我們這邊來也可以，不過讓辯方傳喚感覺比較自然。」
一美照著吾郎的吩咐乖乖吃著甜甜圈，然後說：「就算告發信的事是冤枉的，也改變不了小森森是個沒用老師的事實嘛。」
「妳幹麼一直強調那件事？明明之前跟小森森混得那麼好。」
「那只是裝的啦，是女生的處世之道。」
一美在意外的時機吐露真心話，涼子也很明白。
「確實，森內老師有很多不周到的地方。柏木同學的事也是，至少自然科教具室的事她處理得並不好，而且她也沒有發現三宅同學被大出同學他們欺侮的事。」
「不是沒發現，是視而不見。」一美說：「小森森對那種事很冷酷。」
三宅樹理不是森內老師會喜歡的那種學生。
涼子說：「雖然想在法庭上追究這件事，但如果太過深入，反而不好解決。」
聽起來會變成三宅樹理有動機捏造告發信，去陷害大出俊次等人。

「這樣啊……」吾郎板起臉來，「很難拿捏。」

「嗯，所以這部分要適可而止。」

現在首要的問題是該如何處理井口充的事，涼子說不能催他。

「井口同學應該也知道大出社長就快被逮捕了。所以，他父親雖然那種態度，但我認爲井口同學協助我們的可能性很大。因爲如果大出社長不在，就沒有什麼好怕的了。」

「意思是，就算我們不在旁邊催促，他也有可能主動協助？」

「嗯。我想這邊可以抱著慢慢等到開庭日前的心態來。如果大出社長在那之前就被逮捕，應該可以更快搞定。」

說完之後，涼子暗想「我也是很黑心的」。

「橋田怎麼辦？先把他拉攏過來，是不是比較安全？」

吾郎也好不到哪裡去。

「我覺得橋田和井口不一樣，不會那麼容易就中我們的計。」

「是啊，所以不用管他沒關係。」涼子說。

「他可能會變成辯方的證人。」

「到時候再說也行吧？我認爲橋田同學不會行動，他一定兩邊都不會幫。」

而且橋田祐太郎在事情演變成這樣以前，就試圖疏遠大出俊次了。事到如今，他不可能再來蹚渾水。

「就算橋田同學出面做出與井口同學不同的證詞，也不會怎麼樣。用不著怕那種人。」

小涼好強勢——吾郎眨著眼說：

「我生氣的對象不只是井口同學而已，橋田同學也是同罪。他們讓增井同學碰上那種事，卻沒事人似地逍遙到現在。如果橋田同學要參與這場審判，表示他有付出代價的覺悟。我會毫不客氣地對付他。」

「不是利用就是對付。」一美也咬牙切齒地說：「我也好想把他們打得落花流水。人家也想幫望同學報仇嘛。」

「什麼報仇，瞧妳神氣的。」

一美「欸嘿嘿」地笑了一下，忽然表情一變，「我——一直很介意。」

三宅同學沒問題嗎？——她問。

「什麼東西沒問題？」

「她不會突然改變心意嗎？或是到時候跟事前說的不一樣。」

關於這個問題，兩名事務官似乎討論過。吾郎也望向涼子。

「如果我是三宅同學，看到小涼這麼拚命，可能會有點怕。」

對於要撒謊到底。

「沒問題的。」涼子回答，「三宅同學沒有改變心意。」

吾郎的眼神變得像在刺探，「目擊到命案的不是自己，而是淺井同學的主張，也沒有改變？」

「嗯。」

這樣啊——支援大師吾郎露出窘迫的表情。

「三宅同學很堅定。」涼子說：「她相當堅強。」

「淺井同學會不會出現在三宅同學的夢裡？」

「妳說什麼白痴話啊？」

「要是我就會夢到。」

因爲太內疚了——一美變得小聲。

「可是，不能老想著『如果是我』、『如果是我呢』。畢竟每個人都不一樣。」

「妳偶爾也會說中肯的話嘛。一美，妳終於長大了。」

「吾郎才沒資格說我。欸，小涼，這是什麼？」

一美把手伸過甜甜圈袋，摸了摸涼子攤放在桌上的文件。是柏木宏之送過來的通聯紀錄清單。

「我還沒仔細看……」

我看、我看──吾郎探出身體，「十二月二十四日，只有一天，怎麼這麼小氣？至少也調個一星期……」

打趣的話聲突然沉了下去，涼子也明白了理由。

「這是怎麼回事？」

「這戶人家電話好多喔。」一美說。

「少說得這麼悠哉，這不對勁啊。」

沒錯，不對勁。

「有人一直打電話給柏木。」

檢方完全依著今天上午辯方經歷的過程，得到相同的結論。

不過，檢方很幸運。發話來源不明的五個號碼中，有三個當場就查到地點。是公共電話。他們碰到有行人對響個不停的電話感到疑惑（或是嫌吵），接起了話筒。是下午十二點四十八分、下午三點十四分，以及晚上七點三十六分的電話。各別位在秋葉原車站內、赤坂郵局旁的路上，還有這個小鎮的小林電器行門口的電話亭。

秋葉原與赤坂的電話是路人接聽，告訴他們地點。秋葉原接聽的是年輕男性，赤坂是一個聲音乾啞的老婆婆，她生氣地罵：「不可以這樣惡作劇！」

小林電器行前面的電話，是自稱小林電器行老闆的叔叔接聽的。

「你們也是三中的學生啊。是不同一批人？」

涼子把話筒按在耳邊，回望事務官們說：「辯方也打過了。」

然後，她對話筒說：「是的，我們是另一批人。爲了暑假作業，我們正在進行某項調查。」

老闆性急地接著說：「如果是來這座電話亭的你們這年紀的孩子，我非常清楚。因爲三更半夜在這種地方打電話、接電話，絕對不是在幹什麼好事。」

接著是一段又臭又長的話。什麼這個電話亭是反映社會的窗口、坐視不管就太缺乏大人的責任感云云。

「妳說調查，是在調查什麼？野田同學也來過我的店，說過類似的話。」

老闆說，野田同學拿了幾張照片給他看。

「說他們在找去年年底在這座電話亭打電話的男生。」

什麼？

吾郎和一美把耳朵湊過來。

「野田同學說在找從這座電話亭打電話的男生，是嗎？那是不是去年十二月二十四日的事？」

「是啊。」

雖然得到肯定的回答，不過這是怎麼回事？辯方爲何知道從這裡打電話去柏木家的是「男生」？他們有什麼根據？

如果野田健一在現場，就能輕易解釋這只是單純的誤會一場。健一不是「去找男生」，而是去確定小林先生說「看到男生」的事。那個時候的健一，甚至不知道電話號碼的事。他們只是聽了前工友岩崎先生的話而去拜訪小林電器行，手上還沒有柏木家的通聯紀錄。

小林先生並沒有對涼子撒謊，但思考過度跳躍，或者說經過了壓縮與省略。

「我看到的男生，不是照片上的那些男生，雖然全是年紀差不多的男生照片。」
老闆說，野田同學大失所望地回去了。
「小林先生看到的男生是怎樣的感覺？」
「怎樣喔？就普通的男孩子。」
「是不是穿著花俏的衣服，看起來像不良少年？是不是引人注目的高個子？還是像不良少年的胖子？」
「都不是。眞的就是個普通的國中生。揹個像背袋的東西，運動鞋被雪沾濕了。」
他看起來又冷又累，我很擔心——老闆說：
「所以我出聲向他攀談，問他還好嗎？我叫他快點回家，他就乖乖回去了。」
那樣的話，不是大出俊次，也不是橋田祐太郎或井口充。以印象來說，反倒比較接近柏木卓也。
「這樣啊。呃，我們最近可能會找時間過去拜訪，請問小林先生的店在哪裡呢？」
涼子聆聽說明抄寫下來，掛了電話。
「怎麼回事？」吾郎緊緊地蹙起眉頭，「野田那傢伙到底是在找誰？」
「難不成這些電話全是那個『男生』打的？」
一美用手指敲打清單，這個小鎭、秋葉原、赤坂，還有不明的兩處是哪裡？
「雖然不能這麼確定，但不可能有好幾個人。那太不自然了。」
「這是把人叫出去的電話，還是聯絡的電話呢？」
三個人注視著清單。間隔兩個半小時到三小時的五通電話。
「事件發生在三更半夜，但最後一通是七點三十六分。」
「只有這通電話打得比較早。或許是最終談不攏，決定午夜零點在三中屋頂碰頭。」
也有可能是「給我到三中屋頂來」的命令。

看起來又冷又累，甚至讓熱心助人的老闆擔憂，這樣的「男生」，很普通的國中生。

反倒是「拜託你到三中屋頂來」感覺比較符合吧？不是恐嚇柏木卓也，而是比方說「我陷入困境了，快來救我」。

到底是誰？

敲門聲響起，房門打開，三個人都差點跳起來。

穿著圍裙的藤野邦子探頭進來說：

「佐佐木同學和萩尾同學今天留在我們家吃晚飯吧。」

不知不覺間快七點了。

「你們兩個打電話回家報備一聲，回去的時候阿姨開車送你們。」

門一關上，吾郎怪笑了一下。

「突然變得好溫馨。」

與面臨的事態徹底相反。

吾郎與一美分別得到父母的允許，在藤野家用完飯後，繼續留在涼子的房間。爲了查出其餘兩個電話號碼究竟是在哪裡，他們輪流打電話。同時也研究事件的時序清單，討論至今爲止的過程和往後的方針。

「我呢，認爲我們最大的弱點是，三宅同學的證詞是傳聞這一點。」

吾郎看著三宅樹理的陳述書說：

「一般審判中，傳聞是沒辦法當證據的，而且根本沒辦法拿傳聞作爲根據起訴什麼人。」

「所以，我們要主張大出同學他們是危險人物啊。」

「我知道。可是，單憑主張這個人差點殺了A，所以也可能殺了B，還是太薄弱了。」

「那你覺得該怎麼辦才好？」

嗎？

吾郎用力縮起下巴。

「能不能改變證詞，說得像是三宅同學本人親眼看到？」

涼子神情一僵。從剛才開始，一提到三宅樹理的事，吾郎的表情就變得困窘，原來是因爲他在想這件事

現在正輪到一美打電話，她瞪圓了眼睛，握緊話筒。

「佐佐木同學，你瘋了嗎？」涼子問。

「當然百分之百正常，不要說對我看走眼了這種話啊。」

「或許我有點看走眼了。」

吾郎把手按在心臟上面，中槍似地誇張趴倒。

「啊，通了！」一美叫道，「喂？不好意思，請問您那邊是哪裡？」

簡短的對話後，一美笑著道謝，放下話筒。「知道十點二十二分的電話是哪裡了！」

是聖馬利亞城東醫院旁邊的電話亭。

「聖馬利亞醫院是我出生的醫院。」吾郎立刻跳起來，驚訝地說。

「離這邊很近。」

涼子急忙打開地圖確認。距離柏木卓也的家，走路只要約五分鐘吧。

「第四通電話也讓我打吧。剛才那個人超親切的，電話之神或許特別眷顧我。」

一美迅速按下下一個號碼，涼子瞥著她說：「暫時全部回歸原點，面對我們查到的事實，這話不是佐佐木同學說的嗎？」

就是這話讓「藤野檢察官」有所覺悟。

「事到如今，不要說出自打嘴巴的話好嗎？」

「可是……」

吾郎撇下嘴角，「這樣下去，去世的淺井同學豈不是最吃虧嗎？三宅同學可以堅持自己的說法，還有小涼爲她撐腰。不管結果怎樣，她都可以推到淺井同學的頭上，說『我只是從松子那裡這麼聽說』、『全都是松子說的』。」

我不想要這樣——吾郎說。

「不管你想不想，三宅同學的證詞就是這樣。不能在呈堂證供裡摻入謊言。」

吾郎按捺不住地抗辯：「可是，小涼從一開始就認爲三宅同學在撒謊吧？妳根本不相信那封告發信，其實我也——」

「不要再提這件事了！」

這是封印起來的想法。藤野涼子是檢察官，佐佐木吾郎是涼子的事務官。

「這不是信不信的問題了，你考慮一下我們的立場好嗎？」

快想起來啊，那話不是你自己說的嗎？

一美不耐煩地掛電話，然後又重撥。

涼子和吾郎陷入沉默。不久後，涼子慢慢地說：「你覺得神原同學和野田同學在找誰？」

吾郎沒勁地嘆了一口氣，「完全沒頭緒。」

「佐佐木同學，你不害怕嗎？或許眞相隱藏在我們根本沒想到的地方。」

這個可能性比涼子自己意識到的更撼動了她。

柏木卓也的死或許眞的是一起命案，而凶手是無人料想到的人物，藏身在令人意外的地方。

或許三宅樹理和淺井松子確實目擊了殺人現場。以爲那是大出俊次等人，其實是錯覺，只是它在不知不覺間取代了事實。

「啊！」一美尖叫，「不好意思！喂？謝謝你接電話！請問你那邊是哪裡？」

涼子閉上眼睛。她面對眼皮底下的黑暗，聆聽著一美激動的聲音。

「是新宿車站西口！一樣是公共電話！」

然後，她小聲地添了一句：「是個喝醉酒的大叔。」

那個酒醉大叔是神明還是惡魔？

14

八月九日

野田健一被電話鈴聲吵醒。

父親健夫好像去接了，鈴聲很快停歇。轉接鈴響起，健一拿起子機，健夫的聲音傳來：

「是大出俊次同學。」

枕邊的鬧鐘剛過早上六點。俊次是打算從今天開始，跟著小學生一起去做晨間廣播體操嗎？

健一很睏，眼皮還睜不開。他不管三七二十一，先把帶著汗臭的毛巾被踹到腳邊，然後把話筒按到耳邊。

「野田嗎？」

俊次的聲音很沙啞。

「我爸被警察抓走了。」

俊次小聲而急促地說。健一揉眼，再次確定時間。從染上窗簾的陽光來看，肯定還是清晨。

「這麼一大早？」

「就在剛才，那伙人突然闖進我家。」

「你父親被逮捕了嗎？」

「不曉得。」

俊次的周圍很安靜，聽不到人聲或雜音。

「不曉得？……如果是逮捕，不是會亮出逮捕狀嗎？」

「就說不曉得啦！我還沒有出房間。」

是躲在自己的房間豎耳聆聽吧。

「你父親離開了嗎？」

「嗯。我媽在跟刑警說什麼。你覺得我媽也會被抓走嗎？」

即使完全清醒，身體處在巔峰狀態，這也不是健一回答得出來的問題。

「如果你也覺得莫名其妙，我怎麼可能知道呢？」

俊次沉默了，他喘得很厲害。

「總之，你先冷靜下來，慌也不是辦法。你聯絡風見律師了嗎？」

「我媽應該聯絡了。」

「那就能稍微放心了。在了解狀況前，你最好不要輕舉妄動。」

話筒另一邊傳來聲響。俊次放下電話離開。是東西碰撞的聲音。

健一靜靜等著。

俊次回來了，這次聲音激動走調：「他們說現在要開始搜索住處。什麼啦，這是在搞什麼啦？」

健一完全清醒了，睡著時流的汗弄得全身黏答答。

「搜索住處……」

健一正在茫然，有大人的聲音從很近的地方叫俊次掛電話，這鞭策了健一。他雙手緊緊握住話筒，一鼓作氣說：

「你現在只能照你母親和風見律師說的做，就算反抗也沒有幫助，懂嗎？」

事後想想這實在令人驚異，但俊次老實地「嗯」了一聲。

「等到了解狀況，可以聯絡的時候，隨時打電話給我。我會通知神原同學，不用擔心。」

這次是女性的聲音說了什麼，俊次怒吼回去：「知道了啦！」

「聽好，要冷靜行動，不可以動怒。」

電話另一頭吵鬧起來，人聲與物品碰撞聲摻雜在一起。「把電話掛掉。」又有人對俊次說。

情急之下，健一想到的話非常單純。

「加油啊！」

就在他說出口的同時，電話掛掉了。他不知道俊次聽見了沒有。

十五分鐘後，健一與神原和彥在他家附近的兒童公園碰面。鄰近的小學生、幼童與家長或町議會的人正一起做著廣播體操。

俊次一掛電話，健一立刻聯絡神原家。接電話的是和彥的母親。之前他們聯絡的時候，都是和彥的父母在工作室的時段，這是健一第一次與和彥的母親說話。

和彥沒有意識到健一的父母，而健一更是完全忘了和彥父母的存在。所以他支支吾吾得很厲害，不停道歉：「不好意思，這麼早打電話。」和彥的母親也沒有多驚訝的樣子，幫他轉給和彥。

然後，兩人決定在這裡會合。健一連臉都沒洗就跑出來了，但和彥一副清爽的模樣，看起來也不睏倦。

「你起得好早。」

「碰巧而已。」和彥簡短地說：「你還好嗎？」

健一覺得心中激盪起伏，不能說是很好。

「坐一下吧。」

和彥走向公園角落的長椅。跑來的時候沒有注意，但邁步一走，健一的膝蓋抖個不停。

小孩子們做完廣播體操第一節，開始第二節。

「現在我們什麼也不能做，只能等待狀況明朗。」

和彥抱起雙臂，看向腳下。

「應該把這個狀況也通知一下檢方吧……」

「還有北尾老師。」

「是啊。」

「法庭會延期嗎？」

「又不是大出同學被逮捕，不會延期吧。」

和彥的口氣意外地頗爲輕鬆。健一受到影響，吁了一口氣，不小心脫口而出：

「神原同學，你眞的沒有告訴你爸媽這場審判的事嗎？」

和彥微微瞠目，「問這幹麼？」

「總覺得……你媽媽的態度太普通了。」

在野田家，健一離家前向健夫說明時，引發了大騷動。健夫整個慌了，臉色大變，直呼不得了。

「我什麼也沒說。」和彥說：「我爸媽完全不曉得三中校內法庭的事。」

「你當律師的事也保密嗎？」
「嗯，沒什麼好說的嘛。」
他說因爲學校不同，家長之間沒有交流，也不可能從其他人那裡聽到。
「可是，你這陣子不是每天都跟我出門嗎？你怎麼跟你爸媽說？」
「現在是暑假，不需要理由啊。就說去社團，去圖書館，要不然就是去學校自習室。」
這不是藉口嗎？
「那剛才呢？這麼一大早就跟朋友出門，再怎麼說都太奇怪了。」
「我說我約朋友去做晨間體操，結果忘記了。」
這叫三寸不爛之舌嗎？
「——那你媽就接受了？」
「沒問題。」
不，我覺得問題很大。
「你這不是不說，而是積極地撒謊隱瞞吧？爲什麼要這樣？」
和彥又瞠目，然後笑了：
「這是我們家的問題，你不用擔心。我們家有我們家的做法。」
健一差點就要問「因爲你是養子，你爸媽是沒有血緣關係的養父母嗎？」，但還是把話吞了回去。那才叫多管閒事。管太多了。
可是——
如果沒聽到神原同學母親的聲音就好了。早安，等一下，和彥起床了——很溫柔的聲音。
「我們又不是在做壞事，有什麼關係？」

這是課外活動嘛——和彥說。小孩子做完廣播體操了，音樂聲停止。原本摻雜在音樂聲中的和彥話聲，頭一次聽起來有些辯解的味道。

這的確不是什麼壞事，但神原和彥有祕密，有所隱瞞。對健一隱瞞、對父母隱瞞——對這整場審判也隱瞞。

我不會再問了。

「要打電話給藤野同學嗎？」

爲了轉換心情，健一主動提議，從長椅上站起來。

「直接去找她吧。」和彥也站起來，「一大早跑去女生家打擾很不好意思，可是用電話很難說明，而且太驚嚇檢察官也不好。」

確實難以說明。但藤野涼子幾乎沒有驚訝的樣子，反倒是健一與和彥被她嚇了一跳。

打嗝停不下來。

一旁的和彥忍著不笑出來。健一急了，他做了好幾次深呼吸，或捏住鼻子停止呼吸，但打嗝就是停不住。

「我倒水給你。」

藤野涼子看不下去，離開房間。門開關的短暫期間，門外傳來女孩的尖叫聲。欸欸欸姊那些男生是來做什麼的呀哪一個是姊的男朋友哪一個是上次打電話來的男生告訴人家嘛——

涼子的妹妹們好像還潛伏在通往二樓的地方。妳們吵死了！涼子這麼一喝，她們反而更加興奮了。涼子抵抗著妹妹們的機關槍攻擊，似乎把她們推回樓梯去了。聲音變遠了。

和彥忍不住笑了出來，摀住嘴巴說：

「原來妹妹是那麼吵的生物啊。看那樣子，藤野同學也很辛苦。」

嗝！——健一的喉嚨響了，「你怎能這麼悠哉？」

「會嗎？長年來的謎團解開，豁然開朗了啊。」

說長年太誇張了嗎？——和彥又笑了：

「唯獨這事，還是比不過有爸爸這個特別消息來源的藤野同學。甘拜下風。」

兩人帶著大出家遭到檢調搜索住宅的通知趕到，藤野涼子乾脆地讓他們進了屋。不，這種情況，應該說是涼子的母親藤野邦子讓他們進屋的吧。而且她還說「小鬼們很吵」，讓兩人直接進去涼子的房間了。

女生的房間，而且是藤野涼子的房間。藤野涼子的書桌藤野涼子的衣櫃藤野涼子的床，健一好像腦袋跟心臟還有胃袋的位置都大風吹了似的，身體古怪的地方跳動著，微微發熱。

涼子的床鋪整理得很整齊，蓋著床罩。看不到睡衣，也沒有隨手亂丟的衣物。當然是因爲健一他們要來，所以收拾過了，但平常就是這種感覺吧。他覺得這很像守規矩的藤野同學的風格。

就像這樣，滿腦子被多餘事物占滿的健一，自覺被快速回到房間的涼子的銳利眼神看透了思緒，慌忙垂下視線。

涼子原本走過來想坐自己的椅子，但健一與和彥都坐在地上——而且是出於禮貌跪坐著，她便也同樣在地板上坐下來。

然後，她說：「我們知道大出同學的父親就快被逮捕了。其實，昨天我和兩名事務官討論過，是不是應該把這個資訊告訴你們。」

接下來的話，健一只能睜圓了眼睛，洗耳恭聽。自導自演。「大出集成材」的資金調度問題。保險金詐欺。土地買賣。虛假的恐嚇電話。聽著聽著，健一開始打嗝了。

檢察官與律師不理會正在對抗打嗝的健一，迅速地繼續討論。

「據說，警方如果只是要逮捕大出社長一個人，可以更快地展開行動。但另外存在著接受社長委託，實際縱火的組織，對警方來說，那邊才是目標，所以才會慎重其事。」

「是受到社長委託，還是煽動大出社長，這部分應該很微妙吧？」

「什麼意思？」

「我來猜猜那個組織的名字。」

是「通用興產」，對吧？——和彥說，涼子第一次嚇得後仰。

「你怎會知道？」

「藤野同學才是，是誰告訴妳這件事的？果然是妳父親嗎？」

「我不能說出消息來源。」

「那麼，我們也不能說。」

涼子瞥著和彥，「這樣啊，你們那邊有大出家的顧問律師嘛。是叫風見律師嗎？」

和彥一臉不在乎。短暫的沉默，被健一的「嗝！」打破了。

「你該不會昨天說那種話，今天就委託那家調查偵探事務所了吧？」

「嗝！」

「妳才是，該不會一直隱瞞我們調查事務所的事，其實委託他們調查大出家的內情吧？」

「我才不會做出那麼狡猾——」

「嗝！」

就在這個時候，涼子站起來說要去拿水。

和彥幫忙拍打健一的背，「你振作一點啊。」

「對不起，我實在——嗝！太吃驚了。」

房門打開，涼子回來了。藤野邦子也一起。她拿著大托盤，上面擺滿杯盤。仔細一看，是滿滿的吐司、水煮蛋，還有沙拉。

「你們還沒吃早飯吧？」

邦子把托盤放到地板中央，對健一與和彥微笑。

「涼子總是受你們照顧了。餓著肚子不能上戰場，來，吃吧。」

邦子向涼子點頭，很快就離開房間了。涼子把水杯遞給健一。

「謝、謝謝。」

這樣反而打擾了——和彥把手放在膝上向涼子行禮，「或許打電話通知一下就好。」

「不必客氣。我媽能見到神原同學和野田同學，開心極了。」

「開心極了？」

「她對你們非常好奇。」

是聽章子說的——涼子說：

「戲劇社的古野章子，你們在圖書館見到她了吧？」

「呃，嗯。」

「她是我的好朋友。後來她到我家找我，我媽聽她說了很多，好像完全認同你們了。」

「古野同學到底說了些什麼呢？」

和彥似乎不安起來，涼子對他投以調侃的笑容。

「這是祕密。可是，章子絕對不是我的間諜，而且我媽的確成了你們的支持者。你們不是還有主要由女生組成的啦啦隊嗎？」

可能是看到情勢不利，和彥望向健一，問：「停了嗎？」

水只剩下半杯。

「大概……嗝！」

一道前所未聞的響亮打嗝聲冒了出來。涼子焦急地立起膝蓋說：

「野田同學，照平常那樣喝沒效啦。要止住打嗝，得從杯子的另一邊喝啦。你試試看，會立即見效。」

「從、從另一邊喝？」

「就另一邊啊，離嘴巴比較遠的一邊。」

健一望向手中的杯子，那樣豈不是得做出形同特技表演的姿勢嗎？

「水不會跑進鼻子嗎？」和彥訝異地問。

「就是要小心，別讓水跑進鼻子啊。像這樣喝，看。」

涼子拿起裝牛奶的杯子示範。她把整個上半身往前傾，腦袋幾乎上下顚倒。

「這樣？」健一也立起膝蓋。

「再往前倒一點。不對、不對，不可以從旁邊喝。」

「啊啊啊，要流出來了。」

可能是因爲吵鬧，門外又傳來藤野妹妹們的聲音。

「姊——」

「妳沒事吧？沒有被推倒吧？」

健一的鼻子吸到水了。他「噗」的一聲噴出來，劇烈地嗆咳，急忙拉扯T恤衣襬蒙住整張臉。

「吵死了！」涼子回望門口大叫，然後笑了出來，和彥也笑了。健一嗆咳了一陣子，總算喘過氣來。

「——停了。」

好不容易把噴出來的水擦掉，實在累煞人了。健一又咳了起來。

「受不了，我妹妹實在太沒大沒小了。」

「會擔心是當然的。」和彥說。健一也邊咳邊點頭。就是啊，漂亮的姊姊跟一早就闖進家裡的兩個男生關在房間裡呢。

「是嗎？哎呀，原來你們是來推倒我的嗎？」

「拜、拜託，不要開那種玩笑。」

健一的臉頰好燙，大概已變成一片通紅了。這不全是嗆到的關係。

涼子臉上仍掛著尚未完全消失的笑，忽然發出消沉的聲音說：

「現在不是可以笑的狀況呢。」

三個人都沉默了。

和彥忽然鬆開跪坐的腳，先告罪了一聲，改為盤腿。

「腳麻了。」

「啊，不必那麼嚴肅，我也不跪了。」涼子也合攏膝蓋抱起來。薄料的棉褲是鮮豔的金絲雀黃。

「不過，暫時也不能怎麼樣。」和彥說：「只能靜觀其變。」

「你不擔心大出同學嗎？」

「如果他被逮捕，我會擔心。而且大出社長還不一定是被逮捕了吧。」

涼子慢慢地搖頭，「那太樂觀了。就算今早是要他自願前往，但既然都進行住宅搜索了，很有可能就這樣遭到羈押。」

從涼子剛才的話聽來，確實很有可能是已充分調查過「通用興產」，到了即使將大出社長的嫌疑公開也不要緊的階段，警方才會決定搜索住宅吧。

「因為有恐嚇電話的事，大出同學應該也會被警方找去問話吧？最好當成暫時不容易見到面。」

「那也是這兩、三天的事吧。總比即將開庭的時候碰上這種事要來得好。」

今天是八月九日，開庭日是十五日。理論上或許是這樣——

「或許大出同學又會吵著說哪有空搞什麼校內法庭。」

默默聽著檢察官與律師對話的健一，也看著和彥說道。

和彥苦笑，「都到了這個地步，我覺得應該是不會。」

藤野涼子大大的眼睛凝視著神原和彥。健一正想著她在看和彥的哪裡、看什麼的時候，她說：

「你那邊是怎麼了？」

她在自己的脖子上比劃了一下，「有痕跡。」

是昨天發生衝突的痕跡。今早和彥出門時可能也很慌張，不是穿有領的襯衫，而是圓領的T恤，所以看得一清二楚。

話雖如此，那也是不仔細看就看不出來的淡淡痕跡。涼子的眼睛好尖。

「有點過敏，流太多汗。」

和彥回答，但涼子緊盯著那裡不放。

「果然。」

她輕嘆一口氣，別開視線。

「大出同學發飆了，對吧？」

好敏銳，形容得也一針見血。

「之前神原同學在圖書館突然不舒服，也是大出同學害的嗎？那傢伙是不是對你做了什麼？」

這是過度揣測了，但想到她會這麼揣測的原因，健一十分驚訝。原來藤野同學一直在擔心那種事嗎？

「對不起，其實那本來應該是我的工作。」

涼子的眼神陰沉。和彥一副當成馬耳東風的樣子，所以健一焦急了。如果這時候不挺身而出，就不算個男子漢了。

涼子煩惱地抿著嘴，探出身子，「我說——」

和彥打斷她似地開口：「那就當成妳欠我一次，趁這個機會還債如何？」

涼子被澆了冷水般抽身回去，「咦？」

「可以把我介紹給妳父親嗎？」

健一過於狼狽，差點又要開始打嗝。「你、你突然說什麼啊？」

和彥不理會。涼子兇惡地瞇起眼睛，「爲什麼？」

「不能說，這是我方的底牌。」

涼子的眼角微微揚起。

「爲什麼我非得替你們謀方便不可？」

和彥滿不在乎地說：「妳不是向我道歉嗎？」

「你不要得寸進尺喔。」

「我沒有得寸進尺，是藤野同學道歉，所以我想那就接受妳的道歉，讓事情朝更有建設性的方向——」

健一僵住了。我不在這裡，完全、半點，沒被放在眼裡。

「哪裡有建設性？我怎麼可能那麼做？」

「其實我也可以直接聯絡妳父親，只是如果不透過妳，感覺會更麻煩，想說趁這個機會剛好。」

涼子眞的生氣了，「你那樣說太沒道理了！」

「怎會沒道理？」

和彥只有表情一本正經，其實他很享受——不，樂在其中。健一看得出來。

藤野涼子生起氣來很可愛。

「藤野同學的父親是公僕，應該爲公眾服務。拜託他協助我們的課外活動，有什麼不對嗎？」

涼子又立起膝蓋，「他是我爸爸！」

「妳那叫公私不分。」

「你說什麼！我什麼時候公私不分了？你少在那裡亂說！」

「亂說的是妳吧？」

暫停！——健一大喊：

「等一下，先等一下。」

你們太不像話了——他說：

「藤野同學，這樣又會招來妳妹妹莫名其妙的擔心嘍。冷靜下來啦。」

「什麼莫名其妙的擔心……」涼子臉紅了，一屁股坐回去。

「律師也是，那種態度不好。」

「好吧。」和彥重新坐好。看，那眼神果然是在尋開心。

「其實呢，檢察官。」健一故意這麼叫，「律師一直很介意大出家的縱火案。他很想知道實際狀況，但不肯告訴我爲什麼他那麼介意。」

涼子交互看著和彥與健一，決定站在窩囊地縮成一團的健一那邊。

「……野田同學也眞是辛苦。」

「是的，我吃了很多苦。就像剛才，我也被排除在外。」

健一也決定採取「厚臉皮作戰」。

「律師會想要和藤野同學的父親見面，大概是出於相同的理由。我想律師有無論如何都得這麼做的理由吧。所以拜託檢察官，請代爲介紹。」

健一重新跪坐好，向涼子行禮。

「可是，我想趁著藤野同學也在場，向律師確認一件事。」

健一轉向和彥。什麼事？——和彥一本正經地裝傻。

「律師是不是早就隱約察覺，縱火案背後藏著這樣的眞相？」

涼子用「怎麼可能」的表情看向和彥。再怎麼樣都不可能這麼洞燭機先吧？可是，神原律師能把「怎麼可能」變成「可能」。

「唔，稍微啦。」和彥搔著頭，低聲坦白：「當然不到這麼具體。」

一道虛脫般的聲音忽然響起，原來是藤野檢察官的鼻息。

「難以置信……」

「不，就說我並沒有那麼明確地預測到啦。」

只是大概、隱約、模糊地想到——和彥滑稽地比手畫腳說明。

「爲什麼？」涼子直接了當地問：「你怎會想到這種事？」

「硬要說的話，是時機吧。」

他說大出家遭逢縱火這樣的橫禍，時機與城東三中的騷動過於重疊了。

「那是因爲大出同學他們和柏木同學的事被《前鋒新聞》報導，讓有些人產生奇怪的誤解，不是嗎？所以大出社長才會利用這一點，要人打假的恐嚇電話過來吧？」涼子說。

「話是沒錯，但這很不自然啊。」

「不自然？」

涼子用那雙大眼睛直視和彥。

「那個節目的影響力確實很大。不過冷靜下來仔細想想，會有觀眾看了那個節目義憤塡膺，實際行動，去教訓這個叫大出的壞小子和他的暴力父親嗎？」

「事實上不就有嗎？大出家接到很多騷擾電話——」

涼子說到一半住嘴了，和彥點點頭說：

「頂多就是電話騷擾吧。只要想打，誰都能打騷擾電話。但要查出當事人的家在哪裡，並前往放火，次元就不同了。」

健一插嘴：「如果是城東三中的相關人士呢？他們知道大出家在哪裡。」

「相關人士裡誰有那種**勇氣**？」

健一與涼子對望。

「電視節目中的大出社長已經過大幅柔焦處理了。」和彥說著，似乎覺得自己這樣形容很好笑，笑了一下。「並沒有實際播出他行使暴力的場面，只是報導他是個有暴力傾向的人。」

然而，如果是三中的相關人士，每個人都知道眞正的大出勝社長是個怎樣的人。光靠風評，也可得知比報導中更具體的形象。

「要去那樣的人家放火，做得到嗎？換成是我，絕對免談。當時我還只是看過電視節目的第三者，連我都覺得『那個父親不好惹』。」

所以，和彥一直覺得這起縱火案有蹊蹺。

健一深呼吸一口氣，「正當你有這樣的想法，又冒出『煙火師』的情報——」

「嗯。」和彥用力點頭，「愈來愈像職業罪犯所爲。那麼，是誰僱用的？會有什麼『義憤塡膺的相關人士』，只爲了騷擾大出家，甘願花時間、花錢，冒這麼大的險嗎？」

應該不可能有。

「我認爲這次縱火案的關鍵不在於『誰受害』，而是『有誰必須這麼做』。這麼一想，情勢就整個改觀了。」

涼子喃喃自語：「如果房子燒掉，就會有保險金。舊的建築物沒了，土地自動清空。」

「沒錯。」

「所以你才會好奇『大出集成材』的經營狀況嗎？」

「就是這樣。一開始我猜想，會不會是大出社長爲了博取世人的同情而這麼做，但了解那人的個性，或者說行動模式以後，就覺得那種情緒性的理由是不可能的。」

「而且聽說銀行員到公司時，大出社長朝對方怒吼。」健一補充道。他總算明白和彥會介意那件小插曲的理由。

涼子目瞪口呆，「沒想到你從一開始就用那種角度在看大出家的事。」

她的瞳孔驚訝地縮小，眼白的部分增加了。

「神原同學實在——」

說到一半接不下去了。然後她突然轉向健一，指著和彥說：

「野田同學，你居然能跟這種的搭檔下去。」

「什麼叫**這種的**？」和彥好像受傷了。

涼子毅然決然地無視他，「上了一堂國文課。欸，你知道**這種的**叫什麼嗎？這是國文題喔。」

涼子問，卻不等健一回答，就起勁地說：

「這叫『老奸巨猾』！」

然後她笑了出來，拍手大笑。

「壞透了。眞的壞透了，可是……」

她深深地吐氣，眼神變得溫柔。

「對大出同學或許剛好。」

和彥害臊了，健一發現涼子其實也有些靦腆。

他心想，如果可以告訴涼子就好了。

涼子不知道神原和彥的過去。不知道他的親生父母悲慘的人生結局。所以她不知道他已成了幽靈，也不知道他一直在沙漠裡徬徨。

因此，涼子不會發現，和彥之所以能夠做出這樣的推測，是知道「世上無奇不有」的緣故。人什麼事都做得出來。什麼夫婦之情、親子之情、社會規範、常識、體面，人有將這一切全部拋諸腦後的瞬間。他深刻地了解到世上任何事情都有可能發生。

即使如此——

眼下被涼子又褒又損的神原和彥並不是幽靈，也不是獨自一個人在沙漠裡徬徨。此時此刻，他在這裡，跟我們一起。

所以，希望藤野同學不要知道和彥的過去，希望她只知道此刻在這裡的他。

「回家去換個衣服吧。」

涼子總算收住笑，對和彥說：

「穿那樣不能進警視廳喔。」

「——這裡是警視廳嗎？」

在藤野家的會議一個小時後，涼子與和彥並坐在日比谷公園的噴水池旁。

「少埋怨了，這下不是省下麻煩的手續嗎？」

而且能夠立刻聯絡上藤野剛，就相當幸運了。

涼子覺得有點沒意思。涼子對父親說明狀況，說想要見個面時，剛猶豫著不肯說好。然而，當她一說「神原同學也一起」，剛的態度立刻一百八十度轉變，說他立刻就去。

——在公園碰面吧。你們可能要等一下，不過忍一忍吧。畢竟太突然了。

和彥換了東都大附中的制服過來，涼子也穿著三中的制服。日比谷公園裡的這對制服男女學生，就像熱帶魚水槽中的一對鯽魚，格格不入。而且好熱。爲什麼學校的制服透氣性可以這麼差？是爲了教導學生什麼叫「忍耐」嗎？

坐在旁邊的和彥，他那有些尖細的鼻頭也浮現汗珠。不過後頭的頭髮看起來濕濕的，應該是被噴水池的小水花濺到的。

涼子爲了交談而轉向他，卻不小心看得出神。

這個男生怎麼這麼神祕？完全不懂他在想什麼，而發現他在想什麼的時候，總是驚奇連連。他應該很聰明，卻不一定總是講求邏輯。雖然似乎擅長賣弄道理，但心眼並不壞。

而且明明這麼莫名其妙，卻長得比一般女生還要漂亮，雖然現在像個傻子般虛脫坐著。

可能是注意到視線，和彥轉過頭來，涼子急忙眨眼。

「幹麼？」

她脊髓反射式地冷漠以對。

野田健一留在家裡等俊次聯絡。涼子的兩名事務官今天也都還忙著增井望的事。這是檢察官與律師第一次單獨相處。

「我不曉得能不能問這種問題，」和彥慢慢地說：「藤野同學的父親從一開始就贊成辦校內法庭嗎？」

涼子鬆了一口氣。比起默不吭聲，聊天輕鬆多了。如果沉默著，不知爲何她就是會緊張。

「一開始很反對，現在也不曉得他究竟是怎麼想的。應該是覺得這種麻煩事能夠不去碰是最好的吧。」
「可是，他不是協助妳嗎？」
「我得聲明，我爸可不是什麼都聽我的。」
和彥笑了，「妳想強調檢方並不是特別有利，是吧？我知道、我知道。」
涼子有了一個除非在這樣近的距離，否則不會發現的小發現。神原同學一笑，眼角就會擠出笑紋。以十四、五歲的孩子而言，應該滿罕見的。
「在我家老爹過來以前，我想要做個交易。」
「妳都叫妳爸『老爹』？」
平常都叫「爸」啦，幹麼計較這種小地方。
「我介紹藤野剛先生給你，但你也要提供消息給我。」
「那樣等於妳又欠了我一次啊？」
「我又沒欠你什麼。這樣就扯平了。」
是、是、是——和彥輕輕舉起雙手。
「你看過柏木同學的通聯紀錄了吧？」
「嗯。」
「分析之後，可以發現有趣的事實，對吧？」
「有嗎？什麼事實？」
誰會上你的當，「沒關係，我不是想問那個。不過，你告訴我一件事。」
小林電器行——涼子說：
「晚上七點三十六分的通話，是從『萊布拉』旁邊的小林電器行前面的電話亭打出去的。」

沒有應聲，一條汗水滑下涼子的太陽穴。

「你們查到打那通電話的人了，對吧？即使只是推測，也查到那是哪裡的誰了。因爲野田同學還拿照片給電器行的叔叔看過。」

和彥的側臉沒有變化。

「不是大出同學，不是橋田同學，也不是井口同學。」涼子放低聲音，「那會是誰？」

和彥彎下身子，在膝上交握雙手坐著。他以這樣的姿勢垂下頭，就看不到臉了。涼子本來想要從底下看上去。少躲了，讓我看你的眼睛，你的眼睛。

一會後，和彥面朝腳下，回答：

「——本人。」

莫名其妙。

「什麼？」

和彥撐起身子，轉向涼子。他看著涼子的眼睛，再一次，比剛才更緩慢、更懇切地說：「是本人啊。」

「本人——」涼子眨眨眼睛，「難道是柏木同學？」

和彥又看向涼子的眼睛，像在探尋什麼。涼子感覺那雙眼睛的深處似乎掠過一抹失望之色，爲什麼？是怎樣的失望？我誤會了什麼？

和彥點點頭說：「沒錯，就是那個意思。」

「怎麼可能？本人幹麼打電話去自己家？」

「應該是想從外出地點跟父親或母親說話吧？」

「可是電話不只一通啊！那天打了好幾通耶！」

涼子不小心先說出來了。

「那也是本人打的，我們是這麼認為的。」

「所以說，本人打電話回家做什麼？」

和彥歪著頭看向涼子。被那雙眼睛直視，彷彿要被吸進去了。

「會不會是在猶豫？」

「柏木同學嗎？猶豫什麼？」

「要不要自殺。」

涼子屏住呼吸，噴水池的水花噴進眼睛。

「那一天，柏木同學是不是本來打算在比午夜更早的時間自殺？所以他才會離開家裡，四處遊蕩。然後，為了向父母道別，不斷打電話回家。」

他用沒有抑揚頓挫的語氣這麼說：

「可是電話沒有接通，或許也轉到了答錄機，但他沒有留下訊息。這是因為他在猶豫。」

因為他不知道該說什麼才好——

「柏木同學不可能離家那麼久。」

「那天，柏木同學的父母並沒有清楚掌握他的行蹤。他也不是一早就出門不在吧，會不會是進進出出？使用的電話亭都不是很遠的地方，有一半是住家附近，而且新宿或赤坂的話，搭地下鐵三十分鐘就到了。」

「你忘了嗎？野田同學五點左右看到柏木同學在『萊布拉』裡的麥當勞。」

「下一通電話是從新宿打的，晚上六點五分，對吧？來得及吧？」

「他幹麼到處跑？」

「在尋找自殺地點吧。」

和彥淡淡地斷定：

「他下不了決心，又回到家裡。然後到了半夜，他選擇了三中的屋頂。」

「那時候他什麼都沒有對父母說，也沒有遺書啊！」

「所以就跟沒辦法用電話講一樣，結果他什麼也沒辦法留下吧？」

涼子覺得這個解釋合情合理得可怕，忍不住退縮了。小林電器行的小林先生說過，從那個電話亭打電話的男生很累，看起來很冷，模樣很不尋常。他叫那個男生快點回家，對方便垂頭喪氣地乖乖離開電話亭了。

這也都是因爲他想要自殺。七點三十六分打那通電話時，或許柏木卓也被熱心助人的小林先生救了一命。雖然無法完全拯救，但當時或許是拉了他一把。

不行、不行，我怎麼像被催眠了？

「那是辯方的主張，是吧？」

和彥點點頭，又說：「這下大出同學試圖把柏木同學叫出來，或是實際把他叫出來的推論，就不成立了。」

涼子用力咬緊牙關，「小林先生確認過柏木同學的照片了嗎？」

和彥微笑，「如果連這都告訴妳，妳就欠我兩份情嘍？」

就算咬緊牙關，還是忍不下來。這傢伙眞的讓人很火大。

這時，藤野剛的聲音傳來：

「久等啦。」

父親捲起襯衫袖子，刺眼似地瞇起眼睛問：

「怎麼了，涼子，等得不耐煩吵起架來了嗎？」

坐在噴水池旁的兩個人換人，變成藤野剛與神原和彥。

涼子先回去了。站在剛的角度，是他「要她回去」的。

「我身爲消息提供者，希望做到公平。如果妳在場就不公平了，妳迴避吧。」

我知道啦——涼子噘起嘴。

「我只是介紹人而已。」

傲氣十足。女兒一心快步離開公園時，臉頰泛紅，眼角高高揚起。剛知道惹她生氣的不是自己，方才她似乎正在跟律師爭論吧？

涼子是個頑固的女孩。露出那種表情時，是她把好強的個性發揮到極致的時候。換言之，也就是她屈居劣勢。

涼子不會對同齡的孩子露出那種表情。做父親的這樣說像是自誇，但女兒確實十分優秀，能把她逼到那種地步的辣手律師，就是這名少年嗎？

眞意外。剛本來以爲會是個符合印象，比方說像是擔任法官的井上康夫那樣的少年。如果是井上康夫，剛在各種活動照片中看過他的長相，也聽過涼子描述，所以十分容易想像。

神原和彥給人的感覺更柔弱。如果沒有發生這種事，而是把他視爲涼子的同學之一見面的話，他應該會覺得對方是個樸素不起眼的男生吧。沒錯，就像那個野田健一。

個頭嬌小，線條纖細，長相可愛。光看外貌，涼子還比較像男生。

「謝謝你答應我無理的請求。」

說話的嗓音也很溫和。應該老早就變聲了，不過是聽了很舒服的溫柔嗓音。明明完全不熟悉那個行業，剛卻不負責任地覺得他適合當配音員。

「沒關係。你很擔心大出同學，想要了解情況，對吧？」

「是的。」

「他父親暫時沒辦法回家。會被羈押二十天，能不能保釋也很難說。」
和彥的瞳眸一縮，「保釋？」
剛望向手表，「十五分鐘前，他在偵訊室被正式逮捕了。」
當前的嫌疑是，爲詐領保險金而放火燒毀現住建築物，以及僞造文書。
「僞造文書，與放火燒房子是不同的罪嫌。大出社長聲稱母親交付委任狀給他，委託出售母親名下的土地，但大出社長的母親在生前否認這件事實。」
其實就是這件小事勾起了警方對這整起事件的懷疑。
「不過，這跟你們的審判無關。」
這樣啊——和彥呢喃。
「跟大出同學也沒有關係，偵訊也不會特別問到什麼吧。他很快就能恢復平常的生活。」
說完之後，剛苦笑：「不平常哪。」
「藤野先生說是縱火嫌疑，可是大出社長不是僱用職業罪犯放火燒毀自家嗎？」
剛用問題回答問題：「你是從哪裡得到『煙火師』這個消息的？」
「我不能說。」
和彥立刻回答，好骨氣。
「他僱用職業罪犯，設置了起火裝置。」剛用手勢比劃裝設東西的樣子，「可是按下裝置開關的是大出社長——如此一來，社長也是不折不扣的實行犯了。」
「原來是這麼回事嗎？」
「就算演變成這種狀況，也不是說大出同學就不必證明自己在柏木同學的事件中的清白了，反倒是更有必要了。你們可別灰心啊。如果大出同學說了喪氣話，要踹他的屁股叫他振作啊。」

神原和彥笑了。是有點害羞的、很棒的笑容。剛稍微修正了一下最初的印象。這個少年並非不起眼，他有吸引眾人眼光之處。尤其是笑起來的時候。

可是——總帶著一絲陰霾，是緊張的緣故嗎？

「現階段我能掌握到的消息只有這樣，沒辦法告訴你多重要的事。不過，就算父親被逮捕，也不會影響到大出同學的審判，也不能讓這件事影響審判。」

「是的。」

「跟我之前說的一樣。你也聽涼子說過吧？不要插手管縱火的事。」

「大出先生的律師也給了我們一樣的忠告。」

很有良心的律師嘛。

「那麼，不論是現在還是以後，你們都不需要爲此煩心。知道嗎？」

「是的。」

和彥點點頭，筆直仰望剛。

「可是我想見藤野先生，是因爲我有一項請求。」

正在擦拭額頭汗水的剛停下手。

「柏木卓也過世那天晚上，大出家來了三名客人，一直待到凌晨兩點多，我想應該是『通用興產』的員工。」

剛回望和彥端正小巧的臉龐。

「這三名客人當中，可能有人在那個時候在大出家裡遇到俊次同學，或是看到他。我們想要確定這件事。這樣或許就能證明俊次同學不在場。」

喂喂喂——剛在內心咋舌，眞是意想不到。

「『通用興產』是與大出社長聯手的共犯，對吧？那邊的相關人士也遭到逮捕了吧？」

「如果是的話呢？」

「憑我們的力量，沒辦法查出那三名客人是誰。可是他們會在聖誕夜與大出社長碰面，我想是爲了替放火做準備——或者說，必須商量包括土地處分在內的許多問題。」

說到這裡，和彥總算喘了一口氣。

「能不能請藤野先生在偵訊的時候，詢問那天晚上拜訪大出家的三個人，是否見到了俊次同學？我們想要證詞，但光憑我們，實在力有未逮。」

拜託你——和彥站起來行禮。剛瞪著他的腦門，沉默半晌，難以決定要從何說起。這孩子眞是教人驚奇。

「噯，你先坐吧。」

和彥避免與剛對望，輕輕地坐了下來。

「『通用興產』的事，你是今早聽涼子說的吧？」

剛會這麼問，是因爲他覺得以時間長短來看，應變得未免太快了。然而，和彥搖了搖頭。

「不，我早就知道了。」

我不該吃驚嗎？畢竟他連「煙火師」的事都查到了——剛心想。

「你是從哪裡得到消息的？」

「我不能說。」

和彥再次展現了好骨氣，但聲音有點顫抖。

「大出家的律師——不對。那個律師跟我一樣，希望你們遠離縱火案。」

和彥保持沉默。

「然而，你們卻想要追查。」

不聽大人忠告的小鬼頭。

剛嘆了一口氣，找回自己的步調。

「你會推測去年聖誕夜的客人是『通用興產』的關係人士，是有什麼根據嗎？」

「有的，可是我不能說出細節。」

骨氣會不會有點好過頭了？

「我倒覺得不可能有那種事，因爲太荒唐了。就算大出社長再怎麼胡來，一般人會利用自家商量那種陰謀嗎？」

和彥躊躇了一下，看著剛的眼睛說：「如果有非這麼做不可的理由，我覺得會。」

「怎樣的理由？」

「必須讓『煙火師』看看家中的格局，以及家中成員之類的理由。」

藤野剛的眉毛不小心挑了一下，他覺得自己眞是太疏忽了。

「『煙火師』是不是有實地勘查的必要？像是電力系統的線路、家具和家電的擺放位置、停車場的汽車位置等等。或許大出社長這邊也需要一些準備。」

說著說著，和彥聲音中的顫抖漸漸平息了。爲了不讓驚訝顯現在臉上，剛只能擺出凶神惡煞的表情。

這小子——眞的不得了。

「原來如此，我明白你的理由了。」

爲了隱瞞心中的佩服，剛故意懇切地說：

「但不巧的是，我並不是大出先生或『通用興產』事件的負責人。」

「拜託叔叔幫忙設法！」

和彥按捺不住似地大聲說，卻被剛凌厲的視線反彈回來，聲音頓時變小。

「當、當然，我很清楚這是很離譜的不情之請。」

「沒錯，是很離譜的要求。」

「可是，事關大出同學的名譽。」

「那不關我的事。」

就連和彥，聞言也不由得繃緊臉頰。

「『校內法庭』這個名稱應該不是叫好玩的吧？學校裡的事，在學校裡自己解決。」

和彥眼睛眨也不眨地看剛，剛也回視他。

「藤野先生的意思是，要拋棄大出同學嗎？」

「你們沒有拋棄他吧？我只是說那與我無關。」

「明明有機會證明俊次同學不在場啊……」

「還有其他方法可想吧？」

「要是有，我就不會像這樣拜託了！」

大喊之後，和彥的臉皺成了一團，頹然垂下頭。

「所、所以，我才會拜託叔叔……」

和彥的聲音愈來愈細，眼神飄忽不定。

「——對不起。」

剛費了很大的勁。爲了忍住微笑，爲了忍住想要拍打眼前這個小個子少年肩膀的衝動。

哎呀，實在了不起。這孩子的父母是怎樣的人？他受的是什麼教育？會覺得這孩子令他們自豪嗎？還是，意外地爲了這個不好養育的孩子而備感辛苦？就像剛有時會對涼子產生的感覺。

「你的方向並沒有錯。」

和彥赫然抬頭。

「只是太躁進了，再做得聰明點吧。」

和彥纖細喉嚨裡的小喉結上下一動，喃喃地說：「我不知道該怎麼辦才好。」

這是初次吐露的軟弱語氣，剛望向噴水池說：

「或許我可以查到那三個人是誰，也或許沒辦法。或許我可以問到有關去年十二月二十四日晚上的證詞，也或許沒辦法。或許有同事願意把消息透露給我，也或許沒有。」

他緊接著說：「即使全部的條件都齊了，我真的得到情報，也不一定願意交給你。」

剛輕輕敲了敲自己的胸膛：

「用你的奮鬥來打動我吧。你說這個情報很重要，但現在我無法判斷你這樣的主張，是走投無路之下的請求，還是只想輕鬆得勝的手段。除非讓我看到令我想要提供情報的發展。」

剛從噴水池邊緣站起來說：

「我會從開庭日就去旁聽。」

和彥仍呆坐著。

「你扔出了石頭，扔進我這座池子裡。至於漣漪會擴散到哪裡，就要看你了。不，看**你們**了。」

他想起野田健一，改口說道：

「野田同學今天怎麼不在？」

和彥好似大夢初醒，「他在家裡，等大出同學聯絡。」

「大出同學常聯絡他嗎？」

「今早家裡遭到搜索時，他也是立刻聯絡野田同學。」

剛的胸口湧出一股暖意。那個大出俊次，對那個野田健一啊。這樣啊。
「你不知道過去的他們，或許沒有感覺，但這是很驚人的變化。」
「似乎是呢。」
野田同學很能幹——和彥說：「即使沒有我，他一個人也能努力達成任務。」
「不，你錯了。因爲有你這個刺激，野田同學才會改變。」
然後，剛忽然想要問一個非常沉重、但一直忘了問的問題。
「你怎會想要當律師？我聽涼子說過，但以那樣的理由來說，你未免太瘋狂了。不覺得麻煩嗎？」
他以爲會得到一個聰明的國中生風格的回答，不能對冤案坐視不見、大出同學太可憐了。或者是玩世不恭的回答，因爲感覺很好玩、暑假很閒。
和彥沒有很快回答。如果停頓得再久一點，剛就要以爲和彥走了神，沒聽見他剛才的問題了。
但不是的，和彥是在猶豫，猶豫著該出哪一張牌。
剛等待著，等待這耐人尋味的空檔。
和彥低聲開口：「因爲我有責任。」
剛吃了一驚。然而，比起剛，這麼回答的和彥自己更吃驚。他的表情彷彿在問：我怎會說出這種話？就像吐出一口氣，發現染上了鮮豔的色彩，驚訝於這是什麼東西？
在偵訊室訊問嫌犯時，有時會碰到這樣的情形。緊張與放鬆，刺探與妥協。是發生在這當中的意外。出錯牌了，我本來要出的是別張。
「——意思是，既然我答應下來，就有責任。」
和彥急忙補充說明。顯然是爲了別開視線，順便把心也一起別開。明明剛的問題是，爲什麼他要接下律師的職務？

和彥移開視線的地方，有著眞正的答案、有著他的動機。這點小事，老練的刑警藤野剛看得一清二楚。

然後，和彥也發現自己被看透了。剛注意到他在流汗，不是暑熱的汗水，而是方才一口氣冒出來的，情緒的汗水。

——他在隱瞞什麼。

「你——」

「大出同學——」

聲音撞在一起了。神原和彥瞪著乾燥的地面說：

「完全被孤立了。除了我們以外，他沒有任何伙伴。」

剛默默點頭。

「所以我想要盡可能幫他，我有這個責任。」

和彥在出錯的牌上，又撒上別的牌，試圖掩蓋。剛才的不算，好嗎？不算喔。

——他的眞心在哪裡？

「我自己也覺得衝過頭了，嗯，有點使勁過頭了。野田同學常常提醒我。說了冒失的話，眞的很抱歉。」

把牌卡理齊，洗好，裝進口袋裡。

不管再怎麼逼問，這孩子都不會吐實了吧。好機會稍縱即逝。如果會在這時候招出來，他根本就不會接下律師工作。

纏繞在這少年身上的幽朧陰影。

涼子沒有注意到。野田健一呢？大出俊次呢？他們注意到了嗎？

剛湧出一種新鮮的好奇，同時也萌生一股未曾感受過的擔憂。

「回去吧。或許大出同學有聯絡了。」

和彥被催促站起來，腳步有點不穩。

「喏。」

剛把自己的名片遞到他的鼻前。

「如果你敢拿無聊的小事來煩我，我會當場把今天說好的事全部作廢，知道嗎？」

和彥接過名片，應道：「好，我知道了。謝謝叔叔。」

聲音中的顫抖和瞳眸中的動搖都消失了，恢復成那令人氣憤的冷靜。那張臉上寫著「我再也不會出錯牌了」。

眞是太傲慢了。然而不知爲何，剛覺得被他緊緊抓著求救。

拜託叔叔。

——他是什麼人？

白襯衫跑開遠去。剛目送小小的背影消失後，往公園另一頭的出口走去，在盛夏豔陽下自問著。

回家一看，幸好家中一片空蕩。涼子在房間書桌前坐下，茫然若失。

現在萩尾一美正卯足全力完成增井望的陳述書吧。吾郎應該在小林電器行。與父親及和彥道別後，涼子立刻打電話將辯方的假設告知事務官，所以吾郎說他會立刻準備大頭照，請小林先生確認。他還說結束之後，也會去井口和橋田家看看。

——井口家那邊，我會暫時以事務官身分打聲招呼，看看情況。至於橋田那邊，我想確認一下他現在的狀況。

吾郎不認爲橋田會參與審判，也找不到能讓他參與的施力點，不過是爲了預防萬一。

眞是過意不去，涼子托著腮幫子，茫然地想著。他們兩個都在加油，我卻在這裡發呆。

她用雙手抹了一下臉，抬起眼。桌上是堆積如山的筆記本和檔案。

最上面的是昨天三人剛研究過的柏木卓也的通聯紀錄。

——是本人。

和彥這麼說。雖然不知道爲什麼，但那種說法令人有些介意。

——應該是在尋找自殺的地點吧。

五座電話亭。有些地方在附近，也有在新宿和赤坂的。柏木卓也可能打過電話的電話亭。

去年那一天，他可能徬徨行經的地點。

涼子拿著清單站起來。

她首先去了小林電器行，但沒有看到吾郎的身影，是錯過了嗎？沒看到疑似小林先生的人，有個女性在打掃店面。

其他的電話亭都貼著亂七八糟的色情傳單，小林電器行前面的卻看不到半張，窗戶也擦得很乾淨。原來如此，小林先生說他守護著這處電話亭，看來是眞的。

上午十點二十二分的電話，在可以清楚看到聖馬利亞城東醫院急診室入口的地方。前面就是一家精緻的咖啡屋，店前擺有花卉盆栽。

據說，這是佐佐木吾郎出生的醫院。在當地是歷史悠久的醫院，也有附屬的小教堂。

——會不會柏木同學也是在這裡出生的？

不，不可能。他是在大宮出生的。

——那他爲什麼會最先來這裡？

雖然離柏木家不遠，但公共電話路上到處都有。

是因為教堂嗎？準備尋死的卓也，是被三角屋頂上的十字架吸引嗎？

然後，他打電話回家，想要告訴父母自己接下來就要赴死了，卻辦不到。電話還沒有接通、還沒有轉到答錄機，他就逃也似地放下話筒。

第二通電話是從ＪＲ秋葉原車站裡的公共電話打的。距離第一通電話有近兩個半小時的空檔，明明從聖馬利亞醫院到秋葉原不用二十分鐘。

卓也是先回家一趟嗎？還是在別處遊蕩？為什麼會選擇秋葉原？為什麼是這座被量販店的噪音與車站的喧囂圍繞的電話亭？他想要在哪裡尋死？

然後，第三通電話是在赤坂郵局旁邊打的。即使轉搭地下鐵，一樣頂多二十分鐘就到了。隔著玻璃可以看見勤快工作的員工。雖然是赤坂，但這裡與其說是鬧區，有更多的商辦大樓。盛夏的陽光、蒙了灰似的路樹。可是，那一天是陰天，這個時間應該下著細雪或冰雨才對。

第四座電話亭所在的新宿車站西口，無論是行人量還是吵鬧程度都是數一數二。說得正確一點，這裡的公共電話並不是獨立的電話亭，而是車站內有成排公共電話的一區。卓也打的是哪一台電話，必須一一查看號碼才能知道。

是右邊數來第三台，被塗鴉弄髒的電話機。

涼子拿起話筒。卓也為什麼來這裡？因為有高樓大廈？打算從某一棟大樓屋頂跳下來？想要在那之前先跟父母說說話，可是要怎麼說才好？結果又在電話接通前放下了。

涼子試著貼近企圖自殺的十四歲少年的心理，背部整個被汗水濕濡了，車站裡非常悶熱。

有人親暱地從背後拍她的肩。回頭一看，一個約三十開外的小個子女人對她微笑。

「妳好，我正在學手相和面相。妳的臉上顯現出很棒的相，可以讓我看看嗎？」

涼子一直盯著對方，然後問：

「如果要在這一帶自殺，妳覺得哪邊比較好？」

女人的假笑僵住了。

「還是大樓比較好嗎？可是，這一帶治安不佳，人潮又多，總覺得空氣也有股臭味。有嘔吐物的味道。」

女人的眉毛扭動著，「妳想要自殺嗎？不行呀，生命是很寶貴的，是獨一無二的。妳可以找我的師父談談。」

跟我一起來吧——女人想要握住涼子的手，被她一把甩開。

「妳根本看不出來，蹩腳。現在的我，面相怎麼可能會好？」

涼子逕直大步走向剪票口。

她抓著電車吊環思考著。

不對勁，太奇怪了。

在日比谷公園聽到和彥提起這個假設時，感覺頭頭是道，她差點要完全相信了。

可是像這樣實際走一遭，感覺很不搭，不協調。

想要自殺而尋找赴死的地點，在都內徬徨，來到某處。想要通知父母自殺的意圖而打電話，卻又無法下定決心說出口，所以掛了電話，繼續漫無目的地移動。

果然不對勁。

勘查自殺地點？那沒必要一一打電話回家吧。

五個地點沒有共通之處。若是這五個地點對柏木卓也具有同等的意義，應該會更受到重視才對。這可不是在物色約會地點，而是赴死的地點。又不是觀光巴士，一天逛上好幾個地點來決定，豈不是太粗率了嗎？

而且柏木卓也還在途中回到居住的地區，去了「萊布拉」的麥當勞，在那裡吃東西。

辯方的假設太脆弱了。神原和彥大概只是看著清單，在腦中盤算，並沒有實際確認地點吧。他肯定沒有實際體驗移動花費的時間，目睹各處的景色，聞過各處的空氣。

涼子還是認爲那些電話是第三者打給卓也的。

她又去了一次小林電器行，然後去橋田祐太郎的母親經營的居酒屋「梓」。這次時機湊巧，橋田與佐佐木吾郎正站在拉下鐵門的店鋪前說話。

「啊，小涼——不，檢察官。」

吾郎拿著手帕擦拭臉上的汗，一邊向她揮手。橋田祐太郎穿著洗舊的T恤和牛仔褲，腳上趿著拖鞋。駝背與面無表情是老樣子了。仔細一看，橋田祐太郎的眼睛很大，卻總是睏倦不已的樣子，這也是一如往常。他的外貌原本就感覺不到霸氣，所以看起來像是精神不錯，也像是消沉沮喪。

「午安。」

他對涼子的招呼沒有反應。

「聽說今天店裡休息，他母親出門了。」吾郎說：「一直沒人在家，所以我來了好幾次。」

涼子點點頭，仰望高個子的祐太郎。「我們的事——」

橋田祐太郎連嘴巴看起來都帶著濃濃的睡意。

「跟我無關。」

果然是這種反應。

「橋田同學，你見過神原同學和野田同學了嗎？」

沒有反應。容易發飆的大出俊次，以及動不動就煽風點火的井口充。作爲第三名成員的這傢伙，平常都扮演怎樣的角色？

「他們拜託你當辯方的證人嗎？」

不用回答也沒關係——涼子搶先說：「我們不打算要你做什麼。我可以理解你不願意跟校內法庭扯上關係的心情。」

那妳來幹麼？藤野涼子同學，爲什麼呢？

「不過如果可以，我希望你來旁聽。如果你來我們會很高興。在體育館，十五日開始。」

我們會等你。涼子只說了這些，便催促吾郎轉身離去。

「到底是怎麼了？出了什麼事嗎？」

吾郎汗流浹背地追上小跑步的涼子。

「你跟橋田同學說了大出同學父親的事嗎？」

「說了，沒有特別的反應。」

吾郎說，消息好像登在晚報上了。注意到的時候，時間已是下午六點多。

「他也沒有擔心大出同學的樣子，是嗎？」

「橋田已沒理由爲他擔心。」

「小林電器行那邊怎麼樣？」

「完全不行。那個老闆人是很好，但記憶力完全不可靠。」

吾郎說他無法指出任何一個人的照片。

「連柏木同學的照片也不行？」

「他說看氣質，感覺是最像的一個……」

涼子又感覺血液騷動起來。

藤野家就在眼前了。正好母親邦子開門讓什麼人進去。看那花俏的衣服，是一美。

「啊，小涼、吾郎。」

三人聚在涼子的房間。邦子招呼說「你們今天也留下來吃晚飯吧」。今天的涼子與敵軍共進早餐，與自家軍共進晚餐。

涼子報告今早以來發生的事，兩名檢察事務官各自表示驚訝，但反應的重點不太一樣。吾郎對於神原「那五通電話是柏木卓也打給在家裡的父母」這種荒誕的說法不以為然，一美則是對一早殺到藤野家來的辯方兩人反而被涼子嚇著感到有趣。

「什麼自殺之前打電話回家，這種推理虧他說得出口。」

到底是從哪裡擠出這種劇情的啊？——吾郎一副噴飯的表情。

「有什麼關係？反正那只是紙上談兵。只要去現場看看，就會知道根本不可能是那麼回事。」

即使如此，神原和彥當時的表情仍令人介意，涼子耿耿於懷。連自己都不曉得為什麼耿耿於懷，涼子焦急得不得了。這時敲門聲響起，邦子探頭進來，遞出晚報。

「上報紙了。」

三人頭挨著頭讀了占據社會版最大版面的報導。大出社長的逮捕反倒只是配菜，報導的重點放在「通用興產」上。「通用興產」也遭到檢調搜索，有五人遭到逮捕，嫌疑是妨害業務、恐嚇、綁架監禁、暴行傷害、縱火殺人、偽造文書。

「這伙人太可怕了。」

吾郎嚇得面色蒼白。

「居然跟這種公司聯手，大出同學的父親眞是瘋了。」

涼子在腦袋一隅悄悄地想，以某種意義來說，大出勝社長是不是也是「通用興產」的被害者？被籠絡、說動，不知不覺間跨越不可能再回頭的地點，注意到的時候，已成為一個犯罪者。

「沒有提到三中的事。」
報導中沒有提及大出社長要人打假的恐嚇電話到家裡的事。
「以後會提到吧？」
「會嗎？就算問題多多，大出同學還是未成年者，新聞報導會提到跟他有關的事情嗎？」
「我們也得做好萬全的準備，小心媒體。」
「對了，小涼，這個給妳。」一美翻找塑膠包包，「北尾老師交給我保管的。」
是寄給涼子的那封告發信。
「是津崎老師寄放在北尾老師那裡的。津崎老師說是重要證據，而且本來就是寄給小涼的，所以還給小涼。」
「幹麼交給妳啊？」
「小涼和吾郎今天都出門了，不是嗎？老師去了兩邊都撲空，還跑到我家來。他叫我一定要好好交給小涼。」
你們都把我當成什麼了？我可是檢察事務官。看到一美那副嘔氣的表情，涼子和吾郎都笑了。
「我啊，聽到望同學的遭遇，眞的是從頭驚訝到尾。本來以爲我知道大出他們有多壞，但愈聽愈明白那只是自以爲了解。」
大出他們有多凶暴、多愚蠢、多狡猾、多沒大腦，這些事她都自以爲在三中知道了，可是——
「望同學知道他們眞正做壞事的時候是什麼嘴臉、說的是怎樣的粗口。那種恐懼，是我從來沒有想像過的。」
這可能讓一美萌生了一種責任感吧，她現在有著一副嚴格的眼神。
三人一邊吃晚飯，一邊討論今後具體的做法。

「我呢，會去問問以前跟他們三個同班的學生。如果柏木和大出他們有關係，或許會有人知道些什麼。」
大出社長遭到逮捕，這件事有可能讓大家變得比較敢開口。一個想法忽然閃過腦中，涼子忍不住按住胸口。
「怎麼了？」一美問。
「我想到一個很卑鄙的點子。」
那家調查偵探事務所。
「是不是可以請他們調查那五通電話？」
吾郎和一美都沉默了。
涼子急忙揮手，「算了、算了，忘掉吧。不能那樣。」
「與其找偵探，應該先找警察吧？那個女刑警。」一美說。
「唔，不管是偵探還是警察，要查出打電話的人都很困難吧，很花時間。因爲這些全是公共電話嘛。」吾郎說。
「電話亭旁邊可能有監視錄影機。」
「所以要怎麼找？只能每個地方親自走一趟吧？就算找到了，也不知道那天的影像是不是還留著。我們問過超商和書店，妳也清楚有多困難吧？」
吾郎說的是尋找三宅樹理和淺井松子一起被拍到的影像的事，一美很快就表示贊同。
「那眞的很累人嘛……」
「這樣說或許聽起來很不負責任，不過那些電話也有可能跟柏木的死完全無關。這規律的間隔確實可疑，但對我們來說，光是可疑就有足夠的價值了。」

「吾郎，你今天好犀利！」

「我總是如此犀利。如同小涼說的，神原的『柏木卓也本人說』不值得採信。如果那傢伙在法庭上提起，我們只要反駁回去就行了。」

那種推論太荒謬了。

「可是啊，」吾郎焦急似地搔搔汗濕的頭髮，「神原是不是其實也明白這個說法很薄弱，故意放煙霧彈唬我們？我覺得這不像是他會提出來的說法。」

其實是辯方掌握到什麼，爲了隱瞞而放出煙霧彈嗎？有什麼必要放煙霧彈？

那個時候神原和彥爲什麼露出有些失望的眼神？

涼子嚥下那沉澱物般的疑問，點點頭：「好，就這麼辦。」

ＮＨＫ的晚間新聞報導了「通用興產」的事。大出社長的名字也出現在報導中，但那似乎只是「通用興產」犯下以暴力手段收購土地事件中的冰山一角。逮捕時的畫面也只有「通用興產」員工的，並沒有大出社長的。

一美和吾郎看完新聞就回去了，一樣是由邦子開車送他們。

眞是忙碌的一天，眼花繚亂的一天。涼子好好地泡了個澡，努力讓腦袋放空。明天的事明天再說，今天先休息吧。

可是，明天不肯等待涼子。

十一點過後，藤野家的電話響了。還在看新聞的涼子聽到邦子的呼喚，回過頭去。

「是津崎老師打來的。」

邦子拿著話筒，神色緊張。

「說森內老師受了重傷，被送進醫院。她好像被人攻擊了。」

急診室的入口亮著紅燈，那道光也照到遮雨棚上的「城南綜合醫院」幾個字上。

辯方兩人與檢方三人，總共五名國中三年級生，見到了在那裡等候他們的津崎前校長。前校長光禿的額頭上也反射出紅光。

「你們一起來了啊。」

盛夏的夜晚，「小狸子」不是穿他正字標記的手織毛線背心，而是白色開襟襯衫配上感覺相當陳舊的灰色長褲。

津崎老師的表情緊張又僵硬。但他看了看直到今年春天都還是自己學生的這群孩子，眼神緩和下來。

一時無法開口的學生當中，第一個應話的是佐佐木吾郎。

「大家是坐我爸車子來的。他現在去停車，叫我們先過來。」

這種時候的吾郎也處理得當，他正確地傳達狀況。

津崎老師用力點頭，張開雙手催促學生進去。「還在動手術。在二樓，這邊。」

學生開始移動後，津崎老師立刻走近和彥，簡短地對他說：

「神原同學，眞是抱歉。謝謝你。」

和彥默默地行了個禮。

大廳的照明已熄滅，通道雖然有燈光，但一片陰暗。眾人沒有搭電梯，而是走樓梯上去，由涼子領頭。

她在車上幾乎沒有說話，此時嘴巴也抿成一字型。一美抓著涼子的手肘。總是講究打扮的她，唯獨今晚和其他同學一樣，是T恤配棉褲的隨性打扮。

這是家大型綜合醫院，二樓有三間外科手術室。森內老師被送進去中間的手術室，只有那裡亮著「手術中」的燈。

手術室前是等候室，擺著成排有靠背的椅子。這裡的天花板日光燈是亮的。燈光下有個中年女子孤伶伶地坐著，她看到健一等人，便立刻從椅子上站起來。蒼白的臉上只有眼眶是紅的。

「森內女士，這些是森內老師的學生。」津崎老師說：「他們聽到消息趕來了。」

健一眨了眨眼。一方面是因爲這一區亮得刺眼，更因爲森內老師的母親哭泣的表情太令人心痛，教人不忍卒睹。

「謝謝大家。嚇到大家了，眞對不起。」

她們是一對外表並不相似的母女。不論是臉型還是身材都不一樣，可是聲音很像。如果是透過電話，或許會認錯人。以前的小森森也曾像她母親現在這樣，大受打擊，在健一等學生面前聲音顫抖。那是蒙上撕破以及丟棄告發信的嫌疑的時候。

「大家坐吧。」

眾人被津崎老師推著背，自然地分成辯方與檢方兩邊坐下。

津崎老師迅速張望四周，然後詢問森內老師的母親。

「警察呢？」

「說接到聯絡，剛才下樓了……」

涼子與她的事務官們對望。健一看向和彥，和彥看著津崎老師。

森內老師的母親神情很尷尬。是在顧忌「警察」這個刺耳的詞，還有健一等人的反應吧。

「這些孩子知道大致上的情況。」津崎老師語帶安撫，「這事也跟校內法庭有關，所以他們更擔心了。」

聽在健一耳裡，後半段聽起來也像是在說「所以妳不必有多餘的擔心」。

此時，支援大師吾郎也發揮了長才。他重新坐定，先行了個禮，然後對森內老師的母親說：

「我們聽說森內老師遭到公寓鄰居的奇怪女人騷擾，非常困擾。那封告發信也是隔壁女人擅自從老師的信箱偷出來的。」

森內老師的母親把瘦小的拳頭伸到臉前，擦了擦眼睛。拳頭裡緊握著手帕。

「是一個姓垣內的女人……」

完全是哭聲了。

「這也是那個女人幹的嗎？既然警方出面，表示森內老師受傷是犯罪事件嘍？」

吾郎——一美抓住他的袖子拉扯，「不可以那麼大聲，老師的媽媽很難過啊。」

森內老師的母親以手帕擦著眼睛，向一美點了兩、三下頭。「謝謝妳，可是我沒事。不好意思，我一直哭。」

國中生們全都垂下視線。這時，傳來啪噠啪噠的腳步聲，佐佐木吾郎的父親到了。

氣氛倒轉，老師等人又開始打招呼。吾郎的父親就像成長了二十歲的吾郎，應對如流這一點也非常相似。

「我向每位學生的家長保證，我會好好照看他們，請放心。」

他對津崎老師說明。事實上，吾郎提議「大家坐我父親的車一起去醫院」以後，行動就非常迅速流暢。吾郎的父親到野田家來接他們的時候也非常順利。

至於神原家，其實健一有點擔心。和彥的父母不知道他跟這場審判有關，因爲他對父母保密。野田健一這個朋友的學校老師受傷送醫，爲什麼和彥非要趕去不可？如果是健一的父母，一定會這麼質疑。

然而事情卻意外地順利，吾郎的父親不清楚詳情或許反倒好吧。神原家到玄關口應門的是和彥的母親，雙方只有一段短而恭敬的寒暄，和彥很快就上了車。律師沒有說明他怎麼向父母解釋，健一也沒有問。

在門燈的光芒下瞥見的和彥的母親，外貌與他非常相似。他們是養父母，不應該像才對，但健一這麼感覺。

現場安靜下來，吾郎的父親在有一小段距離的地方坐下，然後津崎老師又嘆了一口氣。

「回到剛才的話題，」

他看著吾郎說：

「沒錯，好像是隔壁的垣內美奈繪這名女性下的手。」

然後，他再次深深嘆息。

「詳情還不清楚……」

津崎老師說著「得依序說明才行」，卻仍猶豫著該從何說起。

「今天晚上——好像是七點過後，江戶川芙洛公寓的住戶，跟森內老師同樣住在四樓的住戶下班回家，碰巧發現森內老師倒在緊急逃生梯上。」

森內老師在三樓與四樓之間的平台處，頭朝下、雙腳伸在通往四樓的樓梯上，也就是倒立般趴在地上。森內老師的後腦杓都是血，樓梯上也散落著斑斑血跡。

森內老師完全失去意識，第一發現者一開始以為人死了。但他膽子很大，立刻摸了老師的脖子確認脈搏，然後急忙衝回家打一一〇和一一九。

「也通報管理公司了。第一發現者打了公寓的緊急聯絡電話。當然，他完全不知道出了什麼事，但不管是意外還是犯罪，畢竟是一樁大事。」

管理公司那邊立刻聯絡上了，公寓管理部門的員工與江戶川芙洛公寓的管理員趕到現場。這名管理員知道河野調查偵探事務所的調查內容與對象，非常配合。所以接到一一〇通報趕來的警察，也在這個階段得知垣內美奈繪的事。

「垣內女士居住的四〇二號室，按門鈴也沒人應門。」

「逃走了，是吧？」

吾郎按捺不住似地說。

「那個時候還不確定是不是逃亡。」

津崎老師用一種教育者要求精確的態度如此提醒：

「即使如此，既然這有可能是鄰居之間的糾紛引發的案件，警方也想聽聽垣內女士的說法，所以他們用萬能鑰匙開門進去。」

接著，津崎老師難以啓齒似地噤聲了。國中生們都知道津崎老師的猶豫不是爲了他們，而是顧慮到森內老師的母親，又同時垂下視線。

「住處裡，唔，一片慘狀。」

反映出住在裡面的人精神狀態有多混亂，或是有多荒廢。生活用品與垃圾全都混在一起，堆積如山，幾乎沒有地方可以踩踏。

「然後……就在裡面找到了。」

餐具沒洗過，成堆擱在那裡快發霉，一旁扔著一只紅酒空瓶，上面沾染了血跡與毛髮。仔細環顧室內，一樣有著幾處血跡，可能是從那只空瓶滴下來的。

「物證確鑿。」

吾郎激動地喘息著說，但眼睛反而是散發出好鬥的光芒，瞪視著亞麻地板。

「那女的怎麼那麼誇張？太過分了，居然做出這種事。」

一美輕輕撫著憤慨的吾郎後背，森內老師的母親又像把拳頭擦上去似地拭淚。

吾郎——佐佐木吾郎的父親出聲規勸，不過沒有再說什麼。他交抱起粗壯的手臂，就像剛才那樣，化成牆壁的一部分，安靜下來。

「那麼，現在警方正在追查垣內美奈繪的下落嘍？」
藤野涼子第一次開口。
「她並沒有被通緝。」不知為何，津崎老師慌張地說：「不可以就這樣認定她是凶手。只是狀況十分可疑，警方想要和她本人談談吧。」
有關垣內美奈繪的個人資訊，河野調查偵探事務所全調查得一清二楚。當地警方正根據這些資料聯絡她的娘家、離婚協議中的丈夫、朋友熟人等等。
「還沒有找到。」這次換和彥開口，接著小聲地添了一句「要是沒死就好了」。這話應該只有健一聽見，和彥也只打算說給他聽吧。
「偵探——可以這樣稱呼嗎？河野先生的調查事務所人員在協助警方嗎？」
「他們並不是一起調查。我來這裡之前打過電話聯絡，河野先生說會去找垣內女士的丈夫。」
健一閃過一個危險的想法。和彥那句「要是沒死就好了」，是對垣內美奈繪這名心智混亂的女性相當同情的發言。健一無法贊成這句話。責備未曾謀面的人或許不好，但從至今為止的發展來看，他覺得垣內美奈繪不是那種會自殺的人。垣內美奈繪會不會覺得，既然如此，殺一個跟殺兩個都沒差，下次去找她丈夫算帳？河野這名調查員，是不是也跟健一一樣感到不安？
——不對，森內老師還沒死，什麼殺不殺的，太不吉利了。
健一瞥見老師母親哭泣憔悴的臉，兀自垂下頭。
「前天——」
對吧？和彥向健一確認。健一沒注意到，於是和彥拍拍他的肩膀。
「我們去拜訪津崎老師家，是前天的事吧？」
是啊——津崎老師先回應了。

「那個時候老師說，垣內夫妻的離婚協議有了進展，美奈繪女士的騷擾行動也平息了，對吧？」
健一也是這麼聽說的。他記得，也寫下來了。
津崎老師的狸子臉難過地扭曲，「就是啊。是因爲這樣……疏於防備了嗎？」
「今天惠美子也是說想去公寓拿東西……」
她對母親說，出門的時候會順便去公寓一趟。
「如果我陪她一起去……」
森內老師母親的呢喃聲變得沙啞，成了哭聲。
「這件事不能怪我們。」
佐佐木吾郎鼓勵兩個大人：
「那個叫垣內的女人本來就很自私，或者說是根據她自己的妄想在行動，我們根本無從防備嘛。」
「不一定是那樣。」
一道銳利的聲音傳來，是藤野涼子。她整張臉十分緊繃，就像在忍耐牙痛。
「或許是我害的。」
津崎老師驚訝地探出身子，「藤野同學，爲什麼突然說那種話？怎麼了？」
「因爲老師……」
明明像是在咬緊牙關，涼子嘴角卻無法克制地顫抖著。
「出於個人的判斷，我把垣內女士的事情告訴ＨＢＳ的茂木記者了。」
健一也赫然驚覺。
「沒有事先得到森內老師的許可，就擅自告訴他了。茂木記者非常驚訝，說他會去確認，所以或許是——」

因為茂木記者的接觸，垣內美奈繪得知森內老師把她的所作所為調查得一清二楚了。不僅如此，她還知道森內老師要在校內法庭上證明自身的清白。如此一來，垣內美奈繪想要踐踏森內老師的企圖，將會全面瓦解。

「妳是說她無法原諒這種情形，決定訴諸暴力？」

佐佐木吾郎茫然地低喃，健一也感到背後一涼。沒錯，以無端生恨的人的心理來看，這是很有可能發生的情節。

藤野涼子的臉色看起來格外蒼白，應該不全是日光燈的緣故。

「我覺得不可能。」

神原和彥開口：

「那樣的話，垣內女士會更積極行動才對。她不會漫無目的地坐等森內老師回到公寓。或者說，如果她知道事跡敗露，不會先逃走嗎？」

「神原說的沒錯。」

意料之外的方向傳來聲音，眾人全都轉向那裡。

「居然質疑自己的判斷，這一點都不像藤野涼子。」

來人強勢地這麼說完，機敏地從通道走到等候室的日光燈下。是擔任法官的井上康夫。銀框眼鏡反射著光線，身上是白襯衫配黑色制服長褲。健一多餘地想著，他是先換過衣服才來的啊。

井上康夫身後跟著兩名男性。平常的話，應該形容為康夫被大人帶來，但現在的狀況顯然相反，讓人覺得是井上法官率領著僕從登場。

一個男人年約三十五，另一個年近五十。年輕的一個雖然沒有穿西裝外套，卻是襯衫配領帶，腳上則是皮鞋，穿著十分體面。年長的一個則是馬球衫配休閒長褲，一副要去打高爾夫球的模樣，腳上穿的是運動鞋。

「而且居然想要把我這個法官排除在外，成何體統。」

來到被懾住的津崎老師與森內老師的母親面前，井上法官立正站好說：

「津崎老師，好久不見了。我是井上康夫。沒想到會以這種形式再次見到老師，眞是遺憾。」

嗯，津崎老師只是點了一下頭。

「您是森內老師的母親，對吧？這次眞是一樁不幸的憾事，但請相信老師一定會好起來，堅強地等待老師復原。」

然後，他行了個像用尺量過的九十度鞠躬禮。森內老師的母親紅著眼睛，似乎只能勉強擠出一聲「好」。

健一感覺到一股不適合這個場面的溫和氣息，自後方傳來。轉頭一看，跟井上法官一起來的兩名男性當中，年長的一個正強忍著笑。他們還站在通道與等候室的交界處，年輕的一個幾乎是立正站好，但馬球衫的男人完全是休息姿勢。

那雙細眼流露出雀躍的神色。該說是覺得有趣，還是大感痛快？總之看起來很開心的樣子，也像是感到佩服。

「井上。」

在這一片怔愣的氛圍中，果然還是佐佐木吾郎恢復得最快。

「你怎會來這裡？」

「我接到北尾老師的電話。」

這是緊急事態吧？——康夫一手插著腰說：

「我覺得我應該趕來。北尾老師也是這麼認爲，才會聯絡我吧。」

你們是怎麼搞的？——他又罵道：

「距離開庭確實還有一段時間，但怎麼能忘了我也是校內法庭的相關人士？我可是最重要的一員。」

森內老師的母親忽然忍不住輕笑。眼睛雖然還淚濕著，但笑容是眞心的。

「這麼說來，惠美子提過。你是井上同學，對吧？惠美子說你是學年首屆一指的優秀學生，非常能幹。」

過獎了——井上康夫又殷勤地行禮。

「井上。」吾郎再度出聲。

「幹麼？」

「誰啊？」

佐佐木吾郎是在問那兩名男性。

井上法官完全不爲所動。那張伶俐端正的臉龐反射著日光燈的白光。

「我也不曉得，我們只是在入口遇上，一起進來而已。請問兩位是誰？」

馬球衫的男性終於忍俊不禁，笑容堆滿臉。佐佐木吾郎的父親也在笑，一副「眞像井上同學」的表情。

「哎呀，自我介紹得晚了，你們眞是讓我看得著迷。」

馬球衫男性劈頭就是親密的輕鬆語氣，這也是當然的。

津崎老師站起來說：「河野先生。」

咦？學生們望向他。

「沒錯，我是河野調查偵探事務所的河野良介。啊，我的頭銜是所長。」

然後，這位是——他親暱地把手搭在旁邊的領帶男性肩上。

「他是垣內美奈繪的丈夫，垣內典史先生。」

就連這種時候，大人也忙碌地交換名片。而沒有這種方便道具的健一等人，就由津崎老師一一介紹。在健一的眼中，河野所長就像熱愛昆蟲的少年進到昆蟲博物館般，興奮難耐。他似乎覺得在這種狀況下表現出來會太失禮，拚命忍耐著，但還是無法完全忍住。看來，他說「看得著迷」並不是假的，所長對健一等六人的態度非常和善。

「哎呀、哎呀，實在了不起。這些孩子在老師的學生裡，也是出類拔萃的超級中學生吧。」

他還這樣對津崎老師說。原來如此，所以他才會願意免費調查與校內法庭有關的事。

可憐的是垣內典史。在河野所長盡情抒發完他的佩服與感嘆之前，他只能縮著脖子。

「河野先生……」

可能是感到無地自容，他小聲叫喚，所長這才想起正事。

「哎呀，抱歉。是我聯絡垣內先生，把他拖過來的。」

垣內先生萎靡不振，尤其是他那無顏面對森內老師的母親的樣子。他縮著背，彷彿想要躲進看不見的洞穴裡。

「美奈繪居然做出這麼要不得的事來，我實在不曉得該怎麼道歉才好……」

河野所長也一起行禮。

「可是，森內女士，這次的事雖然非常遺憾，不過對於垣內先生來說，也是意料之外的事，請妳務必理解這一點。」

森內老師的母親默默地垂著頭。道理上，所長說的或許沒錯，但心情上不可能就這樣接受。

「究竟怎麼會演變成這種狀況，一切都還不清楚。不過警方說今晚七點左右，底下三樓的住戶聽到四樓外廊有女性在爭吵的聲音。」

應該是森內老師和垣內美奈繪——所長接著說：

「若是如此，從委託我們調查眞相以來，這是森內老師第一次與垣內美奈繪碰面。或許她們說了什麼，結果垣內美奈繪情緒失控，做出這種事來。這是很有可能的情況。」

然後，河野所長稍微前屈，喚道：「藤野涼子同學。」

低垂著頭的涼子，紅著雙眼抬起頭。

「我了解妳自責的心情，不過妳那是杞人憂天。HBS的茂木記者並沒有聯絡垣內美奈繪。」所長說，他不是那麼輕率的人。

「你們學校的事——唔，那個人也有說不過去的地方，不過他畢竟是職業記者，知道在這種情況下直接去找垣內女士，會引發麻煩。」

涼子默然。

「三天前，茂木先生來採訪我。」河野所長對眾人說：「既然他說是從森內老師那裡聽來的，我也沒有什麼好瞞的，便把調查內容全部告訴他了。茂木先生似乎受到相當大的衝擊。」

因爲他完全沒有發現垣內美奈繪這個人的存在。

「我們都同意這件事必須謹慎處理，所以並沒有發生藤野同學擔心的那種事。」

涼子雙手掩面，一美環住她的肩膀，摟著她。

「——我還以爲是我害的。」

涼子在哭。

「沒那回事，放心吧。」

「惠美子那孩子——個性太好強了。」

森內老師的母親小聲地說：

「或許撞見垣內女士，她忍不住說了什麼。」

對自己做出陰險騷擾行爲的鄰居就在眼前，而且自己掌握了不動如山的證據，會忍不住想要說個一、兩句，也是人之常情。原來如此——健一心想。

「如果對方是男的，應該會覺得害怕，但都是女人嘛。」一美說：「如果我是森內老師，也會想要說點什麼吧。妳少在那裡裝沒事，妳在背地裡做了哪些骯髒事，我都知道得一清二楚！——就像這樣。」

然而，這卻激怒了垣內美奈繪。被她知道了，全曝光了。

——與其說是生氣，會不會是害怕了？

一直以爲能夠隨心所欲地操控狀況、一切都很順利的人，頓時認清現實並沒有那麼簡單，事跡已敗露，就要受到報應了。

垣內美奈繪驚慌失措，心生害怕，覺得無論如何都要封住森內老師的嘴才行。她想要抹殺森內老師，因此引發了暴力行爲。

然後，她逃走了。此刻本人是不是也回過神，爲自己犯下的滔天大錯驚恐不已？

有樣東西沉沉地掉進健一的心底。

被不能克制的憤怒與恐怖攫住，做出破壞性的暴力行爲。可是，等那一瞬間過去，又恢復理智，幾乎被自己犯下的重罪壓垮。

跟和彥的親生父親做出來的事一樣。

——要是沒死就好了。

和彥剛才的呢喃，不是出於對垣內美奈繪的同情，而是冷靜地注視過這種窮途末路的發言。因爲他的父親就是如此。

所以，他才只讓健一聽到他的呢喃。

「請問一下，」萩尾一美發出格格不入的可愛聲音，「你是垣內先生嗎？」

「是。」

垣內典史身材修長，看起來就像菁英分子。平常他不是被國中女生這麼叫喚，就會畢恭畢敬回話的人吧。

「或許是我多管閒事，不過垣內先生可以待在這裡嗎？或許你太太會聯絡你呀。」

垣內先生垮下肩膀，「我家裡有警察。」

「這樣啊。那麼，就算你太太自暴自棄，想一不做二不休，乾脆連垣內先生一起殺了，也不用擔心了。」

佐佐木吾郎朝一美頭上拍了一掌，押著她一起行禮賠罪：「對不起、對不起、對不起！這傢伙就愛這樣口無遮攔，我替她道歉。」

垣內先生默默地頹喪著。原本變成牆壁一部分的吾郎父親也惶恐地說：「哎呀，眞是對不起。」

河野所長苦笑，「替垣內夫妻仲裁的金永律師，很熟悉離婚問題。原本堅持不退讓的美奈繪女士，雖然狀況時好時壞，但漸漸願意聆聽律師的說法了。」

眾人認爲垣內美奈繪如果會聯絡誰，應該會是金永律師，所以律師也在待機。

「我也，呃……」垣內囁嚅著說：「被金永律師好好教訓過，不能總是說些自私自利的話……這陣子我也在努力反省，改變自己的態度……」

聲音愈來愈小，最後消失不見。一會後，他說：「眞的很對不起。」

「人生啊，沒人知道接下來等著的會是什麼。」

河野所長說。就算是想要打圓場，也實在不怎麼高明。

健一的注意力漸漸渙散。朝牆上的鐘一看，快凌晨兩點了。因爲持續緊張著，他並不睏，但身體終究是累了。

藤野涼子的眼淚乾了，情緒也穩定下來，不過她依然緊抿著嘴。吾郎沉默不語，頻頻擔心地觀察涼子。

一美會提出那種問題，或許也是因爲無聊。她剛才偷偷打了個哈欠。

神原律師呢？轉頭一看，他靠在椅背上，正閉著眼睛。

森內老師的母親口中的警察一去不回。是守在醫院出入口之類的嗎？還是沒那個必要？因爲垣內美奈繪不可能知道森內老師會被救護車載去哪一家醫院。警方對母親的問話結束後，接下來只能等待森內老師恢復意識了吧。

手術順利嗎？

級任導師過世──而且是被捲入犯罪事件，遭人殺害，這種事他根本不曾想過。自從參與校內法庭以後，健一──不，這裡的六個人就輕鬆、頻繁地使用死亡、自殺、殺人這些字眼，如同早飯、社團活動、月考這些詞彙一樣。這是沒辦法的事，但或許有些沒神經了。雖然不曉得是命運之神還是正義女神，但也許這是神靈爲了給健一他們一記當頭棒喝，才引發這樣的事件。

健一想著這樣的事，不知不覺打起瞌睡。

手術在凌晨五點結束，森內老師保住了一命。

聽到執刀醫師平淡的說明，老師的母親又哭了。津崎老師摟住她的肩膀。

熬了一晚，垣內先生和河野所長的人中和下巴都冒出淡淡的一層青黑色，原來成年男性是在夜裡長鬍子的。

眾人與老師的母親互相慰勞後道別，河野所長說要和垣內先生一起回去。

「好好休息，接下來還有重要的工作等著你們。」

所長用一種完全是伙伴的表情說。

回程的車上沒有人開口。一美不停地打哈欠，涼子的頭靠在車窗上發呆。

「女生優先。」

所以吾郎的父親先載一美回家，接著送涼子回家。涼子下車的時候，身體微微搖晃了一下。天色完全亮了，但藤野家的玄關燈亮著沒關。

再見，涼子背過身時——

「藤野同學。」

一直默默閉著眼睛、看似睡著的神原和彥，忽然以緊張感十足的聲音喚道。那聲音清朗得令眾人都十分詫異。

涼子回頭，雙眼看起來很睏。

「檢察官，不可以棄權啊。」和彥說。

是至今爲止最直率、最親近的語氣。

涼子一時沒有反應。她撩起凌亂的劉海，像要確認自我似地眨了眨眼睛，接著說：

「我怎麼可能棄權？」

然後她按了一下門鈴，請家人開門，消失在藤野家裡。

車子駛出去的時候，吾郎忍不住發牢騷：

「嘖！那明明是我要鼓勵檢察官的場面，居然搶人家的鋒頭。」

對不起——和彥說完，又閉上眼睛。佐佐木吾郎和駕駛座上的父親都笑了。

神原律師沒有笑，所以健一也沒有笑。

15

八月十日

每個人都一臉睏倦。

上午十一點，這裡是城東三中的圖書室。野田健一抵達的時候，成員幾乎都到齊了。窗邊的桌子隔著井上法官，分成辯方和檢方，這已是熟悉的場景，但今天隔著一張桌子的地方，八名陪審員也都到齊了。

總覺得暌違許久。倉田麻里子、向坂行夫、音樂社的山埜香奈芽、籃球隊的竹田和利、將棋社的小山田修、轉學生蒲田教子與曾經拒絕上學的溝口彌生。

還有，嘴唇沒有血色，臉上也沒有眉毛的勝木惠子。

如果把「憔悴」這個詞擬人化，是不是就是這副模樣？

她的身形消瘦，臉色也很糟，領口邋遢鬆垮的運動服十分寬大，看起來頗爲慵懶。健一一開始以爲沒有眉毛是配合髮色脫色成接近金色，但仔細一看原來不是。不曉得是拔掉了還是剃掉了，根本沒有半根，然後現在又沒有畫，完全不施脂粉。比起萩尾一美，這樣的勝木惠子更不像勝木惠子。

健一忍不住直盯著她，結果襯衫袖子被扯了扯，和彥示意他坐下。健一發出聲響，拖開椅子。面對健一不客氣的注視，惠子毫無反應。那雙空洞的眼睛，沒有看著任何地方。

——理所當然嗎？

對她而言，大出俊次依然是特別的存在。對於大出家發生的事，她不可能不受到打擊。

——就算是這樣……

她的變化之大，令人有些不忍心。她就這麼——就這麼喜歡大出俊次嗎？

召開這場集會的是井上康夫。只有他一個人精神奕奕，也沒有睡眠不足的樣子。場面一片寂靜。不曉得是誰拿進來的，桌上散放著好幾份報紙。

井上法官乾咳了一聲。

「北尾老師還沒有到。」

也不是特別向誰說明，他看了一下手表。

「再等五分鐘就開始。」

聽到這話，萩尾一美一副吃不消的表情，打了個大哈欠，倚到旁邊的佐佐木吾郎身上。今早她穿了件有白色蕾絲滾邊的洋裝，打扮得美美的。穿制服的藤野涼子靠在椅背上，眼睛盯著桌面，但像是被一美傳染了，手按在嘴邊低調地打哈欠。結果吾郎也被傳染了。然後三人相視，難爲情地悄悄笑了。

陪審員裡有人看見，開朗地笑了。是倉田麻里子。向坂行夫責備似地戳戳她，顯胖的身體拘束地塞在她與籃球隊的竹田之間。

「小涼，妳們眞是辛苦了。」麻里子慰勞似地說：「睡一下也好。」

涼子朝她輕輕點了一下頭。井上法官抱起雙臂，掃視眾陪審員。

「爲什麼連你們都這麼睏？」

除了勝木惠子以外，七人面面相覷，一頭長髮端莊地綁成兩條辮子的山埜香奈芽，規矩地先舉手再發言：

「我們昨晚也接到北尾老師的聯絡。他說如果我們一早突然看到電視新聞，可能會嚇一跳。所以擔心得睡不好。」

「可是，今天早上的新聞沒有報。」蒲田教子說。溝口彌生挨著她，或者說寄生在她身上似地緊貼著，也點了點頭。

「報紙上是不是也沒有寫什麼？」

「應該是趕不上截稿吧。」

法官用下巴示意報紙說：

「我想沒有消息大家會不安，所以請大家過來。」

這一點似乎大家都能明白——一樣是除了惠子以外，只有她仍一臉茫然。

「希望森內老師的事不會鬧得太大。」

倉田麻里子豐滿的臉暗了下來。與惠子相對照，她的臉似乎變得更渾圓了，她好像不會因夏天太熱而食欲減退。

「媒體會不會又跟柏木同學的事連結在一起，大肆報導啊？」

「就是爲了預防這種狀況，接下來要——」

說話的井上法官，銀框眼鏡反著光，話聲冷不防被另一個走調的聲音蓋過了。

「俊次怎麼了？」

是勝木惠子。她眼神空洞地環顧在場眾人。那表情彷彿才剛從水裡——從其他人看不到的、只屬於她的深邃水窪裡——被打撈上來。

「有人知道俊次怎麼了嗎？告訴我他怎麼了！」

一直默默望著桌上報紙的和彥，抬頭看法官。法官點點頭，大出俊次的律師便在椅子上轉身，面向惠子。

「等一下我會好好向妳說明。」

惠子圓睜的漆黑瞳眸搖晃起來。

「那也是今天聚會的議題。」法官接著說：

「對，我們知道妳很擔心，可是請妳稍微忍耐一下。」

令人驚訝的是，惠子順從地點點頭，接著又變回出神模式。竹田和小山田這對高矮拍檔就像看到外星人，對她退避三舍。

「說的也是，」倉田麻里子壓低聲音說：「就算看新聞，也不曉得大出同學現在怎麼了。」

小山田修一樣放低音量，悄悄地說：「那勝木怎麼不去他家看看？」

高個子搭檔嘆道，「就是做不到才會憔悴成那樣啊，你眞是不懂女人心。」

「女人心」這個詞引來蒲田教子的冷笑，她那高挺漂亮的鼻頭正對著徹底萎靡的勝木惠子。

伴隨一陣響亮的聲音，圖書室的門打開了。身穿運動外套和T恤的北尾老師現身。

「喲。」

同時受到眾人矚目，他退縮了一下。

「大家都到啦，辛苦了。」

幹麼啊，怎麼一副像在守靈的氣氛？——老師說著，大步走到閱覽席的桌邊。在他身後，津崎前校長也跟著現身。早——他對學生們打招呼。這次一樣是倉田麻里子最有朝氣地回應。

「大家都過得好嗎？謝謝大家過來。不好意思啊。」

津崎老師也難掩疲態。光禿禿的額頭沒有光澤，肩膀也垮著，下巴一帶冒出來的鬍碴幾乎全是白的。健一看出他一定是直接從醫院過來的，小狸子完全沒睡。

井上康夫站了起來。不是爲了北尾老師，而是爲了津崎前校長，然後也是向著津崎老師行禮。

「辛苦了。老師，身體不要緊嗎？」

謝謝，我沒事——小狸子應著，猶豫了一下，走到陪審員們旁邊坐了下來。除了惠子以外的七個人同時鞠躬。

北尾老師問井上法官：「山崎在那種地方做什麼？」

他說的是法警山崎晉吾。他站在圖書室的門口，剛才健一也和他擦身而過。

「他在監視。」法官笑也不笑地回答：「保護這場聚會，免得受到闖入者騷擾。」

「誰會闖入？」

「或許會有人啊。」

北尾老師就像有蟲子飛進耳朵似的，把手指塞進耳洞，皺起眉頭。

「噯，好了。」

他插腰站著，再次俯視學生們。

「首先是好消息。森內老師的傷勢很穩定，雖然意識還沒有恢復，但已逐漸脫離險境。」

眾人宛如默契不佳的合唱團，吐出混合各種音調的嘆息。

「太好了。」倉田麻里子雙手捂著胸口說：「眞的太好了。」

沒有人附和她的發言，至於動作，只有勝木惠子突然抬手，不耐煩地撩起脫色的頭髮而已。

井上法官開口：「各位陪審員不清楚詳情，對吧？接下來所說的內容，不能洩漏出去。這本來應該是要在法庭上揭露的事實，但依現況來看，無法等到開庭的時候，所以先在這裡向大家說明。消息絕對不能外傳，各位能夠答應嗎？」

這種時候，麻里子會沉默不語。怎麼辦？怎麼辦？她只會眼睛珠子轉來轉去。

「放心啦，交給我們。」

竹田和利堅定地回答，健一心想可以請他擔任陪審團團長，他很適合。

「那麼，津崎老師，請說。」

北尾老師催促，津崎前校長就要站起來，但可能發現自己相當疲勞，又坐回椅子上。

「如果有什麼疏漏之處，請幫忙補充。」

津崎老師就像與立場對等的大人說話那樣，看了看涼子與和彥，然後開始說明。健一本來還在好奇老師會吐露到什麼程度，沒想到他把相關事實全部說出來了。包括垣內美奈繪這名女性的名字，也明確地說了出來。

這些事陪審員全是初次耳聞，他們看起來與其說是吃驚，更像是傻住了。沒想到近在身邊的老師，會碰上那種像是社會新聞的事件。

連勝木惠子也是一樣，雖然眼神依舊空洞，卻也轉向熬了一整夜而疲倦不堪的小狸子，嘴巴微微張開了。

「出於這樣的原因……」

大致說明完畢，明明也不是多長的內容，津崎老師卻像完成一趟小跑步，氣喘吁吁。

「森內老師遭到這次的攻擊，眞的非常不幸，令人同情。」

倉田麻里子的小眼睛盈滿淚水，山埜香奈芽的臉頰緊繃。溝口彌生緊抓著蒲田教子的手，教子挺直了背支撐著彌生。

「難看死了。」

勝木惠子低喃，空洞的眼裡萌生出漆黑的焦點。

「老大不小的女人了，居然做出那麼難看的事。」

沒有人評論。

「森內老師……」向坂行夫開口，擔心地覷著在一旁淚流滿面的麻里子。「我一直覺得她不是會撕破告發信丟棄的老師，總覺得鬆了一口氣。」

津崎老師瞇起眼睛。
高矮拍檔伸手抹了一下人中，大大地吁了一口氣。
「嚇一跳。」
「太吃驚了。」
他們陸續發言。
「校長，那校內法庭要中止嗎？」
津崎前校長瞇著眼睛微笑。
「你們覺得應該中止嗎？」
將棋社的小矮子仰望籃球隊的高個子。即使坐著，兩人的身高也差了一顆頭。
「我覺得這件事的決定權不在我們陪審員手中，但我個人不希望中止。」
竹田和利的語氣沉著，果然陪審團團長就是他了。
「小森森——不，森內老師很照顧我們隊上的每個人。如果可以透過這場審判，解開老師因告發信而蒙受的冤屈，大家都會很開心。」
「尤其是校友會。」他的搭檔補充道：「畢竟那可是小森森後援會。」
「你少多嘴啦。」
小山田修不在乎，「我們那裡也有很多森內老師的崇拜者，所以我才會在這裡。」
說完後，他噘起那張圓臉上厚厚的嘴唇：
「如果審判中止，我想大家都會很失望，也會生氣喔。」
「我不打算中止。」
眾人赫然瞪大眼睛。井上法官的聲音就是這麼尖銳有力。

「也沒有理由中止，但有個問題。」

他交棒似地望向北尾老師。依然叉開雙腿、雙手插腰站著的北尾老師，重重地嘆了一口氣。

「沒錯，這下會出現問題。」

媒體會爭相採訪——

「事實上，今早職員室已接到好幾通電話。目標暫時應該只有我們。」

身爲面對學生的教育者，這樣眞的非常不恰當，但北尾老師響亮地嘖了一聲，皺起眉頭。

「森內老師的遭遇，是不折不扣的傷害事件。不，應該說是殺人未遂吧。而且嫌犯正在逃亡，動機也不清楚。因爲與告發信有關，所以更加棘手。」

「棘手？怎樣棘手？」

高個子竹田呆呆地問。

「因爲也可以解釋爲，這個叫垣內的女性不是與森內老師個人結仇，而是對城東三中懷恨在心。雖然我們知道根本沒有這種事。」

井上康夫開口：「也就是說，可能會有媒體以此作爲免死金牌，要求採訪這場審判。」

「媒體？」

「HBS嗎？」

「不是整個HBS啦，是《前鋒新聞》吧？」

「簡而言之，就是那個叫茂木的記者吧？」

「我討厭那個人。」

最後一句話是溝口彌生說的，大家都望向她。彌生突然怕了起來，但還是果敢地說完：

「——他無法信任。」

「茂木先生沒問題的。」藤野涼子毅然決然地說：「不用擔心他。」

蒲田教子露出氣憤的表情，「妳怎能斷定？」

「他是我們檢方的證人。」

咦咦咦咦咦——！陪審員全都叫了起來。

「要找那個人當證人？藤野同學，妳是認真的嗎？」教子真的動怒了，「辯方呢？辯方覺得這樣就行了嗎？」

神原律師面不改色地回答：「沒有理由反對。」

這次教子用一種看外星人的眼神，看著檢察官與律師。雖然只有一瞬間，但健一瞥見律師使眼色對檢察官笑了，但檢察官沒有反應。

「總之，不管是什麼媒體跑來……」

北尾老師抓起脖子上的毛巾抹了抹臉，重新轉向眾人。

「學校都會保護你們。校方絕對不允許媒體把學生當成採訪對象，當然也不會讓媒體妨礙審判進行。」

雖然看上去有點邋遢，但他的態度十分強悍。

「不過，媒體有可能去你們家採訪。這是非常有可能的事。當然，老師會努力當你們的擋箭牌，但無奈老師只有一個人。」北尾老師搔了搔頭說：「只靠我一個人恐沒辦法照顧到全員。如果大家遭到媒體糾纏，或許會碰到不愉快的事，所以……」

他突然露出安撫學生的笑容。

「尤其是陪審員，也有可能因此不想當陪審員了，對吧？」

「所以，我們想聽聽陪審員的意見。」井上法官說：「而且——」

高矮拍檔打斷法官：

「我不會退出。」

「我也不退出。」

「比起媒體，校友會更可怕。」

「你眞的太多嘴啦。」

法官完全沒有曬黑的白皙臉上顯示出「眞不愉快」的感情。

「別急著下結論。」

「啥？」

「我還沒說完。還有另一起事件，應該也會引來媒體爭相報導吧？不僅如此，那起事件也會影響到你們陪審員的心證。」

山埜香奈芽又舉手了。她可能是覺得舉手不夠，規矩地站起來發言。

「是大出同學父親遭到逮捕的事，對吧？」

「沒錯，大家都知道了吧？」

「知道，我們看到報紙了。可是，那件事情有什麼關係嗎？」

香奈芽的聲音非常悅耳，別說音樂社了，即使加入聲樂社也不奇怪。她的站姿也很美，佐佐木吾郎看得發痴。

「——小香眞棒。」

他痴痴地呢喃，被一美擰了一把。

山埜香奈芽環顧眾陪審員後說：「不管大出同學的父親做了什麼，跟大出同學的審判都沒有關係吧？而且大出同學的父親現在也只是被逮捕而已，在正式的審判中被證明有罪以前，應該是推定無罪之身才對。」

健一看見望著她的津崎老師，那張疲倦的臉上亮起白晝明月般幽矇的光芒，似乎感到相當欣慰。

「嗯，沒有關係。」蒲田教子斷言，「居然認為我們會受到影響，井上同學是白操心了。希望你對我們多一點信任。」

溝口彌生也筆直地舉起沒有被教子抓住的那隻手。倉田麻里子雖然驚慌失措，但向坂行夫向她點點頭，她便鬆了一口氣，露出笑容。

「目前我們還沒有任何貢獻，不過我們自認已有擔任陪審員的心理準備。」行夫說。

「不是心理準備，這種時候應該說『覺悟』。」

將棋高手小山田修也擅長寫作文，曾在報社主辦的讀書心得比賽中得獎。健一忽然想起這件事，兀自覺得好笑。

仔細一看，和彥面朝下微笑著，檢察官也坦率地露出開心的表情。

「沒錯，覺悟。」行夫與高矮拍檔互相確認，用拳頭抹了一下鼻子，轉向法官。「我們不會臨陣脫逃的。」

井上法官正面迎向七對眼睛，高傲地說「好」。他從昨晚開始就一直切換到法官模式。

「可是，勝木同學呢？」

惠子依然眼神陰鬱地瞪著半空，連有人問話都沒發現。

「勝木同學？」法官的聲音尖銳了起來。

山埜香奈芽看不下去似地輕觸惠子的手。惠子看看被摸的手，再看看香奈芽，總算看向法官。

「俊次會怎樣？」

語氣就像夢囈，惠子又陷進只屬於她的黑暗水窪。

「他爸爸被捕了，他媽媽是不是也很危險？俊次會怎樣？如果爸媽都不在了，他會被丟進孤兒院嗎？」

她的想像力朝著不好的方向暴衝，思考能力也在空轉。

「現階段還──」

「昨天才剛出事，我們還沒有聯絡上大出同學。」和彥平靜地說：「今天早上我們打電話給大出家的律師風見，但也沒有找到律師。」

「會不會連律師也被抓了？」

這推測意外地敏銳。

「我們和風見律師見過幾次，從目前爲止的談話內容來看，律師跟這次的事並沒有關聯。不過，由於事件的性質，律師有可能受到警方偵訊。」

健一沒有想到這麼深，所以內心一涼。這樣啊，這也是有可能的事。

「不管怎樣，大出同學現在平安無事，跟他父親的案子也沒有關係。勝木同學，妳最好冷靜一點。先放下心來吧。」

井上法官像要推開和彥似地加重了語氣說：

「妳原本就出於非常個人、極度情緒化的理由，對大出同學寄予同情。光是這一點妳就不適任了。從妳現在的樣子來看，我不認爲妳能夠繼續擔任陪審員。」

不要這樣認定啦──麻里子抗議。法官不理會她，繼續說：

「處在這種缺乏理性的狀態，也有可能受到周圍的雜音影響。如果就像北尾老師剛才說的，媒體群起採訪，妳能好好地對抗這些阻礙嗎？」

勝木惠子不肯看任何人，她只注視著自身黑暗想像中的大出俊次。她沒辦法從那裡移開目光。

「如果我不在了，誰來幫俊次？」

「所以我就是在說，妳那種想法不適任！」

惠子睜著空洞的眼睛，冷不防湧出淚水。她不掩面，也不低頭，朝著虛空哭泣。

「他只剩下我了啊……」

健一想要說不是這樣的，但又作罷。他覺得不管說什麼，惠子都聽不進去。和彥默默無語，津崎老師和北尾老師也都不說話。

「如果把我趕出陪審團——」

惠子放聲大哭，同時高喊起來：「我就要告訴那個記者，你們陷害俊次！我要到處跟人說，這種審判從一開始就是玩假的！」

惠子的叫喊聲沒有擊中任何人，是毫無威力的散彈槍。子彈還沒有射中目標，就在半空中自行消散。健一甚至可以看見那小小的叫聲顆粒，在圖書室有些灰濛濛的空氣中描繪出來的軌道。虛軟無力地**耍賴**的拋物線，響亮的只有聲音而已。

然而，那聲音之激越，開槍的本人被驚嚇得最厲害。惠子忍住嘔吐似地雙手摀住嘴巴，睜大了眼睛，全身瑟縮起來。剛才那是什麼？我說了什麼？

「妳啊……」

高個子的竹田彷彿將長長的身子折成兩半，湊近惠子。

「那種言不由衷的話，別喊得那麼大聲啦。」

健一鬆了一口氣。竹田很不錯，真的可以依靠。

「言不由衷？」

蒲田教子眼神凶惡地反問。她一露出那種眼神，頓時變得好像大人。說得難聽點，就像個歐巴桑。

「我聽起來倒像肺腑之言。」

「的確，那番發言聽起來是在恐嚇我的法庭。」

什麼「我的法庭」，你入戲過頭了吧，井上。

噯，大家冷靜——竹田的搭檔開口安撫眾人。這兩個人的默契也非常可靠。

「勝木同學是大出同學的女朋友，我們不是都知道嗎？事到如今，就別那麼斤斤計較了。井上也別眞的生氣嘛，你生起氣來很可怕耶。」

「所以，我從一開始就質疑這個人選。」教子不退讓，「如同井上同學說的，這種人不適合當陪審員，應該趁這個機會請她退出。」

惠子仍雙手緊摀著嘴巴。她把額頭貼在桌上，看不到臉。津崎老師露出想爲她做些什麼的表情——比如拍拍她的肩或是撫摸她的背——可是他沒有隨便插手，只是看著。

「不能把她除名啦，她說要去向媒體告狀耶。」

竹田不是用手指，而是像店員小姐那樣掌心向上，朝著她說。

「可是，竹田同學剛才不是說，她不是認眞的嗎？」

「現在不是認眞的，但如果眞的把她趕走，她會認眞起來的。」

教子似乎不懂高個子竹田的說法，對更用力抓住她的彌生投以要求說明的眼神，「妳懂意思嗎？」

不只是健一，涼子與和彥，還有井上法官都吃了一驚。因爲彌生開口，做出極爲恰當的發言。

「竹田同學的意思應該是，不能把勝木同學逼得太絕。」

教子眉頭皺得更緊，回望竹田。「是這個意思嗎？」

「就是這個意思。」

竹田微笑。小山田修大聲讚揚似地向彌生吹了聲口哨，彌生慌忙躲到教子的背後。

山埜香奈芽注視著惠子，表情嚴肅，但眼神很溫柔。然後，她慢慢地對惠子說：

「——我們一起努力吧。」

就像動聽的獨唱。

「別說那種自暴自棄的話，一起完成陪審員的職務，好嗎？」

「我們可以變得公正。」然後，她環顧其他六個人說：「單獨一個人沒有辦法……但如果大家一起合作，就可以變得公正。因爲有成見的不只是勝木同學一個人。」

「是嗎？」教子依然態度強硬，「我自認不受成見影響。」

「或許只是自己沒有意識到而已。」

教子又像聽到什麼無法理解的事，望向彌生。彌生點點頭說：

「所以八個人在一起，就可以變得公正。可以努力變得公正，不是嗎？」

沒錯、沒錯——高矮拍檔唱和。香奈芽的臉頰脹紅了。

「隨便亂發言，對不起。」

「不會，小香說的很對。」

「妳說的眞好。」

麻里子的眼睛依然通紅。她跟向坂借來手帕，按在鼻子上。向坂的鼻頭很紅。根據剛才一路觀察，他一感動就會握拳擦鼻子。

勝木惠子仍趴在桌上。津崎老師把手放在她的肩上。只是這樣，什麼也沒說。

「我說井上啊。」北尾老師叫道。

「什麼事？」井上康夫推起眼鏡。

「我現在等於是這所學校的大出負責人。他的事確實令人擔心，身爲老師，我有義務掌握他的狀況。剛才勝木也說了，如果這場騷動導致他家變得一團混亂，讓他住在我這邊，等事情告一段落也行。」

吃飯睡覺，洗衣洗澡——

「不管碰上任何事，人還是得過日子，不是嗎？可是，我覺得光憑他一個人應該沒辦法。他沒有那種習慣，也沒有受過那種訓練，得有人支持他才行。」

井上點點頭催促，「所以呢？」

「所以，」北尾老師搔搔鼻翼，「不管是以怎樣的形式，如果知道大出是什麼情況，可以由我來轉告勝木嗎？把這傢伙拉來丟進陪審團的是我，我是覺得過意不去啦，但我也不是不明白這傢伙的心情。」

井上康夫不只是眼鏡框，連下巴都微微抬起。他的個頭比老師矮一些，視線卻完全是高高在上。

「也就是說，老師要求把有關被告現狀的資訊，僅向某一名特定的陪審員候選人說明，是嗎？」

「哎唷，也不用那麼一板一眼，只要讓勝木可以放心的程度就行了。當然，我不會讓她見大出。就算本人說想見，我也不會讓他們見面。」

「俊次才不會想見我。」

勝木惠子挺直身體。她滿臉淚痕，臉色變得更加蒼白。

「可是，妳不是想見他嗎？」

北尾老師不耐煩地說，不過只有口氣很差，眼神則充滿擔憂。

「如何？」井上法官看向檢方和辯方。健一身旁的和彥立刻答應：

「了解。」

「檢方？」

涼子仰望井上的銀框眼鏡，簡短地回答：

「妥當。」

不曉得哪裡好笑，井上法官一邊的臉頰忽然泛出笑意。

「好。」他轉向北尾老師說：「雙方都同意了。可是，老師，向勝木惠子陪審員候選人說明的資訊，也請盡速向我——法官井上說明。」

「是、是、是，沒問題。」

北尾老師這次伸手塞住兩邊的耳朵，陪審員們低聲竊笑。

「從北尾老師那裡得到的說明，我會轉達給檢方和辯方。因爲不能有任何不公之處。不過辯方——」

是——和彥反應。

「即使是你們獨自與被告接觸得到的資訊，也不得告訴勝木陪審員候選人。即使她要求提供資訊，也不許回應。」

眞是有夠死板的。

「了解。」

「我說井上啊，」北尾老師低吼似地說：「你應該也知道自己做得太誇張了吧？」

「誇張一點才是剛剛好。在這種事上，程序與形式是很重要的。」

老師做出咂舌的嘴型，井上法官又趁勝追擊：「北尾老師。」

「還有什麼？」

「爲了與本法庭有關的事項對本人發言，或是要求發言時，請稱呼『法官』。」

「是是是，**法官大人**，小的遵命。」

陪審團又笑了。津崎老師也一起笑了，然後他說：「對了，井上法官。」

「什麼事？」

「這八位現在還是『陪審員候選人』嗎？聽法官是這麼稱呼他們。」

「沒有錯。」

井上法官狀似滿足地點點頭。高矮拍檔吵鬧起來：

「我們不是確定成爲陪審員了嗎？」

「接下來才要正式決定，需要手續。」

「那就快點辦手續啊。」

小山田修說道。蒲田教子像要推開他似地舉手，「在那之前，我想確定一件事。」

她重新轉向井上法官，「之前決定由我們八個人擔任陪審員候選人的時候，井上同學不是不太樂意，說『八個人有可能出現裁決不成立的情況』嗎？」

這麼說來，確實如此。

「意思是，如果陪審員是偶數，有可能正反兩邊平手，無法做出裁決吧？」

「沒錯，哪裡不對嗎？」

「這樣不對吧？這麼重要的事，居然要用多數決嗎？」

噢，說的也是。

「我也不是整天閒在家睡覺。我讀了一些有關美國陪審團制度的書，上面說陪審團並不是多數決。必須全體意見一致，才能做出裁決。裁決不成立，指的是有任何一名陪審員反對的情況。」

眾人興味盎然地聚焦在井上康夫的身上。

「咦——？」

小山田修拖著長長的尾音，發出開心的聲音。「井上，原來你也有疏忽的時候啊。」

沒關係、沒關係——他打消前言般誇張地揮手說：

「這點小錯無妨。而且這下我總算放心了，原來井上也是人啊！」

除了勝木惠子和井上康夫以外，每個人都笑了。

「我有時候也是會出紕漏的。」井上法官說：「世上無完人。」

等每個人都笑完了以後，蒲田教子說：「我們責任重大呢。」

「沒有時間可以重來，而且重來的話，這場審判就沒有意義了。」藤野涼子對教子微笑說：「拜託你們了。」

教子原本就銳利的眼睛吊得更高了。

法官俐落地催促眾人：「那麼，各位請起立。八名陪審員候選人請上前，站在我前面。」

健一等人讓出位置。高矮拍檔率先行動，教子和彌生手牽著手。「走吧。」山埜香奈芽摟住不肯站起來的勝木惠子肩膀，催促著她。惠子看也不看香奈芽，慢吞吞地站起來。香奈芽臉上綻放微笑，輕推惠子的背。

「好了嗎？」井上法官環顧八人，眼鏡反射光芒。

「各位被遴選爲陪審員候選人，參加即將到來的八月十五日上午九點開庭的法庭，審理本校學生柏木卓也之命案。各位對於這項遴選有異議嗎？有任何異議，請當場提出。」

「不是就說要當了嗎？」

「你不要囉嗦啦。形式很重要的，懂嗎？」

高矮拍檔說著，把溝口彌生逗笑了。這是健一第一次看到「監護人」教子沒笑，她卻自己一個人笑。寂靜。北尾老師用手指掏著耳朵。津崎老師立正不動，那張疲倦的臉像白晝的明月般幽幽發光。

停留一段足夠的間隔後，法官盯著檢察官藤野涼子，還有律師神原和彥。

「檢察官與律師有無異議？若有異議，請當場提出。」

兩人同聲回答：「沒有異議。」涼子瞄了和彥一眼，但神原律師望向健一，健一點頭回應。

「那麼，請各位宣誓。諸位陪審員候選人，請舉起右手——不對。」

法官示範，把自己的右手掌心按在心臟上面。

「請把右手放在胸口，這樣比較適合這場審判吧。」

放在心臟上面，眞心的地方——只有這個時候，法官使用了文學式的表現。

「法官，左手要放在哪裡？」

面對一板一眼的向坂行夫，法官也一板一眼地回答：「筆直貼在身體旁邊。背挺直！」

眾陪審員候選人毫不猶豫地聽從了。

井上法官輕咳了一聲，也一樣立正站好。

「各位能夠發誓，屏除一切的成見與偏見，僅根據法庭上提出的證據，盡力做到公正誠實的審議嗎？」

眾人沉默。

「說『我發誓』。」法官說明，「那麼，再來一次。各位能夠發誓嗎？」

八人的聲音拼湊出凌亂的合聲。

「我、我發誓。」

「各位能夠發誓在審議結束，做出裁決之前，對於本法庭所提出的各項資訊嚴格保密嗎？」

然後不待提問，法官就親切地對向坂行夫說明：「意思是，不會把在法庭聽到的事情洩漏出去。這是陪審員的保密義務，懂嗎？」

行夫也正經八百地回應：「是！」

「各位能夠發誓嗎？」

這次成了齊整的合唱。

「我發誓！」

勝木惠子只動了嘴巴。這樣也可以，她也宣誓了。

井上法官緩緩地、深深地點頭。

「竹田和利。」

被叫到名字，高個子的竹田眨了眨眼。

「叫我嗎？」

「說『是』。」

「哦，是。」

「小山田修。」

「是。」

「山埜香奈芽。」

「是。」

「蒲田教子。」

「是。」

「溝口彌生。」

「是。」

「向坂行夫。」

「是。」

「倉田麻里子。」

「是。」

只有麻里子的聲音很高，而且在顫抖。

「勝木惠子。」

惠子低垂著頭。

「勝木惠子。」法官又叫了一次。

「——是。」

聲音很細，但聽得到。

「我任命這八位為本法庭的陪審員。」

井上法官的宣言，讓眾陪審員都興奮起來。眾人拍手或是握手，其中只有惠子一個人垂著頭，而香奈芽從背後環抱住她。

「大家加油吧！」

「對了，那陪審團團長呢？」

「竹田同學。」蒲田教子一語斷定。她那種監護人般的威嚴似乎有增無減。

「我也贊成。」彌生拍手：「我們都認同，法官。」向坂行夫說道。

「咦！我就行了嗎？」

「有什麼關係，很好啊。」

「陪審團團長要做什麼？」

「開庭前什麼都不必做。」

氣氛瞬間變得明朗熱鬧。肅靜、肅靜！井上法官拍手大叫。

接下來進行了一番事務性的討論，到了傍晚時分，眾人解散了。

所謂事務性的討論，就是現實的程序問題。充當法庭的體育館使用許可申請、各項用具的準備、休息室的分配、雙方證人要在哪裡等候，還有難以預測會有多少數目的旁聽人該如何應對等等。

依現狀來看，人手顯然不足，但直到此時都沒有人發現這個事實。竹田和利與小山田修說會找籃球隊和將棋社的學弟妹來幫忙，助益極大。

「兩邊都有校友會盯著，所以大家都不敢偷懶的。」
這部分決定交給法警山崎晉吾──山晉來指揮調度。
還有一件事眾人也疏忽了。就是體育館的悶熱問題，以及法庭召開的六天之間的餐點和飲水。尤其是陪審團，必須某程度與周圍隔離開來，所以不能草率解決，但最大的問題是得花錢。
「恕我僭越，這部分可以交給我來處理嗎？」
津崎老師舉手說：
「其實我已向業者租好冷氣，應該可以在開庭前一天搬進去。餐點和飲水我也委託外燴公司了。」
這讓大家在驚訝之餘，也惶恐不已，北尾老師甚至強烈反對。
「不能這麼寵他們啦，老師。」
但津崎老師那張圓臉笑著說：「這不是寵大家，我只是想要圖個心安而已。請讓我提供這點協助吧。」
拜託──小狸子低頭行禮。
「既然如此，對於津崎老師的好意，我們就恭敬不如從命吧。」
井上康夫回禮，然後嚴厲地對似乎還想抱怨的北尾老師說：「這是法官的裁決。」
「啊──啊，好吧、好吧。」
小狸子高興得眉開眼笑。
「倒是井上同學，你找到法庭上要用的木槌了嗎？」
「找到了。」
「哦，從哪裡弄來的？」
「這──我依法官的職權保密。」
回家的路上，辯方的兩人相當熱烈地討論著法官祕密的木槌來源。

「從工具室借來比較實際，可是我覺得工具室裡只有鐵槌耶。」

「會不會是家裡有？」

「普通人家哪裡會有木槌啊？」

「如果是井上家，感覺就會有。」

校內法庭頓時變得愈來愈眞實了。之前他們也一直視爲現實，但像這樣安排好程序以後，感覺更是逼眞。

——眞的要開始了。

健一興奮不已。另一方面，他卻也感受到一股寒涼的緊張氣息。體育館將化身法庭，大出俊次將以被告的身分站在那裡。

「現在才這樣說也很怪——」

他放慢腳步，忍不住低喃：

「萬一做出有罪判決，我們的被告會怎麼樣？是不是該好好思考一下這個問題啊？」

和彥停下了腳步。健一低頭望著吸飽了白晝熱氣，正緩緩釋放出暖氣的柏油路，超過和彥之後才抬起頭來。

「比起我們怎麼想——」

和彥筆直望著前方。巨大的夕陽落在兩人身後，他卻感到刺眼似地瞇著眼睛。

「直接問本人比較好。」

大出俊次就站在野田家前面的馬路上。他穿著圖案鮮豔的T恤和皺巴巴的牛仔褲，腳上趿著海灘鞋，雙手插在口袋裡。

「你們要我等到什麼時候？」

他低聲說道，慢吞吞地搖晃上半身，撇開臉去，腳下踏著自己的影子。日暮時分，影子變淡了，然而本體卻像被影子吸走力量，顯得更加單薄。

「我都——特地跑來了。」

和彥無語，健一也默然。

大出俊次從口袋伸出手來，往穿牛仔褲的屁股抹了抹，臉依然背對著兩人。

「我……」

和彥等著，健一也等著。

「我要證明自己的清白。」

我要證明自己的清白。這恐怕是大出俊次在至今爲止的人生當中，說過最嚴肅的一句話吧。

「我這麼決定了。」

然後，俊次抬起頭，眼睛底下水光閃閃。額頭、臉頰，還有下巴尖都是。在那種地方站那麼久，會汗流浹背是當然的。

可是，在健一眼中，那似乎不只是汗水。

「也爲了我媽，我要上法庭。」

我的法庭。

「所以，拜、拜、拜託了。」

大出俊次低下頭，把緊握的拳頭按在鼻子上說。

「嗯。」

神原和彥應道，坦率簡單到令人驚訝。

「我接下了。」

和彥先伸出右手，俊次戰戰兢兢地抓住那隻手。沐浴在夕陽下，助手野田健一確實見證了律師與被告的握手。

一起戰鬥吧。

16

開庭日逐漸近了。

藤野涼子製作要提交給法官的證人清單，撰寫開庭陳述的草稿。即使到了這個階段，她還是一再重寫。律師神原和彥也和她一樣正在努力搏鬥嗎？——她雖然模糊地想像過，對方會如何出招、會採取什麼策略等各種細節，但只會分散注意力，百害而無一利，所以她努力要自己別胡亂猜測。

涼子可靠的兩名事務官，製作要呈上法庭的證據清單，謄寫、複印從證人那裡問來的陳述書，與涼子商量決定編號，忙著各種作業。這些作業同時也幫助他們重新確認整起事件的概要，以及檢方的主張內容。

由於母親邦子的掩護射擊「姊姊為了暑假報告，跟朋友努力在做作業，不可以吵她」，總是吵鬧地糾纏涼子的妹妹們都乖乖閃一邊去了。

但或許是感受到涼子的緊張，她們偷偷跑來問：「要是寫不出這份報告，姊姊就要被留級了嗎？」害得涼子笑出來。

她以為已蒐集好必要的書籍和資料，但由於是臨陣磨槍，有時還是會碰上不足的地方。為了一行文字，或是一個詞彙的用法猶豫不決，跑去圖書館查資料。就在這個時候，她碰巧遇上正要從圖書館離開的古野章子。

「終於要開始了。」

章子露出眩目般的眼神說，騎自行車飛馳而來的涼子大汗涔涔。

「是啊，雖然感覺還很不眞實。」

隔著窗戶，可以看見閱覽室裡很多人。

「來查資料？」

「嗯，有些要確定的地方。」

「那我陪妳。」

章子身子一轉，勾住涼子的手臂。涼子吃了一驚。因爲章子很討厭女生這種親密的小動作，從來沒有這樣過。

「裡面有群麻煩的傢伙。」

章子壓低聲音在涼子的耳邊說，然後她的視線斜斜地往閱覽室飄去。

「麻煩的傢伙？」

「神原同學和野田同學的迷妹團。」

腦袋空空，只知道尖叫的笨女生——章子的評語很刻薄。

「現在辯方成了當紅偶像。」

「因爲他們是正義的一方？」涼子露出苦笑，「那我們是貪官污吏嘍？」

「很好笑，對吧？爲神原同學和野田同學瘋狂的那些女生，對柏木同學明明毫無感情，也討厭死大出同學了。」

涼子與章子一起進入圖書館，在書架之間穿梭時，確實感覺到好幾道視線追趕上來。閱覽室出口附近，有幾名女生交頭接耳，一面窸窣交談，一面瞪向涼子，眼神相當不善。章子的機敏令人感激，如果只有涼子一個人，或許會被找麻煩。

——原來我成了討厭鬼。

她有一點明白三宅樹理的孤獨了。

三宅樹理的陳述書已完成，接下來只等呈上法庭。若是平常的狀況，這麼重要的證詞不可能只提出書面。如果是一般法庭的一般律師，肯定會提出抗議，但樹理本人一直無法出聲，所以沒辦法。應該會順利通過吧。

涼子時常打電話到三宅家，聽樹理的母親三宅未來說明她的情況。或是即使明知會吃閉門羹，也前往三宅家拜訪，然後果然吃了閉門羹。但她還是不斷確認樹理的情況沒有重大變化。

佐佐木吾郎提過，全靠傳聞太薄弱，要不要改變樹理的證詞？也就是改成主張「我也和淺井同學一起目擊」。但涼子嚴厲地駁回了。不能在法庭上撒謊，這樣的想法依然不變。

得知樹理願意作證以後，有一段時間，涼子內心一直隱約期待著。期待隨著校內法庭逐漸準備妥當、逐漸了解到真的要進行審判，三宅樹理的心境也會出現變化——說白一點，就是樹理害怕了，吐露真相。

——那封告發信是捏造的，都是編的，我寫了無中生有的事。

這麼一來，就不需要這場審判了。可是，如果能以那種形式公開真相，涼子覺得也不錯。

然而，現實無法如此順遂，三宅樹理沒有那麼坦白。

而且，現在涼子的內心也萌生出一種與當初想要舉辦審判時，不同方向的意志。

或許眞相在我們完全意想不到的地方。

與吾郎議論的時候，她不小心說出這個想法。三宅樹理是個騙子、大出俊次是殺人凶手，這些都是偏見與錯覺。其實殘酷駭人的眞相存在於完全不同的地方，只是一直沒有人留意到罷了。

必須把這樣的疑念徹底洗刷乾淨才行。

此刻驅策涼子的，反倒是這樣的想法。不管被誰討厭、被說得有多難聽，她都不在乎。我想知道，想親手觸摸眞相。即便眞相存在於一開始就呈現在眼前的謊言之中，或是會後悔如果早知是這樣的眞相，就不要費力去挖掘。

如果不洗刷這個疑念，我沒辦法蛻變成大人。

直到涼子在圖書館查完資料，章子都陪著她。離開圖書館時，兩人又手勾著手。

「小涼。」

道別的時候，章子細細端詳涼子說：

「妳現在的表情好棒。」

這麼說的章子也一臉舒暢。

「這麼說來，之前在這裡談話的時候，我拘泥於審判的輸贏，結果神原同學說了。」

——如果問題只在於輸贏，不論結果如何，都會是藤野同學獲勝，妳不必擔心。

「那個時候我覺得他的話太奇怪了，但原來那是在稱讚藤野檢察官。是在稱讚爲了實現這場審判，英勇地一路披荊斬棘的小涼。」

然後她不等涼子反應，便笑著揮手：

「加油！」

現今這年頭，大出勝社長與「通用興產」所引發的這類事件屢見不鮮，有關大出家縱火殺人案的報導短短幾天就銷聲匿跡了。電視畫面和報紙版面都完全找不到相關消息。

另一方面，關於森內老師的案件，由於老師是年輕女性，以及疑似知道案發狀況（無限接近頭號嫌犯）的垣內美奈繪也是女性，而且下落不明，可能是被這樣的謎團挑起了興趣，報紙雖然沒有後續報導，但電視節目依然持續追蹤著。儘管未被視為重要新聞，但晨間新聞節目與評論節目都不時提起這起案子。因此，涼子他們不必等到津崎老師聯絡，就得知森內老師在遭逢橫禍四十一個小時後恢復了意識，能夠眨眼，或是回握陪伴在身旁的母親的手。在如此緊張的狀況下，這是唯一令人鬆一口氣的好消息。

但森內老師依然無法順暢說話，而且昏厥前的記憶也消失了，她似乎無法想起當時究竟發生什麼事。這叫逆行性健忘症，經常發生在頭部受到重度外傷的情況——吾郎從《醫學事典》現學現賣地告訴涼子。

垣內美奈繪依舊下落不明。電視的八卦節目中，美奈繪娘家的附近鄰居，還有案發現場的公寓「江戶川芙洛」的居民接受記者採訪，但都只表示「垣內女士長得很漂亮」、「是位很高雅的女士」，完全不知道兩人之間有過糾紛。

美奈繪的老家是一棟相當氣派的日式房屋，不管記者怎麼按鈴都無人應答，丈夫垣內典史目前也還沒有出現在媒體上。

美奈繪的立場非常微妙，因此每個節目對她的報導也都不同。有些評論家一口咬定她就是殺人未遂案的嫌犯，目前正在逃亡，有可能已自殺，但也有評論家認為森內和垣內兩人都是被害者，美奈繪被攻擊兩人的歹徒綁架，現在仍遭到囚禁，或是已慘遭殺害。不過，任何一種說法都沒有把這件事與城東三中和告發信牽扯在一起。不曉得是尚未掌握到這麼深入的地方，或只是自我節制，認為輕率地牽扯在一起太危險。

以報導節目來說，HBS的《前鋒新聞》甚至是有些不自然地對這起事件保持緘默。至於箇中理由，茂木記者在討論證人詰問的時候順便告訴了涼子。

「對那個節目的諸位工作人員來說，城東三中的方向不吉利啊。」

涼子忍不住笑了，什麼「節目的諸位工作人員」。

「茂木先生被趕出來了，對吧？」

「沒有的事！應該說是我跟他們分道揚鑣了。」

森內老師遭逢橫禍時，涼子曾懷疑是她和茂木記者害的。其實這件事她大可不必說出來，但她覺得假裝不知道也不公平，忍不住說了。

茂木悅男大爲驚愕，露出受傷的表情。「我也太不爭氣了，居然讓一個國中三年級的女生對我如此不信任。」

「我該向你說聲對不起吧。」

「就算妳道歉，我的自尊心也無法恢復。」

「那要怎麼做？」

「我會成爲一個完美的證人，在你們的法庭上讓眾人大吃一驚。」

「如果你想在關鍵時刻背叛我們，我們也不會手下留情。」

「悉聽尊便。這些我全都會拿來當成我的著作材料。」

茂木悅男離開《前鋒新聞》後，成了完全的自由之身，正準備以這次的校內法庭爲題材寫一本書。先前涼子對他說「等我們的審判結束後再報導比較好」，看來似乎眞的會演變成如此。

「絕大多數的關係者都是未成年人，所以對於個人資料，我會非常謹愼地處理。畢竟我是職業記者。」

眞是大言不慚。

「爲了我的作品，我會好好遵守跟妳的約定。這部分妳可以放心。」

聽到這句話，再看到茂木悅男的表情，連涼子自己都十分意外，驚訝無比，但她是眞的放心了。這個記者雖然頑強又奸詐，有些盛氣凌人到令人氣惱……

——不過，現在的他可以相信。

茂木悅男也想要知道眞相，這一點可以相信。

「我懂了。那麼我就寄望你嘍，討厭學校的茂木先生。」

「可以別這麼叫我嗎？」

或許是北尾老師與楠山老師的「吳越同舟」防護牆順利發揮功能，媒體沒有找上法庭相關人士採訪。藤野家也是，偶爾接到的電話全是同學打來的。你們眞的要舉辦審判嗎？可以去旁聽嗎？都是這類意見，也有人誠心忠告，現在還不嫌晚，快點罷手吧。

「藤野同學，妳會沒辦法上高中喔。」

妳不曉得學校的壓力有多可怕，高中入學考的時候，如果成績單上的教師評語被亂寫一通，不管考得再好都沒有用——他們像這樣充滿情緒性地陳訴，試圖說服涼子。她覺得麻煩，便回應：

「萬一眞的是那樣，我就直接去考大學入學資格檢定考，多謝關心。」

然後放下話筒，對方「藤野同學太自以爲是」的罵聲在中途斷掉了。

「要你多管閒事！」涼子朝著電話罵道，還是多少有些不愉快，就在這個時候，山崎晉吾正巧現身。

法警山晉——也就是山崎晉吾，自從最後一次討論以後，他就開始每天巡邏。沒有人拜託，是他自發性的行動。他身穿運動服，騎著自行車，訪問法官、檢方、辯方、陪審團成員等各家各戶，然後詢問：

「今天有沒有什麼狀況？」

有沒有異狀？有沒有問題？需不需要支援或保護？他會這樣一一確定。涼子一開始很吃驚，但山晉的心意令人開心。

山晉不會進任何人家裡，只會在玄關門口問候。有些同學的家長會說「每天巡邏，辛苦你了」，請他喝飲料，但他不會待太久。他會盡量親眼看到對方，確認狀況。巡邏時間如果當事人不在，他會另找時間過來，確實看到對方才肯罷休。

巡邏第一天，山晉首先到藤野家來。然後他說明方針，詢問還有沒有其他需要巡邏的對象。

涼子舉出井口家和橋田家。山晉沒有問理由，二話不說就答應了。

「你也會問神原同學相同的問題嗎？」
「是的。」
「那麼，不管他指定誰家，你也不會告訴我嘍？」
「我會保守雙方的祕密。」
太可靠了，但有個問題。
「山崎同學，你爲什麼說話都那麼畢恭畢敬？」
這是該有的分際——山晉回答。
「這又不是眞的法庭，檢察官地位並沒有比法警高啊。」
「可是，這是該有的分際。」
山晉也是個頑固分子。
而這時被剛才的電話搞得心情大壞的涼子，拿著兩罐冰咖啡來到玄關門口。涼子埋怨電話的事，山晉用掛在脖子上的純白色毛巾擦了擦汗，簡短地說：
「那是雜音。」
是啊——涼子也笑了。
「三宅同學情況怎麼樣？後來我就再也沒有見到她了。」
樹理從一開始就是山晉巡邏的對象。然而，聽說就算是山晉，也對三宅家那個媽媽的銅牆鐵壁束手無策。
「昨天我頭一次見到本人。」
「哎呀……」
是對山晉放下防備了嗎？

「她問森內老師的情況怎麼樣。」

山晉做出在白板寫字的動作。

「這件事我也向三宅同學的母親報告過了，她不相信我嗎？」

「三宅同學就是那種個性。」

很簡潔的評價。山崎還是老樣子，惜字如金。涼子平時面對的都是井上康夫、神原和彥，還有茂木悅男那類巧舌如簧的男生，所以每次見到山晉，都會感到鬆了一口氣。

或許樹理也是這樣的。不需要語言，山晉感覺就是可以信賴的人。

「井口同學和橋田同學怎麼樣？」

「井口見不到，橋田不說話。」

「狀況沒有變化呢。」

「有報社記者去過井口家。」

是井口的父親告訴山晉的。

「他父親怎麼說？」

「說學校禁止採訪，把記者趕走了。」

「或許也會去橋田同學那裡。」

如果記者用客人的身分上門，因爲開的是餐飲店，也沒辦法拒絕吧。

「橋田不會有事。他是『石頭嘴巴』。」

「嗯。謝謝你。我這裡除了雜音以外，一切平安。」

涼子目送離去的自行車，感覺到一絲清爽的風。

開庭日迫在眉睫的時候，接連發生了幾樁大變動。

首先是第九名陪審員的加入。是三年A班涼子的同學，名叫原田仁志。他二年級的時候和古野章子一樣是B班，和被害者及被告的關係都很淺薄。

這是法官井上康夫做出的決定。涼子接到他的電話聯絡。

「原田向我提出想要參加陪審團的要求。」

他緊急召集原定的八名陪審員，眾人沒有異議，同意原田以第九名陪審員的身分加入。原田也宣誓完畢了。

「我和神原同學都沒有拒絕權嗎？」

「這次就服從法官的決定吧。就我感覺原田應該不帶偏見——」

井上法官說著，「哼」地笑了一聲，鼻息噴在話筒上。

「畢竟那傢伙會想要加入，是出於那種動機嘛。」

據說，原田仁志想要加入陪審團，是因爲有利於進入志願學校。

「那傢伙的補習班講師對我們的法庭似乎非常感興趣，稱讚我們是非常有骨氣的國中生。」

「所以，原田同學也想要博得老師的讚賞嗎？」

「不只是被稱讚會開心，也有實質利益。」

據說，那名講師是某知名私立高中的校友，握有強力的推薦入學名額。

「只要進去那所高中，等於是保證直升大學，對原田來說甜頭可大了，沒道理放過這個機會吧。」

「補習班講師的推薦，眞的那麼管用嗎？」

「原田這麼相信，不是很好嗎？就讓他盡情地當陪審員吧。」

「眞意外。」涼子坦白說：「井上同學居然會歡迎那種動機自私的人。」

「就是自私才好。」法官冷靜地應道：「我們對這起事件各自懷抱著不同的私情。即使方向不同，但每個人都無可避免地會以感情為優先。我判斷也需要原田那種冷眼旁觀的感性。」

「神原同學怎麼說？」

「妥當。」

「那我也附議。」

於是，第九名陪審員誕生了。

還有一個意料之外的發展。原本那樣百般設法阻撓校內法庭的楠山老師，居然主動提出要幫忙。

「可是，老師要作證什麼呢？」

「柏木的遺體被發現的時候，我在現場忙著收拾善後。」

哦，這樣啊——涼子說。

「怎麼，看妳一副提不起勁的樣子？」

「沒有的事，如果老師願意當證人，我們非常歡迎。麻煩老師了。」

事後，吾郎和一美討論楠山老師怎麼會突然改變主意。一美一如往常，既辛辣又正確。

「小森森碰上那種事，大家都很同情，對吧？所以，之前一直帶頭抨擊小森森的楠山老師，應該是如坐針山吧。」

「不是如坐針山，是如坐針氈。」吾郎一板一眼地訂正。

「隨便啦。總之情勢完全相反了，楠山老師慌嘍。」

「所以他想諂媚一下校內法庭，好挽回失地。」

「沒錯。想想楠山老師的個性，現在他肯定正在設法擠進這裡，帶頭指揮。」

「他想得美。」

涼子和一美傲然一笑，吾郎不禁縮起脖子：「噢噢，好可怕。」

第三件事，同時也是最大的變動發生在十四日下午。

這天，涼子忙著爲證人詰問的準備做最後收尾，但還是抽空帶著佐佐木吾郎，與辯方的兩人一同拜訪城東警察署的少年課。那份完整的報告令人感激，不過涼子仍希望佐佐木刑警能夠上法庭擔任證人。

「就算你們一起上門拜託，不行的事就是不行。」

佐佐木刑警很冷漠。

「我不偏不倚，不支持任何一方。有那份報告就很夠了吧？」

「非常足夠，所以我們才希望佐佐木刑警能以眞實的話語向陪審團說明報告中的內容。」

「而且，這不是支持哪一方的問題。」神原和彥說：「我們的校內法庭不是爲了爭輸贏，目的是彼此協助，找出眞相。」

沒錯、沒錯——吾郎附和，「請看在我們同姓的情誼上，幫幫忙吧。」

「不可能。」

佐佐木刑警立刻回絕，用一種擔憂的眼神睨著涼子。

「什麼不是爭輸贏……只要有那封告發信，事情就不可能皆大歡喜，難道不是嗎？」

涼子無動於衷，「這是該由我們自己解決的問題。」

就在雙方僵持不下的時候，外出的庄田刑警回來了。他親熱地招呼著湊過來，然後露出訝異的表情。

「這邊的兩位是第一次見面。」

他指的是辯方的兩人。和彥與野田健一向他行禮，打了個招呼。

「這樣啊，你們就是準備爲大出同學辯護的勇敢拍檔。」
庄田刑警目不轉睛地觀察辯方的兩人，尤其是和彥。他是特地跑來當律師的別校學生，而且乍看之下是個弱不禁風的男生，庄田刑警被他勾起興趣了吧。
「他們叫我當證人。」
佐佐木刑警用一種告狀的口氣說，結果庄田盯著和彥，乾脆地應道：「那就當啊。」
「庄田刑警！」
「我覺得堅持旁觀是不負責任的表現。身爲少年課的刑警，這樣的審判，怎麼能不親身體驗一下呢？」
佐佐木刑警頓時屈居劣勢。
「——我只會把那份報告的內容，簡單明瞭地說出來。」
「好的，這樣就可以了！」
「那我要當哪一方的證人？」
程序他們已決定好。涼子舉手，「請妳擔任檢方的證人。」
「檢方的話，不會看起來像是我刻意去作證對大出同學不利的事嗎？」
「可是辯方的話，會讓人產生『連了解大出同學素行的少年課佐佐木刑警都支持辯方』的印象。」
聽到涼子的抗辯，佐佐木刑警瞥向神原和彥，問：「那樣不是比較好嗎？」
神原律師回答：「不。而且我們並不準備在這種地方爭取分數。」
佐佐木刑警一副掃興的表情，庄田刑警笑了。
「好吧。什麼時候？」
「應該會是第二天。」
「佐佐木刑警，反正妳本來就打算去旁聽吧？不必裝出那麼討厭的表情啦。」

庄田刑警調侃，佐佐木刑警嘆了一口氣，忽然換了一副表情說：

「倒是——欸，關於森內老師的事。」

你們不要緊嗎？她問，突然變成擔憂的「大人」神情。

「聽說老師一度性命垂危？」

涼子瞄了神原和彥一眼，和彥只是一臉嚴肅。

「聽說手術成功，漸漸復原了。」

「太好了。大家一定都嚇壞了吧？究竟怎麼會發生那種事……」

欸、那個——佐佐木吾郎插了進來，「佐佐木刑警，那件事有點……」

「有點什麼？」

「那是與我們的法庭有關的事，所以我們不能透露。」

哎喲——佐佐木刑警瞪大了眼睛，庄田刑警也很驚訝。

「這樣啊？那就沒辦法了。」

雖然有些一頭霧水，但佐佐木刑警沒有再追問下去。不愧是吾郎。

眾人同聲道謝，離開少年課時回頭一看，兩名刑警正把頭湊在一塊說話。庄田刑警好像在問什麼。雖然沒有特別的理由，但看到他們頭挨在一起的樣子，涼子有點介意。是在談森內老師的事嗎？

「欸……明天終於要開始了。」

野田健一發出聽不出是起勁還是畏縮的聲音，把和彥和吾郎逗笑了，涼子也被轉移了注意力。

回到家後，涼子繼續檢查堆積如山的陳述書，同時寫下提問事項，不一會，藤野家的電話響了。

她心不在焉地拿起話筒，還沒說完「喂，藤野家」就聽到尖銳的叫聲。

「藤野同學嗎？妳現在趕快來我家！」

還以爲是誰，原來是三宅未來，樹理的媽媽。

「呃，請問怎麼了嗎？」

心臟猛然一跳。果然，終於來了嗎？就在明天即將開庭的節骨眼，樹理終於害怕了。她會說要撤回陳述內容，退出校內法庭嗎？

「還怎麼了！」

樹理媽媽完全慌了。然後涼子聽到接下來的話，也整個人僵掉了。

「樹理說要出席你們的法庭，還說要當你們的證人！」

涼子第一次被帶進三宅樹理的房間。

〈我想跟藤野同學兩個人單獨說話。〉

樹理在平常用的白板上這樣寫，樹理媽媽看了淚眼盈眶，但樹理看也不看那樣的母親。

樹理的房間比想像中更夢幻，或者說充滿少女情懷。可愛的布偶、時尙的石版畫，粉紅色的窗簾邊緣鑲著白色絨毛球。

——原來三宅同學是這樣的女生啊。

涼子還沒有從驚訝中清醒過來，興奮到幾乎頭暈目眩。她覺得自己的血壓一定破表了。

涼子背對門站著。樹理一手提著白板，走近牆邊櫃子上的音響，按下開關。是歌劇嗎？伴隨著交響樂的旋律，傳出男性歌手清朗的歌聲。

樹理側臉對著涼子，瞪著音響，向她招手。

涼子一靠近，樹理就低喃：

「我還，不想讓，媽媽知道。」

「這樣啊，所以才……」

就要接著說「放音樂」的時候，涼子的理解才總算追趕上身體。

三宅樹理在說話。

呼吸停止了。她就這樣撲向樹理，把樹理轉向自己。樹理扭動身體抵抗，涼子把她拖到窗邊，然後蹲下來。兩名少女像躲避著在窗外搜尋獵物的魔物，在窗框底下縮成一團。

「妳可以說話了？可以出聲了？」

涼子壓低聲音，樹理點點頭。

「還，不是很順。」

聲音沙啞，樹理難過地嗆咳。

「不要勉強，慢慢說。妳很久沒有用喉嚨了。」

涼子握緊樹理的手。

「太好了……」

她打從心底這麼想。不管樹理怎麼想、樹理是怎樣的存在，都跟此刻沒有關係。樹理找回失去的聲音了。這真是太好了。

「什麼時候可以出聲的？」

「——今天，中午過後。」

樹理換成白板，迅速寫字。

——我哭了，結果聲音出來了。

涼子注視那扭曲的筆跡。

「妳爲什麼哭？」

她又低聲問。樹理擦掉白板上的字，拿著筆猶豫不定，然後匆匆把東西放到地上，站起來打開書桌抽屜，從底下挖出什麼東西來。

「這個。」

「我可以看嗎？」

是成疊的信封和明信片。不只是這樣，也有一些背面寫了字的傳單。

樹理點點頭。涼子克制住發抖的手，一張張檢查。

內容大同小異，都是對樹理的中傷與辱罵。「騙子」、「爛痘妖怪　去死」、「都是妳害三中被說成爛學校　要是我進不了志願學校　都是妳害的」、「應該在法庭被判有罪的是妳」。

幾乎都是國中生的字，只有一封是大人的字跡。那是最厚的一封信，遣詞用句雖然有禮，卻充滿濃濃的訓話味道，諄諄述說著「妳這種騙子遲早會變成眞正的犯罪者」。

「──太過分了。」

有些有郵戳，也有些沒有。塗鴉般寫在傳單背面的字條，顯然是直接塞進三宅家的郵筒裡的。

「媽媽，把這些藏起來。」

「是嗎？」

樹理的雙眼通紅，淚水積在眼角。

「今天找到的。」

與其藏起來，爲什麼不乾脆丟掉？涼子一陣火大。依那個母親的個性，是想要保管起來當成證據，事後提告嗎？

「妳看到這些，所以哭了，是嗎？」

妳一直在哭呢，三宅同學。

「如果逃避，」樹理用虛啞的聲音說：「就一直是騙子了。」

所以我要上法庭──她說：

「我想要，大家聽我說。」

我也看到了──她說：

「我跟松子一起看到了。」

樹理結結巴巴、喘息著擠出話來，辛苦到幾乎令人心痛。

「我很怕，所以一直不敢說。可是，我也在場。我眞的，在場。我眞的，看到了。」

她說不是聽來的。

我眞的在那裡。我眞的看到了。這段告白擊中了涼子，震撼了涼子。

涼子這才醒悟到身為檢察官的自己早該發現的事。

說到想要證明自己的清白，三宅樹理也是一樣的。跟大出俊次、森內老師是一樣的。她想要告訴世人，

「我不是騙子」。

從一開始，樹理就不只是被傳成告發信的寄件人而已。她遭到糾彈，被指責是一個騙子。這兩者總是如影隨形，捏造出無中生有的告發信的騙子三宅樹理。

樹理完全沒有機會辯解自己沒有撒謊。

這才是應該在校內法庭上證明的事。

「──如果，可以出聲，我就可以，自己說。」

樹理拚命擠出聲音，藤野涼子對她用力地、深深地點頭。

「是啊，就這麼做吧。」

「可是，」樹理的聲音沙啞變得微弱。「藤野同學，不相信我，對吧？」

樹理總算抬頭看涼子的眼睛。

「妳，一次也沒有說。說妳，相信我。」

涼子感覺全身的血液慢慢地倒流了。心底深處，冰冷的血液逐漸下降，被溫熱的血液取代。

沒錯，我一次也沒有說過。說我相信三宅同學，說我相信告發信的內容。

「對不起。」

這話從涼子的內部湧了出來，彷彿熱血泉湧而出。

「之前我沒有自信——」

可是，現在不一樣了。要怎麼把這種心情變換成話語？要怎樣才能傳達給樹理？

「三宅同學，妳覺得妳的聲音為什麼會恢復？」

樹理訝異地瞇起眼睛，一行淚水滑過臉頰。

涼子抓起撒落一地的信與傳單，用力握緊。

「因為被這樣單方面責備，妳覺得不甘心、傷心、生氣，想要反駁。因為妳想要用自己的聲音，說出自己的主張，想要證明妳不是騙子。」

對，沒錯。我這麼認為，我這麼相信。

「我相信妳的心情。我一開始也搖擺不定，對於自己能不能勝任檢察官感到很不安。可是，在準備審判的期間，我思考了很多事，聽到很多聲音。然後，我漸漸懂了。」

自己應該站在哪裡，應該注視哪裡。

真相或許存在於遠離過去認知的地方，我們必須把它找出來。

「我是這個案子的檢察官，我相信妳。」

音箱裡傳出悠揚的女高音獨唱。

樹理開始啜泣。那是粗重得令人驚訝、彷彿讓身體一同共振般的聲音。就是這個。樹理就是像這樣找回聲音的。爲了將恐懼、憤怒與絕望排出體外。

是誰要接納樹理打破漫長的沉默發出的慘叫？是誰要做從來沒有人肯做的事情？

是我，藤野涼子。

（第Ⅱ部・完）

宮部美幸

作品集 / 45

Miyabe Miyuki

所羅門的僞證II：決心

國家圖書館出版品預行編目資料

所羅門的僞證II：決心 / 宮部美幸著；王華懋譯. - 二版.- 臺北市：獨步文化，城邦文化事業股份有限公司出版：英屬蓋曼群島商家庭傳媒股份有限公司城邦分公司發行, 2023.02
面；　公分. --（宮部美幸作品集：45）
譯自：ソロモンの偽証II：決意
ISBN 9786267226124（平裝）
9786267226094（EPUB）
861.57　　111018472

原著書名 / ソロモンの偽証II：決意・原出版社：新潮社・作者 / 宮部美幸・翻譯 / 王華懋・責任編輯 / 張麗嫺（初版）、陳盈竹（二版）・特約編輯 / 陳亭妤・行銷業務部 / 徐慧芬、陳紫晴・編輯總監 / 劉麗眞・榮譽社長 / 詹宏志・發行人 / 凃玉雲・出版 / 獨步文化 城邦文化事業股份有限公司 台北市中山區104民生東路二段141號5樓 電話 / (02) 2500-7696 傳眞 / (02) 2500-1966; 2500-1967・發行 / 英屬蓋曼群島商家庭傳媒股份有限公司城邦分公司 台北市中山區民生東路二段141號11樓・讀者服務專線 / (02)2500-7718; 2500-7719・服務時間 / 週一至週五：09：30-12：00、13：30-17：00・24小時傳眞服務 / (02)2500-1990; 2500-1991・讀者服務信箱 e-mail / service@readingclub.com.tw・劃撥帳號 / 19863813 書虫股份有限公司・香港發行所 / 城邦（香港）出版集團有限公司 香港灣仔駱克道193號東超商業中心1樓 / (852) 25086231 傳眞 / (852) 25789337 E-mail / hkcite@biznetvigator.com 馬新發行所 / 城邦（馬新）出版集團 Cite (M) Sdn. Bhd. 41, Jalan Radin Anum, Bandar Baru Sri Petaling,57000 Kuala Lumpur, Malaysia. 電話 / (603) 90578822 傳眞 / (603) 90576622・封面設計 / Bianco Tsai・排版 / 游淑萍・印刷 / 前進彩藝有限公司・2014年6月初版、2023年2月二版・定價 / 660 元
Printed in Taiwan　ISBN 9786267226124（平裝）ISBN 9786267226094（EPUB）

獨步文化 APEX PRESS

廣	告	回	函
北區郵政管理登記證			
台北廣字第000791號			
郵資已付，免貼郵票			

104台北市民生東路二段 141 號 2 樓

英屬蓋曼群島商家庭傳媒股份有限公司

城邦分公司

請沿虛線對摺，謝謝！

獨步文化 APEX PRESS

書號：1UA045X　**書名**：所羅門的偽證II：決心　**編碼**：

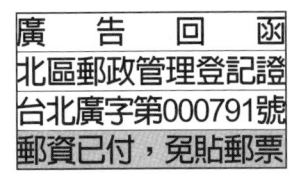

請於此處用膠水黏貼

獨步文化 APEX PRESS

讀者回函卡

謝謝您購買我們出版的書籍！

請費心填寫此回函卡，我們將不定期寄上城邦集團最新的出版訊息。

姓名：＿＿＿＿＿＿＿＿ 性別：☐男 ☐女

生日：西元＿＿＿＿年＿＿＿＿月＿＿＿＿日

地址：＿＿＿＿＿＿＿＿

聯絡電話：＿＿＿＿＿＿＿＿ 傳真：＿＿＿＿＿＿＿＿

E-mail：＿＿＿＿＿＿＿＿

學歷：☐ 1. 小學 ☐ 2. 國中 ☐ 3. 高中 ☐ 4. 大專 ☐ 5. 研究所以上

職業：☐ 1. 學生 ☐ 2. 軍公教 ☐ 3. 服務 ☐ 4. 金融 ☐ 5. 製造 ☐ 6. 資訊

☐ 7. 傳播 ☐ 8. 自由業 ☐ 9. 農漁牧 ☐ 10. 家管 ☐ 11. 退休

☐ 12. 其他＿＿＿＿＿＿＿＿

您從何種方式得知本書消息？

☐ 1. 書店 ☐ 2. 網路 ☐ 3. 報紙 ☐ 4. 雜誌 ☐ 5. 廣播 ☐ 6. 電視

☐ 7. 親友推薦 ☐ 8. 其他＿＿＿＿＿＿＿＿

您通常以何種方式購書？

☐ 1. 書店 ☐ 2. 網路 ☐ 3. 傳真訂購 ☐ 4. 郵局劃撥 ☐ 5. 其他

您喜歡閱讀哪些類別的書籍？

☐ 1. 財經商業 ☐ 2. 自然科學 ☐ 3. 歷史 ☐ 4. 法律 ☐ 5. 文學

☐ 6. 休閒旅遊 ☐ 7. 小說 ☐ 8. 人物傳記 ☐ 9. 生活、勵志 ☐ 10. 其他

對我們的建議：＿＿＿＿＿＿＿＿

＿＿＿＿＿＿＿＿

＿＿＿＿＿＿＿＿

為提供訂購、行銷、客戶管理或其他合於營業登記項目或章程所定業務需要之目的，家庭傳媒集團（即英屬蓋曼群島商家庭傳媒股份有限公司城邦分公司、城邦文化事業股份有限公司、書虫股份有限公司、墨刻出版股份有限公司、城邦原創股份有限公司），於本集團之營運期間及地區內，將以 mail、傳真、電話、簡訊、郵寄或其他公告方式利用您提供之資料（資料類別：C001、C002、C003、C011 等）。利用對象除本集團外，亦可能包括相關服務的協力機構。如您有依個資法第三條或其他需服務之處，得洽詢本公司服務信箱 cite_apexpress@cite.com.tw 請求協助。相關資料不提供亦不影響您的權益。

☐我已詳讀權利義務之相關條款，並同意遵守。

請於此處用膠水黏貼

100ジ みゆき

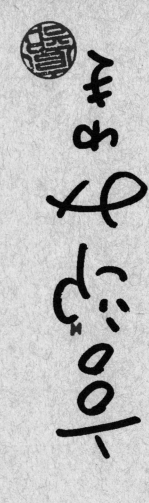